Unicorn

独角兽书系

rogues

法外之徒

上

【美】乔治·R.R.马丁　加德纳·多佐伊斯/编

小　龙等/译

重庆出版集团　重庆出版社

版贸核渝字（2014）第 62 号

图书在版编目 (CIP) 数据
法外之徒：全 2 册 /（美）马丁，（美）多佐伊斯编；小龙等译．
—重庆：重庆出版社，2016.1
ISBN 978-7-229-10177-0
Ⅰ．①法…　Ⅱ．①马…　②多…　③小…　Ⅲ．①短篇小说－小说集－美国－现代　Ⅳ．① I712.45
中国版本图书馆 CIP 数据核字（2015）第 152485 号

法外之徒（上下）
FAWAI ZHITU(SHANGXIA)
【美】乔治·R.R. 马丁，加德纳·多佐伊斯　编　小　龙　等译
出版策划：重庆天健卡通动画文化有限责任公司
责任编辑：邹禾　肖　飒　唐弋淄
装帧设计：谢颖设计工作室
封面图案设计：罗　烜
责任校对：郑小石

重庆出版集团
重庆出版社　出版
重庆市南岸区南滨路 162 号 1 幢　邮政编码：400061　http://www.cqph.com
重庆出版集团艺术设计有限公司　制版
重庆豪森印务有限责任公司　印刷
重庆出版集团图书发行有限责任公司　发行
E-mail:fxchu@cqph.com　邮购电话：023 - 61520646
重庆出版社天猫旗舰店
cqcbs.tmall.com
全国新华书店经销

开本：890mm × 1230mm　1/32　印张：27.625　字数：678 千
2016 年 1 月第 1 版　2016 年 1 月第 1 次印刷
ISBN 978-7-229-10177-0
定价：76.80 元

如有印装问题，请向本集团图书发行有限公司调换：023-61520678

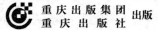

目录
Contents

每个人心中都爱着一个“Rogue”

——乔治·R.R.马丁

……只是这份爱常常让人遗憾不已。

流氓、骗子、无赖，邋遢汉、小偷、负心人、色狼、恶棍、枭雄、坏男孩和坏女孩，花花公子、魔头、灾星、浪荡子、暴徒……他们有着不同的称谓，形形色色、各种流派的小说故事里不乏他们的身影，还有神话、传奇……噢，无处不在，历史上也比比皆是。洛基的孩子们①、《土狼星》中的兄弟们②，有时候他们是英雄，有时候他们是恶棍。他们大多介于黑白之间，趋于灰色——灰色一直是我最喜欢的颜色，它比黑白两色都有趣得多。

或许我向来偏袒坏蛋。早在我的童年时期，上世纪50年代，电视剧的黄金档一半时间播出情景剧，一半时间播西部剧。父亲特别喜欢西部剧，我也在它们的熏陶下长大，都是些无休无止、大同小异的英雄故事，主角大多是冷峻刚硬的警长和警员，一个比一个勇敢。马歇尔·狄龙如磐石般可靠，怀特·厄普大胆勇敢、无所畏惧（主题曲唱得简直

---

① 北欧神话中，邪神洛基与女巨人安尔伯达生下三个可怕的孩子，巨狼芬里尔、尘世巨蟒约尔曼冈德、死亡女神海拉。

②《土狼星》是一部太空史诗科幻小说，讲述的2070年，独裁政权美洲联合共和国倾尽全力建造了星际飞船“亚拉巴马”号。为反抗政府无以复加的集权统治，船长罗伯特·李率领一群持不同政见者劫持飞船，向46光年外的大熊座第47号恒星飞去，希望在群星之间找到命运的归宿。但是，已经登船的一百多人并非全是劫持行动的支持者，其中不仅有伪装成维生技师的间谍，还有五名誓死捍卫共和国荣誉的士兵……

是恰如其分），还有独行侠、霍帕隆·卡西迪、吉恩奥特里和罗伊·罗杰斯[①]，这些勇敢、高贵、正直、坚强的角色是小伙子们能想到最完美的偶像……可是对我来说他们太完美，反而不真实。

我最喜欢的西部英雄是两个打破了窠臼的人：骑士，在旅途中常常穿一身黑衣（浪子的装束），在旧金山时打扮得像个娘娘腔的花花公子，每周跟不同的美女"保持联络"（啊哈哈），干活也要价不菲（英雄们通常羞于谈钱）。这对马华力兄弟（尤其是布雷德）真是迷人的坏蛋，穿着黑色西装，花哨的坎肩，打着领带（赌徒的典型装扮），戴着白色的牛仔帽，更像是牌桌上的赌徒，而不是惯于拿枪决斗的英雄。[②]

众所周知，现在回头看来，诸如《赌侠马华力》或是《带枪去旅行》之类的片子给人的印象明显比传统的西部片更为深刻。当然有人会争辩说这是剧本问题、演员的演技问题、导演的功力问题……诸如此类。也许这种说法也没错，但我认为，恰恰是主角身上那种流氓特质吸引了观众。

事实上，欣赏这种流氓主角的可不只是旧西部片爱好者，此类角色已经横扫了各种小说和影视流派。

影星克林特·伊斯特伍德当年就是凭着饰演无赖耶茨、肮脏的哈里、无名汉等亦正亦邪的主角一炮走红，要是他演的是好孩子耶茨、爱读书的比利小子、好名汉之类的话，没人会记得他的名字。这是真的，大学时我认识一个女孩，她喜欢阿什利·威尔克斯更甚于白瑞德，因为阿什利高贵、富有自我牺牲的精神，而白瑞德只是个浪子，投机商人。不过只有她一个人这样想，而其他女人热烈而投入地讨论白瑞德，对阿

---

① 以上提到的角色都是20世纪50年代美国流行的广播剧和电视剧中的人物，马歇尔·狄龙出自《荒野大镖客》，怀特·厄普出自《执法悍将》。

② 以上人物出自20世纪50年代美国西部电视连续剧《赌侠马华力》，主角是布雷德·马华力，在第一季第八集以后加入了他的兄弟巴特·马华力。1994年以此题材拍摄过同名电影。

什利几乎是轻描淡写地一语带过，至于弗兰克·肯尼迪和查尔斯·威尔克斯，则压根不在她们的讨论范围内[①]。

影星哈里森·福特在扮演大部分角色时都注入了点顽皮捣蛋的因子，这一切当然来源于汉·索罗和印第安纳·琼斯。看过《星球大战》的读者大多在卢克·天行者和汉·索罗之间更偏爱后者吧？当然啦，汉·索罗被卷进整个事件纯粹因为急需筹钱还债，就这么简单的开始……这才使得接下来的剧情跌宕起伏，尤其是在《星球大战·新希望》的最后，汉·索罗驾驶千年隼号偷袭达斯·维德，简直是帅呆了。（不管乔治·卢卡斯怎么掰，索罗确确实实是偷袭。）至于印第安纳·琼斯……那简直就是对无赖的最佳诠释，掏枪射击剑客真的没有半点风度和公平可言……但是谁在乎？他们就是这样可爱的无赖，令人痴迷。

这些流氓主角可不仅仅出没于电影和电视中，书里面也不少。

下面我们来看下史诗奇幻类小说。

当代的史诗奇幻小说中，大多有泾渭分明的正邪之分。好战的、邪恶的一方代表反派，崇尚和平的、正义的一方就是正派。这种设定举不胜举，尤其是在托尔金的爱好者和模仿者笔下，总少不了无尽的黑暗领主、邪恶的爪牙，他们最终难逃在正义、冷峻的英雄军团手中覆灭的命运。不过以前许多剑与魔法类小说中就有不少流氓主角。来自辛梅利亚的野蛮人柯南，大多人认为他是个英雄，可是别忘了，他也是个窃贼、掠夺者、海盗、雇佣兵，最终他还是个篡位者，篡夺了王位……并在前进的道路上睡了每一个有吸引力的女人。《利剑与残暴》中的主角们更有流氓范儿，可惜没取得这么辉煌的成就，总不能每个故事的主角最后都能当上国王。还有杰克·万斯笔下彻头彻尾的混蛋（哎，也是彻头彻

① 以上人物除查尔斯·威尔克斯以外均出自《乱世佳人》，查尔斯·威尔克斯是美国探险家、海军军官，1840 年发现南极大陆。在南北战争期间，曾从英国船只“特伦特号”上截获两名南部邦联的外交官，引发了特伦特事件，几乎引起英美战争。

尾地富有吸引力）机灵库格，算是做了不少坏事的家伙，但仍然……

历史小说中也不乏那些潇洒倜傥、放荡不羁的无赖汉。三剑客都有着自己的流氓特质（这一点大家都无法否认吧?），小说中的白瑞德和电影中一样是个无赖。在《流浪者》中，迈克尔·查邦为我们塑造了两个精彩绝伦的无赖，阿兰和泽利克曼①，我真希望能够看到更多这样的搭档。还有乔治·麦克唐纳·弗雷泽笔下形象生动的混世小子哈里（对，就是“混世小子哈里·佩吉特”系列）。这个角色应该脱胎于《汤姆求学记》，托马斯·休斯的经典英式寄宿学校小说（有点像没有魔法、没有魁地齐、没有姑娘的《哈利·波特》）。如果没有看过麦克唐纳的《混世小子》（休斯的那本个人建议跳过，除非你能耐得下性子看满篇的维多利亚时代道德说教），那我得非常庆幸地说你还有机会欣赏到文学史上最伟大的盗贼之一。真让我羡慕。

至于西部？天哪，整个狂野的西部盛产流氓。不法的英雄只有比不法的歹徒更多，而不会更少。比利小子？杰西·詹姆斯和他的强盗团？还有那个出类拔萃的流氓牙医霍利迪医生？我们又说到电视剧了——虽然这次跳到了有线付费年代。还有 HBO 如神话般的电视连续剧巨著《死木》②中死木镇的大亨艾尔·思威瑞更，由伊恩·麦克沙恩饰演。剧中的思威瑞更完全抢了英雄和警长们的风头。怎么说呢，抢劫不是无赖流氓的看家本领吗？抢风头当然也不能输。

浪漫小说中又怎样？唉，旧时的小说中，流氓总能浪漫地抱得美人归。而近来的浪漫小说里，可能姑娘本身就是流氓，甚至比流氓还可怕，那些道德规则的条条框框早就被她们踩在脚下了。

推理小说中的坏蛋或许有着另一种形象。通常他们都是些邪恶又神秘的家伙，如果推理小说里的坏蛋三观很正，按照惯例，也许结局时

---

①《流浪者》是美国作家迈克尔·查邦于 2007 年所创作的系列小说，描述大约公元 950 年，在俄罗斯西南卷入叛乱的两个犹太土匪的故事。

② 又译为《化外国度》。

候会有大逆转:对不起,其实我是警察。好吧,严格地说,这些人不算我们所说的流氓。

我还可以继续列举:通俗小说、哥特派、超自然浪漫小说、青春言情小说、恐怖小说、朋克小说、蒸汽朋克、城市幻想、看护小说、悲剧、喜剧、情色、惊悚、太空歌剧、骑士幻想、体育故事、军事小说、牧场恋情类……每种流派和流派分支里都出现过无数富有魅力的流氓,他们往往也是小说中最受争议又最令人印象深刻的角色。

虽然列举了这么多,但我并没有把所有流派都写上去。唉……其实我内心深处有个声音一直在叫嚣着都写上都写上,或许是住在我心里的那个流氓吧,他对分门别类特别热衷。但事实上,我对体裁分类看得并不重。近年来,我被尊为一名奇幻小说作家,但是“流氓”并不是奇幻小说的主题……虽然确实带给我不少美好的幻想。我的合编者,加德纳·多佐伊斯,担任了数十年科幻杂志编辑,但“流氓”也不是科幻杂志的主题……不过几乎在每期杂志中读者都能找到有流氓主角的科幻故事。

就像各种流派的文章里都不乏“勇士”、“蛇蝎美女”之类元素,“流氓”元素在文学领域也是跨流派的。就这部文集而言,我们的主题面向大众,加德纳和我都热衷于优秀的故事,所以对年代、地域和流派没做任何设定,我们只是邀请那些优秀的作家参与其中,包括科幻(软科幻和硬科幻都有)、史诗奇幻、剑与魔法、城市幻想、爱情、通俗、历史、浪漫、西部……以及一切你能想到的流派。虽然并非所有人都接受邀请,但大部分作者还是欣然提笔,其结果就呈现在这篇文章之后的书里。几十个不同的出版商贡献出各流派作者之精英,足以打造一个屡获殊荣的畅销作家全明星阵容。我们对作者只有一个要求——写一个关于流氓的故事,情节曲折,跌宕起伏,最终结局还要有逆转。没有风格限制,有的作者写了自己最擅长的类型,也有人大胆尝试新的体裁。

在第一本跨流派文集中,我在介绍“战士”的时候提到过二十世纪五十年代的巴约纳，位于新泽西州，我在那个地方长大，那是一座连一家书店都没有的小城市。在报摊和糖果铺的旋转架上，我购买过所有能读的东西。旋转架上的平装书可不会按照流派分类，全堆在一起。你可能会发现《卡拉马佐夫兄弟》[1]夹在一本看护小说和最新出版的米奇·斯皮兰写的迈克·哈默系列中[2]。多萝西·帕克[3]、多萝西·塞耶斯[4]和拉尔夫·埃里森[5]、J. D. 塞林格[6]分享了同一个架子。麦克斯·布兰德[7]跟芭芭拉·卡特兰[8]紧靠在一起。A. E. 范·沃格特[9]、H. P. 洛夫克拉夫特[10]跟 F. 斯科特·菲茨杰拉德[11]挤在一块。神秘小说、西部小说、哥特派、鬼故事、英国文学、当代文学……当然，也有科幻、奇幻和恐怖小说——你能在旋转架上找到一切流派的作品，满足各种人的口味。

我就喜欢这样的大杂烩，现在亦如此。但是这些年来（恐怕我不得不说这好几十年来）出版行业发生了翻天覆地的变化，连锁书店如雨后春笋次第拔起，流派之间的樊篱已经铸成，并日趋僵化。我不得不说这是一种遗憾。书籍应该拓宽我们的思路，带领我们去到从未去过的地方，向我们展示从未见过的世界，开阔眼界，打开新世界的大门。而限制你的阅读流派就意味着失败，只会适得其反。在我看来，不管哪个年代，故事只有好坏之分，没有流派之别，这才是最要紧的。

---

① 俄罗斯作家陀思妥耶夫斯基最后的一部小说。

② 米奇·斯皮兰是一名美国罪犯小说作家，塑造了迈克·哈默这一经典侦探形象。

③ 美国诗人。

④ 英国侦探小说作家。

⑤ 美国黑人现实主义作家，著有《隐形人》。

⑥ 美国青春小说作家，著有《麦田里的守望者》。

⑦ 美国西部小说作家。

⑧ 英国言情小说作家。

⑨ 美国科幻作家。

⑩ 美国科幻、奇幻、恐怖小说作家。

⑪ 美国作家，著有《了不起的盖茨比》。

我们在此为大家呈上一些好故事,你所知道的是每篇故事里面都有流氓,他们性格各异、际遇不同。至于作者属于哪个流派,你得读完本书以后才知道。加德纳和我就仿佛是旧时小城里的旋转架,把大杂烩呈现在读者面前了。我们希望,其中有你喜欢的作家,写下了你喜欢的作品,或许也有你(至今为止)未曾耳闻的作者,为你带来全新的东西。而我们更希望,当你跟书里所有的“流氓”打过交道以后,这些作家能够让你喜欢。

翻开书,享受阅读之旅吧……但千万要记得,某些在书里面出现的绅士和淑女可不是什么正义的英雄。

林南山　译

乔·阿克罗比

乔·阿克罗比是当今奇幻界迅速蹿红的新星之一，读者和评论家无不追捧他为本流派带来的强硬、简洁、直截了当的作风。他最著名的作品当属《第一律法》三部曲，卷一《无鞘之剑》出版于2006年，随后几年里相继出版了《世界边缘》和《最后手段》。他的单卷奇幻小说有《永志之仇》和《血战英雄》，最新小说为《赤色国度》。写作之余，阿克罗比还客串电影剪辑师，目前在伦敦生活及工作。

在接下来这篇快节奏的小说里，他将带领我们来到全世界最危险的城市之一司帕尼，深入城中那肮脏恶臭而又乐音缥缈的迷宫般的街道，参与致命游戏"猜纽扣"。

rogues

风不调，雨不顺

该死，她真讨厌司帕尼。

该死的蔽目的浓雾，该死的四溅的积水，该死的令人作呕的腐臭味，飘得到处都是。该死的舞会，该死的假面，该死的狂欢。娱乐，每个人享受着该死的娱乐，至少假装陶醉。该死的人最讨厌了。没一个正派的，不管男人女人还是小孩，全是骗子和傻瓜，一路货色。

卡柯芙讨厌司帕尼，却又一次来到这里。唉，她不禁想，到底谁才是傻瓜？

前方的迷雾中回荡着刺耳的大笑，她闪身躲进一扇门口的阴影，一手轻握剑柄。优秀的镖师不相信任何人，而卡柯芙更是顶级的优秀，在司帕尼，她不信任的……不止别人。

又是一群找乐子的家伙，跌跌撞撞地从深霭中现身。一个头戴月亮面具的人伸手指着一个女人，她烂醉如泥，穿高跟鞋的脚不停地一拐一扭。所有人大笑着，其中一个扑扇着蕾丝袖口，好像再也没见过比醉得站不起来更有意思的事了。卡柯芙翻个白眼望着天，自我安慰地想到，面具背后的他们指不定和她自己一样讨厌寻欢作乐。

独自躲在门影下方的卡柯芙咬牙切齿。该死，她该休个假了。这样下去她会变成个臭愤青。或者说，她其实本已成了愤青，只是程度越来越深，快变成那种朝整个世界乱喷的人。她这是在向该死的老爹靠拢吗？

“什么都行，千万别变成他。”她喃喃自语。

醉鬼们踉踉跄跄没入夜色，她立即猫腰离开门口，继续前行，步伐不疾不徐，软靴的靴跟无声地落在潮湿的卵石路面，寻常的兜帽盖在头顶，拉到半遮半掩的角度，一个普通的怀揣秘密的人的形象。在司帕尼，这样的人数不胜数。

西边遥远的某处，她的装甲马车应该正疾驰过开阔的街巷，咔哒咔哒驶过大桥，车轮火星迸溅。旁人吓得赶紧跳开，车夫挥鞭抽打马匹大汗淋漓的侧腹，十几个佣兵呐喊着紧追其后，街灯闪耀在他们沾露的甲胄。当然，这除非是石场主的人已经出动：箭矢飞掠，畜兽嘶鸣，人声尖叫，马车偏道撞毁，金铁相击，最终，保险箱的大挂锁被炸药炸飞，急切的手挥开呛人的浓烟，箱盖掀开，呈现出……空空如也的内部。

卡柯芙没有克制嘴角隐隐的微笑。她拍拍硌着肋骨的一个小团儿，委托物还安全地缝在外套衬里内。

她打起精神，几步来到运河河畔，纵身跃过三跨宽、泛着油光的河水，落上一艘腐朽驳船的甲板，滚过一圈，利落地爬起，身下的木板吱嘎作响。要是取道芬汀大桥就绕得太远了，更别提那条路上有多少行人，有多少双眼睛盯着，再说这艘船一直拴在阴影里，提供了一条捷径。她早就摸清楚了。卡柯芙尽量不把事情交给机会主宰，照她的经验来看，机会有时候真的很混蛋。

一张布满褶子的脸从阴暗的小屋里往外瞅，破破烂烂的水壶正喷着蒸汽。“你他妈谁呀？”

“谁也不是，”卡柯芙笑脸相迎，“只是路过而已！”她随即借力于摇晃的木板跳上运河对岸远远的石堤，隐入霉味弥漫的雾霭。只是路过。直线前往码头，抄近路开心地前行——或至少是苦逼地前行。卡柯芙不论去哪里都埋名隐姓，不管在哪里，都只是路过。

东边遥远的某处，那傻子庞布零应该正在四名雇佣保镖的陪同下策马狂奔。他跟她其实一点都不像，加上那撇小胡子，哪里都不沾边，但裹上她那件向来惹眼的绣花披风，倒是个不错的替身。这个身无分文的皮条客，满心以为假扮成她是为方便她和情人幽会，只因情“郎”是一个有手段的女子，不想让这段恋情公开。卡柯芙叹了一口气。真那么简单就好了。她自我安慰地想着，当深浅兄弟那俩杂种将庞布零从鞍上射杀时，他将何等地震惊，而他们也将对他的小胡子表示出无比的惊讶，随即翻遍他的全身衣物，愈来愈失望，最后无疑会掏出他的肠肚，发现……一无所获。

卡柯芙再次拍拍那个小团儿继续前进，步调有几分轻盈。她踏上这条不大不小的路，独自步行，沿小心选择的路线行进，走过背街狭巷、无人注意的捷径和被人遗忘的楼梯，穿过摇摇欲坠的殿宇、腐朽的住宅，以及为暗事偷留的门，随后，一小段阴沟指引她直通码头，还能留出一两个小时的空隙。

这项工作之后，她真的必须得休假了。她舔舔口唇里面，那里最近长了一个溃疡，很小，却痛得钻心。她所做的一切都是为了工作。或许该去阿杜阿玩一趟？去拜访下哥哥，见见侄子侄女如何？他们现在多大了？啊，算了。她记起来嫂嫂是个多么爱对人评头论足的贱货，那种人不论遇到什么都会从鼻子里发出一声冷哼。她总让卡柯芙联想到自己的父亲。也许她哥娶那个女人的原因是……

她躬身钻过一个外皮片片剥落的拱门，某处传来隐约的乐声。拉小提琴的乐手要么正在调音，要么是技艺拙劣，两者概不意外。一面满布苔藓幼芽的墙上，纸页飒飒翻飞，那是些印刷粗糙的布告，号召忠诚的市民揭竿而起，反抗“塔林之蛇”的暴政。卡柯芙哼了一声。大多数司帕尼市民都更情愿苟且偷生，而剩下的那一小撮根本谈不上忠诚。

她扭身去扯裤子的臀部，但全然是徒劳。到底得花多少钱，才能买到一套不会在最恼人的地方有接缝磨来磨去的新服饰？她跳着脚走过运河死水段旁边的一条狭窄小道，这段水路早已封航，河面乱七八糟地漂着水藻和上下浮动的垃圾。她一路掐着烦人的布料左拉右扯，但毫无用处。该死的时髦紧身裤！也许这是她付给裁缝赝币而换来的某种天谴。但话说回来，当地人正靠她牟利的想法远远比天谴更能触动卡柯芙，因此她只要一逮到机会都会尽量避免花钱买任何东西。这实际上是她的一项原则，她父亲总说人要坚持原则——

真他妈该死，她真个要变成她爹了。

"哈！"

一个褴褛的人影从拱门上跳下，钢铁的寒光微微闪耀。卡柯芙本能地低呼一声，仓促间退后一步，笨手笨脚地掀开外套，拔出剑刃。她确信，死亡终于找到了自己。是石场主先行一着吗？还是深浅兄弟，或者库里坎雇的杀手……可是没有其他人。就他一个，裹在污迹斑斑的斗篷里，凌乱的头发紧贴湿漉漉的苍白皮肤，一条发霉的头巾蒙住下半张脸，上方充血的圆眼睛里写满了惊慌。

"站住，钱交出来！"他低沉的声音从头巾下传出，略显模糊。

卡柯芙扬起眉毛。"是谁在说话？"

短暂的停顿，腐臭的河水拍击着身旁的石岸。"你是女的？"准强盗的声音变了，几乎带有道歉的意味。

"是的话你就不抢了吗？"

"嗯……呃……"强盗看似有几分泄气，但立即又挺胸抬头，"站住，钱统统交出来！"

"为什么？"卡柯芙问。

强盗的剑尖游移了几分。"因为我欠好多钱……不干你事！"

"不，我是问，怎么不一剑捅死我，扒光尸体找值钱货，还事先来个警告？"

又是短暂的停顿。"大概……我希望避免暴力？可我警告你，打架我随时奉陪！"

他只是个该死的平民，一个拦路抢劫的强盗，一个偶遇的对手。说起来，机会真是个混蛋！至少对他而言。"先生，你，"她说，"是个渣渣强盗。”

“夫人，我，是位绅士。”

“先生，你，是个断气的绅士。”卡柯芙踏前一步，掂量着剑刃，一迈长的薄刃精钢折射着上方某扇窗户射出的灯光，戾气逼人。也许她根本犯不着动手，利剑出鞘，通过这里的胜算就大多了。对面这个阴沟里的渣滓要想占她上风，非吃点苦头不可。“看我把你大卸八块，就像——”

对方以惊人的速度冲上前来，只听得“咣当”一声，卡柯芙还来不及反应动作指令，指间的剑便猛地一震，哗啦啦蹦过油腻腻的石子路面，“扑通”一声扎进运河。

“啊。”她说。形势逆转了。显然，攻击她的人并不是外表看起来的大老粗，至少在剑术方面数一数二。她早该想到的。司帕尼的一切都万万不能轻信表象。

“钱交出来。”他说。

“乐意之至。”卡柯芙拔出钱袋往墙上一丢，企图趁他分心之时溜过去。哎呀，他竟然以过人的矫健凌空挑中了它，又迅速将剑尖指回她眼前，阻止她逃跑。剑尖轻轻敲了敲她大衣里那块小团儿。

“藏了什么……就是那儿？”

越来越糟，糟糕透顶。“没藏，什么都没藏。”卡柯芙假装羞涩一笑想蒙混过关，可惜木已成舟，为时已晚。更惨的是，她没去坐那艘轻舟，而是上了前往桑德的大船，可该死的大船仍旧泊在码头乘着浪晃悠！她伸出手指小心地拨开寒光凛凛的剑尖。“我现在有很急的要事得办，假如——”些微的嗞嗞声传来，利剑划开了她的大衣。

卡柯芙眨眨眼。“哎哟。”肋骨那块火烧火燎地痛，利剑连带着划开了她的皮肉。“哎哟！”她跪倒在地，心中苦不堪言，伸手捂住身侧，鲜血从指间缓缓渗出。

“噢……噢，糟了。对不起，我真的……真的没想伤你。我只是想，你知道的……”

“唉哟。”委托物掉出划开的口袋，骨碌碌滚过石子路。约莫一英尺长的条形包裹，外面捆扎了一层脏污的皮革，现在又沾上了几丝卡柯芙的血。

“我得去看医生。”卡柯芙大口喘息，极力扮出无助弱女子的口气。大公夫人总是指责她演戏过头，但这种时候还不装一装，更待何时？毕竟她本来就可能真的需要马上看医生，而强盗兴许会弯腰扶她，这样她就有机会掏出匕首扎那杂种的脸。“行行好吧，我求你了！”

他踌躇了一会儿，双目大睁。整件事情比他预想的一发不可收拾了。他往前挪步，却只是靠近去捡那个包裹，寒光闪闪的剑尖依旧平举着，对准了她。

那就换种战术，装得更加绝望。她竭力赶走声音里的恐慌。“我说，把钱拿走吧，但愿你能玩得开心。”卡柯芙其实一点都不希望他玩得开心，她巴不得他在坟里烂掉，“留下那个包裹，咱俩的日子都好过！”

他的手在空中顿了一下。“为什么，里面是什么？”

“不知道。我受命不得打开！”

“谁下的命令？”

卡柯芙龇牙咧嘴。“这个我也不知道，但是——”

柯迪斯拿走了那个包裹，当然会拿走它。虽然他是个傻子，但并没蠢到无可救药。他一把捡起包裹就跑，当然得跑。哪次不是抢完就跑？

他飞奔过小巷，心提到了嗓子眼。他跳过一个碎裂的木桶，脚下一绊摔个狗吃屎，差点扎到自己出鞘的剑上，偏偏脸又蹭到一团滑溜溜的渣滓，溜出去老远，铲了满嘴甜丝丝的东西。他踉踉跄跄站起身，边啐边骂，惊魂不定地迅速往身后一瞥——

没有追来的迹象，只有迷雾，无尽的迷雾，盘旋缠绕，像一个活物。

那包裹现在也有些滑腻腻的了，他将它丢进褴褛的斗篷，一瘸一拐地继续前行，揉着瘀青的屁股，嘴里仍然拼命吐着那股甜丝丝的腐味。其实他早餐的味道也好不到哪里去，要说的话，比这味儿还糟糕。见早膳即识人，以前他的剑术师父总是这样教导他。

他套上隐隐透着洋葱味和绝望气息的潮湿兜帽，从剑身上摘下钱袋，将剑插回剑鞘。他溜出小巷，不动声色地混入人群之中，剑身入鞘时细细的清脆相击勾起了太多回忆。苦练与比武，光明的前程与人群的欢呼。想要高人一等，小子，剑术就是一条路！施蒂里亚的观众无所不知，他们喜爱剑士，你将大富大贵！在曾经那些意气风发的日子，他不必敝衣破履，不必感恩肉店的杂碎，不必靠抢劫过活。他不禁愁眉苦脸。抢女人。那也称得上是生计吗？他又偷偷往身后望一眼。他不会把她杀死了吧？他心里发毛，有如芒刺在身。只是蹭了一下。只是蹭了一下，没错吧？但他看到了血。行行好，千万只是蹭了一下啊！他揉揉脸，想把记忆擦去，但往事如影相随。一次又一次，做出自己从来不敢想象的事，又告诫自己再也别那么做，永远别再那么做，成了他每日生活的例行轨迹。

再次确认自己没被跟踪后，他溜进街边一个腐败的院子，布告上昔日英雄褪色的肖像居高临下地望着他。走上尿臊味弥漫的楼梯，绕过那棵死树，他掏出钥匙，与滞涩的门锁较量起来。

“去死，操，混账——嗷！”门突然开了，他一个趔趄撞进屋，差点又跌一跤。他转身推门关上，在臭熏熏的黑暗中站了一阵，艰难地呼吸。

现在谁会相信他曾与国王比剑？他输了。他当然输了，输掉了一切，不是吗？仅过了两招就一败涂地，倒在尘土里，受尽屈辱，但不管怎么说，他毕竟曾仗剑挑战威仪天子。就是这把剑，他一边回想着，一边将它靠在门侧的墙边。它已经伤污累累，剑尖还略起了些翘曲。过去二十年里，他和他的剑几乎是同样坎坷不济，但今天也许标志着时运的转机。

他一把扯下斗篷丢进角落，拿出包裹，想拆开看看有什么意外收获。他在黑暗中摆弄了一番灯盏，终于造出些光亮来，当惨淡的屋子出现在视野，他差点浑身一哆嗦。墙釉绽开裂缝，石灰起泡渗出水点，床垫常躺的地方被压裂，突出一根根臭烘烘的草秆，家具表面弯翘，扎出几条木刺——

唯一的桌子旁边，唯一的椅子上坐着一个人，一个身穿宽大外套的大块头，头发剃得很短，只留着寸许的花白发根，圆塌的鼻子不紧不慢地呼吸着。他松开拳头，一对骰子滚过污渍斑斑的桌面。

“六点加两点。”他说，“八点。”

“你他妈谁呀？”柯迪斯吓得尖声尖气。

“我是石场主派来的。”他又丢了一把骰子，“六点加五点。”

“意思是说我输了？”柯迪斯用眼角余光瞟瞟他的剑，装作不经意，却还是露出了马脚。他心里盘算着能用多快的速度拿到它，拔剑出击——

“你早就输了。”大块头说着，侧掌一抹轻轻地收起骰子。他终于抬头，眼睛跟死鱼眼一样扁平，好像市场里鱼摊上摆的货品，黯淡的深黑色泛着悲哀的光泽。“假如你敢拿剑会怎么样，你想知道吗？”

柯迪斯并非勇士，他从不勇敢。之前鼓足了勇气才拿主意打算偷袭对方，此刻却被对方掩其不备，他的斗志立即烟消云散了。“不想。”他喃喃道，肩膀沉了下去。

“手里的包裹丢过来。”大块头说道，柯迪斯照办了，“还有钱袋。”

柯迪斯感觉抵抗的劲头好像瞬间被抽空了，拿不出一丝力气要什么花招，连站着的力气都快没有了。他把偷来的钱袋丢上桌，大块头探出指尖扒开往里瞅。

柯迪斯双手无助地扑腾着。“我没别的值得带走的东西了。”

“我知道。”那人说着站起身来，“早就检查过了。”他绕过桌子走来，柯迪斯缩着身子躲开，靠在壁橱上。其实，壁橱里的所有东西，不过就几张蜘蛛网。

“我的债还清了吗？”他问话的声音极小。

“你觉得还清了吗？”

他们站在灯光下对视。柯迪斯吞了口唾沫。“什么时候算还清呢？”

大块头耸耸肩，他的肩膀和头几乎连成一体。“你觉得什么时候算还清？”

柯迪斯又吞了口唾沫，发现嘴唇颤抖不已：“等石场主发话是吧？”

大块头略微扬了扬浓重的眉毛，眉头中间有一道细长的刀疤，寸毛不生。“你有什么问题……不清楚答案吗？”

柯迪斯跪倒在地，双手紧扣，疼痛的双眼盛满泪水，大块头的脸隐隐约约在泪光中浮沉。他不在乎这样有多丢脸，石场主已夺走他最后一丝骄傲，早在讨债的多少次上门之前。“给我留点儿什么吧。”他低声哀求，“只要……是个东西就成。”

那人的死鱼眼紧盯着他。“凭什么？”

西郝把剑也拿走了，没给他留一件值钱的东西。“我下周会再来。”他说。

他本意并非威胁，仅仅是陈述一个事实，而且是明显的事实，因为例行的安排向来如此，但柯迪斯·丹·布洛亚却慢慢垂下头，开始颤抖啜泣。

西郝打算试着安慰安慰他，但想想还是算了。他的举动经常遭人误解。

“也许，你当初就不该借钱。”然后他离开了。

人们贷款时不爱事先算账，总让西郝感到惊讶。利率、时长、利滚利，这些并不太难预测。也许他们总是容易高估自己的收入，凡事只看好的一面，从而饮鸩止渴。天上早晚掉馅饼，守得云开见月明，一切都会好起来的，因为他们不是平凡的人。西郝却从不盲目幻想。他知道，自己不过是人生的精密机械中一颗普普通通的小齿轮。对他而言，事实就是事实。

他向石场主那里走去，边走边倒数着步数。一百零五、一百零四、一百零三……

奇怪，步量总显得城市是多么小。所有的人，他们所有的欲望、收益及债务，全都挤在这条狭窄的沼泽围填区。在西郝看来，沼泽正在有条不紊地夺回大片土地，他好奇沼泽一旦逆袭成功世界会不会更好些。

……七十六、七十五、七十四……

西郝的视线捕捉到一个影子，也许是个扒手。他装作不经意地瞄了一眼路边的小摊，眼角锁定了她，一个小姑娘，黑色发束掖在帽子里，身穿一件肥大的夹克，几乎还没发育呢。西郝几步走进一条墙间的狭道，转身堵住路口，掀开大衣展示出四把武器的端柄，而除此之外他还有两把武器。他的影子投在墙角，他看着她，只看没动手。她猛地站定，吞了吞口水，便东弯西绕地退回到人群中消失不见了。这段插曲就此结束。

……三十一、三十、二十九……

司帕尼到处是贼，潮湿而芬芳的老城区尤甚。他们常常滋扰是非，就像夏天里的蠓虫。除他们之外，还有行凶的、抢劫的、盗窃的、划包的、割喉的、斗殴的、杀人的、做打手的、走黑市的、诈骗的、赌钱的、聚赌的、放高利贷的、寻花问柳的、要饭的、耍滑头的、拉皮条的、开当铺的、做黑心生意的，更别提会计和律师了。律师是里头最糟糕的一种，至少西郝是这么认为。有时候，感觉司帕尼真的没一个人干正事，大家都竭尽全力从别人身上巧取豪夺。

但话说回来，西郝觉得自己也好不到哪里去。

……四、三、二、一，走下十二级台阶，经过三名守卫，穿过双扉门，进入石场主的地盘。

屋内烟雾迷蒙，与彩灯的光线搅和在一起，火热如气息与擦伤的皮肤。压低的交谈声叽叽咕咕，此起彼伏，关于密信的交易，声誉的损毁，心腹的背叛。这种地方总是如此。

两个北方人挤在角落里一张桌子后面。其中一个尖牙利齿，留着稀疏的长发，他将椅子整个翻倒在地，仰面八叉躺在上面抽烟。另一个一手拿着酒瓶一手拿着本小书，紧紧盯着书看，眉头深锁。

西郝对多数客人的脸都有印象。这些是常客，有来喝酒的，有来吃饭的，大部分还是主攻碰运气的游戏。哗啦啦的骰子，抽翻的扑克牌，随着幸运轮盘的转动，落魄的眼睛闪耀起光芒。

游戏并不是石场主真正经营的重心，但游戏能制造债务，而债务正是石场主的营生。走上二十三级台阶，来到二层，脸上刺青的守卫挥手让西郝通过。

另有三个催账人坐在那儿，共饮一瓶酒。个头最小的咧嘴朝他一笑并点头致意，也许是想种下结盟的种子。个头最大的则昂首作势，进入戒备状态，仿佛觉察到了竞争的气息。西郝对两人回以同样的无视。很久以前他就不再尝试去理解人际关系那无解的数学题，更别提参与其中了。假如那人做出什么实质性的举动，西郝会让屠刀为自己代言，它的声音能中止一切，哪怕是最无聊的争吵。

大姐大波菲洛体态丰腴，黑色卷发从紫色的帽檐倾泻而下，小小的眼镜衬得她眼睛很大，浑身散发着灯油的气味。她出没于石场主办公室的前厅，低矮的办公桌上堆着一叠叠账簿。在西郝来的第一天，她指着身后装饰华丽的门说道："我就是石场主的左臂右膀。他不爱被人打扰，千万别去打扰他，有什么事跟我说就行。"

当然，第一次看到她驾轻就熟地计算账簿中的各类数字时，西郝便明白了，办公室里没人，波菲洛就是石场主，但他没有说破，她似乎也对他配合演戏的态度挺满意。西郝从不喜欢没事兴风作浪，那种人往往落得个淹死的下场。再者，这样还可以顺理成章地想象命令来自别的地方，某个神秘的不可违抗的地方。有这么个小房间用来推卸责任总是很好的。西郝看着石场主办公室的门，暗自思忖门背后是真有办公室，还是只有一堵空白的石墙。

"今天收获如何？"她边问边翻开一本账簿，执笔蘸了蘸墨。直奔主题，没有客套的寒暄。他尤为喜欢她这一点，也因此而敬佩她，虽然他不会亲口表露。他夸人的话老是招人反感。

西郝取出几叠硬币，依据债务人的不同，分面值一枚枚丢到桌上，它们哗啦啦地堆了几排。多数是贱金属，其间点缀着几许银光。

波菲洛身子往前一倾，鼻子一皱，将眼镜推到额头顶上。没有了装备，两只眼睛现在看上去小得可怜。

"还有把剑。"西郝说着，将它靠在桌边。

"收成欠佳呀。"她喃喃自语。

"这方的土太贫瘠。"

"太对了。"她拨回眼镜，开始捣腾账簿上整洁的数字，"风不调雨不顺呀。"她老爱这么说，好像什么事都可以这样解释，都能够以此为借口。

"柯迪斯·丹·布洛亚问我，欠债什么时候算还清。"

她抬眼望着对方，为这个问题而颇感意外。"还没还清都是石场主说了算。"

"我正是这么告诉他的。"

"很好。"

"你让我留意一个……包裹。"西郝将它放在她面前的桌子上，"在布洛亚手里。"

它看起来不像什么稀罕东西，全长不足一英尺，外头包裹着脏污的兽皮，十分古旧，已经磨秃，表面烙着一个字母形状的印记，亦可能是数字，但西郝认不出是什么。

大姐大波菲洛一把抓起包裹，立即暗暗咒骂自己表现得太过急切。她知道这项任务谁都信不过，一系列疑问径直冲上她的脑门。怀疑。那个一文不值的布洛亚怎么可能得到了它呢？这是什么计谋吗？西郝是革科人安插的暗线？又或者是卡柯芙布置的？双重间谍？那个自以为是的贱人布下天罗地网没有尽头。三重间谍？可是站在什么角度？有什么好处？

四重间谍？

西郝的脸上泰然自若，没有表露出一丝贪婪的痕迹，也看不出半点儿野心。他无疑是个来历不明的家伙，投门时却持有强有力的推荐。他看起来公私分明，正是她赞赏的类型，虽然她永远不会说出口。经理人必须保持一种高高在上的姿态。

有时候事情就是表里如一的。波菲洛这辈子见过的狗屎运已经够多了。

“可能就是它吧。”她沉吟道，虽然实际上她立即就肯定是它。她不是个愿意在“可能”上浪费时间的人。

西郝点点头。

“你干得不错。”她说。

他再次点头。

“石场主一定会奖励你的。”她常常说，对自己人大方些，否则外人就会乘虚而入。

可这份慷慨没换来西郝的任何反应。

“没准儿赏你个女人？”

这个建议好像让他有几分痛苦。“不用。”

“那赏个男人?”

这个啊。“也不用。”

“好酒呢？来瓶——”

“不用。”

“总得表示表示嘛。”

他耸耸肩。

大姐大波菲洛鼓起腮帮子。她所拥有的一切,都是靠逗引他人的渴望得来的。面对一个无欲无求的人,她有些束手无策。“唔,要不你考虑考虑?”

西郝缓缓点头。“那我考虑一下吧。”

“你进来的时候,有没有看到两个北方人在喝酒?”

“见到了。两个北方人,一个在看书。”

“真的？看书?”

西郝耸耸肩。“到处都有人看书啊。”

她的目光扫过这个地方,失望地发现有钱的主儿太少,估计今晚的收益将会是多么惨淡。先前看书的那个北方人应该早就放弃了。老深正直接对瓶喝着她最好的红酒,另外还有三个空瓶散落在桌下。老浅抽着查格烟斗,空气里散发着浓浓的刺鼻烟味。波菲洛一般不允许抽烟,但必须给这两人额外破例。钱庄为什么选择雇用如此邋遢的人选,她想不通,只是觉得有钱人的做派无须解释。

“两位!”她边说边慢悠悠地坐上椅子。

“哪里在说话?”老浅嘶哑地笑了一声。老深懒懒地仰脖倒空了酒瓶,斜睨弟弟一眼,满心的嫌弃与不屑。

波菲洛继续操着正经八百的语调,声音温和而理性。“你们说过,假如我找到你们说的……那个东西,你们的……老板会感激不尽。”

两个北方人立即来了精神,身子齐齐往前一探,好像拴在一起的提线木偶。老浅的靴子踢到一个空瓶，它骨碌碌地在地面滚过一道弧线。

“感激涕零。”老深说。

“那他们的感激够抵消我多少债务呢？”

“全部。”

波菲洛感觉皮肤有些麻酥酥的。会是真的吗？自由，就在此刻，揣在她的口袋？她不能让这个大甜头冲昏头脑，清偿数额越高，越是要小心谨慎。“那我的账都勾销了？”

老浅凑近来，拿烟嘴拨弄着胡子拉碴的喉结。“销了。”他说。

“砍了。”他的哥哥粗声大气，突然凑近她另一侧。

两个杀手面容粗野，满脸刀疤，她一点也不喜欢他们凑这么近，再闻几口酒气只怕要见阎王。“好极了。”她尖声说着，将包裹摆上桌，“那么我立即取消利息支付。请代我向……你们老板致以问候。”

“当然。”老浅的笑意很淡，没有露出一颗尖牙，“不过，别指望他们多稀罕你的问候。”

“别往心里去，啊？”老深面无笑意，“我们老板对谁的问候都不稀罕。”

波菲洛猛一吸气。“风不调雨不顺哪。”

“可不是吗？”老深说着站起身来，巨爪一挥抓起小包裹。

他们走了出去，傍晚凛冽的空气好像一个巴掌，激得老深清醒了不少。司帕尼的变数总是出其不意，平静的时分反倒令人不太痛快。

“我得认个错。”他说着清清喉咙吐了口痰，“刚才醉得有些过头。”

“哎，”老浅应着声，斜瞟一眼迷雾，打了个嗝。至少雾淡一些了，跟它飘来这片乌烟瘴气的鬼地方时差不多。“工作时候这样可算不上顶好的办法，注意点儿。”

“你说得对。”老深将包裹举起，对着朦胧的光线看了看，“可谁会想到这东西就这么平白无故落到咱们手上了？”

“比如我就没想到。”老浅皱皱眉头，“或者……没人想得到吧？”

“本来只想随便喝点儿。”老深说。

“随便喝点儿，经常一来就是几瓶。”老浅套上那顶傻兮兮的沾血的帽子，“那咱们溜达去钱庄？”

“你戴这顶帽子就他妈像个蠢货。”

“你呀，老哥，就是太注重外表了。”

老深嘴里长嘶一声，假装没听见。

“你觉得他们真要把那女人的债一笔勾销吗？”

“现在看来是有可能，不过你也知道他们是什么人，只要欠了他们钱，一辈子也甭想还清。”老深又啐了一口，现在小巷子晃得没那么厉害了，他跌跌撞撞往前跑，包裹紧握在手里。他决不会将它放进口袋，方便小蟊贼摸走。司帕尼遍地都是偷东西的杂种。他上次来这里的时候，一双好袜子就给偷走了，回家路上脚磨了一对水泡，难受至极。什么人啊，连袜子都偷？！施蒂里亚的杂种。他这次会好好抓紧它的，让那些小混蛋来偷吧，随便来吧！

“瞧瞧谁是蠢货？”老浅他身后喊道，“钱庄在这边。”

“咱们这会儿不去钱庄，蠢货。”老深扭头大喝，“咱们去这边转角附近，把它丢进一座老院子的水井里。”

老浅匆忙赶上。“是吗？”

“不，我说笑的，你这傻瓜。”

“为什么丢到井里？”

“因为他就想这样处置。”

“谁想这样处置？”

“老板。”

“小老板还是大老板？”

老深尽管酒意醺然，也觉得需要压低声音。“秃头老板。”

“妈呀，”老浅猛吸一口气，“你见到了他本人？”

“本人。”

短暂的停顿。“感觉如何？”

“那可不是一般的恐怖，多谢你提醒我。”

长久的停顿，只听得两人的靴子踏在潮湿石子路上的声音。随后老浅说道：“咱们最好别搞砸了。”

“你的看法好生犀利，”老深说，“真是衷心感谢呀。你不觉得这种事情是随时随地都要尽量避免的吗？”

“当然要一直以避免搞砸为目标了，可有些时候是祸躲也躲不过。我想说的是，咱们最好别迎头撞上去。”老浅压着嗓子轻声说道，“你很清楚上次秃头老板说了什么。”

“没必要这么小声吧。他又不在这儿，不是吗？”

老浅疯狂地环顾四周。“难说呐，不在吗？”

“不在不在。”老深揉揉太阳穴。总有一天他会杀了亲弟弟，这是必然的结局。“我说肯定不在。”

“可是万一他在呢？最好当作他在，小心行事。”

“你他妈就不能闭嘴一小会儿吗？”老深拽住老浅的胳膊，抬手将包裹往他脸上一戳，“就像在跟一个该死的——”这时，一个黑影从他们中间一掠而过，他惊诧不已地发现，手里竟突然空了。

小倩没命地跑着。当然，不跑保准没命了。

“快追那小子，混账东西！”她听到两个北方人啪哒啪哒地冲过身后的小巷，一路跌跌撞撞，踢翻障碍无数。双方距离迅速拉近，她心下感觉不妙。

“是个姑娘，你这傻瓜！”两个笨重的大块头速度飞快，靴子橐橐跺地，大手频频伸过来抓她。一旦被他们抓到……

“管他妈姑娘小子，东西抢回来再说！”

她加速狂奔，吭哧吭哧，心脏狂跳，筋肉像着了火。

她轻盈地跃过拐角，缠裹布条的双脚踩在潮湿的石子路上有些黏黏的，路变宽了，迷雾中透出点点朦胧的路灯和火把，各处熙熙攘攘。她见缝插针，躲闪穿绕，在人群中游走，一张张面孔在头顶出现又消失。黑区的夜市，诸多摊位、顾客与小贩的吆喝充斥其间，人声鼎沸，怪味杂陈，挤得水泄不通。小倩施展雪貂一般敏捷的身手，从一驾马车的车轮中间溜过，一头扎进水果摊的买主和卖主中间，水果如雨点般砸落，她紧接着滑过一个鱼摊，摊子上摆满了滑溜溜的鱼，卖鱼的大喊着伸手抓她，却只抓到一把空气。她一脚陷进一个篮筐，拔出来，踢得贝蛤满街都是。耳边仍旧传来叫喊和怒吼，两个北方大汉撞飞她身后挡路的人，稀里哗啦打翻推车，好似一场风暴，没头没脑地跟在她身后破坏着市场。她俯身冲过一个大块头胯下，绕过另一个拐角，沿着晃荡的运河旁边的狭窄小路，两步并作一步在油腻腻的路面上飞奔，垃圾堆里的老鼠吱吱乱叫，北方人的声音清晰地响起，越来越响，一面辱骂她，一面相互谩骂。她喘息不止，胸腔好像要裂开一样，只顾没命地跑着，脚步一起一落，伴着回音与四溅飞舞的水花。

“逮到她了！”声音近在脑后，“来这边！”

她一个箭步冲过锈蚀栅门中间的小洞，一颗尖利的铁牙在手臂上留下火辣辣的划痕，她第一次无比庆幸老格林从来没让她吃饱过。她跳着脚，猫着腰回到黑暗之中躺下，紧握包裹，努力平复呼吸。他们迅速赶到，一个北方人摇扯着栅门，抓得指节发白，栅门晃来晃去，片片铁锈如雨纷落，小倩目瞪口呆地望着，暗自思忖万一那双手上污秽的指甲刺入她的皮肤，她会有什么下场。

另一个北方人将胡子拉碴的脸塞进门洞，手里挥舞着明晃晃的利刃,当然,不管谁被抢了都不会把刀舞得多温柔。他朝她怒目圆瞪,卷起结痂的嘴唇咆哮道:“包裹丢给我们,就当什么都没发生过。赶紧丢过来!”

小倩跳着步子跑开了,扯弯的栅门吱嘎直响。“你他妈死定了,小混账!我们不会放过你的,走着瞧好了!”她滑步离开,穿过灰尘与腐物,挤过剥落墙面之间的狭缝。“我们不会放过你的!”这句话在她身后回荡。也许明天就会被逮到,但小蟊贼没有太多时间为明天而烦恼。今天已经够糟糕了。她一把脱下外套,翻过来穿上,褪色的绿色衬里朝外,又将帽子塞进口袋,甩开长发,溜上第五运河旁边的步道,低垂着头快步行进。

一艘游船漂过,谈笑风生,觥筹叮当,人们高高地站在甲板上懒洋洋地走动,透过迷雾看去如同鬼魂一般怪异。小倩不禁揣想,究竟要怎么做才配得上那样的生活,而自己究竟又做了什么,只配过这样的日子。这个问题太不容易解答。游船闪烁着粉红的灯光驶进雾霭,她听到霍夫拉小提琴的乐音。她在阴影里站了一会儿,侧耳倾听,心想那声音是多么优美。她低头看着包裹。看上去没理由招这么多麻烦呀。甚至根本没多重。但老格林看重什么由不得她来决定。她擦擦鼻子,贴着墙往前走,循着越来越响亮的音乐声,她终于从背后望见霍夫拉动的琴弓,上前溜到他身后,将包裹丢进他敞开的口袋。

霍夫没察觉到有东西落在兜里,只感觉背上轻敲了三下,走动起来觉得大衣变重了些。他没看到是谁丢进来的,也没有扭头去看,只是继续拉着小提琴,一首《联合行军》。这是他当年志得意满之时每次在阿杜阿台上台下表演的开场曲目,那时至少也是为莱斯泰克大门口的观众暖场。后来他妻子去世,一切就成了烂摊子。那些轻快的音符令他回想起过去的时光，他感受到眼泪如针刺着疼痛的双眼，于是换上一首更适合此时心境的忧郁小步舞曲，尽管周围的人基本上都分辨不出曲子已经变换。司帕尼总爱伪装出文化底蕴浓厚的样子，其实多数居民要么是酒鬼、骗子或粗俗的暴民，要么随机兼具以上多重身份。

呃，怎么成这样了呢？拉普通复奏段吧。他漫步过街道，让音符撒向黑暗，假装心无旁骛，只想靠音乐讨一两个铜板。经过馅饼摊时，便宜肉馅的香味让他肚子咕咕直叫，他停下演奏，将帽子伸向排队的顾客。没人搭理，意料之中，于是他沿路走向凡赛蒂酒馆，在露天的桌子中间舞进舞出，拉着一段奥斯庇利华尔兹舞曲，向各位主顾报以笑意，客人们则闲靠在座位上，抽烟，喝酒，戴着手套的指尖摆弄纤薄的玻璃杯底，镜面面具细缝后的目光里射出一丝鄙夷。杰维像通常一样坐在靠墙的位置，对面椅子上坐着一个女人，头发高高盘起。

"点首曲子吧，亲爱的？"霍夫粗声说着，身子向她靠拢过去，让大衣下摆垂荡在杰维腿边。

杰维从霍夫口袋里顺走了什么东西。他闻到霍夫身上那股湿霉的潮气，皱皱鼻子说道："赶紧滚蛋，磨蹭什么？"霍夫移步离开，一路拉着难听的音乐，感谢命运女神。

"那边怎么回事？"里瑟尔德掀开面具张望了一会儿，露出那张柔软的圆脸，粉涂得很厚，做了时髦的穿孔。

街上确实像有某种骚动。哗啦啦，砰砰砰，北方话的叫喊。

"该死的北方人。"杰维嘀咕道，"老爱惹麻烦，真该像对付狗一样拿链子把他们拴起来。"他脱下帽子丢到桌上——这是通常的暗号，随后靠着椅背放低身子，神不知鬼不觉地将包裹送往身边的地上。没品的行径，可人总得讨生活啊。"何须劳你替他们操心，亲爱的。"

她朝他僵硬地笑了一下，面色冷若冰霜，他却莫名地感到无法抗拒。

“咱们去床上吧？”他问道，丢下几枚金币付了酒钱。

她叹息道：“假如你一定要求的话。”

杰维感觉包裹不翼而飞了。

斯弗基斯从桌子底下挤出来，大摇大摆往前走，手杖哗啦啦地划过身旁一列栏杆，包裹松松地握在另一只手里挥来挥去。老格林或许吩咐过尽量隐形匿迹，但那不是斯弗基斯的风格。人行事得展示出个性，况且他已经十三周岁了，不是吗？马上就有机会高升了，兴许能到库里坎手下工作。谁都看得出他的与众不同——他偷了顶大高帽给自己戴上，样子像极了城里的绅士。假如有人蠢到表示怀疑——不巧的是还真有人怀疑，他便将帽子的角度往侧边整整，一副神气活现的模样。神气得要命。

没错，所有人的目光都聚焦在了斯弗基斯身上。

到一处偏僻地方，他确认完全没人留意到自己之后，迅速溜过挂露的灌木丛，穿过身后的墙缝（老实说是硬挤过去的），进入老神庙的地下室，楼梯顶上洒下几缕天光。

大多数孩子都出去干活儿了，只有一两个小家伙在这里玩骰子，一个小丫头啃着骨头，彭斯正在吸烟，看都不看这边一眼，还有那个新来的蜷在角落里咳嗽。斯弗基斯不喜欢听她咳嗽，没准儿再过一两天还得把她丢进臭水沟里去，不过，嘿，那不就意味着能多赚一点儿收尸钱吗？人们大多不喜欢处理死尸，斯弗基斯却无所谓；照老格林的口头禅来说，苦差事背后总得有利可图。老格林远远地坐在地下室后头，弓着背伏在旧写字台上，桌上燃着一盏油灯。她望着斯弗基斯进来，舌头抵在光秃秃的牙龈上，花白的长发泛着腻腻油光。有个看上去挺机灵的家伙在她旁边，身上花哨的马甲缀满银箔，斯弗基斯立即摆出趾高气扬的姿态，想给对方一个好印象。

“拿到了吧？”老格林问。

“当然。”斯弗基斯说着一甩头，不巧帽子撞上一根矮梁，现在只能凭感觉把它戴回去。他骂了句街，摆出一张臭脸将包裹丢到桌上。

“好，你退下吧。”格林厉声道。

斯弗基斯满脸气恼，有心赌气却无胆回嘴。这孩子现在心思越来越多，逼得格林亮出指节粗壮的手背，他才灰溜溜离开。

“那么照先前说好的，这个归你了。”她指着油灯光晕下捆在皮革里的东西。包裹下方的旧桌子桌面皴裂，污渍斑斑，金色边条已全部剥落，但仍不失为一件古朴的好家具，还能再用很多年。仔细想来，这一点正和老格林自己一样。

“就这么个小东西，好像没必要费那么大周章嘛。”法罗说着皱皱鼻子，往桌上丢了一个钱袋，钱币发出悦耳的丁零当啷。老格林一把抓起它扯开袋口，忙不迭地数了起来。

“你的小倩丫头呢？”法罗问，“小倩在哪里，嗯？”

老格林肩膀一僵，可数钱的动作没停。哪怕是身处海上风暴，她也能泰然数之。“出去干活儿了。”

“她什么时候回来？我喜欢她。”法罗靠近了些，压低了嗓门，“为她我可以出个该死的好价钱。”

“可她是我这里最会赚钱的！”格林说，“我手下其他人你可以随便带走。斯弗基斯那小子怎么样？”

“什么，带包裹回来的那个苦瓜脸？”

"他挺会下力的,壮小伙,胆儿也大。要我说,他上船能划一手好桨,兴许还能培养成斗士。"

法罗冷哼一声。"就那小破孩?上得了场吗?我看未必。依我看,赶他划船都得靠鞭子抽。"

"那又如何?船上不是正好有鞭子吗?"

"应该有的。没办法的话还是带他吧。他,另外再加三个。下周我要去西港市场。你来挑,可别净挑废物。"

"我这里不养废物。"老格林说。

"你养的全是废物,该死的老骗子。过后你又怎么跟剩下的崽子们讲,嗯?"法罗故作傻里傻气的嘲讽语调,"说他们去给上流社会当仆人了,或者去农场养马了,或者被什么狗屁尕喀尔皇帝收养了之类的,嗯?"法罗轻声发笑,老格林心里突然产生一股挥刀相向的冲动,不过现今最好理智些,人生的学费可不好交。

"需要怎么说就怎么说。"她咕哝道,手指依然摆弄着金币。该死的手指已经不及从前的一半灵活了。

"你安抚好他们,改天我再回来看小倩,嗯?"法罗朝她挤挤眼。

"不管你要什么,"格林回答,"不管你怎么说。"该死,她一定要留下小倩。她救不了多少孩子,也没有蠢到觉得能救多少,但至少或许能救一个,到临终之日也好说自己曾有所努力,就算没有人听,她只求个心安。"反正就这些。包裹归你了。"

法罗捡起包裹,离开那个该死的霉腐之地。那味道,让他觉得太像囚牢。还有孩子们的眼睛,全都又大又水灵。他倒不介意买卖他们,只是不愿看到他们的眼睛。屠夫忍心看绵羊的眼睛吗?也许屠夫无所谓,早已习惯了。法罗就是太心软,就是这样,太爱动感情。

保镖们正在前门外闲耍,他挥手示意他们近前,走进他们中间围出的隙地,该出发了。

“会面还算成功吧?”格伦迪肩膀朝他一拐。

“还不赖。”法罗冷淡地嘟囔,不愿多聊。你是要朋友还是要钱?他曾听库里坎如此说过,这句话从此印在了他的脑海。

不幸的是,格伦迪热情不减:“直接去库里坎的宅子?”

“对啊。”法罗答道,语气尽量尖厉刺耳。

可格伦迪就爱翻嘴皮子。到最后,多数打手都会变成这样,也许是一直无所事事的缘故。“不过那房子真叫漂亮,库里坎的,对吧？前门那些柱子叫什么来着?”

“壁柱。”另一个打手嘀咕道。

“不不不,我知道什么是壁柱,我是问专门给那种建筑风格起的名字,柱子顶上雕着葡萄叶的,叫什么?”

“粗琢式样?”

“不不,粗琢是石匠干的活儿,用凿子打坑的,我说的是整体设计——等等。”

交谈戛然而止。法罗顿觉如释重负,片刻之后却忧心起来。一个人影堵在正前方的浓雾中,把那块地盘全他妈占领了。平时在这地方乱窜的狂欢客、乞丐和人渣此时全部让开了道,就像堆积在犁耙周围的泥巴。那人一动不动。那杂种身材高大,和法罗最高的保镖一般高,身穿白色大衣,兜帽扣在头上。唔,那大衣已经不白了。司帕尼的东西都白不了多久。衣服沾了潮气,有些泛灰,下摆周围还溅上了黑色斑点。

“叫他让开。”他厉声喝道。

“给老子让开!”格伦迪高声咆哮。

“你就是法罗?”来人扯下兜帽。

“原来是女人啊。”格伦迪说道。的确是,她的脖子肌肉丛生,下颌棱角分明,红发剪得很秃,与光头相差无几。

“我叫亚武尔。”她一面说，一面扬起下巴朝他们微笑，“人称霍斯科普的母狮子。”

“她大概是个疯子。”格伦迪说。

“从前头那座疯人院逃出来的吧。”

“我确实从疯人院逃过一次。”女人说。她口音怪异，法罗无法断定出自何处，“嗯……那是座巫师监狱，有些犯人发了疯。发没发疯其实区别不大；多数巫师起码都有这样那样的怪癖。不过那是题外话了。我要的东西在你手里。”

“然后呢？”法罗说着咧嘴笑起来。他现在不那么担心了。第一，这是个女人，第二，她脑子显然进了水。

“我不知道该怎么说服你，因为我不善花言巧语，这也是我一直以来的缺点。不过，假如你愿意主动交出来，这样对大家都好。”

“我倒是愿意给你点儿颜色瞧。”法罗答道，引得其他人吃吃窃笑。

女人没有笑。“我要的是个包裹，皮革捆扎，大概……”她扬起一只大手，拇指和食指比画着长度，“有你五根鸡巴那么长。”

既然她知道包裹的下落，那就是个麻烦。再者，法罗不喜欢拿自己的鸡巴开玩笑，那玩意儿不管抹什么神油都没有丝毫效果。他拉下脸来。“杀了她。”

她冲着格伦迪胸口某处一击，或者说大概是如此，只见幻影一闪，他立时双目圆瞪，嘴里发出奇怪的呼呼声，站在原地定住了，着地的前脚掌不住颤抖，佩剑刚拔出一半。

第二名保镖——身形彪莽，近一层楼高的联邦人——将狼牙棒朝她挥去，却只碰到她飘飞的外套。顷刻之间，只听一声惊呼，他已如倒栽葱般飞过街道撞上墙摔落在地，上方砖石碎裂，断落的片片石膏与簌簌沙尘撒在他有气无力的身体上。

第三名保镖——手指灵活的奥斯庇利人——猛抽出一把飞刀，还没来得及脱手，狼牙棒已呼啸着从空中飞来，撞上他的头颅弹开了。他无声倒地，两臂平摊。

“那叫安提罗柱。”女人食指点上格伦迪的额头，轻轻一推，他翻倒在地，侧躺在淤泥之中，依旧僵硬发抖，双目暴凸，眼神涣散。

“这次只用一只手。”她举起另一个大拳头，不知道从哪里取出一把入鞘的剑，剑柄金光闪耀，“下次，我会拔出这把剑，它是古时用陨铁铸成的，只有六个人活着见过剑身。你将有机会欣赏它无与伦比的美丽，然后与这世界告别。”

最后一名保镖简短地同法罗眼神交会之后，丢开板斧拔腿就跑。

“哼。”女人有些失望，微皱着红眉说道，“那么先警告你，你要是也跑，在被我抓到之前，只跑得了……”她眯缝着眼睛努起嘴，上下打量法罗，就像他给孩子们估价时的神色。他发现自己不喜欢被人这么盯着。“大约四步。”

他还是跑了。

他刚跑出三步便已被她赶上，蓦地劈头盖脸挨了一记，塞了满嘴肮脏的石子，手臂以尖锐的角度反扭在背后。

“你这个有眼不识泰山的白痴！”他拼命挣扎，但她的手如铁钳紧握，继续加大他手臂扭曲的幅度，痛得他尖声嘶叫。

“没错，我不爱动脑子。”她的声音里听不出半点克制，“我喜欢在简单的事情上下功夫，没有时间思考大道理。你是愿意告诉我包裹在哪里呢，还是让我用拳头揍得它掉出来？”

“我可是库里坎的手下！”他大喘粗气。

“我新近刚来这里，名号对我没什么特效。”

“我们不会放过你的！”

她笑了。“当然。我不跑不躲。我叫亚武尔，十五高手里排第一。亚武尔，黄金级圣殿骑士之一。亚武尔，锁链破坏者，誓约破坏者，也破坏别人的脸。”说到这，她一拳砸上他后脑勺，他登时眼前一黑，喉咙里充满咸腥味，他很肯定自己在石子路上撞断了鼻梁。“要找我，只消打听亚武尔即可。”她俯在他上方，气息令他耳朵发痒，“只是一旦找到我，你的麻烦可就来了。那么，包裹在哪儿？”

法罗的手突然感到被人掐捏。起初只是略有不适，随后越来越痛，一种炽热的灼烧感沿手臂往上蔓延，疼得他如狗一般地呜咽。“啊，啊，啊，内袋，内袋！”

“很好。”他感到一双手在他衣服里里外外翻找，却只能无力地躺着哀吟，等待脑子里金鼓齐鸣的嘈杂渐渐退去。他伸长了脖子抬头看着她，嘴唇一撇，“以我该死的门牙起誓——”

“是吗？”她的手指摸到暗袋，掏出了包裹，“你可要想清楚。”

亚武尔食指与拇指相对交叠发力，掀掉了法罗的两颗门牙。这是她从苏尔柱一位老人那里学来的绝招，与她此生的多数绝技一样，也是巧使腕力。她将他丢在路上，留他弓着背拼命咳嗽。

“下次见面，我会让你尝尝剑的味道！”她撂下话大步离开，包裹别进腰袋里侧。女神啊，这些司帕尼人真弱。难道再没人能给她试炼了吗？

她甩着疼痛的手。也许她的指甲会变黑脱落，但总归会长回来的，不像法罗的牙齿。这已不是她第一次掉指甲了，包括上次也不算，当时她被先知卡鲁尔温柔细腻地掀掉了所有手指甲以及脚指甲，真是难忘。那倒算是场试炼。这一刻，她几乎有些怀念她的审讯官了。当然，她更怀念越狱时将典狱长的脸塞进他火盆时的感觉。那“嗞嗞”声听来多么美妙！

不过，也许这个叫库里坎的会雷霆暴怒，派一队像样的杀手追杀她。那她就有借口以牙还牙。即使不会有去年的战斗那么激烈，至少能作为傍晚的消遣。

在那之前，亚武尔先散了个步，脚步又快又稳，昂首挺胸。她喜欢散步，每跨一步都能感受到自身的力量。每条肌肉都完全放松，却随时准备着以迅雷不及掩耳之势在下一步做出有力的弹跳、轻快的翻滚，或致命的打击。不需要张望，她能感觉到周围每个人的气息，评判他们的威胁，预测他们的攻击，想象自己的回应，周围的空气也似乎充满了活力，她已计算好所有可能，了解周围的地势，明确相对的距离，一切有用数据了然于胸。最严苛的试炼来自那些掩其不备的对手，亚武尔就是一把利器，时常磨砺，从不入鞘，以警觉应万变。

可是，黑暗里没有投来飞刀，没有箭矢，没有火光忽闪，没有毒液喷溅，更没有一伙刺客从暗影中乍现。

失望。

只有一对喝醉的北方人在庞布零的宅第外面扭打，其中一个怒骂着光头老板什么怪话。她没有理会他们，小步跑上台阶，也没有在意门口几个皱着眉头的护卫，这些人甚至比法罗的人还要差劲。她径直走过穿堂，进了中间的会客室，走完那段人造大理石巷道，经过廉价吊灯，墙上的马赛克拼嵌出一对肥男胖妇后入式交媾的画面，看得人性致全无。热艳之夜显然还未开始，风尘男女们虽然无所事事，却还不太敢贸然倚靠在使用过度的家具上。

庞布零正忙着训斥一个男妓穿得太花里胡哨，突然见她进门，愕然抬头，“你这就回来了？出什么岔子了吗？”

亚武尔纵声狂笑。“全乱套了。”她睁大眼睛，笑得更厉害了，“乱套的是他们。”她捉住他的手腕，将包裹塞进他手里。

庞布零低头盯着那捆古朴的兽皮。“你拿到了？”

女人抬起手臂重重地搂上他肩膀捏了一把。骨头嘎吱直响，他倒吸一口凉气。她身形巨硕无疑,但即便如此,也难以相信随手一掐的力道竟如此之重。“你,还不了解我。我叫亚武尔,人称霍斯科普的母狮子。”她低头俯视他,他心里有种异样的别扭感觉,像一个淘气的小孩被母亲抓住挣脱不得,“只要接受了挑战,我就不会逃避。你以后就会清楚的。”

“谨待赐教。”庞布零扭动身子,挣开她重如泰山的手臂,“你没有……打开它吧?”

“听你的吩咐,没有。”

“好。好。”他低头看着手上,半惊半喜,几乎不敢相信竟然如此简单。

“那么,我的酬劳?”

“当然不会少你的。”他伸手去取钱袋。

她扬起一只满是老茧的手。“其中一半用肉来抵吧。”

“肉?”

“不就是你这里做的生意吗?”

他扬起眉毛。“一半折算成肉可不少。”

“我消受得了。我还打算待上一段时间。”

“不胜荣幸。”他喃喃低语。

“就要他了。”

“明智之选。我——”

“还有他,还有他,还有她。”亚武尔搓搓粗糙的手掌,“让她来给小伙子们热身,我可不会花钱替别人打飞机。”

“那是自然。”

“我是桑德人,胃口很大的。”

“我可算见识到了。”

“看这天热的,找谁给我烧缸水洗澡。我已经一身汗臊味儿,真不敢想象接下来得有多臭。城里头每只公猫都会来追着我跑的!”她又爆发出一阵大笑。

一个男人吞了吞口水，另一个带着略有些绝望的表情望着庞布零。亚武尔赶他们进了就近的房间。

“……你，脱裤子。你，替我把胸上的绷带解下来。你肯定想不到，我为了行动方便得把这俩劳什子缠得多紧……”

天可怜见，门“砰”的一声关上了。

庞布零一把抓住最信任的心腹斯卡拉凯的肩膀，将他拉到身旁。

“给我开足马力跑到第三运河旁的古尔克神庙，就是有绿色大理石柱的那座。知道是哪儿吗？”

“知道，老爷。”

“告诉在门口唱诗的祭司，你有消息要带给艾什莉。就说庞布零老爷拿到了她要找的东西。带给艾什莉，听明白了吗？”

“带话给艾什莉，说东西在庞布零老爷手里。”

“那赶紧去，用跑的！”

斯卡拉凯夺门而去，庞布零也以几乎同样的速度匆忙赶往办公室，紧握包裹的手已然沁出汗来。他手忙脚乱地关上门，五把锁随钥匙转动锁紧，发出金属轻击的“咔嗒”声，令人心安。

直到这时，他才长出一口气，毕恭毕敬地将包裹放到桌上。既然它终于到手，他感到有必要将品味胜利的时刻延长一些，这样才配得上它自身的分量。他来到酒柜前，打开柜门，从显要位置上取下祖父那瓶施兹纳兹。祖父终其一生也没能等到值得打开这瓶酒的时刻。庞布零微笑着除掉瓶颈上的铅封，伸手去拿开瓶器。

他忙活了多久才得到那个该死的包裹？先是散布自己在生意场上失利的流言，虽然当时的他其实再成功不过。之后一次次制造机会勾搭卡柯芙，直到最后他们看似偶遇。之后百般展示轻信的形象，让那傻蛋镖师以为他是个没长脑子的皮条客。小步接近，终于爬上绝佳的位置，得以将迫不及待的双手放到包裹周围，可接下来……背运啊！该死的贱人卡柯芙金蝉脱壳，只给庞布零留下破碎的希望。而现在……幸运啊！那惹人生厌的女人亚武尔竟然凭着蛮力误打误撞获得了成功！回想自己极尽巧思却数度受阻，真是太不公平了。

不过，既然已经到手，就算费尽周折，又有什么关系呢？他轻轻拔出软木塞，笑容愈加灿烂。包裹在他手里。他再度转头凝视自己的战利品。

砰！嘶嘶欢叫的酒划着弧线喷到酒杯之外，洒过他的卡迪里地毯。他目瞪口呆。包裹被一个钩子钩到了半空，钩子上拴着一根纤如蛛丝的细线，一眼望不到头的细线直穿过上方高高的玻璃屋顶里的破洞。他现在才看到，有个黑影正摆成“大”字趴在屋顶上。

庞布零奋不顾身往前一扑，酒瓶和酒杯全滚到地上，酒洒了一地，可包裹在他扣紧十指之前滑脱了，轻盈地往上飞升，顷刻间已够它不着。

“来人哪！”他晃着拳头吼道，“有贼！”

片刻之后，他意识到了一件事，盛怒摇身一变成为恐惧，令他有些发蔫儿。

艾什莉马上要赶来这里。

雪瓦熟练地一倒腕，包裹拉了上来，跳入她静候多时的手掌。

“好一个钓手！”她低声自语着将它塞进口袋，攀过尖耸陡峭的屋顶离开，膝垫上富有黏性的沥青帮了大忙。她横跨屋脊两侧，小步跑向烟囱，抖开绳索垂至下方的街道，倏忽一闪越过房檐，迅速往下方坠去。别去想地面，千万别去想地面，到地面是挺好的，可太快就不妙了……

“好一个身轻如燕！”她口中念念有词地滑过一扇大窗，一间装饰花哨、灯光幽暗的会客厅映入眼帘，随后——

她紧握麻绳骤然愣在半空，微微有些晃荡。

她的确有要事在身，不能叫庞布零的护卫抓住，可房间里的景象任谁都无法视而不见。大约四五个乃至六个赤裸的身体，以惊人的力量与柔韧组成了一座人体雕塑——肢体相互纠缠，轻轻扭动，发出低声喘息。雪瓦将头转到一边，想弄清是谁主导布置了这般场景，一眼瞟过去，却见一个红发壮士正直直盯着她。

“雪瓦？”

肯定不是男人，但绝对强壮无比。况且头发剪得那么秃，就是她没错。

“亚武尔？见鬼，你在这里做什么？”

对方朝身边那堆纠缠的肉体扬扬眉毛。“这都看不出来？”

下方街道上护卫的骚动让雪瓦回过神来。“你没见过我！”她沿着绳子往下滑，麻绳在手套中间磨得嘶嘶作响。她重重地撞上地面，一落地便拔足狂奔，身后的街角附近，一群持刀舞剑的人疾速追了上来。

“捉贼啊！”

“抓住他！”

而其中尤为尖利刺耳的，是庞布零绝望的哭号：“我的包裹！”

雪瓦一拉后腰上的细绳，感觉腰袋口松开，铁蒺藜撒在身后，一两个护卫跌倒在地，号叫声充盈于耳。他们的脚会一直痛到明天早上。但依然有更多的人紧追不放。

“截住他！”

“放箭！”

她往左急转，须臾之间，只听平弓弦“嗡”地一震，飞矢掠过她身边的墙壁，没入夜色之中。她边跑边剥下手套往肩后甩去，一只手套已经磨得冒烟了。接着往右急转，当然，这是预先精心计划的路线。她跳上凡赛蒂酒馆外的桌子，跨着大步一张张跃过，刀具和杯盏被她踢得到处乱飞，惊得客人们仓皇起身，连滚带爬，一个衣衫褴褛的小提琴师忙不迭地护着头躲了起来。

“好一个凌波微步!”她低声念叨着,从最后一张桌子上跳起,越过左边护卫向她抓扑过来的手和右边的狂欢客,拽住藏在凡赛蒂酒馆招牌后面的一根细线,落地途中用力一扯。

她翻滚过地上,一阵强光好似闪电,她翻身爬起来,一声轰响有如炸雷。昏暗的夜瞬间被照亮,前方建筑物的墙面都映上明晰的白光。爆炸声噼啪齐鸣,四处传来尖叫和嘶喊。她知道,身后的紫色花火正如箭一般射过街道,金色星火纷如雨下,足够用作男爵婚礼的排场。

“夸丹当然是制焰火的好手。”她自言自语着,抵御住停下来观赏表演的诱惑,悄悄溜上一条阴暗的过道,轰走拦路的癞头猫,放低身子小跑了三十来迈,弓身钻进狭窄的花园,尽力平息迅急的呼吸。她撕开从枯柳树根中间取来的包袱,抖开白色长袍,扭动身子套进去,戴上大兜帽,手里拿过一大支许愿烛在阴影下等待,竖起耳朵辨识夜色中的各种声音。

“该死。”她悄声嘀咕。声东击西的焰火炸开,最后一丝回音消散,她已隐约能听到庞布零护卫的喊声逼近,他们挨家挨户细致搜查,门框被摇得哗啦啦响。

“他去哪儿了?”

“我想是这边!”

“该死的焰火把我手烧了! 真的烧到了,不信你看!”

“我的包裹!”

“快来,快来。”她喃喃自语。如果被那些傻蛋抓住,将是她职业生涯中最丢脸的时刻之一。回首往事,她曾在阿杜阿的布商公会会馆外侧,一件婚纱提到一半,卡住了穿不上去。那次她头戴花冠却没穿内衣,眼见下方看热闹的人群越来越多,她的心狂跳不止,不过总算挨过去了。“快来,快来,快——”

终于,她听到相反方向传来咏唱,不禁莞尔一笑。修女们从不误时。她现在听到她们的脚步有节奏地踏在地面，盖过了庞布零护卫的叫嚣，以及一个女人猛然被焰火震聋的惊叫。脚步声与圣歌声愈来愈响亮，游行队伍正经过花园，修女们全身素白，头戴兜帽，燃烛僵硬地捧在身前，步调一致地前进，朦朦胧胧在迷雾中隐现。

"好一个修女！"雪瓦低声自言自语，穿过花园，硬挤到游行队伍中间。她把蜡烛往左一斜，烛芯与邻人的烛火相触。旁边的女人冲她皱皱眉头，雪瓦回递个媚眼。

"给个姑娘借个火，好吗？"

烛芯"嗞嗞"叫着引燃了，她调和步伐，让自己欢快的音符汇入咏唱。她们游行过卡尔迪奇大街，游行过芬汀大桥，头戴面具的狂欢客虔敬地分开成两拨，让她们通过。庞布零的地盘，愈加疯狂地搜索她的护卫，一对怒目狰狞、互相争执谩骂的北方人，全被她安然甩在身后的迷雾里。

她悄无声息地溜进自家敞开的窗户，此时天色已黑。她钻过抖动的窗帘，蹑手蹑脚来到安乐椅边上。卡柯芙正靠在椅子上熟睡，一绺黄发垂在嘴边，随着她的呼吸微微飘动。双眼微阖、面容恬静的她，撕下了对一切习惯性的冷笑，看上去多么清纯。清纯而俏丽。赞美这紧身裤的时尚！烛光淡淡地映出她脸颊上柔软的绒毛，雪瓦不禁想伸出手，手掌紧贴她的脸庞，拇指轻抚她的柔唇——

不过，虽然她爱冒险，这样豪赌的风险也太大了。于是她没这么做，而是大喝了一声："嘣！"

卡柯芙弹也似的跳起来，像一只被丢进滚水的青蛙。她撞到桌子上，差点摔倒，踉跄了几步，双眼大睁。"去你妈的，"她嘀咕道，哆嗦着吸了口气，"干吗非要这样？"

"非要这样？没有啊。"

卡柯芙一手按在胸口。"我觉得好像被你吓得绽了线。"

"亲爱的小撒谎精，"雪瓦翻起长袍从头顶脱下丢开，"明明就只擦破点儿皮而已。”

“你的冷淡比任何剑刃伤我更深。”

雪瓦松开盗贼工具带的搭扣，解开防滑护膝，接着开始剥除夜行服，好像根本无所谓卡柯芙是否在旁观。但她注意到卡柯芙一直等自己套上干净长裙才终于开口说话，心里生出几分得意。卡柯芙嗓音略有些沙哑。

“那——”

“那什么？”

“我一直梦想能亲眼见到怀特教会的修女在我面前脱衣服，不过还是很想问你有没有搞到——”

雪瓦将包裹抛过去，卡柯芙矫健地凌空接住了它。

“我就知道你靠得住。”卡柯芙心里的石头落了地，不免有些晕乎乎的，更别提因为欲望而带来的几许兴奋。她对邪路上的女子总是毫无抵抗力。

真他妈该死，她真个要变成她爹了……

“你猜对了。”雪瓦说着一屁股坐上椅子，刚才卡柯芙就是被她吓得从这把椅子上跳了起来，“在庞布零手里。”

“我就他妈知道！那个大滑头！现如今好用又好脱手的诱饵可真难找。”

“看来你还是无法相信任何人。”

“依旧如此。这对大家都好，嗯？”卡柯芙撩起衬衫，小心翼翼地将包裹推入两个贴身腰包上方。

轮到雪瓦饱眼福了，但她假装没看，给自己斟了一杯酒。“包裹里是什么？”她问。

“不告诉你更安全。”

“其实是你不知道吧？”

“我受命不得偷看。”卡柯芙只好承认。

“你就不好奇吗？我是说，委托人越是嘱咐我别看，我反而越是想看。”雪瓦上身前倾，忽闪着黑色的眼睛，甚为撩人心魄，那一瞬间，卡柯芙的脑袋里充满了两人一起滚过地毯，共同欢笑着撕开包裹的情景。

她努力摒弃了这些画面。“盗贼可以好奇，镖师不可以。”

“你敢更装一点吗？”

“再装就太费劲儿。”

雪瓦咕嘟嘟喝了口酒。“唔，这就是你的包裹嘛。我觉得。”

“它不是我的，这才是关键。”

“可我觉得更喜欢目无法纪的你哦。”

“撒谎。你只喜欢抓住每个机会腐蚀我。”

“完全正确。”雪瓦扭动身姿滑到椅子脚，棕色长腿从长袍褶边下方探了出来。“要不多待一会儿？”一只玉足游走到卡柯芙脚踝边，温柔地滑上她小腿内侧，滑下，滑上，“让我腐蚀腐蚀？”

卡柯芙吸了口气，略微觉得有些心痛。“该死，我倒真想啊。”奇怪，这感情竟然如此强烈，卡在她的喉咙，刹那之间她差点哽咽。刹那之间，她差点要将包裹丢出窗外，跌坐在椅子跟前，握住雪瓦的手，倾诉她从未与人分享的儿时的秘密。只在刹那之间。然后她又变回了平常的卡柯芙，巧妙地兜开圈子，让雪瓦直面赤裸裸的事实。“可你也了解我干的营生，得时时争分夺秒。”她抓起崭新的外套，转身穿上，趁机将泪意眨回眼眶里去。

“你该休个假了。”

“每次接任务我都这么说，可每次任务结束之后，又觉得自己有些……焦虑。”卡柯芙叹了口气，系好纽扣，“我就是闲不下来。”

“哈。”

“咱们就别假装不知道你也是一样吧。”

“那就别装了吧。我自己也想着换个地方。也许去阿杜阿,或者回南方——”

“我更情愿你留在这里。”卡柯芙脱口而出,随即挥挥手,装出漫不经心的样子想蒙混过去,“这里还有谁能帮我摆脱麻烦呢？你是我在这座该死的城里唯一信任的人。”当然,这纯粹是句谎言,她一点也不信任雪瓦。优秀的镖师不相信任何人,而卡柯芙更是顶级的优秀。但说谎比说真话让心里好受多了。

从雪瓦的笑容里看得出,她完全理解眼下的整个情况。“真贴心啊。”见卡柯芙转身要走,雪瓦一把抓住她的手腕,握劲大得令人回味,“我的酬金呢?”

“我这个傻瓜。”卡柯芙递过钱袋。

雪瓦根本没打开瞧一眼,立即追问:“还有呢?”

卡柯芙又叹了口气,将另一只钱袋丢到床上,金币滚过白色床单,在灯光下金光灿灿。“不跟你耍个花招你铁定觉得别扭。”

“这么在乎我的小心思,好感动啊。敢问你下次来这里还能再见吗?”她问道,此时卡柯芙的手已经放到了锁上。

“万分期待。”

就在那时,她不顾一切地想要一个吻,可又担心自己不够坚定,会想要第二个第三个,于是在内心的痛苦挣扎中做了一个飞吻,便关上了身后的门。她迅速溜过阴暗的庭院,走出厚重的大门来到街上,期望雪瓦过会儿再细看第一个钱袋里的金币。即使会因此招致天谴,但想想她脸上的表情就觉得值。

今天真他妈的是赔了夫人又折兵,不过还好没有陷入最糟糕的境地。她仍旧有充足的时间登船,看他们眼睁睁痛失良机。卡柯芙戴上兜帽,新缝了几针的刀伤和毫无征兆冒出来的溃疡一齐发作,疼得她龇牙咧嘴,她忍耐着该死的磨着两股的裤缝,大步走进迷蒙的夜色,步伐不疾不徐，丝毫不招人注目。

该死，她真讨厌司帕尼！

李鸣弦　译

吉莉安·弗琳

吉莉安·弗琳笔下已有三部作品荣登《纽约时报》畅销书排行榜，分别是曾高居榜首的《消失的爱人》和斩获推理小说“匕首奖”的《黑暗之地》与《利器》。弗琳曾为《娱乐周刊》撰文及评论，其作品已在四十个国家出版发行。目前她与丈夫和儿子共同生活在芝加哥。

在这篇节奏紧张、情节曲折的小说中，弗琳向我们展示了如下的构思：想让自己的职业更上一层楼固然好，但有时也会因此而迈入某种难以对付的危险领域。

转职记

我已不再替人手慰,不是因为干得不好,反而是因为太过擅长。

三年来,我在三州地区的活计是最棒的,诀窍就在于不要过分在意它。一旦你开始关注技术,开始分析节奏和握压,就失去了这份工作的本质。你得预先做好心理准备,然后停止思考,相信你的身体能够独立胜任。

基本上就和高尔夫球挥杆的技巧差不多。

我以手替人泄欲,一周工作六天,一天八小时,午餐时间休息,日程总是排满。我每年休假两周,节假日从不上班,因为节假日干这活儿谁心里都不舒坦。粗略算算,三年来我大约接待了一共 23546 人次。所以别听那贱货莎黛尔胡说,我辞职可不是因为没有能耐。

我辞职的原因是,当你在三年期间替人撸了 23546 次,腕管综合征就真正近在眼前了。

我进入这行是踏踏实实的,或者更好的说法是"自然而然的",因为我这辈子没有踏踏实实做过多少事。我从小在城里由独眼的母亲养大(这是我回忆录的开场白),她跟贤良淑德丝毫不沾边。她虽然没有吸毒酗酒等问题,却从来不肯好好工作,是我见过的最懒的贱人。我们一周前往繁华街道乞讨两次,她连这种事也要从头到尾耍心眼,不肯踏踏实实要钱。她只想在尽量少的时间里讨到尽量多的钱,然后回家吃大理石蛋糕,躺在污渍斑斑的破床垫上观看以调解为主的法庭真人秀。(污渍,是我童年最多的记忆。我说不出妈妈眼睛的颜色,但我能告诉你,长绒地毯上的污渍是浓汤的深棕色,天花板上的污渍是烧焦的橘红色,墙上的污渍是宿醉后尿液的鲜黄色。)

每一次,妈妈和我都会扮好行头。她有条漂亮的棉布裙子,虽然褪了色也磨秃了,却通体上下散发着端庄。待她随便给我套上一件不合身的旧衣服,我们便坐在街边长凳上,物色合适的乞讨对象。方案相当简单。首选目标是乡下的教会巴士。城里的神职人员只会捎你一程去教堂,到了乡下,他们往往不得不解囊,特别是面对独眼的女士带着满脸愁容的孩子;次等目标是两两结伴的妇女(独行的女人逃得飞快;两个以上的又太难纠缠);三等目标是易于接近的独身女子。很好辨认:你会向什么样的女人问路问时间,我们就找什么样的女人要钱。此外还有留胡子或背吉他的年轻人。千万别拦穿西装的男人:俗话说得好,马屎皮面光,王八混蛋穿西装。戴拇指环的也尽可无视,他们从来都见死不救,具体原因我不清楚。

至于我们选中的人,我们并不称之为目标、猎物或受害者,而是称之为托尼,因为我爸爸就叫托尼,他从来开不了口拒绝别人(虽然我猜他拒绝过我妈妈至少一次,在她要求他留下的时候)。

拦下一个托尼之后,两秒之内你就能搞清楚用什么套路乞讨。有些人把你当成拦路抢劫,希望你早讨完早走,那就一口气赶紧说完:“我们缺钱买吃的能给点儿零钱吗?”有些人则喜欢听你讲述遭遇,得讲些东西令他们心生触动,他们才肯掏钱出来。故事越悲惨,他们越乐于帮助你,给的钱也就越多。我并非指责他们,就好比你去看戏,总希望能看到好戏嘛。

我妈妈在一座偏远农场里长大。她的亲娘难产死了;她的父亲以种植大豆为生,辛辛苦苦将她抚养成人。她本是来这里念大学的,可外公得了癌症,只得变卖田产,家里入不敷出,她只好辍学。她做了三年的服务员,紧接着小闺女就出生了,紧接着小闺女的爸爸又离开了,她还没回过神来……就成了弱势群体之一。并非她得意于现状……

你大致明白了吧。这只是故事的引子,以此为背景可以随意发展。如果对方想听自强不息的励志故事:后来我突然成了外地一所慈善学校的优等生(我的确是,但重点不在于此事的真假),妈妈只需要出点油钱载我去那儿(其实是我一个人去的,转了三趟公交车)。或者,如果对方想听无力回天的故事:后来我很快染上了某种罕见病(一般是诌扯我妈妈约会对象的名字——托德-泰臣综合征、格里高利-费希尔病等等),为了给我治病,家里已经一贫如洗。

我妈妈虽然精明但却很懒,我则比她有抱负多了,而且毅力非凡,从不骄傲自满。我在13岁时,每天就能比她多讨几百美元;到我16岁时,就离开她和她家的污渍与电视——没错,也从高中辍学——独自去闯荡世界。我每天一大早就出门,行乞六个小时。我知道应该接近谁,接近多长时间,需要念什么样的具体台词。我从未因此而羞耻,因为这不过是纯粹的交易:让别人感觉舒服,他们就给你钱。

所以,你该明白手慰这档子事为什么是我自然而然的职业进阶了吧。

"识灵圣手"(店名不是我取的,别赖我)位于城西一个托尼聚居区。店面前区摆着塔罗牌和水晶球,后区则提供软性的非法性服务。我本是来应聘接待员的,没想到"接待"的意思其实是"接客"。妈咪维维卡从前也是接待员,现在则只替人看手相(虽然维维卡并非她的真名,她的真名叫詹妮弗,可人们不相信叫詹妮弗的能算得准未来;她们适合建议你买哪只漂亮鞋子,或者去哪个农家集市抢鲜货,但千万别搅和别人的命运)。维维卡雇了几个算命的撑门面,后面则开着一间整洁的小屋。后区小屋看上去有几分像医生办公室:有纸巾、消毒液和体检床。姑娘们精心装饰了这个房间,摆上百花薰香袋,给灯罩蒙上丝巾,给枕头缝上亮片——都是青涩小妹才喜欢的东西。我的意思是说,假如我是个男的,想花钱找个姑娘替我打飞机,我绝对不会走进房间说道:"天啊,闻闻这新鲜水果酥和肉豆蔻的味道……快来,抓住我的屌!”相反,我走进房间后会尽量少说话,而客人们大多也是这样。

进来手慰的人,跟其他买春的截然不同(我们这里只做手慰,至少我是这样——十八九、二十岁的时候,我傻乎乎地犯了些小偷小摸的案子,从而留下了拘留档案,让我绝对绝对绝对不可能找到一份体面的工作,我可不想再往上扣个赔笑卖身的帽子了)。做手慰的男人,跟做口慰的或者要求性交的男人是完全不同的物种。对一些男人来说,手慰是要求性交的跳板,但我有许多回头客,其要求绝不会超过手慰的程度。他们要么认为手慰不算出轨,要么怕得病,要么没有色胆要求更多。这些人一般是焦虑忧烦的已婚男人,职场上无权无势,中等收入。我不是评头论足,只是客观描述他们的形象。他们希望你打扮漂亮但不风骚。比方说,我在生活中是戴眼镜的,但一到后屋就取下来,因为它令人分心——客人以为你要跟他扮演知性图书馆员,心里激动,等着ZZ Top浪漫蓝调的前奏响起,却半天都没听到,就会为先前以为你要扮演知性图书馆员的想法而尴尬。他们一分心,整个服务花的时间就延长了,这样大家心里都不乐意。

他们希望你和气舒心但不娇柔。他们不想满足什么征服欲,只是进行一项交易而已,以服务为核心。所以你可以彬彬有礼地和他们谈论天气,或者他们喜爱的球队。我经常编一些内涵段子,在每场生意反复利用——内涵段子堪称友谊的桥梁,又不需要履行真朋友的职责。那么你可以说:*我看到小草莓熟喽!或者咱们这船太小了吧*(这些其实是我专跟你讲的内涵段子)。坚冰打破,他们不再自视低人一等,因为营造了友好的气氛,情绪放松下来,工作更好开展。

人们总爱问:“你是做什么的?”遇到有人这么问我,我就说:“我是做客服的。”这也是真话。对我而言,能让许多人微笑,说明今天工作做得不错。我知道这话听起来有几分故作真挚,但它毕竟不假。我的意思是说,我倒愿意做个图书馆员,但又会担心工作是否稳定。书可能有朝一日会消失,屌却永远存在。

可问题在于，我的手腕真疼死了。二十几岁的人，八十多岁的手腕，还得佩戴运动护腕，一点儿都不性感。工作前我会把护腕取下，撕魔术贴的声音总让客户稍稍有些心紧。有一天，维维卡来后面找我。这个女人体态臃肿得像个章鱼——琳琅满目的串珠、绸带和纱巾挟裹着浓浓的古龙水味萦绕在她身周。她把头发染成水果潘趣酒的红色，还特别强调是天生的（维维卡生在一个工人阶级家庭，排行老幺，对自己喜欢的人总是没辙；她看个广告也会哭，想戒掉肉食却屡战屡败。以上是我的猜测）。

“能看透未来吗，书呆子？”她问。她叫我书呆子，是因为我在午餐休息时间戴上眼镜读书喝酸奶。我倒渴望当个书呆子，只可惜愿望没有成真，因为高中辍了学，我的学问都是自通（自通可不是脏话，查查字典吧）。我不断地阅读、思考，但终究缺乏正规教育，所以我虽然老觉得自己比周围的人都要聪明，可要是遇上真正的聪明人——喝葡萄酒、说拉丁文的象牙塔骄子——他们一定会觉得我无聊透顶。这样的生活真是孤独。我接纳了这个外号，并视之为荣誉勋章。也许某天我在一些真正的聪明人眼里也将有可取之处，但问题是：怎样才能找到聪明人呢？

“看透未来？不行。”

“那当前呢？能看穿什么吗？”

“也不行。”我觉得算命这档子事完全是垃圾，借用我妈的话来说，傻鸟才会信。不过她真是在偏远农场里长大的，这点我没骗人。

维维卡停下手中拨弄珠子的动作。

“呆子，我可是在帮你哪。”

我明白了。通常我没那么迟钝，只是现在手腕疼得要命，那种痛令人无法集中精神，总不免去思考怎样才能止痛。同时我也要解释一下，维维卡经常以提问作为聊天的主打——而根本不关心对方的回答。

“只要一见到别人，我就立即能看出来，”我学着她拿腔拿调，故作玄秘,“他们是什么人,需要什么,就像能看到他们周围一圈彩色的光环。”其实这都是真的,除了最后一句之外。

“你看得见光环。”她笑了,“我就知道你行的。”

于是我发现自己晋升到了前屋。看得见光环,意味着我不需要培训。“挑他们喜欢听的话说即可。”维维卡教我,“挠他们心里的痒痒。”所以,一旦有人问我:“你是做什么的?”我就回答:“我是视觉专家”,或者“我是做心理咨询的”。都是实话实说。

来占卜的客户几乎全是女性,而做手慰的客户显然都是男的,因此我们的营业安排必须精准到一分一秒。这里空间不大:如果接待了一位男士安顿在后屋,必须保证他在下一位女顾客进门咨询之前刚好离开。谁都不想在一个女人哭诉婚姻如何破裂的时候听到后面传来高潮的叫喊,谎称新买了条小狗的借口只能用一次。出了事很难收场,因为维维卡的客户大多来自中上阶层及上层新贵,这些阶层的人们可不好伺候。伤心的豪门主妇不会找一个叫詹妮弗的人算命,绝对更不想听一个敬业到撸坏手腕的性工作者对自己的未来说三道四。外表决定一切。这些人绝不愿踏足中低端门店,她们的主要目标是住在城里寻找郊区生活的感觉。我们的前台装修得像在为陶谷仓家居公司打广告,我的着装也很应景,基本上是走 J. 克鲁品牌主打的涂鸦风格,乡村意趣的宽松衫是其核心元素。

结伴光顾的女人,通常无所事事,沉迷幻想,或是喝了酒,准备来消遣。一个人来的却深信不疑。她们要么是已走投无路,保险金额却不够请心理医师,要么是还没意识到自己已经绝望,需要看心理医生。我很难对她们产生同情,只能尽量去感同身受,毕竟是靠故弄玄虚吃饭,我可不愿让保障将来饭碗的技能卡壳。但我还是要说,得了吧,城里有套大房子,丈夫不家暴,还帮忙带孩子,经常陪孩子看书,有时给予职业方面的指导,她们竟还觉得不开心,讲述完总会说一句:“可我就是心里难受。”感觉难受,通常说明手上空余时间太多了,真的。我不是执业心理医师，但我也知道，这只能说明太闲了而已。

于是我一般会说这样的话："接下来的生活中，你将热衷于新的兴趣。"专挑她们愿意上手的事情来说，搞清楚什么事能让她们感觉实现自我价值：做小孩的心灵导师，做图书馆志愿者，给狗结扎，种草养花。不能用暗示的语气，这是关键，得说成警告。"接下来的生活中，你将热衷于新的兴趣……必须谨慎小心，否则，其他的重要东西都会被它吞噬殆尽！"

倒不是说每次都这么简单，但通常就这么简单。人们企盼投入工作的激情，企盼一种使命感，得到这些之后，她们会再度登门拜访，因为你预言了她们的未来，美好的未来。

苏珊·伯克则有些与众不同。她似乎比乍看上去更聪明些。那是一个细雨淅沥的四月上午，我刚接待完一个手慰客户，走进前室。我依然保留着几个关系不错的长期客户，刚才服务的是一个长相威猛却性格和善的有钱人，自称迈克尔·奥德利（我说"自称"，是因为我觉得有钱人不可能告诉我真名）。迈克尔·奥德利：*一直无法超越体学兼优的哥哥；上大学之后才找到人生方向；聪明绝顶却不自以为是；常进行强迫性慢跑*。以上只是我的猜测。我唯一了解迈克的一点是他爱看书。他推荐书籍时的那股子狂热劲儿，正是我这个上进书呆子所渴望的：迫不及待，恨不得赶紧得到认同。*这本书非读不可*！很快，我们就有了自己的私人（偶尔有些湿人）读书会。他尤为喜欢"经典超自然传说"，并希望我也能喜欢（*毕竟你是个通灵人嘛*，他微笑着说）。于是，那天他来，我们讨论了《山宅鬼惊魂》一书中关于孤独与需求的主题，我用消毒巾擦完手，拿起他借给我供下次讨论的书：《白衣女人》（"*这本书非读不可*！经典佳作，永世不衰"）。

然后我把头发抓乱了一点，以显得更具通灵力。我整平宽松衫，把书夹在腋下，跑进主室。没有完全准时：晚了37秒，苏珊·伯克已经在等了。她一把拽住我的手，紧张兮兮地上下傻晃，这个重复动作疼得我龇牙咧嘴，书滑落在地，我俩同时去捡，头撞到了一起。这绝不是人们心目中拜访通灵师的情景，简直像在演《活宝三人组》。

我扬手示意她坐下，换上聪颖的语调，问她为什么来这里。要了解别人的需求，这是最简单的办法：问他们想要什么。

苏珊·伯克沉默了几次心跳的时间，然后嘟囔道："我的人生在崩溃。"她容颜绝世却惶惶不安，让人根本不容易察觉到她的美貌，除非是直愣愣地盯着她看，视线穿过眼镜片，望向那摄人心魄的蓝眼睛，想象那暗哑金发丝丝散落的模样。她显然很有钱。她的手提包简约至极，却又昂贵之至。她的服饰看似其貌不扬，但剪裁做工极佳。其实可能不是衣服普通——只是被她穿出了随意的风格。聪明却缺乏个性。我暗自思忖，循规蹈矩。生活中总害怕说错话做错事。缺乏自信。也许从小被父母严苛管教，现在又受丈夫颐指气使。丈夫脾气不好——她的整个人生目标就是安然度过每一天，没有鸡飞狗跳。悲哀。她这样的人真悲哀。

这时，苏珊·伯克开始抽泣。我本打算在两分钟之后出言劝慰，但她抽泣一分半钟后自行止住了。

"我不知道自己为什么来这里。"她说着，从包里扯出一张素色手绢，却没有擦泪，"真是疯了。生活越来越糟。"

我尽量柔声劝道"好啦，好啦"，没有与她肢体接触。"你的生活怎么了？"

她擦擦眼睛，瞪了我一个心跳的时间，眨眨眼。"你算不到？"

随后她投来一个微笑。幽默感。意外。

"那我们要怎么做呢？"她问道，重新平复了情绪，摩挲着后颈附近的什么地方，"要怎么算呢？"

"我只是个心理感应师。"我开口道，"你知道这是什么意思吗？"

"你可以读懂人的内心。"

"一定程度上可以这么说，但我的力量比单纯的直觉要强大得多。

我可以动用所有的感官,察觉人们身上传来的振动,看到光环,闻出绝望、不忠或者消沉。这是我与生俱来的天赋。我妈妈就是个极为消沉、终日心绪不宁的女人,她身边萦绕着一团深蓝色的迷雾。她一靠近我,我的皮肤就叮当作响——就像有人在弹钢琴——她身上散发出绝望的味道,闻起来好像面包。"

"面包?"她问。

"那就是她的味道,日渐枯朽的灵魂。"我需要另选个别的气味。不要枯叶,太明显了,但得是个亲近泥土的东西。蘑菇?不行,不优雅。

"面包,好奇怪啊。"她说。

人们经常问自己的气味或者光环是什么样,这是他们参与游戏的第一步。苏珊不安地扭动了一下。"无心冒犯,"她说,"我……觉得不太相信这些。"

我等着她把话说完。同感性沉默是世上从未得到充分利用的武器之一。

"好吧。"苏珊说着,将两鬓的头发掩到耳后——镶钻的宽面婚镯闪耀如银河——看上去年轻了十岁。我能想象出幼年时的她,多半是个书虫,清丽而羞涩,父母望女成凤,成绩总是全A。"那么,你从我身上感应到了什么?"

"问题出在你家的房子。"

"这是我告诉你的。"我能感觉到她身上传来的绝望气息:愿意相信我。

"不,你只是告诉我,你的人生在崩溃。我是说问题出在你家的房子。你结婚了,我感应得出,你和丈夫之间很不和谐:我看到你周身围绕的光环是绿幽幽的,好像坏掉的蛋黄,但是外缘又有健康的松绿色打着旋儿搏动。这就是说,你的生活曾经幸福美满,是后来才变得很糟糕的。对吧?"

显然很容易就能猜出这一点,但我喜欢自己对颜色的编排,感觉很恰当。

她直愣愣瞪着我。我果然撞上了接近核心的东西。

“我从你身上感觉到与我母亲相同的振动:那种钢琴声一样的叮叮当当,尖锐的高音。你很绝望,内心的痛苦很剧烈,难以入睡。”

提及失眠一般有风险,但通常能收到极好的成效。遭受痛苦的人们往往睡不好。失眠症患者对于能够体会他们疲惫的人总是深怀感激。

“不,不,我能睡足八小时。”苏珊说。

“那不是真正的睡眠。你会做一些烦心的梦,也许算不上噩梦,甚至你都不记得它们,但醒来后你感觉疲惫,身上懒疼。”

瞧,即使是最糟糕的猜测也能补救。这个女人已经到了奔五的年纪,奔五的人醒来时,身上总会有哪儿犯疼。这是我从广告里了解到的。

“你的颈脖里储藏着焦虑。”我继续道,“此外,你身上有牡丹的味道。牡丹代表孩子。你有孩子吧?”

如果她没有孩子,那我就说:“可你想要一个。”她也尽可否认——我从来没想过要孩子,根本没考虑过——我则可以坚持,而很快她就会放弃争执,思考起这个问题来,因为很少有女人是坚定决绝地铁了心不生育。这个想法很容易在别人心里种下,除非对方真正很聪明。

“对,嗯,有两个。一个亲生儿子,一个继子。”

继子,抓住继子做文章。

“问题出在你家的房子。是你的继子吗?”

她站起身,在手提包的各层口袋里翻找。

“我该付你多少钱?”

我判断错了一件事。我本以为不会再跟苏珊·伯克见面,可四天之后她又来了(“东西有光环吗?”她问,“比如说日常物品,或者房子?”)。又过了三天她再次拜访(“你相信恶灵吗?你觉得有没有这种东西呢?”),翌日亦再度登门。

关于她的情况,我大部分猜对了。家教严苛,父母望女成凤,成绩全A,毕业于常春藤盟校,工商类学位。我问了她这个问题:你是做什么的?她费尽口舌去解释裁员、重组与客户交叉的概念,见我皱起眉头,便不耐烦地说道:“我界定并消灭问题。”只要不牵涉到继子,她和丈夫之间的关系还过得去。伯克一家去年搬进了城里,就是打那时起,从前逆来顺受的孩子开始找别人麻烦。

“迈尔斯从来都不乖。”她说,“我是他唯一的妈妈,他没见过自己的生母——从他九岁起我就和他爸爸在一起了,可他一直都很冷漠。内向,心里空虚。我真讨厌自己这么说他。我的意思是,内向其实没什么。可是去年,自从搬家以后……他变了,变得更有攻击性,终日里怒气冲冲,神情阴郁,让我感受到威胁和恐惧。”

孩子十五岁,刚被强行从郊区迁居至城里,本就有些叛逆的孤僻小孩如今举目无亲,他当然会心生怨气。这个分析倒是挺有帮助,我心里清楚,但没说破。我得抓住眼下的机会。

我一直想开展室内光环净化业务。基本设想就是,别人搬新家之后给你打电话,你到房子周围四处走走,焚烧洋苏草,撒盐,嘴里叽里咕噜一番。新的开始,抹去前任主人遗留的任何负能量。鉴于人们纷纷往市中心回迁,搬进那些历史悠久的老房子,我感觉这将成为一项新兴的朝阳产业。一百年的老房子,里面该残留着多少幽怨。

“苏珊,你有没有考虑过,是那座房子在影响你儿子的行为?”

苏珊凑近来,双眼圆睁。“对!对,我是那么觉得。这想法疯狂吗?我就是因为这个……因为这个才又来的。因为……我墙上有血。”

“血?”

她凑得更近,我能闻到她那薄荷味掩盖下酸溜溜的气息。“上周。我当时不想说什么……我以为你会觉得我疯了。但是它真的在,一道长长的细痕,从地面一直到天花板。我是不是……是不是疯了?”

第二周，我去她家中与她会面。我驾着牢实的掀背车开上她家所在的街道，心里暗暗想着，是铁锈。不会有血。锈水来自墙上，或者屋顶。老房子嘛，谁知道是什么材料建的？谁知道在一百年之后会漏出什么来？问题是怎么去演。我是真的没兴趣去搞驱魔，去研究教会的狗屁恶魔学。我想那也不是苏珊想要的结果。而她明确邀请我去她家，她那样的女人一般不会请我这种人去家里，除非是想得到什么。安慰。我可以就“血痕”的事安抚她，为它找个解释，同时坚称这所房子能够来一场净化。

反复的净化。我们还没有谈过价钱。十二次上门服务收2000美元，感觉是个挺好的价格基准。照此往下算，一个月，一年，给继子一点时间调整身心，习惯新的学校和新的伙伴。之后他被“治愈”，我成为英雄，很快，苏珊会将我引荐给她那些神经衰弱的富家好友。我可以自立门户，到时候别人问我：“你是做什么的？”我就说*我是个企业家*，并摆出企业家那种目中无人的姿态。也许苏珊会跟我成为朋友，甚至邀请我参加读书会。我会坐在壁炉旁，小口啃着布里干酪说道，*我是一家小企业的老板，往大了说就是企业家*。我停车下来，深吸一口春天清朗的空气。

就在这时，我看到了苏珊的房子，整个人都呆立住傻望着它，感到寒从脚起。

它和左邻右舍不同。

它似乎鬼影幢幢。在一长溜四四方方的新式建筑中间，它是仅存的一座维多利亚式房屋，也许正因如此，它看起来像一头隐兽，计算着时机，伺机欲出。宅邸正门全是精致的石雕，细节令人眼花缭乱：花朵缠着细线纹饰，繁复的枝干绕着欲吞山海的缎带。门框外有两个真人大小的天使合围，他们的手臂升向天空，神情仿佛被什么看不见的东西吸引着。

我望着这座房子，它也像在透过那一长列阴森的窗户回望着我。

窗子很高,足够一个孩子在窗台上直立。此时真有个小孩在,我能看到他瘦弱的全身:灰裤子黑毛衣,脖子上打着一个完美的栗色领结,浓密的黑发遮住了他的眼睛。随后,眼前突然一晃,他已跳进屋里,消失在厚重的织锦窗帘背后。

通往宅邸的台阶又陡又长。走到台阶顶上,经过满脸虔敬的天使,抵达门口按响门铃时,我的心仍在狂跳。我一面等,一面看着脚边石碑上雕刻的铭牌。

卡特胡克庄园

建于1893年

帕特里克·卡特胡克

雕刻用了夸张的维多利亚式花体,并排的华丽字母o中间横亘着一道细腻轻盈的旋曲笔画①,让我不自觉地要护住肚子。

苏珊红着眼睛开了门。

"欢迎来到卡特胡克庄园。"她装出大气的样子说道。她发现我正盯着她看——虽然每次看到苏珊她都一脸憔悴,可这次她竟然连头都懒得梳两把,而且身上散发出一股难闻的酸味(不是什么"绝望"或者"消沉",就是口臭和体臭)。她无精打采地耸耸肩:"我终于开始失眠了。"

房屋内外截然两样。内部已全然改头换面,如同任何一个有钱人的房子一样,让我的心情立即愉悦了起来。我可以净化这个地方:高雅的嵌入式壁灯,花岗岩桌台,不锈钢电器,以及新铺木墙板:整面整面的墙上包着橡木板,活像拉过皮似的,光滑得有几分怪异。

"咱们从血痕开始吧。"我提议道。

我们爬上二楼。上面还有两层。楼梯间没有任何遮挡,我从栏杆中间向上望,看到顶层有一张脸正俯视着我。黑头发黑眼睛,生在复古

---

①"卡特胡克"原词包含两个字母o,其英文为Caterhook。

瓷娃娃一般的肌肤之上。迈尔斯。他面无表情地盯了我一会儿,又再度消失。这孩子跟这所老宅好生般配。

苏珊取下一幅颇有韵味的画作放上楼梯平台,于是整面墙都映入我眼帘。

“这儿,就在这儿。”她从天花板到地面上下比画着。

我假装仔细研究着它,但真没什么好看的。她已经将它完全洗刷干净了,我都能闻到漂白剂的味道。

“我可以帮你。”我说,“这里能感觉到剧烈的痛苦,就在这儿。虽然那种感觉遍布整个房子,但这里最明显。我可以帮你。”

“房子整晚吱吱嘎嘎。”她说,“我是说,就像是在呻吟。不应该这样啊,里面什么都是新的。迈尔斯的房门莫名其妙地‘砰砰’响。而且他……他情况越来越糟,就像被什么东西附身了。他背上像长着什么黑乎乎的东西,就像昆虫的外壳。他走起路来扑啦啦的,像甲虫在扇翅膀。我真想搬家,我怕得想搬家,可我们的钱已经不够了。我们花了好多钱买这座房子,又差不多花了同样的钱重新装修,而且……我老公说什么也不肯同意。他说迈尔斯只是到了叛逆期而已,还说我是个神经兮兮的傻婆娘。”

“我可以帮你。”我说。

“我带你看看整座房子吧。”她回答。

我们走过又长又窄的厅廊。自然条件下,房间是黑的,离窗子越远,黑暗越浓郁。苏珊一路按开了电灯。

“迈尔斯老爱关灯。”她说,“然后我又把灯都打开。我叫他让灯一直开着,他却装作不知道我在说什么。这里是我们的学习室。”她说着打开一扇门,门后是一间宽敞的屋子,屋里有壁炉以及从墙这头延伸到那头的书架。

“这里是藏书间啊。”我倒抽一口气。他们的藏书得有一千本,至少。厚厚的大部头书籍,聪明人看的书。你怎么能在一个房间里收藏上千本书,却只是称之为学习室呢?

我踏进房间,故作发抖。“你感觉到了吗?有没有感觉到这里的……沉重?”

“我讨厌这个房间。”她点头。

“我需要格外关注这个房间。”我说。那我就可以每次来这里待上一个小时读书,想读什么读什么。

我们回到厅廊,这里已归复漆黑一片。苏珊叹了口气,开始逐一开灯。我听到楼上传来啪哒啪哒的脚步声,有人在走廊里疯狂地跑来跑去。我们经过右边一扇紧闭的房门,苏珊抬手敲门——*杰克,是我*。只听一把椅子被拖开,门锁“咔嗒”一声开了,开门的是另一个孩子,比迈尔斯小几岁,和母亲长得很像。他朝苏珊微笑,好像两人一年没见了一样。

“嗨,妈妈。”他边说边张开双臂拥抱她,“我好想你。”

“这是杰克,今年九岁。”她说着摸了摸他的头发。

“妈妈和朋友在这里有些事要忙。”苏珊说着,蹲下身与他平视,“你先念完功课,然后我给你做点心吃。”

“要锁门吗?”杰克问。

“对,要一直锁门,宝贝。”

听到身后的门锁传来“咔嗒”声,我们继续往前走。

“为什么要锁门?”

“迈尔斯不喜欢他弟弟。”

她一定觉察到了我的皱眉:没有哪个十几岁的男孩喜欢被弟弟缠着。

“我该让你看看迈尔斯对他不喜欢的保姆做了什么。这也是我们缺钱的一个原因,医药费。”她突然转头对着我,“我不该那么说,这不是……大问题,也许就是场意外。其实我也搞不清楚,该死,可能我真的是疯了。”

她发出刺耳的笑声，揉了揉一只眼睛。

我们走到厅廊尽头，那里锁着另一扇门。

“不是我不给你看迈尔斯的房间，我没有钥匙。”她简短地说道，“而且我太害怕了。”

她再次强作欢颜，但看上去并不开心，甚至微弱得不够称作笑容。我们走上一层楼，这里有一排房间，贴了墙纸刷了墙漆，随意摆放着维多利亚风格的小巧家具。有个房间里只摆了一个猫砂盆。“给我家猫咪威尔基用的，”苏珊说，“它是世界上最幸运的猫：有单独一个房间盛放自己的屎尿。”

“你会找到办法将这片空间利用起来的。”

“我家猫咪其实很乖。”她说，“快20岁了。”

我报以微笑，假装那是多么有趣的好消息。

“我们显然用不着这么多房间。”苏珊说，“我想，我们曾以为会再有一个……养子之类的，但我不会再带别的孩子进这座房子，所以我们的钱随之花在了这些相当昂贵的藏品上面。我老公真心喜欢古董。”我能想象她丈夫的样子，正经古板，高傲自大。买古董，却不是亲自去淘。也许具体工作都交给了某个佩戴角框眼镜的高端室内设计师来做。没准儿那些书也是她替他买的。我听说有些人就爱这么干——成批量地买书，将它们变作家具。这种人真傻。我从来想不通有些人怎么会这么傻。

我们又爬上一段楼梯。顶层其实就是一间宽敞的阁楼，沿墙边摆放着几只老式的扁衣箱。

“那些箱子傻吧？”她低语道，“他说能给这个地方一点真实感。他不喜欢翻修。”

这么说，房子是一场妥协：丈夫要古韵，苏珊要现代，所以他们以为像这样内外分割也许能解决问题。可是伯克夫妇到最后谁都不满意，反而更讨厌这样的地方。花了几百万美元，却没有买来谁高兴。有钱人花了冤枉钱。

我们沿着内梯下楼，梯步窄小得令人发晕，好像兽穴的地道。最后我们来到宽敞明亮的现代厨房。

迈尔斯坐在厨房中岛旁等我们。苏珊一看到他，脚下不禁跳了一步。

他看上去不足十五岁。苍白的脸，尖尖的下巴，黑眼睛一闪一闪地映着亮光，好像蜘蛛。估量的眼神。极为明亮，但讨厌学校。我想，从来得不到足够的注意——就算得到苏珊的全部注意也仍不满足。心胸狭小。自以为是。

“嗨，妈妈。”他说。他的脸变了样，咧嘴做出一个灿烂的傻笑。“我好想你。”天生乖宝宝；心怀爱意；杰克。他在惟妙惟肖地模仿弟弟。迈尔斯过来拥抱苏珊，走路时也学着杰克那种垮着肩膀的幼稚步态。他双臂拥抱住她，依偎在她怀里。苏珊的视线越过他的头顶向我投来，面颊潮红，嘴唇一紧，像是闻到了什么恶心的味儿。迈尔斯抬头注视着她。“你怎么不抱我呀？”

她给了他一个短暂的拥抱。迈尔斯立即松开手，像被开水烫了一样。

“我听到了。”他说，“你给她讲杰克的事，讲保姆的事。什么都告诉她了。你这个贱货。”

苏珊身子一缩。迈尔斯转头对着我。

“我真心希望你走开，再也别来了。这是为你自己好。”他朝我们俩笑了，“这是咱家的家务事。你不觉得吗，妈妈？”

然后他踩着沉重的皮鞋，踢踢踏踏走回内梯上，身子极度前倾。他走起路来真有扑啦啦的声音，就像生着甲虫亮亮的硬壳。

苏珊盯着地板，吸了一口气，抬起头。“希望你能帮帮我。”

“这些事你丈夫怎么说？”

“我们不谈这些。迈尔斯是他的孩子，是他养大的。我只要稍微说两句不好的话，他就骂我疯了，还说我疯得不轻，以为房子闹鬼。也许我真疯了。不管怎么说，他常年出差，不会知道你在这里的。”

“我可以帮你。”我说，“咱们赶紧把价钱定下来吧？”

她同意了价钱，但不同意时间安排：“我给不了一年时间等迈尔斯好起来，说不定到时候我们全死在他手上了。”她身子一耸，发出绝望的假笑。最终我同意一周来两次。

我过来时主要是白天，孩子们在上学，苏珊在上班。我确实进行了净化房子的工作，我是指清洁。我点燃洋苏草，撒上海盐，然后用薰衣草和迷迭香煮一锅汤药，擦洗这座房子的墙壁和地板。之后我坐在藏书间里读书，同时到处查探。我找到无数张杰克的照片，笑容如阳光般灿烂，也有几张生气噘嘴的迈尔斯，一两张忧郁的苏珊，她丈夫的照片却一张都没有。我不禁同情起苏珊来。继子成天耷拉着脸，丈夫常年不在家，难怪她会变得疑神疑鬼。

不过。不过，我也感觉到了：房子，即使说不上有恶灵，至少……令人无法不在意。我感觉它在观察我，有这种事吗？它让我心里发堵。一天，我擦地板的时候，中指突然传来割伤一般的剧痛——像被咬了一样——我赶紧抽回手，发现在流血。我拿一条备用的抹布紧紧缠住手指，望着鲜血渗出来，感觉房子里的什么东西似乎心满意足。

我开始害怕，同时尽力抵御害怕。*是你把这事儿搅和出来的。*我告诉自己，*当断则断！*

六星期后的一个上午，我正在厨房里煮薰衣草——苏珊去上班了，孩子们在上学——突然感觉背后有人。我转过身，发现身穿校服的迈尔斯正打量着我，脸上挂着得意的微笑。他手里拿着我那本《碧庐冤孽》。

“你喜欢鬼故事？”他笑道。

他翻过我的提包。

“迈尔斯？你怎么在家？”

“我一直在观察你。你很有趣。你知道有什么坏事要发生,对吧?我很好奇。”

他走上前来,我赶紧退开。他站在开水壶旁边,脸颊被热气蒸得绯红。

“我在尽量帮忙,迈尔斯。”

“可是你同意的吧?你感觉得到吧?邪恶?”

“我感觉得到。”

他凝视着那壶水,伸出一根指头抹抹壶口,又猛地收回来,红了。他用那蜘蛛般的闪亮的黑眼睛打量着我。

“你的样子跟我想象的不一样。走近看,我本来以为你很……性感。”他说起那个词的语气带着讽刺,我明白他的意思:万圣节装扮的性感算命女巫。闪亮唇彩,爆炸头,大圈耳环。“你打扮得像个保姆。”

我向后退了一步。他弄伤了上一个保姆。

“迈尔斯,你是想吓唬我吗?”

我恨不得能伸长手到灶台那边关上炉子。

“我是想帮你。”他听上去很理智,“我不希望你出现在她周围。你再来会送命的。其他我不想说太多,我可警告过你了。”

他转身离开了房间。我听见他踏上外梯,赶紧将滚沸的开水倒进洗碗池,然后跑到饭厅拿我的提包和钥匙。我得走。当我拿起提包,一股略带甜味的热烘烘的臭气冲击着我的鼻孔。他朝里面吐了——吐遍了我的钥匙、钱包和手机。我简直受不了那股恶心,没法去拿钥匙,去碰那秽物。

苏珊慌里慌张地冲进门。

“他在这里吗?你还好吗?”她说,“学校打电话来,说迈尔斯没去上学。一定是刚进前门就赶紧从后门溜了。他不喜欢你来这儿。他对你说了什么没有?”

楼上传来响亮的稀里哗啦。一声号叫。我们跑上楼。走廊顶的灯钩上吊着一个粗制的小布偶,荧光笔画的脸,一根红线套住它的脖子。尖叫声来自走廊尽头迈尔斯的房间。滚,滚——你这贱货,你这贱货!

我们站在门外。

“你想跟他谈谈吗?”我问。

“不想。”她说。

她噙着泪转身回到走廊,摘下灯钩上的布偶。

“我起先还以为是我。”苏珊说着,将布偶递过来,“可我头发不是棕色的。”

“我觉得是我。”我说。

“我真是怕得都累了。”她小声嘀咕。

“我懂的。”

“你不懂。”她说,“以后你就会明白。”

苏珊回了房间,我继续干活。我发誓我真在干活。我擦洗了房子的每一寸墙壁和地板,用迷迭香和薰衣草。我用洋苏草焚了烟,叽里咕噜念了一通咒语,而此时,楼上的房间里,迈尔斯在尖叫,苏珊在大哭。随后我将糊满呕吐物的提包和着里面的东西一股脑倒进厨房洗碗池,放水冲到它们干净为止。

黄昏时分,我正给车开锁的时候,附近街区里有个老奶奶出声招呼我。她脸圆圆的,粉扑得很厚。她快步跑过迷蒙的暮色,面带浅浅的微笑。

“我是想感谢你为这个家庭所做的一切。”她说,“谢谢你帮助小迈尔斯。谢谢。”说完,她将手指放到唇边,做出一个上锁的动作,便又快步跑开了,我还没来得及告诉她,我所做的一切完全不是为了帮助这个家庭。

一周之后,我在自己的小公寓(只有 14 本书的单间)里闲耍时,突然注意到一样新的东西。床边的墙上有团污渍,像一个生锈的水坑。看着它,我想起了妈妈,想起了从前的生活。全都是交易——为了达到目的,扯这个谎,扯那个谎——而且什么都没变,一直到现在。一项交易完成之后,我的脑子就清零成白板,等待下一场交易。但苏珊·伯克这家人却在我心里挥之不去。苏珊·伯克,她的家人,她那座房子。

我打开自己的老笔记本开始搜索:帕特里克·卡特胡克。艰难的查筛拣选之后,终于找到一个链接,指向某大学英文系网站上的一篇文章:《维多利亚时代犯罪实录——帕特里克·卡特胡克家族的恐怖故事》。

时年为1893年,百货业大亨帕特里克·卡特胡克搬进位于市中心的镀金时代富丽豪宅,随同迁居的还有娇妻玛格丽特,以及两个儿子罗伯特和切斯特。罗伯特是个问题儿童,常欺负学校同学,残伤邻居的宠物。12岁时,他烧掉了父亲的一座库房,并留在现场观看其烧毁过程。他无休无止地折磨少言寡语的弟弟。到14岁,罗伯特被证实缺乏自控力,卡特胡克夫妇遂选择将其与社会隔离:1895年,他们将他锁进豪宅,就此禁止其踏足屋外。在这座阴暗的镀金囚牢之中,罗伯特渐渐变得愈加暴力,常用自己的排泄物与呕吐物涂抹家人的财物。一名保姆曾因不明原因的瘀伤被送往医院,再也不肯回来。厨师也于一个冬日早晨逃走,传闻她在一场"厨房意外"中遭受了沸水造成的三级烫伤。

无人确知那座房子在1897年1月7日的夜里发生了什么,但血腥的结果无可争议。人们后来发现,帕特里克·卡特胡克被捅死在床上,尸身共留下117处刀伤;帕特里克之妻玛格丽特在逃往阁楼的楼梯上被斧头砍死——斧头仍嵌在背上;10岁的小切斯特被淹死在浴缸里。罗伯特则在自己房间的横梁上吊身亡。他显然为这个时刻特意打扮过:身穿蓝色正装,衣服上沾满了父母的血,淹溺弟弟时溅湿的水迹依旧未干。

故事下方附了张模糊的老照片,卡特胡克的全家福。四张严肃正经的脸掩在层层叠叠的维多利亚式荷叶领后面望着镜头。男人大约40多岁，身材瘦削，蓄着精心打理的尖须；女人金发碧眼，体格娇小，眼神锐利而悲伤，瞳仁颜色很淡，看上去几近白色。两个男孩，小儿子和妈妈一样金发碧眼，大儿子则是黑发黑眼睛，脸上带着自鸣得意的浅笑，歪斜着头，一副心有城府的模样。迈尔斯。大儿子很像迈尔斯。虽然外表不完全一样，但神情气质是一致的：自以为是，自命不凡，咄咄逼人。

迈尔斯。

如果卸掉溅血的地板和水迹斑斑的屋瓦，如果毁掉那根曾吊着罗伯特·卡特胡克尸体的横梁，拆掉饱浸尖叫的墙壁，是否就破坏了老宅？如果内部实体——老宅的内脏器官——被移除，它还会闹鬼吗？不祥的气息是否会在空气中逗留？当晚，我梦见一个小人儿趁苏珊熟睡时打开她的卧室门，轻手轻脚走过地板，冷静地站在她旁边，手里提着寒光闪耀的剁肉刀，借用自她花了百万美元精装的厨房。房间里弥漫着洋苏草和薰衣草的味道。

我一直睡到下午才醒来，此时天色昏黑，窗外电闪雷鸣。我盯着天花板出神，直到寻常太阳下山的时间，才穿上衣服开车前往卡特胡克庄园，没用的草药一样都没带。

苏珊开了门，满眼泪花，苍白的脸似乎在阴暗的房间内幽幽泛光。

“你果然通灵。”她低声道，“我正要给你打电话。情况更糟了，接二连三的。”说着，她瘫倒在了沙发上。

“迈尔斯和杰克在家吗？”

她点点头，指指楼上。“昨晚，迈尔斯很平静地告诉我，他要杀了我们。”她说，“我真的很担惊受怕……因为……威尔基……”她又哭起来。“啊，天呐。”

一只猫缓缓踱进屋内。老公猫，瘦骨嶙峋，有气无力。苏珊指着它。

“瞧瞧,他对可怜的威尔基……干了什么!”

我又看了看。猫咪后腿上方只有一簇茸茸的毛团。迈尔斯砍断了猫咪的尾巴。

“苏珊,你有电脑吗?有样东西得让你看看。”

她领我上楼进了藏书间,走到维多利亚风格的书桌旁,书桌显然是她丈夫置办的。她按动一个开关,壁炉呼呼地燃起来。她敲了一个键,笔记本屏幕亮了。我给苏珊看了那个网站上卡特胡克家族的故事。她仔细读着,我感觉到她温暖的鼻息喷在我的脖颈上。

我指着那张照片:“罗伯特·卡特胡克有没有让你想到谁?”

苏珊点点头,仿佛神情恍惚。“这意味着什么呢?”

雨点噼里啪啦地敲打在漆黑的窗玻璃上。此刻我真渴望明媚的蓝天。这座房子沉重压抑得令人不堪忍受。

“苏珊,我挺喜欢你的。我一般不对人动感情。我希望能让你的家庭幸福美满,可我觉得自己办不到。”

“你这话什么意思?”

“我是说,你需要有人来帮你。我帮不了。问题出在这座房子,我觉得你们应该搬走。不管你丈夫会说什么。”

“可是,如果搬走……迈尔斯仍然跟我们一起。”

“对。”

“然后……他就会好起来吗?只要离开这座房子?”

“苏珊,我也拿不准。”

“你在说什么呀?”

“我是说,我一个人处理不好你家的事,我不够资格,处理不了。我认为你今晚得离开这儿,去一家酒店,开两个房间,锁好隔门。然后……等事情明朗起来。而我真正能为你做的,只是作为朋友陪在身边。”

苏珊晕乎乎地站在原地,手卡着喉咙。她蓦地后退,喃喃念着稍等一下，消失在了门外。我等着她，手腕又开始一跳一跳地疼。我环视一圈藏满书籍的屋子。这里不会为我庆祝成功，不再可能将我推荐给焦虑紧张的富家姐妹。我毁了自己的大好机会，给了她一个她不想要的答案。可我第一次感觉到问心无愧。不是告诉自己做得对，而是真正的问心无愧。

我看见苏珊的身影在门外一闪而过，走向楼下。迈尔斯紧随其后，朝她扑去。

"苏珊！"我边喊边站起身，却没有勇气走出屋外。我听到模糊的低语，出于急切或者愤怒。之后归于虚无。寂静。还是没有动静。快出去啊。可我还是害怕，不敢一个人走进那黑暗的厅廊。

"苏珊！"

这个孩子恐吓弟弟，威胁继母，还冷静地对我说，我会死。这个孩子砍断了家庭宠物的尾巴。这座房子攻击并操纵屋内的住户。这座房子目睹过一家四口的死亡，却还不满足。保持冷静。走廊依旧黑着，没有苏珊的迹象。我站了一会儿，迈步向房门走去。

迈尔斯突然出现在门口，一如既往地穿着校服，僵硬地直立在我面前，拦住我的去路。

"我警告过你别再回这里来，你还是回来——一次又一次地回来。"他说道，理直气壮地，就像在教训一个受惩罚的孩子，"你知道自己就要没命了，对吧？"

"迈尔斯，你后妈在哪儿？"我向后退，他步步紧逼。他还是个小孩，却令我害怕不已。"你对苏珊做了什么？"

"你还是不明白，对吧？"他说，"今晚咱俩都得死。"

"对不起，迈尔斯，我不是有意要惹你。"

这时他笑了，眼睛笑得皱成一团。发自内心的欢喜。

"不，你误解我的意思了。是她要杀你。苏珊要杀了你和我。看看这房间周围。你觉得自己是偶然留在这里的吗？仔细看。仔细看那些书。”

我早就仔细看过那些书。每次净化这里的时候，我都会看一遍那些书。我觊觎它们，还曾幻想偷一两本作私人读书会之用，那是我和……

和迈克。我最喜欢的客户。过去几年中，我和迈克一起读过的每本书都在这里。《白衣女人》《碧庐冤孽》《山宅鬼惊魂》。之前见到它们时，我还曾暗自得意——社会精英藏书间里的书我也读过这么多，我是多么聪明。可我终究不是博览群书的书虫，只是碰巧进了这个藏书间的愚笨妓女。迈尔斯从桌子抽屉里抽出一张照片，结婚照。暖夏的落日照在新郎新娘背后，给他们身周裹上一圈背光的黑影。苏珊美艳动人，相对于我认识的她来说，既甜美性感又活力四射。至于新郎？我几乎认不出这张脸，但我肯定会认得他的鸡巴。两年来，我一直在给苏珊的丈夫提供手慰服务。

迈尔斯正眯眼望着我，像一个喜剧演员在等观众消化搞笑台词。

“她要杀你，我很肯定她会连我一块儿杀了。”他说。

“你这话什么意思？”

“她现在正在楼下拨911。她让我先拖住你。等她上来，她会开枪杀了你，再向警察编造事实，二选一。第一：你是个惯骗，自称拥有灵力，以期从感情脆弱的人身上获取利益。你告诉苏珊说可以帮助她精神不稳定的儿子——她也信任你——而与此相反，你所做的一切不过是借机入室盗窃。后来你被她当面揭穿，你想诉诸暴力，她出于自卫射杀了你。”

“我不喜欢这个。另一个选择是什么？”

“你其实遵纪守法，也真的相信这座房子有恶灵附上我的身。但真相是我没被附身，只是个普通的叛逆少年。你逼我逼得太狠，我杀了你。她和我夺枪，出于自卫射杀了我。”

“她为什么要杀你？”

“她不喜欢我,从来都不喜欢。我不是她亲生的。起初她想把我打发给我妈,可我妈不肯接手。然后她又想把我送到寄宿学校,但我爸说了不行。她绝对想我死,她就是这种人,就是这样生活:找到问题根源,消灭它。她若是要行恶,就毫不手软。”

“可她看起来这么——”

“唯唯诺诺?不,她可不是这样,只是希望你这么想。她是位成功的美女执行官,是个该死的女强人。只是自己觉得要让你在摆弄比你弱的人,要全盘掌控。我讲得没错吧?你干的整个营生不就是这样,操纵可以操纵的人吗?”

我跟妈妈玩了十年的把戏:扮上行头,假扮成各类弱势群体。这次被人耍了同样的伎俩,我竟没看出来。

“她想杀我……是因为你父亲?”

“苏珊·伯克的婚姻幸福美满,却被你毁了。我爸走了。离开了她。”

“我敢说,光几次……出轨,不是你父亲离开的原因。”

“但她宁可相信是这个原因。这是她所界定并计划消灭的问题。”

“你父亲知道……我在这儿吗?”

“还不知道——他真的一直在外出差。不过,一旦我爸得知我们死了,回过头来清理前因后果,会怎么样?只要苏珊告诉他自己有多么害怕,偶然在他那本《蝴蝶梦》里找到通灵师的名片后,绝望地向她寻求帮助……想象他的罪恶感。他的孩子死了,就因为他找人做手慰。他的妻子为了保护家人,不得已杀人,就因为他找人做手慰。那种恐惧和罪恶感——他将永远无法补偿她。这才是重点。”

“她就是这么找到我的吗?通过名片?”

“苏珊发现了名片,觉得奇怪,可疑。我爸喜欢鬼故事,但却是世界上最不信鬼神的——绝对不会去看手相,除非……看手相只是幌子。于是她跟踪他,预约了你。之后你夹着他那本《白衣女人》从后屋走出来,她立即明白了。”

“她私下告诉了你。”

“起初我当那是荣幸。”他说,“后来我意识到她是想转移我的注意力,将杀你的计划告诉我,我就不会想到自己也得死。”

“干吗不直接挑个晚上在小巷子里一枪杀了我?”

“那样我爸就不会痛苦自责。再说万一被人看见了怎么办? 不行。她想在这里杀你,好让她看起来才是受害者。这个方法其实最简单了。所以她编了家里闹鬼的故事引诱你来这里。卡特胡克庄园,真吓人啊。”

“可是卡特胡克一家呢? 我在网上看到了他们的故事。”

“卡特胡克一家是虚构的。我是说,我猜他们确实存在过,但没有像你在故事里看到的那样惨死。”

“我可是亲眼看到了!”

“你能亲眼看到,因为那是她写的。网络时代,做个网页,再弄几个链接,让人们搜索到它,相信它的人就会分享到自己的主页,你知道这都有多简单吗? 简直易如反掌,特别是对我妈这样的人而言。”

“那张照片,看起来好像——”

“她去了一个跳蚤市场——一盒接一盒的这种老照片,每张一美元。不难找到一个长得像我的孩子。特别是有人本身就容易轻信,容易上当,比如你。”

“那淌血的墙呢?”

“她是故意那么跟你说的,为了营造氛围。她知道你喜欢鬼故事。她想引诱你过来,并且让你相信。她喜欢糊弄别人,希望你对她好,担心她,然后——啪! ——突然震惊地发现自己马上要死,之前竟然是白害怕一番。你的感觉背叛了你。”

他冲我轻蔑地一笑。

“谁砍了你家猫咪的尾巴?”

“它是只曼岛猫，傻子，天生不长尾巴。下一个问题能在路上回答吗？我可不愿在这里等死。”

“你想跟我一起走？”

“咱们这样看：要么跟你离开，要么留在这里等死。没错，我愿意跟你走。她大概已经打完电话，到楼梯底下了。我已经在房间里挂好了消防梯。”

苏珊的鞋跟“噔噔噔”沿楼梯而上。距这里两层楼，移动迅速。她叫着我的名字。

“求你带我一起走。”他说，“求求你，到我爸回家的时候就成。求求你，我好怕。”

“那杰克怎么办？”

“她喜欢杰克，只是想我俩消失。”

苏珊的脚步声从下一层楼传来，逐渐往上。

我们从消防梯逃了出去，感觉好像在拍戏。

我们上了车，开出好一段之后，我才发现自己完全不知道在往哪儿瞎开。迈尔斯苍白的脸映着经过的车灯，像一钩病态的月亮。车窗上的雨滴滑过他的额头，流过他的脸颊和下巴。

“快打电话给你爸。”我说。

“我爸在非洲。”

雨点噼里啪啦地打在车顶那薄薄的铁皮上。苏珊·伯克(了不起的行骗高手！)拼命向我灌输对房子的恐惧，而我一直蒙在鼓里。现在我回过头来思考：一位成功女性嫁了金龟婿，小两口的宝宝可爱迷人，生活幸福美好，只除了一样：古怪的继子。她讲述迈尔斯一直对她冷淡的时候，我相信了她，但现在我肯定，是她一直对迈尔斯冷若冰霜，我也认定她从一开始就想除掉他。像苏珊·伯克这么精明的人绝不愿意替别的女人养一个古怪难缠的孩子。苏珊和迈克的关系起初还过得去，但很快，她对他长子的冷酷影响了二人的关系，他开始逃避她，她的碰触令他发冷。于是他来找我,反复来找我。我们在阅读方面有一定的共同点,他借以让自己相信我俩存在某种关系。而苏珊那边的事态继续崩溃,他搬了出去。他没带上迈尔斯,因为这次是去国外出差——等他回国会立即作安排(这是纯粹的猜测,我认识的迈克过来时总爱咯咯轻笑,不像会抛弃孩子的人)。不幸的是,苏珊发现了他的秘密,遂将婚姻的毁灭怪罪到我头上。想象一下,像我这么低贱的女人竟跟她丈夫鬼混,她该有多么愤怒。可现在她既甩不开讨厌的诡异的继子,又困在不喜欢的房子里。问题怎么解决呢?她开始计划,将我引诱到家里。迈尔斯旁敲侧击地警告了我,戏弄我,略微玩个游戏。苏珊向左邻右舍模糊地提起,请我来这里帮助可怜的小迈尔斯,于是等到事实浮出水面——我以前当过妓女,现在又偷她东西——就会显得她很惨,很可怜,很值得同情。而我则像个大魔头。这是实施谋杀的最好途径。

迈尔斯那巨大的苍白如月的脸逼视着我,笑了。

"你要知道,现在你的主要身份是个绑匪。"他说。

"我想咱们得去警局。"

"咱们得去田纳西,查塔努加。"他有些不耐烦地说道,好像我在反悔加入了一项谋划已久的行动,"今年血柳在那里召开。之前一直在海外——自1978年以来,这是第一次在美国开。"

"听不懂你在说什么。"

"就是全世界最大的超自然爱好者大会啊。苏珊说不准我去,那么你能带我去。我觉得你也会高兴的——你喜欢鬼故事嘛。在红绿灯那儿左转可以上高速。"

"我才不带你去查塔努加呢。"

"你还是带我去的好。现在我说了算。"

"你发梦吧,小子。"

"你还偷东西绑架呢。"

"我哪样都没干。"

“苏珊拨911,不是因为她要杀你。”他笑了,“她拨911,是因为我告诉她,我抓到你在偷东西。她的珠宝一天比一天少,你瞧。”他拍拍运动夹克的口袋,我听到里面的东西哗哗响。

“现在她应该已经回到楼上,发现讨人厌的继子被一个算命的妓女加小偷绑架了。所以这几天咱们得低调些,没关系,血柳周四才开幕。”

“苏珊想杀我,因为她发现了我和你爸之间的事。”

“你可以直接说手慰,好吧,”他说,“我不觉得有什么。”

“苏珊发现了。”

“苏珊什么都没发现。智商那么高,竟然蠢得无可救药。发现真相的是我。我一直借我爸的书看。是我发现了你的名片,是我发现了你在页边做的笔记。是我去你上班的地方,弄清楚了一切。苏珊的话也有真实的成分:她确实觉得我很怪。我告诉过她我不想搬家,很明确地告诉过她——可最后还是搬来了,于是我开始在房子里制造事端,只是想烦死她。是我伪造了那个网站。是我。是我编造了卡特胡克家族的故事。是我让她去找你,我想看看她到底能不能搞清楚该死的状况,随之搬走。可她非但没有,反而听信了你的鬼话。”

“这么说,苏珊讲的房子里那些恐怖怪事全是真话喽。你真的威胁说要杀了弟弟吗?”

“我不过口头说说而已,充其量只说明她相信我会那么干。”

“你真把保姆推下了楼梯吗?”

“拜托,她自己摔的。我又不暴力,只是爱动脑筋而已。”

“那天呢,你吐在我提包里,跑到楼上又疯又叫,还在灯钩上挂诅咒娃娃?”

“是我吐的,因为你不听我劝,不肯走。娃娃也是我做的。还有地板上割破你手指的剃刀尖。这个想法的灵感其实来自古罗马战争。你有没有读过——”

“没有。尖叫的也是你?听起来怒不可遏的样子。”

“哦,那倒是真的。苏珊剪了我的信用卡,将它丢在我桌子上。她想把我关在家里。不过,后来我意识到,你就是带我离开那座傻房子的出路。我不管想干什么都需要成年人帮忙,真的:比如开车、开房等等。我长得太慢了,15 岁看上去还像 12 岁。我需要你这样的人才真正混得开,只消让你带我离开那座房子就行,而且绝无后患,因为你知道不能报警,我猜你这样的人有犯罪前科。”

迈尔斯说得对。我这种人从来不去警局,如果去了,到头来往往是自讨苦吃。

“这里左转,上快车道。”他说。

我打方向盘左转。

同时,回想着他的故事,翻来覆去地细想。慢着,慢着。

“慢着。苏珊说你砍了你家猫咪的尾巴。你跟我说它是曼岛猫……”

这时他笑了。

“哈!说得好。这么说,有人对你撒谎了。我猜你得先决定相信哪种说法。你是愿意相信苏珊疯了,还是认为我疯了呢?哪种想法让你觉得更自在?起先我想,如果你认为苏珊疯了会好一些——这样你会同情我的处境,和我成为朋友。旅伴。但后来我又想:也许让你觉得我是恶人更好一些。也许这样你就更清楚这里是我说了算……你怎么看?”

我们默不作声地驱车前行,我检视着自己的选择。

迈尔斯打断了我的沉思。“我说,我真觉得这是三赢。假如苏珊是疯子,她想赶我们走,我们这不走了么。”

“你爸回家之后,她会怎么跟他说?”

“那取决于你愿意相信哪个故事。”

“你爸真在非洲吗?”

“我觉得我爸不是你决策中需要顾及的因素。”

“好吧,迈尔斯,那万一你才是疯子呢?你妈会报警找我们的。”

“到那个停车场停车,教堂。”

我上下打量他,看他是否带了武器。我可不想被抛尸在废弃的教堂停车场。

“听我的,好吧?”迈尔斯语气凶狠。

我将车停在了高速路口边上一座装有卷帘门的教堂停车场。迈尔斯跳进雨里,跑上台阶躲在屋檐下。他从上衣口袋里掏出手机给我回了个电话,然后又跟谁讲了一分钟,之后把手机摔到地上,狠踩几脚,跑回车上。他身上春雨的气息让人有些不舒服。

“好嘞,我刚给神经兮兮的小后妈打了个电话,说你吓死我了,我也受够了那座房子和她的装神弄鬼——还经常带这么粗俗的人来家里——所以我跑去我爸那里了。他刚从非洲回来,我要在他那里待一阵子。她从来不给我爸打电话的。”

而他已经砸坏了手机,我也就看不到他是真给苏珊打了电话,还是又在演戏。

“你怎么跟你爸说?”

“咱们记住这点:如果你爸妈水火不容,一个老在忙工作,一个总在出差,谁都不想你打扰他们的生活,那就有很多话可以编,有很多空间可以操纵。所以你真的不需要担心。上高速,大概三个小时之后就能到一家汽车旅馆。那里有有线电视和餐厅。”

我上了高速。15 岁的孩子,比快 30 岁的我还要精明。我不禁想,改邪归正,替他人着想,为他人行善,这档子事真是傻鸟才会做。我开始觉得这孩子可能会是个好搭档。这小年青需要成年人的帮助踏入社会,而女骗子最好用的道具莫过于一个孩子。“你是做什么的?”人们会问,我则会回答:“我是他妈妈。”想想我都能怎样招摇撞骗再逃之夭夭,如果人们以为我是个爱子心切的年轻妈妈。

再加上那血柳大会听起来真的很酷。

跟迈尔斯计划的一样,我们三个小时之后停在汽车旅馆,要了套相邻间。

“睡好。”迈尔斯说,“别想半夜溜走,否则我会报警告你绑架。我保证这是最后一次威胁你,我也不想当一个混蛋。但我们一定得去查塔努加!会很好玩儿的,我发誓。真不敢相信我马上就要去了!我从小就一直想去!”他激动得手舞足蹈,样子怪怪的。然后进了房间。

这孩子有些招人喜欢。可能有反社会倾向,但挺招人喜欢。我对他有好感。我就要带一个聪明的孩子,去一个所有人都愿意讨论读书的地方,我终于要破天荒第一次离开这里,而且可以用上全新的“妈妈”身份。我决意不去担心:或许我永远无法得知卡特胡克庄园怪事背后的真相(从大处看,这有什么关系呢),总之只有两个可能,我要么被耍了,要么没有,因此我选择相信自己没有。这辈子我骗了那么多人相信那么多事,而这次将是一场大手笔:让自己相信自己做的事是明智的。不光鲜,但很明智。

我爬上床,望了望隔门。检查门锁,关灯,盯着天花板,盯着隔门。

梳妆台拖到门背后。

什么都不用去担心了。

李鸣弦　译

马修·休斯

一个倒霉小偷,怀揣仅几枚铜板跑过险象环生的森林,意外发现一件价值连城的魔法器物,真是大幸——抑或大不幸。

马修·休斯生于英格兰利物浦,成年后主要在加拿大生活。他曾担任过记者,为加拿大司法部长及环境部长担纲演讲撰稿人,后在不列颠哥伦比亚地区的公司及政坛任自由演讲撰稿人,现潜心全职创作小说。休斯的作品显然受到了杰克·万斯的强烈影响,他的名声起于对一系列旧地球头号通缉犯顶风作案的细致刻画,其代表人物卢夫·英布里即身处万斯《濒死的地球》所塑造的时代之前。一系列的相关中长篇包括《蠢行》《愚我两次》《黑色布里林》《马扎斯托姆》《希斯匹拉》《螺旋迷宫》《模板》《四重奏与三联画》《黄宝石》《他者》《下院》,以及短篇集《精义猎手》《亨吉斯·哈普索恩的九个故事》《卢夫的意图》。其最新作品有都市奇幻三部曲:《该死的破坏狂》《装备自理》《严厉惩罚》,合为《百战荣归》系列。此外,他还以马特·休斯之名发表犯罪小说,以笔名休·马修斯撰写电影版小说。

七禧客栈

炎炎晌午,盗贼拉法龙躲在森林主路附近一棵大蕨草背后打盹的时候,突然被一阵打斗声吵醒。他翻身趴倒在地,悄悄拔出小刀以备不时之需。他就这样静静地趴着,努力辨认层层树枝后面的景象。

扭打的人影,模糊的声音,气声和喉音组成的音节。模糊的叫喊,那是被人用手捂住了嘴,接着传来清脆的"咚"的一声,那是硬木棍敲打上了天灵盖。

拉法龙没有打算出手相助。刚才听到的声音出自汪达尤人之口,这里靠近它们的地界。汪达尤武士只有在准备仪式时才会离开自己的土地,往往是六人一组,且必然带着尖钩、粗网和大棒。它们的节日庆典以人肉为主题,要是拉法龙胆敢干涉密林另一端正在进行的捕猎,唯一结果就是给这群半兽人的食物储备增添一份意外收获。

他一直等到可怜的猎物被捆好、甩上肩膀扛走,又再等了一会儿——刚在这片森林抓到个傻子,汪达尤人没准儿觉得还能再抓一个。直到听见鸟儿与小兽重新继续先前被打断的活动,他才起身,轻手轻脚向路边走去。

他发现路上空无一人,只有刚才那个不幸旅人的随身财物,那人此刻正被押向东边的汪达尤领地。他细细查看散落在地的物品:一个磨旧的皮挎包,一只水瓶,一根手杖,顶端的木柄已经被手掌磨得很光滑。带着小小的期待,他蹲下身翻找挎包里的东西,发现一件汗衫,但质量一般;一个打火匣,比他自己用的还次;还有一块椭圆的雕花木头,约有他手掌大小。

他仔细研究着雕花。花纹排列成一条人与兽相组合的形状,图形交叉的角度在某些人看来或许有些淫邪,但拉法龙一眼就看出,那其实违背了生理构造的极限。图案中央空出一个菱形,上面刻着一个深深的符文,拉法龙发觉自己的视线开始涣散。

视觉上的眩晕令盗贼开心得合不拢嘴。这物件具有魔法性质,肯定能在塔雅港集市上开得个好价钱,只要顺着这方向往前走就是了,还不到一天的行程。那边的地界上法师云集。他将这东西翻过来,想看看另一面有什么。翻转过程中,里面隐隐有什么东西动了一下。

是个盒子。他想,还不是普通盒子。他把这东西颠来倒去换了几个角度打量,却没有找到接缝或者合页,也没有发现明显能打开它的方法。不是普通盒子,是个谜盒。

时来运转了。盗贼拉法龙的今天始于冰冷的黎明,当时他飞也似的逃进森林,钱包里仅有两枚铜板,干粮袋里只有半块隔夜的面包。起因是他在一座谷仓院子里发现了一个不够牢靠的鸡笼,后来他和当地农夫就那只鸡的最终命运起了争执。现在,时间已过晌午,鸡仍在笼子里,面包却在行路途中吃完了。铜板还在,他另得了一个盒子,盒子本身就值不少钱,指不定还装着什么好东西呢。

皮挎包也可能派上用场。他将挎带挎上肩膀,汗衫早已丢掉,它太大了,而且一股汗酸味儿。他拔下瓶塞子,嗅了嗅,希望里面是红酒或者烧酒,却失望地发现只是普通的水,不过仍旧把水瓶塞进了皮挎包。片刻之后,他决定将手杖也丢弃了,虽然前方险坡陡峭,登高之后立即得沿路直下前往塔雅河谷——他更习惯使刀,只要来得及拔出来。

他继续往前走,一路研究着盒子,并注意到盒子一角有一处磨秃了些。他按了那里一下。什么都没发生。他又揉了一下,还是没有结果。他左右滑动它,听到里面传来轻微的“咔嗒”一声,一根木条滑落,露出下方针头大小的小孔。

拉法龙手里没针，不过有把小刀，还有整整一片森林。他将一根细枝削到合适大小，插进孔里一戳。盒子反方向有个小木块跳了出来。盗贼到处按了几下，盒子雕花的一面突然滑开一小段，原来这面是暗盒的盖子，滑过去后恰好对上隐藏的合页，盒子打开了。

里面垫着一张紫色绒布，中间凹陷处摆着一个木雕小像，同他拇指一般大小。看起来像个大肚子小人，光头，也许是男性，头部以极大的角度后仰着，开口纵情欢笑。拉法龙拿出雕像，想仔细验看一番。

当他的指尖触到光滑的木雕，一阵微弱的刺痛从指头传来，传入手掌，沿手臂而上，一路增强。他惊恐万状，直觉性地要丢开那东西，却发现手指和手臂都不听使唤。同时，那种刺痛的感觉现在达到了顶峰，增长为全身性的震颤。盗贼站在森林主路的中间颤抖了好一阵子。他两眼翻白，呼吸停滞，膝盖僵硬，脑壳里像有一阵强风穿过。

突然间，这些感觉消失了，他再度能控制自己的身体——除了又一次试着丢开雕像的时候：他的手臂听从了指令，手指却依旧我行我素。叛徒指端紧握住光滑的木雕，拉法龙聚集了所有意念也无法使它松开。

与此同时，他听到一个声音：咱们还是走吧。汪达尤人捕猎的时候，到处闲逛可没什么好处。

盗贼不抱多大希望地转了一圈，果然没人在。这些话在他头脑里响起，没耳朵什么事儿。他现在张开了手，向那舒适地靠在他掌心的物件说道："你是什么？"

说来话长。他终于习惯了只有自己能听到脑海深处的声音，再说我缺乏足够的能量来解释清楚。

拉法龙同意它对闲逛的看法，再次向塔雅港的方向出发，视线扫过森林小径的左右，极目远视。但他刚走出两三步，就发觉两腿停住并转身返回了来路。

另一条路，那声音说道，咱们得去救福菲林。拉法龙的脑海里出现了一幅图像：一个身穿皮衣的瘦长高个子，下巴很长，眼睛好像正凝视着什么遥远的景色。盗贼摇摇头,想抛开这不请自来的图像——营救白痴可不在他的行程之内。他想夺回对下肢的控制权,挣扎许久却仍是徒劳。

只听脑子里的声音说道:别浪费精力了,留着等赶上汪达尤人再用吧。另一幅图像在他脑内视野中砰然展开:六个耸着肩膀的汪达尤武士,光头,尖耳,尖牙,表皮生有深深浅浅的绿斑。它们慢步跑过一条林间小径,其中两人用长杆抬着一个网起来的长条形布捆,左右晃荡。

他没有打算驱走这幅景象,而是饶有兴趣地仔细查看。他知道,从未有人清楚地观察过汪达尤人;凡是近距离清晰见过它们的——而非像有的观察者在远处短暂一瞥,便明智地掉头加速离开——无一例外,都不复再见到这个世界,大概只有那设在集体大锅旁边,映照屠夫面容的砧板除外。

拉法龙清楚一则常识:亲手创造这个物种的,是古时一位妄自尊大的杰出法师奥维良,其初衷是想创造一批半兽人赖以御敌。不幸的是,这位法师在成形过程中用错了部分材料,致使自己活生生成了其创造物品尝的第一餐人肉。

周围的部落通过艰苦卓绝的不懈努力,终于成功将食人族限制在曾为奥维良领地的荒野峡谷。而每一次进入峡谷深堑,冀求永远消灭这群怪兽的努力,却只换来破碎的血衣:大法师毫无保留地向其创造物灌输了战斗的天赋以及炉火纯青的伏击战术。

最终,各方默许了一项停战协议,主要内容是:只要汪达尤人不侵扰当地村镇,该地领主就不会带领军队杀进峡谷;半兽人节庆所需的人肉只能取自两个地方,一是穿过峡谷西面森林的主路,二是通往东北方向的山间小道。当地人清楚汪达尤人捕猎的时段,时节一到就主动避开那些道路。这里欢迎盗贼拉法龙和信徒福菲林这种流浪汉来冒险。

食人族的图像从拉法龙脑海里消失了,行走的双腿将他带到了受害者被抓走的现场。他没有止步,而是转向森林主路一侧,钻过一片灌木丛,他几乎是在同时发现自己身处捕猎路线之中。他看见野鹿四散奔逃,同时发现了汪达尤人行走的足迹,一眼就辨认得出,软泥上有脚蹼的印痕,以及大趾曲状尖爪压出的凹坑。

这道足迹通向汪达尤领地。拉法龙在足迹旁的一丛灌木上发现了几滴血迹。但他还没来得及把这些细节看清楚,就已经迈开大步往下走了。

他连忙在脑子里说道:“等等! 我们得找个僻静地方好好商量!”

他的脚步仍未放缓,但脑海里的声音说道:有什么好商量的?

“如果我不同意合作,你能够成功吗?”

拉法龙感觉灵体在思考。有道理,我可以少耗一些能量。咱们找个隐蔽的地儿吧。

他们循着小径,进入一块僻静的林间空地,一道蜿蜒的小溪从空地中间流过。盗贼看着一株枝繁叶密的柳树说道:“这里就行。”他猫腰钻进柳条下方,坐在瘤节纵生的柳根上,透过绿色屏障环视周围,确定附近没有人之后,才对手中的小木雕说话,重复了一遍最初的问题:“你是什么?”

现时的我,亚于真身,亚于本尊。

拉法龙叫了一声苦。照他的经验来看,用这种高高在上的姿态说话的存在,通常都自视甚高,同时又毫不关心手下小卒的冷暖——真的,甚至不在乎对方的死活。

而另一方面,劫持者决心要营救不幸的福菲林,这在一定程度上表示它能够考虑他人的需要。也许可以商量几个条件。拉法龙向木雕提出了要求。

我看没有商量条件的必要。那声音如此说道,语调冷静得能把人逼疯。福菲林需要人搭救。你正好闲来无事。一方情况高度紧急,另一方又恰好闲着。

“谁说我闲来无事?”

我有办法进入你的记忆库,那声音说,更别提你的秉性了。它的语气变得超然,你的秉性,几乎不值一提。福菲林比你优秀得多。

“福菲林,”盗贼说,“他正吊在一张汪达尤大网里,很快就要给丢进锅里煨了——有头脑的人都不会青睐他这样的。”

他发现自己双腿站直,向柳树外走去。“等等!”他说,“你已经有头役畜被汪达尤人抓走了。要是连我也被抓,你觉得自己能控制一个食人族——”

福菲林,那声音说,他可不是役畜。他是一个信徒,一个门徒。他熟知为我光复威名的仪式。

“可他正在前往汪达尤人餐桌的路上。这说明你们当中至少有一个行事过于草率。”

他的双腿停止了移动。你说得有理。那声音道,继续。

“非得福菲林不可吗?”盗贼说,“如果你要指定他负载……”

福菲林不可或缺。只有他熟谙仪式。

“所以我必须从汪达尤人手里解救他?”

我说过,情况十万火急。

“可我凭什么要拿生命去冒险？凭什么?”

凭这将达成超越你认知的事业,辉煌崇高的事业。

“神仙的事业。”拉法龙猜道,“你可能算是个风烛残年的神灵,信徒骤减到只剩一个。你甚至没法保佑他不进炖锅。”

福菲林不能炖。

“你又能怎么阻止它发生呢?”

派你去。

“可我不愿意。”

这是个亟待解决的问题。

“那咱们又回到谈条件的问题上了。”

拉法龙脑海里沉默了,他推测灵体在考虑这回事。然后他又听到声音，继续说，快些。

他说："你想营救你的信徒。我想活下去。"

要求很合理。我会尽量保证你活命。

盗贼的腿再次开始移动。"慢着！"他说，"单单活下去还不够！"

你不珍惜自己的生命？

"遇到你之前，我就已经活着了。如果要我拿性命替你冒险，肯定值得要一点补偿吧。"

他再次感到对方在权衡这件事。之后他又听到声音，你有什么想法？

"财富——巨大的财富——我来者不拒。"

我无法掌控总的实体，那声音说，只能控制与现象流相关的特定个别属性。

"你是说，你没法变出一堆堆的财宝？"

连少量的都不行。

盗贼想了一会儿，然后说道："你能改变什么样的'个别属性'呢？力敌十夫？腾云驾雾？刀枪不入？这些都会很有用。"

可叹，以上皆非我能力所及。

拉法龙意识到，或许站在给予的角度来提问会更明确些。"那你到底能提供什么呢？"

我的力量，小神说，只能在概率范畴内施展。

"就是说你能把不可能变为可能？"

更准确地说，我能调整影响所选中人物命运的概率因素。

拉法龙顿时来了精神。"这么说你能保证我买撒戈西公共彩票中奖喽？"

说实话，那声音道，以我目前的状况，至多只能将几百万分之一的概率提升到几千分之一。

"还是得碰运气？"

对。

“那么你实质上是个幸运之神，但是只掌管小事，对吗？”

目前我的能力受到了削弱。福菲林将协助我恢复力量。

“那首先也得他活下来，”盗贼说着，突然想到了什么，“你没有给他太多幸运啊。”

他并未向我求助。他的行动都出于……我想得称之为热情。再说，我必须保存自己的力量。这个盒子相当于一个绝缘体，可以起到一定的帮助。

拉法龙略加思考，之后开口道：“总的说来，你希望我拿生命去冒险，闯进未知的环境，一旦情况不利其结果将不堪设想。作为回报，你保证我在路上不扎到一个指头，不丢一把梳子。”

双方势均力敌的时候，我能让胜利的天平向你倾斜。

“我一个人对六个饥饿的汪达尤人，可不符合我对势均力敌的定义。”

这是我唯一能给出的条件。小神说。

“你能控制我的身体，就不能至少改变它一点吗？”拉法龙摸摸突出的鼻子，“比如让某些部位变小？”他又握握另一个器官，“或者让这话儿更雄壮？”

我只能控制你大脑皮层内特定的脑沟，增强其生发的能量。

“而且，”盗贼记起了先前的事，说道，“只在我的肉体碰到你形象的时候。”

不。一旦经过我的修改，它们不会再变回原样。

“我觉得这倒有点意思。”盗贼说，“但仍谈不上我最合算的交易。”

这是我能开出的最好条件。况且我本无需提供这些好处，只要你的肉体碰到我的赋形，我就能驱使你。

“赋形？”

那尊木像。

“明白了。”拉法龙一把拨开柳条踏入空地，走向对面的足迹。他看见更多的血滴，想必是福菲林的。“假如你的信徒活下来并完成你所说的仪式，你的力量就能增强？”

啊，没错。强许多倍。

“那到时候买撒戈西彩票会怎样？”

多少可以中个奖。

“每次买都中？”

每一次。

盗贼踏上那道足迹。“这点小运气对我做其他事也有效吗？”他想起了从前背运的时刻，若得幸运之神略微点头该会多有用啊！曾有一次他没命地奔逃，慌不择路中冲上冥思团的脚踏水车，好半天下不来。

你得先解救福菲林，让他先完成仪式的基本要求。

“那么，”拉法龙说，“就把这作为咱们的交易吧。”他用依然突兀的鼻尖指指汪达尤领地的方向，循着足迹前进。走了几步之后，他突然说道：“如果你在那个铺了绒布的盒子里待着，大概更舒服些吧？”

不。到时候你可能会决定不再履行我们的交易。

既然已胜利完成任务，这伙汪达尤人既没有日夜兼程地赶路，也没有往回望一眼，否则任何人想沿途尾随六头怪物的机会微乎其微，斑驳绿色肩膀上的脑袋转头一瞥就能引来杀身之祸。因此，直到下午近晚时分，拉法龙走下山坡进入峡谷时，方才透过树丛看见对面斜坡上的葱茏树林里有什么动静。半兽人正稳步走在山坡通向河谷之外的之字形小路上。盗贼看见那伙人在小径的一个折返处稍事休息，两人一组轮流抬着吊在长杆上的猎物。

拉法龙大致清楚这里距汪达尤领地有多远，他以为这伙绑人的怪物可能会在天黑前停下脚步,没想到它们竟要赶在夜幕降临之前跨过边界。自从奥维良最终判断失误以来,这片森林已无人居住,如今这里大型猛兽肆意出没,毫无忌惮地猎食人肉。

他逐渐缩短双方的距离,直到能听见前方小径上传来它们的咕哝和喘息,相隔大约一两个拐弯。随着暮色渐渐降临,他听到一些别的声音,便蹑手蹑脚爬到前面,发现这条路通往前方的一片空地,与另一条小路交错。汪达尤人已在那里停下,忙着捡柴生火,收集巨蕨叶铺床。福菲林依旧裹在套住他的大网里,捆在长杆上,一动不动地躺在路边。

拉法龙在树背后藏好,观看半兽人燃起熊熊篝火。它们在火堆四周围成一个圈,或蹲或盘腿而坐。它们现在从随身携带的大皮袋里取出小块的酸臭的肉和烧陶的水壶。撕肉的声音,咕嘟咕嘟的喝水声,加上火焰的噼里啪啦,跟着是呼噜与饱嗝,偶尔传来怒吼,那是一个汪达尤人盯着同伴的食物看了太久造成的。

黄昏转为黑夜。半兽人听到另一条小径上传来声音,纷纷警觉起来。它们放下没吃完的肉,站起身,样子十分警惕。片刻之后,它们稍许放松了些,原来森林中走出的是另一队汪达尤人,同样用长杆抬着即将献给节庆宴会的猎物。

双方互相致意——至少拉法龙认为那一连串叽里咕噜代表问候。同时他也注意到,双方人员保持着距离,在新来的一队开始捡柴另外生火、采集枯叶另行铺床的时候,他跟踪的那一队仍未完全放松。确实,先来那队中有两个成员离开了共用的火堆,跑到可怜的福菲林身边蹲坐下,而另一队也将自己的猎物放到了尽量远离新营地的空地边缘。

现在,最后一线天光正从盗贼头顶茂密的树梢消散。他望着新来客做了同样粗糙的晚餐,之后,两队人收拾好在此过夜,各自安排睡觉的方位时,不约而同选了距离对方火堆较远的那一侧,因此两堆篝火之间宛如有一道宽广的鸿沟,草木皆被践踏倒伏,显然不属于任一方汪达尤人的地盘。

“唔。”小贼自言自语。继续观察了一会儿之后，他撤退至森林深处，到那些尖耳的家伙听觉范围之外低声对小神说道：“我得用上两只手。”

他感觉握着小神的那只手往上举起，移到内袍敞开的领口处。片刻之后，小木雕滚到衣服里面，落在他肚子上。与此同时，脑子里的声音说道：只要我和你有部分接触，我就能继续控制你。

小贼的好奇心被挑起来了。“你其实就在木头里面吗？”

我在自己所在之处。雕像是用于……连接此地与彼地。现在请继续开展营救。

拉法龙耸耸肩，沿小径往回再走了一段，回到先前经过的一条小溪。他跪下身将手伸进水里上下摸索溪床，找到了需要的东西。他直起身左看右看。五十步之外有棵高大茂密的树木，枝干如拱顶般横跨过溪流之上。他走过去，从随身背袋里摸出一根结实的绳子，绳身上打了不少结，一端拴着抓钩。他将绳子往粗枝中间抛去，受了幸运的眷顾，第一次就稳稳抓牢了。

他留绳索吊在树上，回到空地边缘。福菲林的挎包沉沉的，里面装入了几颗鹅卵石，大小不等，小的仅如拇指盖，大的则近一掌宽。

他隐匿在树林之中，悄无声息地绕着空地转了一圈，直到找出最合适开展行动的一棵树。他爬到一个舒适的树杈上面，两旁都有枝叶掩护，还能将两个营地尽收眼底。之后他稳住心神，静待机会。

夜色逐渐笼罩空地。汪达尤人的火堆即将燃尽，添了柴薪。接着，又第二次临近燃尽。此时两队食人族都已躺在草地上，蜷成一团或四仰八叉，但又各自留了一人值岗。拉法龙发现，两位哨兵的脸都不曾面对空地外的黑暗，也无意留心那里可能隐藏着什么威胁，反而互相密切注意着对方。

他终于等到其中一个起身捡柴添火。眼看那人弓下身去捡拾木头的当口，盗贼低声对小神说道：“现在可以来点小运气帮忙。”说完将一块鹅卵石高高抛向黑暗之中。飞弹在夜空中划过一道弧线，只听得一声不偏不倚的撞击，它砸中了汪达尤人寸毛不生的脑壳。

“嗷!”受伤的哨兵叫道，跟着朝对面的哨兵吐出一连串叽里咕噜的喉音。后者将视线投过开阔的空地，虽然无从确定对方疼痛的来源，却认出了这是个嘲笑的机会。

头部挨砸的哨兵回到岗位，将新拾的木柴丢进火里。它蹲下身揉着伤，细眯起眼睛紧盯对面的哨兵，嘴里不住地念叨，拉法龙猜测是报复对方的恶毒咒骂。

盗贼又耐心等到了另一个哨兵添柴的机会。它弯下腰，正准备从猎队收集的柴火堆中取木头时，他抛出了第二块石头。他听到与前一次相同的撞击，随之传来相似的叫唤，引来空地另一边的叫好与讥笑。

刚受伤的汪达尤人怒气冲冲地走到火堆之间的“界线”边缘，与嘲笑它的那人作了一番激烈评论，并附送龇牙咧嘴的凶相与拳头的挥舞。挨骂的那人也不甘示弱，回敬以相当的词语和手势，晃了晃绿色的光屁股，伸手用力将屁股墩拍得“啪啪”响。

盗贼的第一个汪达尤目标见状也转身背对对方，弯腰拍屁股，这时，拉法龙迅速往黑暗中丢出了下一块鹅卵石——这块更大些。“咚”的一声，它结结实实砸上那汪达尤的头，疼得它再次厉声号叫，怒火中烧。

新受伤的汪达尤迅速转身，伸手拔出别在腰带上的大棒，冲向中立地带。对手也抽出自己的武器，一根用灰石打磨过的短棍，高声呐喊着冲上前去迎击。它们在空地中央相遇，气势汹汹你来我往，动作虽然稍欠协调，但有强劲的蛮力加以弥补——正是这一点铸就了汪达尤武士令人闻风丧胆的威名。

噪声和骚乱吵醒了同伴们，它们纷纷坐起，有的站了起来，眨着眼睛四处张望。拉法龙迅速连续丢出几枚飞弹，其中包括最大的那一颗。借着小神的幸运相助，每一颗都在这两组睡得迷迷糊糊的半兽人当中找到了目标,一块威力巨大的石头甚至将捕猎福菲林的那六人的头领砸晕在地。小弟们看见老大仰面八叉躺在地上,哨兵又打得不可开交,于是都抄起武器,高喊着口号向敌人冲锋。对方也忍着被砸的疼痛,冲上前去御敌。

拉法龙轻轻地从树上下来,转身沿空地边缘绕向五花大绑的福菲林所在地,可他的双腿却不听使唤,总扭向相反方向,脑子里同时有个声音说道:我们可能需要一个诱饵来拖延追捕。他的眼前随即出现一幅画面:自己和被救的信徒逃上一条小径,另有一个长相不明的倒霉蛋落在后面,两拨汪达尤人正吵吵嚷嚷地全力追逐。

“你真是个残忍的神仙。”他小声说着走向另一个俘虏。

我性本善良,声音传来,常施惠力所能及的小福运。现时只是形势所逼。

拉法龙没有作出进一步的评论,只是偷偷摸过空地边缘,直到靠近那具横躺在地的人形。那人被紧裹在一张结实的粗网里,被绞辫的皮绳捆得紧紧实实。他摸出匕首,割断绑绳,低声道:“嘘!我是来救你的。起来跟我走,别出声。”

这里距离火堆挺远,他看不清楚那人的模样,但辨认出了点头的动作,还听到一声咕哝。他又再次绕过空地走向福菲林所躺之处,感觉到刚刚释放的俘虏也悄无声息地穿过灌木丛跟在身后。他发现信徒已经苏醒,正在努力挣脱身上的绑缚,嘴里念念有词,好像在念咒语。

“放松。”他低声道,“我先给你松绑,然后带你一起逃。它们正忙着相互混战呢。”

“快!”被缚的人说道,“我看见只剩六个还站着了。”

拉法龙一边使刀,一边抬头望去,发现战斗确实已临近结束。福菲林这边的汪达尤猎队只剩两人,它们背靠背站着,对方四人朝它们包围过来。结束争端只是时间问题,胜利者很快就要过来查看赢得了什么样的战利品。

“这边。”福菲林一站起身，他就赶紧领路。想来两个俘虏被绑了这么久，肌肉一定有些僵硬抽筋，但他们却利索地跟着他绕过剩余的空地，来到返回森林主路的小径。他们投身没入暗夜密林之中，身后传来叽里哇啦和打斗声。过了不久，汪达尤人粗粝的胜利欢呼入耳，他立即回头催促道：“赶快！”

一行人抵达他挑选石头的小溪，他转身带着他们溯流而上，找到打结的绳索。

“快爬！”他吩咐福菲林。信徒已经恢复了力气，他一溜烟爬上绳子，像个身手矫健的杂技演员。拉法龙转头对不清楚模样的第二个俘虏说道：“该你了。”

可这个人虽然身形更小巧，身手却不那么灵活，费尽力气也上不了绳。此时，盗贼听到汪达尤营地又传出新的声音，带着愤怒与暴戾的号叫。他双手伸向黑暗中抱住对方的上身，助以一臂之力。在他的帮助下，那人终于成功上绳，开始手脚并用，踩着绳结往上爬。

他等到对方的脚越过了他的头顶，也抓住麻绳跟上，空地的方向传来汪达尤人“啪啪”的脚步声，上头那人动作之缓慢令他无比焦躁。他终于也爬上那根挂着抓钩绳的树枝，对身边的人影说道：“继续往上，快，别出声。”

他取下抓钩，拉起绳索，听到他们窸窸窣窣往上爬。他也跟着转身，悄悄爬进繁茂的树冠，找到树叶的微光中映出的两个黑点，他们正背靠树干坐在粗壮的树枝上。

“绝对不能出声啊！”他低声嘱咐着，给自己找到栖身地坐下，立时僵住了。透过树叶，他望见了熊熊的火把。汪达尤人正沿溪流而来，俯下腰嗅探两岸。幸而他们从下方走了过去，没有往上看。

时间一分一秒地过去，搜寻他们的半兽人回来了，垂头丧气地互相叽里咕噜，拉法龙猜测那语调是表示指责。其中一个推了另一个一把，被推的人火把掉进小溪，发出“嗞嗞”的声音。他们一路发着牢骚沿溪流而下走上小径，回到它们一片狼藉的营地。

“咱们先等一等。”拉法龙轻声说，“等天亮了再想办法回主路上，前往塔雅港。”

“同意。”福菲林赞同道。

“我也是。”另一个被解救的人回答。听到年轻女子的声音，拉法龙毫不诧异。先前抱她上绳的时候，他的手曾滑过她的上身，触到了两个部位，虽然比他喜欢的略小，但毫无疑问属于女性。

“我来值第一班夜岗。”他说。他听着两人的呼吸渐渐平息下来，暗自思忖道，要是非得将其中之一交给汪达尤不可，他宁愿把福菲林留在身后。

小神读出了他的心思。他脑子里的声音说道，那我就只能下狠手了。

第一道天光照下来的时候，他们就听到汪达尤人启程了，但仍等到上午才下树，喝了点溪水权作早餐，出发逆水路而上。拉法龙告诉二人，这是因为半兽人正急着补充被偷走的食物，它们最喜欢在狭径小道周围埋伏。此外，流水的声音也能掩盖他们行走时的动静。

三人鱼贯而行，一路无话。突然，盗贼感觉有人扯了扯他的袖子。福菲林说道：“你肩上挎的那包是我的。”

“我对这事的看法可不一样。”拉法龙说，“这是我捡的，自然就属于——”他一边说，一边眼睁睁看着不听话的双手取下肩带，将皮挎包递还给了对方。

福菲林一把翻开搭盖，伸手探进挎包。他取出谜盒，发出一声怏怏的惊叫——秘密已经泄露，丝绒衬垫的内盒空空如也。

他以质问的神色狠狠剜了救星一眼，而拉法龙头脑里的声音已经说道，把我给他。盗贼毫不犹豫地照办了，同时很高兴又收复了对身体的控制权，但小木雕易手之时，福菲林的动作有些耐人寻味。确实，他注意到双方并非同样以手交接：瘦子没有碰木雕，而是递过盒子，让拉法龙将木像放回先前的地方，之后小心地将盖子滑回原处，重上了暗锁。

拉法龙听到对方松了口气。福菲林将挎包带子挎上肩膀，盗贼仔细观察起自己救下的这个人来。他将小神放到他脑海里的图像与眼前的真人作了一番比较，有意思，不是同一个人。福菲林的体格倒是跟展示的一样，又高又瘦，手指活像长柄汤匙，膝盖和手肘都突出一块圆圆的骨节，但两人的长相不同：拉法龙曾见到的那副形象睁着无辜的大眼；而现在眼前这副面容却是个精打细算，有钱能使鬼推磨的主儿。

年轻女子望着他们易物，她的态度明确表示，她认为两人都乏善可陈，即使其中之一曾救了她，她也并不乐意与他们共处。对此，福菲林选择了无视，他的关注点完全聚焦在盒子及其所盛物品上。

拉法龙与女子毫不避讳地互相打量。她早已不是少女，却又不像人妇，有着锐利的眼神和更加锐利的鼻子，薄嘴唇一抿就做出轻蔑的讥笑。她的衣着比普通农家姑娘要好，但又比不上商贾千金那般贵气。他再次扬起视线望向她的脸，二人眼神交汇。他说："我叫拉法龙，你已经见识过我的谋略与勇武。这是福菲林，一个小神的信徒。你叫什么名字？是做什么的？"

"我叫爱米妮娅。"她说，"家里是开旅店的——佛瑟斯的'灰雀'。"

"你怎么被半兽人抓走的呢？"

"我爸叫我出来采羊肚菌，请镇长吃饭时要用的。"

拉法龙皱起眉头。"在汪达尤捕猎的时候？"

她嘴角一撇。"旅店的执照下个月就要到期。我爸有他自己的一套标准来衡量事物的价值。"

"咱们该接着赶路了。"福菲林说着，将挎包紧紧抱在胸口，下巴朝溪流一点,“这条小溪流向哪里?”

盗贼耸耸肩。“我看过地图,它跟森林主路是平行的。到前面的某个地方,它会流过一座古庄园,那座庄园自从奥维良小小的失算以来就一直荒废着。那是个很好的藏身之处,如果能找到它,我们可以一直待在里面,直到确定汪达尤已经打道回府。”

“我必须尽快赶到塔雅港。”

拉法龙朝溪流沿岸的密林做了个手势。事实胜于雄辩,福菲林不吱声了,但盗贼看见那双不染一丝虔诚的眼中闪过异样的神色,像是在打什么如意算盘,他揣测福菲林脑海中刚刚闪过的念头,正是打算把谁留给食人族。信徒打了个手势,请救星带领他们继续前进。

又走了一个小时,他们抵达一座堰堤,堤坝将溪流分作两段,一定是为了减缓此地下游的急流。他们连忙爬上堰堤,发现另一边截出了一面狭长的湖泊。湖岸一侧有野草丛生的花园和果园,果树已久未修剪,花果之间掩映着一簇石墙、螺旋塔、圆顶阁、花饰廊柱、列柱中庭与拱廊,皆覆满藤蔓,摇摇欲倾。

他们查探过整个地方,发现有一座塔楼是出于防御目的而修建的——也许建于几个世代以前,那时汪达尤的侵扰还不成规模。低矮的塔门合页润滑良好,完全没有锈蚀。地下室里存储的食物早已腐烂,但有个大桶里贮的酒还能喝。

爱米妮娅提出,自己愿意去果园里采果子,希望有人一同去放哨。拉法龙自告奋勇地去了。福菲林说,他会爬到塔楼最高点望风,只要发现有汪达尤朝这边来,就大喊高呼。盗贼怀疑信徒遇到情况不会真的叫喊,于是当他陪女子来到果园后,他爬到了最高的树上,全程戒备。

爱米妮娅采了苹果、柿子、卡巴果和血眼果,脱下披肩将它们包好,便招呼拉法龙下来陪她回去。盗贼心想,之前将年轻女子从汪达尤人的饭锅里救了出来,现在正好能测试一下她对此有多感激。她本不是他喜欢的类型,可是这里只有她。

片刻之后，他挨了重重一巴掌，脸给抽得火辣辣的，虽然及时躲开了她的飞膝，屁股却摔得生疼。他理解了爱米妮娅的尺度是多么泾渭分明。愤愤不已的他一时竟考虑要叫上福菲林帮忙，对旅店老板女儿的妇德发起联合攻击。不过，一想到要和信徒有什么合作，他心中涌起的不安更甚于去琢磨如何强迫她就范。

他向爱米妮娅亮出手掌以示投降，接着陪她回到塔楼，闩好门，爬上螺旋楼梯来到顶部房间。他们在这里找到了福菲林，他非但没有积极警戒，反而在灰尘中悠闲自在，摊开四肢躺在一张脏污的长沙发上，手执酒囊畅饮。酒囊装得满满的，楼下有充足的供给。

窗户都没了玻璃，但气候还算温和。拉法龙收拾出一张桌子，爱米妮娅将收获全铺了上去。他们找到几把椅子，福菲林也带着酒参与了进来。年轻女子去餐具柜前一阵翻找，拿出一把粗短的菜刀回到桌旁，但没有用它来切水果，而是意味深长地将刀尖朝每个男人比画了一下，然后把刀刃掖进了外裙。

他们默默地吃着，互传酒囊。酒液略带着醋味儿，但好赖能下口。盗贼终于吃饱了肚子，酸酒也暖和了全身的骨血，他一推桌子靠在椅背上，细细打量起信徒来。

福菲林也回望着他，那表情像是在说自己无意招惹陌生人的好奇。拉法龙无视了他含蓄的拒绝，说道，“你的神仙和我有项约定。既然我救了你，你肯定愿意帮助他兑现承诺吧？”

那双凡俗的眼睛眯了起来。“什么约定？”

“他是个专司小事的幸运之神。他说过，只要我帮你，他即会干预我的人生，赐予我福分。我相信他已经对我施加了些许影响，一旦你复兴他的力量，这种影响还会进一步增强。”

福菲林耸耸肩。这件事显然没激起他的兴趣。

爱米妮娅插话道：“你们在说什么神仙？”

福菲林似乎不情愿回答。拉法龙简短地描述了促使他们聚到一起的一系列事件，只略去了神仙愿意牺牲她的部分，因为讲出来没有任何好处。

女子上身凑向前，蹙着粗浓的眉毛。“什么样的仪式能光复神仙的力量？顺便问一下，他叫什么名字？”

拉法龙这才意识到先前竟没想过这个问题，于是转头看着福菲林，脸上浮现出巨大的疑问。信徒再次表示不愿继续谈话，但迫于对方几番的催促，只得答道：“他这种逐渐被崇拜者淡忘的神祇，早已听不到人呼唤自己的名字。他们就像是陷入了深沉的昏眠，很难从中苏醒。”

“这么说，通过仪式能唤醒他？”

信徒耸耸肩。“我不是专家。”

盗贼继续追问，他烦躁地做了几个手势，表示这样的盘问对他是一种冒犯。

“干吗这么吞吞吐吐的？”爱米妮亚问，“你不是这个神仙的信徒，一心要光复他的力量吗？说话啊！”

但福菲林没有开腔，而是恼怒地打了个手势，就起身离开桌子，带上挎包以及包里珍贵的宝物，走上一小段楼梯。楼梯顶端开了一扇门，通往塔楼的平顶。

拉法龙望着他离开，心中陷入了阴郁的思索。福菲林并不是小神所想的那样。他还记得那家伙是多么注意不碰到木像，以免让小神接触到内心最深处的想法。

盗贼喉咙深处发出沉吟之声，视线滑向一边，看着爱米妮娅。女子双肘支在桌子上，双手托着下巴，望着离去的福菲林。她现在朝拉法龙的方向瞥了一眼，歪着头，嘴唇动了动，一副对什么秘密心知肚明的样子。

“什么？”他问，“你是不是知道什么？”

但她马上变了脸，像是在说消息概不外泄。

拉法龙小声嘀咕。“下次再要从汪达尤的大锅里救人的时候，我的选择一定要慎之又慎。”

这话为他赢来了爱米妮娅短促的笑声，但那声音里毫无幽默之意。她拿起最后一个苹果，走到一扇敞开的窗台上坐下，密切注意是否有人接近庄园。拉法龙则选择了她对面的斜窗。随着光线渐渐消逝，他们偶尔回到桌旁喝口酒吃口果子，除此之外，一直保持着分工警戒。

夜幕时分，福菲林从塔顶下来了。他们没打算生火，因为窗子都堵不牢。拉法龙自愿值第一班夜岗，爱米妮娅要了第二班。福菲林耸耸肩躺在地上，用挎包做了枕头。

平安无事地过了三小时之后，拉法龙叫醒了女子——小心翼翼地，因为她睡觉时菜刀就放在手边——并准备睡觉。角落里的福菲林鼾声如雷，今天真是漫长的一天，况且前一晚又只在树上小睡了一会儿，这都算什么啊。盗贼很快就睡得昏天黑地了。

他醒来时发现天光大亮，爱米妮娅正使劲摇着他。“起来！”她说，“那个杂种出卖了我们！”

他腾地一下跳起来，跟着她来到窗前。太阳已在森林树冠层顶上冒出了头，足足有一掌宽。下方枯叶遍地的石板院子里，一个熏烧的火堆正冒出一柱灰烟，高高地涌上沉静的空中。再找福菲林，已不见了踪影。

“汪达尤肯定看到火烟了。”女子说，“我们得离开这里！”

拉法龙已经在朝楼梯走了。他顺手抓起背包，三步并作两步冲下楼梯，爱米妮娅紧随其后。到了底楼，他发现低矮的塔门四敞大开，门锁糊满了泥。

出了门外，盗贼抱着试试看的期望踢散了冒烟的火堆，然后跑向一扇镂空砌饰的花园围墙，透过一个孔洞向外望去，发现湖对面的树丛中有些许动静。顷刻之间，视线定格出了汪达尤的身影。它们跳进水中，放心让祖系传承而来的两栖机能支承它们，这点距离不消多久就能跨过。

“快跑!”他大喊。

他们正在一条小道上狂奔,拉法龙猜测沿这个方向能回到通往塔雅港的主路。“走运的话,”他对女子说道,“福菲林也走了这条路,我们就能追上他。”

“然后呢?”她问道,气喘吁吁地努力跟上。

“跟你打个商量,我们先制服他,再以其人之道还治其人之身。”

“把他留给汪达尤?同意。”

小道已经被踩实,显示不出任何踪迹,但拉法龙发现了一颗被踢翻的石子,翻过来的那面颜色比周围其他石子更深。又跑了一小段,他留意到一根刺条上挂着一根线。小神向他施加的小运气仍旧伴随着他。

他们来到一条更宽的溪流,一列跳墩连接着两岸。他们放慢了速度,小心渡溪,这时爱米妮娅说道:“我了解福菲林的一些底细,但他不知道我清楚这些。”

“什么?”盗贼说,“你怎么知道的?”

“他去过佛瑟斯,就住在我家的旅店。”

“可他没认出你来。”

“我主要在厨房负责刷锅擦盘子,平常招呼客人的是我妹妹爱芙蕾——她满头金发,气球一样丰满的胸部加上弹性十足的臀部,吸引了所有人的眼球。我爸觉得这样安排有利于揽客。”

来到一处急流前面,石墩之间也加宽了距离,拉法龙伸出手来牵她。“你了解福菲林的什么底细?”

“硬要说他是法师的话,他连三流都排不上。”她优雅地跳了过去,“我怀疑他只知道一两个小咒语。不过他在替布贝克跑腿,那可是塔雅港一位强大的法师,自诩无所不能。”

“布贝克为什么派他去佛瑟斯？”

“那里是前往伊萨里奥遗迹的必经之地。”

盗贼知道那个地方，其城市已于数千年前的一场地震中毁灭，只剩下横七竖八的破壁残垣和高低断层的街道路面。“然后呢？”他问。

“福菲林在古神庙里挖宝，寻找已被人遗忘的神祇的赋形，交给主人。有时候两人也一起寻宝。”

“以求恢复他们的神力？”

他们已经跨过了溪流。爱米妮娅摇摇头。“肯定是奔着神力去的，不过，有一次他俩都在‘灰雀’打尖儿，我偷听到他们的密聊，法师其实是要利用这些神灵，具体方法就好比蜘蛛捕食飞蝇。”

“啊。”拉法龙叹道。他曾经锒铛入狱，过尽了不如意的日子，于是自然而然地站在了飞蝇的阵线上，无法接受蜘蛛的野心。“他把小神耍了一道。”他说。

“我想，”她若有所思，“即便神灵也情愿相信自己所向往的事实，特别是他们拼命要保全自己的时候。再加上大法师施法掩盖了助手的真实本性。”

盗贼记起了小神曾投射到他脑中视屏上那个单纯的福菲林的形象。“嗯。”他说，接着提议道，“咱们还是继续走吧。”

他们继续沿小径前行，一路顺利。盗贼似乎每跨一步都恰好踩在最佳位置，轻松省力，沿途也没有灌木挡路。他不禁想，这份幸运能否给两人的追踪对象设下实际障碍，思前想后认定是不能，但足以让自己远离汪达尤的魔爪。他猜想遇到爱米妮娅或许也是幸运使然，她靠行动证明了自己是个有用的旅伴。

盗贼又碰到一颗翻转的石头，停下来仔细查看。暴露在上的底部仍是湿的，虽然现在太阳已经上了三竿高，天气也暖和起来。他对女子说道：“他放慢了速度，应该是认为我们已经被汪达尤抓住，就没那么着急赶路了。”

"我一看他就觉得是那种损人利己还脑子少根弦的家伙。"她说。

现在他们走得很快,但不再交谈。乡野小路崎岖不平,上坡下谷,不知不觉间他们翻过一道山梁。透过树丛,拉法龙看到前面有动静一闪而过。他停下脚步凝视前方,立即确认了目标。"他在那儿。"

"他腿长,"爱米妮娅说,"如果听到我们追过去,他十有八九能跑掉。"

盗贼暗暗赞赏了女子一番,擦锅的工作并未影响她遇事抓准重点的能力。与此同时,他扫视着周围的树林,寻找出奇制胜的机会。

在他们前方,依山势延伸的小径缓缓向右兜了个大圈,可以直线包抄过去,从前面截住悠闲信步的福菲林,只要行动够快够隐秘。

"那边。"他说着,抬手一指。那里新近倒了一棵大树,压在曾经密不透风的灌木丛中。他们挤进矮树丛,踩着倒伏树木裸露在外的粗根爬上去,随即走上一条视野开阔的笔直大路。他们低低地弯下腰,迅速往前跑。

倒伏的树干旁无侧枝,笔直延伸了很长一段之后,他们抵达树冠层,在此跳到一块较为开阔的空地上,地面覆满了苔藓和地衣。这里肯定是春季里小溪的溪床,现在已经干涸。穿过一段树枝搭顶的低矮隧道,这条溪床最后通往一片密集的开花灌木丛背后,距离小径仅几步之遥。

盗贼和女子冲向路边,时间刚刚好,正看到那凸膝盖的福菲林轻松地大步走来。来不及商量计划,他们直接从藏身之处杀了出去,扑向叛徒。拉法龙直击他上身,爱米妮娅横扫他下腿,一来二去,将高个子死死按倒在地。又是借着一丝幸运相助,盗贼的膝盖不偏不倚正磕在窃神犯肚子上,"呼"的一声挤光了他肺里的空气。

那人张口大喘。拉法龙一手伸进背包,摸出一段绳子。在爱米妮娅的帮助下,他将仰躺的男人翻了过去,迅速绑住他的手腕与脚踝,又把他翻回来,将人横到路中间背靠土坡坐下。女子从福菲林衣衫上撕下一块布条堵紧了他的嘴,以防他念动咒语祸害二人。

她忙活的时候,拉法龙在一旁说道:“如果你只是丢下我们逃命,我也许还会考虑放过你。可你竟然烧烟招引汪达尤?”他没有明示对方面临的处决。

爱米妮娅行事则更为直率,她朝福菲林的胸骨猛踢一脚,对拉法龙说道:“咱们走。”

被缚的人挤眉弄眼,像要告诉他们什么。拉法龙弯腰扯出布条,手握尖刀抵着叛徒的喉咙。法师的助手说道:“我有样东西得带给主子,如果你帮我转交给他,他会给你一大笔钱。”见对方无动于衷,他又继续道:“这件物品将实现一项对他极其重要的计划。”

拉法龙掂了掂那人的挎包。“我一定会告诉他,你直到最后一刻心里都还想着他呢。”他说。

一个狡猾的表情爬上福菲林的脸。“可你还不知道他是谁呢!”

“以前是不知道。”盗贼说着,朝女子一点头,“后来她告诉我了。”他重新堵上对方的嘴,转头回望迂曲的山梁,肤色斑驳的绿皮人正沿着这条小道急速行军。“我们先行一步了。”

无所不能的布贝克住在塔雅港上游,宅邸位于河港一侧的山坡上,由黑色钢板和半球形蔚蓝水晶组合而成,十分不可思议。为了阻挡不速之客,宅院之外围了高高一圈篱栅,其上攀援着拥有低级意识的肉食藤蔓,布满尖刺的触须捕手不停伸出,觅求肉味。

拉法龙和爱米妮娅走向独一的入口,那是从篱栅中间开辟出的一道狭窄的木拱门。随着他们走近,空气骤然变冷,一团雾气在入口上空迷蒙地盘旋着,说道:“主人不见客。”

“去告诉你主人,”拉法龙举起雕花盒子说道,“他满心期待的东西到了。”

幻影发出一声叹息，消失在宅邸的方向。盗贼和女子一边等，一边驱散篱栅上无心伸出的触须，直到半透明的看门人再度显形于眼前的半空中。“跟我来。”它说。

藤蔓缩了回去，幻影领着他们走上一条发光的石板路，前往一扇高高的双开门，两面门扉上都雕刻着巨大的狰狞的脸。走近门前，拉法龙发现那一双木刻的面容活动了起来，转过来对着他看，他这才意识到，门扇其实是一对木元素精灵，被法师捕获施法，做了门神。

幻影继续往前飘，门开了，盗贼和女子踏入前厅，这里显然是刻意要致人感观错乱的地方。甫一感受到眩晕，盗贼立即闭上眼睛说道：“不平等的交易咱们不能接受，还是赶紧走吧。”他闭着眼睛去摸身后的门，摸到了爱米妮娅的手，牵着她往回走。她低眉垂眼，顺从地跟在后面。

“且慢。”一个威严的声音传来，盗贼的眩晕突然停止了。他重新睁开眼睛，发现身旁多了一个人，矮身材，大肚皮，身穿一件遍书黑色符文的血红色长袍，头戴一顶高帽，布料与皮革繁复地层层叠叠。他面无表情地问道：“你们给我带了什么来？”

拉法龙将手伸入背包，取出谜盒。

布贝克眼里闪现出一丝贪婪的光芒。“怎么不见福菲林呢？”他问。

“他受邀去参加晚宴了。”盗贼说，“在汪达尤的领地。”

法师的表情暂时起了点变化，大概是因为遗憾。然后他问：“盒子里是什么？”

“福菲林说是掌管小运气的神灵。”拉法龙说着，含蓄地笑笑，补上一句，“不妨这么讲吧。”

布贝克眼里的贪光熊熊如炬。“带到我工作间来。”他说。

拉法龙站着不动。“我们先得把价钱的问题谈妥。”

布贝克出了一个数,拉法龙随即翻倍。法师做了个手势,示意无须讨价还价,接着说道:“成交。带上跟我来。”他转身走向一堵墙,穿过墙上新出现的一扇门出去了。

盗贼有些担忧。面对漫天要价还能爽快答应,有时候是因为压根没打算出钱。他和爱米妮娅跟在法师身后,时时提防着计划中突如其来的变数。

他们踏入一间面积与形状皆不确定的屋子。墙壁横看成凹侧成凸,与顶棚和地板的交角也非固定不变。拉法龙留意到房里的橱架和边柜上摆着好些神奇物件,他很想走近细看。实话说,他是想先拿走再细看、估价,之后赶紧转卖掉。

然而布贝克没有给他这个时间。法师匆匆走过石质地板,来到一处盖着帘子的壁龛。他拉开厚重的织锦帘布,展露出一个半成形的装置。装置包含两部分,第一部分是个白金圆筒,筒身上以亮闪闪的金属丝描画着一连串字符,盗贼一个都看不懂,只觉得其中之一就是谜盒上那个无法注目的符号,它肯定是道威力无穷的符咒。他一边想,一边观看这些符文衬着白金有节奏地闪烁,像一颗缓慢跳动的心脏。

装置的第二部分是人形——外形当真与其制造者别无两样。这是一个用金线和银金线铸成的框架,通过辫结的粗银绳与圆筒相连。框架分为一体一盖,二者以合页连接,法师可以打开前盖站在里面,尽情让圆筒中产生的所有能量浸泽自己。

布贝克望了一眼合二为一的装置,带着明显的心满意足,转头对拉法龙说道:“盒子拿来。”

“先给钱。”盗贼说。

一丝愠怒闪过,给法师呆板的面容平添了几分生气,然后他念了两个词语,一只手做了个复杂的动作。一个皮袋骤然出现在盗贼眼前的半空,随之掉到地上,声音实沉沉的,听起来装满了塔雅港的双穆币。

拉法龙交出盒子,弯腰捡起钱袋,然后背过身去,装作在独自清点数额。他趁此机会挡住布贝克的视线，伸手探进衣服的一个褶子，握住里面藏着的东西。接着他收好钱币，往爱米妮娅的方向使了个眼色。

先前女子一直尽量不去招法师注意，她现在不动声色地朝一个边柜接近。她的眼睛紧盯一只带玻璃盖的罐子，里面盛满了蓝色液体，漂着一个短胳膊短腿的矮人，黄色的双眼奇大无比，光辉熠熠。

与此同时，法师将盒子放在了白金圆筒附近的小桌子上。他动作麻利地从桌子抽屉里取出一双手套戴上，套口拉到手肘。手套由鳞状的皮革制成，在房间里漫射的光线下散发着七彩的微光，仿佛蕴藏着彩虹。

布贝克现在全神贯注看着盒子，兴奋之情溢于言表。他在盒子一端找到了机关，滑开已经磨秃的小木块，接着又从抽屉里取出一枚大头针，插进下方的小洞。他先前死气沉沉的脸仿佛戴上了一张激动的面具，呼吸也变得急促而尖厉。

拉法龙听到盒子"咔嗒"一声开了暗锁。他看向爱米妮娅，女子已经到了边柜跟前，此时正转过身，手肘顺势撞上那只罐子。它晃了几下，差点翻倒，盖子滑脱出来，伴着玻璃相撞的尖脆声响，荡出了少许蓝色腐液。

布贝克的头猛转向她的方向。"蠢货！别碰——"说时迟那时快，法师刚一开口，拉法龙迅速拿出藏在身上的幸运之神小像，贴上他脖颈处裸露的皮肤。法师立即全身僵直，喉咙暴出青筋，双眼鼓突，嘴唇艰难地扭动着，想说出什么音节。拉法龙见状将对方嘴唇捏到了一起，让他彻底闭嘴。

法师竟然能抵抗小神的力量如此之久，让盗贼颇为佩服；他自己几乎是顷刻间就完全受了控制。挣扎终于结束，布贝克的身体放松了，只有一双眼睛仍讲述着内心的苦楚。

"还顺利吗？"盗贼问。他手拿雕像压着那人的脖子不放。

"我还在调查他的记忆内容。"小神借用法师的发音器官说道，"真是叹为观止。”

爱米妮娅走上前来。“这东西会对你怎么样?”她指着装置问道。

“消解我,夺走我的力量,将之与布贝克相融。”他稍作停顿,“圆筒里已经囚禁了六位神灵。如我加入,这家伙就能完成最后一步,提取出我们的能量,将神力转移到人形容器,注入他的肉体。”

“然后他就能成神?”盗贼问。

“不能。这种程序必将失败,无一例外。他会经历一段十分奇妙的体验,但紧接着将发生剧变,抹消他的存在,连带他的寓所及邻近地区。”

拉法龙仔细看着布贝克的眼睛,看见了愤怒与绝望。“不过,我老觉着,”他说,“老觉得他不会感谢我们出手阻止了灾难。”

“当然了,”小神借法师之口说道,“你们最好把他好生捆紧,一根手指都别放过。还要完全堵住他的嘴。他知道一些短至单个音节的咒语,恨不得立即施到你们身上。”

“我替法师感谢你。”爱米妮娅说。她到处找来了绳索、铁链、布条,着手削弱布贝克的战斗力,连他的脚指头都给捆到了一起。直到法师完全无法动弹之后,拉法龙才将雕像从他身上拿开,把小神放到桌上。“现在该怎么办?”他问。

小神又在盗贼脑子里说起话来。我已研究过这套装置的用法,他说,只要小心地旋开盖子,就能释放里面的囚徒。

盗贼却说道:“他们定会火冒三丈,没准儿会不分青红皂白朝我们撒气。”

这个问题交给我,保证他们不伤害二位。说实在的,我相信他们会很乐意倾已之力给予二位报偿。

拉法龙将这则信息转述给了爱米妮娅,并提议她过来站他旁边。她一过来,他便伸手握住圆筒盖,缓慢旋拧。盖子渐渐松开,伴着白金发出的轻微吱嘎,几缕轻烟飘了出来。

终于完全拧开之时,圆筒盖陡地飞到空中,将盗贼的手撞到一边。源源不断喷薄而出的力量,带着缤纷的七彩色与无法直视的明亮光辉,直冲上天花板。屋里的空间充满了醉人的香味,呼啸的风声,炸雷般的轰响,以及排山倒海的气浪,盗贼感到耳朵疼痛不已。

几只无形的手以压倒性的力量攫住拉法龙与爱米妮娅,将二人高高地举在地板上方。就在盗贼觉得自己要给抛摔到石板上的时候,他们又被轻轻放了下来,一起一降不过发生在眨眼之间。

我很抱歉,一个不同的声音说道,博叟已经解释清楚了,二位是我们的恩人而非拘禁者。

"博叟?"拉法龙和爱米妮娅异口同声问道。

那是我的名字。盗贼听出来是幸运之神的声音,那声音充满了喜悦,密特隆和我认出了彼此。我们都是神仙,关系相当于表亲。

"密特隆?"

这时另一个声音开口了。我是司掌赛马的神,他说,经常和博叟一起被召唤。

幸运之神接着向他引见了其他神灵:伊特朗,负责掌管十字路口;贝瑟凌,司掌健康与活力;萨米拉维,掌管情欲满足的女神;法赞特,执照督察官与税务官的庇护神;裘克丝,能够实现内心合理的渴望。

吾等极为感激二位。博叟说道,如今吾等已得知各自之名,亦恢复了各自之力,吾等将尽己所能向二位施以祝福。

"你的意思是我能指望靠赌马发迹?"

永远稳赢,密特隆说。

拉法龙在头脑里列数着其余的收获。他将永远不会在街角遭人伏击,永远不再生病或疲劳,亲热的时刻也不会再尴尬或不满足。不过一时还想象不出能从税务官的庇护神那里获得什么好处。

他们将不会打搅二位。一个新的声音说道,他猜测是来自法赞特。

"感谢列位诸神。"说着,他行了一个正式的感激之礼。

“我也是。”爱米妮娅说，虽然一开始拉法龙压根没听出那悦耳的嗓音出自她之口。他转头看她，发现萨米拉维手中诞生了一件杰作。年轻女子的双眼此刻已不再挤得很近，鼻子也不再又长又钩。她的嘴唇变得丰满，下巴上带毛的痦子已经消失，衣装上下都撑了起来，闪耀着健康的色泽，令人心生与之共度良宵的欲望。

从她看他的眼神推断，他的外貌应该也得到了重整和改良。他摸摸鼻子，发现它已修整得帅气无比，他又偷偷伸手进裤袋暗自确认了一下，当初要求雄壮的愿望神仙还记得，也给予了完美的回应。

“我要特别感谢裘克丝。”他说。

现在，博叟说，你我该道别了。我们跟这自以为是的法师之间还有笔账要算。

密特隆添上一句：我们已经遣散了他所有的召唤兽和狰狞鬼。出去的路上，你们要是看到什么喜欢的东西，不必客气，随便拿走。

法赞特的声音说道：他不会再需要这些财物了。

拉法龙又重复了一遍感激的礼节，爱米妮娅则奉上优雅的屈膝礼，动人地笑着，说道：“我以前从来都做不到位呢。”

他们一起离开了法师的工作间，风声又开始咆哮。他们穿过法师的宅邸，沿途门扇砰然打开，上锁的宝箱盖子自动跳起，橱柜门左右大张。

不多会儿，他们就塞满了身上的口袋，抬着一只密密麻麻装满东西的行李箱，走下塔雅港一条平坦的林荫路，想找个地方歇脚。爱米妮娅说：“我一直在想，如果在十字路口修一座客栈，靠近好的赛马场地……”她停下来想了一会儿，又继续道，“我招呼客人，你经营几种赌博游戏，还可以装一台彩金计算器……”

拉法龙插话道：“还不用跟精力过剩的官员打交道。”

“说得是。”她说，“当然，你跟我相处也得和谐。”

“对面就有家旅馆。”盗贼说，“咱们可以开间房，过一夜就知道了。”

她立即对他的提议表示了赞同，他又惊又喜。

当晚迟些时候，两人确认了双方的相处的确如鱼得水，她满足地将手臂搭在他胸膛上说道：“要想成功，客栈还缺一个好名字。”

他答道：“押上这身幸运，我肯定能想出一个好的。”

李鸣弦　译

乔·R.兰斯代尔

来自得克萨斯的多产作家乔·R.兰斯代尔名下奖项颇丰,已纳得爱伦坡奖、英国奇幻奖、美国恐怖小说奖、美国推理奖、国际犯罪小说作家奖,并九次斩获史铎克奖。他或许以恐怖/惊悚小说称名于世,代表作如《夜奔的人》《打鬼王》《深谷》《剃刀之神》《免下车餐馆》等,也涉足其他流派,如广受好评的哈普·柯林斯与雷纳德·潘恩推理系列:《残酷的岁月》《穆乔符咒》《双熊曼波舞》《坏掉的辣椒》《轱辘轱辘》《怒海余生》;西部小说《魔法马车》;完全无法归类的跨流派小说:《飞艇向西》《免下车餐馆》《免下车2:不止其中之一(续作)》。其他小说还包括《西部命案》《重大打击》《日落与锯末》《爱的行动》《冻斑》《阴影华尔兹》《鞣革少女》等。此外,他也为《蝙蝠侠》和《泰山》系列撰写故事脚本。他的许多短篇故事收集在《奇手妙笔》《神圣与炸鸡》《乔·R.兰斯代尔最佳作品选》《亲切的影子》《中篇集》《听兰斯代尔妈妈的小儿子讲故事》《绝对畅销》《凯迪拉克沙漠另一边的死者》《电子秋葵汤》《气得发紫的作家》《一把故事》《大丰收》《好人、坏人与铁石心肠》《乔·R.兰斯代尔选集》《再来几个故事》《疯狗之夏》《国王》《亡者之路》《高棉》《燃烧的飞艇:海豹奈德历险记》等选集中。作为编辑,他选编了《最佳西部小说选》《怀旧通俗小说》《二代怀旧通俗小说》(与基斯·兰斯代尔合编)《剃刀马鞍》(与帕特·洛布鲁托合编)《腹黑之作:全新暗黑悬疑小说》(与其妻凯伦·兰斯代尔合编)《恐怖名人堂:史铎克奖作品集》,以及向罗伯特·E.霍华德致敬的小说合集《穿越平原的宇宙》(与司各特·A.卡普合编)。另有向兰斯代尔作品致敬的合集《剃刀之王》。他的最新作品有两部以哈普与雷纳德为主角的小说:《香草之旅》《恶魔红》;短篇《鬣狗》《死亡目标》;长篇《暗水》《林莽》;两部新的小说合集:《都市奇幻小说集》(与彼得·S. 比格尔合编)《受难的梦》;三部新的选集:《西部暗影》(与约翰·L. 兰斯代尔合编)《误入周日剧院》《淌血的影子》。兰斯代尔目前与家人居住在得克萨斯州的纳科多奇斯。

在此,他将笔下最受欢迎的两个角色——哈普与雷纳德——送上一段危险而勇毅的征程,前去营救陷入魔爪的少女,不过,你接下来要读到的将不是普通的童话故事。

rogues

哈普与雷纳德历险记之失足少女

那晚下班到家时，我的红发丽人布蕾特正坐在餐桌旁。那周她不需要在医院值班，所以看到她还没去睡让我有些惊讶。时值凌晨两点，我刚完成狗粮厂的巡夜工作，期盼好兄弟雷纳德早日从密歇根回来。他是为执行朋友马文所属侦探事务所交付的任务，去那里为某个案子追查知情人了，我们一直像这样做着兼职。

这次没我的事儿，因为雷纳德没有别的工作，又比我更缺钱，他就一个人接了任务。我在狗粮厂做临时工，倒没什么不好，就是经常都很无聊。我做过的最刺激的事就是追打老鼠，发现它们时，它们正在成品储藏室里咬狗粮袋，也就是说竟敢狗口偷食。之后它们学会了没事少惹我。

我一直希望马文那里会有什么值得我辞职的大案子，可到现在依然没有。不过,我钱包里有狗粮厂刚付的本周薪资。

“怎么还不睡?”我问。

“愁死了。”她说。

我陪她在桌旁坐下。

“咱们的钱还够花,对吧?”

“咱们的钱足够换个花样过日子。我是担心蒂莉。”

“啊,天哪。”我说。

“这次跟以前不一样。”布蕾特答道。她的意思是各方面都有所不同。

上一次,蒂莉在本地小混混的鼓动下参加一个自行车俱乐部,结果被拉去当了妓女,一半是自愿一半是被逼的,因为那是她的老本行,但他们没打算给她钱。那次,我们——我、布蕾特和雷纳德将她救了出来。后来她又跑了,在泰勒那边卷入一系列的家庭纠葛,那些事也由布蕾特相继摆平了,至少暂时性地成功避免了灾祸。每次布蕾特提到蒂莉,都意味着她马上要收拾行李,暂停几天工作,离家去解决某些本来完全可以避免发生的蠢事。蒂莉是布蕾特的女儿,所以我尽量去关心她。但她不喜欢我,我也不喜欢她。而我真心爱布蕾特,因此尽量给予支持。布蕾特了解我的感受。

“又得走几天吗?”我问。

“也许还不止。”

“怎么回事?”

“她失踪了。”

“她又不是第一次离家出走了,你也知道她是什么人啊。走的时候一句话不留,回来的时候一句话不说,除非是缺钱,或者遇到了超大龙卷风。”

“也不能全怪她。”

“布蕾特,宝贝,别又跟我自责说你不是个好妈妈。”

“可我的确不是。”

“你当时自己也还年轻嘛，而且我觉得你也不算有多失职。当时情况那么特殊，你也尽力了。她搅上的麻烦大多是自作自受。”

“也许吧。”

“你不信我的话。”

“信不信都一样。她毕竟是我女儿。”

“说得也是。”我答道。

“我接到她一个朋友的电话。你不认识。她叫莫妮卡，人挺好的。我觉得她脖子上那颗脑袋比蒂莉灵光多了。上次去的时候见过她一面，我觉得她给了我女儿挺好的人生指导。其实，我有些感觉蒂莉快回到正轨上了，也一直在跟莫妮卡联系了解情况。这次她打电话来说，她们几个闺密计划好晚上出去看电影，只有蒂莉没出现，也没打电话。现在已经过去三天了。莫妮卡说她已不再生气，反倒开始担心起来，还说和蒂莉同居的那家伙可能有问题。他曾经组织妇女卖淫，蒂莉很容易回到那样的生活。我是说……嗯，那家伙有点吸毒史，蒂莉有时候也参与。他可能跟蒂莉闹翻了，可能想利用她赚钱，或者他犯了什么事，把蒂莉卷了进去。”

“莫妮卡认为他把她软禁在家里了？”

“说不定更糟。”

“我觉得他应该不坏。”

“我也觉得。”她说，“但最近不太相信了。起先他是个白马王子的形象，是个改邪归正的瘾君子，后来却突然又不准她出门，不希望她跟任何人接触，不同意她见莫妮卡。莫妮卡认为这是因为他在替蒂莉选择见面的对象。”

“卖淫。”我说。

布蕾特点头。“对，这种人就爱玩这套。装作关心你，或者跟你一样在戒瘾，接下来蒂莉就会发现自己又开始嗑药卖肉，再过不久，她一分钱都拿不到,全归他了。”

“拉皮条的拿了全部好处,给她嗑药,钱哗哗地流进来。”

“对。”布蕾特说,“正是如此。这种事她以前就经历过,你也知道,所以——”

“你在想旧事会不会重演。”

“对。”她说,“没错。”

“肯定没关系的,而且可能也没有预先计划。他大概只是一时旧瘾复发,把她顺带拉下水了而已。他既然得到了梦寐以求的宝贝,肯定不会与人分享,也不会到处显摆的。”

“起初他喜欢带她到处逛,好吧。”布蕾特说,“他喜欢她穿戴性感,可是万一招谁注目,他就气得不行。她是他的,他想带她四处炫耀,又不希望任何人看见他炫耀了什么。可是后来,他却主动请人去看他炫耀。也许是因为他毒瘾犯了。我也说不准。管他呢,我只想知道女儿是否安全。”

“所以你希望我去确认一下状况?”

“我想咱俩一起去确认。”

“等我先开车回狗粮厂炒老板鱿鱼。”

“说辞就辞啊。”布蕾特说。

“我知道。”我说,“但是也只能这么干了。”

出门处理这样的事却不带雷纳德,感觉有些怪怪的。身处这种环境,我喜欢有他在身边,他能给我壮胆。虽然我老觉得自己胆子已经够壮了,但身边带个毫无血缘的兄弟撑场面总不会少块肉。

蒂莉就住在泰勒与布洛克交界的地方,位于城郊的一座小镇。跟达拉斯和休斯敦比起来,泰勒算不上繁华,你可以随自己的喜好给它贴上大镇或者小城的标签。那里大约一万人口,车水马龙,挤满了非法移民和大学生。移民们喜欢做廉价劳动力,遇事又总拿这个当理由说叨,早忘了要不是有这样一份工作为前提,自己根本无法在当地立足,更谈不上去埋怨自己该不该做什么了。

我们来到蒂莉的住处,发现车棚里停了两辆车。布蕾特说:“那是蒂莉和罗伯特的车。两辆都在。”

我过去敲前门,没人应门。我觉得有种现象很难解释:有时候一敲门就知道屋里有人,另有些时候则会产生空虚的感觉,好像在敲打一颗被烈日曝晒的枯白头骨,却还希望能唤醒早已不在里面的大脑。而有些时候,直觉就像一团混沌,里面的人总能安然躲过。记得我妈就是这样,每次都能躲过别人上门催账。我一直很好奇他们是否知道我们就藏在屋里,想暂时躲躲还没挣够的房租,等有钱了再补上,或者一边躲车贷,一边祈祷他们别把车拖走。

我又绕到后面去敲后门,还是同样没有得到回应。我和布蕾特围着房子走了一圈,见到窗子就往里瞅。多数窗子都拉上了百叶窗或窗帘,只有后面厨房窗户的窗帘开着,我们将手拢在眼睛周围,紧贴着玻璃就能看到里面。但是没有什么好看的。

最后,我们回到车旁,倚在引擎盖上。

我说:“你希望我进去看看吗?”

“我也不知道。”她说,“昨天我报了警,嗯,是治安警务室,但他们不会采取任何行动。”

“还不到二十四小时吗?”我问。

“其实已经有了,还不止。但问题是,他们以前就跟她打过交道。”我不清楚具体细节,但大致能猜到是什么样。蒂莉经常惹事,老爱玩失踪,所以他们不会迅速出动,将警力耗费在追踪一个大错不犯小错不断、时而卖身偶尔吸毒的麻烦精身上。

“好嘞。”我说,“那我就越俎代庖,强行闯入了。”

周围有别的房子，但没有人活动，也不见任何人拉开窗帘偷窥，因此我从手套箱里取出一套撬锁工具，这是替侦探所执行任务时经常会用到的。我绕到后门，着手开干。我对撬锁并不太在行，而且说实在的，这跟电视上演的完全不一样，至少就我而言，总要花不少时间。不过这扇门算简单的，只过了大约五分钟，我和布蕾特就进屋了。

布蕾特喊道："蒂莉，罗伯特，妈妈来了。"

没人回答。她的话音在墙间回荡。

"待在门口别乱跑。"我说。

我走进屋子，查看所有房间。屋里没有一个人，起居室里的一把椅子和一张咖啡桌被打翻了，某种饮料洒在地板上，已经有些黏糊糊的，旁边有个碎玻璃杯。我回到门口，将所见悉数告诉了布蕾特。

"也许咱们现在可以让法律介入了吧。"我说。

回到屋外，我发现了细细一溜血滴。之前我没有注意到，现在刚从屋里出来，借着合适角度的阳光我才看到它，就像是有人在草丛里撒落了大大小小的红宝石。我于是说道："布蕾特，亲爱的，去车上，坐驾驶座。钥匙给你，说不定你得一个人走。如果真有情况，赶紧走，别担心我。"

"胡说。"她说道，"我们可以带上手套箱里的枪。"

我拥有隐藏持枪许可证，却很少带枪。具体原因是我不喜欢佩枪，但既然干了这行，有时又非佩不可——我指的不仅是狗粮厂的安保工作。

我们回了车上，拿出手套箱里的手枪，一把老式左轮，然后循着血迹往前走。

血迹一路通向树林中，之后没再看见它出现。我们沿着血迹走了一会儿,就看到有什么东西被拖进灌木丛,压倒了低处的草木。我们走上前去,发现地上趴着一具尸体,脸部朝下。我不该移动尸体的,但还是用脚踢了踢他,把他翻过身来。一张年轻的面孔仰望着我,眼睛里爬满了蚂蚁,鼻子在地上拖移的过程中被压扁擦伤了。他胸口有一个弹孔,或者类似的伤口。这种弹孔我曾见过几次,这一枪是直直打穿了衬衫胸袋,而且右胸上也有一处。我猜是第一枪打伤了他,他拔腿开跑,于是枪手追上他,又开了一枪,然后把他拖进了灌木丛。我还注意到,这人双臂上下全是文身,质量很次,看起来像是醉鬼写上去的歪歪扭扭的梵文和象形文字。醉鬼,或者狱友。

布蕾特也与我一同站在现场。她说:"就是他。"

"你是指罗伯特,蒂莉的男朋友。"

"对。"她说着,开始环顾左右。我同样观察着周围,心里有几分期待能找到她女儿的尸体,但却没有。我们不厌其烦地回房子里转了一圈,除了门把手以外什么都没动,只是看第一次进来时是否找漏了,蒂莉说不定被塞在了床底下、橱柜里或者冰箱内。但他们没有冰箱,床底下和橱柜里也没找到她。

我把枪放回汽车手套箱,拨了911。

出警的是个年轻人,穿着一条十分肥大的裤子,上身别着的警徽闪亮得像小孩子梦寐以求的圣诞礼物。他后腰上别着一把枪,大得让人以为他随时需要抵御象群的攻击,头上戴的牛仔帽也似乎太高了些,帽缘特别宽,总体看上去,就像是身西部射击游戏的打扮。他自称是个协警。

同行的还有一个人,比他年长一些,坐在车上副驾驶位置。年轻人下车来了,老的那个没有,只是打开车门,仍坐在座位上。他的样子就像是在混吃等死,还不知道自己能否撑到退休。他大概只有四十多岁,但那张脸看起来却比实际年纪苍老得多。他后腰上别的枪要小一些,我看得清清楚楚。他的牛仔帽搭在膝盖上。

年轻人听着我们做陈述,看似津津有味的样子,在记录板上写写画画。我告诉他手套箱里有把枪,我也有持枪许可,以免他们事后发现,于自己不利。过了一会儿,年纪大些的那人也下车过来,问道:"都记下了吗,奥弗德?"

"记下了,长官。"协警说。

这时,我发现面前那人的徽章上写着"警长"字样,看起来很像我们小时候买的那种玩具徽章,跟玩具枪配套出售,但不搭帽子,得分别购买。

他向我们问了一些相同的问题,我猜是想看我们会不会露破绽。我答话时他没怎么看我,一直在观察布蕾特。这不怪他。她跟平常一样容光焕发,酒红的长发散落在肩膀上,窈窕的身材通过锻炼保持着健美,神奇女侠要是见了她的容貌,一定会抡起铁锤砸自己的头。

"带我去现场。"警长对我说道。

"我也去。"布蕾特说,"我可不是胆小鬼。"

"你铁定不是。"警长说道,"奥弗德,回车上好好坐着整理笔记。"

"已经整理好了,警长。"奥弗德答道。

"少废话,回车上坐着去。"他说。

我们上路前行,得知警长名叫内森·休斯。他告诉我们说:"奥弗德是市长的儿子。你们打算怎么办?"

"他的制服是友情赠送的吗?"我问。

"别瞧不起人。"警长道,"那是他从别人晾衣绳上偷的。"

我们来到尸体旁边。我说:"我把他翻了个身。"

"你不该翻他的。"休斯警长说。

"我知道,只是想确定他会不会还活着。"

“只要看到是这种造型的,不管趴着还是躺着,都该知道他已经死了。”

“也许吧。”我说。

“我跟你讲,”警长道,“你打电话报警,自报了家门,所以我就打了几个电话了解情况。拉伯德那边的警察局长说你特别让他们头疼,经常跟一个叫雷纳德的黑家伙混。”

“对,是这样。”我答道,“我是说,我的确跟一个叫雷纳德的黑家伙混,但我不知道他们竟然因为我犯头疼。”

“我觉得你应该知道。”他说,“局长跟我透露了一些消息。”

“真八卦。”我说。

勘查完尸体,我们回头向警车走去。警长让奥弗德从车上拿了个相机出来,去现场拍照取证。

“我们这里还组不起一个警队。”他说,“只有我、奥弗德、另外一个协警,再加一个调度员。不过偶尔有免费甜甜圈。”

“表面文章做得好啊。”我说。

“必须的。”他边说边看着布蕾特,“你好像挺能撑的嘛,女儿失踪了,又刚看到个死人。”

他还在跟我们玩心计,想看我们和凶杀案究竟有没有牵连。

“你想多了。”布蕾特说,“我现在心焦得要命。”

我们在汽车旅馆等了几个小时,警长才再次出现,表示没有得到更多信息。“我们没找到你女儿。”他告诉布蕾特,“这也可能是好消息。”

“也许吧。”布蕾特说。警长在离开期间错过了布蕾特的崩溃和大哭,但他可能会注意到她眼里的血丝。听完他要说的话,她走进盥洗室,关上了门。

这时他对我说道:“听着,我现在跟你实话实说。你大概已经猜到我要说什么了。我只是个破镇子上的小警长,两个协警是第一次处理谋杀案,他们其实更适合去赶流浪猫流浪狗,或者调查托儿所里谁的全麦饼干被谁偷走了,不过我们那儿没有托儿所。我不是要你自己去跑案子,法律上也有这方面的规定。但是,凭我对你的了解,加上现实考虑,我就跟你挑明了吧,免得你会错意:你可以亲自去调查一下。”

我点点头,说道:“你认为我该从哪里入手呢?”

“我说过,我只是个破镇子上的小警长,不过以前在城里干过。我来这里就是为了少跟尸体打交道,到现在为止,接触的尸体也确实少多了。这还是五年来我见到的第一起非自杀性命案。死者叫罗伯特·奥斯汀,这人成天不务正业。你女人的闺女,传闻说那姑娘在做暗门子,你懂我的意思吧。”

“这个词用得倒挺合适。”我说。

“罗伯特这家伙,又卖毒品又卖她。像这种镇子,接受她服务的人……唔,其实大家都知道。这种地方,每个人都认得出隔壁邻居屎坨坨的大小,闻味道就知道是谁拉的。关键是,罗伯特很有可能在替巴斯特·史密斯贩毒。巴斯特明里是在组织福音剧院演出,在奇迹溪那边。”

“那是我出生的地方。”我插话道。

“这么说你熟悉那个地方。以前,那里就跟刀片做的门挡一样,又难搞又不好惹,到处是酒鬼混混,离地狱只不过半英里。现在那镇上最出名的是古董,殴架的一个都没有了。福音剧院,唔,据说是老巴斯特的幌子。整个奇迹溪以为他是个虔诚的商人,至于我,我看,他简直是亵渎像我这种真正的基督徒的名声。”

“明白。”我说。

“他五十岁左右,生一头油亮亮的黑发,举止很冷酷,常年穿一件糟兮兮的格子运动夹克。我去那边的时候见过他一两次,甚至还去过一次福音剧院，娱乐节目很健康，但关于他的流言从没消停过，虽然是传闻，我也开始相信了。表面上他是个生活简朴的生意人，身披一清二白的外衣，实际上却在背后做尽坏事。当地有头有脸的人物没有他摆不平的。

“还有个情况，一个叫凯文·克里斯帕的家伙经常在这边的购玛特晃荡。他常常坐在大门外的长凳上，那条凳子是他专用的。他就在那里做毒品生意，据说他老大是巴斯特，不过我们没拿到证据。我一直在监视他，可是迄今为止都没能把他抓到现行，总有一两个人帮他脱身。这些人多多少少都上过批捕单，但又根本不至于给关到牢里。我的意思是说，我知道他们在干什么，就是没有证据，不能绳之以法。多的不说了，关键是凯文·克里斯帕贩毒提成，剩下的巴斯特占了大头，因为他提供货源，至少大麻是从他那儿来。关于蒂莉，我想趁你女朋友没出来之前先告诉你，她是单干，不过据说她毒瘾相当深，也许连她自己都说不准什么时候要嗝屁或者瞎眼。她早踏进鬼门关了，就靠着一两个脑细胞活命，情况就是这样。罗伯特大概是通过这个凯文在给她包客。多半是。蒂莉，像我刚才说的，她还不如个充气娃娃，看那满脑子的糨糊。”

“这些你都知道，就是没法行动？”我问。

“没错。”他说，“心里有底了吧？你听好，拉伯德的警察局长说你长相憨傻其实精明，我才考虑告诉你这些的。有些事你做得到，我干不了，有法律管着。不过，你要是给逮到了，那可不是我支的主意，你敢说是我递了意思，我就告你污蔑诽谤，甚至逮捕你，按司法程序走，如何？”

“没问题。”我说。

我费了一番功夫，终于劝服布蕾特同意我载她回家。我用手机给雷纳德打了个电话,可他没接,我给他留了条消息。接着驱车前往布洛克市区,穿过一个十字街口来到购玛特,找到了凯文·克里斯帕。这人已经四十多了,却硬要扮成三十来岁,他的文身跟罗伯特的很相似。凯文的样子活像一只被丢进微波炉过度加热的落汤鸡,他那样的皮肤我只在图坦卡蒙木乃伊的身上见过。我是说,他手臂上的肌肉很明显,应该是天生如此,长而纤细,筋肉毕露,让人误以为很强壮。

我朝他走过去,说道:“听说你能卖点儿货给我。”

“卖货?”他说,“什么货? 你看我有货卖吗? 锅碗瓢盆,还是手套鞋袜?”

“我听人说你有好东西卖。一个叫罗伯特的家伙告诉我的。你就是凯文吧?”

“对,是我。”凯文扬起头说道,“罗伯特什么时候告诉你的?”

我把日期说早了些,万一凯文知道罗伯特挂掉的时间就不好办了。我又补上一句:“他说有个姑娘能让我爽爽,你知道吧,只要花点钱。”

“这些都是你听说的,哈?”

“是的。”

“他就没说要亲自招待你?”

“他说你才是老板,我应该直接找你。”

“他竟然这么讲,真有意思。”他说道。

“我说,你就直接告诉我有货没货吧。我带了钱,想爽一把。我想泡个妹子,玩嗨一些。再说你已经了解我的底细了。”

他点个头。“就算我知道去哪里找这个姑娘,也有你想嗑嗨的玩意儿,你觉得我会带在身上吗? 你以为我屁股口袋里就揣着那娘们,还拖一麻袋白粉摆着卖吗?”

“有的话倒挺方便。”

“听好,我告诉你,我蛮喜欢罗伯特的,既然是他介绍你来,我就指个地方跟你交货见姑娘。我们不选汽车旅馆。这附近只有一家,一来二去大家都很熟了。”

“那选哪个地方?”

“你今晚就打算过去?”

“可能吧。”

“你想要什么抖腿丸,昏头粉,都可以去那儿。”

“昏头粉?”

“就是我卖的货,是种混合物。吸了这个,老二硬得不可收拾,爽得分不清东南西北,巴不得开车回家扇你老妈耳刮子。”

“真是这样?”

“我听说的。我自己没试过这玩意儿,当然了。”

“那,听起来没什么说服力啊。”我说。

“啊,话不能这么讲。我试用过那姑娘,当然,可其他货都是自己产的,老兄。你要是沾了自己的东西,特别是不愁来源的货,就等于沾上甩不掉的麻烦。”

他给了我一个时间和地址。我感谢了他,装作激动万分的样子。我驾车来到一家咖啡馆门前停下,留在驾驶座上,再次给雷纳德打电话。我直觉密歇根那边的事情应该快圆满完成了,他现在可能正开车回来,兴许已经到了得克萨斯,不过,看来他花的时间比预计要长一些,因为我还是得到了同样的结果,无人应答。我给他留了一条详细信息,甚至讲了我要在什么时候去哪里,把凯文给我的指示全盘告诉了他。我走进咖啡馆,点了杯咖啡,要了个三明治。我想自己还缺一点粮草与装备,于是买了份午餐打包,又在日杂店买了根斧柄放到车上,便开车前往与凯文约好的接头地点。只不过我提前了四个小时。

我又尝试拨了几次雷纳德的号码,留下相同的消息。不知道他在忙什么，总归是顾不上看手机。凯文给我的地址位于一片树林之中，虽然距公路不远，但毕竟是荒郊野外，当然，这样才符合此类服务的环境要求。不过我想，蒂莉不一定真正会在，说起来，她可能是这个犯罪网络里唯一的女性，再加上我知道罗伯特早已死透了，而且怀疑凯文也心知肚明，所以指望不上他乐意殷勤地主动将蒂莉带到我面前。我跟布蕾特还有雷纳德以前就救过她一次，那是在几年前，当时的情况跟这次极为相似，也是她自己惹火烧身的蠢事。坦诚地讲，我内心有几分想放任她自生自灭，但我不能这么做，因为她是布蕾特的女儿，这是重点。次重点则关乎我的本性，像我这样的人，即使看到疯狗在路上乱窜，也会以为它是搞不清方向，会好心地上前牵它过街。

我把凯文给的路线说明想了一遍，在此基础上作了改动。我开下一条窄窄的猎道，然后转上旁侧的一条小支路，将车停在那儿，希望不会有人找到它并决定短路打火，启动开走，或者说直接打砸破坏。我把枪从手套箱里取出来，插进后腰中间的裤带，扯下上衣盖好，又拿出在咖啡馆外带的食物：一个汉堡、一份薯条、一罐无糖可乐，然后将斧柄夹在腋下，走向我所认为的碰面地点。

我终于看到那座房子了，它半个身子掩在树林里，大有摇摇欲坠之势，我相当肯定自己的怀疑得到了证实。蠢驴才会想着来这里买毒品操屄，我虽然哪样都不想，但仍旧是个蠢驴，竟然真来了这里。我去房子跟前试了试门，门锁着。我又绕到后面，也锁着门，不过门板很薄，我想可以踢开这扇门奇袭突进。其实我现在就可以闯进屋里守株待兔，但要是他等会儿也走后门，或者他向来喜欢进后门，好戏就穿帮了。

我走进房子左侧的树林，发现有棵树倒在地上，便坐上去吃起了晚餐。东西还能下肚，假如你没有味蕾，又生有铸铁般强壮的胃，那简直就无可挑剔。我只吃了几根薯条，它们太油了，足以让花园雕塑都拉肚子。我喝光了无糖可乐，吃掉了汉堡。肉好像有些问题，但我已经饥不择食。每次一想到要杀人或者被杀，我总会觉得很饿。

天色渐晚，蚊子跑了出来，在周围嗡嗡飞舞，其中有几只叮了我，不知道会不会携带着西尼罗河病毒，或者更厉害的东西。我伸手去拍，在裤腿上逮到一只沙虱，其时它正在朝我的蛋蛋爬去，我为拯救了它们而深感骄傲。

片刻之后，我看见凯文驾车过来，停车进了那栋房屋，又看见一盏灯亮了起来。他身边没有带着蒂莉，好像也没携带任何东西。他同样提前到了。我打算等几分钟就发动突袭。我看了看表，先给他几分钟时间麻痹大意，然后出其不意。当然，假如他有枪——他多半有枪——那感到出其不意的就该是我了。我也有枪，没错，不过一旦动起枪来，什么情况都可能发生。

我正想这想那的时候，突然觉得后脑勺凉凉的。此时正值仲夏，即使天色已黑，我也能判断这感觉并非来自习习凉风。

而是来自一支枪筒。

我无法解释当时的感觉有多么孙子。本来是我打算阴他们的，反倒被他们阴了。我缓缓转过头。一个又矮又肥的男人正朝我微笑，那张脸上无数的坑坑洼洼，活像是被用作了导弹发射靶，那口烂牙亟须注资一万五千美元加以修复。

“信不信我一枪崩了你。”他说。

“信。”我答道。

“你接下来要做的，是跟我去那边见凯文。先站起来。”

我站起身，斧柄仍放在树干上。他的空手拍遍我上身，找到我的手枪，将它插进自己松垮垮的裤袋，又捡起斧柄，敲了敲我的肩膀。

“走，去房子那边。”他说。

我想，我是老了。换了以前，一定会有所防备，至少我自认为如此。

我自作聪明地提前来踩点，却没想到早被他们阴了，凯文表面上独自行动，像一只掉入陷阱的肥羊，暗地里却派了月球脸在树林里守株待兔。

“林子后头有条路，傻鸟。”月球脸说道，“我从那边过来，进了树林，藏起来等你。本来还以为得拿出点儿看家本领，结果你选的地方倒离我不远。这么容易就得手了，伙计。凯文说他觉得你自以为挺聪明的，其实没那么聪明嘛，对吧？”

“我不得不承认这点。”我说。

来到房子里，早已等候多时的凯文说道：“没给你准备小吃，也没有果汁，哈？当然，你也不是为这些而来的，对吧？打一开始，我看见你的长相就不喜欢。”

“你屋里就没面镜子照照？”

月球脸抄起斧柄，从背后朝我双腿重重地敲了一记，我应声跪地。

“我怀疑你是为别的来见我。我怀疑你在找蒂莉，或者罗伯特。告诉你吧，我猜你知道罗伯特已经死了。”

“让你说中了。”我回答，“我确实知道他死了。蒂莉现在怎么样？”

“她目前没事，不过没多少日子了。”凯文说，“史密斯老大喜欢把东西榨干之后就丢掉。先是无限量满足她的嗑瘾，再就是卖她到没法再卖了为止，你知道吧，最后来一招狠的，伪造成意外的假象。等人们在哪个地方的天沟里找到她的尸体，屁眼里都已经长出毒菌子来。”

“罗伯特的死可不像意外。”

“他比我们预想的要麻烦，局面曾一度失控。你瞧，他跟那臭娘们都是沾一下就想撒手。我们不喜欢这样的，除非是吃薯条蘸酱。”

凯文和月球脸挺喜欢这个段子，两人都笑了。我猜他俩不怎么在外头混。

“把他绑椅子上。”凯文说。

他们为我早有准备，椅子就摆在地板中央。凯文在一扇窗前不停地走来走去，窗外的景象一览无余。看得出，他之前说没试用过自家货是撒谎。此时此刻他体内就有一定的毒品作祟，令他神经兮兮地不断抽扯。他们把我按上椅子，月球脸拿绳子将我的双腿双臂绑在椅子上，凯文则手持月球脸的枪指着我。当我被牢牢捆好之后，凯文开口道："那么，告诉我，你的目的是什么。"

"给老子滚开。"我说。

"噢，这样可不好。"凯文道，"朱比勒，枪拿着。"

朱比勒就是我说的月球脸，他接过了手枪。凯文捡起我的斧柄，我知道自己要后悔买这东西了。他抡起它重重地捶上我的小腿，疼痛顿时从腿部启程，顺着脊柱直冲脑后。一瞬间，我以为自己快要呕翻肠胃，昏死过去。

"痛吧。"凯文说。

"你以为呢。"我说道，音量不大，口齿也不清楚，但毕竟出了声，虽然听上去好像来自墙角枕头下捂着的一个很小很小的人。

凯文走向前门，将斧柄靠在门边，又伸手进衣服口袋拿出一把弹簧刀，"刷"地亮出刀刃。

"这座房子是老祖母留给我的，我经常来这里做生意。虽然它不值钱，而且破破烂烂，但我心里仍旧对它有感情，正因为这样，我想说，我不希望，也没有必要让这里染血，所以，你最好从实招来，为了你好，也为我好。"

"我招了，你就会放我走？"我说。

"当然。"凯文说。

"放屁。"我骂道。

"好吧，你说对了。我要杀你，可以给你来个痛快的，割喉，想想有些恐怖，不过很快就过去了，血流得哗哗的。像罗伯特呢，我最后只得朝他开了几枪，那可就难受了，他一直痛苦到被最后一颗子弹射中的时候。至于你呢，我可以用这把刀在这里陪你玩很久。"

"所以我有两个选择：要么招了，被你割喉，要么不招，被你割肉，一直到我肯招为止?”

“没错。”他说。

就在那时,我看见雷纳德的头从窗边掠过。于是我开始拖延时间,说道:“那你想知道什么呢?我也许能给出答案,只要不涉及数学题。”

“好。首先,你他妈什么来头?”

我答道:“我是来查户口的。”

“看来还非得挨刀子不可。”凯文说,“先削只耳朵试试。”

“别削。”我说道,“先听我讲句实话。”

“你想讲什么?”凯文问。

“你要完蛋了。”我说。

正当这时,大门被雷纳德一脚踢开。他一眼就发现了斧柄,劈手抄起来,压根没有去废话说:“好家伙,这儿有根斧柄?”

雷纳德大步向前,边走边说:“乖乖,黑娃子,随便两脚就进来了。”

他敏捷地上前左手一挥,斧柄打中了月球脸的门牙。月球脸被击倒在地,手里的枪翻滚着飞出去好远。

灯光照耀在雷纳德剃得光光的黑色头皮上,在他眼睛里跳跃,从新买的斧柄这头舞蹈至那头。斧柄划过空气,像一把热刀切过黄油。它当头敲了凯文一记,“啪”的一下,犹如皮带抽打皮沙发的声音,只见凯文牙齿松脱出来,嘴里鲜血狂喷,看来他祖母的房子是毁定了。血洒上墙壁和窗子,牙齿叮叮当当落在地板上。

凯文摔了个狗吃屎,弹簧刀掉落在地。他连忙伸手去够,手却被雷纳德一脚踩住,同时斧柄再度砸下,这次的声音更像是有人在用砍肉刀剁火鸡的头。

挨了这棒之后,凯文便一动不动了,但是为保险起见,雷纳德又补了一棍,接着走向挣扎着要爬起来的月球脸面前,一脚冲他牙口踢了过去。这样,月球脸要想做口腔美容又得多花好多钱了。

凯文苏醒过来时，正绑在我之前受缚的那把椅子上，我蹲在他面前，雷纳德倚着斧柄站在旁边。月球脸依旧仰面八叉躺在地上，不知道是死了还是昏迷了，大概正逡巡在潜意识为自己挑选的避风港湾。

“侬好哇!”我说。

“滚。”凯文说。其实我并不确定他说的到底是不是这个字。他大口吐着血。

“你出去的时候，”我说道，“如果你要出去，建议你先把牙齿捡起来，注意别跟朱比勒嘴里那些宝石混淆了，然后泡进一杯水里冰冻好。听说现在技术很先进，牙齿打断了也能创造奇迹。”

“你到底是谁?”他问。

“我叫哈普，这是我兄弟雷纳德，你俩已经见过面了。”

“认识你真他妈高兴。”他说。

我站起身，转头对着雷纳德。“我还以为你来不了呢。”

“你打电话的时候我正在回家路上。两天前就开车往回赶了，荒郊野外的，手机一直不在服务区。晚些时候才收到你的信息。”

“还好不算太晚。”

我又转头对着凯文。“凯文，”我说，“你跟我，咱们得聊聊，而且我要实质性的答案，要是满意的话，我连你的喉咙都不会割。”

凯文和月球脸告诉我们，蒂莉被那个开福音剧院的巴斯特·史密斯带走了，他俩都是帮凶。她目前在一家老剧院里。我知道那家剧院。我在奇迹溪长大，小时候去那里看过很多场电影。剧院里有个舞台，台子后面挂着一张银幕。他们也演儿童剧，还会请来小丑和杂耍演员出演暖场秀。演出通常很糟糕，每次演员下台，灯光关闭，蟑螂出动的时候，我总是很开心，因为电影就要开场了。

雷纳德不愿就这样算了，他们有车。他决定不留后患，要让他们尝尝厉害。我不喜欢干这种事，但是，唉，又能怎么样呢？是他们挑起来的。

雷纳德将他们塞进轿车后备箱，载我到我停车的地方，我驾车随他前行。抵达河沼地带之后，雷纳德放他们出来了。两人钻出后备箱，一脸难受的样子，看来都吃不消他的斧柄。雷纳德说道："接下来我要做的，是打断你俩的腿。一人一条。"

"没必要那样，雷纳德。"我说。

"我知道。我只是手痒。"

"我说，"凯文道，"听你朋友一句劝吧。我们只是替那个傻蛋跑腿的，这事跟我们没关系。但愿你能把那姑娘找回来。"

"哦，有条件的话，我们会带她回来的。"雷纳德说，"但还有笔账要算。你打算杀我朋友。要不是我及时出现，他已经挂了。所以，选条腿吧？"

凯文和月球脸都看着我。

"他应该是下了决心了。"我说，"而且你确实想杀我。"

"要是腿断了，我们会死在这里的。"月球脸说道。

"该死的，别装得这么惨。"雷纳德说，"你们还可以爬，还可以找根拐杖什么的拄一拄嘛。不过，这不是我们的问题了。"

"哪条腿？"雷纳德问，"不说就我来选。"

"左腿。"凯文说。月球脸没选。"可是——"

凯文还来不及再次抗议，雷纳德已经将斧柄朝他挥了过去。木棒划着飒飒风声击中了那人膝侧最脆弱的地方。我听到啪嗒一声，像是桌球开球的声音。凯文尖叫着蹲下身抱住膝盖。

“一条了。”雷纳德说。

月球脸拔腿就跑。我欠雷纳德一个人情,于是赶紧去堵他,一把抓住他的肩膀,将他拽过身来,一记右钩拳打向他的脸,不偏不倚。他摔倒在地,还没来得及爬起来,雷纳德已经提着斧柄到了跟前。雷纳德大概挥了三棒才服帖治住他,具体多少我记不清了。我没有看他们。我猜挨打的是右腿。

我们驾着雷纳德的车到了一处教堂停车场,想想真有些讽刺,随之换了我的车前往奇迹溪。我说:“万一那两个家伙出了林子,打电话给巴斯特报信怎么办?”

“他们的车停在几英里之外。”雷纳德说,“又要开几英里才到诺恩特普莱斯。两个瘸腿。再说了,是你不让我杀他们的。要不是你,他们早躺在色滨河的什么地方喂鱼了。”

“你真冷血,伙计。”我说。

“必须的。”雷纳德说。

我们原以为需要秘密潜入福音剧院,可抵达时那里正在搞活动,人山人海。雷纳德说:“这些人挤破头了还在往里挤。现在几点了? 九点? 十点? 想不到耶稣也熬夜到这么晚。”

“是啊,他不是经常早睡早起么。”

我拿起手枪,别在后腰上,拉下上衣遮住。我们将斧柄连同其记忆留在了后座,下车步行,发现人潮涌动,越聚越多。

我向一个拄着拐杖的老人打听道:“这里在搞什么?”

“通常是演福音剧,不过今晚是达人秀。你们都不知道吗?”

“不。”我说,“不知道。”

“那可比‘猴子吊串’有意思多了。有人唱歌,跳舞,演喜剧。既好看又正能量。”他看向雷纳德,“你也能进去,孩子,我记得以前你们黑人是不让进的。”

“哎呀,时代变化真快呀。”雷纳德说。

我环顾四周,发现另一扇门里排着长队,一直排到了房间外头。我问老人:“这些人是干啥的?”

“达人啊。报名表演的。”

雷纳德说:“快来,哈普。”

我们加入了门外达人的排队。

“比‘猴子吊串’有意思多了。”我说,“还允许你这样的人进去,雷纳德。”

“喊,表演,也就是些白鬼子有兴趣罢了。多半是这样。”

房间里的书桌旁坐着个矮子,头戴一顶乱七八糟的假发。他问我们叫什么,我们报了名字。雷纳德说我们要表演唱歌。

矮子在花名册上找不到我们的名字,那是自然。

“我们报过名了,”我说,“预先打电话办妥了一切的。欧弗顿那边的粉丝都赞我们是天王巨星。”

“欧弗顿那个小地方,从这头扔颗石子能飞到那头。”对方答道。

“没错,不过我们在那边还是挺火的。”我说。

他考虑了一会儿,说道:“你们瞧,有一对吹风笛的选手退赛了,大概是洗衣房把他们的苏格兰短裙弄丢了还是怎么的。就让你们来顶这个缺吧。你们没登记,我来想办法。你俩唱功如何?”

“好听得像他妈鸟叫一样。”雷纳德说。

那人看着雷纳德,脸上渐渐舒展出笑容。看来耶稣不常降临他家。他挥手示意我们往里走,我们赶紧进去了。

“双人乐队?”我问。

“天王巨星级别的。”雷纳德说。

这番谎话还是挺奏效的,我们被带往了后台,许多选手在这里候场。有位老人身上穿的颇像士官制服,他大腹便便,头顶寸毛不生,面容似乎有些缺氧。他身边带着一个腹语木偶,打扮成大兵的模样,迷彩帽等装束一应俱全。这里我插一句,其实我打心眼儿里讨厌腹语木偶。记得小时候的一天夜里,我看了一部名为《深夜》的老电影,它是以多段式手法拍摄的,其中一个短片的主角就是被腹语木偶反仆为主,受到木偶摆布。这段剧情着实吓得我屁滚尿流,从此我就连见到可以雕作人偶的木头都会紧张。这个木偶看似被老鼠啃过,遭冰锥锉过。

"你练这个多久了?"我问。

他呼哧呼哧喘了一阵,才张口回答。"以前我真能靠这个吃饭呢,但现在没人待见我了,只能来参加达人秀,给小孩看的比赛。没以前那么吃香啦,现在有该死的互联网。啊,你们俩不会告我状吧?他们要求文明用语。"

"我们一个该死的字都不会讲。"雷纳德说。

老人笑了,凑近了些。"你俩都没带酒吗?"

我们承认没带。

"没事没事,我只是问问。"他轻轻摇了摇木偶,灰尘腾空飞舞,"大兵约翰逊快散架喽。我老婆拿刀削过他一次,还用他打我的头,把他和我都打伤了。我放个响屁,把自己轰昏了过去,醒来的时候裤子成了短裙。"

他为这句笑话狂笑了几声,又继续道:"我没有足够的钱修他,就让他一只眼皮一直耷拉着吧,编进台词里面去,让他更有个性些。"

"肯定的,"我说,"你一定会打垮所有对手。"

但愿他自己首先别垮。他满脸通红,呼吸沉重,像一台鼓风机似的。也许他刚才说放个屁就把自己轰昏的话不是玩笑。

我们全都站在后台按次序排好,向舞台张望。台上正在表演什么舞蹈,伴奏好像杀牛一般的号叫,跳舞的个个动作僵硬,像装了木头假肢。接下来是个年轻的鹰钩鼻小伙子拉小提琴,声音刺耳得像是在锯木头，听得人蛋疼菊紧。

“冠军多半是那对姐妹。”老人说，“暂时还没见到她们，可能等会儿就来。不要脸的贱货，每周都参赛，捧走五百美元奖金。该死的赞美诗，她们开口一唱，人人都跟耶稣上身似的，非得给她们投票不可。靠，到我了。”

老人带上那个恐怖的木偶，顺手捡起一根独凳，蹒跚地走了出去。他的表演好生痛苦，我真恨不得扯下幕布绑绳一把将自己勒死，但同时我也挺钦佩这个老杂种的。他绝不临阵退缩，鼓足了气使劲发声，到谢幕之时，木偶的气色看起来比他好多了。

他带着木偶和凳子下台来，一屁股坐在凳子上。“大兵唱《爵士小号手之歌》的时候，本来想飙个高音的，该死，差点崩出屎来。我觉得有根肋骨错位了。”

“你干得不错。”我说道。

“要说干得不错，得数五十年前了，记得有个春天的早上，我徒手就扳倒了一头蠢驴。那才叫好身手呢。至少我印象中是这样的。也有可能是盛夏的一个热天下午，扳倒了一头发春的母牛。”

“你好好坐着休息吧。”我说。

“小伙子人挺好啊。”他对我说，“真没带酒？”

“真没。”我答道。

另一组舞蹈选手出场了，接下来要上台的家伙带了几个保龄球瓶表演杂耍。雷纳德和我忙着左顾右盼，把这个地方紧记在心。这里不像涉黄场所，不像给妓女放风的地方，也不像卖毒品的地儿，纯粹就是烂节目云集的表演场。当然，正因如此，这里才是个绝佳的藏身之处，我有理由如此怀疑。

我注意到，表演完的选手都被带往特定的一条道，同时，旁边有段黑暗的楼梯，由两个人一左一右守着，他们的打扮不像教堂执事，但姑且就这么称呼他们吧。我离开雷纳德，走到楼梯前，抬头往上看，问道：

"上面是什么?"

其中一人踏前一步,说道:"是私人地方,先生。"

我回到雷纳德身边,告诉他:"那边楼上还有整整一层。"

"舞台另一头也有段楼梯。"他说,"这里就能看到,两边同样有人堵着。"

我仰头看去,是这样没错,同样守着两个家伙。假如我们这头的两个不是教堂执事,那么那边的一双也不会是唱诗班的。楼上本该是归置赞美诗集的地方,但我不相信。

"巴斯特不请修士。"雷纳德说,"都是白人打手。"

"也许他们觉得允许黑人进来这事儿挺新鲜,而且他们也不太喜欢新鲜事物。"

"你的说法真的不准确。"雷纳德说,"以前黑人就允许进来,你知道的。"

"进来看门。"我说,"而且以前黑人只能走后面上楼梯进楼座里待着。"

"黑鬼的钱照样好使。"雷纳德说,"相信我,我曾经就坐在那边的楼座上,朝一个白人男孩头上吐口水。"

"怎么可能。"我说。

"是没有,不过我经常做这样的白日梦。"

我们正低声商量行动计划的时候,帮我们报名的矮子突然过来,告诉我们说:"甜心姐妹病了。"

"谁?"我问。

"就是我之前跟你说的福音歌手。"表演腹语的老人凑近来说道,"大概是她们的成人纸尿裤粘成一团了,没法上台,要么是听到那个年轻妹子唱得好,就逃跑了。我知道她们来过,看到她们了,自以为是的婊子。"

"够了。"矮子说。

“对不起。”腹语者说道，摇摇晃晃地回凳子上坐着了。

我脑子里一直在想别的事情，没怎么注意到刚才的年轻女孩，只在意识深处隐隐记得她唱了一首佩茜·克莱恩的歌，而且颇有范儿。

“甜心姐妹说她们不舒服。”矮子重复了一遍。

“两人都不舒服？”雷纳德问。

“事出突然，你俩赶紧顶上。”

“噢。”我低呼。

雷纳德拽住我的胳膊。“快来，趁我还记得《古旧的十字架》。”

“别扯了，”我说，“咱们真要去那外头？”

“我洗澡的时候经常唱歌。”雷纳德说，“唱得还挺好嘞。”

“啊，该死。”我说。

好吧，硬着头皮上了台。我也会唱那首老歌。虽然我不信神，但遇到好听的福音歌曲也会听听。我们没请伴奏，幸而剧院有常驻乐队，他们也大致知道这首歌的旋律，不过我还是头一次听低音号独奏的版本。演唱正式开始，雷纳德表现其实不错，有模有样的。到副歌部分，他向我伸过手来，我试着唱和声，可没几句就忘词了，开始乱唱，只听前排一个坐着轮椅的老太婆冲我们喊道：“下去！”

雷纳德的演唱即将结束，我在一旁打着响指扮酷。我该戴副墨镜上来，帅气地摘下它以示谢幕。

终于唱完了，或者说终于唱不下去了，观众都欢送我们离开，甚至有人朝我抛来揉成一团的纸杯。浑蛋，幸好没砸中。

我们从另一边下了台，雷纳德说：“该死，哈普，全让你搞砸了。本来有机会拿奖金的，我该来个独唱。”

“是我没唱好和声，因为一次都没有一起练过嘛，再说我也没想到真要上台去。”

“那可是我一直以来的梦想。”

“你唱得还不赖。”我说，“但是别考虑把它发展成副业。”

“至于你，”雷纳德说，“想都不用去想了。还是先看看能不能找到蒂莉吧。”

“看看她是死是活。”我说。

“要是她还活着，得让他们好好还这笔账；要是她死了，就得连本带利一起偿还。”

我压根不喜欢蒂莉，但我超级喜欢布蕾特。布蕾特常把她比喻作一棵弯苗，老爱对我说：“哈普，她是棵弯苗，但是并没有折断，她可以经历风雨，拨开乌云见晴天。”

依我看，她在风雨中是相当的处乱不惊，不过，假如我们所获的信息无误，那她的遭遇真是太过分了，哪怕是政客也不至于承受这样大的风浪。我们离场后径直走向附近的楼梯，逼近两个唱诗童。旁边一个男子赶紧给我们指了出口方向。这家伙胖墩墩的，身上的休闲套装已褪成浅紫，旧得都可以进博物馆了。他说：“挺糟糕的啊，伙计们，真挺糟糕的。”

我们无视他，继续往楼梯走去。

“不能去那边。”他边说边抓住我的袖子。我甩开他，继续往前走。我感觉这里大部分人都不知道楼上在做什么，也不知道福音剧院幕后的老板，其德其善都薄如斧刃。

“他俩可不来虚的。”拉我袖子的人说道。他指的是楼梯旁那两个小伙子。他们已经出来了，一个走向我，一个走向雷纳德。

冲我来的那个唱诗童喝道：“这里不让进！”

我抬脚就向他胯部踢去，他略一弓腰，我一记右勾拳挥向他。他撞了一下墙，怒不可遏地上前迎击，却又挨了一记直拳，正正击中下巴。他一条腿跪到地上，伸手去抽大衣下面的手枪。我率先拔出自己的枪，猛砸他的头。他不禁五体投地，我则反复击打。他终于弯曲双肘，好像无法完成伏地挺身而不支倒地的模样。这时我注意到，先前被凯文用斧柄敲过的那条腿真的很疼。之所以注意到这点，是因为我准备踢他，想了想又放弃了。

我回头望着雷纳德。他的对手已经倒在楼梯底下失去了知觉,我猜是被他一拳击中了要害。我把自己的对手翻过来,缴了他的枪,双手各持一支,跟在雷纳德身后上了楼梯。舞台方向传出笑声,终于有人演出成功了,大概是讲了个笑话。

到达楼梯顶上时,雷纳德已启用了刚从对手身上抢来的自动手枪,上膛待发。我转头往下看,好奇对面的执事们知不知道我们在干什么。即使现在不知道,很快也该明白了。我猜抓我袖子的那人会告诉他们。就算他不清楚楼上真正是什么情况,总晓得自己的老板是谁。

当然,如果我们推断错了,楼梯顶上并非我们要找的地方,而只是一个赌场而已,那我们可得费好一番功夫去解释。不过,反正我们也讲得出一大堆理由。

两个执事终于反应过来了。他们横穿舞台飞奔而来,此时台上正有一男一女装扮成马跳舞,男的在后边演马屁股。我之所以知道这个细节,是因为我听到脚步声后匆匆走下楼梯,把舞台看了个清楚。执事撞翻了马,扮马的一男一女给摔了出来,说了些不该在福音剧院里说的话。上帝大概立时在他俩的功过录上勾了一笔大黑圈。

疾步朝我冲来的两人都没拔枪,将要撞上我之时,他们见我一手举起左轮,一手举起从唱诗童那里夺来的自动手枪,脚下猛然刹住,僵在原地,就像被速冻成了冰块。

我说:“你们真活腻了吗?”

其中一个摇摇头,拔腿就跑,再次横穿舞台,跑过已重新拼装好的马。不知什么地方传来细细的号声,还有钢琴的清音。马儿翩翩起舞。该死的低音号手完全是在乱按,那吹号的真该连同乐器一起被活埋。

另一个执事倒没跑，他举手投降，还说："你至少得把我的枪拿走，我好自称手无寸铁。"

"行。"我说，"乖乖交出来。"

他听话地蹲下身，把枪放在地上，往后退去。"遵命。"他说。

"很好。"我说，"我现在心情简直糟透了。"

他退了出去，快速走过舞台。此时扮马的男女刚刚离场，女人扯下马头向观众席丢去，真希望能砸到之前叫我们下台的那个轮椅老太婆。

我拾起他的9毫米小手枪，继续往楼上走。雷纳德在前头等我。

"中途上厕所去了？"他问。

"我在缴那人的武器。"

雷纳德枪口一指。"那里有扇门。要不瞧瞧门背后是什么？是美女，还是恶虎？"

"我觉得可能好运成双噢。"我说。

我们迅速冲过厅堂，雷纳德抬脚踢门，它摇摇晃晃地向后倒去，一块合页松垮垮地吊着，终于完全断裂，门板轰然倒下。这是间厕所，里面没人。

"他们在看守厕所？"雷纳德说，"真的假的。"

要到对面大概有近路，但我们急着赶时间，一时没有发现。我们把枪插进腰带，拉下上衣盖住，走下楼梯回了后台。福音剧院里没有一个人被吓跑，比赛竟然还在继续，现在正表演什么喜剧。我们来到舞台另一端，经过那对扮马的男女旁边，两人狠狠瞪了我们一眼。

"你俩搅和我们表演了吧？"女人质问。

"没有，夫人。"我回答道，脚步一刻未停。我们走上曾有执事把守的楼梯，拔出手枪。走廊上并排列着两扇门。

"我一扇，你一扇。"雷纳德说。

我们各自选了门，互相点点头，便抬脚猛踢。我这扇门一踢就倒了，合页全掉，已经老朽。我踏进门内，听到雷纳德还在狂踢。

房间里有张床，床头右边亮着一盏小灯，同侧一溜排着四把椅子。椅子上坐着四个男人，离灯最近的那个正在看报纸。他们淡定得像在排队理发，我要是撒谎就不得好死。床上躺着蒂莉，一个裸男正骑在她身上，光溜溜的屁股像颗篮球一样上下跳动。蒂莉神色空洞，意识已飘向了外太空。她大睁着双眼，却对一切视若无物。她瘦得皮包骨头，我猜她好久没吃饭了，只是靠注射吸毒。她长得和布蕾特十分相像，像是从难民营里逃出来的布蕾特，让我心里愈加纷乱如麻。

四人站起身来。他们都穿戴整齐，除了一个脱了鞋放在椅子底下。另有一人身穿警察制服，一手按着皮带上的手枪，感觉像是出来执勤，顺道嗑嗑药激情一下的样子。

这时，雷纳德进了门。穿警服的拔出手枪，但我率先开火，打中了他的手臂。他扑倒在地上左翻右滚，就像《活宝三人组》中的胖子柯里。他大声叫着："别再开枪了，别再开枪了。"

鲜血蹭了一地。

另外三人作势要逃，雷纳德立即抛出一段泼街骂娘的狠话，他们又坐回了位子上，好像仍旧在排队似的。一群坑娘货。

我问道："巴斯特那蠢蛋在哪儿？"

谁都没开口。

"他问你们话呢，"雷纳德说，"你们不开腔，要是他被我们找到，你们就等着挨枪吧，先打脚趾，再打命根子。"

此时，床上那人已经从蒂莉身上下来，站在床边，一只手捂着老二。

雷纳德接着说："我的老二要是长成这样，也会一直捂起来的。说实在话，我可是鉴赏老二的行家，你这根长得实在太丑。"

"他在这方面的确是行家。"我说。

穿警服的那人停止了翻滚，他把头塞进椅子底下，嘴里念叨着："我中弹了。我中弹了。"

"不是吧，靠。"我说。

我走过去,眼中的蒂莉呼吸粗重。我拉起堆在床尾的毯子盖好她。我看着裸男伸手掩着阳物,心里的怒火腾腾燃烧。我不知道自己怎么了,就是无法忍受竟然有这样的人存在,能够安然地坐在椅子上排队搞一个嗑了药的姑娘。我朝裸男的蛋子踢了一脚,一枪砸向他的头,接着去找另外三人算账,在那之前先踢了踢地上趴着的警察,脚跟一扫,他的手枪飞到了床底下。随后我手握双枪,劈头盖脑地砸向三人,速度之快堪比四手的湿婆①。他们想跑,但一动就会被雷纳德踢回原处。我不停地殴打,想要发泄,内心感觉很野蛮,很难受,同时也有快感。

没过多久,所有人都见了红。两个躺在了地板上,一个瘫倒回椅子上,地上的裸男一动不动,侧躺着吐了一地,空气里飘着呕物浓浓的酸臭味。

"好嘞。"雷纳德说着,走过去用枪口抵着赤脚男的鼻子,也就是倒在椅子上的那个。"巴斯特在哪儿?"

他没有回答。他无需回答,房间另一端的门已砰然打开,冲进来两个人,其中一个手里端着霰弹枪,一进门就突突扫射,但我们反应敏捷:我卧倒在床背后的地板上,雷纳德跳向他踢倒的那扇门,闪身进了外面的走廊。我瞄准床底对面枪手的腿迅速开枪射击,连发三弹,不知道打中了哪里,他大叫着颓然倒地。我再次向他射击,瞄准脑门,他的脑袋像颗大核桃一样裂开了。另一人持的是手枪,也一直在开火,但迄今为止只是击中了床,打死了我身后椅子上赤脚的男人,还在墙上留下了几个洞。

我的视线穿过床底下看到了雷纳德的脚,他已经从我踢倒的那扇门进来了,跟剩下的那个杂种扭打在一起。我站起身向他跑去,脚却给绊了一下,原来那警察正趁我不注意偷偷朝敞开的门口爬去。

"不许动。"我命令道,就像在训狗。

---

① 印度教三大主神之一。他的形象被描绘成5头3眼4手。

他立即停止了爬行。

我赶往雷纳德身边时,他已经将对方撂倒在地。那人不知道怎么整的,开枪打中了自己的脚。我踢了一下那人的头,让他知道对手还有我。雷纳德弯腰缴了他的枪,不过考虑到这家伙的准头,大概留在他手上更好一些。他早晚会再喂自己吃颗枪子儿,兴许还能爆头。

"你待在这儿。"我对雷纳德说。

"好的,不过,要是听到太多枪声,我就杀光他们,跟上来。"

我穿过两人从中现身的那扇门,此时已能听到楼下观众席上的呼喊。枪声激起了他们的情绪,或许比今晚观赏到的任何节目都更为激动人心。

我走进楼上的房间,发现这老房子表里相差甚大,屋内有许多现代家具,包括一张大沙发。沙发本是靠墙放置的,现在被推开了,一双脚露在背后,看得出是俯趴的姿势。我走过去,把枪放在咖啡桌上,拽住这人的脚踝往外拖。他拼命抓地,结果只是让指甲在地板上划了一路。这人又长又瘦,身穿格纹运动外套,头发像打了黑色的鞋油。我问道:"你就是巴斯特·史密斯?"

他说:"不是。"

我从他裤子后袋里拿出他的钱包,对了对他的驾照。"就是你,"我说,"我打赌你小时候捉迷藏经常输。"

他一条腿跪到了地上。"说实话,真是这样。"

我回到桌旁,拿起枪说道:"我不会乱来的。假如我开枪打死你,雷纳德就会打死其他所有人,那我们有一百张嘴也说不清了。唯一的好处是你死了。"

我们躲过了牢狱之灾。

这段故事很重要，且听我细细道来。一切画上句号之后，所有人都进了警察局，包括我和雷纳德。经过一系列盘问与搜身，甚至戴上橡胶手套捅了菊花，确认我们没有偷藏手榴弹之后，他们将我俩带往了局长办公室。眼前这家伙面目英俊，黑发剃成板寸，一只耳朵略有些招风，好像在下达转弯指令。他坐在一张巨大的红木办公桌前，桌上摆着一个小牌子，上书：警察局长。

“啊呀，哈普·柯林斯。”他说。

我认出了他。老了一些，但仍旧健壮。詹姆斯·戴尔。老同学。

“好阵子没见了。”他说，“我对你最深的印象就是你不招我喜欢。”

“不喜欢哈普的人多了去了。”雷纳德说，“他甚至上过简报。”

“我和小詹跟同一个女孩谈过恋爱。”我说。

“不是同时。”小詹补充道。

“她最后选了他。”我说。

“没错。我娶了她。”

“所以，你赢了。”我说。

“我喜欢这么看。”詹姆斯说，“你们俩是要逆天啊，开枪，打人。哈普，你杀了一个人。我还得到消息说，诺恩特普莱斯那边有两个小伙子的腿给打断了，去找了当地警长自首。”

“挺乖的嘛。”我说。

“你们还打死了一个警察。”詹姆斯说。

“我知道。当时他正在排队轮奸一个年轻姑娘。对了，那姑娘现在怎么样？”

“在医院。情况一度很危险，不过终于挺过来了。显然她对药物毫不陌生，所以大概有一定耐受力。几天没吃饭了。我们讯问过巴斯特·史密斯，他就跟现烤饼干一样，掰一下什么都抖了出来。他只在钱好使的地方才牛哄哄的。顺便说一下，那个警察是局长。”

“哦。”雷纳德说，“那你是个什么身份？”

"新任警察局长。我该再提一句,被流弹击中的那人是市长,已经死翘翘了。"

"市长。警察局长。咱们今晚可赚大发了。"我说道。

长话短说。我们还是得在局子里蹲了一段时间,直到朋友马文·汉森为我们请来律师。出去之后,我们没有受到一起公诉,尽管在追查那个杂种的途中引起了相当大的骚动。前任警察局长已死于我俩之手,市长也因为一颗流弹而上了死者名单。先前排排坐吃果果的嫖客全是杰出市民,最好还是别拷问我们口实,让他们自己想办法自己擦屁股吧。

情况就是这么简单:蒂莉所受的凌辱着实惨绝人寰,于是警方同意我们以自卫之名溜之大吉。棒极了,这里毕竟是得克萨斯。

* * *

布蕾特和我爬上床,她枕在我的臂弯。

"蒂莉明天要出院了。"她说。

蒂莉住院大概三个月了,情况一直不理想。我不得不说,这孩子气盛命硬,就像筋道的隔夜墨西哥烤肉。

"到时候我得去接她。"布蕾特说。

"好。"我说。

"我知道你不喜欢她。"

"正确。"

"你没必要那么拼的。"

"我心甘情愿。"

"是为了我吗?"

"为你,也为她。"

"可你又不喜欢她。"

“很多事情我都不喜欢。”我说，“但是你爱她呀。你认为她只是一时失足，你说的应该没错，再怎么也不能那样对她。”

“可她到底是自作自受，对吧？”

“对。”我说，“怪她自己。而且我觉得她死性不改，死也不改，过不了多久就真得死掉。她挑男人的标准就像鸭子挑金龟子，随机无底线。”

“我知道。我只是想当个好妈妈。”

“我明白你的心情，所以别一个劲地说自己失败啦，你已经尽全力了。”

“是我把她生父的头点着了。”布蕾特说。

“是你点了没错。”我劝道，“可大家都说他活该呀。”

“他真活该，我不骗你。”

“我从来没怀疑过。”

“我爱你，哈普。”

“我也爱你，布蕾特。”

“想抽五分钟时间干点儿力气活吗？”她说。

我笑了。“可别吓唬我。”

她也笑了，翻身过来关了灯。好一番温存。

李鸣弦　译

迈克尔·斯万维克

1980年出道的迈克尔·斯万维克,在31年来逐渐奠定了自己在科幻界的地位。作为最多产、战绩最好的短篇作家以及同辈最优秀的长篇小说家之一,他荣获了西奥多·斯特金纪念奖,也在《阿西莫夫》杂志的读者票选中名列前茅。1991年,他凭借长篇《潮汐站》赢得了星云奖,1995年又凭借小说《电波》获得了世界奇幻奖。1999—2006年间,他五度将雨果奖收入囊中,获奖作品分别为《机器的脉搏》《暴龙谐谑曲》《狗说汪汪》《慢生活》《时空军团》。其他著作包括《随风飘流》《真空之花》《铁龙的女儿》《杰克·浮士德》《地球龙骨》《通天塔龙》等长篇。其短篇收集在《引力天使》《未知大陆地理志》《溯时慢舞》《月之犬》《帕克·爱丽舍入门读本》《旧地往事》《雪茄盒上的浮士德与其他小像》《迈克尔·斯万维克的中生代巨兽实地指南》《科幻周期表》等作品集中。他的最新著作有一部回顾性的大型辑录《迈克尔·斯万维克最佳作品选》和一部新的长篇《与熊共舞》。斯万维克与妻子玛丽安娜·波特居住在费城,建有个人网站:http://www. michaelswanwick. com和博客www. floggingbabel. com。

在这里,他将笔下两个著名反面人物——招摇撞骗的达戈与瑟普拉斯安放在了后乌托邦时代的新奥尔良,这个离奇世界里满是小型乳齿象、海蛇以及许许多多的僵尸,两人切身体会到了一个道理:造钱或许很简单,可要活着一直造下去却非常非常艰难。

女人心

独立港市新奥尔良，既是(一些人所称的)海盗庇护所，也是奇观云集地。在这个地方，海蛇拖着船驶过僵尸壮工劳作的田野，抵达码头，货物装载上木厢敞车，敞车牵挽在一组仅约佩什尔马大小的小型乳齿象身上，拉过一条条撒满牡蛎碎壳的街道。所以，不论谁看到什么都见怪不怪了，即便是连续三天都有年轻女子在费玛酒店豪华套房外的走廊里排成无穷无尽的长龙，只为等待一个机会掀起裙子或扒开上衣，展示大腿、胸部或臀部的文身，供对面双连椅上两位评审一本正经地查验，问上几个问题，感谢她们参与，然后送她们出酒店。

这些女子是应一张传单之邀而来的。传单遍贴在好几个教区，内容如下：

征募女继承人

你是否满足以下条件——

年轻女子，年龄在 18 至 21 岁之间；

丧父；

身体私密部位生来就有文身。

如以上条件全部满足，你将有机会继承巨额财富。

详询费玛酒店 1 号套房，日间接待。

“你大概会觉得我现在已经看腻了。”评审中途短暂休息的时候，达戈与同伴闲聊道，“其实还没有呢。”

“世间女人的万种风情着实令人赞叹。”瑟普拉斯表示同意，“还有那么多人迫切要展示美貌的姿态，着急得叫人可爱。”他打开门，“下一位。”

一名女子大步迈进屋内，雪茄在身后拖出一道烟云。她高得吓人——六英尺零一掌厚，大约6.1英尺——衣裙是与她肤色相同的金棕色调，边上镶着银色蕾丝。瑟普拉斯指指餐具柜上的水晶烟灰缸，她谦和地点头感谢之后戳灭了烟。

“你叫什么？”瑟普拉斯重新就座后，达戈发问。

“你是要真名还是艺名？”

“啊，随便说一个吧。”

“那就告诉你真名吧。”年轻女子摘下帽子，扯掉手套，将它们整齐地堆放在餐具柜上。“我叫托妮姆·佩蒂蔻。可以叫我托妮。”

“自我介绍一下吧，托妮。”瑟普拉斯说。

“我生来就在马戏团表演，这辈子都在为了工作东奔西跑。”托妮说着解开衬衣纽扣，“最近，我在一场小节目中扮演‘由乌托邦技术赐予永生，却注定永不醒来的睡美人’。我躺在玻璃棺材里，身上不着一缕，只用自己的头发和一只手恰到好处地掩住身体，看点就是判断我是否活着。我能很好地控制气息。”她叠好衬衫，放到手套和帽子旁边，“雅克——我的丈夫——负责揽客。他会逐一估量观众，遇到容易下手的，就在离场时拉住对方，悄悄透露说只消花一两张钞票即可安排与我私下独处一会儿。之后他又回来，透过幕布中间的缝隙偷看。”

托妮脱下半身裙放到衬衣顶上，开始解衬裙的绑带。“等到那冤大头脱了裤子，正要爬进棺材，雅克又会怒气冲冲地跑出来，大吼说只有他才能看——不要乘人之危。”她将衬裙底裤放到外裙上方，解开吊袜带，接着往下褪长筒袜，“那样通常又能给他的钱包添点料。”

“你是说，你的工作就是施美人计？”瑟普拉斯小心翼翼地问道。

“我主要是躺在那儿，但随时准备着爬起来敲晕色狼，如果事情超出他控制的话。我们还表演其他骗人把戏，真假钞调包，小提琴贱卖，长线钓大鱼，应有尽有。”

现在，年轻女子已完全赤裸，她双手撩起浓密的黑色卷发，展露她的颈项。“后来，有天晚上，一个冤大头半个身子爬进了棺材——雅克却不在。于是我猛地睁开眼睛，对着那杂种的脸尖叫起来。他赶紧跑开，一头撞到地上，我没有等着看他是昏了还是死了，就偷了他的夹克去找我丈夫。结果雅克已经跟蛇女跑了。两周过后，他被甩了，又想回来找我，可我才不会同意呢。”她慢慢转开头，让达戈和瑟普拉斯一寸寸检查她那无可挑剔、令人倾慕的肉体。

达戈清清嗓子。“呃……你好像没有文身。”

“对，这个条件我一眼就看穿了。跟你们面试过的一些姑娘聊了聊，她们说你们问了很多私人问题，却根本没有动手动脚。并不是每个人都喜欢这一点，特别是她们还费了那么多功夫去文身。所以，综合考虑，我断定你们是在演一场骗局，目的是要找一个女性搭档，既要聪颖敏捷，还得会弄虚作假。”

托妮姆·佩蒂蔻手叉后腰笑了。“嗯？我得到这份工作了吗？”

瑟普拉斯笑起来像条狗——这不奇怪，因为他的远祖基因就是十足的犬科——他站起来伸出一只爪子。但达戈立即插到他和年轻女子中间，说道：“请稍等一会儿，佩蒂蔻女士，我得和朋友去里屋商量一下。这段时间你可以先穿个衣服。”

两个男人进了里屋，达戈愤愤地低语道：“谢天谢地我及时阻止了你！你差点就把那个年轻女人拉进咱们的阴谋里了。”

“嗯，为什么不行呢？”瑟普拉斯同样悄声低语，“我们要找的女人，就是要外表惊艳，不被传统道德束缚，还要拥有高级骗子所需的自信、进取和创造力。托妮不管在哪方面都算得上上乘。”

“这次跟拉业余人员入伙不一样——这女人是专业的，她会睡了我们俩，挑拨我们反目成仇，最后携卷赃款潜逃，让咱们白辛苦一场，只得到困顿和悔恨。”

“这位可是性感暴了——我这么说，并非有意贬低其他女性，而且听到你也亲口这么讲，我真很惊讶。”

达戈悲哀地摇摇头。“我不是要远离所有女人，而是要远离女的感情骗子。我可是有过惨痛经历——还不止一次。”

“嗯，如果你坚持不招这个无可指摘的年轻姑娘，”瑟普拉斯边说边将手臂抱在胸前，“那我也坚持不跟你搭伙。”

“我亲爱的好兄弟！”

“我必须忠于自己的原则。”

达戈眼看继续争论下去也无用，便做出春风满面的样子从里屋出来，说道：“你被录用了，亲爱的。”他从夹克口袋里取出一只银丝纹饰的调味瓶，旋开盖子，倒出一粒药丸。“吞下这个，明天早上就会长出我们要求的文身。当然，你可能想先找药房检查一下，确认——”

“哦，我信任你们。如果你们真要乘人之危，肯定不会等到我的。有些姑娘可真是如花似玉。”托妮吞下药丸，“那你俩打算搞什么诡计？”

“我们打算施行黑钱诈骗。”瑟普拉斯说。

“啊，我一直想搞这个！”托妮大叫着扑过去，双臂拥抱他们俩。

达戈小心地抑制住了伸手去摸钱包是否还在的冲动，虽然手指有些痒痒。

第二天，十箱黑钱——其实是一张张长方形废羊皮纸，在遥远的维克斯堡染黑了——由僵尸壮丁搬到酒店，接着在瑟普拉斯指挥下堆靠在托妮房间的门口，因为她住在套房正中，这样一来，进出就必须穿过瑟普拉斯或达戈的房间。随后，两个新搭档出门各自勾搭行骗目标，同时给美女一点时间穿衣服化妆。

达戈选择从城市的繁华码头区入手。

投机商让－纳金·拉菲特的办公室豪华而不失品味，显要位置上摆着一颗毛伊龙头骨，精细的骨雕纹饰伴着银丝点缀。自夸为“公爵”的拉菲特，通称“海盗”拉菲特，是一位身材单薄的帅气男子，有着橄榄色的皮肤和飘逸的长发，鬃鬃微髭淡得好似用眉笔描上去的一般。其他有钱人大多随身携带手杖，他则爱把玩一圈鞭子，随身挂在腰间。

“租一锭银子！”他大喊道，“从来没听说过这种事。”

“我们的计划再简单不过。”达戈说，“银是在某种生物工业生产中用作催化剂，具体详情恕我无法透露。整个流程需要先将银条转化为胶质浆体，待生产完成之后重新提取收回，熔铸为条形。您不会有任何损失。此外，我们占用您财产的时间只有，呃，咱们保守地说，十天吧。作为回报，我们准备向您提供投资额10%的收益。稳赚不赔，毫无风险。”

投机商的唇边浮起微微的冷笑。“也存在你直接携卷银条潜逃的风险。”

“您这番话可是全无道理，倘若不是出自无比尊敬的阁下之口，我必定不能忍气吞声。不过——”达戈向窗外繁忙的仓库与转运站比了个手势，“我清楚，我们眼前所见的一切，其中半数都归属于您。您可以出借场地供我方财团进行生产运作，并在场地周围安排任意数量的警卫，不见进设备您不出银条。成交？”

海盗拉菲特犹豫片刻，然后斩钉截铁地说道：“成交！”并伸出手，“提成15%，外加场地租赁费。”

他们互相握手，达戈说道：“我要找一位名家鉴定师对银块进行检测，希望您不会反对。”

与此同时,瑟普拉斯正在法语区同一个矮小而刻薄的女人进行几乎完全相同的对话。女人身穿一条极简的黑色连衣裙,她不仅是新奥尔良的市长,同时也拥有当地最大最负盛名的妓院。她身后站着两个身穿制服的猿人,两人寡言少语,神情警觉。他们都来自加拿大西北部,脸上的表情似迷惑又似愤怒,这是兽类被提升到接近人类智慧水平时的常见现象。"鉴定师?"她反问,"我的口头保证还不够吗?既然信不过我,咱们还有什么必要谈生意呢?"

"您这三个问题,喜俏丽市长阁下,答案分别是对、够、有。"瑟普拉斯谄媚地说道,"鉴定是为保护您自己的权益。您肯定知道,市面上白银掺假的情况屡见不鲜,我们在使用完白银之后,会把浆体重新熔铸为银块。您肯定希望确认交还给您的银条与您出赁的银条具备同等价值。"

"唔。"他们正坐在女市长名下合法妓院的大堂,她的座下是一张奢华炫目的藤椅,铺陈极似王座,看来并非无意之选,瑟普拉斯则坐在她对面的木质折叠椅上。天刚过晌午,妓馆还没有开业,进出的只有政府信使和差役。这时其中之一向女市长喜俏丽附耳,她听完,挥手打发走他。"17.5%,不接受就免谈。"

"我接受。"

"好。"喜俏丽说,"我现在跟僵尸主管有正事要谈。先别走,把你的椅子挪到我旁边,好生看着。既然你我要做生意,就让你开开眼。"

一个圆滚滚的男人笑意盈盈地进了会客室,身后跟着六七个僵尸。瑟普拉斯饶有兴趣地观察着他们。他们虽然眼神呆滞,面容僵硬,皮肤还带着病态的光泽,但看上去根本不像乌托邦传说中那种半腐烂尸体的模样。相反,他们就像是干活干到精疲力竭的零工。毫无疑问,这一点是真的。

“早上好!”满脸堆笑的人说道,轻快地搓着手,“我带来了本周服刑期满的债囚,他们现已拥有获得宽恕与释放的资格。”

“我一直好奇您的义工大军是从哪里来的。”瑟普拉斯说道,“这么说,他们都是些欠了债还不起的倒霉蛋喽?”

“正是如此。”僵尸主管说道,“新奥尔良不会出资维护债囚监狱,这种办法既落后又昂贵。相反,我们用化学方法剥夺债囚的独立思考能力,并安排他们劳作,直至偿清对社会欠下的债务为止。今天这些快乐的家伙就是刑满释放的。”他戏谑地眨眨眼,补上一句,“在你进楼上房间透支太多花销之前,把这些记在心里兴许有好处。喜俏丽市长阁下,您准备好要开始了吗?”

“你请继续,彭斯主管。”

彭斯主管傲慢地一挥手,第一个僵尸拖着步子走上前来。“你曾因无度挥霍而身陷债务,”他说,“又凭借诚实劳动换来了出路。张嘴。”

苍白的僵尸听从了命令。彭斯主管取出一个汤匙,往旁边桌子上的盐皿里一舀,倒了一勺盐进对方嘴里。“那么,吞下去吧。”

一点一点地,那人全身起了惊人的变化。他挺直身子看着四周,小心翼翼,如履薄冰。“我……”他说,“我现在记起来了。我……我老婆她……”

“别多嘴。”僵尸主管说,“仪式还未完成。”加拿大保镖移换了位置,密切保护女雇主,谨防刚变回人身的僵尸在思维混乱之下攻击她。

“特此宣布,你已偿清所有债务,重新成为新奥尔良的自由公民。”喜俏丽庄重地说道,“去吧,改掉挥霍的坏毛病。”她伸出一条腿,将裙摆撩上脚踝,“现在,你可以吻我的足了。”

“那你有没有在喜俏丽的风流院里问她赊账呢?”瑟普拉斯向搭档

汇报完行程，托妮戏问。

“当然没有了！”瑟普拉斯语气激动，“相反，我告诉她，我一直有个梦想，就是要拥有一家高端的私人小妓馆，只供我个人光顾。就像你们说的后宫，但是定期轮换高薪聘请的员工。我暗示她，可能我很快就会完成准备，届时要委托她替我找一家合适的酒店，为我成立一个这样的会所。”

“那她怎么说？”

“她告诉我说，她怀疑我不清楚维持这样一个会所到底需要花多少钱。”

“你又怎么回答她的？”

“我说钱不是问题，”瑟普拉斯神气活现地讲述道，“因为很快我就将有望日进斗金。”

托妮有几分好笑地欢叫道：“啊，你们俩真有意思！”

“插个题外话，”达戈说，“你的新衣服到了。”

“它刚到我就看见了。”托妮扮了个鬼脸，“剪裁不足以展示我全部的身体优势啊——说实在的，什么都展示不出来呢。”

“确实是相当保守。”达戈表示同意，“不过，你要扮演的是个不更世事的清纯角色。在她无邪的眸眼里看来，新奥尔良是个可怕的邪恶之地，简直是个弥漫着肉欲与淫罪的大染缸。因此，她要随时将全身裹得严严实实，并需要具备最高道德品质的正派男士保驾护航。”

“此外，”瑟普拉斯进一步解说道，“她是我们这项计划的弱点，只要拥有她的文身并了解其意义，趁她上街时绑架走她，就能彻底打垮我们。”

“哦！”托妮小声惊叹，显然想要激起身边任一男性本能的保护欲。

瑟普拉斯不由自主地朝她跨出一步，又制止了自己。他咧嘴笑了，像极了自身世系所属的肉食动物。“你一定能行的。”

当晚，与潜在投资者的第三场碰头地点选在一家光线幽暗的夜总会，位于法语区边缘的一个老旧教区——因为在公众心里，这家夜总会的娱乐项目即使摆在开放堕落的社区也显得尺度过大。苍白的女服务员呆滞地在小桌子之间走来走去，接受点单，送上酒水，与此同时，一个小型的贝司加鼓爵士合唱团演唱着淫秽下流的音乐，应和舞台上的表演。

“原来如此，阁下对现场色情秀不感兴趣啊。”僵尸主管杰里米·彭斯说道。桌上的烛光映照着他的脸，粒粒汗珠闪耀如发光的雨滴。

“这类表演艺术能否获得成功，完全取决于能在多大程度上符合观者自身的性癖。”达戈回答，“我得坦白，我的癖好不在此列。这点且先不谈，咱们还是回到之前的话题上吧。那么，您接受这些条款吗？”

“接受。不过，我不清楚您为何坚持要到旧金山银行进行鉴定，咱们新奥尔良本土就有好几所优质的金融机构呀。”

“每一所都有你、喜俏丽市长阁下和拉菲特公爵参股。”

“你是说海盗拉菲特吧。鉴定是鉴定，银行是银行，何必纠结于具体由谁来实际操作呢？”

“今天早些时候，您带了六个僵尸去找市长宣布释放。假定这周是普遍情况，那每年大约有三百个僵尸获得自由。但是，这座城市所有的低贱活计竟能全部交给僵尸去干，河流沿岸的种植园里还有成千上万僵尸在劳作。”

“许多因债获刑的人都判了很多年。”

“我问过周围的人，得知拉菲特的船每周会运来大约两百个囚犯，均来自密西西比沿岸直至圣路易市的各大城市和地区。”

一丝浅笑浮现在胖主管脸上。“确实，许多政府机构发现，出钱请我们代为处理作奸犯科的人，比专门修筑监狱关押他们要合算多了。”

“这就是说，喜俏丽市长阁下将这些可怜的家伙纳入城市的刑罚系统，你按人头给她好处，将他们僵尸化之后，以极度诱人的低廉价格出雇作苦工，一旦成了你的劳力，就再难脱离苦海。”

“只要有政府官员或者家庭成员向我出示相关文件，证明某人欠社会的债务已经偿清，那我必定会欣然将其释放。我向你保证，这类事务我随来随办，只是很少有人携带文书前来办理。你对这样一个体系到底有什么异议呢？”

“异议？”达戈惊讶地反问，“我没有异议。这是您的体系，作为局外人，我无权妄自评判，只是借以解释我为什么要选择独立银行进行鉴定罢了。”

“为什么？”

“很简单，我分别与三位打交道时感觉都很愉快，同时也发现各位都太过精明。”达戈转头盯着舞台，台上赤裸的僵尸正铁青着脸交合。前排附近的一个观众从钱包里取出几张钞票放在桌上，意味深长地敲了敲。一个面无表情的女服务员收起钱，领着他穿过房间后面的一张门帘。“我料想，要是三位联手，肯定能把我连同两个搭档一口生吞了。”

“哦，不必忧心。”彭斯主管说，“我们三方联手仅限于近期利润相当可观的情况。你的小企业——且不论从事哪个行业——根本不够格。”

“那我就放心了。”

第二天，三个共犯前往旧金山银行新奥尔良分行鉴定办，先后共去了三趟。第一趟，女市长喜俏丽派一个身穿绿色夹克的僵尸保镖打开密码箱，取出一块银锭，放上工作台。随后，瑟普拉斯指挥自己雇用的僵尸扛来几个沉重的皮袋，也放上工作台，并在同伴的协助下取出手钻、天平、酸剂、反应剂等工具和材料，依照使用次序一一摆好。市长和鉴定师都惊呆了。

鉴定师心有怒意，正要张口抗议之时——“我想您肯定不会介意我们自行提供设备吧。”达戈风度翩翩，“我们毕竟是异乡人，虽然本行是旧金山最具声誉的金融企业，其诚信无人质疑，但优秀的商家总要采取适当的预防措施。”

说话间，托妮和瑟普拉斯同时伸手去取天平，两人撞到一起，差点将天平撞飞。几张脸都转了过来，纷纷伸手去接，不过最后还是瑟普拉斯挽救了仪器免遭厄运。

“呼呼。”托妮轻叹，面若桃花。

鉴定师迅速对银块开展了测定。工作完毕之后，他抬起头。“结果是925。”他说，“标准银。”

女市长喜俏丽漫不经心地点点头，表示认可他的判断，接着说道：“那个姑娘，开价多少？”

达戈和瑟普拉斯不约而同地转过头，稍稍移换了站位，护在托妮左右。“佩蒂蔻小姐是我们的被监护人。”达戈说，“因此，不言而喻，她是不卖的。更何况，您的生意对于如此纯洁的孩子来说，并不算太体面。”

“‘纯洁’在我店里可是很紧俏的。这锭银子给你，归你了，随意使用。”

“相信我，阁下，在不久的将来，银锭对我而言也不过是零钱罢了。”

彭斯主管监视着鉴定全过程，包括三人胡乱摆放的仪器设备，脸上始终带着祥和的微笑。而与此同时，他不停地偷偷去瞟托妮，终于一嘬嘴唇说道："我的夜总会可以招纳你这位年轻的朋友。假如你考虑把她租给我，啊，先说一年吧，我很乐意放弃本宗交易20%的利润。"他又转头对托妮说道："别担心，亲爱的。在僵尸药物的作用下，你不会有任何感觉，也不会留下任何记忆，就像什么都没发生过一样。此外，因为每次商业场合的参与是分别计酬，一年期结束之后，你名下将有一笔可观的资金。"

达戈装作没看见托妮愤慨的怒视，谦笑着说道："最高机密，先生，今天我们已经拒绝了一项比您高得多的报价。不管开出多少钱，我和我的搭档都不会出让亲爱的同伴。她是我们无价的珍宝。"

"我已准备就绪。"鉴定师说，"您希望从哪里钻取样本？"

达戈伸出一只手指，在银条上方轻盈地游移，接着看似随意地点在了银条正中心。"就这儿。"

"我明白，街上的人们都称我为海盗。"让－纳金·拉菲特喜怒不形于色，"但这是对我的侮辱，我决不能容忍有谁当面如此称呼。我是碰巧与传说中的大海盗同名没错，可我这辈子坐得直，行得正，你找不出一件违法乱纪之事。"

"今天也一样，先生！"达戈喊道，"此项业务乃是严格依法进行。"

"我料想也不差，否则我不会出现在这里。但是，希望你能理解，我为什么要因为你和你的蠢蛋合伙人质疑我的银条质量而怒发冲冠。"

"不用多说了，先生！这里的各位都是绅士——当然，佩蒂蔻小姐除外，可她也是在基督教家庭悉心抚养下长大的孤儿。我对您言而有信，想必您对我也不会失信。鉴定可以取消。"达戈小心翼翼地咳嗽了一下，"不过，在没有鉴定的情况下，出于对保护自身法律权益的考虑，我会要求您作出书面声明，宣布您对我们所交还的银条不问质量一概接受，并就此进行公证。”

海盗拉菲特的视线足以融化钢铁，却无法灼消达戈和蔼的微笑。最后，他终于说道：“很好，开始鉴定吧。”

达戈漫不经心地伸出手指在半空搅了一遭，点上银条正中心。“这儿。”

鉴定师忙着工作之时，海盗拉菲特说道：“我一直在想，你的佩蒂蔻小姐肯定能——”

“她不卖！”达戈迅捷地答道，“不卖，不租，不换，任何条件下都不出让。”

海盗拉菲特满脸愠怒地说道：“我只是想问她明天是否能赏脸陪我去打猎，河口沼泽区能捕到一些有趣的猎物。”

“她也不出席社交场合。”达戈转头面对鉴定师，“好了吗，先生？”

“标准银，”对方说，“跟之前一样。”

“我想也是。”

达戈、瑟普拉斯、托妮装样子装到底，鉴定完成之后，先派僵尸把仪器送回费玛酒店，才一起出门吃晚饭，随后在城中信步小逛。在之前的谈判过程中，托妮一直锁在房间里，此时能出来走走她特别开心。当骗子三人回到套房，看见数个沉重的口袋正在客厅桌子上等待他们，心里的石头都落了地。“谁来开运呢？”达戈问。

“当然是女士了。”瑟普拉斯说道，略一躬身。

托妮行了个屈膝礼，接着拨开一只口袋底部的暗闩，抽出一块银锭，又如法炮制，从另一个口袋取出第二块，再从别的口袋取出第三块。看见灯光下熠熠闪光的白银，三个共犯都松了口气。

“你给真假银条调包的手法真是高明。”托妮说。

达戈彬彬有礼地推辞道："不，这项技巧成功的关键在于转移对方注意，二位在此方面的表现皆堪称典范，三度险些将仪器打翻在地，却连次次在场的同一位鉴定师也没有产生丝毫怀疑。"

"但我有一点不明白。"托妮道，"你们为什么要在鉴定之前调包，而不选择在鉴定之后呢？先鉴定的话，就不需要为取样而特意在中间嵌一小块白银了呀，直接上镀银的铅条就好。"

"和我们打交道的人物疑心很重。要像这样，让他们首先确认银锭是真货，又亲眼见到我们丝毫没有靠近，再将银锭存入信誉优良的银行，锁进保险箱，他们就会认为完全不存在风险。一切都顺风顺水。"

"可我们不会就此止步吧？"托妮焦急地问道，"我好想赶快开始黑钱诈骗啊。"

"不必担忧，亲爱的。"瑟普拉斯说，"这才只是开始，可以当作一种保本的手段，哪怕今后计划赶不上变化，至少已经获得了一笔实实在在的收益。"他倒了三小杯白兰地，递给每人一杯，"咱们应该敬谁呢？"

"敬喜俏丽市长阁下！"达戈说。

他们干了杯，托妮接着问道："你们觉得她怎样？我是指工作方面。"

"她看起来不咋地，实际上精明得很。"瑟普拉斯答道，"不过你肯定也知道，自作聪明的人最容易上套。"他又倒了第二杯，"敬彭斯主管！"

他们干了杯，托妮又问："那他呢？"

"他更棘手一些。"达戈说，"表面温文尔雅，内心凶狠毒辣，在有些方面甚至称得上是毫无人性。"

"也许他一直在服用自己的产品？"瑟普拉斯猜测。

"你是说河豚萃取液吗？没有。他具备完全的自主意识，但是无法从他身上体会到一丁点儿的温情。我想是因为他跟僵尸打交道太久了，不自觉地将周围的人都当作了僵尸。"

最后一杯自然是敬海盗拉菲特。

“我觉得他倒挺招人喜欢。”托妮说，“不过你俩可能看法不一样？”

“他是个道貌岸然的骗子。”达戈回答道，“明明是流氓，偏要扮绅士，一边操纵法律系统，一边坚称自己是最讲诚信的市民。所以我相当喜欢他，也相信可以和他做成生意。我敢打保票，明天要是他们三人一齐来找我们，肯定是受了他的鼓动。”

聊了一会儿工作之后，瑟普拉斯突然拿出一叠纸牌。三人玩了尤卡、卡纳斯塔等扑克游戏，因为都是行家里手，遂心照不宣地将游戏变成了老千大赛，他们各显神通，灵巧地偷抽牌张，暗地藏进袖子，适时翻入手中。在最过火的一手牌局里，曾有 11 张 A 点同时摆在桌上，但即便如此也没有谁胡喊乱叫。

最后，达戈提醒道：“看看几点了！明天将是漫长的一天。”于是他们各自回了房间。

当晚，达戈正渐渐进入梦乡之时，听到连接着托妮房间的那扇门轻轻地开了又关。伴着一阵床褥的窸窸窣窣，她钻进了他的被窝，温暖的胴体靠在他身上，纤手捂住了他最为私密的部位。他猛然清醒。

“你到底想干吗？”他怒气冲冲地低语。

不料，托妮放开了对达戈的拥抱，狠狠捶了一拳他的肩膀。“啊，你倒好过。”她回敬道，同样轻声细语，“男人倒是逍遥！那个丑陋的老女人想买我，那个恶心的矮冬瓜想给我下药。还有海盗拉菲特，天知道他有什么打算。你看，他们都是直接向你提要求，没有谁问过我一个字。”热泪滚上达戈的胸膛，“我这辈子一直有男人保护——我也需要他们。最早是我爸，直到我长大离家，由第一任丈夫接替；后来他被巨蟹吃掉，轮到各任男友；最后是那个贱人雅克。”

“你不需要担心什么。瑟普拉斯和我从未抛弃过盟友，也永远不会。在这方面，我们可说是声名无瑕。”

“我也这么劝自己来着。白天还没什么，一到晚上……唉，过去这周是我所经历过最难熬的一周，整整一周都没有男人来安慰我。”

“嗯，不过你肯定能理解——”

托妮直起身子。幽昏朦胧的月光透过窗户洒进来，她是如此美艳动人。她俯下身亲吻达戈的脸颊，在他耳边莺莺燕语：“我以前从来没有求过男人，但这一次……求你了？”

达戈向来自视为正人君子，只是眼前的诱惑太大，没有哪个男人能够抵御住它而不抛却所有自重。

第二天早晨，达戈独自在床上醒来。他回想起前夜发生的事，不禁面露微笑；再想到其后果，又顿时满脸愁容。之后他下楼到餐厅吃早餐。

“接下来要怎么做呢?”托妮问。他们肚里已经填满了菊苣咖啡、甜甜圈、培根果片。

“我们已经在三个投资者心里种下了怀疑的种子，让他们以为自己所能获得的利润远不止于我们报出的数额。”瑟普拉斯说，“我们让年轻的神秘受监护人在他们面前露脸，并暗示她是计划成功的关键。这是摆在他们面前的一道谜题，他们百思不得其解，反复考虑之后，只能得出这样的结论：我们之所以如此胸有成竹，唯一的原因是可以孤立瓦解他们。”他把最后一块甜甜圈塞进嘴里，“所以，他们早晚会聚到一起，要求我们给个解释。”

“与此同时——”达戈开口。

“知道啦，知道啦。回我那间无聊的破屋子，玩单人纸牌，读励志文学，做一个矜持的年轻处女该做的事。”

“要完全进入角色，这点很重要。”瑟普拉斯说。

“我理解。但是，下一次请给我分配别的角色，不要再成天待在黑暗里了，活像一麻袋土豆似的。比如说，西班牙囚犯的侄女啦，继承了大笔遗产的名媛啦，哪怕是扮妓女都成。”

“你的身份是神秘女子。”达戈说，“这可是个经典角色，有些人想要还要不来呢。”

由是，当达戈和瑟普拉斯离开费玛酒店时——刚好十点整，他俩雷打不动的习惯——发现三个投资人已在此碰头，等待他们。两人并不意外，双方言辞激烈地互致了威胁和愤怒之后，他们将冤大头们领向套房，一路走一路抗议。

三间卧室都面向客厅，客厅装修高雅，洒满阳光，相形之下，托妮姆·佩蒂蔻门口那堆盛装黑钱的板条箱与之格格不入，甚是碍眼。

达戈挥手示意来客坐下，同时作出被逼无奈的样子说道：“要充分解释我们的计划，必须回到两个世代之前，那时旧金山还未成为北美的金融中心。彼时，身具宏才大略的城邦领袖们，决心以一种不可伪造的纸币为基础，建设一个新的经济体。为达到这个目标，他们聘请了当时最伟大的细菌微雕大师，菲尼亚斯·惠普斯奈德·麦克格尼格。”

“怎么会有人叫这种名字。”女市长喜俏丽嗤声道。

“这自然是他的化名，用来保护他免于绑架之类的灾祸。”瑟普拉斯解释道，“私交好友都叫他玛格纳斯·诺顿。”

“接着说。”

达戈继续讲述了下去。“结果各位都知道的。诺顿培育出 113 种不同的细菌，利用其固有的天然功用，以多色墨水一层层印出细致而繁复的凸纹，精妙得令各地伪造硬币和纸币的家伙走投无路。这项技术，加上完美无缺的货币政策，让旧金山元成了北美上百个城邦的通用货币。只可叹当局的举措存在一个漏洞——诺顿本人。

“诺顿暗地里私制了印刷缸，利用他自己培育的细菌，开始批量制造钞票，其产品不仅与真钞别无二致，而且用起来次次都能以假乱真。他印制的数量之多，足以让自己成为大陆上最有钱的人。

“可惜的是，这位伟人竟不愿照价向供纸商付款，由此与之陷入争执，致使事情闹大，最终遭到旧金山当局的逮捕。”

海盗拉菲特优雅地扬起食指。“你是怎么知道这些的？”他问。

“我和我的搭档都是记者。”达戈说。看见客人异样的表情，他赶紧抬起双手：“不是狗仔那种，我向各位保证！自古以来，腐败都是各任政府行使职能的必要伴生品，我们全心全意支持。我们不是报道黑暗，而是书写公众人物的履历，依据个人的慷慨程度来添加适量的溢美之词；还写趣味故事，譬如英雄于火灾现场拯救富豪千金，或者猫咪被鳄鱼吞下，经过整个消化系统却毫发无伤地奇迹生还；当然还有对趣闻轶事的挖掘，对于本地历史上臭名昭著、现已不存在威胁的人物，回顾其早已为世人所淡忘的生平。”

“正是最后这一条让我们发现了诺顿的故事。”瑟普拉斯适时点拨。

“没错。我们发现，依据旧金山银行业错综复杂的奇葩规章制度，诺顿私制的钱币既不能被销毁，也不能作为有效货币流通。因此，为了避免误用，这些钞票经历了又一次生物印刷程序，深深地浸透了精妙调配的黑墨，任何已知工序都无法在不损坏纸张的情况下将之漂白。

“现在，我们的故事真正有趣起来。诸位应当记得，诺顿的手艺无与伦比，城邦的开拓者们自然也不愿意从此失去他的贡献。因此，他们没有将他置入普通的监狱使之遭受折磨，而是选了一座豪宅，筑上高墙，派兵把守，并配以实验室及其所需的全部资源，迫使他继续工作。

“诸位尽可想象诺顿是何感受！上一刻刚抵达实现巨大财富的边缘，下一刻竟成了不折不扣的奴隶。只要他肯合作，就能得到玉食美酒，甚至得见妻子探访……然而，这座牢狱虽然环境舒适，他毕竟永生不得离开。足智多谋的他无力策划越狱，遂谋划出了复仇的方略：既然得不到金山银山，那就留给子孙享用。早晚有一天，黑钱的来源将被世人遗忘，最终被政府官员视为占地方的没用东西，送予公开拍卖。届时他的孩子或孙子，乃至曾孙可以拍得它，利用他自己巧妙设计的手段，将之转换为可用的货币，从此富可敌国。"

"古代有句俗语，"瑟普拉斯插话道，"说的是'人算不如天算。'几十年过去，诺顿死了，染黑的纸钞还堆在原地。到我们的研究开始之时，他的家族似乎已然灭绝。他有三个孩子：一个女儿，对男人不感兴趣；两个儿子，第一个夭折了，第二个终身未娶。不过，次子在成年初期曾周游各地，其家族不为人知的珍贵文书中记载着诺顿的计划，我们也正是在其中找到了次子向私生女支付抚养费的证据，该女子出生于大约二十年前。诺顿的妻儿不了解城邦官员的秉性，可我们懂，于是，利用这方面的长处，适当打点之后，我们买来了那几箱看似无用的纸张，来到新奥尔良，并在此地找到了托妮姆·佩蒂蔻。"

"你还是什么都没有解释。"女市长喜俏丽说。

达戈发出沉重的叹息。"我们曾寄希望于各位能一点即通，现在看来，不和盘托出无异于没有解释啊。诸位请看，眼前这些板条箱里装的就是染黑的钞票。"最顶上的一只箱子已移除了一块木板，他伸手进去，抓出一把黑色的长方形纸片，捻开让大家过目，然后又放了回去。"现在，让我和搭档向各位隆重介绍我们年轻的受监护人。"

达戈和瑟普拉斯迅速搬开堆在门口的板条箱，放到两边，接着，瑟普拉斯上前叩门。"佩蒂蔻小姐？你方便见客吗？我们有客人要见你。"

门开了。托妮躲在黑暗里，大大的棕色眼眸盛满忧疑，定睛看了好一会儿。"请进。"她小声说。

几人拖着步子走了进来。托妮先看看达戈，又看看瑟普拉斯，两人却没有理她，于是她垂下头，脸泛潮红。"我猜，我知道你们进来是想看什么。只是……必须这样吗？真的非要这样吗？”

“是的，孩子，必须这样。”瑟普拉斯没好气地答道。

托妮咬紧嘴唇，扬起下巴，直视前方，就像一位即将驾着帆船驶入险波恶浪的船长。她伸手绕到背后，开始解上衣。

“玛格纳斯·诺顿毕竟不是常人，他培育出了一种微生物，只吃浸透钞票的黑墨，而绝不会损坏其他墨迹。只需将黑钞放入合适的营养液，加上银粉作催化剂，不到一周，就只剩无瑕的旧金山元和银浆。”达戈说，“不过，他仍然面临一个问题：怎样将这种微生物的基因设计信息告知家人；此外，传递信息的方式还要经得住时间的考验，即便被遗忘几十年，也终能重见天日。”

托妮已经解开了上衣，现在正一手用衣服捂胸，一手脱下袖子，接着换手，褪下另一只袖子。“可以了吗？”她问。

瑟普拉斯点点头。

托妮迈开洋娃娃一般的小巧莲步，转身面壁而立，然后放下衣服，将赤裸的背部展露给客人参观。背上有一个巨大的文身，用七种鲜艳的色彩绘成三层同心圆，每个圆圈都由大量的短线条组成，这些线段接近平行，以圆心处光洁的肌肤为中心，向外呈放射状分布。但凡会认基因图谱的人，都很容易借助文身创造出它所描述的有机物。

之前一直没有开口的彭斯主管说道：“那不是大肠杆菌吗？”

“是大肠杆菌变种，没错，先生。诺顿将这个文身写入自己的基因组，然后通过妻子传给了三个孩子，满心相信它能进一步散布开去。只可惜命运无常，系谱末尾如今只剩下佩蒂蔻小姐一人。不过，有她已经足够。”他转头对托妮说道，“你可以把衣服穿回去了。我们的客人已经满足了好奇心，马上就离开。”

达戈领着一群人回到外厅，紧紧关上身后的门。“那么，”他说，“你们来了这里，想知道的都知道了，而且，我该多嘴一句，还不惜粗暴地撕碎了一位纯洁少女的端庄。”

“你这么说太卑鄙了!”海盗拉菲特严厉抗议。

他吼完之后,紧接着是一阵沉默,每个人都听到了隔壁房间里托妮姆·佩蒂蔻的抽泣,是那么柔肠寸断。

“各位来这里的目的已经达到了。”达戈说,“而且我刚才下过了逐客令。”

既然托妮姆·佩蒂蔻已不再是秘密,三个共犯如今别无他事可做,只管等待其号称已订自上游的设备到货——同时,等待各个冤大头私自接触他们,以极为优厚的条件买走其工艺流程和十箱黑纸。个中逻辑很简单,他们必然会这么做,绝对差不了。

第二天一早,晨邮就捎来了两封约请会面的便函。三人出门来到一家露天咖啡馆用早餐,刚填饱肚子,开始饮用续杯咖啡,托妮的视线突然越过达戈的肩膀,惊叫道:“啊,天哪,仁慈的上帝呀!是雅克。”见同伴没听明白,她又补充道:“是我丈夫!他在跟海盗拉菲特说话。他们朝这边来了。”

“保持微笑。”达戈低声嘱咐,“假装没事人的样子。瑟普拉斯,你知道该怎么做。”

他们数到十,两位不速之客才抵达桌旁。

“雅克!”椅子上的瑟普拉斯大喊着站起身来,惊讶之情溢于言表。

“肯定是来拿钱的。”达戈从口袋里取出一卷票子——任何有头脑的生意人都会随时随身携带此物,不过这卷钱最外面那张面值挺大,里头却全是零钞——转身说道:“市长阁下托我给你带个话——”

他迎头直面眼前的陌生人,这人当是托妮所说的雅克无疑,而海盗拉菲特已然诧异得五官扭曲。

达戈慌忙将钞票卷塞回口袋。“托我给你带话,”他重复道,“那个，啊，你任何时候光顾她的店面，她都乐意给你所购买的全部商品和服务打九折，酒水除外。她新近才决定将这项优惠的适用范围扩大到你家老板新招的所有喽啰，以示对他的敬重。”

拉菲特转过身，一把揪住雅克的前领使劲摇他，就像一只獒犬叼着老鼠猛甩。“现在我懂了，”他咬牙切齿地说道，“尊敬的妓院老板想挖我的墙脚，所以派你来我面前胡编乱诌，诋毁这位纯洁又善良的年轻姑娘。”

“我没骗您，老板，我完全不知道这个……这个……外地人在讲什么。我现在告诉您的绝对是真实信息。我听到满街都在传，说我那个贱婆娘——”

只听海盗拉菲特一声怒吼，重重的一拳已将雅克揍得躺倒在街上。接着，他又取出腰间的鞭子，开始狠劲地狂抽，直抽得身上的衬衫和马甲都被汗水濡湿了。

拉菲特累得气喘吁吁，他手触帽沿向达戈和瑟普拉斯致意。“两位先生，此刻我情绪过于激动，宜另选时间与二位详谈。今天下午五点，来我办公室，我有项提议要征询二位意见。”他又对托妮说道：“佩蒂蔻女士，让你看到了这样的场面，我深表歉意。”

说完，他大步离开了。

“啊！”托妮这才吐出一口气，“他把雅克那废物打了个半死。这真是我见过的最浪漫的事。”

“抽鞭子？浪漫？”达戈说。

托妮赏了他一个不屑的眼神。“你不太懂女人心，对吧？”

“显然。”达戈说，“而且我才开始觉得，也没有懂的必要。”再看街上，雅克正痛苦地弓着身子，四体撑地，想站起来。“稍等我一会儿。”

男子已遍体鳞伤，血肉模糊。达戈走过去扶他站起来，一边悄声说着什么，一边展开那卷钞票，抽出几张塞进男子手中。

“你给了他什么？”待他回到桌旁，托妮问道。

“严厉警告，叫他不要再来妨碍我们。还给了十七美元，打发叫花子，确保他挨了打还不服气，心一横又去找彭斯主管和市长阁下，把这个怎么看怎么假的故事讲给他们听。”

托妮扑向达戈和瑟普拉斯，热烈地拥抱两人。“啊，你们俩对我太好了，真是爱死你们了！”

“不过，我开始觉着，”瑟普拉斯说，“咱们好像被放鸽子了。照喜俏丽市长阁下便函里说的，她现在差不多该到了，说句粗话，情况挺他妈奇怪啊。”

“肯定是出什么事了。”达戈眯眼望着天，“喜俏丽没来，跟彭斯主管约见的时间又快到了。你还是留在这里吧，说不定女市长待会儿会出现呢。我去看看僵尸主管有什么话要说。”

“那我，”托妮道，“回房间整一下衣服。”

“整衣服？”瑟普拉斯问。

“得再紧一点儿，稍微多露那么一点点胸。”

达戈唬了一跳，连忙说道：“你的角色可是集矜持和清纯于一身的！”

“我要扮演的角色，表面上矜持又清纯，心底里却暗自希望有个浪荡子弟带她做一些出格的事情，那些她仅仅听说过却难以想象的事情。二位，我以前演过这样的角色。相信我，吸引海盗拉菲特这种人的，绝不是清纯本身，而是亲手玷污这份清纯的诱人机会。”

说完，她走了。

“我们的佩蒂蔻小姐，真是位相当不同凡响的少女。”瑟普拉斯说。

达戈怒目相向。

达戈离开之后，瑟普拉斯靠在椅背上，悠闲地打量周围的人们。不多时，他注意到咖啡馆另一头的桌边坐着一位不可方物的美人，正不停地偷眼瞄他。他回以直视，她却绯红了脸，迅速转开了视线。

依据长期以来的经验，瑟普拉斯明白暗送秋波是什么含义。他把早餐费用留在桌上，从容地走过去，向美女作了自我介绍。她似乎并不反感他的殷勤，没聊上几句便邀请他去附近酒店里她的房间坐坐。瑟普拉斯假意惊诧了一番，最后接受了。

接下来发生的事，在他多姿多彩的生命里虽已发生过多次，却依旧乐趣无限。

然而，离开酒店之时，瑟普拉斯遇上了惊险一刻，两个七英尺高、身着制服的红毛加拿大猿人突然冲出来，牢牢地抓住了他。

"原来如此，你和本地的荡妇相交甚欢啊。"女市长喜俏丽说。她的面容比平日里还要冷峻。

"这句评价对那位女士来说太严厉了，据我所知，她不见得就一定品行低下。此外，我还得问问您，凭什么像这样押着我。"

"听我细细道来。首先告诉我，你艳遇的对象是否提供商业性性服务。"

"我们干柴烈火的时候，我没这么想过。可完事后，她突然变出一张工会证来，并告知我说，她按照时长和体位综合收费，还是有政策支持的。当然，我惊呆了。"

"那你又是怎么做的？"

"我付了钱，当然。"瑟普拉斯愤愤地说，"我又不是小瘪三！"

"但是，刚才和你交欢的女人，并不是国际花街柳巷姐妹会的注册成员，她的工会证也是伪造的。也就是说，非商业性性活动谁都无权干涉，可你给她付钱的行为涉嫌违反工会规章——而这种行为，先生，也违反法律规定。”

“显然，是你在陷害我，否则，你不会了解得这么清楚。”

“这种话多说无益。重点是，你手里有三样我想要的东西——身有文身的姑娘、装有黑钱的箱子，以及怎样利用这两者，最终成功兑现的知识。”

“我明白了。毫无疑问，阁下，您是想收买我。我向您澄清一点，不论出多少钱——”

“钱？”女市长的笑声短促而尖利，“我向你提供的东西可比钱珍贵多了：你的清醒。”她拿出一支皮下注射器，“人们以为僵尸化药剂配方是纯河豚萃取液，实际上却包含阿托品、曼陀罗等十几种药物，混合入这些成分的目的，是要保证僵尸生不如死。”

“威胁对我不起作用。”

“不识好歹。不然，待你尝尝眼前这东西的滋味，你肯定就能回心转意了。大概一周之后，我把你从庄稼地里拉回来。之后咱们再来谈。”

不管瑟普拉斯怎么挣扎，仍然被女市长喜俏丽的类人猿打手死死地押着。她扬起针筒刺向他的脖子。一阵尖锐的刺痛。

世界消失了。

正当此时，达戈租了一头配备鞍轿与随行僵尸的大地懒，骑着它参观城市边缘望不到尽头的一排排僵尸仓库、睡栏、食棚。在这里，彭斯主管向他展示了齐胸高的食槽和一列列锡勺，食槽每日早晚填入泔水，可怜的僵尸们就拿着锡勺给自己喂食。“每个乖宝宝吃饱以后，勺子都统一收起来，清洗、消毒，以备下次使用。”彭斯主管说，“做好每一项预防措施，保证他们不会互相传染疾病。”

“仁字为先,先生,这无疑是上乘的为商之道。”

“你我倒也是知音。”两人走出室外,已有一男一女两个僵尸撑着阳伞在外恭候,他们的形象都极其赏心悦目,身高与发色及肤色尤为般配。彭斯带着达戈悠闲地走向圈栏,两个僵尸亦步亦趋地跟在身后,为他们遮挡阳光。“我问你,达戈先生,你认为新奥尔良城里僵尸和市民的比例是多少?”

达戈想了想。“大约持平?”

“以城里完全行为能力人的数量为基准计,比例是6∶1。大家觉得僵尸数量不多,是因为他们主要被使唤作农场工等苦力,极少上街晃荡。但是,只要我愿意,随时可以放他们堵满大街小巷。”

“您怎么可能这么做呢?”

彭斯主管没有回答这个问题,而是说道:“你手上有我想要的东西。”

“我觉得我知道您想要什么。但是,我狠话说在前头,不管您出多少钱,我不可能以低于市值的价格把东西卖给您。所以,咱们没什么好谈的。”

“啊,我想还是有的。”彭斯主管指向最近的圈栏,里面站着一头身形巨硕的牛,显然蛮力无穷。牛身通体深色,沿着背脊生有断续的浅色斑点,犄角又长又尖。“这是亚欧原牛,咱们现代家牛的祖先。最后一头原牛于十七世纪在波兰灭绝,又于距今不足一百年前以技术复活。由于它凶狠异常,饲作肉用是不切实际的,我养了几头种牛,只为出口到包姚共和国等仍旧风行斗牛的墨西哥城邦。这一头名叫‘小杂种’,若论血性,在它自己的种群里也算是佼佼者。

“现在,再想想隔壁圈栏里关着什么。”里面密密麻麻地塞满了僵尸劳工,恶臭熏天。他们一动不动地站着,茫然目视前方。“这些人看起来不算多强壮,对吧? 单个的力量的确很单薄,可是人一多了,力量就大。”彭斯主管来到栅栏前,拍拍一个僵尸的肩膀说道:“打开去旁边圈栏的隔门。”

隔门随即打开,彭斯主管抬手在嘴边做成喇叭,喊道:“各位听令!杀了原牛! 动手!”

圈栏里的僵尸们立即倾巢而出,涌入相邻的牛栏,冲向身形魁梧的猛兽,他们的情绪既不高涨也不低靡。“小杂种”发出愤怒的低吼,抬脚踩死了打头的几个,后面的僵尸仍旧如浪潮袭来。它垂下头,犄角刺穿了一具躯体,再昂起头时,新鲜的尸体已划着红色的斜线飞过半空。僵尸们依旧前仆后继。

那颗强壮的头颅不断地一垂一扬,更多的躯体被挑飞。但现在,一群僵尸已死命抱住牛的背脊、肋腹与四条腿,阻碍它的行动。这头猛兽浑厚的怒吼声中增添了一丝恐惧的音调。至此,它的背上压了一层又一层的僵尸,沉重的躯体迫使它屈倒了腿。一只只拳头捶打着它的肋侧,一只只手扳住它的角。它挣扎着起身,将要站起来之时,又被如山如海的躯体压垮了。

原牛第一次倒下的时候,彭斯主管咯咯笑起来。眼前的精彩表演令他看得如痴如醉,他的笑容越来越夸张,直笑得眼里盈满了泪水,还喷了一两次鼻子。

原牛发出尖利而痛苦的高声嘶叫……之后一切归于寂静,只剩下拳头捶打死牛尸体的声音。

彭斯主管挥袖擦去眼泪,再次扬起声音:“很好! 干得漂亮! 谢谢大家! 停! 回你们自己的圈栏里去。对,做得对。”他转身背对着鲜血淋漓的死牛以及躺在泥地上不再动弹的几个死僵尸,对达戈说道:“我这人喜欢直来直去。明天的这个时候,把钱和姑娘都给我送来,否则你和你的搭档会像原牛一样从地球上消失。没有什么力量能匹敌暴民的恐怖——而我,控制着史上最彪悍的暴民。”

“先生!”达戈说,“我们刚在明尼阿波利斯社会主义乌托邦订了必需的设备,还没有到货呢! 我不可能……”

“那我给你四天时间，好好考虑。”奸邪的微笑撕裂了僵尸主管苍白的脸，“在你做决定的期间，我把这两个僵尸指派给你，随你差遣。他们会听从你的一切吩咐，也能执行相当复杂的命令，即使没法在意识层面上清楚地理解。”他又对僵尸说道：“你们记下这人的声音，听他的命令。不过，一旦发现他要离开新奥尔良，就杀了他。能做到吗？”

“一旦他要离开……杀了……他。”

“遵命——”

有什么地方不对劲。

有什么地方不对劲，但瑟普拉斯无法确切指出到底是什么。他无法集中精力。他的思绪如一团乱麻，找不到适当的词语将之依序串联在一起，就像是忘记了该如何去思考。同时，他的身体总是自作主张地做出各种动作。他的意识倒也不反感这些动作，却依然觉得不对劲。

日落，日升。于他无关紧要。

他的身体机械地移动着，挥起弯刀砍断甘蔗。不需要大脑参与，只是肉体在按部就班地工作，动作连贯，四平八稳。手爪的肉垫上起了水泡，越肿越大，终于磨破。他无所谓。有人吩咐他劳动，于是他就劳动，直至收工的时候。整个世界在他眼里只是一团迷雾，他的手臂知道该怎么挥动，两腿承载着他走向下一棵植物。

然而，瑟普拉斯仍旧觉得不对劲。他心里有种惊魂未定之感，就像一头牛刚挨了斧砍，也像劫后余生的唯一幸存者回味起席卷一切的灾难。有什么恐怖的事情发生了，他必须做点什么，才能脱离险境。

只可惜他不知道要怎么做。

远处一声号角响起，周围的所有劳工都不慌不忙地停止了工作。他也一样，不紧不慢地加入这支冷漠大军，踏着沉重的步伐慢慢回到各间食棚。

这一夜,也不知自己是否入眠。清晨来临,瑟普拉斯在僵尸工友的推推搡搡之中来到食槽前,在僵尸监工的指示下,吞了十勺泔水。他和众多工友每人领了一把弯刀,走向甘蔗地,去那里继续劳动。

几小时过去了。

伴着"嘚嘚"的蹄声与吱嘎吱嘎的车轮声,一辆由小型乳齿象牵引的四轮板车停在了瑟普拉斯身旁。他没有停下手里的工作。一个人从车上跳下来,夺过他手里的弯刀。"嘴巴张开。"一个声音说道。

曾有人……吩咐他……不要听从任何陌生人的指示,可这个声音相当耳熟,虽然他自己也说不出为什么。慢慢地,他张开嘴。什么东西被放了进去。"快,闭上嘴,吞下去。"

他的嘴服从了命令。

视野一阵眩晕,他差点摔倒在地。脑海里很深很深的地方,一簇火花绽放,起初只是灰堆之中一星未灭的余烬,接着逐渐蔓延,变亮,越来越大,越来越宽广,直到耀眼得像一轮太阳在心中升起。身外的世界清晰了,他随之意识到,自己,瑟普拉斯,拥有独一的身份,区别于周围其余的存在。他发觉自己喉咙刺痒,口干舌燥,如同撒哈拉沙漠一般焦渴干涸。他感到眼前站着的这人似曾相识。最后,他终于想起来了,这是他的朋友兼同伙奥布里·达戈。

"我……多久……"瑟普拉斯连句话都说不全了。

"一天多,不到两天。你没按时回酒店,我和托妮自然有些担心,就出门到处找你。新奥尔良这地方,一有风吹草动就一传十,十传百,再说城里只有一个狗人,很容易就确定了你失踪的原因。不过,仅仅得知你被发配到甘蔗地劳动,对缩小搜索范围并无多大帮助,因为甘蔗地的面积足足有几百平方英里。幸运的是,托妮知道去哪里找消息灵通的蓝领工人,向他们打听到狗头僵尸的去向之后,我们终于推测出了你的下落。"

“我……明白了。”瑟普拉斯努力去思索具体的事件，“你大概也预料到了，喜俏丽市长阁下没打算从我们这里买一箱黑纸。另外两位的态度怎么样？”

“跟海盗拉菲特的会谈很顺利，托妮把她哄得团团转。和彭斯主管的面谈就远远没那么成功了，不过我们跟拉菲特谈定的价钱高得离谱，足够掏空他的家底，把我们三个都变成财主。托妮现在正陪他去银行，确保他稀里糊涂办完全部手续。拉菲特完全被她迷得神魂颠倒，一看到她就像昏了头似的。”

“听你的口气，好像对美女的肯定程度提高了呀。”

达戈嘴唇一拧，每次不得不承认自己判断失误的时候，总是习惯性地半扭个麻花脸。他说：“我发现，还真是离不开托妮，有了她，我们这个团队可说是如虎添翼。”

“这不挺好吗？”瑟普拉斯说。现在，他终于注意到板车后面一动不动地坐着两个僵尸，他们身下是一堆麻袋。“你车上拉的都是什么啊？”

“盐。有好多呢。”

瑟普拉斯来到尽头那座食棚，一脚踢翻食槽，泔水洒了满地。接着，在他的指挥下，达戈的僵尸仆从将食槽归复原位，并倒满盐。与此同时，达戈提来一罐油漆，在墙上画了一幅新奥尔良地区的示意图，又画了三支箭头，分别指向让-纳金·拉菲特的滨水办公室、女市长喜俏丽的妓院、杰里米·彭斯主管夜夜笙歌的夜总会，最后，为每条箭头写下粗体的标注：

运送你们于此的人(男)

陷害你们来此的人(女)

扣留你们在此的人(男)

在最顶上,他写下了当天的日期。

“好嘞。”达戈念叨着,写完最后一笔,转头对僵尸仆从说道,“你们必须听我的命令。”

“遵命——”男僵尸呆板地答道。

“我们必须,”女僵尸说,“服从——”

“给,你们俩都拿一个调羹。等僵尸劳工回仓库以后,喂他们每人一勺盐。盐。从这食槽里舀勺盐,叫他们张嘴,倒进去,然后让他们往下吞。能做到吗?”

“遵命——”

“盐。往下吞——”

“给所有人喂完之后,”瑟普拉斯说,“你们自己也必须吃一勺盐——你俩都得吃。”

“盐。”

“遵命——”

很快,僵尸们即将前来用餐,并发现喂进嘴里的不是泔水而是盐,头脑中的迷雾将奇迹般地得到驱散。一个棚子接一个棚子的僵尸将看到达戈写下的提示,那些已服刑完毕,却被超期奴役数年甚至数十年的人们,将会义愤填膺。可以想象,他们随即就会团结起来,实施应有的行动。

“太阳快落山了。”达戈说。远远地,已能望见僵尸们踩着沉重的步子从田野行进而来。“趁暴动还没开始,咱们还来得及回房间接受海盗拉菲特的出价。”

然而,当他们回到费玛酒店,套房里却黑灯瞎火,哪儿都找不到托妮姆·佩蒂蔻,也不见海盗拉菲特的踪影。

十箱黑纸已经结束了使命,没有再堆回托妮的卧室门口。达戈匆忙点燃一盏油灯,拉开房门。她精心整理好的床铺中间留着一张便条。他捡起来,大声念道:

亲爱的两位帅哥:

我知道,你们不相信一见钟情,因为你们犬系都没有人情味。可是让-纳金跟我都是性情中人,我们想在一起。我告诉他,像他这么英雄无畏的人不能在生意场上埋没了,特别是他已经有了自己的船上银行和码头,他同意我的说法。所以他要去当一个名副其实的海盗,我要跟在他身边,做大姐大。

对不起,搅了你们的黑线骗局,但是女孩子要想过新的生活,就不能欺骗她的老公,不能这么做。

爱你们的

托妮姆·佩蒂蔻

另:两位帅哥都太有意思了。

“告诉我。”长久的沉默之后,达戈说道,“托妮跟你睡过吗?”

瑟普拉斯的表情惊骇异常。他将手爪按在胸膛,不假思索地说起话来,虽然不太敢直视达戈的眼睛:“我发誓,没有。你不会是说她——”

“没有没有,当然没有。”

另一段令人难堪的沉默。

“嗯,那么,”达戈说,“跟我预言的差不多,咱们到头来还是白忙活一场。”

“你忘了还有银条。”瑟普拉斯说。

“这个,几乎不值得劳神去……”

但瑟普拉斯已经跪下身子，在托妮黑暗的床底摸索一阵，拉出三只皮箱，从中取出三块银条。

“这些东西显然……”

瑟普拉斯抽出旅行折刀，依次划过各块银条。第一块纯粹是银包铅，另外两块则是纯银。达戈悬着的心放了下来，猛出一口大气。

“干杯！”瑟普拉斯大喊着站起身来，“敬女人，上帝保佑她们！忠诚，贞烈，守信不渝！各方面的品质，老兄，都堪称典范。”

远处隐隐传来窗户被打碎的声音。“我愿为此而干杯。”达戈答道，“但现在只抿一口。我们真得抓紧时间逃跑了，我感觉再不逃就要葬身火海。”

李鸣弦　译

戴维·W.鲍尔

人们说美就在观察者的眼中,但想要拥有美好事物的欲望,特别是当这件事物价值许多许多的金钱时,可能会使你遭遇到某些声名狼藉的人物……

戴维·W.鲍尔曾做过飞行员、石棺雕刻者和商人,他游历了全世界六块大陆上的六十多个国家。为了创作他的长篇小说《沙漠帝国》,他曾四次穿越撒哈拉沙漠,还曾经开着一辆大众牌汽车探索安第斯山脉。此外,他还曾到中国、伊斯坦布尔、阿尔及利亚和马耳他进行过研究性的旅行。他在纽约市开过出租车,在喀麦隆安装过电讯设备,在丹佛修复过古老的维多利亚式建筑,还在大提顿山开过加油站。他的畅销小说作品包括史料丰富翔实的历史小说《铁火》,之前提到过的《沙漠帝国》,以及当代惊险小说《中国逃亡》。他与他的家人一起居住在科罗拉多州的一个小农场,在那里,近十年未曾写作的他重新开始了工作:写下令人难以置信的故事。

rogues

传承有绪

那封信是与普通的商品目录和美术馆通知一起寄到纽约的沃尔夫美术馆的。上面有一个“私人信件”的标志，因此麦克斯的秘书并未将其拆开，而是直接放到了他的办公桌上。

麦克斯用他那只健康的手撕开信封，拿出了其中的一张信纸，上面有着整洁的手写字迹。“亲爱的麦克斯·沃尔夫先生，”上面写道，“我听说您对高档画作有着非常深刻的了解，有时还会出售一部分。我有一幅这样的画，我不清楚它是否能值很多钱，但我想您或许应该看一看它，如果您对它还满意的话，我们也许可以做一次生意。当然，我们的交易得在私底下进行。如果您感兴趣的话，请回信到下面给出的邮箱。您忠实的，L. M. 。”

随后，麦克斯看到了那张照片。他眨了眨眼睛，几乎不敢相信他看到了什么。他感到自己的胸膛似乎快要炸开了，里面充满了愉快、震惊和悲伤的情绪。他将办公桌上的纸堆推开，将那张照片放在了吸墨台上。之后他打开一只抽屉，摸索着拿出里面的放大镜，然后弯腰凑近了书桌。

照片显然是在昏暗的光线之下，由一个摄影技术相当差劲的人拍摄的，但结果并不会有什么不同。麦克斯认识这幅画，而且任何一个学习过艺术史的学生都理应认识它。那是一幅美丽但却受到诅咒的作品，是由一位疯子创作出来的。

而且它自从第二次世界大战之后就失踪了。

他站直身子，眼泪水夺眶而出。他感到头晕眼花，于是慌乱地从他的马甲口袋里找出药片，并吞下了一颗。

麦克斯没有听见他的秘书和他说晚安，没有发现黄昏已经变成了夜晚；在他的记忆中，许许多多的事情不断地涌现出来，关于纳粹和斯塔西[1]、关于军火贩子和罗马天主教会红衣主教。在过去，他曾经历过那么多的暴力和邪恶。从那时起他就知道了，自己这漫长而困苦的旅程下一站将会是什么。

麦克斯·沃尔夫用那只不断颤抖着的健康的手拿起了话筒。

两周之后的一个周日早晨，麦克斯在科罗拉多斯普林斯的救世主复活教堂附近的一间私人研究室里等待着一位客户。

他坐在一张加厚坐垫的椅子里，几乎将他矮小的身躯整个儿吞没。尽管房间的墙壁都有隔音效果，他仍能听到雷声的轰鸣，并感觉到整座房子在隔壁的圣所囚禁着的四千个灵魂跺脚拍手、又笑又哭和歌唱声之中晃动着，似乎那里的仪式已经渐入高潮了。

乔·库利·巴伯教士开办了拯救灵魂的生意，并且不愁销路。他有着强大的个人魅力、英俊的相貌以及为麦克风而生的嗓音，他的商业帝国已经扩展到六块大陆上的 47 个国家。他的“星期日信徒”电视节目以平易近人地将寓言和福音混合在一起而著称，并已翻译成 68 种语言在世界各地播放。他出版过 17 本书，每一本都是连年占据排行榜上游的畅销作品。他的媒体分公司出售光碟、视频以及 T 恤衫，每一件商品上都带有复活的救世主的全息图以防假冒。

---

① 民主德国的国家安全局。

他手下有近千名雇员，其中会计师和工商管理硕士几乎和他的唱诗班的人数一样多：准确地说，他的唱诗班有229个人，这个数字来自于他生命低潮时期的一个启示，当时，他酗酒、穷困并且绝望，某一天，他不慎将圣经碰落在地，结果圣经刚好翻开到新约的第229页。在这一页上，他看到了约翰三书第2句："愿你凡事兴盛、身体健壮、正如你的灵魂兴盛一样。"乔·库利选择将"兴盛"一词理解为现代的意义，因此从这一句话中，他提炼出了一句广为传播的标志性语句："上帝希望我们发财。"

他不是第一个"兴盛"的牧师，但却是最好的一个（"比撒旦更有光泽[1]，"他常常这样说），他的生活方式也正符合他所传的道：他拥有一架湾流喷气式飞机，规模如同小型舰队的豪车，其中包括一辆阿斯顿马丁和一辆宾利，还在一个他喜欢称之为"肯塔基的一个小养马场"的地方养着许多匹纯血马。"我不是一个末世时代的牧师，"他说，"我是一个最好时代的牧师。"

如此的成功自然免不了非议。乔·库利·巴伯每从牧师工作中获得一块钱，就会从掩藏在层层错综复杂的关系网后面的离岸公司中赚到五块。外界认为，仅有百分之三十的收益被投向与传教相关的工作，国税局、司法部以及各种各样的国会委员会已经对此开展了数次调查。目空一切的乔·库利·巴伯非常热衷于在公众场合指出，没有一样哪怕是只言片语的事实能够证明他有过任何违法行为。"我只是一个普通的、虔诚的人道主义者。"他说。他在亚洲和非洲喂饱了数以万计的饥民。上百万片带着复活救世主标志的疟疾药被发放到孟加拉国和博茨瓦纳，拯救那里的婴儿。每年他都会派人前往马拉维和坦桑尼亚，教授当地农民使用现代农业技术，赠送拖拉机和种子，帮助群众生产自

---

① 原文为"a bit more satin than Satan"，利用satin和Satan的读音相似的文字游戏。

救。他在赞比亚建设教堂,在扎伊尔开设学校。

“讨厌的蚂蚁。”私下里,他曾如此评价那些咬着他不放的检察官和政客们。然而,他正是因为引起了他们的注意而财源滚滚。他们越是抱怨,就会有越多的金钱流入。“你们手上的美元正是你们通往救赎之路,”乔·库利对着摄像机如此宣布,“你们手上的美元是上帝评判我们的唯一标准。”

“麦克斯,我的朋友!”半个小时后,乔·库利冲进了房间,一边说着,一边擦着额头上的汗,“很抱歉让你等了这么长时间。”

“没关系。”麦克斯说,“你干得挺不错。我还是第一次亲眼见到。”

乔·库利咧开嘴笑了一下。“你是犹太人吗?”

“不是。”

“那你为什么不每周来这里一次呢?”

“太远啦。要是你派你的飞机来接我,那又另当别论。”

“用不着!”乔·库利走进盥洗室擦洗了一下,“我和你的距离就像电视购物一样近。”他又走了出来,用毛巾擦着手。“但现在,我们还是来谈生意吧。接到你的电话时,我几乎不敢相信。”他稍微压低了声音,“是真的吗?是卡拉瓦乔的画?”

麦克斯点点头。“他现存于世的画作大约有九十件。我拿到这一件的时候立刻就想到你了。”

“我猜这一件是没有存世记录的吧?”

“正是适合你私人收藏的那一种。”麦克斯说,“如果你想要的话。”

“我们到录音室去吧。”牧师说着,伸出一只手帮助麦克斯站起来。艺术品商人拿起了他的手杖。他的右手布满了瘤节,手指均已断落、残废。他将公文包的背带背在肩膀上,捡起了一个皮革文件夹。

乔·库利的眼睛瞪大了。“你不会是把它放在那个包里了吧?”他说,“好大的胆子!”

“也不是那样。”麦克斯说,“它包裹得很好,而且你的人一路上都跟着我。另一方面,我看起来也不像个有钱人。有一次我在这个包里装了五百万美金,步行穿过了整个曼哈顿。人们最多也就是扶我过一下马路。”

“这话我可不信。”乔·库利说,“但是我明白你的意思。”麦克斯已经过了七十岁,身高五英尺多一点。他总是戴着一顶灰色呢帽。由于常年伏案工作,浏览历史记录以及查看艺术品,他的视力受到了很大的损害,厚厚的眼镜片几乎改变了他的面容,看起来就像一个慈祥的图书管理员。然而尽管如此,乔·库利却知道他有着精明的商业头脑和精湛的谈判技术。麦克斯开办的美术馆相当著名,而且也是佳士得和苏富比[①]的常客。但是他最为赚钱的生意是来自于商贸活动的最底层,一些人有意避免公开买卖艺术品,或将艺术品作为现金的替代物用于购买毒品或军火。麦克斯能够找到合适的画作,并安排类似的交易。

他们登上了一辆高尔夫球车,在其上穿越整个建筑综合体。复活救世主占据了上帝花园附近一片面积达70英亩的土地。除了教堂本身以外,大院里还有基金会办公楼、广播录音室、一个基督教学院和一座博物馆。球车载着他们通过遍布雕塑的花园和经过沉思水池旁边时,乔·库利向正在享受晴朗天气并向他挥手、高喊致意的教友们致以回礼。

这座博物馆是乔·库利·巴伯最引以为傲的成就。他热爱一切美丽的东西,一切能够宣示上帝的荣耀的事物。他相信,最能够取悦上帝的事情就是收集大量尊奉他或是宣扬他神圣言语的艺术品。博物馆里充斥着各个时代的宗教艺术品:彩色玻璃、希腊圣像、早期基督教卷轴

① 两者均为世界知名拍卖行。

和手稿、一张乔托的画、几张伦勃朗的画、鲁本斯和埃尔格列柯的画作各一张。此外还有乔·库利本人的油画,大多描绘的是圣经中关于"兴盛"的故事,主要是约伯和所罗门。在麦克斯看来,它们就像是画廊墙上的脓包,但事实上它们属于最受欢迎的一类展品。

他们走进了乔·库利的密室,这是一间可作为录音室和书房使用的房间,有着可以俯瞰整个综合体的彩绘玻璃窗。在一张大会议桌旁边有着工作台、画架和书架,上面摆放着罕见的圣经版本和大量的皮革书籍。

麦克斯将文件夹放在桌上,解开按扣,从中取出了一个小箱子。那幅画正舒适地依偎在柔软的白色棉布包裹里。麦克斯将布料放在一边,轻轻举起那幅画,并将它放在了画架上。他走向墙边,按下一个开关,使得整幅画作沐浴在柔和的光线之下。

年轻的牧羊人大卫,手持一柄剑,另一只手则提着腓力士勇士哥利亚的头颅。哥利亚的面孔凝结着一股死气,双目圆瞪,嘴巴张开,前额上有一道很深的伤口,血液正从他被切断的脖颈处滴下。乔·库利·巴伯敬畏地盯着这画面。"比我想象的小,"他低声说道,"而且内容也比我想的更沉重。"

麦克斯从他的公文箱中拿出了几个厚厚的活页夹。"当然,我带来了关于此件作品的传承记录。"他说着,将它们摆放在桌子上,随后打开了一个活页夹,里面放着貌似是剪报、书籍以及手写记录之类的东西。

乔·库利知道麦克斯不需要那些记录;它们是为他准备的。"你又要准备做教授啦,我的朋友。"他说,"最好来点喝的。你要威士忌还是葡萄酒?"

"水就行了。"于是教士为他自己倒了威士忌,给麦克斯倒了水,然后拉过一把椅子坐下。

"他的作品可以是相当恐怖的——例如像这一幅一样的斩首场景。暗杀、背叛、受难等等,全部是捕捉到了完美的启示瞬间。那就是他的天赋。他在他的艺术生涯中至少画过四次同样的场景，每一次都代表着他的技艺更加完善和成熟，而那一切全部都表现在这两张脸上。”麦克斯说，“这一幅很可能是第二版，你看大卫脸上的表情，既充满了骄傲，但也显示了深刻的谦卑——因为这是天国的力量战胜了撒旦的邪恶之力。”

麦克斯用他残废的那只手在画布上面比画着，细心地追随着卡拉瓦乔的笔画，模拟着画家工作时的场景。“他是那么确信自己的能力，甚至很少像其他画家那样打下草图。他的画是直接从生活中而来的。他留下了笔画的痕迹，颜料现出了清晰的折痕——你可以在这里，还有这里看到那些痕迹。真是天才，你看到了吗？——而且整幅画是以非常快的速度绘制而成的，有些人甚至说他的画就像是从上帝之手中流出来的。还有那光线！你看那肉体转入阴影的技巧，红色的血转成黑色，光亮转向黑暗和死亡。他简直是光线的大师——或者说阴影的大师，取决于你所站的角度。”

“当然是光线的大师。”乔·库利·巴伯说，“我从没见过你为了一幅画而如此激动。”

麦克斯腼腆地笑了笑。“这世上没有多少像这样的画，也没有几个像他这样的画家。他的作品在当时既新潮又极为杰出，但画面过于粗鄙，经常让来自教廷的赞助人们惊诧莫名，以至于抱怨他的庸俗以及亵渎。他用妓女作为模特儿，最后画出了穿着低胸裙的圣母玛利亚。他画出了圣徒身上的疣子和肮脏的指甲。教会当局无法忍受他的所作所为。他们更希望他们的圣徒完美无缺。”

“美国参议员也是一样。”乔·库利低声自语着，啜了一口威士忌。

“他的个人生活正如他的作品一样粗鄙。他有一个扭曲的灵魂。有些人认为他的疯狂是因经常接触的颜料中含有铅，导致慢性中毒；另外一些人则认为他只是受到自身天赋才能的折磨。无论原因为何，他的生活十分艰难，陷入了决斗和酗酒的怪圈。他嫖妓、赌博，一次又一次地被告上法庭。他因对服务态度不满而攻击一名侍者，还曾因一名妓女而刺伤了一位律师。他谋杀了一位警官，受尽折磨后逃了出来。如果是换上另一个人，这些罪行中的任何一件都足以让他在监狱中饱受煎熬，但教廷中并非只有诋毁卡拉瓦乔的人，他也有一些有力的保护者，其中之一就是这一位。”

麦克斯在一本艺术史书籍里找到他先前做的记号，翻开那一页，书上有一张看起来像是个苦修士的牧师画像。“这是希皮奥内・博尔盖塞，他是保罗五世教皇的侄子——保罗五世也就是那个命令伽利略消除关于太阳系的异端思想的教皇。保罗五世将侄儿提拔为枢机，那是教廷中一个非常有权的职位。他聪明、无情并且行事肆无忌惮。博尔盖塞不仅是梵蒂冈政权的实际首脑，同时还担任着许多官职并被赋予了诸多头衔，称得上富可敌国。他欺凌弱小，并且威胁他们的灵魂。他强征暴敛，利用敲诈勒索和教皇法令等手段将许多村庄收入囊中。他大量收集色情作品，而且是一个同性恋者，他的丑闻让教廷蒙羞。”

乔・库利不禁快活地轻声笑起来。“不知道为什么，教廷总是在培养真正的恶棍这一方面特别在行。”他说。

“的确，但尽管他有着种种恶行，仍不失为一位伟大的艺术赞助人。他用他的财富建造了一间宏大的别墅，专门展示拉斐尔、提香和贝尔尼尼的作品——当然，还有卡拉瓦乔，后者在一段时期内成为了他的最爱。”

“也许我该发自心底地说一声‘阿门’，”乔・库利说，“当然，除了那些男孩们。一切为了主的荣耀。”

麦克斯又拿起另一本档案。“说到我们在这里的这幅画，一开始它也是为教廷所拥有。”他说，“或者更确切地说，教廷是第一个偷到它的。当时，博尔盖塞刚刚开始主动收集艺术品，而且正在学习如何利用自己的权力。朱塞佩・希塞利是一位杰出的艺术家，他私藏的画作超过一百幅，其中也有几张卡拉瓦乔的画，因为后者年轻时曾经在他那里工作过一段时间。博尔盖塞得知希塞利同时还收集了一批火绳钩枪。希塞利是个人畜无害的人，这只是业余爱好，但却是非法的。于是博尔盖塞逮捕了希塞利，判处其死刑，并将他的财产全部充公。死刑判决后来被取消，交换条件是希塞利将自己的全部画作捐献给教廷。在那之后几个月，教皇将这些收藏品全部送给了侄儿。

“大约与此同时，卡拉瓦乔认为一个人在网球方面欺骗了他，于是将其杀死。他遭到悬赏通缉，并且逃离了罗马，余生就在逃亡中度过。画家始终指望着博尔盖塞能为他安排一次教皇特赦。在他流亡的这段时间，创作了一些他艺术生涯中最出色的作品。在马耳他，他为圣约翰的骑士们画了像，自己也成为一名骑士，后来却因为斗殴遭到骑士团囚禁并驱逐。他逃到了那不勒斯，但在那里遭到袭击并受了重伤，凶手很可能是受骑士团雇用的刺客。他从那不勒斯上路返回罗马。此时特赦令已经下发，但他在那之前就死于热病。”麦克斯摇了摇头。“他死时只有 38 岁。想想看吧，如果他还能有二十年的寿命，他将达到怎样的高度。”

麦克斯将一个记录本从桌面上推过去。“话题回到我们的画。博尔盖塞没有收藏这一幅画，因为他已经拥有了它的另外一个版本，那是卡拉瓦乔在流亡途中派人送给他的。博尔盖塞将这幅画作为礼品送给了一个名叫克拉辛斯基的波兰伯爵。同时送出的还有另外三幅画——作者分别是阿尼巴尔·卡拉齐、雷尼和兰弗兰科——以及一个精美的镶嵌宝石的圣物匣。我们已经对这份礼物列表和克拉辛斯基伯爵的家庭分类账进行了交叉比对。伯爵死时将这些物品赠给了他的兄弟，后者当时刚刚被波兰国王任命为斯塔维奇的主教。正如你在这里可以看到的一样，这些物品从 1685 年开始即被一座教堂所收藏。”麦克斯从纸堆里翻出了其中一张。“当然，这上面写的是波兰文，不过我已经为你圈出了物品明细”。

“所有的画作以及那个圣物匣就此保管于那个教堂，在接近 300 年的时间里一直不为人知，并且安全地躲过了火灾和战乱。在这近三个世纪中的大部分时间，卡拉瓦乔已被历史遗忘，直到20世纪，才有学者开始叹服于他的伟大。”

乔·库利站了起来。“该再来一杯了。你确定不来点更有劲的？”

“再给我倒点水就行了。我要说的事情还有很多呢。”

麦克斯翻开一本厚厚的文件和剪报本，内页的纸张已在时间侵蚀下变成了黄色。第一页上有一张黑白照片，其中的人物是一位德国军官。麦克斯将这个本子从桌面上推给乔·库利。

“党卫军。”乔·库利评论道，“英俊的魔鬼。”

麦克斯点点头。“他叫沃尔特·贝克。这张照片是在他刚刚被提升到上校军衔时拍摄的，就在战争结束的一年之前。”

乔·库利仔细注视着那张棱角分明的长脸和那双聪明的眼睛。“完美的德国军官，”他说，“从他的模样就能看出他是一个冷血的杂种。”

麦克斯从文件夹中拉出了一份简报，是柏林某报纸的一份出生通告。“他是知名的德国艺术品交易商奥托·贝克的长子。贝克家的美术馆是柏林最古老的美术馆之一，奥托的祖父创建家族生意时，它还只是为艺术家们提供材料的一家商店，出售颜料、画架和帆布一类的东西。艺术家们通常都很穷，所以贝克家族的人有时会用材料换取他们的作品。从奥托的父亲那一辈开始，他们的商店也出售画作。贝克家族的生意逐渐兴旺起来，到了1900年的时候，他家的商店已扩建为一栋占地甚广的两层建筑物。贝克家的人们居住在二楼，而其他部分则作为一间美术馆使用，同时还包括一个匠人们修复画作的工作室。欧洲各地的艺术家、收藏家和博物馆馆长们纷纷带来了受损的画作。

“沃尔特作为他父亲的助手工作了几年。他有着精明的商业头脑，但对艺术并没有特别的喜好。他还很年轻，野心勃勃，并卷入了三十年代的社会主义热潮，加入了纳粹党。他的父亲不赞成他的政治观点，但沃尔特毫不在乎。他看清了政治气氛，理解希特勒的想法。他的军衔提升得很快，而在他父亲的美术馆里所接受的训练使得他有资格加入 Sonderauftrag Linz。”

“请说英语，麦克斯。”

“意思是‘林茨[①]特别行动’，是希特勒的一个秘密计划。当然，他作为艺术家是相当失意的，从而认为欧洲绝大多数的艺术品都自然地应当属于他。他就仿佛是发了狂一样地幻想着在林茨建立一家博物馆——他计划在战后将林茨重建成整个欧洲的文化中心。早在战争开始之前，希特勒的特工就已经在游历全欧洲的各家博物馆、美术馆以及私人收藏，并将其中最为重要的艺术品编制成详尽的列表。这项成果使得希特勒的军队一旦占领某地，就能够立即有目的地查抄——或者说劫掠——当地的艺术珍品。贝克也参与过这份列表的编制工作，这就是他之所以得知我们这幅画的藏匿之处的原因。

“战争期间，贝克本应待在巴黎，因为大多数最高等的艺术品都在那里，但他狂妄自大，所以犯了错误——与埃尔弗雷德·罗森堡起了冲突。罗森堡是纳粹的思想领袖，德国最有权势的人物之一，因此贝克被重新分配至东线前线服役。他是一位出色的军官，但即使以党卫军的标准而言，他仍然算得上心狠手辣。俄罗斯，捷克斯洛伐克，波兰——贝克在这些地方成为了激起极大民愤的战争犯。”

本子里还有更多的发黄的剪报，大多都是以乔·库利不认得的文字写成——可能大多是东欧的某些语言，他想道，还有一些是希伯来文。大多数剪报上都有着同样的那张照片。他不知道那些标题上写的是什么，但他知道他正看着一个受到追捕的人。

---

① 奥地利城市。

德军纵队在古村斯塔维奇附近的一道山脊上停了下来。总共有五辆运兵车、两辆坦克，以及多种多样的小型车辆，是从前线撤退下来的溃军重新集结起来的一群乌合之众。党卫军上校沃尔特·贝克拿着一架战地望远镜从一辆敞篷指挥车上走下来。他先是伸了伸腿脚，随后冷静地拿起望远镜观察起他们来时的路。没有俄国人的踪迹。由于贝克的手下一路上布了雷，俄国人很可能还得再过上几个小时才能赶来，所以他还有时间来了结手头上的活计。贝克知道战争的失败不可避免，而他本人也将很快遭到那些复仇者的追捕。投降就意味着处刑。他会逃跑，但在那之前，需要先找到一个保证猎手们永远都不会抓到他的方法。

他将注意力转向那个村庄。从外表上看，战争的铁蹄不知何故绕过了这个村子。他可以看到那座古老教堂的尖顶和市政厅的钟楼，一切都似乎处于和平的宁静之中。他可以派部下们去搜寻他想要的那一件东西，但村民们想必已经将他们的珍宝小心翼翼地收藏起来了。他没时间玩捉迷藏的游戏。

“把村里的牧师给我带来。还有市长和他的家人。”他对一名副官说道。

“立刻执行，Standartenfuhrer[①]。”

“再加上二十五个村民。”贝克补充道。

那名军官乘着一辆卡车出发了，另一位副官拿来了折叠式的桌椅并且展开。贝克坐了下来，喝着一瓶葡萄酒，将他的脸转向太阳，享受温暖的阳光。

很快，卡车就沿着蜿蜒的道路开回到山上，并在贝克身边停下。后

---

① 德语，党卫军旗队长，相当于陆军上校。

者啜了一口酒，与此同时，士兵们吼叫着发布命令，将村民们从卡车上赶下来。村里只有妇女、儿童和老年男人。牧师、市长以及市长的妻子、女儿和孩子都被带到上校面前。市长是个体格魁伟的男人，脸上的气色很不错，牧师则年老、消瘦并且愤愤不平。

“我必须抗议。”市长开口说道，“我们是非战斗……”一名士兵用枪托狠狠地砸了他的肚子。市长跪倒在地，低下头不停地喘息和干呕。

“这些不快原本可以避免，”贝克说，“只要你们按照我说的办就行。我只是想拿到你们教堂里的几样东西。”

“我们的教堂已经被劫掠一空了。”那名牧师说，“没有任何值钱的东西留下。”

“我所得知的情况刚巧相反。”贝克说，“卡拉齐和卡拉瓦乔。雷尼。兰弗兰科。”他微笑起来。“我的记忆力还不错吧？全都是克拉辛斯基伯爵送给他做主教的兄弟的礼物。”牧师脸上一闪即逝的表情足以让贝克确认事实。

“阁下，”市长突然说道，他的脸因呼吸困难而憋得通红，“那些画，早在，战争爆发之前，就已经被送到，格丁尼亚去了。是的，格丁……”他无法喘上气来。

“帮帮忙吧，神父。”贝克对牧师说道，“你一定还记得的。是在地下室的某一段夹墙后面，还是在一堆小心翼翼地堆放起来的鹅卵石底下？毫无疑问的是，一次彻底的搜查将会找到它们。很有可能是在圣物匣附近，我猜是如此。”他啜了一口葡萄酒。“另一方面，我想要顺便提及，那个圣物匣我也要，不过你可以保留其中的圣物——是圣巴拿巴的一截手指骨，对吗？还是海德威的一根肋骨？又或者卡西米尔的头发，萨坎德的脚指头？很抱歉，我不记得细节了，但请相信我做梦都没有想过要将如此神圣的物件从教堂中拿走。”他看了看手表。“恐怕我没多少时间了。布尔什维克们正在步步紧逼。”

“我们不能将那些东西给你，因为我们没有。”牧师说。

“很好。”贝克站起来，将他的皮手套扔在桌子上，解开枪套，拿出了他的鲁格尔手枪。他从村民中拉出一个老人，用枪打死了他。一个女人立刻跪在仍在抽搐的尸体旁边，悲哀地尖叫起来。贝克把她也打死了。村民们恐惧地惊叫着。贝克的士兵们迅速将他们包围起来，子弹上膛一触即发。

“怎么样，神父？”贝克问，“你准备为了保护那几幅画而牺牲多少人？你教堂里的一些颜料、帆布和其他小玩意价值几何？十几条生命？还是这里的所有人？又或者你准备让全村人一同殉教？”

牧师闭上眼睛，画了个十字，低下头默默祈祷着。贝克用鲁格尔手枪抵住他的太阳穴。滚烫的枪口使得牧师瑟缩了一下，但他依然低头祈祷着。贝克考虑了一下牧师是唯一知情人的可能性。他将手枪收入枪套，转向仍跪在地上的市长。“你还没有向我介绍你的家人呢。”他说着，走向市长身后站着的他的女儿和她怀里的婴儿。“我猜这是你可爱的女儿吧？”市长肥胖的脸颊在恐慌中颤抖着。他女儿呼吸急促地向后退去，紧紧地抱住怀中的婴儿。贝克伸手抓住了她，掰开她的手臂，一把抢过。婴儿号哭起来。

“求你了，不要。”她低声恳求着，豆大的眼泪从她的脸颊上流过。贝克很是和气地逗弄着婴儿。“多么可爱的孩子。”他说，“你一定非常骄傲。”他随意地抛弄着婴儿，并且漫步走向悬崖的边缘，悬崖的石壁上尚且有着许多突出的石块。

他将婴儿抛了起来，就像是孩子的叔伯们会做的那样。婴儿的哭声越来越尖锐。

婴儿的母亲呻吟着跪倒在地。“神父，告诉他们吧！”她对着牧师恳求道。

贝克又将婴儿抛得更高了些，她的哭声已经渐渐无力了。一个女人昏了过去；另一个女人尖叫着。“对啊，神父，”当婴儿被抛到空中的时候，贝克说道，“告诉我吧。”

牧师依旧祈祷着。

贝克再一次抛起婴儿，这一次更加用力了。女婴号啕大哭。

“我求你了，”市长的女儿跪在地上，用膝盖和手爬向贝克，“不要伤害我的孩子。”一个士兵挡住了她。

孩子被抛得越来越高了，母亲和婴儿现在都在发出歇斯底里的哭号声。

“泽西，别这样！看在上帝的分上，把他要的东西给他吧！”市长的妻子和市长一起哀求道。

贝克差一点失手，最终险险用一只手抱住了她。那婴儿在他手里扭动、踢打着，发出恼怒的号哭声。“这还挺难的，”贝克说，“我想下一次我大概很难接住她了。”他又准备将婴儿抛起，但市长已经再也无法忍受了。“等一下！我们会带你去！”

“不！”牧师怒斥道，“闭嘴！”

市长没有理会他，只是对着贝克恳求道：“如果我们按你说的做，你会平静地离开我们的村庄吗？你会放我们走吗？”

“我不需要你们其他的东西了。我可以向你们保证。”

十二名士兵连同市长和牧师乘坐一辆卡车返回了村庄。贝克将婴儿交还给她的母亲，再一次坐下来享受阳光。四十分钟之后，正当副官向他报告说发现了远处正在前进的俄国人时，卡车也沿着凹凸不平的路颠簸着开了回来，携带着珍贵的货物。

牧师面色阴沉地注视着贝克，后者兴致勃勃地仔细观察着圣物匣，那是一个由象牙和黄金制成的极为精美的小盒子，上面镶嵌着红宝石和珍珠。当然还有那些画，每一幅都和贝克所期望的完全一致。

当全部的珍宝都被安全地放到车上之后，贝克坐到了指挥车的后座上。“你们可以走了，”他对市长说，“你们最好快点躲起来，赶在你们的新主人到达之前。我听说他们很不喜欢波兰人。”

车队的引擎发出轰鸣声，村民们则收拾起死者的遗体，开始走下山去。

贝克的副官走了过来。“听候您的命令，Standartenfuhrer，我已经准备好执行上级指示了。”装甲车上的枪炮已经瞄准了那个村庄，做好了执行德军最高指挥部的焦土政策的一切准备。

“要毁灭这样一个风景如画的村庄，简直是不可饶恕的罪孽。”贝克说，“这里有着数百年的历史，不应当变成砖石瓦砾。我们可以把斯塔维奇留给俄国人去享受。”他朝着正在离去的村民们点了点头。“只要我们的这些朋友。”他说，“其他东西就不要动了。”

贝克的指挥车离开后，一辆军用卡车两旁的帆布遮篷被放了下来，隐藏的机关枪发出狂暴的吼声。

半小时过去了，尖叫声停了下来，烟尘也已落定。在村庄前面的空地上，只有即将到来的俄军车队的引擎声音，除此之外一片死寂。

乔·库利·巴伯将一张照片放在桌上，照片拍摄的是斯塔维奇教堂前为纪念在战争中遇难的村民而建立的石碑。“我的上帝。”他低声说道，“我以为他们只对犹太人那么做。”他又拿起了一份南美某报纸的剪报，上面也有贝克的照片。“这么说来，贝克带着那些画逃到了南美？”

“事情并不那么简单。我花费了许多时间，搜寻了大量的消息源，才将整个故事完整地拼凑起来。美国军队的报告、中情局档案、新闻报道，诸如此类的东西。最后，还有这些。”

麦克斯在一系列缩微胶卷拍摄的副本中翻找着，黑底白字的内容非常难以阅读。“20世纪70年代，我们——或者应该说是斯塔西，东德的秘密警察——发现了一份被埋在东柏林某个地下室里的文件。这份文件一直作为斯塔西的绝密档案保存着，柏林墙倒塌之后，它们与其他数千份文件同时被公之于众。那是一本日记,作者是沃尔特·贝克的弟弟海因里希,他的年龄足够小,刚好躲过了热战。这是那本日记的复制版。”

“上面是德文,”乔·库利说,“难道就没有人会用英文写作么?”

“背面有一份译文。”

贝克家的生意总是特别好。第一次世界大战之后,骄傲的德国人卖掉传家宝,并因此在毁灭性的通货膨胀中生存。20 世纪 30 年代,被卖掉的东西不仅包括画作,还有银器和珠宝,交易额随着纳粹的崛起而步步攀升。就连犹太人都可以将他们的值钱物品卖给贝克家的商店,至少在 1938 年的“碎玻璃之夜[①]”之前是如此,而在那之后,再和犹太人做生意就太危险了。奥托·贝克从不欺骗犹太人,但他自己也知道他从犹太人遭到迫害这一事实中获取了利益。到了 1940 年,战争再次爆发,生意更是好得不得了,军官们从不同的前线返回,把劫掠来的战利品抛售一空——油画、挂毯、金银珠宝。贝克家给出的收购价是最高的。一辆又一辆的豪华轿车来了又去,政府官员和文职军官们都是他的座上宾。希特勒自己的艺术品商人也在这里采购。戈林经常前来拜访。奥托·贝克把他们想要的货卖给他们,但私下里他却嘲笑纳粹官员的艺术品位。“马蒂斯、梵高、康定斯基和克莱——mein Gott[②],整个世界都将要落到元首的手掌中了,然而他却只要猎人和水果布丁。”他

① 又译帝国水昌之夜,十一月大迫害。是指 1938 年 11 月 9 日至 10 日凌晨,希特勒青年团、盖世太保和党卫军袭击德国和奥地利的犹太人的事件。标志着纳粹对犹太人有组织的屠杀的开始。

② 德语,意为“我的上帝”。

对他的幼子如此说道。

海因里希对于同龄男孩子们特别喜欢的枪炮以及战争游戏毫无兴趣。他热爱在他的家族生意里流动的那些艺术品。在他只有八岁的时候，他跟着父亲去巴黎开展一次商务洽谈，而奥托·贝克几乎没法把他从卢浮宫里拉出来。

等他到了能够拿起画笔的年龄，海因里希便将全部的空余时间奉献给了绘画。他是一位细心的手艺人，显露出了虽不耀眼但却足够扎实的天分。他父亲手下的一个技工告诉他说，他可以通过临摹他喜欢的画作来提升自己的技术。海因里希最喜欢的是巴洛克风格。在尝试了数次之后，他创作了一幅极佳的委拉斯开兹摹本，除了新鲜的颜料以及龟裂缝——时间在油画上留下的痕迹——以外，几乎和原作别无二致。就连他父亲手下最为专业的修复专家都很难分辨出哪一幅是大师的作品，哪一幅又是年轻的海因里希的摹本。如果没有战争的干扰，海因里希·贝克很可能成为一位成功的画家。

他学会了他父亲生意的方方面面，帮助技工们修复战争留在美术馆中收藏着的全部画作上的痕迹——靴子印、划痕、边缘平滑的弹孔以及刀砍后留下的参差不平的缺口，这一切使得古旧框架上绷平的帆布——这些无价之宝遭到了破坏，每一处伤痕都无声地证明着一场他未曾亲眼目睹的战争。

当同盟国的炸弹开始将战争带到离他们更近的地方时，奥托将他的家人和藏品都搬到了地下室。工作室中堆满了框架和帆布，家人们则挤在一个小房间里的行军床上。沉重的楼板梁在远方传来的爆炸声中颤抖着，然而奥托并没有将生意结束掉。

随着时间的推移，美术馆的客户们显得一周比一周更加绝望了，他们急于获得金钱，以便逃亡或者买下一个新的身份。在 1944 年至 1945 年的这个冬天，艺术品、银器和现金就像湍急的河流一样在贝克家的商店里去而复返。

“战争离我们越来越近了，”日记中有一篇这样写道，“我们的房子里充斥着颜料、母亲做的菜和恐惧的气息。”

1945 年春天的某一天夜里，海因里希从工作台上抬起头，看到一个男人站在阴影里。他立刻就知道那是谁了。“沃尔特！”

奥托从后面走了出来，他之前一直在那里看账目。自从战争开始以来，他们只见过沃尔特一次，那是在 1941 年，纳粹最高指挥部准备开启东线战事之前。那个时候，他穿着党卫军的黑色制服，而现在却穿着平民的衣着。他形容憔悴，脸上挂着冷酷的表情，身上有香烟和酒的味道。

“沃尔特？”奥托说，“你还好吗？”

“我这有一些东西，你得帮我藏好了。”

“你要去哪？”奥托·贝克向他的儿子询问道。沃尔特没有回答，只是退到旁边，让另外两个人搬着一个木头箱子走进来。

“我问你话呢，沃尔特。”奥托有些恼火地说道。奥托·贝克是一家之主，而且，不管沃尔特是不是党卫军，他始终都是他的儿子。“你要去……”

沃尔特凶狠地抽了他一巴掌，把他打倒在地。“Arschloch①！”他怒斥道，“保管好这个箱子。你明白了吗？”奥托震惊得说不出话来。

海因里希替他的父亲点了点头。“是，我听到了，”他小声说，“我们会小心保管它的。我保证。”

沃尔特转过身，开始走上楼梯。海因里希勇敢地跟了上去。“沃尔特，等等！你现在当上将军了吗？你在战争中做了些什么？你有没有被子弹击中过？你知道俄国人现在离我们还有多远吗？你饿了吗？”

沃尔特·贝克走进夜色之中，钻进了一辆正等着他的小汽车的后座。汽车绝尘而去，因此海因里希的其他问题也都没能再说出口。

---

① 德语，意为“混蛋”。

奥托·贝克的嘴巴出了血，脸颊上也有瘀伤。海因里希把他扶到一张椅子上坐下，跑去拿水和干净的布。奥托挥手让他走开，他的眼睛注视着空荡荡的楼梯，心里想着的则是正在熟睡的妻子。“别告诉她他回来过了。”他说。从那以后，奥托·贝克再也没有提起过沃尔特。

那个箱子和奥托其他最贵重的藏品一起被藏在地下室下面的保险库里，保险库是用金属浇铸而成，可以确保其内部干燥。直到战争结束之后，俄国人来此寻找沃尔特之后很久，它都一直存放在那里。俄国人对于从前的党卫军进行了可怕的报复，特别是对于像沃尔特·贝克这样在东部战线恶名昭彰的人。

某一天，一群俄国士兵砸碎门窗冲了进来。奥托仅仅来得及将他的儿子推进地下室的底层并关上翻板门。俄国人将奥托殴打致死，并枪杀了他的妻子。他们撕裂了整个商店，但他们已经喝得晕头转向，搜查也很潦草，因此未曾找到那个翻板门，以及在其下瑟瑟发抖的海因里希和那些珍宝。整整三个月的时间里，俄国士兵们往极为珍贵的油画上撒尿，狂饮伏特加，而海因里希则藏在地板下面，听他们弹奏巴拉莱卡琴，靠着发臭的果酱和面包，以及一罐带着柴油味道的水生存，只有在士兵们睡着或是出去巡逻的时候他才敢出来。

“上帝啊，”乔·库利说，“他还是个小男孩呢，怎么能在这样的环境里生存下来？”

“他比许多人都更幸运，”麦克斯说，“他至少还活着。”

俄国人离开之后，海因里希在东柏林的新生活中重操旧业。许多年过去了，海因里希再没有听到过沃尔特的消息，因此他猜测他的哥哥已经死了，或是成为了苏联人的战俘，那实际上和死了也没什么区别。但是某一天，一个男人拿着沃尔特的一封信来到美术馆，信上要求海因里希将那个箱子交给送信人。

“此事发生之后，海因里希的日记本上还有后面几个月的记录。”麦克斯说，“最后一篇日记的日期是在斯塔西突袭美术馆那天前两天。

斯塔西很可能注意到了他在黑市中的一些交易。从那之后,我们就再也找不到海因里希的消息了。他失踪了。"

麦克斯停顿了一下,喝了一口水。他摘下眼镜揉了揉眼睛。"沃尔特同样失踪了,但他对我们很有帮助,我们在某些令人极为惊讶的消息源查询到了他的消息,"他拿起另外一份文档——那是一份业已解密的美国陆军调查报告——并继续讲述这个故事。

沃尔特·贝克在前往意大利北部途中被美军抓获。他的证件上的名字是霍斯特·施密特,身份则是德国国防军的随军牧师。一名中尉对他的审讯刚刚开始时,沃尔特因为一场幸运但又极为严重的流感晕倒当场,随即被送往战地医院。他恢复健康后,又因文书工作方面的疏漏被直接送往战俘营,并未遭到进一步的审查。他从未被要求露出他手臂的皮肤,那里的党卫军文身记号显然会暴露他的真实身份。稍后,他与普通战俘们一起得到释放,并在一个农场的橄榄树园里工作了三年时间,这个农场主人是党卫军的朋友,也是致力于帮助前纳粹分子隐藏身份的地下成员之一。某一天,他收到了一个包裹,里面有一份红十字会工作人员的身份证明文件以及一份阿根廷的登岸许可证,这些材料是由梵蒂冈的一位奥地利裔主教阿洛伊斯·胡达尔提供的。

1948年5月,沃尔特搭乘一艘克罗地亚籍货轮前往布宜诺斯艾利斯,在那里他受到了由一批德国难民和当地天主教徒所组成的社区的欢迎。他得到了一份在马鞍厂里上班的工作,但很快他的联络人就为他牵线搭桥,使他可以为贝隆政权服务,当时他们正需要像贝克这样的军官来帮助他们训练军队。另外,美国中情局也找到了贝克,他们要求贝克源源不断地提供关于过去他在自己的故乡,亦即当时的东柏林认识的人们的各种情报,除了金钱方面的报酬以外,还可以为他的身份保密。贝克愉快地同时为两个主人服务,生活得相当惬意。他娶了一个富商的女儿,并且认为自己的未来已经安全了。

这样大约过了十年,形势开始向着对他不利的方向发展。美国人已经厌倦了形如鸡肋的情报,而且他们的经费也开始不足了。随后,一群以色列人绑架了贝克的邻居阿道夫·艾希曼。

阿根廷已经不安全了。他需要钱。他不告而别,离开了他的妻子,将自己深藏于地下,在一个同情他的阿根廷外交官名下的公寓地下室里藏身。他利用他的关系网,派出一个人前往他父亲在柏林的美术馆,取回他在1945年藏匿在那里的那个箱子。后来箱子被以外交物品名义送到阿根廷,那是当年残余的纳粹分子将走私货从欧洲运出的重要方式,虽然代价昂贵但却备受推崇。

贝克将那个圣物匣砸碎,把其中的金子熔成金锭,宝石则镶嵌起来并分散出售掉。他同时还卖出了几幅他收藏的画,是毕加索和夏加尔等当代画家的作品,在当时的市场上很受追捧。

他设法前往巴拉圭,该国总统阿尔弗雷多·斯特罗斯纳长期以来都为纳粹分子提供另外一个庇护所。贝克在亚松森[1]生活了近十年,定期上交保护费,但由于斯特罗斯纳政府越来越贪得无厌,他感到生活越发不便。一些无耻的人为了一点小钱就可能将他出卖给犹太人,而犹太人对于那场已结束许久的战争仍是记忆犹新。约瑟夫·门格勒,知名度最高的猎捕目标之一,当时也在该国。

某天,贝克在咖啡馆里发现有两个年轻男人正在注视着他。他们假装成互不认识的样子,一个人骑着辆自行车,另一个人则在看报纸,但在他越来越严重的妄想症状之中,他觉得他们很可能佩戴着大卫之星[2]。他们试图跟踪他,但是他把他们甩掉了。他没有回家,而是直接

① 巴拉圭首都。

② 犹太教标志。由两个等边三角形交叉重叠组成的六芒星形。

前往他们的隐匿处取出了自己的值钱物品并逃往拉巴斯[①]。

“这就将我们指向了维克多·马斯洛夫。”麦克斯说道。他从文件袋里取出了一个很厚的活页夹。“他因在纽约时报上的一系列关于国际军火掮客的文章中被提及而知名。”

维克多·马斯洛夫是白手起家。最初,他为他的一个表兄弟工作,后者设法弄到了一架二战时期的美国轰炸机,并将其作为货机使用。那个表兄弟没有什么做生意的头脑,而马斯洛夫却恰好相反。他学会了驾驶飞机,很快就开始为克罗地亚、南斯拉夫、希腊和匈牙利的黑市运送货物。最初,他运送的货物主要是小麦和面粉,后来就变成了啤酒和威士忌,他愿意在危险的夜间条件下着陆,因而在欧洲和非洲等地建立了贸易往来。不久之后,他拥有了另外两架飞机,并在运送威士忌的同时也捎带一些小型武器,随后他彻底放弃了威士忌运输,并且不再出售除了军火之外的东西。随着地区冲突不断加剧,他的才能也与日俱增。最终,他拥有了相当数量的飞机,其中还有一架大到足以运输坦克的伊留申 76 式货机。

他从美国和欧洲购买军火,并出售给世界各个角落的客户。他对于最终使用者的授权书十分重视,从而保证他的商业行为合乎国际法。由于长期和杀手以及独裁者打交道,他变得无情而狡猾,因为只有这样才能生存。他的生意所及之处都会有人死亡,有的死于他出售的武器,但也有一些死于他组织中那些隐秘的工作。他是国际军火交易这一灰

① 玻利维亚城市,该国政府所在地和实际意义上的首都。玻利维亚还有另一个首都,名为苏克雷,缘由是政府内部意见分歧,最后达成折中方案,将最高法院设在了苏克雷,这样苏克雷只保留了法定首都的名义。

色世界的掌控者,每一个国家都有一些既得利益人保护着他。各国政府在谴责他的同时又与他进行交易。

媒体授予他“死亡商人”的称号。新闻杂志上登载着描绘他出售的军火所造成的巨大破坏的整版照片,有些时候还会在同一期杂志上登载关于他本人私生活的专题报道。作为世界上最富有的单身汉之一,他在洛杉矶和巴黎都有住所,喜爱高风险的赌博,对于穿着和女人的品味无可挑剔。他有一项真诚的喜好:他热爱高档艺术品。他收集、研究它们,并且深深地为之感动。他在这方面是自学成才,他花费了大量的时间去参观世界各地的美术馆和博物馆。他的收藏品有的来自于拍卖行,有的来自艺术品交易商,也有的是从相对不那么合法的途径取得的。他不仅热爱艺术品,有些时候,在某些特殊的交易之中,由于政府对金融的管制,他甚至容许艺术品作为货币来使用。

1981 年,马斯洛夫前往玻利维亚,与路易斯·加西亚·梅萨将军洽谈一笔大额军火交易,后者当时刚刚就任该国总统,素以冷酷无情而知名。早在 1980 年,一个匪夷所思的同盟将梅萨送上了权力的顶峰,这个同盟中包括罗伯托·苏亚雷斯的毒品集团、一群纳粹分子和以克劳斯·芭比——盖世太保曾经的一员,有“里昂屠夫”之称——为首的年轻的新法西斯主义者。

马斯洛夫不喜欢与有毒枭资金支持的客户打交道,因为他们会引起美国缉毒局的注意,而美国缉毒局在马斯洛夫看来比毒枭们可怕得多。毒枭有着他们自己的行为准则,但是缉毒局曾多次使用非常规手段干掉了他的好几个同行。对于那些同行们的不幸遭遇,他感到十分欣喜,但他不想加入他们的行列。

在艰苦的谈判中,马斯洛夫得出了一个结论:梅萨是个不值得信任的蠢货,他在台上的时间不会超过六个月。此时已经是谈判的最后一天,马斯洛夫正待在拉巴斯的总统府内。梅萨的订单相当庞大,但他买不起所有他想要的武器,特别是半自动枪械和榴弹发射器。他的报价比马斯洛夫的心理价位低了八百万美元。由于梅萨缺少硬通货,他提议用毒品付账,而当马斯洛夫发出大笑时,他似乎真心实意地感到惊讶,随后他试着打圆场,但方式是建议马斯洛夫为他提供贷款。这一提议激怒了马斯洛夫,于是他找了个借口,让梅萨先跟他的顾问们谈。

就在那个时候,几乎是心不在焉地,他注意到了那幅卡拉瓦乔的画。

他差一点就从它前面大步走过去了,因为那本身就是一幅阴暗的画,而且跟其他几幅画一起随意地挂在一个阴暗的角落里,旁边都是装饰得异常华丽的玻利维亚共和国的独裁者和将军们的大幅肖像,而这些肖像在与一幅面积足足有20平方英尺的西蒙·玻利瓦尔骑着战马从战场上凯旋的画像相比之下,又渺小得如同矮人。

那幅画上没有签名,但马斯洛夫知道那就是卡拉瓦乔的作品,就和他在镜子里看到自己的脸一样确定无疑。同样在那个角落里的其他几幅画也都非常值钱,但是他真正在意的就只有这一幅。

马斯洛夫返回会场。“总统阁下,您可能也知道,我可以说是一个狂热爱好艺术的人。我在那边看到了四五幅我比较感兴趣的画。也许我们可以安排一次这方面的交易来解决您资金上的困难?”

“我们不能交易那些画,至少现在不行。它们属于一位新的支持者。是芭比的一个朋友,一个叫贝克的上校。我们之间陷入了某种僵局。我不得不说,他对于这些画的估值高得有些离谱了。”

“如果您不介意的话,我想问问贝克上校想要什么?”

“跟所有的德国人一样,”梅萨轻蔑地说,“一份外交护照,还有钱。他声称这些画价值八百万美金。我们的专家则认为价值不超过四百万。”

马斯洛夫认识那个所谓的专家,他是国立博物馆的馆长,一个声称愿意花费一生的时间去寻找将军们以及他们战马画像的人。如果他没有看出这些画的价值,他一定是愚蠢到了一定程度,然而他确实没有。

“你的专家错了。”马斯洛夫说。

“也许吧，不过这不重要。我们从巴黎请了一位专家来解决这一纠纷。”

马斯洛夫耸耸肩。“随你，但贝克的那些画可以作价八百万给我。不过，我今晚就会离开。除非我们现在就能安排画作的归属，否则这个提议就无效了。如果可以的话，我会安排将你要的军火——全部的——在本周之内发货。”

梅萨几乎无法掩饰他的惊讶，但他立即就意识到这是一个坐地起价的好机会。“很抱歉，我的朋友，这事情没那么简单。你的提议非常慷慨，但那些画并不是一次性地送给我的礼物。贝克上校要求现金交易。”

“他要多少？”

贝克的要价是两百万美元。“三百万。”梅萨说。

“你为什么不把他抓进监狱并把画据为己有呢？”

“他的德国朋友们一直在给予我们各方面的支持。我们不能破坏和他们的关系。另一方面，他的价值并不仅止于此。我们有可能还会需要他的帮助。”

“很好。”马斯洛夫说，“我自己和上校谈。”

“但是……”落到了下风的梅萨搜肠刮肚地想要扳回局势。

“我坚持。”马斯洛夫站起身来准备离开，“可以成交了吗？”

当天夜里，卡拉瓦乔、委拉斯开兹、毕加索、布拉克的作品以及另外几幅画就和维克多·马斯洛夫一起登上了前往洛杉矶的飞机。马斯洛夫在飞机上给托雷利奥将军打了个电话，后者是玻利维亚的内务部长，正准备推翻新生的梅萨独裁政权。马斯洛夫不常做出卖客户的事，但他知道不能支持必将失败的人。托雷利奥将军得知即将到来的军火到港的全部细节后非常兴奋，立即电汇 200 万美元给马斯洛夫，作为军火差价的补偿。马斯洛夫知道这笔钱来自美国缉毒局，这使得这场交易更为圆满。一周之后，装运着军火的飞机降落在拉巴斯郊外一个偏僻的机场。托雷利奥的部下伏击了梅萨的部队，并抢走了马斯洛夫卖给梅萨的全部武器。此事也吹响了新生的梅萨独裁政权倒台的序曲。

一名玻利维亚政府军上校给沃尔特·贝克带了条口信，安排在某地会面，并声称将会把油画出售所得的金钱和新的护照交给他。贝克如期赴约，因为他知道玻利维亚的将军们不会出卖能给他们带来利益的人。

十八个小时之后，在特拉维夫，昏迷着的沃尔特·贝克从一架飞机上被抬了下来，随后被塞进一辆破旧货车的后座。抓获他的人无意再经历一次艾希曼审判时的盛况。当赤身裸体的贝克醒过来时，已经身处内盖夫沙漠中一个狭小阴暗的地窖里了，地面是原生态的泥地，有一道狭缝作为窗子。他捶打墙壁，直到双手鲜血直流；他大声呼救，但是没有人能够听见。那里热得仿佛像地狱。“水！”他嘶叫道，“你们这些禽兽！”

在玻利维亚，有传言说贝克被以色列人抓走了。以色列人对此表示否认。当然，人们都说他们是在撒谎。

麦克斯合上了关于沃尔特·贝克和维克多·马斯洛夫的文件夹。“差不多结束了。”他说。

“只是差不多而已，”乔·库利说，“但还有一个很明显的问题——像维克多·马斯洛夫这样的一个人为什么会舍弃这幅画呢？它是怎么落到你的手上的？”

“这牵扯到一个名叫朗尼的小偷。他是我在近30年的生涯之中打过交道的最有趣的客户之一。他给我写了一封信。”麦克斯找到了一份从杂志上剪辑下来的报道，这上面有他本人的照片。

“还记得这个吗？”

麦克斯有一种天赋——他能读懂别人。有些时候他也会犯错，但不是经常如此，因此在他见到朗尼·麦克的那一瞬间，之前那一点疑惑也烟消云散了。等到会面结束的时候，他已经完全可以确信朗尼·麦克手上的是真货。艺术品交易的世界有些时候就是这样：在捐赠义卖品之中发现伦勃朗的真迹，莎莉姑妈的阁楼里有一张布拉克。当然，也有像朗尼这样不起眼的小偷偶然间撞进了藏宝室。

朗尼身材瘦削，显得有些神经质并且相当有礼貌。他有点担心麦克斯是否值得信任，因此最初他声称这幅画是他的一个朋友偷来的，但很快就抛弃了这一说辞。

"那么你是说，我可以信任你，哪怕它是偷来的？我的意思是，这不是我干的，我什么都没干。我只是认识某个人。"

麦克斯挥了挥手。"麦克先生，请告诉我吧。如果我不能帮助你，我就会实话实说。像这样的事情有多种可行方案——包括将它还给原主或保险公司，以获得他们的赏金。匿名也可以。"

"真的吗？"听到此话，朗尼的眼睛亮了起来，"那好吧。你瞧，我是个白蚁工人，你知道吗？"

"不好意思，麻烦再说一遍？"

"白蚁，你知道吧。害虫。"

"啊。"麦克斯扬起眉毛。他一点都没听懂。

"我的兄弟弗兰科开了家公司。我们专杀干木白蚁。它们会造成重大损害，你知道吗？像你这么大的房子，它们只需要一个星期就能彻底咬穿。唯一能干掉它们的方法就是使用毒气。"

"毒气？"

"是啊。硫酰氟。我们必须用防水布包住整座房子。要花上三天时间。我是专门处理警报系统的，这样就可以将整个房子清场并且保护它的安全。呃，每次做完了之后，我都会告诉客户，让他们改掉密码，但我学过一门课程，你知道吗？我可以调整警报系统，就算他们真的改了密码，我也还是可以进去。

“我会首先检查整个房子，看看有什么值得偷的东西。我们用毒气杀死白蚁，拿掉防水布，工作就算完了。那之后再过几个星期或者几个月，我会再回去一趟，那时就可以自取所需了。我从不贪心，只拿容易出手的货。”

“那难道不危险吗？”

“不啊，那是最容易的。等我出了房子，我就让警报响起来，然后打破一扇窗子或者门。警报响起，警察出现，砰。他们会认为是普通窃贼。”

麦克斯觉得有点好笑。“这就是你发现这幅画的由头？一次……清除白蚁的工作？”

朗尼急切地点着头。“那地方可不错，你知道吗？说是国际贸易商人还是什么的。我没见过他本人。听说一直都在到处旅行，不折不扣的大亨啊。我只见过他的手下，一个自称是‘馆长’的人。我不大明白什么叫‘馆长’，后来他告诉我说他专门负责看管东西。伙计，那地方的东西可真多。有很多大理石雕像，跟博物馆似的，大厅里全是青铜物件儿，到处都是油画，还有看着很古老的家具。说老实话，我还真不怎么喜欢那些玩意儿，你知道吗？照我看，这地方活该喂白蚁，当然咱们对客户不能这么说。

“我们四处检查了下，你猜怎么着？——有白蚁。你闻到它们粪便的那股味儿就知道了。它们会留下一小堆一小堆的粪，你知道吗？你看到那些小堆粪便，那就是你的房子，再这么下去，房子可就要倒了。

“那个‘馆长’特别担心那些画。我告诉他说，没准儿最初就是那些老得不行的框架从波拉波拉岛或别的什么地方带来了白蚁。我还告诉他，毒气会杀掉白蚁，但是不会对别的东西有损害，除了像是食物和狗之类的。不过他说他不能冒险,所以他费了好大的功夫,这才把画布从框架上全都取了下来。

“他叫来了一个装甲车连队来把东西带走,那时候我就走运了。我的同伴们正在干活,你知道,到处铺防水布、塑料什么的,而被叫来的那些家伙正在把那些画装箱,各个戴着白手套,还挺像那么回事的。简直是浪费时间,不过又不是我出钱,管他呢。得有一百多个箱子吧,堆得到处都是,我可不在乎那些,我只是注意到厨房里有一套挺不错的黄铜器具。

“他们把东西全搬上车,在纸上签了名,装甲车全开走了,而我得留在最后,确保所有人都离开,你瞧,那就是我的工作,得特别小心,别把人给毒死了。就在那时候,我看到他们漏下了一个箱子。它已经被我们的塑料布什么的给盖住了一半,所以他们把它漏下了,你知道吗?

“我那会儿不知道里面有些什么,但我知道我可以把它带走,没人会知道的,因为那些人都在纸上签了字啦,就算他们发现少了东西,也得是那些坐着装甲车走了的伙计们负责,保险公司就得赔钱。我讨厌保险公司,你知道吗?所以我把它拿走了。”

朗尼耸了耸肩。“这事儿就这么简单,但我得说当我打开那个箱子的时候感到很失望。那房子里的东西估计得值个几亿美元吧,而我只拿到了一幅很旧的画。而且画面还挺恶心的。一个小孩提着一个伙计的脑袋,到处都是血。绝对不是那种适合挂在你家电视机旁边的东西,你知道吗?

“我本来想把它扔了,甚至还想过把它带回去丢在走廊里,没人会知道的。老天,我能对一幅画做些什么呢?我只偷过一张画在天鹅绒上的画。听说画的是猫王,你知道吗?还是说那是猫王画的?反正我把它卖了八百块,我那会儿还挺高兴的。

“所以我也不知道该怎么办了,最后我把它挂在了棚屋里。后来有一天,黛拉——我女朋友,在一家美发沙龙里工作,应该是在五年以后了，她把给顾客看的一本杂志带回了家，上面刚巧有一篇文章说的是一幅丢失了的画。那幅画看起来跟我的那一幅挺像，不过是挂在意大利还是什么地方来着。我知道我的那幅也很老，所以……怎么说？我想它没准还真是真货。所以我把它带回家里，给黛娜看了。我们把它挂在了小餐室里。”

“所以你就是这样找到我的。”麦克斯说。在近三十年之中，沃尔夫美术馆的名誉只有一次遭到了玷污。这个故事十分惊人，牵涉到一些非常有名的客户，并且声称沃尔夫曾经在黑市上出售过一幅偷来的画。麦克斯曾经做过很多次这样的事，但是这篇文章所写的那件事却不是他做的。在那之后并没有发生什么特别的事，除了一场诉讼，麦克斯以诽谤罪名控告杂志社并且胜诉了。当然，此事也引起了公众的关注，但那并不完全是坏事。这篇文章刚好与介绍卡拉瓦乔被偷的那幅画的文章登载在同一期杂志上。

“是的。”朗尼骄傲地点了点头，“我读了那篇文章。那么，麦克斯·沃尔夫先生，你到底能不能帮助我呢？”

乔·库利大笑起来。“想想看吧，”他说，“一幅卡拉瓦乔的画，挂在一个拖车里，就在意大利面酱料旁边。”

麦克斯露出微笑。“我倒觉得卡拉瓦乔本人没准儿会挺开心的。”

他合上文件夹，又拍了拍。“这些都归你了。这件东西的传承还是挺简单的。诅咒加持在罪孽之上，一个学者这样说。也许它是创造者本人的一面镜子。”他轻轻耸了耸肩，“或者，只是一幅美丽的画。那么，告诉我。你满意吗？”

“我很满意，我的朋友麦克斯，打从你告诉我的那一刻起，我已经差不多决定要买下它了。”他说，“但我有点好奇。你为什么会到我这里来？为什么不把画还给马斯洛夫？”

“只是简单的经济因素。我很了解维克多·马斯洛夫。他会给我一笔钱作为佣金。数额无疑不会太小，但那仅仅是一种奖赏。而另一方面，你却会付给我更多的钱——尽管也只是这幅画真正价值的一小部分，但却比马斯洛夫可以给出的要多得多了。而且，你和马斯洛夫一样都永远不可能将这幅画公开展示。如果你真的那样做了，就会遭遇既令人尴尬又永无止境的法律诉讼，这幅画从前的每一个主人都会试图夺回这件曾属于他们的物品。只要不公开，就不会有麻烦。这幅画会满足你的虚荣心——原谅我的用词，但难道这不是最恰当的吗？而且你会很好地照料它，至于它的所有权这一问题则可以留给你的继承人。至于维克多，他是个现实主义者。我也一直对他很公平，将他视为一个客户，但我不欠他什么。他丢了一幅画，而我找到了一幅画。我既不是那个小偷，也不是为维克多服务的警察。我只是一个朴实的艺术品交易商。”

乔·库利·巴伯听到此话，不禁大笑起来。“的确够朴实。”他摇着头说道，“这个理由足够了。”

“我想我现在可以喝一杯葡萄酒了。”麦克斯说。乔·库利给他倒了一杯，然后给自己倒了双份威士忌。他拿起电话，联系了他的商务经理，后者又联系了他们的银行。纽约、巴哈马、开曼群岛，金钱以光速流动起来，而麦克斯则品尝着葡萄酒，沉浸在思绪之中。当他收到来自自己的银行的确认通知时，他站了起来，乔·库利帮他拿好了东西。

“那就先这样了。”麦克斯说。

“就是这么快。”乔·库利·巴伯说，“仁慈的上帝正在微笑着，因为这幅饱受困扰的画终于在一个神圣的地方找到了归宿。它的传承之中又增加了光耀的一笔。”

私人飞机起飞了，麦克斯注视着派克斯峰辉煌的日落景象。他感到十分平静，并且在安睡中度过了旅程。当他回到位于曼哈顿的书房后，他给朗尼·麦克打了电话，后者得知他可以因为一幅他差点扔掉的画而得到五十万美元时不禁狂喜莫名。“你明天就可以拿到钱了，”麦克斯说，“但我必须提醒你，你不能对任何人提起这件事。”

“你是在开玩笑吗？”朗尼似乎受到了伤害，他的喜悦情绪因麦克斯的谨慎小心而遭到了暂时的中止，“我从不和别人说我的工作。”

“当然。”麦克斯说，“只是以防万一。告诉我你想在哪里见面。得是个安全的地方。你自己选。”

朗尼想了一下，然后报出了一个地址。在挂断电话之前，麦克斯听到他发出一声欢呼。

麦克斯又打了一个电话。“维克多？麦克斯。很好，谢谢。我有一个很棒的消息。我找到你的画了。对，卡拉瓦乔。”

听到马斯洛夫的反应，他笑了起来。在他所有的客户中，维克多·马斯洛夫是最为真心地热爱艺术的一个。“是的，确定。它的情况还很不错，要知道它曾经在一间储藏室里放了好几年。上面有意大利面的污渍，信不信由你。不过不是什么永久性的伤害。我在我的工作室里清理过了。完全和新的一样。我现在正看着大卫的眼睛呢。”他轻轻地触碰着牧羊人的脸颊，“真是一幅动人的画，我的朋友。正义战胜邪恶的伟大凯旋。”

麦克斯简要地将他找到这幅画的情况和马斯洛夫说了一遍。“是的，”他笑道，“就这么简单。就是一个幸运的电话，没别的了。他是个好孩子，维克多。我答应给他五十万美元——我觉得这是一笔恰当的费用，尽管是他拿走了画。是的，很好。你愿意替我处理这件事？等会儿，我找不到那张纸条了。”他拍了拍他的口袋，然后意识到那纸条还在书桌上。他读出了上面的地址。“是的，没错。”

“接下来谈谈你的佣金吧，”马斯洛夫说，“我准备给你五百万。”

“别这样，维克多。你是一个很好的客户，但这样实在是过于慷慨了。”

“这幅画的价值对我而言远超过五百万的许多倍。我以为它已经永久地丢失了。我甚至以为是我的馆长偷了它。”维克多笑道，“这么长的时间，结果是个白蚁工人。”麦克斯知道维克多的前馆长死于一场车祸，时间就在那幅画被偷之后不久。

“一旦这幅画安全地回到你手上，我会很乐意接受这笔佣金。”麦克斯说，“至于现在，你只需要派人来拿走它就行了。”他忍不住轻轻地刺激了对方一下，“派个有水平的人来。万一它再丢了可就不好了。”

第二天，正如许诺的那样，朗尼·麦克收到了他的那笔钱，一叠一叠的钞票整洁地放在一个铝制公文箱里，由一个他不认识的人送了过来。朗尼从没见过这么多的钱。他带着钱以及一瓶昂贵的香槟酒回到家里，和黛拉一起安排一次前往拉斯维加斯的旅行。

当天晚上，本地电视台播出了一起突发新闻，一处房车停车场发生了猛烈爆炸，似乎是由于丙烷泄露而引起的。电视台派出的直升机拍下了火焰和烟尘的戏剧性连续镜头，爆炸使得数所住宅被夷为平地，伤亡数量不明。

这是整桩生意之中麦克斯最不喜欢的部分。绝不能容许朗尼向新闻媒体编造故事，当然更不能容许他在大约一年之后出现在门外，并且想要得到更多的钱。

维克多·马斯洛夫的新馆长在两个保镖的陪同之下来到麦克斯处，取走了卡拉瓦乔，当他看到它的时候非常热情地说了些恭维话。几天之后，维克多将佣金打给了麦克斯，在这一数目中减去了和朗尼一起灰飞烟灭的那笔钱。

现在麦克斯要考虑的就只剩下一件事：怎样处理仍在他书房中的

那幅原版的卡拉瓦乔。

理所当然地，在他向乔·库利介绍这幅画的传承之时，他有意漏掉了一些细节——特别是关于海因里希·贝克，亦即沃尔特的弟弟的。他的日记随着斯塔西的突袭而结束了，但他的故事则没有。

杀死了他的父母的俄国兵们占据了贝克家的房子作为兵营，并且持续了数月之久，而他则一直藏在地下室下面的隐蔽储藏室里。他只在夜晚绝对安全的时候才出来寻找食物和水，而这样的机会是相当稀少的。

在他父亲建造的翻板门下面，海因里希用绘画来填充那孤寂的几个月。尽管他身边有很多精美的画，他却没有新的画布可以用于创作，因此他在一些他最不喜欢的画作上面绘画，先是尝试新的想法，然后再将画布处理干净从头开始。他同时也在临摹大师的作品，学习、模仿他们的笔触、色调和深度。他的摹本非常优秀，整个过程也给了他许多启发，这一切都使他感到愉快。当然，他临摹的原本也包括他哥哥箱子里的那些。海因里希越是研究卡拉瓦乔的画，就越是敬爱它。他利用其他的画清理后的画布总共为这幅画创作了六幅摹本，但最终保留下来的只有两幅。他知道这两幅摹本是他创作过的最好的画。

俄国人终于离开了，于是他从藏身处走了出来。在战后的柏林，生活非常艰难，但海因里希是个善于在逆境中求生的人。艺术品的生意仍然有利可图，并且往往比货币更保值，但前提是得有相关的技巧和人脉，当然，海因里希这两者都不缺。他的地窖里仍然有很多和他一起幸存下来的画作，于是他开始做起了生意。在相当长的时间里，他的生意基本上都是秘密进行，从无名氏手上收购，卖给不抛头露面的人，主要是为那些刚刚学会谦卑、拒绝他们的过去并且对俄国主人卑躬屈膝的人服务，他们现在已经开始领会到布尔什维克式腐败的精妙之处了。

不久之后，海因里希开始出售他自己的摹本。这很简单，因为买主之中有很多都是新的精英阶层，他们非常有钱，但对艺术品一无所知。海因里希知道父亲不会赞同，但父亲死了，他却没有，这一事实足以界定规矩的底线。他创作新的摹本、交易、贿赂并且生存下来，与此同时，战争的脚步逐渐远去，柏林开始了重建工程，广播电台里开始热传一场新的冷战的消息。

沃尔特写来一张冰冷的便条，要求他把那个箱子交给送信人，使得海因里希做出了那件事。他对沃尔特所做的一切满怀愤怒——因为沃尔特让家族的名字蒙羞，父母也是因沃尔特的过去而死，而一纸便条只提到要他遵从命令，没有询问自己或者是父母的近况——因此他做出了冲动的决定。

他把一份他创作的摹本送给了他哥哥，并且确信沃尔特永远都不会发现其中的区别。

斯塔西的突袭告诉了他，他错得有多么离谱。某天夜里，美术馆已经关了门，他独自一人待在那里。来人之中不仅有斯塔西的人，也有从前的党卫军成员，而且他们知道自己要找的是什么。他们问他把原版的画作藏在哪里。他越是否认自己知道任何消息，他们就越是凶狠地打他。“你是个蠢货，”其中一个人说道，“你哥哥在那些画上都留了记号。而你给他的那一幅却没有记号。”

海因里希没有交出那幅画。他下定决心，宁可死也不那样做。他们简直都要为此而感激他了，因为他们发泄了破坏欲，把他打了个半死。

他们抢走了其他的画，将大批的画布塞到卡车的货厢里，和一切能够拿走的东西。在离开之前，其中一个人解开了绑缚他右臂的绳索，强迫他把右手伸到工作台上。“你哥哥告诉我们说不要杀掉你。”在海因里希剧烈挣扎的同时他说道，“但他确实告诉过我们，要确保你以后都不能再愚弄他。”其他的那些人用一只圆头锤仔细地敲碎了海因里希右手的骨头，以及每一根手指。

从此之后，海因里希·贝克没在日记本上写过一个字，也没有再画过一幅画。他花费了两年时间，最终买下了一个死去的名叫麦克斯·沃尔夫的德国年轻人的护照，通过贿赂的方式离开了东柏林，那幅卡纳瓦乔以及另一份摹本与他自己的一些习作混杂着放在一起。美国海关的工作人员简单地看了一下其中的几幅画便挥手放行，因为它们看起来都只是一个二流学生的业余作品。

现在，麦克斯思考着该如何处理那幅原画。他年事已高，没有多少时间了。也许他该想想留下遗产的事。他想过把它遗赠给斯塔维奇村，毕竟它曾在那里度过了超过三百年的岁月。然而这一方式似乎太……无利可图。

他翻找着过去的电话记录，发现了一个新近变得富裕的中国收藏家，后者正在寻找珍贵的艺术品。一些重要的东西，他曾这样说道。一些特别的东西。他准备建立一个博物馆。

梁宇晗　译

凯莉·沃恩

犯罪者们也需要一个可以饮酒以及放松的地方，在接下来的这个故事中，“蓝月亮”就是这样的一个地方，然而正因你身处于一个犯罪者们饮酒以及放松的地方，你仍然需要时刻注意你的后背——即使你本人也是一个犯罪者。

《纽约时报》畅销书榜作者凯莉·沃恩的代表作是一系列极受欢迎的长篇小说，具体描写凯蒂·诺威尔的冒险经历，这位女主角不仅是广播名人，同时也恰巧是一个狼人，她开办的广播节目于深夜播放，并设置了听众热线，解决打电话进来的听众关于超自然生物的种种咨询并提出建议。2013年，“凯蒂”系列小说的第十一部和第十二部，《凯蒂玩摇滚》和《凯蒂在地底世界》出版。她的其他长篇小说著作还包括青少年小说《龙之音》和《钢》；一部奇幻小说《不谐之苹果》；以及超级英雄小说《黄金时代之后》。沃恩的短篇小说发表于《光速》《阿西莫夫》《地下》《百变王牌：同花顺》《奇幻国度》《吉姆·巴恩的宇宙》《悖论》《奇异地平线》《诡丽怪谈》《全明星齐柏林冒险谭》以及其他一些地方。她的部分短篇作品收入到《路径偏离》和《凯蒂精选集》中。她住在科罗拉多州。近期她即将出版的作品是《黄金时代之梦》，是她的超级英雄小说系列的新作，以及更多的凯蒂系列小说。

喧嚣的二十年代

“蓝月亮”的好处在于它是不可见的，所以它永远都不会遭到突袭。而坏处则是，对于我们之中的其他人来说，要找到它不是那么容易。你得有点自己的小魔法——M 女士就有这样的小魔法，找到那些不存在的地方对她来说从来不是问题。

M 女士叫司机把我们丢在了第五大街和松木大街的交叉口，并且让司机开车走人了。我跟着她，沿着砖石建筑旁边一条潮湿的人行道向前走。时间还挺早的，街上比较拥挤，车啊、人啊的都挤在路上准备去别的什么地方，没人对我们多加注意。几辆汽车的喇叭呼哧呼哧地响了起来，橘红色的街灯映在擦亮的金属和皱着眉的脸庞上，就好像通红的余烬。我缩了缩身子，让肩膀上的貂皮大衣紧了紧。M 女士则已经将她的大衣褪到了肘部，露出她后背的光滑皮肤。我们看起来就像是一对姐妹，肩并着肩，用同样的步伐前进着。

她转入了一条看起来与其他小巷没什么区别的小巷，而这条小巷又通向另一条小巷，最后我们来到了一条空无一人的巷子里，那里只有垃圾桶和一只正在打哈欠的猫，而上方则是铁制的防火楼梯和阴沉得像要滴出水来的天空。她在一堵砖墙上敲了敲，那里并没有任何的门或是窗子，但当在与头平齐的高度出现一道细缝时，我并不感到惊讶。她靠过去低声说了一个单词，门便打开了。我不知道那究竟是一扇涂成砖墙模样的门，还是砖墙本身发生了摆动，但这并不重要。

一段三人合奏的爵士乐从走廊的另一段飘了过来。听起来就像天堂一样美好。

看门人身材魁梧,像是个大猩猩,他穿着的棕色西服想必是在裁缝那里定制的,否则不可能合得上他那宽阔的双肩。他检查了我们的着装,并且点头表示通过。他还有些别的特殊之处,脖子周围有比常人更多的毛发,另外手上和耳朵旁边也长着一丛丛的毛发。当他露出微笑时,嘴里的獠牙便显露出来,眼睛里闪烁着金色的光。他是某种不同于人类的东西,不过我无从猜测。我继续朝前走,没有与他对视。一位看起来比较正常、但我也不敢确定的姑娘接过了我们的毛皮大衣,我给了她一笔不菲的小费。一位外表精致、洁净、接近完美的侍者引导我们进入了俱乐部的大厅。刚好有一张桌子准备好了,理所当然,总是有一张桌子会为 M 女士准备好。我叫了两杯苏打水给我们两个人,侍者奇怪地看着我,因为如果不是要喝酒的话为什么要来这种地方呢?这里的酒非常好,是最上等的走私货,不是在什么讨厌的蛮荒之地的浴缸里酿制出来的。也许等一下我们会点些酒,我告诉他,于是他匆忙离去了。

我们的位子是在舞池附近,也是整个大厅的正中心,并且整个地方已经客满了。正在演奏的乐队由一个弹钢琴的白人和两个分别是弹奏贝斯和敲鼓的黑人所组成,地上还摆着一个麦克风,或许意味着此后将会有人唱歌,但目前他们只是随性地演奏着,人们成双成对地在他们前面的一块小小的舞池中跳着舞。初看上去他们都只是普通夜晚中的普通人,有些是年轻的姑娘,有些是穿着晚装的漂亮女人,男人们都穿着西装,甚至还有几个穿的是晚礼服。但只要仔细看看,就会发现那些奇形怪状的獠牙和利爪,类似小仙子翅膀发出的微光,以及梳成大背头的头发下面的角的迹象,还有另外一些我可以猜测、但不一定能猜得对的蛛丝马迹。这些人都非常低调,不会做出什么吸引注意力的举动,所以我也不会将别人的注意力吸引到我们这里,因为他们可能会更加仔细地观察我和 M 女士。

大厅中的几道门通向后面的密室,在那里你能找到扑克牌戏、掷骰子,或是任何一种你中意的赌博方式。其中一道门覆盖着一道闪闪发光的珠帘,透过珠帘和其间的香烟烟雾,我只能看得出那其中有一位雍容华贵的女士正坐在咖啡桌旁边的沙发上,周围环绕着穿着西服的男人和打扮得像是画里的玩具娃娃的女人。整个场景非常模糊,就像是透过毛玻璃看到的一样。

M 女士想要和琪琪谈谈,也就是珠帘后面的那一位女士,她是这个地方的老板,而我认为这是个糟糕的主意,但我不打算跟 M 争论,因为她对于这些事情比我更在行。讨价还价和拍板,秘密和骗局。而我在行的事情则是:保护她,并在危机来临前的最后一刻提前预知。

我们只有两个人,并且身处罪恶的渊薮,在这里,赌鬼和走私犯都得算是良善之辈了。这里有些人会喝干你的血,另外一些人会撕开你的喉咙,还有一小部分人会愿意买下你的灵魂,哪怕他们知道这附近的有些灵魂根本就不值什么钱。M 和我干得很不错,她的那些小把戏和我的这双眼睛能够保得我们两人平安。我们看起来就像是两个来到城镇里的妓女,身穿彩色的丝绸服装,露着肩膀和膝盖,还有特别强调女性特征的裙子,每当我们踢脚或是摆腿都会露出臀部。剪短的头发上覆盖着亮片和羽毛。他们会认为我们是手到擒来的猎物,他们会犯下大错。

我点的饮料来得比我想象的要快得多,因为我本以为那位侍者正在房间的另一端为另外一些人服务。但是,不,他就在这里,和刚才一样光彩照人,微笑着将玻璃杯从托盘上放到桌子上。音乐还在继续,M 拿起杯子啜了一口。

"事情不太妙。"她喃喃道。

我正留着神呢。角落里有人正在用纸牌赌博。附近有一个歹徒团伙的小喽啰正在试着打动他带来的女孩,他们两人靠在他们那张小小的圆桌上,他正在给她看他手表上的金带。她的嘴唇露出微笑,但眼神则透着饥渴。她在试图从他身上得到些什么。另外还有一些小阴谋正在酝酿当中。不过,大多数人来此都是为了玩,或者是为了喝点好酒,陶醉在干了些坏事的快感之中。

“突袭?”我回答道,“夺权?洛科终于要对付马戈利斯了吗?”安东尼·马戈利斯正是纸牌游戏的主持人。他在这里玩牌就是为了显示他并不担心洛科或者其他任何人。

“不,这件事大多了。一切都要下地狱。”

既然这话是她说的,我就无法确定这究竟是不是一个比喻。“这是你的梦境吗?”

“是先见之明。”她说着,啜了一口饮料,在玻璃杯上留下红色的唇膏痕迹。

“关于未来的?”

“正是。”

“你想要我做什么?”

“和往常一样:睁开双眼,别舍不得买酒。”

她正在大声说出她的想法,而这让我感到紧张。更加紧张。我朝着那道珠帘点了点头。“她应该知道你在这里。”

“她会让我先开口去问。”M说。

“那就是我们来这儿的原因,不是么?”

“我们还是先装成是来这儿享受时光的吧。”她靠回椅背,伸了个懒腰,并把一只胳膊放在我的椅背上。我从手袋里拿出一支香烟,点燃后再递给她。她用一只戴着手套和珠宝的手接过香烟,深吸一口,吐出一朵烟云,她张开嘴,露出一副慵懒的模样,脚随着音乐打起了节拍。

她装出来的样子就好像真是来这儿享受的一样。她足以靠着任何一种她所掌握的技艺谋生,却仍然沦落到像这样的地方,这里面当然有原因。我也是一样。

这个地方充满了酒精和木屑的气味。所有的东西都按照固有的韵律在运行,侍者和饮料就像是走马灯一样来回在吧台和桌子之间流动,一个卖香烟的女孩在每一张桌子间走来走去。角落里的纸牌游戏中不时爆发出男人们紧张的大笑声,以此来表示他们刚刚输掉的大笔筹码根本不值一提,而与此同时,汗水正滴到他们的衣领上。如果说会有什么麻烦发生的话,那一定是由他们引起的,一个家伙与另一个之间发生了问题,然后他们就会推倒桌子互相斗殴。看门的那个大猩猩肯定会让他们交出枪械,省去了我的担心。M 和我都能够轻易地躲开斗殴,哪怕是大规模的。但子弹就不一定了。能够隐身不代表不会在交火中被击中。

第三首曲子刚刚开始,我的饮料也喝掉了一半了,就在这时,一个男人从外面跌跌撞撞地走了进来,像离开水的鱼张着嘴——其实他出现在这里也像鱼出现在陆地上一样突兀。我想不出他是怎么说服那个大猩猩让他进来的。他一定有什么东西,一个护身符或者一个护体魔法,首先让他能够找到这个地方,随后又让他看起来像是属于这个地方的。现在他站在大厅的入口,好奇地打量着四周,眼睛睁得大大的,就好像他其实没指望能够进来,而发现自己进来了之后又不知道该做些什么了。他穿着一件毫无特色的棕色西服,过了好一会儿才若有所悟地摘下了头上的软呢帽。他长相英俊、脸型周正,看得出他的外套下面有一条挎在肩膀上的枪带。他肯定还有一个魔法用来掩盖那个东西,否则那个猩猩应该会看到的。

“蓝月亮”里的所有东西都停顿了有半秒钟的时间,因为某种平衡被改变了,而且每个人都感受到了这一点。钢琴手弹错了一个音符,贝斯上也有一根弦发出不和谐的声音。那个男人回望着所有向他看过来的目光,随后将身子挺直起来,似乎又高了一英寸,并且皱起了眉头。

然后,一切都恢复成半秒钟之前的样子,就好像什么都没有发生。

我看着那支乐队,同时用眼角余光注意着那名不速之客,并且向 M 靠过去,就好像在给她讲一个笑话。“我看咱们这儿好像来了个条子。"

她很有礼貌地没有转过身去凝视他,但却挑起了一边的眉毛。"他是怎么进来的?"

"我不知道。他身上有武器。"

"也许他只是来找点乐子,和其他所有人一样。"

那个条子看起来就像是一个发现自己中了大奖的猎人。他随意地靠在吧台上面,既不与酒保搭讪,也不点任何饮料,就在那里如饥似渴般地注视着架子上的那些走私进来的酒水,好像在思索如果他能想办法对这里进行一次突袭的话,那该是怎样一个令人震惊的大事件。酒保也没理会他,依然像冰一样冷静地擦着吧台,就好像根本没有一个条子正在往他的领子里吹气。过了一分钟,那条子招手叫来一名侍者,后者将他带到了后面的一张桌子上,我感到脖颈一阵发麻,因为我没法再看到他了,但却能感觉到他正直勾勾地盯着我。

既然此人有足够的能力来到这里,他很快就会发现谁是这里最有权力的人,而等到麻烦真正发生的时候,把 M 完好无缺地带离这个地方就会极其富有挑战性了。

M 将一只手放在我的胳膊上,这是在示意我要保持冷静。我听着音乐,看着舞池里那些跳舞的人,试着记起我们应当要装作是来度过欢乐时光的。

卖烟的女孩第四次从我们的桌旁走过,她的眼睛看着我和 M,但却没有说一句话。是个漂亮的姑娘,穿着绸缎短裤和紧身胸衣,黑色的头发盘在一顶小巧的女士帽下面。她是那种露着大腿、浓妆艳抹的女孩,那是她的风格,而且她很清楚自己应该如何打扮。她轻快地在桌子之间穿梭着,同时控制着挂在她胸前的那个烟盒,还可以找零,并且从不会错过任何一次召唤,就好像她做这件事已经非常熟练了。而且她的脸上还保持着微笑。

她第五次走了过来,并没有提供香烟,但却始终盯着我的眼睛。我举起手来让她停下。她似乎有些感激,轻轻地叹息了一下,她领口的亮片似乎都在向外扩张了。

“一包烟,”我说,“你还有别的想问,不是吗?”

她来回看着我们两个人,我这才明白她是知道我们的,只是不知道我们之中的哪一个是那位 M 女士,哪一位又只是那个跟班的波琳。我朝 M 点点头,向那女孩示意这位才是她要找的人。

“出什么事了,亲爱的?”M 问道,“快点说。”

我装着在包里找一张大额的钞票,让她有理由留在这里,给她足够的时间让她说完想说的话。

她脸上的表情扭曲着,开口说道,“我被困住了。我是说,我们两个都被困住了。我是说——”她压低了声音,开始和 M 耳语起来,我几乎很难听到,但 M 却连倾身向前都不用。“我是说,我必须离开这里,而且还要带上我的男朋友。”

“你男朋友?”

“他是安东尼的一个手下。”她朝角落里的纸牌游戏场地看过去,我立刻就看到了她的男朋友,他是那群待命的保镖之中的一个,身材中等,长着一张娃娃脸,穿着廉价的西服。他的手深深地插在裤袋里,而且汗出得也比其他所有人都更厉害。他不停地往这边投来目光,嘴唇颤抖着,就好像有什么话要说一样。

“我们攒下了一笔钱,准备去加州,在那里改过自新。但我们不想让安东尼或者……或者她来追我们。”她甚至根本不需要做任何的示意,我们就知道她指的是珠帘后面的那个女人。“我……我们……我们可以付钱。”她看起来非常忧虑,就好像她真的知道自己在说些什么,以及 M 的帮助可能会让她付出怎样昂贵的代价。

M 看着她,脸上露出狡猾的微笑。我手上已经抓着一张大钞了,不过我还是得继续在手包里翻找一段时间。

“我猜你的老板不同意这事,对不对?你们这些孩子准备放弃收获颇丰的工作——还有你们的家人——就这样跑掉吗？又是一个罗密欧和朱丽叶的故事？”

卖烟的女孩咬住了她的下唇。这应该不是一个特别困难的问题，一般情况下人们不会将这样的事情交给M来解决。但这个女孩认识安东尼，更重要的是她还认识琪琪，所以这个问题并不像看起来那么简单。我看着M；即使是我也不知道她准备要说些什么。

她从烟盒里弹出最后一支香烟，然后又从我刚买的那一包烟里抽出一支。“我想我们可以做到一些事情。但是要注意——你们不会有第二次机会的。”

女孩迅速点了点头。“那么我们要付——”

“等我想到了想要什么的时候就会问你们要的。至于现在……波琳？”

我的手一直都放在包里，只用了一秒钟，我摸到了空火柴盒，并且知道这就是她要的东西。

M说：“我需要你的一根头发，和他的一根头发。这能帮助我确定你们的位置。你能提供吗？”

事实证明，她早已经准备好了。她从她的白色手套的手背部分掏出了两根互相缠绕着的纤细头发。M看起来很有点吃惊，这个女孩是有所准备的，而且她似乎提前就知道了她想要什么。

我将从自己包里找出来的钞票递给她，这刚好掩饰了她将头发递给我的动作。我将那两根头发放进火柴盒里，又把火柴盒递给M。交易完成了，那女孩再次露出职业化的微笑，轻快地走开了。

她做了个鬼脸。“我要个小孩子干什么？”

所以现在我还得看着那个女孩和她的男朋友，同时思索着M究竟为他们设计了怎样的一个计划。肯定是相当值得一看的场景。M会决定她做出行动的时机，而我所能做的就只有等待她给我相应的信号。

乐队休息了一下，这时候又重新回来了。一个体形丰满、脸蛋漂亮的黑人女性走了上来，她身穿一件玫瑰色的亮片礼服，头发盘了起来，插着一支木兰簪子，看起来应该是歌手。她走到舞台上面，开始调整麦克风的支架。

M 将她的杯子往前一推，站了起来。

“我准备直截了当地上去。我有个重要的消息要向琪琪报告。”她说着，朝酒保那边点了点头。

我瞥了一眼酒保，后者并没有抬起头来，他整晚都在倒酒、倒苏打水、调制鸡尾酒、往杯子里放樱桃，就像个发条人一样。当没有其他事情的时候，他就在那里一遍又一遍地擦拭吧台。

“你觉得会有用吗？”

“如果我显得很绝望的话，琪琪也许会和我谈的。”

我没有说的是，M 看起来已经有点绝望了。“我会替你处理好其他事情的。”

她朝我笑了一下。在我的注视之下，她以充满挑逗性的动作慢慢地走向吧台，她的臀在她的裙子之下扭动着，使得上面的珠子和亮片闪闪发光。她棕色的短发梳得服帖完美，没有一根是散乱的，她的皮肤是无瑕的象牙色。人们总以为她是用魔法来维持自己的外表，但她根本没有这样做。这些都是她自己，也只是她自己。她绝不是那种爱慕虚荣，会为了自己的外表这种琐碎小事而使用魔法的人。

站在麦克风前的那个女人开始唱歌了，她的歌声正如我所知道的那样甜美而圆润，这种热情奔放的爵士乐可不是那种街上鱼龙混杂的俱乐部里会有的。我靠回椅背，啜了一口苏打水，注意观察着。我注视着那些正在注视着 M、想要知道她在为谁工作的人。

在那道珠帘后面，烟雾和阴影一成不变。琪琪一定知道我们在这里，但她似乎完全不在意。

回到纸牌游戏。那个可怜的年轻帮派成员不停地看向那个满怀忧虑的卖烟女孩，后者在整个大厅里转着圈，生意相当不错，她脸上的笑容足以使大多数人不会注意到她双眉间的皱纹。她远比她的男朋友要聪明得多,因为她根本就不敢看他。那个男孩不会因为总是看她而暴露,因为任何人都可以理解像他这样的年轻人整晚都盯着一个长腿女孩。我试着去思索 M 将会怎样完成她的承诺去帮助他们。她也许会送给他们两张火车票,再施放一个魔法将他们隐身,或者至少让别人不会看到他们。那是相当简单的事情。

另一方面,我确信也有不需要任何魔法就能完成整件事情的方式。如果有的话,那么 M 就将会那样做,哪怕只是为了证明这样是可行的,为了证明她并不依赖于那些使她出名的小把戏。为了保持自己不会被琢磨透。这是一种干扰,更是一种威胁。她答应送那两个孩子出城就只是为了这个。我希望一旦他们到达了他们想要去的地方,就能够安顿下来,过上平凡人的生活,生下孩子,以及所有其他的事情,并且意识到自己有多么的幸运。

我的后颈依然痒痛难忍,因为那个条子一直在后面注视着我。他的目标是我而不是 M,否则他应该会跟着她去到吧台那边,她正靠在吧台上和酒保搭话。我看不到那个条子,但当他走过来,拉开 M 的那张椅子并且坐下来时,我丝毫都不感到惊讶。我甚至没有一丝的畏缩。

"介意我坐下来吗?"

我朝他笑了笑。我们从那个卖烟女孩那里买来的那包香烟还在桌上,所以我捡起那包烟并且递向他。"来一支吗?"

那个条子拿了一支香烟,但他的眼睛一直注视着我。我擦燃一根火柴并为他点燃了香烟,因为这是基本的礼节。随后我便等待着他开口说些什么。他似乎很想要继续看着我,而我的工作就是要让他满意。我可以等待一整夜,只要那位美丽的歌手还在唱歌就行。

"我知道你是谁。"最终,他开口说道。

"哦?"

"我认为我们可以互相帮助。"他靠回椅背,做出一副冷静的模样,并将目光转向那位歌手,“比如说我想要搬到这里来住,而我需要有一位搭档——”

“我把这里的钥匙给你,你确保我不会在突袭中被收拾掉,也许还可以和我搞一些见不得人的交易,特别是如果你能确保把我留在你的衣袋里的话?”

直到那一刻之前,他还以为他已经骗住我了。“好吧。直截了当地说,就是那样。”

“我想我还是不要浪费时间了。”

“这个地方无论如何总是会被毁掉的,但如果能有人相助,那么事情就会简单一些,而你看起来像是一个明事理的女性。”

他应该要知道他找错了人。也许他认为我想要提升自己的社会地位,我已经厌倦了受雇于他人的生活。这也使我对他的世界观有了一定的了解。

“马屁精。”我半闭着眼睛说道。

“我得承认,这确实是一个挺隐蔽的窝点。”那条子说道。他的目光扫视着整个房间,掠过那些玩牌的人和跳舞的人,而且我基本上可以确定他没有看到那些被隐藏在羽毛头带下面的角,或是在裤子下面弯曲着的尾巴。他的目光在那些玩牌者所在的那个角落停留了一会儿,最后又注视着那个歌手。他似乎一直都没有在意那道珠帘。“想想看吧,它竟然这么久都没有被我们发现。”他掐灭了香烟。

“我能问你一个问题吗?”我对他产生了真正的好奇。他挥手示意我继续。“你是怎么进来的?像你这样穿着干净的西服、有着干净的双手的男人根本就不应该能找到这里的门,但是你却进来了。”

“对我有点信心不行吗。我们已经盯住这个地方很久了。”

他在吹牛。他搞到了一些把戏和饰品,或许还强迫了一些低等级的占卜师帮助他。或者,也许只是老天帮了他的忙,让他找到了一本法术书,并且自行研究出了其中的秘密。就像给一个人一把上好子弹的手枪而不教他怎样击发一样。

我不能出手对付他,因为在“蓝月亮”没有任何人或者东西能够阻止那把枪里的子弹杀人,如果他决定开枪的话。

“你到底想要从我这里得到什么呢,干净衣服先生?”

“这样吧,你现在先保持安静,不要告诉别人我在这里怎么样?”他说。就好像我有义务向这里的人发布警报一样。“如果你还能提供其他帮助的话,我们可以达成某种交易。”

“我会仔细考虑并告诉你我的结论。”

“谢谢你的香烟。”他说着离开我的桌子,回到了他自己的那张桌子旁边。我有一种感觉:他认为我真的有可能会帮助他,只要他待在这里的时间够长的话。

M 靠在吧台上的时间长得足以令人肃然起敬。她手里拿着两杯新鲜的苏打水,脸上带着苦笑,摇着臀部走了回来。

“你好像交了个新朋友。”她说。

“我想这里来了一个手里拿着一枚炸药正不知如何是好的十字军战士。”我说,“我们或许该考虑离开这里了。处理好那对儿罗密欧和朱丽叶的事,然后就找机会溜掉。只要你下命令,我就可以设法引开人们的注意力——”

“不,我还是要和琪琪谈谈。”

我就知道她会这么说。“那酒保怎么说?”

“他连个屁都没放。他是个僵尸。”

琪琪请了个僵尸来当酒保?我轻声笑了起来。“有意思。所以说一杯威士忌就是一杯威士忌,童叟无欺,也不会有给女士的优待。”我朝那边瞥了一眼,不出所料,那个酒保还是站在同样的位置,反反复复、一遍又一遍地擦拭着吧台。他的皮肤是灰色的,神情是呆滞的。

“她会和我谈的,我只需要等她出来就行了。”

“如果她不想和你谈,你也做不了什么。”

她双手托腮，双眼一动不动地盯着那道珠帘。我们等待着，而我还不得不抗拒回头去看那个条子的欲望——他仍然坐在那里，注视着、等待着我。

歌手又唱完了一首歌，那是一支缓慢而哀伤的歌曲，歌词唱的是他对她犯下了错，而她却一次又一次地回到他身边，就和所有的歌词里的女孩们所做的一样。人们聆听这些歌曲，并且认为他们自己绝对不会那样做，他们绝不会回到一个对他们不好的人身边。但他们还是会那样做，因为他们是与别人不同的。他们的爱情是特别的，而爱情对于每一个人来说都是特别的。当你陷入爱情的时候，你就很难远离他，你确信他会为你而改变，因此你会一次又一次地回到他身边。除非你的生活中有一个人按住你的肩膀，对你说“不要”。就像 M 对我所做的那样。

在你的生活中有这样一个人是件非常难得的事。

琪琪不会和 M 谈，我很确定这一点，所以我们得坐在这里一整夜，而且我现在能确定那个条子准备要做出些蠢事来了，因为如果他足够聪明的话，就会把这一次当成投石问路，然后离开这里制订详尽的计划并且带着更多的人手回来。像他现在这样根本就是任由自己成为众矢之的。我可以带着 M 从一扇后门离开。你需要一点魔力才能进入“蓝月亮”，如果你想离开的话，魔力也可以有所帮助，但如有必要的话，我准备直接冲出去。直截了当，不要花招，这就是你击破魔法的方法。

“他让你生气了。”M 说。

我的后背十分僵硬，而且我不停地回头用眼角的余光往后看。所以我在假装享受这一事情上表现不佳。

她继续道：“他没什么威胁。他身上没有一触即发的陷阱，而且他过于骄傲，不会空着手离开。”

“我担心的是一旦他抽出那支枪会发生些什么事。”

“波琳，放松一点。相比起穿着公务员套装的人，我倒更担心琪琪。”

珠帘后面的景象一点也没有变化。琪琪就在那后面垂帘听政，根本就对M不屑一顾。我本应当相信M女士。她极少犯错。但这一次，她没有能够看到整体的图景。

我想我有了一个摆脱那条子的计划。

“你相信我吗？”我对M说道，后者对我皱起了眉。

“当然。你在想什么？”

“我只需要一分钟。”

“我问的不是那个。”

但我已经离开了。我貌似随意地四处张望着，躲开在桌子之间迅速移动的侍者，最后，目光落在了那个条子身上。我看起来若有所思，似乎对他的提议有些兴趣。他正如我所期望的一样注视着我，于是我给了他一个甜甜的微笑。他的桌旁有一把椅子，已经拉了出来，是专门为我准备的。就让他以为是他提出了邀请，并且一个人做出了整个计划吧。

“介意我坐下来吗？”

他朝那把椅子打了个手势，于是我以双腿合拢的娴静姿态坐了上去。我从手袋里掏出了一包香烟，不是我们从那个卖烟女孩那里买的那一包——而是我用来应急的另一包。

“再来一支吗？”我提议道，他拿了一支，我帮他擦燃了一根火柴。

他缓缓地深吸了一口，呼出来的烟雾闻起来并不完全像是烟草的味道，但他并没有注意到。“看起来你似乎想要说些什么。”

“只是一些建议。”我说，“事实上，如果你认为你能从我或者我的朋友这里得到些什么，那你是打错主意了。”

他露出怀疑的神情，眉毛拧了起来。他以为他已经摸清楚了这个地方。“我知道你们两个是什么人。M女士和波琳，两位表里不一的女士。你们以为自己已经足够低调神秘了，但你们在这个城镇的许多事物上都留下了你们的指纹。”

“留下指纹不代表我们对那些事情负责。我们把那些留给大人物们。”我们自己并不拥有一个像“蓝月亮”这样的地方，也没有像安东尼手下的那种帮派，这不是没有原因的。我们居无定所，这使得我们更难以被抓到把柄。

“那么我该与大人物们谈谈。他们在哪里？”

“我们的交易仍然有效吗？我帮助你，而你会让我知道我什么时候应该离开，在有事发生之前？”我甚至开始朝他忽闪起了眼睛。

他弹了弹烟灰，又深吸了一口。“当然。我会保证你的安全。”

这时候不管我信不信他的话其实都无所谓了。“如果你真的想知道这里正在发生什么事，以及你应该和谁打交道，你就应该去和她谈谈。”我朝舞台点了点头。

他皱了皱眉。“那个歌手？”

“没错。绝妙的伪装，不是吗？她站在高处，始终注意着整个场子里的动向，而且根本没有一个人会想到她不仅仅是为了拿小费而工作的。”

“这可真有趣。”

“你说得太对了。”

我正准备站起来离开的时候，他的身子朝我靠了过来。他呼气的味道和他刚才吸进的东西一样，甜腻而酸涩，再加上一点点的邪恶。“我能请你喝一杯吗？以表示我的感谢？”

“谢谢，但我已经有专属饮料了。是苏打水。我是一位守法公民，和你一样。”

“那好吧。记住要洁身自好，听到吗？”

我不能给他一拳，至少不是现在。另一方面，如果我的计划成功，那我也就用不着那么做了。

正在我往自己那张桌子走回去的时候，我停了下来，因为形势已经改变了。因为刚才的事情,我错过了那个卖烟女孩消失的瞬间。她的男朋友此时汗出如浆,他老大很可能马上就会注意到,特别是那呆子根本克制不住地频频望向门口,一看就给人恨不能逃之夭夭的感觉。M正在门那边和那个大猩猩交谈着,并且设法引起我的注意。她脸色严肃,说明这不是在开玩笑,而且我已经错过了她的提示。她有些恼火地扬起了眉毛。引开注意力的时机已经过了。我明白了她的计划,这其中需要一根很长,并且燃烧得很慢的导火索。这意味着我或许还有时间去弥补。

我脸上挂着微笑,走向牌局正在进行的那个角落。

安东尼看到了我。他很可能就像M和我关注着他一样一直关注着我们,或许更甚。但我认为他仍然并不清楚我们正打着什么样的主意。我的意思是我们"真正"在打着的主意。我们就是人们所说的"那两个疯狂的女巫",而当一个女人开始策划阴谋诡计的时候,谁又会知道她到底是想做什么呢!

我碰了碰安东尼对面那个玩家的肩膀。那人哆嗦了一下,舔了舔嘴唇。他对于接下来将发生的事情不会产生一丝一毫的正面影响。我将注意力集中在安东尼身上。

"还有空位子么,马戈利斯先生?"我以尽可能甜腻的声音说道。

"波琳。你这甜姐儿,"安东尼说道。他张开双臂,装出一副慷慨的样子。"要多少钱你才能离开那个疯婆子?"

他以为他很聪明。他以为他是在把我放到更合适的位置,对M也是一样。我知道他看到了什么,我还知道他认为他看到了什么。

"哦甜心,你知道你是承担不起的。"我装作遗憾的样子。

"那边的那位女士就能承担?"

"你得明白,我们之间就像是姐妹一样。"

他摇了摇头,就像是真心感到遗憾一样。"哈利,给女士发牌,还愣着干吗?"他打了个手势,于是桌边的男人们纷纷开始挪动位置,那个卖烟女孩的男朋友又搬来了一张椅子。我知道赌注是一局两千块，于是我从手袋里拿出一捆钞票放在桌子上。玩牌者们掩饰着自己的惊讶。

那个叫哈利的人留着淡淡的小胡子，穿着一套深蓝色甚至接近紫色的西装。他给我发了牌，我们开始玩了起来。哈利是本地人，而且他为人一定特别诚实，因为如果不是这样的话，不会有人愿意参加安东尼的牌戏的。人们参加安东尼的牌戏是因为他们相信自己可以从中获取财富，但他们不知道，安东尼本人其实是个非常高明的赌徒。关键在于他玩牌的时候不会过于骄傲，必要的时候他也会选择出老千。

发牌者发出了牌，我拿起自己的手牌开始了牌戏。我已经做过太多次这样的事了，它对我来说只是一种应激反应，一种习惯。卡牌自己会去做它们应该做的事，而我只需要保持住节奏和韵律就行了。

在赌博游戏中，保本是第一要务，两千块对于任何人来说都不是个小数目。另外在保住本钱的同时还要保住颜面，确保那些男人们不会轻视我这个女人。我们就这样玩着牌，我每次都能保住本钱，在此基础上，我当然不是以输掉牌局为目的，但同样也不完全是为了赢下牌局。我是在等待时机，观察正在观察我的安东尼，因为他显然认为我是有目的的；同时我还在观察那个男孩、M 以及那个条子。最后还需要关注珠帘后面的动向，以防万一。M 正准备把她这个可爱的俱乐部搞得一团糟，琪琪一定会注意到这一点并且坚决地采取行动。

M 这时候又靠在了吧台上，表情比一分钟之前要轻松得多，因此或许我现在所做的一切还来得及。也许一切都能按照计划发展，从而我们也就没有必要在枪林弹雨中逃走。人们可能会想要知道，为什么像 M 这样一个孤身一人的漂亮女子身边没有环绕着那些向她献殷勤的男人。我想也许是因为她决定不让他们看到她。

在赌博牌戏的参与者之中，有两个人知道 M 的事，因此也就知道我不是他们可以轻视的人。但是另外两个人觉得我是头肥羊。因此他们度过了一段难熬的时光，但身为男人的骄傲不允许他们放弃。那么究竟谁才是肥羊呢?

我输掉了一局,然后又赢下了一局,玩牌者们可以将这种结果归因于运气,因为这总比承认一个女人会打牌要容易些。我并没有赢太多钱,所以他们也没有大发雷霆。他们开始互相交谈了,虽然没有我不在这里时那么放得开,但也没有人把我的存在太当回事。

"汤米,你还好吗?"安东尼看着他的年轻打手,后者正一直反复拉拽着他自己的领口。他如果再这么不小心的话就会把整个事情都暴露出来,我也因此而明白了那个女孩为什么需要我们的帮助。此时此刻,我所能做的就只有同情地看了他一眼,然后继续研究我手里的牌了。

汤米回头看过来,眼睛红通通的。"这里有点热,先生。"

"你不会是快要昏倒了吧? 告诉我你不会昏倒。"

"不会,不会的,先生!"

"很好。"

现在安东尼已经开始感到紧张了,计划随时有可能破灭。现在要离开还不算晚,如果我能给 M 报个信的话……

那个条子的嘴上仍然吸着我给他的那一支香烟,他的脸色现在看起来非常不好,突然间,他愤怒地推开桌子,狠狠地盯着牌局的方向。盯着我。就好像他知道我说了谎,或者他知道了我给他的那支香烟并不是用真正的烟草制成的。他开始朝这个方向走来,他应该知道不能直接和安东尼发生正面冲突。或者也许在那支香烟的影响之下,他已经无法思考了……

我必须保持冷静,不能一下子就被吓得跳了起来,这不怎么容易。我只需要假装着什么都不知道就行了。

"这个小丑想要什么?"安东尼嘟囔道,他的所有小弟们都挺直了身体,就像来到了猎鸭场地的猎狗。

就在这一瞬间,歌手唱出了一个高音,非常、非常高,连桌子上的玻璃杯都开始震动起来,我的心跳也不由自主地加速。我们都无法再去做任何别的事情，全部都敬慕地看着她，看着她用全部的气息唱出那个音符，她张开双臂，闭着眼睛，头略微向后仰，就好像是她的歌声赋予了整个世界存在的意义。

那个条子停下脚步聆听着，随后摇摇晃晃地走到离舞台较近的一张桌边，将身体沉入椅子里，就像被沙漠中的流沙所攫住一样。歌手的声音此时恢复成了正常的和声，她朝着崭新出炉的这位爱慕者露出了一个甜蜜的微笑。

我看到 M 正在给那个歌手使眼色。是的，M 不论在什么情况下都总是有办法。

牌戏仍在继续。安东尼的小弟们都略微放松了一些，除了那个卖烟女孩的男朋友，他仍然在看着大门的方向，而安东尼只是摇了摇头。那之后又过了一会儿，M 摸了一下她的耳环，调整了一下发夹，然后在头发里插了几支羽毛。到了该点燃导火索的时候了。我拿出两张事先藏好的 A，偷偷放进自己的手牌。等到这一局结束的时候，发牌人就将所有的牌收了起来，洗好并再一次开始发牌。

根本就没有人想过我会藏牌，因为只需要看看我这身衣服就知道，我根本没有什么地方可以藏牌，难道要藏在赤裸的皮肤下面吗？

“小伙子们，”我将所有赢到的钱一丝不苟地收拾整齐，并且开口说道，“我想要感谢你们让我度过了一段欢乐的时光，但我差不多该走了。希望你们不要介意。”我红着脸眨了眨眼睛，他们根本没法表示反对，因为我并没有做什么冒犯他们的事。我既没有清空他们的赌金，也没有过于严重地伤害他们的自尊。

“波琳，亲爱的。你在我这里永远都会受到欢迎。”安东尼张开双臂，和他平时的做派一样。我靠在他身上，吻了一下他的脸颊，赌桌上他的同伴们狠狠地盯着他，像是想用目光当成子弹把他杀掉。我走了几步，回过头对他们甜甜地笑了笑，随后就回到了 M 女士身边。

“呃，我已经在想我们的计划是不是能成功了。”她说。

我皱起了眉。“那到底是什么意思?”

“不用担心,我们现在的进度相同。”

“你会因为我给那个条子带来厄运而感谢我的,等着瞧吧。”

她朝牌戏的那张桌子点了点头。“在他们发现之前,差不多还有五分钟?”

“差不多。”

“我去下洗手间。要望好风哦?”

“我一直都会的。”

在我们谈话之后刚好过了五分钟的时候,卡牌游戏的第一个玩家叫了起来。“嘿,你这是在要什么花招?”他的声音很大,整个“蓝月亮”里的所有人都看了过来。

“你什么意思,问我要什么花招,我还想问你是在要什么花招呢!”

“你不可能有三个A,因为我有三个A!”

“伙计们,伙计们!”安东尼喊叫着,但已经太晚了。安东尼遵守了场子的规矩,所有的打手都把枪留在了外面,但这无法阻止当一个赌徒对另一个赌徒挥出一拳时后者仰面翻倒,并且撞到了桌子。纸牌、筹码和钞票都飞了起来,随后散落在地面上。保镖和跟班们急忙冲了过来,试图保护安东尼,但后者的下巴已经吃了一拳。

但是汤米却没有和其他的保镖还有跟班们一起行动,而是躲在了一边,看来他比表面上要聪明些。M已经来到了他的身边,并在他耳边低声说了些什么。他跟着她来到俱乐部的前端,而我或许是唯一一个注意到他们两人行动的人。

我移动到俱乐部的后部,试着让自己隐形,但我在这方面的水平比不上M那么高。当斗殴扩散到舞池时,一个跳舞的人发出尖叫,乐队还在继续演奏着,但只能起到一部分吸引注意力的效果。两个男人带着渴望的神情旁观着这场斗殴,一边按响指关节,一边咧嘴笑着并且露出不似人类的獠牙。他们会享受一场战斗,而且,没错,他们会取得胜利。

我知道最好不要自找麻烦，所以我坐在吧台上面，远离人们可能会经过的地方。但当那个僵尸酒保开始擦拭我旁边的台面时，我不得不挪动了一下位置。

M来到我的旁边，我们和另外几个夜猫子一起注视着事态的进展。我手里抓着一个从僵尸酒保那里偷拿来的空酒瓶，以防万一。

“都解决了？”我问M，她微笑了一下，我想象着那个卖烟女孩和汤米正坐在一辆前往海岸的公交车上。祝他们好运。

“真是个不错的乐子啊。”她评论道，我则面露微笑。

那个条子的眼睛直勾勾地盯着歌手，似乎根本就没有注意到发生在他周围的一切。那个歌手已经坐到了他那张桌子上，口中依旧轻柔地唱着歌，同时用一只手指玩弄着他的一绺头发。不知她究竟是怎么做到的，但她手里拿着一杯酒，并将这酒递给那条子，后者怀着感恩和热爱的心情深深地饮了一口。今晚我们用不着担心他的问题了。

“你知道她是个塞壬，是吗？”M观赏着这一幕。

“我当然知道。”我说。

她露出笑容。“你也知道我不会信任那种我可以往里面吐唾沫的饮料？”

“哦，我知道。”那个条子正在喝下走私过来的威士忌，就好像他正身处天堂，并且以为那个塞壬正在为他一个人歌唱。

“他不会造成什么麻烦了，你知道。”她说，“至少今晚不会。”

“不，我不知道。”

她只是摇了摇头。

跟班中的一个朝着吧台冲了过来，我把酒瓶在他脑袋上敲碎，因为这是一个我无法抗拒其魅力的经典动作。一片片的碎玻璃就像花瓣一样飘落，那呆子滑倒在地，昏迷了过去。真是令人极为满意的一幕。

现在，“蓝月亮”的中心正充斥着一帮互相殴斗的暴徒，不时还能听到不似人声的号叫声，展示出身上皮毛的人似乎也比之前多了些，那些獠牙也许有的正在滴着血，事态比我之前预料的要严重一点，所以我在思考是不是应该把 M 带出这里了。

就在此时，一种清脆得就像冰柱落地的声音响了起来。这声音本应是细微的，但却响彻全场，整个场地上的人们都停下了动作，就好像时间被停止了。打斗平息下来，拳头不再落下，举到头顶的椅子也没有砸下来，所有人都转向那道珠帘。一个女人站在那里，用一只黑檀木烟嘴拨开珠串，扑闪着长长的睫毛，注视着整个场子。她穿着犹如第二层皮肤一样的红色丝绸晚装，屁股挺翘，双手抱胸。她有一种极为特别的气场，就好像你一看到她，就再也无法将目光从她身上移开。而一旦她看到了你，你就被困住了，因为她知道关于你的所有事情，而你对此无能为力。

而所有人，甚至包括那个歌手、安东尼和我都转开目光，感到十分懊恼，知道自己的行为越界了。所有人都转开了目光，除了那个条子，他正趴在桌子上，似乎在哭；还有 M，她不退不避，直接看着那女人的眼睛。

一切都结束了。就像是收到了什么信号一样，那个像是大猩猩的保镖和他的两个同伴走了过来，开始把参与打架的人扔出去，也包括安东尼和他的手下们。安东尼高叫着说他不知道到底是怎么回事，也与发生的一切毫无关系，但这无关紧要。他甚至根本就没发现他的跟班汤米不见了。等到他注意到的时候，有可能会想到此事与我和 M 脱不了关系。但是他什么都做不了。另一方面，在汤米来的地方还有许多像他一样的孩子，而复仇对于生意并无帮助。

消除了麻烦之后，侍者们冲了进来，打扫碎玻璃并把桌子重新布置好。这时我终于明白为什么我的眼睛跟不上他们的行动了——总共有三个长得一模一样的侍者，可能是三胞胎，也可能是别的什么情况。他们虽然互不交谈，但却能协调着默契地做好工作，就好像他们心意相通一样，在整个场子里穿梭不停，非常高效，几乎相当于正常人的三倍。你觉得怎么样？

在侍者们清理碎玻璃和打翻饮料的同时，穿着红色衣服的女人和M对视着，很长的一段时间过去了。我屏住呼吸等待着，心跳得很厉害，因为我不知道会发生什么事，以及会怎样发生，谁会首先转开目光，而那又会代表什么。M想知道的就只有：琪琪会不会和她谈？但是琪琪没有表露出任何这方面的意思。

琪琪回头看了一眼，于是从她身后的屋子里走出了一批人，她为他们拉开了珠帘。那是一些穿着西装的男人，但是他们都不是什么暴徒，而是高尚的生意人，穿着由裁缝定制的服装，上衣的前口袋里露出昂贵手帕的一角，翻领上别着一朵玫瑰花蕾。他们身边各有一位美丽的女士，她们妆容精致，身穿时髦的短裙，戴着珍珠项链，脚踩高跟鞋，一副目空一切的厌倦神色。这些女人是她豢养的，而不是雇用的，我这样想着，因为她们挽住身边男人的动作有点过于用力了，就好像一不小心就会摔倒似的。我想，这一定就是M不愿意接受她雇用的原因。

我们不是被豢养的。我们为我们自己工作，因此不用挽着任何男人的手臂。

随后，那个穿红衣服的女人——琪琪——点了点头，M同样点头回应，然后她们同时转开了，一个回到了珠帘后面，而M则回头寻找自己的椅子。我们身边的所有椅子和桌子都倒在地上，我们站在那里，就好像两只随波逐流的小船。我朝一个侍者挥了挥手，他跑过来并且扶起了一张桌子和两把椅子，把它们都擦干净，甚至还设法找到了一个插着丝绸花的玻璃花瓶并把它放在了桌子的正中央。

我们坐了下来，靠在一起以便谈话。

“那是什么意思？”我说。

“我不知道。”

“她到底会不会和你谈？”

“我不知道。”她的语气很是冷静，就好像这根本不重要似的。而且也许这真的不重要。从一开始这就只是一次可能性不算很大的尝试而已。

“她在和你玩花样，让你无休止地等着。她认为她比你强，而这就是她证明这一点的方法。”

“如果她有必要去证明这一点的话，就说明她知道她并不比我强。”

“我们还要等多久?”我有点失去耐心了。我们在这里待的时间已经太长了，我有种预感，安东尼和他的手下们，或者更恰当地说是他剩余的手下们正在门外等着我们，准备来一次谈判。M 有些把戏可以让我们脱身，但是安东尼也不是什么善茬，而且我总担心有一天 M 的把戏会不够用的。我得在那一天来临之前做好准备，但我担心我做不到。

“再多等一会儿吧，”她说，“我还以为你喜欢她。”她朝着那个现在已经回到舞台上的歌手点了点头，而且她说得没错，那个女人很美，她的声音也犹如天籁，男男女女们再次在舞池中翩翩起舞，就好像什么都没有发生，因为在这种地方随时都会发生斗殴，这甚至是人们喜欢来这里的一部分原因。我同时还注意到：那个条子不见了，或许是和其他的暴徒们一起被扔到外面去了。我希望他最好醉得把整晚的经历都忘记，包括“蓝月亮”以及我们之中的所有人。

我们在这里的时间太长了。

“那只是某个晚上的某个漂亮女孩，”我说，“我担心的是你。”

“我很好。”她皱起眉头，我则朝她扬起眉毛，“我以为一直都是我在照顾你呢。”她说。

“说得没错，的确是这样。”

一名侍者走了过来。或许是第一个接待我们的那一位，也或许是他的兄弟，我猜不出。我不知道这是否也是一种小把戏，以及这样做是否有什么理由，也许琪琪会需要长得一样的三胞胎侍者为她的某些谋划服务，但这并不会让我吃惊。我花了几分钟思索此事，以及如果我手下有这种长得一样的三胞胎的话我会派他们去做什么。M或许对此有些想法，如果我去问她的话。

但那侍者正在对M说话，而我则竖起耳朵聆听着。

“她现在要见你，在后面那个房间，如果你乐意跟我一起来的话。”

M转过身，给了我一个“我告诉过你了”的表情，同时推开桌子站起来。我拿起手袋并且也准备起身，这时那名侍者一边往后退，一边抱歉似的说道：“我很抱歉，但只有这位女士可以跟我一起去。”

你觉得如何？接下来的一小段时间，我试着考虑出一个计划，因为我是绝对不会让M独自走进那个房间里去的。

“波琳是我最好的朋友。”M显然感到震惊并且受了冒犯，“我们到哪里都不会分开。我们就像是一对姐妹！”

可能倒不是很像姐妹，我想到，但那说来话长了。另一方面，M并不需要将整个故事都讲出来，因为她正在朝那个侍者扑闪着眼睛，后者明显马上就要屈服了。“求你了，这不会有什么问题，我知道的。”

那可怜的孩子叹了口气。他知道自己被愚弄了，但他又能做什么呢？“好吧，好吧。你们两个一起跟我来。”

我们穿过了那道珠帘，玻璃珠子互相碰撞发出清脆的声音，将柔和的光线折射成不同的颜色。外面的音乐突然间似乎变得遥远了许多，就仿佛我们进入了另一座不同的建筑，甚至是另外一个完全不同的世界。

琪琪正半躺在一张红色的天鹅绒沙发上，两条光滑的大腿交叠着。她皱起了眉。“我只想和女士谈。”她的语气非常平静淡然，但是那名侍者却不由自主地畏缩了一下。

M插了进来。“哦，就让波琳留在这里吧，我保证她连一只苍蝇都不会伤害。”而我可以向上帝发誓，黄油在她嘴里都不会融化。

琪琪怀疑地扬起眉毛，弹了弹烟嘴末端的香烟灰。“你们可真是形影不离啊。好吧。让她们两个都进来。”

她身边没有保镖，没有那些搜身查验来者是否有携带隐蔽枪械或是能够事先阻止斗殴发生的恶棍。实际上，她很少使用那种通常的暴力手段，或许只除了门口的那个大猩猩。而在这里，在她的私室之中，她不需要那些穿着西服套装、外套下面藏着枪带的男人们。她有着另外一些确保自身安全的方式。我不知道如果有人在这里尝试做些事情的话会遭到怎样的后果，但我也不准备亲身测试一番。

琪琪将烟嘴转向她面前的小圆桌对面的一个直背靠垫椅，这种桌椅排布方式代表她将会在此进行一次严肃的会面，两人互相盯着对方，在谈判的同时阅读对方的反应。M像是富有经验的专业人士一样坐进了那张椅子，并且倾身向前，就好像正准备告诉对方一个秘密。我则坐到了旁边的一张沙发上，假装研究自己的指甲。

房间的设计和装潢就像是一间会客室，圆桌周围摆放着许多张椅子和沙发，靠墙放着的柜子上摆着水晶酒具，里面琥珀色的液体闪着光。蒂凡尼台灯发出柔和的黄色光芒，因此黑色的锦缎墙纸似乎是用阴影涂成的。从外面往这个房间里看的时候，珠帘和香烟的烟雾将会遮挡人们的视线。然而从这里向外看，却能清晰地看到吧台、桌子、舞池和乐队。我甚至可以一直透过入口处的走廊看到整个地方的大门以及在那里站岗守卫的那个大猩猩。我本身应该并没有这样的能力，所以这件事情似乎不怎么对劲，但事实就是如此，我试着不对它提出过多的疑问。空气中有一股淡淡的薄雾，可能是鸦片一类带有异域风情的东西，但我很确定那就是烟草。她可能会试图坑害她的同伙，但她自己绝不会那么做。

穿着红色衣服的女人先开口说话了，但那只是因为这里是她的主场。“好吧，我亲爱的，我们这场舞该怎么跳呢？”

“你知道会发生什么事。”M开门见山，既不玩什么把戏，当然也不会跳舞，而我不能确定琪琪是否对此感到惊讶。她一动不动，甚至连眼睛都没眨，手上的烟嘴也没有丝毫颤抖。烟雾从烟嘴的末端升腾起来，直直地飘向天花板。

我们等待着琪琪表示赞同或者否认。她没有那么做。“然后呢？”

“我打算事先做好防备。人多力量大。我们团结起来比互相分散更强，我们以前一直都是团结起来的。”

“对我有什么好处？”她问。这种陈腐腔调有失她的身份。我不禁想到，她比从前软弱了。这不是说她在对待他人，或者做生意方面变得软弱了，她软弱的原因只是因为她感到舒适。她知道自己拥有什么，而且她不会放弃她拥有的一切。她不会再深谋远虑、未雨绸缪，因为她认为自己现在拥有的东西已经是举世无双。到了会面结束的时候，M 不会得到她想要的那个答案。

“安全，”M 毫不犹豫地立刻回答道，“长命，和平。”

“这些都是非常抽象的词语。”

M 说：“我们可以资源共享，为我们以及我们所拥有的东西设下双重保护，而那些秃鹫——像是安东尼·马戈利斯和那个条子——不会有机会触碰到我们。话说回来，那条子今晚是怎么进来的，嗯？这不像你的风格，琪琪，你应该不会容许自己的盔甲出现裂缝。”

琪琪试着不露出烦躁的神色，但她的腿先是伸直，然后又重新交叠起来。她望着 M 的眼神充满蔑视。“他什么都不是。要处理他不需要花什么精力，难道不是吗？”她脸上露出残忍的微笑，眼睛看向了我。

要保持安静是那么困难。我咬住自己的舌头，试着打量整个房间里的每一个角落，寻找可能隐藏在其中随时准备跳出来咬噬我们的东西。

某个角落里有一部电唱机，放在一张小小的桃花心木桌子上。它那圆齿状的喇叭口正对着房间中央，这当然没什么特别的，但平台上没有唱片，而且它的臂上也没有唱针，这也就表明它的用途并非播放唱片。我思索着这东西还可能有其他什么用处，后颈的皮肤一阵发痒。

“正要发生的这件事，”M继续尝试着，“它与魔法无关。不是什么吸血鬼、塞壬或者其他什么东西。是经济方面的问题。是生意人、银行家、股票经纪人以及所有和钱打交道的人的事情，他们会把一切都搞砸掉。像你这样的人会认为自己是安全的，而且会一直如此。那么，琪琪，变化来临时，你会怎样做？”

“你为什么要如此担心我呢？”琪琪似乎显得很迷惑。

“为什么不呢？”

“我能照顾自己。而你也应该多考虑你自己的问题，而不是为不需要你帮助的人担忧。”她又吸了一口手上的香烟，然后噘起嘴唇将烟雾吹了出来。和M的动作一模一样。M长久地注视着这个穿红衣服的女人，而琪琪不会注意到她眼神中的哀伤，因为她没有在看。她倾身向前，将烟灰弹在一个玻璃碟子里。

然后，突然间，她抬头向前望去，并且露出忧虑的神情，我看不懂。M没有做什么特别的事，而我则在原地一动都没动。但她是从M的肩膀上方在向外望，她的目光穿过珠帘，望向餐厅，那里现在一片安静。乐队已经不再演奏，人们的说话声也消失了，甚至连玻璃杯互相碰撞的声音都没有了，这令我也不禁担忧起来。我不需要什么额外的第六感就能知道，整个地方的形势发生了变化，而且比我之前想象的更糟糕，否则琪琪肯定不会这样失态。

枪声响起，一具身体倒地并发出轰的一声。

M冲向珠帘向外看，我也跟了上去，随时准备把她拉回到安全的地方。每当有事发生时，应该是我第一个上前，她为什么总是要去看看发生了什么事呢？琪琪略微停顿了一下，拨开短裙，从吊袜带里拿出了一支手枪。这个时候我就明白了，事情很糟糕，比糟糕还要糟糕。

M把珠帘拉开，我们全都看到了正在发生的事情。大约有五到十个穿着西装、头戴软呢帽且把帽檐压得很低的男人冲了进来，像是世界大战期间的士兵一样全副武装并且做好了战斗的准备。他们有的拿着冲锋枪，有的拿着霰弹枪，还有一个人拿的是左轮手枪。所有人都以那个骄傲自大的条子为首，他终于设法开始了他曾许诺过的突然袭击。在他被扔出去之后，想必是恢复了清醒——更糟糕的是他记起了一切。他一定是在耳朵里塞了蜡，以避免受到海妖的影响，事实也的确如此，我看到他们所有人的耳朵里都塞了棉花。他可能并没有拿到所有底牌，但是已经推测出了整个游戏的形势。然而，他本应当等待，直到将所有的细节都调查得水落石出，而不是仅仅一知半解。他们的脚步重重地落在地上，一个女人尖叫起来。

看守大门的那只猩猩已经倒在地上，死了。那个条子肯定是用了银子弹，否则不可能杀得了他。那就是没有人敢上前把他赶出去的原因。

"所有人都不许动！"那条子高喊道。

一切就好像动画中的一个场景，在我的想象中，每个人都被击中并且濒临死亡，他们在被子弹击中的同时伸出手摸着自己的伤处，戏剧性地颤抖着；并以一些在现实生活中永远不会出现，但却自以为好看的方式倒下去。动画中看不到鲜血飞溅，又或者他们只是还没有伪装出表现这个场景的技巧。

我抓住 M 的胳膊把她往旁边拉，而琪琪则从我们身边挤了过去，或许是想要看得更清楚一点。我不在乎她是否会被击中，但我一定要把 M 安全地带离这里。

所有人都目瞪口呆，一动不动，就像那个条子命令的一样。琪琪和她的手下们——乐团成员和歌手，甚至还包括那个僵尸酒保——都惊呆地注视着这一切，因为这本来不应当发生，"蓝月亮"应该是安全的，而且如果条子们能找到这个本应当是对他们隐形的地方，那他们还能做到些什么呢？这就像是有一部分魔力已经泄露到外面的世界去了。

M 将她的手放在我的手上，对我露出微笑，无声地下达了命令：等待。她要么是疯了，要么就是有了个计划。因为这是 M，所以一定是她有了个计划，所以我等待着。

“所有人都给我趴在地上！趴得平一点！这是一次突袭！”他听起来非常开心，就好像打赢了一场战斗。他的同伴们在整个房间里散布开来。

那个条子从房间的另一端直直地望向我，就好像我做了什么特别的错事一样。他离我太远了，我无法对他做什么，只能皱起眉头。不过我脑子里倒是想了很多，包括从他的手上夺下那支枪，或许再对着他的膝盖骨踢一脚。我紧攥双手怒视着他，尽管这给我带来的好处极为微小。

M 倾身靠近琪琪并且说道：“没想到会发生这样的事吧？”

“你难道想到了？”琪琪恼火地回复道。

M 转过头看着我，而我微笑起来。

她从琪琪身边走过去，进入了舞池。现在所有人的目光都转向了她，仅仅是这样简单的一个动作，她便吸引了所有人的全部注意力，而我想要尖叫，因为在此时此地，引起注意绝对不是一件好事——每一个条子都把手里的枪指向了 M，而他们的手指也移向了扳机。但她知道自己在做什么，她总是知道。

她抬起手臂，打了一个手势：她的手指弯曲成一个看起来很简单，但是没有任何其他人可以复制的姿态。她紧紧盯着那个条子，挥舞另一只手臂将其他所有枪手都纳入到范围之内，就像是空气突然变得稀薄起来，声音也无法再传播。我的耳朵里砰地响了一声，就像是一次重感冒之后鼻窦突然通开了一样，而那个条子充满怒火的叫喊声也突然停了下来。扣扳机的手指静止下来，枪手们静止下来，所有人连眼睛都没眨一下。他们现在比石头更为平静，因为石头的平静是自然的，但他们则完全是另一回事。

房间里的其他人，乐团、歌手、侍者、顾客和帮派成员面面相觑，似乎是在确定这不是梦，接着又开始四处走动，就好像被一阵风暴刮散。

他们开始观察那些枪手，后者现在只不过是一些被束缚起来的雕像罢了。

“我只是在执行他的命令罢了。”M挥了挥手，就好像在拂去身上的灰尘，但我知道她身上根本一尘不染。她走上前去，开始拍打那个条子外套和裤子的口袋，但他现在什么事都不能做。尽管如此，我几乎可以看到他满含泪水的眼睛里露出抗议的神色。

她在他夹克衫的内袋里找到了那本法术书，是一个有红色书皮的土褐色小本子，书页的边缘已经破损，书脊也已断裂，就好像它已在某个阁楼里待了一两个世纪一样，与人们想象中的古老的、失落的法术书完全一致。M翻看了法术书的头两页，露出一个大大的微笑。

“和我想的一样。”她说，“你能达到如此程度说明你很有天赋。你甚至可以自己做出些东西来。但你以为你可以拿起这本书，然后把它当作枪一样使用。好吧，这东西不是那样用的。波琳？”

听到她的召唤，我走上前去。她将那本法术书交给我，我把它塞进手袋里。等一会儿我们会把它丢掉。

“清场的工作就交给你可以吧？”M女士向琪琪询问道。

琪琪抿紧了嘴唇。她可能会想到许许多多的事情，但她什么都不会说出口。她也许会对M在自己的地盘上还能够做出这样的事而感到震惊，但她不会表露出来。即使在这件事之后，琪琪依然不知道M的魔力到底有多强。她几乎从不像这样显示自己的力量。

“是的。当然。我会打扫干净，把他们扔出去。”她点点头，三胞胎侍者分别来到枪手们的身边，拿掉他们的武器。虽然我们全都非常希望让这些人就此失踪，但琪琪最有可能选择的方式就是模糊他们的记忆，再把他们丢到离此很远的某个巷子里去，以防他们再来闹事。她会找一个新的看门人。

“记住我说的话，”M补充道，“如果你改变主意了，随时可以找我。”

琪琪脸上仍然挂着如同面具一般的冷笑。“我会的。”

M脸上露出悲伤的表情,似乎要在原地站上一整夜似的,但我碰了碰她的手臂并且用手指向门。我不知道该怎么看待琪琪,除了为她感到遗憾。一个像M这样的人想要帮助她,她却置之不理。

琪琪在我们身后朝我们最后说了一句话。“M。别惹太多麻烦。”

“你也一样,琪琪。”

那么,就是这样了。我回头最后看了一眼那位漂亮的歌手,她现在又在唱歌了,试着让一切恢复正常,歌颂着在你的男人的臂弯里跳舞是多么美好。时间已经接近黎明,该关门了。她正在对着一个几乎空了的房间唱歌,还留在这里的人只剩下侍者们和那个仍然在用手里的破布擦拭吧台的僵尸酒保。

我们从代客存衣的女孩那里取回了我们的大衣,一个新的守门人——同样像木桶一样粗壮,耳朵旁长着古怪的毛发——打开门,我们回到了街上,一堵肮脏的砖墙横亘于我们面前,远处街道上的一盏灯把我们的身影拉得很长。她不停地向前走着。我们的车应该在这附近的某个地方。如果她想要让它找到我们,它就会找到我们。然而她似乎想要走一走,于是我留在她的身侧。

“你那包里有威士忌吗?”M对着我的手袋点了点头。

“可能吧。不过大概得找一会儿。”手袋只有我的两只手并排在一起那么大,但是里面却什么都有,因为它本来就是这样设计的。香烟、现金、扑克牌、一支应急用的相当小的短筒大口径手枪,其他人都不可能找到它,除非我想让他们找到。除此之外还有几张公交票、额外的一双袜子、一只线板和一支口红。现在又多了一本奇怪的法术书。也许我能在里面找到一瓶威士忌。

“不用了。”她深深地叹了口气,“我知道成功的机会不大。哦,好吧。”

“她不知道她在做什么。”我说。

“不是我们的问题。不再是了。”

我们走了大约半英里,我可能是体力好,M 可能是靠魔力,但我的鞋不适合这样的运动,所以我的脚开始酸了。但是我会一直跟着她。天空呈现灰色,太阳就快出来了。

当我们听到模糊而又荒腔走板的歌声时,我们停下了脚步。那声音就是从街道的转角另一边传来的,我别无他法,只能前去看一下情况。于是我发现他就在那里:那个条子躺在阴沟里面,外套已被剥掉,衬衫也被撕了个大口子。他肩膀上的枪带歪歪扭扭地挂着,而他的手里却拿着一支左轮手枪上下挥舞,或许是出于绝望和懊恼。琪琪拿走了他们的枪——但他一定还藏了一支,也许是在裤腿里。所以,这个条子正站在这里,手里拿着枪,就像一只迷路的小狗一样可悲,并且他正在试着记起究竟他为什么会落到如此境地,以及这一切到底应该责怪谁。

我将自己的身子挡在 M 前面,就如同在这类情况下该做的那样。情况并不特别危急。我们可以在他发现我们在这里之前就脱离他的视野。我向后推着 M,催促她赶快转身。

然而已经太晚了,因为那个条子看到了我们,他的手臂突然变得稳定而有力,他爬了起来,平举着他的枪。

他看到了我们,他手里的枪也不是假的。我们没有可以逃离的后门。我能听到 M 在我身后喘息着,而且我不知道她是否有在这种情况下适用的把戏。

“那里——那里发生了什么?”他用那支枪打着手势,就好像那是他手臂的一部分。

我能感觉到在我的丝绸晚装下面,汗水正在冻成冰。“我不知道你看到了什么。”

“不,你知道,你看到了一切,你全看到了!我根本记不起来!我该怎么向我的上级报告?”

他可以一枪打死我，然后把错误全推到我身上。没错，他确实可以。他不能发动一次突袭然后空手而归。我觉得这真是太蠢了，一切会发展成这个样子，我们被一个醉醺醺的条子困在一条背街小巷里了。

我向前走了几步，夺过了他手里的枪，一气呵成，他根本没看清我是怎么做的。那支致命的武器从他手里掉了出来，像一朵被拔下来的花，而他则躺在地上抽泣着，用双手捂着脸，涕泗横流。他慢慢地挪动到人行道上去了。

我们站在那里俯视着他。我拿着他的武器，一把我不想要的武器。但我松了一口气，因为M安全了，一切都恢复了正轨。他仰面躺在水泥地上，又唱起了走调的歌，而这一次我听出来他唱的是什么了，或者说本应该是什么：是在“蓝月亮”的那个海妖唱的那首关于那个曾经欺骗她的男人的歌。

我从弹夹里退出所有的子弹，将它们塞进手袋里，然后把枪扔在人行道上。我说：“你认为我们应该帮助他吗？给警察打个电话什么的？”

“他哪里也不会去。他们很快就会发现他的。走吧，波琳。”

她用她的手臂挽住我的，我们步行离开了。汽车按照原定的计划停在了我们面前，司机从车里走出来，为我们拉开车门。该回家了，洗去脸上的铅华，钻进舒适温暖的被窝。

“有时候我会想，这一切该有不同的结果，”M说，“我是说，关于琪琪。”

“我不认为你能说出一些可以说服她的话——”

“我说的不是在这里，也不是在这个时间。”她沉思着说道。我无法猜测出她正在制订什么样的计划，同时她也有可能正在完善计划，去除其中的瑕疵。“我说的是十年或者二十年之前。这一切是因为我拿走了她的玩具娃娃，还是因为她偷了我的甘草糖？或者也许是因为妈妈更喜欢她，还是更喜欢我？我不知道妈妈更喜欢谁，或许她根本就不喜欢我们之中的任何一个。不过很可能这完全不重要。”

我什么都没说，因为我又能说什么呢？我从来都不知道 M、琪琪和她们的妈妈之间的全部故事，也许是因为我没有问过。而且，我也不会问。我不想要，也不需要知道那些，因为那不会改变任何事情。

“我想也是这样，”我说，“你和你的姐妹所做的大多数事情都是因为你们自己。”

M 微笑着紧紧握住我的手臂。“能有你在我身边，我真幸运。”

“哦，这我可不知道。我以为你能容忍我是我的幸运。”

“我们虽然只有两个人，但我们是城里最好的帮派，你知道吗？不管会发生什么事，我们都会挺过去的。”她听起来并不非常确定。

“是的，女士，”我坚定地回答道，“我们会的。”

梁宇晗　译

斯科特·林奇

奇幻小说家斯科特·林奇以《绅士盗贼》系列而闻名，这套书说的是一位盗贼兼骗子在一个危险的奇幻世界里生存的故事，系列已出《洛克·拉莫瑞的谎言》（世界奇幻大奖和英国奇幻协会大奖的最终入围作品）、《红色天空红色海》和《盗贼共和国》。他同时在个人网站 www.scottlynch.us 连载小说《铁砂女皇》。他住在威斯康辛州的新里奇蒙，每年与伴侣科幻/奇幻作家伊丽莎白·贝尔去马萨诸塞州居住几个月。

这次他带我们来到一个多灾多难的城邦，巫师之间的战争折磨着这里，天空落下的是致命的魔法雨点，一群绝望的盗贼和罪犯必须去偷一件不可能偷走的东西，而且还有时间限制，否则就会小命不保。

rogues

色拉丹老城，一年零一天

1. 巫师天气

日落时分刚过，亚玛莉尔·帕拉瑟斯出门找酒喝，天在下雨，雨里有怪异的魔法。雨点是淡紫色、黄铜色和血红色，柔和的雨丝仿佛液态暮霭，落在温暖的人行道上变成荧光点点的浓雾。空气仿佛碰到皮肤就纷纷破碎的香槟气泡。远处黑黢黢的屋顶轮廓之上，蓝白色的闪电不时划破天际，阵阵雷声紧随其后。亚玛莉尔敢发誓她听见雷声中混着惨叫。

诸神诅咒的巫师又在作怪。

唉，她口渴，而且有约要赴，从色拉丹的天空落到她身上的东西多得很，怪雨恐怕远远不是其中最糟糕的。亚玛莉尔一路走着，滴下不知名的摇曳色彩。浓雾垂落，犹如粉色与橙色海洋之下的幽深之处，她在雾气中破出的轨迹宛若幽魂。和平时一样，巫师闹得特别凶的时候，路上几乎看不见其他人。苍白学者街空荡荡的。七天使大道的各位店主在橱窗里凄凉地望着外面。

这曾是她最喜欢的那种夜晚。阴沉的天气赶走街道上的见证者。雷声掩盖潜行于屋顶上的脚步声。但今天她只感到孤独、难测和危险。

双拱形的银色亮光标记着缠翼运河桥的存在，她和目的地之间只剩下这段路。戴着镣铐、盖着兜帽的白色大理石雕像被雨水染上颜色，雕像手持的灯球里有火焰燃烧。过桥时，亚玛莉尔紧盯脚尖。她打心眼儿里熟悉这些雕像底下的铭牌。举例来说，左手边的头两个：

博拉·库斯

叛国者

现在我永远侍奉色拉丹

卡米拉·索拉

杀人犯

现在我永远侍奉色拉丹

雕像本身，甚至包括灯光，并不至于让她难受。这座城市把罪犯不知悔改的灵魂永远囚禁在俗气的雕像里，配上自以为是的铭牌，照亮部分街道和桥梁，这有什么问题？没有，让她难受的是那些不安分的灵魂对过路人的窃窃耳语。

抬头看我，跳动的心脏，见证我破誓的代价。

“滚开，博拉，”亚玛莉尔嘟囔道，“我可没有密谋推翻争斗议事会。”

听我的警告，趁你的血还温暖，看看我为贪婪和杀戮付出的永恒代价！

“我又没有家人可供毒杀，卡米拉。”

亚玛莉尔，左手边的最后一尊雕像耳语道，应该是你站在这里，背信弃义的婊子。

亚玛莉尔望着最后这尊雕像的铭牌，每次走这条路她都要向自己保证这次绝对不看。

暗影街的斯卡维乌斯

窃贼

现在我永远侍奉色拉丹

“我从没有背叛你，”亚玛莉尔低声说，“我付钱赎了罪。我们都一样。我们恳求你和我们一起洗手上岸，但你不肯听。是你自己搞砸了。”

我尸骨未寒，你就向杀害我的人下跪

“我们都为自己在这个城市里买了一小片土地，斯卡维。当初就是这么计划的。只是你非要走独木桥。”

有一天你会和我一同守夜。

“我和那些事情已经没有关系了。你守好你的桥，别烦我。”

和死人对话不可能符合理性。亚玛莉尔继续向前走。她只有在想喝一杯的时候走这条路，但走完这座桥，她总是得多喝两杯才行。

滚滚雷声穿过宛如峡谷的街道。东边某处有一座建筑物着火了，燃起不自然的紫色火苗。尖啸的蝠翼怪兽低飞高翔，占据了火焰和低垂的发光云团之间的天空。有些怪兽在缠斗，用的是赤裸的钩爪、带刺的长矛和装着爆炸浓雾的陶罐。只有诸神和巫师才知道它们为何争斗。

诸神诅咒的巫师和他们愚蠢的世仇。只可惜这座城市由他们掌管。只可惜亚玛莉尔需要他们的保护。

2. 巨兽腹中

落火地标占据了缠翼街的西侧——更确切地说，是缠翼街的整个西侧。十五个世纪前野龙被色拉丹的扩张触怒，于是登门拜访，倒下的盘绕长骨仿佛大教堂，除此之外再也容不下其他东西。死去的龙躺在那里是多么美丽，某位早已被遗忘的企业家挖出它的血肉和鳞片，用精钢般的骨骼在原地撑起屋顶。

亚玛莉尔穿过龙嘴进去，摇落头发上的焦橙色雨水，望着雨点落在地毯上激起丝丝荧光蒸汽。几个保安靠在八尺长的锯齿獠牙上，他们一起朝她点头致意。

龙的扁桃体位置上如今是酒馆的门。几扇门散发着诚信的气息，开起来异常顺畅。

龙颈是餐室，龙尾是赌场。龙臂的房间可供睡觉——或者不睡觉，全看租客的喜好。亚玛莉尔要去的地方在龙喉，位于巨兽尸体的肋骨和脊骨之下，这里是酒吧，十万个酒瓶在中央吧台里的架子上和格子里闪闪发亮。

店堂经理金爪·格拉斯克是一名乌木肤色的哥布林，时髦衣着的织物是色拉丹银行的真钞。一周里的不同夜晚，衣服的面值也不一样，今晚这身是五十块。

“亚玛莉尔·帕拉瑟斯，隐身女公爵，”他喊道，“我看你气色不错！”

“这话可永远不会过时，格拉斯克。”

“今晚等你离开，我得清点一下酒杯和餐具。”

“我已经退休了，而且活得很开心，”亚玛莉尔说。收山之前，她在落火地标做过三桩案子——当然了，没有一桩和餐具有关系。“今晚是索法拉看吧台吗？”

“那还用说？”格拉斯克说，“今天是十七号。每个月的这一天，你们这帮人都要碰头，还假装只是凑巧而已。所谓的你们，当然不包括照亮街道的那位。”

亚玛莉尔怒目而视。哥布林凑过来，踮起脚，抓住她的左手，舌头轻轻扫过指节，以示赔罪。

“抱歉，”他说，“这话说得太混账了。我知道，你付了什一税，和我们所有人一样，也是活在炮火下的诚实羔羊。看，索法拉在招手。第一杯店里请客。”

索法拉·米瑞斯两眼颜色不同,肤色如红木,青绿色的头发,双手灵巧堪比街边玩牌人。向争斗议事会付什一税赎罪时,她在十八个城邦因三百一十二项重罪遭到通缉。如今她是落火地标的魔法调酒师,亚玛莉尔的第一杯酒已经调好一半了。

“晚上好,陌生人,”索法拉在一块石板上潦草地写下需要的东西,递给一名配酒员,他们犹如百科全书,知晓所有酒瓶的内容和位置,酒吧的运转离不开他们,“还记得咱们活得有滋有味那会儿吗?”

“我觉得有命有自由就已经很有滋有味了,”亚玛莉尔说,“你老婆今晚来吗?”

“随时都有可能到,”索法拉说,把相等分量的烈酒和幻觉倒进多层调和物。“自制为我们留了个隔间。我在给你调的这一杯是‘帝国兴亡’,不过我听见了格拉斯克的话。两杯一样的?还是换个花样?”

“愿意帮我调一杯‘危险海洋’吗?”亚玛莉尔问。

“乐意之至。你先坐下吧。我调好酒就过来。”

龙喉有一百二十个隔间和悬挂式包厢,精心拉开间距,用帘布在这番盛景之中保证亲密和隐私。亚玛莉尔穿过舞池,透过肋骨之间的气窗能看见闪电划破天空。她们这帮人有个定期碰头的老位置,西拉普林负责占座。

西拉普林·自制,一团彼此串联的线缆和齿轮,不停发出轻柔的呜呜声响,他披着破旧的朱红色斗篷,斗篷上用银线绣出花纹。他雕刻出的黄铜面孔上有一双黑色的宝石眼睛,永远挂着一丝似有似无的笑意。他曾经是一名铸造苦工,利用了旧色拉丹的法律:有知觉的自动机拥有它的头颅和头颅里的思想。在十五年的历程之中,他小心翼翼地窃取齿轮、螺钉、锁簧和线缆,从颈部以下逐步更换了躯体上每一寸的零件,最终原有的躯体荡然无存,他因此摆脱了躯体固有的永久魔法契约。自由后没多久,他在亚玛莉尔·帕拉瑟斯这帮人当中找到了类似的窃贼精神。

“老大，你看着湿漉漉的，”他说，“外面在下什么？”

“怪雨，”亚玛莉尔在他身旁坐下，“说起来还挺美的。另外，别管我叫老大。”

“某些特定模式已经刻在我的思考硬盘上了，老大，”西拉普林拿起杯子，向脖子上的开口里倒了几滴黑色黏液。“议事会今晚闹得很凶。我来的时候，看见有紫火落在高瘠地。”

“活在这个了不起的奇迹政权底下就有这个好处，”亚玛莉尔叹道，“附近总能见到有意思的东西在爆炸。看，姑娘们来了。”

索法拉·米瑞斯一只手用托盘端着酒，另一只手搂着布兰德温·米瑞斯的腰。布兰德温的霜紫色皮肤无须魔法矫饰，厚厚的琥珀镜片下是一双金色眼眸。布兰德温是军械师、创师和自动机修理师，供应的装置使得隐身女公爵这帮人频繁逃过当地司法体系的无聊纠缠，因此在三个公国被判处死刑。她一生中只为自己偷过一件东西，那就是团队魔法师的心。

“西拉普林，我的玩具，”布兰德温说。她和自动机碰碰指尖，然后才坐下。“阀门还是阀门，管道还是管道？”

“运转正常，没有生锈，”西拉普林说，“你的新陈代谢过程和需求都还正常？”

“都照顾得很好，”索法拉坏笑道，“退休人员自怜暨不醉不归社团的这次会议可以开始了吗？西拉普林，给你准备了黏液质和多血质的好东西。”

她把另一小杯黑色黏液递给西拉普林。酒精对人造人不起作用，因此他有一瓶用魔法蒸馏混入沥青漆的人类气质存放在吧台底下。

“我是‘她的黑灯眼眸’，”索法拉说，“‘大象之塔’给美丽的技师。您，我的陛下，一杯‘危险海洋’和一杯‘帝国兴亡’。”

亚玛莉尔拿起“帝国兴亡”，厚玻璃杯盛着九层玫瑰色的烈酒，每一层都有自己的起伏地形。地形从最底部的山林旷野开始，到中间是宏伟城池,最顶上是处处废墟的荒原,泡沫组成白云。

“有玉儿的消息吗?”她说。

“一如既往,”西拉普林说,“向大家问好,还有不用等她。”

“问好和不用等她。”亚玛莉尔嘟囔道。她环顾桌边众人,看见颜色不同的双眼、镜片后的双眼和冰冷的黑色宝石期待地望着自己。一如既往。她举起酒杯,另外三人有样学样。

“干杯,”她说,“我们做到了,而且还活着。为了不进监狱,我们把自己关进监狱。敬不在场的朋友,去了我们无法用言辞和财富请求原谅的国度。我们做到了,而且还活着。敬我们拒绝的锁链和即便如此仍旧束缚我们的锁链。我们做到了,而且还活着。”

她仰脖干杯,将一层又一层泛着泡沫的历史冲下喉咙。肚子里若是没有一顿饱饭充当缓冲,她一般不会这么喝酒,可是去他妈的,今晚只适合痛饮烂醉。闪电刺破天空。

“老大,你来的路上是不是已经有点喝多了?”西拉普林说。

“女公爵已死,”亚玛莉尔稳当当地放下空酒杯,“女公爵万岁。我说,我是不是还得费事掏出扑克假装发牌,还是各位能行行好,把你们的钱整整齐齐垒在桌子中央算了?”

“哎呀,亲爱的,”布兰德温说,“我们才不用你的牌。你的牌懂的把戏比玩杂耍的小狗都多。”

“让我先把自己弄残了。”亚玛莉尔说。她举起那杯“危险海洋”,欣赏海蓝色的波涛和香草浪花,两口就让它和胃里那团正在急剧扩张的暖意做伴去了。“有些魔法我还是很喜欢的。咱们是要打牌还是要比赛瞪眼?下一轮酒我请客!”

3. 作弊牌局

四轮半过后,亚玛莉尔说:“下一轮我请。”桌上乱七八糟堆满了纸牌、钞票和空酒杯。

“下一轮你已经下肚了，老大，”西拉普林说，“你比我们领先三轮。”

“算术不错。说起来，我刚喝下去的到底是什么？”

“我管它叫‘工具无道德’，”索法拉说，眼睛一闪，“严禁我为顾客调制来着。实话实说，我很好奇，想知道你喝下去会有什么反应。”

“鸭背淌下来的水而已。”亚玛莉尔说，但店堂里的柔软棱角比她记忆中更多，纸牌也不太配合她想抓紧它们的计划，“真是乱套了。乱套了！西拉普林，你估计还比较清醒。标准纸牌一套有多少张？”

“六十张，老大。”

“这会儿我们手上加桌上一共有多少张？”

“七十八张。”

“太荒谬了，”亚玛莉尔说，“谁没作弊？应该能到九十张的。快说，谁没作弊？”

“我庄严发誓，从开局以来我还没打过一把清白的。”布兰德温说。

“魔法师，”索法拉用纸牌轻叩胸部，“不用多说了吧？”

“我都装上我的作弊专用手了，老大。”西拉普林说。他晃动手指，画出几道模糊的银色弧线。

“可悲啊，”亚玛莉尔伸手到左耳后，从黑色卷发中变出第七十九张牌，扔进桌上的牌堆，“我们真的年纪大了，老朽了。”

闪电撕破天空，给店堂涂上灰白色的脉动颜色。雷声就在头顶炸响，震得气窗叮叮当当，连白骨梁椽似乎也在颤抖。其他酒客里有几个不安地挪动身体，窃窃私语。

“挨千操的巫师，”亚玛莉尔说，“当然了，在场者除外。”

“在场者为什么要除外？”布兰德温说，一只手的手指与索法拉的头发彼此纠缠，另一只手优雅地把第八十张牌放在桌上。

“这个星期闹得一直很凶，”索法拉说，“我猜是伊沃凡达丝在高瘠地作怪。她和某个我不认得的敌手，把火、雨和会飞的怪物撒得这儿到处都是。阳伞贩子靠皮革和锁子甲新款发了一笔横财。”

“应该有谁上去一趟，彬彬有礼地请他们歇息一阵。”西拉普林闪闪发亮的脑袋缓缓旋转，到能够直视亚玛莉尔的时候才停下，“也许是某个有名望的人。某个活得精彩、备受尊重的人。某个凶名在外的人。”

“比起干涉巫师的事务，前去消除误会，”亚玛莉尔说，“还是什么都别说，让大家以为你是傻瓜比较好。谁想再来一轮？下一轮还是我请。反正我打算在今晚散伙前掏空诸位的钱袋。”

4. 玻璃屋顶的麻烦

接下来的一个钟头，雷鸣闪电片刻不停。号叫的怪物扑腾着翅膀，频频撞上屋顶。龙喉的半数酒客已经溜走，任金爪·格拉斯克如何花言巧语都没用。

“落火地标已经屹立了十五个世纪！”他喊道，“这是全色拉丹最安全的地方！你们真想在这种夜晚走上街道？不考虑一下龙臂的舒适房间？”

随着玻璃破碎的尖锐巨响，一具湿漉漉的巨大尸体摔在吧台旁的地板上，紧接着是天窗的碎片和发光的雨点。格拉斯克尖叫召唤驻店魔法师前来修补，他周围的酒客逃得更快了。

“啊哈，还好我不当班，”索法拉拿起一杯蓝色的纯净烈酒，晃晃悠悠地喝了一口。酒吧禁止她向饮品施放咒语。

“说起来，”亚玛莉尔慢吞吞地说，“也许真该有人跑一趟高瘠地，请老巫婆那贱人拴好她的宠物。”

闹哄哄的夜晚慢慢过去，店堂在她眼中变得越来越柔和，这会儿已经彻底变成一幅印象派画作。金爪·格拉斯克是一团发光的污点，追着另几团发光的污点到处乱跑，连桌上的纸牌都不肯乖乖地躺在那儿，让亚玛莉尔难以记忆它们的价值。

“喂，”她说，“索法拉，你是遵纪守法的好公民。不如我们把你拱进议事会，你去叫那些白痴停手？”

“精彩！不过呢？首先我得窃取或发明一种最好的长生不老药，”魔法师说，“必须比我只研究到五分之三的这一种要好，方便我磨炼一两个世纪的技法。对于各位的目标来说，你们也许会觉得这个时间安排不怎么方便。”

“然后你还得找个外部力量源泉，否则就不可能启动。”布兰德温说。

“对，”索法拉说，“还要想办法驾驭它，不让其他天灾级的巫师注意到。啊，对了，我还必须彻底丧失他妈的理智！你们必须变成死鱼眼的黑心变态狂，情愿把侥幸延长的小命花在和其他变态狂明枪暗箭的争斗上。权力这东西，一旦到手就不可能中途下车。你们必须殊死战斗才可以保住它，否则一眨眼就会被铲除。”

“咔嚓！”布兰德温说。

“恐怕不是我理想中的游乐场。”索法拉一饮而尽，把空酒杯拍在桌上以示强调。

片刻之后，随着震耳欲聋的破碎震响，一团有翅膀的什么东西——足有半吨重，缠结毛发被雨淋得透湿——径直穿过气窗，不偏不倚就砸在他们桌上。紧接着是好一阵噪音和看不清的抓挠挣扎，亚玛莉尔发现自己躺在地上，两乳之间阵阵发疼。

有一小部分知觉坚守岗位，挣扎浮出意识里的酒精海洋，抓住几根救命稻草，拼凑起刚才究竟发生了什么事情。西拉普林——当然是它，敏捷的自动机，先推开她，然后扑过酒桌，推开索法拉和布兰德温。

“喂，”亚玛莉尔坐起来，“你根本没喝醉嘛！”

“这也是我作弊的手法，老大。”自动机非常敏捷，动作近乎于完美——近乎于。索法拉和布兰德温很安全，但落下的怪物和酒桌压住了自动机的左腿。

“天,你肯定是古往今来所有自动机里最优秀的！不过这条腿太可怜了。”布兰德温爬到他身上,亲吻黄铜脑袋的顶端。

“我家里有三条备用的。”西拉普林说。

“我受够了,”亚玛莉尔嘟囔道,摇摇晃晃地站起身,“谁也不能拿天杀的滴水兽砸我的朋友!”

“我看是一头拜亚基。”布兰德温戳戳怪兽。怪兽有膜翼,估计是脖颈的部位插着一根长矛,气味仿佛坏疽脓汁和墓地露水泡过的陈年奶酪。

“亲爱的,我看是伏匹拉克斯。”索法拉说。她醉醺醺地帮妻子把西拉普林从那东西底下拽出来,“你看它左右对称的形态。”

“我管它到底是什么,”亚玛莉尔说,伸手摸进黑色长大衣内侧,“谁也不能在我打牌的时候往我们这帮人桌上砸东西。我要搞清楚伊沃凡达丝住在哪儿,跟她交换一下心情。”

“冲动是魔鬼,老大,”西拉普林说,晃动残腿剩下的线圈和零件,“刚才我只是跟你开玩笑。”

“该死的蠢巫师,还让不让人做生意了?”金爪·格拉斯克终于赶来,背后跟着一群酒保和侍者,“索法拉！你没受伤吧？你们其他人呢？西拉普林！看上去好值钱。快说它其实不贵!”

“我很快就能恢复正常功能,”西拉普林说,“不过我能不能提个建议,今天这个绝妙的夜晚就免了我们的账单吧?”

“我,呃,好吧,不过确定不会给你们招惹麻烦吗?”哥布林指挥拿着拖布的侍者冲向散发柔和光彩的雨水和怪兽尸体下的灰色毒液。

“如果你以自由意志送给我们,”索法拉说,“那就不是偷窃,我们谁也不会破坏赎罪条款。另外,亚玛莉尔,西拉普林说得对。你可不能随随便便跑去斥责争斗议事会的成员！哪怕你能活着穿过高瘠地,躲过这些狗屁东西——”

“我当然能,”亚玛莉尔站得近乎笔直,徒劳尝试几次之后,终于差不多端正了双肩，“我又不是肌肉软粑粑的游客，我是隐形女公爵！我偷走了日出的声音和鲨鱼的眼泪。我从哈扎尔图书馆借了一本书没有归还。我穿过了莫拉斯卡的死蛛迷宫，而且是两次——”

“我知道，”索法拉说，“我也在。”

“……然后我又回去偷走了所有死亡蜘蛛！”

“那是十年前了，你的烈酒喝多了，”索法拉说，“算了，亲爱的，大部分酒还是我调的呢。别这么吓唬我们，亚玛莉尔。你喝多了，而且已经金盆洗手。快回家吧。”

“臭烘烘的东西险些杀了我们所有人。”亚玛莉尔说。

“唔，感谢一丁点好运和一大块西拉普林，我们没死。算了，亚玛莉尔。答应我们，你今晚不会做傻事。答应我们好吗？”

5. 消除误会

高瘠地位于缠翼街以东，居民数为零，持续进行的战斗能给你带来无数可怕的惊喜。亚玛莉尔远离开阔地，从拱门下的暗影到花园的墙壁又到熏黑的门洞，一路跌跌撞撞。这个世界有一种微妙的液体特质，在边缘处悄然流淌，绕着前所未知的轴心旋转。她醉得不够厉害，没有忘记她必须多加小心，但又醉得过于厉害，没有意识到她早该掉头按原路逃跑。

高瘠地曾是个充满庄园、剪枝奇观和公共喷泉的居住区，但巫师伊沃凡达丝的到来迫使居民打包离开。争斗议事会的辩论在卵石街道上轰出窟窿，炸得喷泉破碎干涸，宅邸像失宠的玩具房屋一样崩塌。往日点燃的紫色火焰仍在一堆高耸废墟的木料和砖块中闷烧。屋顶熔成的铅水顺着街道流淌，亚玛莉尔小心翼翼地绕开。

寻找伊沃凡达丝的住处并不难，这附近只有一幢房屋亮着灯和修葺完好，四周有光润的墙壁、闪闪发光的表意符号和沙沙作响的红绿色护栏，许多鸟类和其他小动物的骷髅散落于矮树丛中。条纹大理石交织铺成的小径，从内部闪着微光，弯弯曲曲延伸四十码，铺向一扇金色前门。

倒是方便。肯定有各种保安措施。

飞行怪物的可怕叫声从高处传来，亚玛莉尔愈加难以集中精神，她把三十年的经验用在那条小径上，结果没有让她失望。她凭借直觉避开四条有陷阱的石块，又靠醉鬼的运气避开另外两块。颠倒重力方向——这是她见过的花招；她侧手翻（动作很难看）跃过那条危险的石块，魔法推着她头前脚后落向地面，而不是让她绝望地飞上天空。草坪上那些很有格调的蛤蟆雕像有催眠能力，但她根本没感觉到那银铃般的呼唤声，因为她醉得太厉害，无法注视它们的眼睛，从而触发魔法。

她走到门前，金色表面如熔炼池般泛起涟漪，抓着门环的手臂雕像慢慢浮现。亚玛莉尔站到旁边，从大衣里掏出折叠短棍叩门。毒镖嗖嗖飞过，短暂停顿之后，一个声音隆隆响起：

"何方不速之客，胆敢来到尊贵的色拉丹议事会的至高巫匠伊沃凡达丝门前？快说，虫子！"

"我不听一扇门的废话，"亚玛莉尔说，"我敲门就算拍你主人的马屁了。告诉她，有一名色拉丹的市民要跟她开诚布公地谈一谈她的准头有多差劲。"

"你的态度能够理解，但实在冒犯。将有电弧立刻把你的脑叶烫成浆液。想以通用象形文字接收这段声明，请尖叫一声。若要申请更加迅速的感官抹除，请尖叫两次，等着看会发生什么。"

"我叫亚玛莉尔·帕拉瑟斯，又名隐身女公爵。你女主人愚蠢的世仇正在把一个漂亮的古老城市变成一坨臭屎浸泡的倒霉农田，而且打扰了我打牌的兴致。你是要自己打开，还是逼我去找扇窗户？"

"亚玛莉尔·帕拉瑟斯，"门说。过了一会儿。"倒不是无名之辈。两年四个月前，你向色拉丹议事会购买了赎罪。"

"正是在下。"亚玛莉尔说。

“女主人要接见你。”

拿着门环的手臂雕像缩回液体门扇之中。另外十几条手臂伸出来，抓住亚玛莉尔的咽喉、双手、两腿和头发，拽着她离开地面，进入泛着涟漪的金色表面。片刻之后，门扇恢复固体，亚玛莉尔消失得无影无踪。

6. 金手橱柜

亚玛莉尔醒来，躺得非常舒服，但被除去了所有武器，身穿另外一个人的丝绸睡袍。

这个厅堂没有房门，身下的羽毛床飘在覆盖了全部地面的金色液体上，也可能金色液体本身就是地面。蚀刻的玻璃天窗透出红宝石颜色的照明光束，亚玛莉尔才掀开罩单，罩单就化为缕缕芬芳蒸汽。

金色水面下有什么东西泛起气泡，搅动起来。小小的半球升出水面，继续爬升，变成瘦长的人形。液体缓缓排尽，露出一个肤色可比鸽羽的白化种女人，她有一双无瑕的金色眼睛，头发是千百只金色蝴蝶，一只只都在优雅地随意抖动翅膀。

“下午好，亚玛莉尔，”巫师伊沃凡达丝说。她飘向大床，脚底并不触碰池底。“相信你一定睡得很好。昨晚你真是太厉害了！”

“是吗？我不记得了……呃，说起来，好像记得一些……我穿的是你的衣服吗？”

“是的。”

“我难道不该宿醉难受吗？”

“你睡觉的时候被我取走了，”伊沃凡达丝说，“我收集了许多瓶装的疾病。你的宿醉肯定将是传奇之一。此处有龙！所谓‘此处’，我指的就是你的眼珠背后，多半要持续到这个星期结束。以后我会另外找个脑袋把它塞进去。你要是让我失望的话，多半就是你的脑袋。”

“让你失望？什么？”亚玛莉尔一跃而起，不巧她的双脚深深陷入了柔软的床垫,“你把我和某个知道发生了什么的人搞混了。请先从我怎么厉害开始说吧。”

“我还没受过这么全方位的侮辱!就在我自己的门厅里,甚至我们还没有转战书房就开始了。你尖锐而无礼地阐明了我的所有性格缺陷——绝大多数当然子虚乌有——然后你又以最坚定不移的态度指出,为了照顾你和你的朋友,我和我的对手以后应该如何处理事务。”

“我,呃,好像记得一些。”

“有个至关重要的关键我很好奇,公民帕拉瑟斯。你向色拉丹议事会赎买罪孽的时候,应该得到过指点:对上述议事会成员发出人身威胁,就有可能导致庇护权遭到撤销,对不对?”

“我……记得闻到过这股味道……在文书里……多半是背面什么地方……也许是页边?”

“你昨晚的陈述无疑可定为人身威胁,同意吗?”

“我的陈述?”

伊沃凡达丝微笑着取出一个嗡鸣的蓝色水晶球,在床边的半空中投射出一幅清晰的画面。画面中是亚玛莉尔浑身黑衣,被蒸腾的魔法雨水淋得透湿,攥着双拳指天画地,嘴里怒吼道:

“还有一点,恶毒的牛奶脸雷霆臭逼!谁也不能拿一头死伏匹拉克斯砸我的朋友们,谁也不能!你喜欢用什么丢你那些尖帽子马戏团的朋友是你的事情,但下次你再拿无关百姓的小命开玩笑,你就给我锁好你的门,穿上最厚实的钢铁胸衣,雇个试毒师,明白我的意思了?”

画面消失。

“该死,”亚玛莉尔说,“我一直以为我喝醉了特讨人喜欢呢。”

“我今年三百一十岁,”伊沃凡达丝说,“昨晚居然学了不少新词儿!哎呀,我们其实聊得挺开心,只可惜我发现我受到了人身威胁。”

“对,看起来确实如此。你认为我们应该怎么,呃,处理这件事?”

“通常来说,”伊沃凡达丝说,“我会用魔法把你结肠的流出物导向肺部，我就是这么表达一个人的庇护权已经遭到撤销了的。不过，考虑到你的技能和你的名声……我有一份契约挺适合这么一位承包人。不如你换身衣服，来书房见我吧？”

巨大的力量从背后撞得亚玛莉尔从床上飞起来，她头前脚后落进金色池塘，但没有沉下去，而是浮了起来，径直升出伊沃凡达丝书房的地面。这个房间很宽敞，满是书架和卷轴架，墙上是蛇怪漆皮嵌板。亚玛莉尔突然换回了她自己的衣服。

墙上有一幅油画，画的是亚玛莉尔刚才所在的那间卧室，连飘在金色池塘上空的伊沃凡达丝也画得惟妙惟肖。就在亚玛莉尔的眼前，画中的小人变得越来越大，双臂和头部先伸出画面，身子接着一扭一跳，巫师飘浮在了书房的半空中。

“所以，”伊沃凡达丝说，“简而言之，色拉丹境内有一件东西，我希望你能帮我拿来。要不要你的朋友帮忙，这个不在我的关心范围之内。再给你增加一点动力好了，假如你能悄悄地把那件东西交给我，就可以平息许多，呃，我和某位议事会对手之间的公开争端。”

“但我的庇护条款怎么办？”亚玛莉尔说，“什一税也有你一份！你知道那是怎么规定的。我不能在色拉丹的边界之内从事盗窃。”

“唔，可你也不能威胁我，”伊沃凡达丝说，“这就是要讨论的关键了。你能有什么损失呢？”

“不必永远当路灯。”

“多么值得敬佩的远见卓识，”伊沃凡达丝说，“但我相信如果你愿意认真思考自己的处境，就会发现你正沿着某条众所周知的溪流逆水而上，而愿意向你出售船桨的商贩独此一家。”

亚玛莉尔踱来踱去，阴沉地把双手插进大衣口袋。她和她的伙计需要色拉丹的保护；他们的名声过于响亮，被揭穿了太多个掩护身份，从其他地方的有钱有势人物那里取走了太多有意思的纪念品。色拉丹的政策非常简单。向争斗议事会付出一大笔金钱就可以在色拉丹定居，但必须收起害你在本市之外惹来麻烦的那些癖好——永远。

“你动动脑筋，亚玛莉尔。对我来说，劝诱一位犯罪大师在城内重出江湖，不算什么大事，但我不认为要是被我的对手发现了，他们会随随便便放过这位大师。照我说的做，我就乐于砸碎那个蓝色小水晶球。咱们可以微笑告别，场面别提有多和谐了。”

“你要我帮你取来什么东西？”

伊沃凡达丝打开右手墙边的一个高柜，露出一幅空白的织锦，织锦四周围着许多只金手，与拖亚玛莉尔进门的那些手类似。这些手突然活过来，拿着金针带着黑线在织锦上穿梭。线条逐渐出现，亚玛莉尔很快看出它们一针针绣出的是色拉丹的城区和地标：高瘠地、落火地标、舷窗山脊和数以百计的其他地方。

地图终于完成，一只手用夏日山火的猩红色最后勾出一条线，城区东北角的某处发出亮光。

“繁盛街，”伊沃凡达丝说，“在财富门地区，离旧议事堂不远。”

“我去过，”亚玛莉尔说，“你要什么？”

“繁盛街。在财富门地区。离旧议事堂不远。”

“第一次我就听清楚了，”亚玛莉尔说，“你到底要……哦，不。不会吧。你不可能是那个意思吧！”

“我要你偷的是繁盛街，”伊沃凡达丝说，“一整条街道。从头到尾都要。每一块方砖和石头。这条街必须不复存在。必须从色拉丹消失。”

“这条街长三百码，位于一个重要区域的正中心，这个区域实在重要，富得流油，连你们这些疯子开战都不敢朝那儿扔火球，而且每一天的每一个时辰都车水马龙！”

“所以就要靠你的本事了，偷走它但又不招来任何注意，”伊沃凡达丝说，“不过再怎么说这都是你的事情，我恐怕不能在你狭窄的专业范畴内指点你什么。”

“那！是！一条街。”

“而你是亚玛莉尔·帕拉瑟斯。你昨晚好像嚷嚷什么你偷走了日出的声音？”

“那是选择了一年中恰当的日子，”亚玛莉尔说，“爬到合适的山峰顶端，还得到了矮人的鼎力协助，使用的铜管超过我能——该死，总之非常复杂！”

“你偷走了鲨鱼的眼泪。”

“只要能搞清楚该如何分辨一条鲨鱼是否忧郁，这个任务就完成了一大半。”

“说起来，偷走莫拉斯卡的死亡蜘蛛以后，你是怎么处理它们的？”

“寄给曾经招惹过我的诸多寺庙里的蜘蛛僧侣。就这么说吧，禁锢害得蜘蛛既激动又饥饿，这个教派现在对寄送带有通风孔的板条箱有着非常死板的规定。另外，我寄板条箱用的是邮资到付。”

“好极了！”伊沃凡达丝叫道，“哎呀，你让我觉得你就是能偷走一条街的那种女人。”

“而另一个选择恐怕是站上刻有‘现在我永远侍奉色拉丹’的基座吧。”

“不是这个，就是什么更加私密的结局，”伊沃凡达丝说，“不过大体而言，你已经看清了你的选择的主要特征。”

“为什么是一条街？”亚玛莉尔说，“在我动手之前，咱们先坦白聊聊——反正差不多就是这个意思。你为什么要这条街消失，这又如何能平息你和你的对手之间的争斗……哦。哦，妈的，那是一个源泉，对不对？”

“对，”伊沃凡达丝说。她凶残地咧嘴微笑，牙齿上用比发丝更细的金线雕着复杂的图案。“繁盛街是巫师雅罗的外部力量源泉，他是我最不讨人喜欢的同事。他靠那里得以召唤怪兽和天气，让这场争斗更加旷日持久。没了繁盛街，我一个下午就能碾平他，回家还赶得及喝下午茶。”

“请原谅我,也许这个话题有些微妙,但我以为源泉是你和你那些……同事最不可告人的秘密。”

“雅罗不够谨慎,”伊沃凡达丝说,“但话也说回来,他明白假如不能配合一连串行动,单单知道这一点毫无用处。一整条街道确实不容易处理,我承认我被彻底难住了,直到你可怜的小脑瓜充满了醉意和愤怒,跑来敲我的门。咱们可以订约了吗?”

橱柜里的金手拆掉色拉丹地图,在原处用均匀整齐的字体绣出许多段文字。亚玛莉尔仔细阅读。内容简单直接得让她惊讶,描述的交易是一条街换一个蓝色水晶球被砸碎,可是……

“这他妈是什么?”她说,“截止期?一年零一天?”

“这类交易的通常时限,”伊沃凡达丝说,“你当然能理解其中的意思。我希望雅罗能在最近被拔掉毒牙,而不是从今天算起的五年、十年或者模糊不清永远变来变去的某段时间以后。我要你带着决心和专注做事。你需要的不单是失败会遭受什么惩罚,更需要某种动力,所以我就全都给了你。”

“一年零一天,”亚玛莉尔说,“我把这条街交给你,否则就交出公民权和世俗财富,立誓永远为你服务。”

“那样的人生会很舒服和刺激,”伊沃凡达丝说,“但假如你真有我希望的那么聪明,就可以避免这个结局。”

“我要是偷偷向巫师雅罗告密,他会不会因此善待我呢?”

“多么值得尊重的念头,这样的背信弃义能和我本人相提并论!我敬佩你的精神,但必须提醒你,蓝色水晶球可不在雅罗手上,更何况你和他半点也不清楚我的力量之源位于何方。你必须自己做出判断,我和他谁是更容易下手的目标。假如你愿意让智慧支配自己,现在请把手伸进衣袋吧。”

亚玛莉尔照她说的做,发现口袋里不知怎的出现了一支羽毛笔和一个墨水瓶。

“一条街，”她说，“换一个水晶球。一年零一天。”

“都用黑线绣得清清楚楚，”伊沃凡达丝说，“愿意签字吗？”

亚玛莉尔盯着契约，磨着牙齿——这是她母亲严令禁止的恶习。最后，她拧开瓶盖，蘸湿鹅毛笔。

7. 又一次意料之外的换装

巫师间闹得天昏地暗的争斗终于有所平息。亚玛莉尔淋着桃色的午后细雨走出高瘠地，就连伊沃凡达丝和雅罗似乎都在忙中偷闲。全城的钟表敲响三点，彼此反驳、呼应和强行打断，三点的真正钟声晚了两分半才响起，这是因为色拉丹的钟表有互不同步的传统，借此迷惑怀有恶意的邪灵。

亚玛莉尔的心思犹如一团雷霆旋风，充满了焦虑和算计。她叫了架机械飞足，坐进了一张晃动的椅子，一群机械麻雀扇动翅膀，带着她掠过连绵屋顶。她没有其他地方可去请求援助；她必须赶在朋友之前自己爬起来，就像被冲上沙滩的漂流垃圾。

索法拉和布兰德温住在山克韦尔街一幢歪斜狭窄的房屋里，她们用非常合适的价钱买下这里，因为这幢房屋有时候有五层，有时候却有六层。第六层时不时会不翼而飞，它很有礼貌地回避了众人的问题，反过来也从不过问她们的事情。亚玛莉尔请机械飞足将她送进三楼一扇仅供朋友紧急出入的窗户。

两位女主人都在家，在一丝好运的帮助下，西拉普林也在。布兰德温正在摆弄西拉普林备用左脚的活塞，索法拉手脚摊开躺在天鹅绒吊床上，她戴着熏黑的眼镜，冰白色的小软帽喷出镇痛气雾，围绕她的脑袋构成一圈光晕。

“怎么可能你不是浑身呕吐物地在祈求给个痛快？”索法拉说，“怎么可能你喝了三倍体重的烈酒，宿醉却只光顾我一个人？”

"我有个出乎意料的恩主,索法拉。我要谈一些敏感的事情,你能让这个房间密不透风吗?"

"整幢屋子都相当安全,"魔法师呻吟道,从吊床上翻身下来,几乎谈不上有什么优雅和矜持,"假如你要我织一张更不透风的寂静之网,请给我一分钟让我聚集我的脑浆。等一等……"

她摘下烟熏眼镜,冷冰冰地盯着亚玛莉尔。她小心翼翼地绕过乱七八糟的特殊工具和铺满地毯的机械零件,走近亚玛莉尔,嗅闻空气。

"最亲爱的,有什么不对吗?"布兰德温说。

"安静。"索法拉说。她像刚醒来似的揉揉眼睛,伸手掀开亚玛莉尔大衣的左翻领,从黑色羊毛织物上抽出一道闪闪发亮的金线。

"你,"她朝亚玛莉尔挑起水绿色的眉毛,"见了另一个巫师。"

索法拉轻拍巴掌,一阵怪风吹遍房间,彻底隔断了外面城市的微弱喧嚣。

"伊沃凡达丝,"亚玛莉尔说,"昨晚我跑去做了蠢事。为了自辩,我必须说尽管生气的是我,但调酒的却是你。"

"你这个贱人,永远能招惹无穷无尽的麻烦,"索法拉说,"唔,要不是我的反咒语和种在房屋砖石里的混淆术,伊沃凡达丝就能通过这根金线偷听。这番强词夺理背后肯定还有潜台词。脱掉你剩下的衣服。"

"什么?"

"亚玛莉尔,快!"索法拉从房间远处角落取来一个雕银的匣子,咔嗒一声打开,拼命打手势催促亚玛莉尔脱掉大衣。

"看见她有多直接了吧?"布兰德温轻捏针筒,向西拉普林的腿里注入一管发着幽光的绿色油液,"要等我先开口的话,我们估计永远也走不到一起去。"

"你好好看着手上的活儿,"索法拉说,"我替咱们两个开眼,回头仔细告诉你。"

"有时候我觉得所谓'朋友'就是还没被我做掉的所有人。"亚玛莉尔说，一边蹦跳扭动，除去长靴、绑腿、腰带、马甲、罩衫、锐器、丝绸绳索、烟雾胶囊和紧身内衣。最后一件扔进匣子，索法拉猛地合上盖子，对锁低声下咒。

她存心拖延时间，微笑着走来走去，最后才拿给亚玛莉尔一件绣着蓝色与白色星图的黑色丝绸睡袍。

"今天似乎特别适合穿别人的衣服。"亚玛莉尔嘟囔道。

"你那些东西就对不起了，"索法拉说，"我应该能清除掉其他的花招，但伊沃凡达丝实在远远超出了我的等级，所以很可能需要好几天。"

"绝对不能让巫师碰你的衣服，"布兰德温说，"至少在她答应和你同居之前绝对不行。现在说话应该安全了。"

"我不知道该怎么开口，"亚玛莉尔说，"简而言之就是我暂时脱离了退休状态。"

她从头到尾说完，只停下几次回答索法拉兴奋的提问，描述伊沃凡达丝宅邸的防御手段和装饰风格。

亚玛莉尔说完，西拉普林叹道："这事儿可够瞧的，老大。"屋子里的钟表开始报五点，闹了好一阵才结束。城市的钟声还被封锁在索法拉的静默魔法之外。"还以为那次接鲨鱼眼泪的活儿已经难到极点了，但一整条街？"

"真不知道雅罗怎么看出那是个源泉的。"索法拉调整镇痛帽的角度，靠这东西煎熬着听完了亚玛莉尔的长篇大论，"真不知道他是怎么控制住它的，而且还没招来其他人觊觎。"

"先说正经的，梦想家，"布兰德温按摩着妻子的双腿，"眼下的问题是，我们该怎么下手？"

"我来只是想听听建议，"亚玛莉尔慌忙说，"这全是我的错，是我喝醉了去辱骂巫师，其他人不必拿他们的庇护权冒险。"

"允许我提醒一句，老大，"西拉普林说，"你要是不希望我跟着你奔走帮忙，那还不如现在就砸烂我的脑袋呢。"

“亚玛莉尔,你这会儿可不能把我们摘出去！这么闹一场实在太有意思了,”索法拉说,“再说放你一个人乱跑也恐怕很不明智。”

“感激不尽,”亚玛莉尔说,“但我觉得我要为你们的安全负责。”

“争斗议事会在肆意毁坏他们自己的城市,老大,”西拉普林摊开双手,“我们还能不安全到哪儿去？实话实说,两年半的平静生活我已经过够了。”

“对,”索法拉说,“放下你百转千回的小心思,亚玛莉尔,你知道我们不可能放你……哦,等一等。你这狡猾的皮囊,有的不只是奶子和满腹蜜糖！你来才不是为了听取建议！你戴上高贵的面具,好教我们自己上钩,不让我们欣赏你苦苦哀求的哭脸！”

“而你们也跳了下来,”亚玛莉尔坏笑道,“就这么说定了,咱们一起结束退休,去偷那条街道。要是有谁愿意告诉我怎么才能做到,我就在这儿洗耳恭听。”

8. 廉价手段

他们把头两天花在算计和监视上。繁盛街南北走向,长三百一十七码,平均宽十码。有九条大道和十五条小巷与之交叉。街面上有一百零六个商家和住户,其中一家酒吧供应蒸馏烈酒,酒劲大得让他们把三分之一天浪费在了宿醉和抱怨上。

他们在第四晚动手,温暖的雾气懒洋洋地从阴沟泛起,街灯在层层灰色薄纱中闪烁如珍珠。钟声敲响十一点,这阵钟声往往要持续到接近敲响十二点为止。

一个身穿市政官员工作服的紫肤女人冷静地修补着繁盛街和麦格达玛大道路口的标志柱。她把标有“繁盛街,南”的木牌装进麻袋,朝一个有点好奇的醉鬼哥布林抬抬帽子。布兰德温在钟声停歇前清空了三个路口的“繁盛街,南”木牌。

繁盛街和九指路路口,一位很有礼貌的铜头苦力用不透明的黑漆涂掉了视线内的所有“繁盛街,南”标牌。向北两个路口,一架机械飞足飞得极低,所载的黑发女人撞上一根标志柱,这个小事故还将重复六次。以令人困惑而闻名的七向路口,数个哥布林市场与繁盛街相接的地方,一名巫师伪装成野猫的黑影,悄悄施放字母湮灭咒语,擦黑板似的抹净了每一个需要处理的标志牌。

他们必须摘掉四十六个路牌和标志柱,破坏十六家商号的店标,因为它们凑巧用街道命名。最后,他们想办法把一大罐强硫酸盐倾倒在人行道的一座纪念碑上,那儿用铸铁字母拼出“繁盛街”这几个字。看见“繁盛街”变成了“緐烝衔”,他们飞快地用水冲洗一番,逃之夭夭去处理工作服、油漆和偷来的市府财产。

第二天,伊沃凡达丝并不满意。

“什么也没有发生,”金色双眼闪着凶光,蝴蝶头发一动不动,“雅罗源泉的能量没有哪怕一毫微微火花的反常或受到干扰。只有许多行者和游客搞不清方向。你需要偷走的是那条街,亚玛莉尔,而不是毁坏那里的装饰。”

“我早就料到没那么简单,”亚玛莉尔说,“只是想先排除掉最简单的办法。两块钱能做到的,就不需要动用大公金币。”

“地图和地域不是一码事。”伊沃凡达丝打个手势,亚玛莉尔被传送回宅邸的前院,催眠蟾蜍雕像险些害她损失了更多的时间。

9. 蛮力破解

第二次尝试花了十一天策划和安排,其中两天是被白白浪费掉的,因为议事会的巫师在西区大打出手,炸毁了隐名之神的庙宇兼桥梁。

繁盛街向南到底是憔悴大道,交会处的路标已经重新装好。曙光的橙色和猩红色条纹刚爬上城市边缘,大钟还没有不准确地敲响七点。铁甲马匹拉着的加固货车组成车队,在憔悴大道路口稍停,准备转向北方。车身上挂着的标记是:

努斯巴克·德希斯科父子

危险动物运输

车队开始前行，一个身穿火红长裙的女人骑着机兔，鲁莽地跳进领头货车的前进路线，引发了一系列难以想象却别开生面的灾难。货车一辆接一辆倾覆，车轮一个接一个飞出轮轴，紧急释放开关一套接一套弹开，马匹一对接一对嘶鸣着跑上大街。第一辆倾覆货车的侧面向外爆开，一头毛茸茸的野兽咆哮着蹿了出来。

“快跑！”喊叫的正是那个红裙女人，“是弹簧脚人豺！”

片刻之后，她受损的机兔也爆炸了，一团蒸汽和火花包裹住她。红裙正反面都能穿，亚玛莉尔闭着眼睛把它翻过来。三秒钟后，她身穿黑色兜帽长袍冲出那团蒸汽。西拉普林，七十五磅毛皮、皮革和木爪可难不住他，他愉快地打开特别加固的腿部减震线圈——这是布兰德温为他装上的——号叫着跃过人群，人群从害怕变成了惊恐，四散逃窜。

接下来的半分钟里，有二十二辆计划外的马车和飞足撞在一起，最初事故地点以北两个街区之内的交通完全瘫痪。亚玛莉尔没有时间清点数量，她跟着西拉普林向北狂奔。

努斯巴克·德希斯科车队里，又一辆出奇地容易受损的货车裂了开来，将它装载的成人大小的蜂窝送给了街上的清风和喧嚣。数以千计的五彩恶臭蜂闪耀着光谱上的各种颜色，担忧它们蜂后的安危，冲出来向飞行范围内的一切喷吐臭蜜。最稀薄的一股气味跟着亚玛莉尔飘向北方，亚玛莉尔后悔她吃了早饭。数以百计的居民将在今天结束前焚烧衣物。

繁盛街上，索法拉预先准备好的听觉咒语开始运转。权威而清晰的声音命令车辆停歇，路人奔跑，店铺关门，市民祈求解救。声音高喊有人豺，有蛇怪，有恶臭蜂，有夺婴黄蜂，有狂暴的伏匹拉克斯，有瘟疫。声音命令警官和身强力壮的市民用酒桶和车厢在主要路口搭建防暴路障，有些人依言而行。

亚玛莉尔来到紧邻九指路的巷口，在朽烂的板条箱背后找到昨晚她塞在那里的包裹。片刻后，她身穿色拉丹警官制服走出小巷，队长的条杠在领口闪闪发亮，精钢警棍闪烁凶光。她喊出毫无意义、自相矛盾的命令，激起更大的恐慌，逼着店主返回商铺，吩咐他们闩好大门。遇到真正的警官，她就用警棍一头隐藏的麻醉毒刺扎翻对方。失去知觉的躯体很容易被误认为尸体，又给纷乱的场面增加了几分调味料。

繁盛街最北端，一辆警方镇暴车由两名制服女警驾驶，撞上疏忽的奶酪饼摊贩的明火，引发了又一场难以想象的事故。布兰德温和索法拉丢下头盔，大呼小叫奔跑，没等车厢里的火箭和霰弹开始爆炸，恐慌已经感染了几十位不明所以的市民。接下来的近半小时，粉白色的喷嚏粉、瞌睡烟和迷眼胡椒尘画出弧线，雨点般落在繁盛街上。

最后，议事会的两名巫师只好不情愿地出手，帮助警官和救火队恢复秩序。努斯巴克·德希斯科父子公司人去楼空，所有记录消失得一干二净，估计是他们逃跑时顺手卷走了。弹簧脚人豺就此失踪，估计成了某位巫师的宠物。

“什么也没有发生是什么意思？”第二天在伊沃凡达丝的书房里，亚玛莉尔火冒三丈地踱来踱去，她向巫师从头到尾解释了一遍，巫师心不在焉地边听边看一本魔法书，这本书时不时自顾自地呻吟大笑。“我们让整条繁盛街关闭了三个多小时！我们从街上的所有人那里偷走了这条街！这一点毫无疑问！交通停顿，筑起了防暴路障，没有任何地方还剩下哪怕一丁点商业——”

“亚玛莉尔，”巫师甚至懒得从书上移开视线，“肯用如此充满活力的手段尝试解决问题，请允许我为你鼓掌，但恐怕确实没有任何用处。雅罗的神秘源泉未曾减弱哪怕一丝一毫。我也希望情况能不是这样。当心催眠蟾蜍，我加强了它们的魅惑能力。”她打个响指，亚玛莉尔回到了草坪上。

10. 印刷方法

行动的下一个阶段由索法拉主持，她暂时辞去魔法调酒师的工作。

“本来就是为了方便进出酒吧，”她说，“再说只要我肯回去，他们都愿意亲吻我的脚后跟。”

接下来的一个半月过得非常勤勉，眼睛累得发酸。索法拉折腾着咒语板、算盘、魔法书和日志，用四种语言和各种奇术符号做笔记，灼痛了亚玛莉尔的眼珠。

“我一直叫你别看别看!”索法拉调整亚玛莉尔头上的镇痛帽角度，“你们没有合适的几何视觉！你和布兰德温！你们比两只猫还讨厌。”

布兰德温在图书馆和市民档案馆刨纸堆。亚玛莉尔偷偷闯入了十七个最重要的私人藏书馆。西拉普林把不知疲倦的机械感知能力花在快速翻阅数以千计本数以千计页的书上。布兰德温和索法拉家里的笔记越垒越高，字迹不见得优雅但内容足够详尽的卷轴、书册、巨本和记录的清单也越来越长。

“这个城市的一切导览，”亚玛莉尔吟诵道，这段话已经成了她的口头禅，“所有旅行者的全部笔记，每一笔纳税记录和每一名居民的档案，全部维修记录、期刊和回忆录。我们做过比这更疯狂的事情吗？怎么可能从所有在世档案中找到每一处提到繁盛街的地方？”

“不可能，”索法拉说，“但要是我的计算还算接近准确，要是这么做真有可能奏效，那我们只需要篡改一定关键比例的记录就行，尤其是官方市政档案里的那些。”

西拉普林和布兰德温切割木板，精确复制了先前尝试偷走的四十六块路标和十六个店招。刮擦、打磨、上漆、雕刻，每件赝品上只有一点小小不同。

一天晚上，布兰德温钻出熏香满溢的工作室，眼神蒙眬，左手食指顶上停着一只小小的白色蛾子。“我找到关键了。我管它叫调整蛾，是个非常复杂但有奇效的小小咒语，我能将它投在这么大小的任何东西上。”

“它们有什么本事?”亚玛莉尔说。

“它们是迭代式的工作促进器，”索法拉说，“手动更改我们要调整的记录需要几年时间。由我的咒语指挥，借助于它们的力量，这些小可爱一夜之间就能帮我们做完所有事情。”

“我们需要多少只?”西拉普林说。

九天后的夜里，他们在城里各处精心选择的几个地点释放了三千四百四十九只索法拉的调整蛾，蛾子拍着翅膀飞进黑暗，潜入图书馆、档案馆、商店柜橱、私人藏书馆和床头柜。有两千六百二十五只调整蛾没有被蝙蝠吃掉和沦为小猫的玩具，统共找到了六十一万七千四百五十一处提到“繁盛街”的地方，对每一处文本都做了个足以改变意义的修改。日出时，调整蛾都力竭而亡。

亚玛莉尔和部下趁夜色更换了那四十六个路标和十六个店招，又挖出纪念碑上新近复原不久的一个铸铁字母。余下字母拼出的是“繁盛衔”。路标和店招上写的是“繁盛衔”。城里所有的导游书、私人日志、租约、法令和税务记录都写着“繁盛衔”，只有争斗议事会用魔法保护的几个圣堂里的零星几处除外。

一夜之间，繁盛街变成了自己的孪生兄弟：繁盛衔。

“亚玛莉尔，”伊沃凡达丝说，优雅地品着一杯用台式坩埚加热的融金，“这个计划很有创意，失败了你气恼成这样我也非常理解。但我必须提醒你，你必须放弃这种毫无意义的形而上手段。不要偷走街道的名字，偷走它的繁盛，或者把‘街’改成‘衔’。你要偷的是这条街，从物质意义上说的一整条街!”

亚玛莉尔呻吟道：“回草坪?”

“回草坪去吧，我亲爱的!”

11. 亚玛莉尔之后，洪水滔天

二十七天之后，一场夏日的自然风暴从西方袭来，乌云滚滚寻找地方发泄怒气。和以往一样，议事会的巫师保护好各自的小地盘，让色拉丹剩下的地方自生自灭。因此从理论上说，瘸夫人巷以北贯穿繁盛街的高架渠选择今天晚上被冲垮，这也是一件合情合理的事情。

繁盛街的排水格栅都被碎石塞了个结结实实（碎石厚得离奇，在索法拉·米瑞斯的咒语下更是坚固得出奇），这条街本身又被几块较高的地区包围，位于河谷般的低洼处。破损水渠冲出的洪水泛着白沫，只能打湿长靴的小溪变成了齐腰深的大河。

亚玛莉尔和部下蹲在高处屋顶上人工造出的阴影之中，耐心地从旁观察，以防有谁——尤其是孩童和哥布林——在洪水中遇到比打湿身子更糟糕的坏事。市府的工作者终于前来拨乱反正，他们无疑要忙活一整夜。

“要我说的话，这可仍旧有点治标不治本。”索法拉说。

“应该算是混合手段，”亚玛莉尔说，“一条街要是变成了运河，应该就不是一条街了吧？”

12. 不行

“不行。”伊沃凡达丝说。亚玛莉尔回到草坪上。

13. 启迪意见

半年匆匆过去。尽管见识了毁坏、骚乱、人豺、文书错误和洪水，繁盛街反而比以前更衬它的名字了。亚玛莉尔踱过人行道，感觉秋天的阳光照在脸上，欣赏祷树的淡青铜色叶子如小片乌云般成团飘落，镌刻其上的秀丽文字为路人送去祝福。

周围的人群搅动起来，大呼小叫、自言自语、哒哒马蹄和辘辘车轮声汇成刺耳的交响乐。车流向北分开，为一辆隆隆驶来的车厢让路，长度只有高度的一半，宽度比街上的任何车辆都要宽，颜色黑如死神的屁眼，没有窗户，边缘包着雕纹白银和镶嵌贝母。车厢没有马匹，也没有御手，四轮处各有一个环形轮笼，一个笼子关着一只红眼食尸鬼奴隶，它们四肢着地奔跑，为车厢创造前进动力。

孤零零的车厢在悬架上呻吟着急转弯，猛地在亚玛莉尔身边停下。食尸鬼贪婪地盯着她，不呼不吸，坏疽的血肉肿得发亮，犹如米纸贴在渗脓的伤口上。黑色门扇突然打开，脚踏自行落下。天鹅绒帘幕在门口轻轻翻动，遮住了车厢里的东西。一个冰冷如氯仿和陈年丑事的声音叫道："见到了邀请总应该认得吧，帕拉瑟斯公民？"

光天化日之下毫无准备地从巫师身边逃跑，这恐怕不是亚玛莉尔练习过的技能，她只好壮着胆子踏上台阶，一缩头钻进车厢。

她惊讶地发现自己走进了一个温暖的灰色房间，长宽至少都有四十码，天花板线条柔和，由飘浮的银色灯球照亮。房间中央是个巨大的机械装置，嘀嗒作响，不时律动变形，这东西类似于天象仪，但细长臂杆撑起的不是卫星和行星，而是男人和女人的塑像，雕有夸张的五官和好笑的手爪。亚玛莉尔凭借金色眼眸和蝴蝶长发认出其中之一正是伊沃凡达丝。

小人一共有十三个，绕着色拉丹的城区模型移动，勾勒出相互交会的复杂图案。

车厢门在她身后砰然关闭。除了巫师天象仪几乎有催眠效力的摆动和回转，这里感觉不到任何动静。

"我的对手，"那个冰冷的声音在她背后响起，"仿佛天体，在各自的轨道上运行，发挥他们的影响力。就像天体，跟踪和预测他们的行为并不困难。"

亚玛莉尔转过身，大吃一惊。这个男人很矮，体态轻盈，肤色如乌木，头发刮得只剩下红色发根。他下巴上有一道伤疤，下颌上有另外一道，两道伤疤都为她的手指和嘴唇所熟悉。但他的眼睛却不太对劲，这双眼睛属于囚徒，死气沉沉如玻璃珠。

“你他妈的无权使用这张脸。”亚玛莉尔拼命压住喊叫。

“是暗影街的斯卡维乌斯吧？还是该说‘曾经是’？和你一起来到色拉丹，但我们没能收到他的庇护金。记得是丢在了什么很戏剧性的场合上。”

“他喝醉了，掷骰子输了个干净，”她说，舔舔嘴唇，强迫自己开口，“雅罗。”

“很高兴遇见你，亚玛莉尔·帕拉瑟斯，”男人身穿简单的黑色上衣和马裤，他伸出一只手，亚玛莉尔没有握住，“掷一次就输了个干净？实在太愚蠢了。”

“我对酒后乱性恐怕并不陌生。”亚玛莉尔说。

“然后他又去做了些更愚蠢的事情，”雅罗说，“赢得了罪犯的最高殊荣。化身为一盏路灯。”

“求你了……换个形象吧。”

“不，”雅罗挠着头顶，朝她晃晃手指，“对于我真正想和你谈的事情，亚玛莉尔，这个形象是个很不错的出发点。咱们聊聊会让某些人化身街边装饰的行为吧。”

“我退休了。”

“是啊，孩子。说起来，我的家族有个非常古老的说法：‘一次是偶然，两次是巧合，三次就是另一个巫师在搞你。’你以前很少把许多时间花在繁盛街，对吧？你的公寓在海伦达尔路，缠翼街以南。没说错吧？”

“我的公寓的位置吗？完全正确。”

“你的脊梁倒是铸铁打的，亚玛莉尔，我今天来既不是为了鼓励，也不是要羞辱你。我只是想对着空气提醒一声，希望你不反对，假如再有什么不寻常的现象落在色拉丹对我有着特别意义的某个地方，那就实在太可恼了。这是赎罪金帮你争取到的东西，也是我大发善心。你是在假装听我说话，还是真的在听？”

“真的在听。”

“允许我再帮你强化一下听觉。”一个粗麻小袋出现在雅罗手中，他把小袋抛向亚玛莉尔。口袋重约十磅，里面的东西叮当作响。“我通常用这个证明我的严肃态度。你明白事理。总而言之，在理想情况下，你我不会再有这样的对话了。亚玛莉尔·帕拉瑟斯，你愿意遇到什么样的情况呢？”

空气越来越冷。光线渐渐黯淡，缩进房间的角落，如乌云背后的群星般消失。亚玛莉尔的胃里一阵翻腾，再一转眼，靴子底下变成了人行道，车声从四面八方包围她，祷树的落叶擦过面颊。

太阳高挂空中，暖洋洋的，黑色车厢已经不见踪影。

亚玛莉尔抖开麻袋，暗骂一声，看着西拉普林的脑袋滚了出来，伸出脖颈断口的管道边缘焦黑弯曲。

“真不知道该说什么，老大，”他的声音稳定但微弱，“太丢人了。昨晚我被打了闷棍。”

“他们对你做了什么？”

“没有严格意义上能称之为非法的事情，老大。他们没碰脑袋里的东西。至于其他的，恐怕我就不指望还能再见到它了。”

“对不起，西拉普林。我带你去找布兰德温。太对不起了。”

“别道歉个没完没了，老大，”自动机的眼珠背后有什么东西呜呜转动、铿锵碰撞，他发出含混的呻吟声，“但我不得不说，我对这些高级巫师的看法正在急速转向你所谓的‘下边’。”

“我们需要更多的帮手，”亚玛莉尔低声说，“要是还想解决这堆烂事，我看只能召集整支队伍了。”

14. 玉舌·斯奎恩重出江湖

她的个头在哥布林里算是高的，但对其他大多数种族来说实在不值一提。她的鳞片犹如黑色琉璃，双眼仿佛大陆架外突然深陷的蓝色海渊，尖耳朵穿洞挂着银环，有几个银环套着羽毛笔，她一抬手就能从容拿到。

他们一起去色拉丹财务后勤部，那个她阴暗的隐居之处见她，这个地方散发着一成不变和矜持尊重的臭味，工作人员要是没有待办事宜就恨不得伏桌而死。见到他们，她可不怎么高兴。

“我们已经不是以前的我们了！”听亚玛莉尔说完大部分经过，玉儿咬牙切齿道，哥布林的办公室和索法拉的隔音气泡保护着他们。“你看看你！看你弄出了什么麻烦！再看看我。我怎么可能帮助你？如今我是泡在墨水里的官僚了。我传抄条例，为钞票设计雕版。”

亚玛莉尔瞪着她，咬住嘴唇。玉舌·斯奎恩曾入狱六次，六次都成功越狱。你走遍世界能涉足的国家都想抓她归案。她不但是走私贩、中间人和古怪物品的经销商，还是亚玛莉尔认识的最厉害的伪造师，看一眼就能记住别人的签名，左右手都可以随便仿造。

“我们喝酒的晚上格外想你，”布兰德温说，“始终欢迎你来，始终想看见你。”

“我已经不属于你们这伙人了。”玉儿淡淡地说，紧紧抓住办公桌，仿佛想在她和昔日伙伴之间筑起一堵墙，“我就像寄居蟹，给自己罩上了个办公室。你们所谓的退休也许是在跟自己闹着玩，但我是认真的。我不去见你们是因为你们想见到的是玉舌·斯奎恩，而不是这个穿着她衣服的胆怯小人。”

“我们像是缺了一根手指的一只手，”亚玛莉尔说，“我们有半年时间让一条三百码的街道消失，我们需要你那个狡猾的绿色大脑。你自己说过——看看我们都搞出了些什么麻烦！看看雅罗对西拉普林都做了什么。”

亚玛莉尔的手伸进皮口袋。片刻之后，自动机的脑袋在玉舌的办公桌上弹跳，玉舌从喉咙深处发出咯咯怪声。

“哈哈！看你的表情！”西拉普林说。

“你怎么不看看你的表情，铁皮呆瓜？”她吼道，“你这么吓唬我，我应该找个抽屉把你塞进去！”

“现在你知道我们为什么必须要你归队了，”亚玛莉尔说，“西拉普林就是前车之鉴。下一次动手一定要成功。”

“三个滑稽的贱人和一个嘴皮子利索也只剩下嘴皮子的自动机，”玉儿说，“你们觉得这么随随便便走进来，扯扯我的心弦，就会让我主动结束这可悲的退休生涯了？”

“是啊。”亚玛莉尔说。

“我们依然不是以前的我们，”她用长有鳞片的手按住西拉普林的面颊，像玩陀螺似的转动这颗头颅，“我肯定不是以前的我了。但是去他妈的，也许你说得对——至少在需要帮助这一点上。”

西拉普林喊完一阵“哇——嘎——”，问她“那么，你打算休假几天还是怎么的？”

“休假？你确定你脑袋里的东西没有受损吗？”玉舌扫视团伙的其他成员，“甜心们，软皮们，智障们，你们要是下定决心想办到这件事，色拉丹的市政官僚机器就是你们最不能轻易放弃的重要资产了！”

15. 合法生意

“我从头到尾都没有请你帮我们做任何事情，”亚玛莉尔说，“一次也没有。现在这一点必须变一变了。”

“理论上说，我并不吝于帮些小忙，”伊沃凡达丝说，“尤其是考虑到你若是能够成功，潜在的好处与我有着切身关系。但你必须明白，我的绝大部分魔法力量此刻都另有他用。况且我也不能做任何会激起雅罗进一步怀疑的事情。假如他能向其他同僚证明你们违反了庇护条款，那么他和我一样都有权直接杀死你们。”

“我们在开创商号，”亚玛莉尔说，“高瘠地资源再生合伙公司，需要你签名担任主要股东。”

“为什么?”

“因为谁也不能起诉你,”亚玛莉尔从外衣口袋里掏出一小捆文件,放在伊沃凡达丝的办公桌上,“我们需要几辆马车和十来个工人——这些我们自己解决。我们要在你和雅罗不互扔火球的日子里清理高瘠地倒塌的宅邸。”

“再问一遍,为什么?”

“有些东西我们必须拿到,”亚玛莉尔微笑道,“有些东西我们必须藏匿。你定居此处,开始和其他巫师互射火球,有很多家族吓得屁滚尿流逃跑,我们要是用自己的名字做事,他们的继承人会排着队去法院起诉。但如果管事的是你,他们就什么也不能做了。”

“我会仔细查看这些文件,”伊沃凡达丝说,“假如我认为条款还算合适,就会交还给你。”

亚玛莉尔发现自己回到了草坪上。三天以后,签字并公证的文件出现在她家里。高瘠地资源再生合伙公司开始运作。

争斗议事会以无上权威统治色拉丹,但对清理街道和整理文书这些世俗琐事丝毫不感兴趣。只要树篱有人修剪,巫师不断争斗造成的损坏能及时修理,他们也就乐于把这些事情交给古板得荒谬又奉行秘密主义的市府机构,官僚们基本上是喜欢怎么做就怎么做。玉儿在这座大厦里勤勉工作,完成了必不可少的所有文书手续,或伪造或贿买最基础的各种许可证,扫清横在前方的所有强制等待期和聆讯会,大踏步向前迈进。

布兰德温雇用人手:十二名健壮的男女工人。他们得到一份离职补偿金,由于接近伊沃凡达丝的战斗现场,所以有一份同等数量的危险工作津贴,又有第三份薪水帮他们管住舌头。他们花了一两个星期在曾经巍峨的豪宅废墟里仔细挖掘,把得到的东西藏在车厢的防水帆布底下。

接下来,布兰德温和西拉普林花了一个星期把三辆马车改造成流动售货车。他们把车厢四周的木质底座延长到地面，加装折叠遮阳伞和坚固的车顶，雕刻店标并涂上诱人的颜色。一辆马车变成书摊，另外两辆销售食物。

要启动如此规模的冒险行动，所需的贿赂和许可证错综复杂，比挖掘公司之前的那项事业更加令人望而生畏。玉儿胜过了从前的自己，把勒索和威胁编进卓有成效的贿赂织锦。售货车上挂着的许可证牌子究竟是真货还是以假乱真的复制品，这就完全是题外话了。复杂的程序问题只要落在玉儿眼里，便再也没有侥幸逃生的机会。

还剩下四个月的时候，亚玛莉尔和索法拉开创了自己的合法生意。亚玛莉尔在繁盛街兜售书籍到中午，索法拉为香脂街懂得欣赏的早餐食客精确地发挥巫师才能。她把糖霜胡桃蛋糕做成独角兽和蛇鸡的模样，让新鲜水果自己把汁液挤进玻璃杯，无花果和海枣会在顾客下嘴时说粗话，逗得顾客开怀大笑。到了下午，她和亚玛莉尔交换位置。

有些日子，布兰德温会来经营第三辆售货车，供应甜点和啤酒，但大部分时候她都在聚精会神地改造西拉普林的躯体和四肢。这些改造只在工作室的深处进行；西拉普林去公众场合时只用他的普通躯体。

繁盛街，一个明媚的日子，迷途微风吹开亚玛莉尔的一本书，翻动纸页。她凑近查看，惊讶地看见斯卡维乌斯惟妙惟肖的灰阶版画在扉页上瞪着她。

“亚玛莉尔，”肖像说，“真是意外，你居然有这么一份文化副业。”

“老行当没法做，”她咬紧牙关说，“手头吃紧。”

“这么说，你在探索新的大道？新的大道？怎么连微笑都不给一个？好吧，随你便。我应该捏死你的，你明白。我不知道是谁或者是什么诱使你弄出前几个月的种种怪事——”

亚玛莉尔恶狠狠地翻动书页。画像在每一页上闪动，亚玛莉尔终于放弃，它继续流畅地说了下去。

“……但最明智也是最聪明的应对是把你的骨头变成融化的玻璃，

不给你任何机会。可惜，我需要犯罪的证据。不能随便弄死付过什一税赎罪的人。大家见了会不再用大笔金钱购买特权。”

“我的商业伙伴和我做的是无聊但合法的生意。”亚玛莉尔说。

“我知道。按你的说法，我一直在偷窥你的裙下风光。非常无聊。不过我还有最后一句话要说。小小地提醒一下：你最好这么无聊下去，否则我会认为某个故事的结局将不太美妙。”

书自己砰然合上。亚玛莉尔缓缓吐气，揉揉眼睛，继续做事。

日子一天天过去，合法生意不咸不淡。三个女人越来越频繁地移动售货车，把部分收益投资在机马上节省力气。

契约还剩三个月的时候，沿着繁盛街上下的售货车的轨迹开始与其他货车的路线交叉，这些货车来自城区的其他地方，路线复杂犹如舞蹈，而最后总是有一辆高瘠地资源再生合伙公司的货车于夜深人静时拜访他们正在发掘的一幢宅邸。

又是两个月匆匆过去，繁盛街上再也没有哪一个位置是亚玛莉尔、索法拉或布兰德温未曾摆过摊的——至少也曾短暂驻足，没有哪一名商人是她们不知道姓名的，没有哪一位警官是她们没有用免费食物、上等啤酒和偶尔的书籍礼物安抚过的。

契约到期前三天，隆隆爆炸震动了繁盛街的最北端，窗户碎裂，行人被掀翻在地。一个私人庭院中的宅邸燃起大火，已经开始坍塌。巨大的黑色车厢的残骸躺倒在车道上，食尸鬼轮笼被扯碎，车顶被压烂，里面却只有装饰华美的座位和铺着地毯的底面。

第二天，亚玛莉尔·帕拉瑟斯被彬彬有礼地召去了巫师伊沃凡达丝的住处。

16. 瓶装的灾病

“我满不满意？满意是一剂缓和药，”伊沃凡达丝说，文着金丝的牙齿闪烁反光，蝴蝶狂乱地扇动翅膀，“满意是一杯低度酒。满意是我的感受的冰山一角。喜悦和快乐在我胸中震响,犹如凯旋的鼓声！被这个会变脸的恶棍毫无意义地鄙视了七十年,如今我闲来无事就可以欣赏他的悲惨下场了。”

“我很高兴你能碾平他,”亚玛莉尔说,“回来时赶上喝下午茶了吗?”

金色巫师没有理睬她,继续盯着桌上的玻璃柱体。柱体高六英寸,宽三英寸,盖着毛玻璃塞,用干血颜色的蜡封存。里面是倒霉的雅罗,缩成与柱体相配的尺寸,裹着几条破布。他(被迫)恢复了原样:一个苍白如尸体的男人,留着银黑相间的胡须。

“雅罗呀,”她叹道,“雅罗。哎呀,比例与对称的法则终于在你我之间恢复了正常,一边是我持久的愉悦,另一边是你不变的痛苦与缺位,两者真是分毫不差。”

“那么,显而易见,”亚玛莉尔说,“你认为我已经履行契约,偷走了繁盛街,对吗?”

狂怒的雅罗砰砰敲打玻璃。

“噢,显而易见,亲爱的亚玛莉尔,你完美地卸托了罪责！可是,那条街还在原处,不是吗？还在承载车辆,还在容纳商业。在我去拿蓝色水晶球之前,你愿不愿意向我的前同事和我解释一下?”

“非常乐意,”亚玛莉尔说,“之前的所有努力悉数失败,我们决定做点苦工,按字面意义尝试一下。繁盛街大约有三千一百七十平方码的砖石路面。我们问自己:谁会仔细看每一块方砖和每一块石头呢?”

“可怜的雅罗肯定不会,”伊沃凡达丝说,“否则他就不会被关进瓶子,加入我的藏品了。”

“我们决心偷走每一平方码的繁盛街,不放过任何一块砖石,”亚玛莉尔说,“这就引出了三个问题。第一,我们做事肯定会有噪音和喧哗,怎样才能不让别人注意到？第二,我们背后肯定会留下光秃秃不平整的路面,怎样才能平息人们的不满？第三,任务中有大量沉闷无聊的苦工,怎样才能提供所需的劳力?

“先回答第二个问题,我们用的是高瘠地资源再生合伙公司。他们仔细翻查你们二位争吵时摧毁的宅邸,找出了我们需要的全部方砖和石块。

“每辆货车底下都搭出一大块中空的结构,我们一开始没有在繁盛街停留,而是带着售货车穿梭于各种街道之间,用漫长的时间打消怀疑,不让别人看出售货车的目标其实是雅罗的力量之源。”

雅罗一次又一次拿脑门去撞监狱的内壁。

“终于,我们觉得足够安全,可以真正动手了。剩下的你们肯定已经猜到。劳力由西拉普林提供,这位自动机与雅罗见过一面,结果让他愿意承受复仇所需的一切麻烦和无聊。西拉普林用布兰德温·米瑞斯特制的工具手臂掘起这条街上的方砖和石块,换上从高瘠地宅邸里回收的方砖和石块。到晚上再把白天挖出的碎石倾倒入那些废弃宅邸。至于为什么没人听见西拉普林在售货车底下刮削捶打,我只能说我们的魔法师对制作隔音屏障很有心得,任何空间限制和其他条件都不在话下。”

“接下来要做的,”亚玛莉尔伸着懒腰打哈欠,“无非是在接下来所需要的几个月时间里,仔仔细细用我们的售货车丈量繁盛街每一平方尺的土地。移动售货车的时候,谁也没有注意到我们脚下的一小块砖石已经和一两个小时前有了细微的区别。终于,随着我们撬下最后一块至关重要的方砖,雅罗的力量之源变成了一条普普通通的市区街道。”

“救命!”雅罗喊道,声音尖细而微弱,还不如风中的耳语,“救我离开她!我能为你变成他!我可以当斯卡维乌斯!你要我变成谁我就变成谁!”

“你嘛,我似乎有点看够了。”伊沃凡达丝怜惜地把雅罗的囚笼放进抽屉,唇边犹带笑意,她弯曲手指,熟悉的蓝色水晶球出现在掌心。

“你为此吃了相当多的苦头，”伊沃凡达丝说，“现在作为交易里我这边的代价还给你，这场交易开始得好，结束得也公平。”

亚玛莉尔接过发光的水晶球，用鞋跟碾碎。

“就这样了？”她问，“一切恢复和谐与平衡？我过我的小日子，你和雅罗好好聊个几年？”

“说起来呢，”伊沃凡达丝说，“我履行契约处置掉了去年你放纵饮酒后的拜访记录，但同时又录下了一份更有看头的节目，里面是你原原本本坦白你在色拉丹犯下的罪行，并指名道姓地提到了好几个朋友。”

“啊哈，”亚玛莉尔说，“我早料到会有这种事。既然多半要继续吞下背信弃义的苦果，还不如先在更有鉴赏力的观众面前表演一番。”

“我就是最有鉴赏力的观众！哎呀，你我大可以互惠互利。你想一想，亚玛莉尔，我的欲望和期待是多么通情达理的约束。我觉得我很擅长寻找我的同僚所使用的力量之源。搬掉雅罗以后，议事会内的结盟关系会重新取得平衡。会有新一轮试探和争斗。我会非常、非常仔细地观察，最后必定能找到又一个目标，交给你和你的朋友为我取来。”

“你想利用我们一个源泉又一个源泉地击垮争斗议事会，”亚玛莉尔说，“直到争斗议事会变成伊沃凡达丝议事会。”

“你在有生之年多半看不到，”巫师说，“但看得见的进展却有可能唾手可得！另外一方面，我很愿意让你自由自在地留在城里，享受自己那份庇护权，喜欢做什么就做什么。只要你和你的朋友能在我召唤时到来就行，当然，不召唤恐怕是不可能的。”

17. 未来的工作

事后，沐浴着令人愉快的夕阳紫光，亚玛莉尔在缠翼桥和伙伴碰面。城市非常安静，高瘠地一片和平，云层中没有落下火球，也没有尖啸的怪物彼此抓挠。

他们在斯卡维乌斯的雕像前站成一道弧形。索法拉嘴里念念有词，用手指画来画去。

“我们在气泡里了，”她说，“谁也听不见我们说话，也看不见我们，除非我……你闭嘴，斯卡维乌斯，我知道你能听见。你是特例。接下来怎么办，亚玛莉尔？”

“事情在按预料的发展，”亚玛莉尔说，“完全按我们的预料发展。”

“我说过了，这些巫师全都是背信弃义成性的疯子，”索法拉说，“她是怎么盘算的？”

“她要我们当不收费的手下，等她找到其他同僚的力量之源，就派我们去偷。”

“听起来倒是很适合消磨时间，老大，”西拉普林摇动胸口的曲柄，调整有点叮当乱响的某部分机件，“我很愿意再击垮几个这种混球。有她帮忙找源泉，就能省下我们许多时间。”

“不能更赞同了，”索法拉说，“你别动。”

她把手指插进亚玛莉尔的头发，寻找了几秒钟，小心翼翼地抽出一根黑色卷发。

“这是我的小间谍，”索法拉说，“亚玛，谢谢你把伊沃凡达丝种在你身上的探子带给我，要是没有拆解那一个，我就永远也学不会制作这么精巧的东西。”

“你觉得从中能得到足够的情报吗？”布兰德温说。

“恐怕很难，”索法拉把那根头发装进钱包，微笑道，“但能让我好好瞅一眼亚玛莉尔被允许看见的所有东西，这至少比什么都不知道强。要是能看懂她的模式和习惯，这贱人就迟早会泄露线索，让我们找到她的源泉何在。”

“咔嚓！”布兰德温说。

“对，”索法拉说，“那就是我心中理想的游乐场。”

“我应该能和城外通些消息，”玉舌说，“有些人虽说号叫着要取我们的性命，但对争斗议事会的憎恨犹胜一筹。要是能在打垮这些巫师之前做好安排，我敢打赌我们能买到重返世界的门票，也就是反过来的色拉丹庇护权，至少去某几个地方没问题。”

“我喜欢你们思考问题的方法，”亚玛莉尔说，“拿伊沃凡达丝当掩护，搞定了就把她扔进河里。不但是她，还有她的所有伙伴。酒在谁那儿？”

玉儿取出红玉髓的酒瓶，泛着生物光的美酒非常昂贵。他们轮流痛饮，连西拉普林都仪式性地洒了几滴在下巴上。亚玛莉尔拿着半满的酒瓶转身面对斯卡维乌斯的雕像。

“就是这样，该死的混蛋。看来我们并没有按计划退休。五个窃贼要和争斗议事会开战。疯了。你一向最喜欢这种赔率。愿意重新评价一下我们吗？要是不愿意，至少帮我们暖几个底座好吗？说不定到最后我们也只能来当路灯。敬你一杯。”

她把酒瓶砸碎在斯卡维乌斯的铭牌上，他们望着发光冒泡的美酒流下大理石表面。过了几秒钟，索法拉和布兰德温挽着手臂向北走向缠翼街。西拉普林跟上去，然后是玉儿。

亚玛莉尔独自站在曾经是斯卡维乌斯的白色灯光下。接下来他对亚玛莉尔说了什么，她没有告诉其他人。

她跑上去追赶同伴。

“嘿，”玉儿说，“很高兴你回来了！和我们一起去落火地标吗？我们打算赌一场。”

“好啊，”亚玛莉尔说，色拉丹的微风比过去这几个月都好闻，“我们他妈的要豪赌一场！”

姚向辉　译

布拉德利·丹顿

布拉德利·丹顿，曾获得世界奇幻奖和约翰·W. 坎贝尔纪念奖，他生于1958年，在堪萨斯州长大，获得了堪萨斯州立大学的创新性写作专业文学硕士。他的第一篇短篇小说于1984年发表，随后他成为了《奇幻与科幻》杂志的定期撰稿人。他的第一部长篇小说 *Wrack and Roll* 于1986年出版，接下来又出版了《疯人》《霍利老兄在伽倪墨得斯活得很好》，他的两卷小说集《炽燃的艺术家》和《死亡喜剧演员的卡尔文·柯立芝疗养院》获得了世界奇幻奖年度最佳小说集奖。他的另外一些作品收集在《离死亡又近了一天：刺向不朽的八支匕首》中。丹顿现居住在得克萨斯州奥斯丁市。

在接下来这篇充斥着扭曲的幽默感、快节奏的小说里，我们会得知重要的不是乐器——而是音乐本身。

超牛铜管乐手

1. 迷失在丛林中

天空上只有很小的一个月牙，周围有许多密集的橡树和得克萨斯雪松的枝叶，因此我并不担心那座变了形的房子里的五个小偷会看到我。首先，我离那房子有四十码远。另一方面，现在是周六的深夜——准确地说是周日凌晨的一点三十分——而我的目标是一帮十七岁的小孩，这些家伙除了自己的手机和裤裆之外根本无视任何东西。

据我目前观察，这些小屁孩拥有的对我威胁最大的东西应该是汉克·威廉姆斯三世的乡村朋克音乐，每当房子的前门打开时，里面的音浪就会爆发出来。他们想扮演犯罪大亨的角色，只不过演技实在太过拙劣，这也是我想要把他们的非法所得卷走的原因之一。在我看来，这事儿算不上棘手，而他们或许也能从此事中得到一些宝贵的经验。双赢。另一方面，如果我的前妻下个星期让我代课，而这些小坏蛋们刚巧又出现在我的课堂上，那么王牌替补教师马修·马克斯先生就会很高兴地看到他们长满青春痘的脸上那种像是死了亲娘一样的表情。

不过，眼下这个时候我还是觉得自己需要更进一步的观察。除了天上的月牙之外，房间的窗子还透出白色的灯光，另外前门廊有个发出奶黄色光的灯泡。条件不错。但我已经用我的折叠式双筒望远镜观察了将近四十五分钟，方才意识到自己离得太远，无法看清楚钱是如何转手的。假如交易在室内进行，我就更无能为力了。我需要准确地判定到底是哪个小孩拿到了钱——以及钱的最终走向，是自己独吞、大家瓜分还是储藏起来。

我还想要看看他们究竟能拿到多少钱。假如对一个十几岁的少年进行跟梢，最后却只拿到一百来块美元，那可没什么意思……当然，要是等到闯入这个垃圾堆的时候却发现里面除了空的啤酒罐和膨化食品包装袋以外空无一物，情况也不会更好。我从前就遇到过这样的事，更糟的是，我进去之后还被一条之前没有发现的吉娃娃狗给咬了一口。后来那条吉娃娃只卖了二十美元，远不足以弥补我身心的伤痛。真希望那条狗最后的结局是上了烧烤架。

这次意外的经历使我学到一个教训：一件事物的外表足以骗人。吉娃娃所在的那所房子是一座小型别墅，其主人是生意兴隆的大麻贩子，但里面却几乎什么有价值的东西也没有。相比之下，这座歪歪扭扭的乡间房屋看起来就像一个超大型的狗屋。它曾经是金曼县第三大牧场的客房，那会儿它还装饰得十分华美，但如今已老旧不堪，摇摇欲坠。尽管如此，它却有可能掩藏着巨大的财富。

我是从金曼高中的橄榄球明星、一个名叫唐尼的小子的手机上得知这个地方的。我曾在课堂前面的走廊上听到他在向他的朋友吹嘘休赛季期间的犯罪计划。这就是身为高中里的一个老家伙——而且还是个替补授课的老家伙——的好处所在。除非我站在他们面前，对着他们的脸大吼大叫，否则他们根本就看不见我。另外，他们也将学校有关上课时不得使用手机的禁令抛诸脑后。因此我得以偷听他们的谈话，或是从他们的书桌前走过并偷看他们的短信，就好像一个幽灵。

得知这个地方的存在之后，我又利用谷歌进行了一番调查，结果发现这座破房子连同其周边的五英亩土地均属于一个石油业者，而此人又是一个名叫贾雷德的高中生的父亲。我没在学校里见过这个贾雷德，但从我位于树林中的观察点可以推测出这些小孩之中哪个是他。一般来说脸书上的照片是不会说谎的。

看起来贾雷德的老爸并不打算为这个乡间度假小屋修剪草坪，或是做些其他什么保养工作。很显然的是，他是在房地产业最近的一次疲软之前买下了这地方作为投资。因此，他十七岁的继承人获得了一个私人会所。而且，由于离此最近的一所住宅也在半英里之外，这家会所完全有条件卷入到一些非法活动中去。

我基本上可以确定这些非法活动之中并不包括硬性毒品的交易，因此我认为没有必要担心对方拥有枪械的情况。没错，这里是得克萨斯，所以房子里可能有几支霰弹枪或者猎枪。但是对于这些非自动枪械我并不怎么惧怕。

我自己没有枪。从来都没有。枪械只是那些身体欠佳、不宜跑路的人所持有的拐棍。我身上带有一把瑞士军刀，但我只把它当作趁手的破门工具来使用。

而且我不认为自己需要用到它。目前来看，这些小孩还没有聪明到知道锁门的程度。

2. 不完美的交易

当我的手表显示 1 点 55 分的时候，北方的县道上出现了一对车头灯的光芒，一辆车正沿着我藏身处东边的砂石路一路颠簸地朝这座房子行驶过来。我躲在一棵橡树后面，直到这辆车身锈迹斑斑、没有侧面车窗也没有后窗的白色面包车与我擦身而过。情况看起来很不错。

行车道另一边的草坪上停着三辆车，分别是一辆 PT 漫步者、一辆本田思域和一辆福特皮卡车。面包车从它们旁边驶过，一直开到野草丛生的前院另一头，带起了很大的灰尘，然后开始倒车，直到车屁股快要顶到门廊的台阶才停下来。车的后门打开了。

门廊上有两个人，其中一位是有着蓬松棕色头发的瘦子，也就是贾雷德，另一位是个高个子的女孩，留着长而直的金发，这两人原本正在前门旁边的一张破沙发上胡搞，现在他们都跳了起来。贾雷德把门打开,向屋里的什么人挥了挥手,于是汉克·威廉姆斯三世闭了嘴。我现在又可以听见蟋蟀和蝉的鸣叫声了,但是门廊那边传来的谈话声却还是听不清楚。

我将自己的双筒望远镜折叠起来。既然对方的车已经来了,就更不会有人往我这个方向看。我把望远镜塞到黑色牛仔裤的屁股兜里,然后穿上黑色汗衫并戴上头套。在得克萨斯州中部,即使现在只是四月下旬的午夜,这身行头穿起来也还是太热了。另外我还使用运动型颜料涂黑了自己的整张脸,现在感觉非常痒。但有些时候,为了个人风格就得牺牲舒适。

我离开树林,低伏着身子穿越行车道,在走过十五码之后躲到了PT漫步者后面。我停了下来,稍微等待了一小会儿,然后再往本田思域的后面走。我的膝盖有点疼,虽然不足以减缓我的速度,但仅仅是感受到疼痛本身也够让我不愉快的了。从芝加哥搬到得州之后,我的新医生给我做了身体检查,他说对于一个抽烟、喝酒,并且已经得了关节炎的四十三岁男人来说,我的健康状况可说是极佳的了。这人是个年已七十的全科医生,呼出的口气带着一股花生酱味儿,肚子有沙滩球那么大。要不是他问我想不想处理一下谢顶的问题,我还真不会在意这事。"起码我的头发还没白。"我当时是这么说的。"滴——答[①]。"他回答道。是我喜欢的那种风格。

我在思域的左前方保险杠后面停了下来,蹲伏着,屏住呼吸。在这里可以听到门廊那边传来的一些没营养的对话,但不仅如此。我还听到了在本田的另一边,福特皮卡后车厢里放着的床垫上有人低声说话的声音。

"发生什么事了?"一个十几岁的女孩低声问道。

"他们准备交易了,"一个男孩低声回答,"不用担心,他们会

① 模仿钟表的声音,类似"你已时日无多"的意思。

处理。”

“难道你不应该和他们在一起吗,唐尼?”

“不用,没关系。来吧,玛瑞萨。再亲我一下。”

“玛瑞萨”这个名字我几天前听到过,所以还很有印象。那时我为准备考大学的学生代了一节文学与写作课。她是一个体形娇小、黑头发的年轻姑娘,有着一双很大的棕色眼睛,说话带着一点得州口音。她对 D. H. 劳伦斯的《骑木马的优胜者》一文有着一些独到的见解。这使得我记住了她。

但正如我现在所得知的,她不过是又一个少年犯。真是令人失望,因为我可不希望任何一个参与到犯罪活动中的孩子具有足够的智慧。当然,这几个小偷在夜间潜入金曼郊区高中,并且没有被监控摄像头发现,说明他们倒也有些小聪明。但说到底,整个学校只有三个摄像头还能用,其中还有两个对准正门。所以并不一定得是优等生才能做到这一点。

这会儿,玛瑞萨和唐尼互相啃着对方的脸,发出吧唧吧唧的声音。趁此机会,我爬到思域的后保险杠旁边,打量着四周环境。现在我离那房子只有不到十码远了,而且刚好面对着门廊的西侧。那里连栏杆都没有。如果那几个孩子和买主不再移动位置的话,我在这里刚好可以看到整个交易过程。

在皮卡车上面的床垫上,唐尼想方设法要让自己与玛瑞萨的调情有更进一步的发展。但是玛瑞萨每次都是很快就分了神,坐起来往门廊方向去看那边的进展。我简直要笑出来了。但是我也必须要继续关注门廊方向的情况。

三个高中学生站在那里,背对开着的门——其中包括贾雷德以及跟他一起在沙发上乱搞的那个女孩,还有一个是唐尼的橄榄球队队友泰勒,三个都是白人。泰勒是个大块头,一副凶狠好斗的模样,长着只很大的鼻子,头发剃得只剩发楂,身穿一条蓝色牛仔裤和托比·凯斯文化衫。这家伙的未来要么就是加入美国职业橄榄球大联盟，要么就是成为抢劫卖酒商店的罪犯。总之他不会与什么《骑木马的优胜者》产生任何交集。

另外还有两个成年人背对着他们的车站着。其中一个是白人，脸上的皮肤呈现出一种粉色，头发都花白了，戴着一顶鸭舌帽，上面写着"纳斯卡赛车"几个字。除了没有那么健壮并且年纪大得多之外，他几乎是泰勒的一个翻版。他似乎有六十五到七十岁，但也有可能是由于生活艰难而使他看起来比实际年龄更老。我觉得他有些像很久之前和我老爸一起抽免费大麻的某个人，但不能确定。

另一个男人则是身材纤细、皮肤白皙，像是西班牙裔。他脸上的表情十分阴郁，眼睛是铅灰色的。他似乎有三十多岁，戴着一顶白色的牛仔帽，外穿一件带金色印花的红色外套，里面是配珍珠纽扣的黑色衬衫，打着一条金色的博洛领带，手腕上戴着金表，下身则是修身款的黑色休闲裤，脚踏一双尖头牛仔靴。他显然也是一个懂得要为了风格而牺牲舒适这一道理的人。或者，也许他只是刚演完了一场戏还没来得及换衣服。

戴着纳斯卡赛车帽子的人正在说话。"——感谢这一提议，但我们更希望在门口验货。卡洛斯和我是那种更乐意自己动手的人，懂我的意思吗？"

泰勒咧嘴一笑，朝着戴牛仔帽的人伸出手。"卡洛斯，是吗？我很期待和你做生意。"

我哆嗦了一下。泰勒正在模仿电器店的销售员。这可不是好事。

卡洛斯也不喜欢这一套。他眯起眼睛，耸了耸肩，没有伸出手去和泰勒握手。

戴纳斯卡帽子的人干笑了一声。"呃，'卡洛斯'不是他的真名。我只是为了这场交易给他取了这么一个称呼。另外，你们应该叫我安东尼先生，就像我在电话里告诉你们的那样，因为我是个老年人，你们需要尊重我。现在让我们继续吧。”

没错，这就是我小时候见过的那个人。博比·安东尼。我爸爸管他叫博比东。后来他蹲监狱去了。我妈一直都不喜欢他。

泰勒把手放了下来，露出了生气的表情，似乎是觉得卡洛斯和博比东对他不够尊敬，他感到受了冒犯。

我又哆嗦了一下。这可不聪明啊，泰勒。这些家伙可能会从你的鼻子里把你的脊梁骨给抽出来的。

所幸生气的表情转瞬即逝，泰勒再次变身成为威利·罗曼①。“好的，当然，没关系！我们继续吧！贾雷德，你来把它们搬出来怎么样？”

贾雷德看起来有点困惑。“全部？”

“凯莉可以帮忙。”泰勒朝那个金发女孩点了点头，后者正低头看着自己的脚尖并且不断地拨开挡在眼睛前面的头发。

这时候，卡洛斯清了清嗓子开始说话了。他穿得就像一个街头管弦乐队的乐师，而且身在得克萨斯一座半废弃房屋的门廊上，他的声音听起来就像是康涅狄格州的一位黑人新闻播报员。

“据我所知，”他说，“你们拥有三个不同的型号。我建议你们一个一个地拿出来，如此我就可以分别对其进行评估。”

泰勒和贾雷德呆呆地站着，而凯莉则继续看着自己的脚尖。然后博比东开始朝他们吼叫了。“该死的，小伙子们，你们在等什么？”

泰勒朝贾雷德挥了挥手，后者匆忙走进房子。凯莉用拖鞋的鞋底在地面上蹭着，但除此之外她没有更多的动作。

在福特车的床垫上，唐尼发出哼哼唧唧的声音。我抬头望去，看到玛瑞萨双手拄在皮卡车后车厢的侧板上，正往门廊的方向看。但现在，唐尼正要把她往下面拉。

“唐尼，不行！”玛瑞萨这次不再是小声说话了。

---

① 亚瑟·米勒所著戏剧《推销员之死》的主角，一位不成功的推销员。

唐尼又哼了一声，继续把她往下拉。玛瑞萨倒了下去，看不到了。我心里有一种特别难受的感觉，觉得自己可能得做点什么。不过这对我来说简直蠢到家了。

“唐尼！你这混蛋！”这句话伴随着某人被重打的清脆响声。我猜被打的是唐尼的脸。我的心情略微放松了些。

站在门廊上的卡洛斯往福特车的方向瞥了一眼。差一点就看到我了。我屏住呼吸。

但是卡洛斯并没有再往这边看。他将目光再次转向泰勒，然后看了看自己的表，咕哝了几句关于业余人士的抱怨话。

玛瑞萨再次站了起来并且看向门廊那边。

唐尼也站了起来，嘶声说着“干他娘的”，并且从车上跳了下来，大步走向门廊。

“拜拜。”玛瑞萨低声说道。她背对着我，但我能感觉到她在微笑。

我也微笑了一下。然后再次注视着门廊的方向。

当唐尼走过来的时候，泰勒脸上又露出了怒容。“你想要点什么吗，兄弟？”

“是啊，不过没搞到。”

博比东清了清嗓子。“如果你们能将私生活放到我们的交易结束之后，我们将非常感激。”

这时，贾雷德拖着一个几乎和他一样大的梯形黑色塑料箱子从屋里走了出来。他重重地将箱子放到水泥门廊上，发出砰的一响，而泰勒则蹲下来打开了箱子上的插销。

“准备好大饱眼福吧，先生们。”他说。

箱子盖是向上打开的，因此我无法看到箱子里面是什么东西。但我能看到卡洛斯的表情，而他的表情说明他的心情十分糟糕。

“呃，不好吗？”博比东问道。

卡洛斯极其缓慢、极其阴郁地摇了摇头。

“太他妈糟糕了。”他说。口音听起来还是像是从康州来的。

博比东向前走了一步，伸出一只穿着工作靴的脚，将箱子从门廊上踢了下来。箱子落在地上，一只苏萨号[①]的号口从箱子里弹了出来，朝我的方向滚了几英尺后停了下来，号口对着门廊。弯曲的白色号管，也就是这一乐器的其余部分也从箱子里掉了出来，随后箱子翻了过去，将这些管子扣住了。

“嘿！”唐尼喊道，“他妈的怎么回事？”

卡洛斯用阴冷的目光注视着唐尼和泰勒。

“玻璃纤维。”卡洛斯说，他的声音听起来像是在咆哮。

他将手伸到后背，从外套下面抽出了一支左轮手枪，这枪大得离谱，简直就像是动画片里的那种。

然后他扣动扳机，向着那只苏萨号的号口连射了数发。

他同时也是个很好的枪手。

3. 去你妈的！

我连忙钻到思域的左后轮后面躲避。这一动作有可能使我暴露，但比吃一颗铅子要强多了。卡洛斯总共开了五枪，每一枪都发出像是半根炸药爆炸一样的巨大响声。那种枪声我听出来了：是点 410 口径的麦格纳霰弹枪子弹。

当最后的回音消散时，我的耳朵里嗡嗡直响，不过总算是可以听到那些小孩在嚷嚷着。我冒险从思域车的保险杠后面往外望了一眼。那只苏萨号的号口出现了五个大洞，每个都有高尔夫球那么大，此外还有许多密密麻麻的小洞。周围的草地上有一大片白花花的玻璃纤维碎屑。

---

① 一种大型管乐器，通常用于户外演奏，吹奏时需背在身上。一般用黄铜制成，也有用玻璃纤维制成的。

博比东用小指挖着耳朵，与此同时，卡洛斯掰开那支巨大的左轮手枪的弹夹，把空的子弹壳扔掉。随后他从夹克里掏出五发新的子弹塞到弹夹里。

“这支枪，”卡洛斯将弹夹复位，“有一个名字，叫做审判官。审判官不喜欢玻璃纤维。”他斜着眼睛看向博比东。“你没告诉他们审判官不喜欢玻璃纤维吗？”

博比东点点头。“我告诉过他们说低品质的乐器不在收购范围之内。”

泰勒指着被毁坏的号口大嚷起来。“这是国王牌的！买来的时候花了整整四千美元！”

“随你怎么说。”博比东说道，“我不是这方面的专家。我只是个中间人。”

卡洛斯把“审判官”又塞到衣服后面去了。“好吧，孩子们，”他说，“你们还有别的什么吗？”

泰勒、唐尼和贾雷德挤作一团，紧张兮兮地讨论着什么，而凯莉则又在那张沙发上坐下了，于是我回头看了一眼那辆福特皮卡。我认为并没有任何的霰弹击中皮卡车，但我想玛瑞萨一定吓了一大跳。正如我猜测的一样，现在已经看不到她的身影了。我想她大概是平躺在后车厢的床垫上面了。

很好。像玛瑞萨这样聪明的孩子需要在恐惧中远离这些危险的废物。否则她的结局就会是戴着头套、脸上抹着黑色颜料躲藏在某处的草丛里。

在门廊上，贾雷德又拖出了另外一个黑色的大箱子。这一次，当泰勒打开箱子的时候，我看到了里面闪着光的金色号口，看来这是一件黄铜制成的乐器。

卡洛斯抿紧嘴唇。“这似乎还可以接受。”他说，“但我们得试试看。”

卡洛斯只用了几个流畅的动作就将这只苏萨号从箱子中取出并且组装起来。他将号管绕过顶和肩膀,然后将手指放在阀键上,嘴巴则凑近吹嘴。

快速的音阶爆发出来,连思域的保险杠都开始震动。我的胸腔也在与之共鸣。这声音并不像“审判官”的枪声那样尖锐,但却有着更强的穿透力,令人难忘。

在大约三十秒之后,卡洛斯停止了吹奏,将这件乐器从身上取下来,各个部分拆解,并放入箱子里。他将箱盖关好,眼睛看着博比东。

“两千两百块。”他说。

唐尼发出一种就像是驴子被踢到蛋蛋一样的声音,而泰勒则大声说道“去你妈的”!

卡洛斯转过身去,望着外面的夜色。

博比东双手摊开,对那些孩子们说道:“他说两千二就是两千二。”

“噢,耶稣啊。”泰勒说。他那种电器店推销员的腔调已经彻底变成了悲叹。“那是康牌的。全新的这么一件,他们卖八千块,而这一只才买了大约,嗯,四个月。它甚至从来都没有在外面演奏过。你至少得给我们四千块。再说你还打坏了我们的另一只国王牌的乐器。”

卡洛斯仍然一动不动地站在那里。

博比东扬起一边的眉毛。“小子们,要么就按这个价格卖,要么就拉倒。而且要是你们决定不卖的话,他是不会再次出价的。”

泰勒和唐尼都破口大骂起来。但是贾雷德却只是看着凯莉,后者坐在沙发上,用头发挡着脸,紧紧盯着自己的膝盖。

我看到她点了头。

随后,贾雷德和泰勒互相对视了一眼,泰勒开始恼火地抱怨起来。

“如果是这样,那就卖了吧。”他说。

卡洛斯转过身来面对着他们,再次将手伸向后背。男孩子们开始害怕地后退。但这一次,卡洛斯掏出来的是一个大约有笔记本大小的皮革钱包。他小心翼翼地打开钱包,就好像那是一本圣经,从钱包中数出二十二张钞票,将钱交给博比东。然后他又将钱包塞回到“审判官”旁边。

博比取出两张钞票,然后将剩下的递给泰勒。

“老兄,即使是零头你也不能随便拿走啊!”泰勒哀叹道。

博比东的脸色沉了下来。“不要胡说。我的中介费就是抽一成。你们还欠我二十块呢。”

泰勒接过剩下的一沓百元钞票,将其塞在屁股兜里。

“好了,”卡洛斯说,“你们是把最好的留到最后了吗?”

唐尼朝着贾雷德竖起大拇指,后者再次进入屋内。

“正是如此,先生。”泰勒说。这孩子正竭尽全力试图恢复冷静。“这一只乐器有三年的历史,但是保存非常完好。全新的这样一款乐器是要卖一万五千块的。”

卡洛斯扬起一边的眉毛。“苏萨号卖这么贵可不常见啊。”

泰勒咧嘴一笑,而这个时候,贾雷德刚好把第三个箱子拖了出来,放在第二个旁边。

“那是因为它根本就不是苏萨号。”他说。他蹲下来,打开插销,炫耀般地翻开箱盖。“据我那几个搞乐队的怪胎同伙所说,这是一只格罗尼兹牌的音乐会大号。它是金曼高中乐队指导老师的心肝宝贝,他说服了一些来自圣安东尼奥的富佬才得到了这笔捐赠。但是盖瑞特先生的损失可以成为你的收获。”

这些话使我不禁紧咬牙关。直到刚才,我都一直指望着那个戴维·盖瑞特有可能是这一苏萨号失窃事件的共谋。毕竟他只是个收入很低的教师,还能接触到价值高昂的乐器。但是没有迹象显示他人在此处,而泰勒似乎因为他可能产生的不适而感到好笑。

那个混蛋。没有任何人介绍我和盖瑞特认识,但我基本上能够确定他在和我的前妻睡觉。如果他是个犯罪分子,我会感到非常开心。

在我返回金曼之后的五周时间里，我所能了解到的就是他才华横溢、面容英俊、受人欢迎，而且开着一辆几乎全新的尼桑千里马。另外，他是个黑人，这使得他和伊丽莎白有了些共同点。当然，我知道我们的婚姻破裂并不是因为我所携带的欧洲基因。但另一方面，我一直都希望自己是个黑人，那是因为我六岁时在奥斯丁阿玛迪罗中心见到了弗雷迪·金[1]的表演。我的父亲除了教我如何撬锁之外还带我见识了一些好东西。

卡洛斯俯身看着箱子里面的东西，然后叹了口气。

“不，”他说，“不，我不这么认为。”

泰勒站起身来，瞪大了眼睛。“你是在开玩笑吗？它可是崭新的。”

“再看看吧，它有那么多的金属！”唐尼说，“比三只苏萨号都要多！”

卡洛斯再次低头看着箱子里面。“这东西在录音棚里能发挥很好的作用，也能用于演奏交响乐——但那些都不是我的专业。我想你们可能是被一个事实所误导：在墨西哥，没有苏萨号这种说法，他们把类似的乐器都称做大号。”他嫌恶地瞥了唐尼一眼，“至于金属含量的问题，我想你是把我当成收废铁的了。我不是。”他又第三次看向箱子里面。“八百块。”

然后卡洛斯又一次转过身，望着外面的黑夜。

这一次是唐尼大叫起来。“去你妈的！去——你——妈——的！”

博比东伸出双手。“孩子们，你们有十秒钟时间。”

我看到泰勒和唐尼又在那里一边捶胸顿足，一边嘴里乱骂。随后，就像之前一样，贾雷德看着凯莉，后者的脸完全被头发挡住了。她正在撕下自己脚踝上的一块死皮。但是她再次朝着贾雷德点了点头，而贾雷德也随即向泰勒点头。

---

① 美国摇滚歌手(1934—1976)。

泰勒呻吟着伸出了手。

与上一次一样,卡洛斯转过身,掏出巨大的钱包,从里面取出几张钞票,并将钞票递给博比东。

博比东拿了最上面的一张钞票并塞到自己的口袋里。“你欠我的二十块还清了。”他说着,将剩下的七百块递给泰勒。

泰勒的脸色阴沉得就像被阉割了的斗牛犬。他将剩下的钱放到自己的屁股兜里。那个口袋现在非常饱满,但这反倒使他显得更凄惨了。

我会尽全力帮助他摆脱这一负担。两千七百块不算太多。但也超过了很多时候我出手一次的收获。

卡洛斯转向博比东。“如果没有其他事情,我们就该走了。”

博比东指着房子。“你们里面还有别的吗?”

“没了,我们就只拿了这些。”唐尼说,“金曼高中只剩下最后一只苏萨号了,而且又旧又破。”

“如果是这样的话,”博比东说,“你们可能会想要探索其他学校的区域。卡洛斯告诉我说,我们同样可以收购小号和长号。但价格不会很高。如果你们想赚大钱,就多搞点苏萨号来。”

卡洛斯朝着草地上那件被毁坏的乐器做了个厌恶的手势。他的上嘴唇微微弯曲。

“但是要记住,”他说,“不要玻璃纤维的。”

所有人沉默了片刻。然后,博比东用脚踢了下装着大号的箱子盖,将它合上了。“好啦,小子们,把它们抬上车。”

贾雷德俯身准备搬起乐器箱。但唐尼走到了他前面。“我来吧,单簧管小子。”

唐尼蹲了下来,抓住装大号的箱子上面的把手,然后将它拖到面包车旁边并扔到车里。箱子落下来时发出砰的一声。

“轻一点!”博比东说。

唐尼看起来相当恼火。“噢,有什么关系啊。反正它只值七百块。”他对着面包车的左侧后门踢了一脚，车门立即关上了，再次发出砰的一声。

“嗳，这实在太粗鲁了。”博比东说。卡洛斯则怒目圆睁。

唐尼根本无视他们，又伸出手去抓那只装着苏萨号的箱子。

就在这个时候，面包车的引擎突然发动了。然后，引擎发出一阵咆哮，面包车迅速远离门廊，后轮溅出大量的尘土和草屑，右侧的后车门还未关上，在半空中晃荡着。车子左摇右摆地开到了布满灰尘的车道出口，又急速冲向县道。

在面包车从我身边呼啸而过的那一瞬间，我看到了驾驶车子的人。

玛瑞萨。

我再次将目光投向门廊那边。我本以为卡洛斯会再次把“审判官”掏出来，但他只是站在那里，看起来很困惑，而门廊上的其他男孩都在大声叫喊。与此同时，凯莉把头发拨开了，露出一只眼睛并且看着那辆逃走的汽车。

我也看着那辆车。当它开到沥青路面上时，车灯打开了，接着向东疾驰而去。它的右尾灯忽亮忽灭——那是因为它的右后车门没有关上，来回晃动时会偶尔挡住尾灯。随后，两边的尾灯亮光都被橡树挡住了，引擎的咆哮声也逐渐减弱成一阵遥远的低鸣。

门廊上的叫骂声也渐渐低沉了。所有人都安静下来之后，卡洛斯说话了。在这个时候，他第一次露出了得州的口音。

“干啊，”他说，“谁的女朋友把我的大号给抢走了?”

4. 不是变态

我不知道玛瑞萨为什么要做这种事。也许这是因为在她拒绝了唐尼的要求之后，唐尼就恼火地离开，而她则对唐尼的这一行为感到愤怒。但对于一个聪明的孩子来说，这种表达不快的手段实在是够愚蠢的了。特别是，她也看到了卡洛斯和他的“审判官”。他们很有可能会射击除了玻璃纤维苏萨号以外的其他一些东西。

幸运的是,卡洛斯似乎并不怎么在意那辆面包车以及其上的那只大号。他看起来对于能够保住那只黄铜苏萨号已经心满意足了。

但另一方面,博比东则显得十分不爽。我听到他要求泰勒还回购买大号的钱,再加上五百块,用于赔偿那辆面包车。

“我只是为了这次的交易才偷了那辆车,”他说,“所以这不是车本身的问题。这是原则问题。你们邀请一个人来进行商务会谈,那么这个人有理由认为自己应当乘坐着他来时所乘坐的那辆车离开。”

男孩们望向凯莉,后者轻轻点头。她的头发再次遮住了脸。

泰勒悲哀地耸着双肩,把手伸到屁股兜里并把钞票全部掏了出来。他数出十二张还给了博比东。然后博比东又从中拿出八张递给卡洛斯。

卡洛斯举起一只手。“不,你的中介费还是你留着。”

博比东拿走了一张钞票,然后把剩下的给了卡洛斯。“这就是我喜欢跟你搭伙的原因,卡洛斯。”

卡洛斯拿出钱包,把钞票都塞进去。“你的工作很到位。”他以冷酷的眼神望向泰勒,“但是,那一百块你们得还给我,pendejo[①]。”西班牙语的单词从他嘴里说出来显得很不自然。重音本应在第二个音节,他却放在第一个音节。“然后,你们得开车把安东尼先生、我以及我的苏萨号送到我们停在金曼的车子那里。另外,如果我们以后还有机会再次交易的话,我希望你们能确保以更为专业的方式来进行。Comprende[②]?”

这次泰勒没去看贾雷德或者凯莉。他只是点点头,并且又给了卡洛斯一百块。

我简直都想要呻吟出来了。现在金曼高中的苏萨号盗窃团伙只剩

---

① 西班牙语,意为“混蛋”。

② 西班牙语,“明白吗”。

下一千四百块的赃款。再加上一些被霰弹枪打过的玻璃纤维。

我也不打算去搞到博比东和卡洛斯身上的钱。我只是想从小孩手上偷来棒棒糖换点零用钱花。自从圣诞节的时候在芝加哥跟一个带着西格绍尔手枪的圣诞老人大战一场之后,我更加坚定了这一原则。那次行动为我回到得克萨斯提供了资金,但也几乎打破了我自己定下的规矩之中的第一条:"不要被杀。"

好吧,一千四百块不算多。但是聊胜于无。而且我投入了太多时间,如果再放弃的话就太不合算了。所以我不能再去想玛瑞萨偷车的事。这与我的最终目标无关。

凯莉站起来,从泰勒手中接过了剩下的钱。她没有说话,甚至没有抬头。她只是平心静气地在经过泰勒身边时把钱顺手拿了过来。泰勒眨着眼睛,看起来很惊讶,但是并没有出声。然后凯莉和贾雷德就一起进了房子,并且把门关上了。

"好啦,年轻人们,"博比东一边拍着手一边说道,"我和卡洛斯得离开这个儿童乐园了。谁来开车?"

唐尼嘴里嘟嘟囔囔地朝着福特皮卡车打了个手势。

我小心翼翼地从思域车的后保险杠旁边移动到车头那边。到了那里之后,停下来,听到了塑料箱子在水泥地上的摩擦声,这表示装着苏萨号的箱子被抬了起来。然后,我迅速地吸了一口气,并从福特皮卡车的前面跑过去,一直跑到这座破旧房子后面的角落。我蹲在那里,背靠表皮开始剥落的木质侧墙,远离停车处的可视范围。

我朝着墙角外瞥了一眼,看到泰勒正抬着装有那只苏萨号的箱子从门廊上走下来,唐尼、博比东和卡洛斯则跟在他身后。

"嘿,玛瑞萨哪儿去了?"泰勒一边把苏萨号放在皮卡车的后车厢里,一边开口问道。他真的不太聪明。

"走了。"唐尼说。

泰勒和那件乐器一起坐到了皮卡车的后车厢里,而另外三人则坐到了前面。唐尼发动了车子，我则立即钻回到墙角后面，以防被亮起的车头灯照到。随后福特车从被打坏的玻璃纤维旁边倒了过去，然后换挡并开向大路。

当皮卡车看不见了之后，我又稍微等了几分钟并且聆听着周围的动静。我听到贾雷德和凯莉模糊的说话声从房子里传出来，除此以外再无其他。我基本可以确定现场只剩下他们两人。我观察了这座房子好几个小时，并且看到了全部三辆车到达时的情况。皮卡是唐尼开来的，泰勒坐在后车厢里充当护卫；本田是贾雷德的；凯莉则是开着那辆PT漫步者来的，玛瑞萨也是搭这辆车到来。我倒很想知道，玛瑞萨破坏了这场似乎是由凯莉设计和主导的交易，这对她们两人的友谊会有什么样的影响。随后我就打消了这一想法，原因无他：这与我的最终目标无关。

我顺着贾雷德和凯莉的声音传来的方向，蹑手蹑脚地准备转到房子的南面去。经过房子东边的小门廊时，我发现房子的后门是敞开着的。后门里面还有个防蚊虫用的纱门，但是上面既没有插销也没有钩链。我连那把瑞士军刀都用不上。

当我来到房子南面时，在第二个窗口底下的杂草里停了下来。就像刚才的后门一样，这扇窗子也是打开的，但是蒙了一层纱窗。窗子里透出柔和的灯光并且传出窸窸窣窣的声音，但是没人说话。听起来貌似贾雷德和凯莉有着远比唐尼和玛瑞萨更深入的进展。

当屋里传来的声音变得富有韵律的时候，我冒险站起身来，往屋里看了一眼。当然，我没去看床上的那一对少年男女，只是观察了一下他们丢在地上的衣服。破破烂烂的床头柜上摆着一个台灯，光线并不太明亮，但足以让我看清凯莉的白色短裤就丢在门口的地面上。这条短裤的一个口袋里鼓鼓囊囊的，那就是折起来的现金。

在电影里，单干的小偷经常是以优雅的阴谋家的面目出现。但在现实中，特别是从其他的坏蛋那里偷盗赃钱的时候，运气比狡猾更重要。越是下流并且肮脏,就越能搞到钱。

我沿着来时的原路返回房屋的后门处,小心翼翼地推开纱门,溜进了屋内。

剩下的事情就简单了。我蹲伏着穿过一个小杂物间和厨房,进入走廊,并追随着台灯的光线来到卧室开着的门旁边。贾雷德和凯莉正在忙着,除非往房间里丢个手雷,否则他们根本不会注意到别的什么事情。因此我抓起那条短裤,朝相反的方向爬到房子后门外的台阶上。这一来一去总共只花了三十秒。

我轻手轻脚地把纱门关好,迅速从凯莉的短裤的左后口袋里把所有的现金抽出来,塞进了自己的裤兜。然后我又在短裤的右后口袋里发现了她的手机。既然现在已经拿到钱了,我决定允许自己满足一点小小的好奇心。我点击手机屏幕,它亮了起来,显示出凯莉在脱掉衣服之前看到的最后一条短信。

"很高兴你没事,"信息上写道,"我也很好。没有问题。"

这条英语和西班牙语混写、夹杂着大量缩写词、全部用大写字母的短信发信人标记为MRSA。玛瑞萨。

也许玛瑞萨事实上并没有搞砸凯莉的交易。也许她们两个在共同谋划着一些事情。

我不知道什么样的事情可以让两千两百块[1]变成一千四百块。但无论如何,这些孩子们现在已经一无所有,除了一个苦涩的教训:犯罪的代价有可能是一无所获。

或者至少是得不到足够的回报。

如今我已经不在乎弄出一点小小的噪声了,因此我从本田思域和PT漫步者之间小跑过去,穿过行车道,然后钻到了树林里。从那里,我就可以借助小手电筒找到树林中的鹿径,并沿着它们回到树林另一侧

① 疑为作者笔误,似以两千七百块为确。

的支路上,我的丰田花冠轿车就停在那里。

我把凯莉的手机和短裤留在了台阶上。很高兴短裤中并没有内裤。那会让我感到毛骨悚然。

是的,我可以告诉我自己,尽管我是一个罪犯,但我不是个变态。我不会放弃这一点。

除此之外,我也不会放弃我从一群少年盗窃苏萨号团伙那里搞来的一千四百块钱。

5.不准使用双关语

我周一早上到达金曼县郊区高中的时候,感觉自己就像是个穿着卡其裤和蓝色运动衫的骗子。这时我在校门内遇到了一个六十岁上下的副警长。此人个子不高,但极为结实,长着一个大鼻子。他就站在铺着地砖的门厅中央,像是地方执法系统的一个纪念碑。他戴着一副飞行员式的墨镜,穿着鹿皮色的制服,头戴一顶斯泰森毡帽,缓缓地嚼着口香糖,就像在恐吓什么人似的。他的臀部上方挂着一个点357口径左轮手枪的枪套,扣子是解开的,而在他的武装带上除了一个装着手铐的套子并没有其他东西。打从我小时候开始就没见过一个连一把半自动武器都不带的条子,大多数人除此之外还会带上无线电对讲机、泰瑟枪、收缩式警棍、滤毒罐等等乱七八糟的装具。但这个家伙是个老派的条子。

尽管我是从小就在金曼县长大的,但不认识他。这也就说明虽然他年纪很大,却是最近才来到这里的。因此我决定和他聊一聊。只要有可能,我很乐意与潜在的问题人物保持友好关系。

“出什么事儿了吗,长官?”在我问话的同时,学生们开始涌入大楼。我不得不提高声音以压过那些大呼小叫的少年。

副警长回答的时候并没有看我。“上周五发生了入室盗窃案件。学校的财物被盗走了。”

我像一只迷惑的猎犬一样扬起了头。“那么,在周一早上站在这里对此事又会有什么帮助呢?”

副警长的眉毛稍微皱了一下。“只是尽力而为。”他略微低下头,从墨镜上方瞄了我一眼,“我告诉警长说可能是学生干的,她就让我在这儿站岗,她觉得那些罪犯看了我会感到紧张,而紧张的小孩容易露出马脚。理论上是如此。”

我朝四周看了一下这些正在涌入教学楼的学生,他们体形不同,肤色各异,其中大约一半的人走路的时候一直低头看着手机,另外一半则要么是互相聊着天,要么就是正对着我们翻白眼。

“呃,那祝你好运吧。”我说。

副警长把墨镜推到额头上面。“我很清楚这些小混蛋不会害怕一个肥胖的老家伙。但正如我所说,只是尽力而为。另外,等到上课铃响,我就可以再喝一杯咖啡。”他瞥了一眼他身后挂着的钟,“还有十三分钟。”

我朝解开的枪套点点头。“不过你可得小心点,这段时间别用枪打哪个小混蛋才是,老兄。”

他扬起一边的眉毛。“到目前为止,你对我有两种称呼,分别是‘长官’和‘老兄’。我怀疑你这是讽刺。如果我要开枪的话,你是首选目标。”

我看了看自己的手表。“这事儿还是留着下次有机会再说吧,长官。校长大人正等着见我呢,而且,你说得很对,我只有十三分钟了。”

“真可惜,”副警长说,“和你聊天实在太愉快了。”

“顺便说一句,我叫马修·马克斯。”我伸出右手,“最出色的代课教师。很高兴认识你——”

我看了一眼他警徽上面的长方形标签。

“蜂蜡警官?”我问。

他没有伸手。“不关你的事。”

“但我们还是有些共同点的，头儿。我们的姓都是以字母 x 结尾。”

他的脸就像一块长了个大鼻子的石头。“有一个字母一样就可以称兄道弟了么？”

因此我抬起伸出的右手向他敬了个礼，然后走进走廊，在学生群之中穿行，直到左侧的砖墙被玻璃幕墙所取代。我穿过走廊来到另一侧，其间不得不两次停下脚步，避免撞上低头看着手机完全不看路的学生，随后打开门进入了学校的教师办公区。

办公室管理员莱斯特（他不喜欢别人将他称为秘书）正靠在一个长条形的接待台前，这个接待台将他的工作区域与等待区域分隔开来。莱斯特是个退休了的历史教师兼辅导员，他说自己接受这份工作是因为如果他继续待在家里，他老婆就会用园艺剪刀捅他。这会儿，莱斯特正用双手捂着他的秃头，把那张丰满红润的大脸罩在正冒出热气的超大号旅行杯杯口上方。他穿着一件格子花呢衬衫，领带甩到一边肩膀后面，以防领带的末端浸到杯子里。

“她房间里有个学生。”莱斯特说话的时候没有抬头。他说话的声音就像搅拌机里的碎石。“站那儿就得了，啥也别说。我昨晚的酒还没醒呢，醉得跟我妈一样。”

我也靠在他的接待台上，面对着他。“你妈经常宿醉吗，莱斯特？”

“你见过我爸的话就不会这么问了。现在闭嘴。”

我咂了咂舌头。“真是的，今天早上怎么每个人都火气十足啊。外面的那位‘蜂蜡’副警长也差点一口把我脑袋咬下来。”

“那是埃尼斯特。”莱斯特说，“他在休斯敦警局的同僚叫他‘蜂蜡’。不知道是为啥。他最近到金曼来担任副警长，他觉得这算是半退休了。警长肯定也同意他的这个看法，因为埃尼斯特今早来的时候开的是他自己的车。说起来，那是辆全新的克莱斯勒，可是上面没有警用对讲机、没有囚犯隔离栏，连放霰弹枪的架子都没有。所以我认为埃尼斯特的计划就是在早上上学和下午放学的时候站在学校入口处，摆出一副凶狠的模样，其他时候则在停车场读路易斯·拉摩[1]的简装书。或许再小睡上一会儿。我看到他把驾驶座放倒了。"

"也许我会往他的排气管里扔个鞭炮，"我说，"我以前也干过这事。"

莱斯特瞪大了眼睛，发出低沉的口哨声。"不，可别那么干。早在白垩纪的时候，我在得克萨斯州西南区和他一起打过橄榄球，我亲眼见到他把一个中后卫的脖子撞断了，而且还没有犯规。这家伙往麦秆里吹口气都能把'黄油蛋糕'的运货卡车给吹得转向。"

接待台另一边，里间办公室的门开了，一个身形娇小的黑发女孩走了出来。她穿着牛仔裤和亮红色的"金曼美洲狮乐队"T恤衫，将手里的蓝色背包从一只手换到另一只手，并且关上了里间办公室的门，然后向我看过来。是玛瑞萨。

她的眉毛扬了起来。"哦，嗨，马克斯老师。"她的得州口音听起来简直就是音乐，"你今天会给我们上文学与写作课吗？"

"我，呃，还不知道。"我说。现在的情况让我有点困扰。上次我看到这个女孩的时候，她偷了一辆车，车里还有一个大号。"我想伊丽——呃，欧文斯女士会告诉我该去哪里上课的。"

接待台后面的莱斯特咳嗽起来，像是被什么东西呛到了。

玛瑞萨露出一个微笑。她可能知道"欧文斯女士"和我在遥远的过去曾经是一对夫妻。事实上，伊丽莎白和我离婚，随后我远走芝加哥，这些都只不过是六年前的事。但玛瑞萨只有十七岁，这对她来说基本可以算古代史了。我真希望对我来说也是如此。

"好吧，真希望你能再教我们一次。"玛瑞萨说，"我喜欢D. H. 劳伦斯的那个故事。莫里斯老师只会第十次让我们写关于《一桶阿蒙蒂亚度酒》的评论。"

---

① 美国小说家（1908—1988）。

“坡,你[1]。”我说。

玛瑞萨皱起眉头。“什么?”

里间办公室的门再一次打开了,我那身材高挑、皮肤光滑、穿着蓝色裙裤的美丽前妻就站在门口。她的头发束了起来,凸显出了那光洁的前额、黑色的眼睛和完美的颧骨。要是我们分开之后她也像我一样崩溃该多好,可惜这种好事没发生。

“我以前和你说过了,马克斯先生。”伊丽莎白说,“没有人喜欢双关语。而且我不会允许任何人在金曼郊区高中使用双关语。”她瞥了玛瑞萨一眼。“别迟到了,快走吧。你得去帮他们打开柜子。”

玛瑞萨说:“遵命,女士,”并向出口走去。她对我点了点头。“稍后见,马克斯老师。”

我目送着她进入走廊,并且看到了她的乐队T恤衫背后的字样。

几个印刷粗体的字母是:BAD ASS[2]。但是在“ASS”前面却有两个写得很潦草的字母“BR”插了进去。

BAD BRASS[3]。

6. 火花与野火

我转向伊丽莎白。“要是我在这儿念书的时候穿那样一件衬衫,肯定会被停学。在那之前,这边的莱斯特还会先给我脑袋上来下重的。”

莱斯特哼了一声。“得了吧。也就你会那么干。”

伊丽莎白耸耸肩。“我们是收到了一位家长的投诉。然后那位家长就得知,这些衬衫是向乐队捐款的、来自圣安东尼奥的匿名捐献者所

---

① 前文的《一桶阿蒙蒂亚度酒》是爱伦·坡所著的短篇小说,爱伦·坡以双关语的使用而知名。坡这个词的读音与表示轻蔑、否定的叹词同音,因此马修在此处使用了一个隐晦的双关语。

② 可做“坏蛋”解,也可做“牛人”解。

③ “超牛铜管乐手”,也是本文的标题。

送来的礼物。当一所学校的音乐课程只能靠捐款来维持的时候，人们就可以忍受一些小小的粗俗行为了。”

“浸信会教徒也能忍？”我问。

“他们尤其能忍，反正他们早就接受了人人生而有罪的观念。进来吧，马克斯先生。”

我跟着伊丽莎白进了她的办公室，并关好门，不过我却听到莱斯特在嘟囔着：“马克斯‘先生’？”

“你知道，”伊丽莎白在办公桌后面坐下的同时，我说道，“你也可以不称呼我的姓，只叫我的名字。大家其实都知道我们过去那点事儿。”

伊丽莎白微微一笑，朝着办公桌这边的两把人造皮革椅子打了个手势。“不要替我做决定，马特[①]。”

我侧身坐在一张椅子上，随后把脚放在另一张椅子上。“我喜欢这种咱们俩一起闲聊的感觉，丽兹贝[②]。这让我知道我们之间的火花还没有熄灭。”

“这里是得克萨斯。火花会点燃野火，然后毁掉数百人的生活。”

“你太夸张了。”我说，“最多只能毁掉了我本人的生活。另一方面，你现在掌管着的这座学校，在康罗和纳科多契斯之间也可以排到前二三十名了[③]。说起来，你现在手下有多少个混球学生？大约六百六十六个？”

她的笑容消失了。“我想这意味着你仍然认为金曼是‘撒旦的屁眼’。但我很感谢你把我带到这里。原先，我一想到得州除了奥斯丁以外的任何一个地方都怕得要死，但金曼告诉我处处都有好人。”她有点

① 马修的昵称。

② 伊丽莎白的昵称。

③ 康罗与纳科多契斯均为得克萨斯州城镇，但两地间相距不远，所以这句话带讽刺意味。

恼火地叹息了一声，这也勾起了我心中的记忆，“你为什么要回来呢，马特？你的父母都去世了，而我则是你心底的一根刺。而且你住在五金店楼上的那间小公寓也不可能快活到哪里去。”

“‘金曼螺栓与五金用品商店’只是暂时的落脚地。”我说，“不过，抛开居住的地方不谈，这是我长大的地方，是我的故乡。但我也不能把它理想化，因为我知道这些岩石下面都是些什么。比如说，这里的那种守旧的种族歧视倾向远比表面上看起来要严重得多。你知道有多少人在背后对我们的婚姻说三道四吗？”

实际上，我听到的大多数人的评论都是说我配不上她。我去了得克萨斯州大，通过考试入学，还拿到了一个教育学的硕士学位，但在老一辈人看来，我就是个第三代的败家小子，这是不会变的了。当然他们说得也没错，但这不表示他们这样做就是厚道的。

伊丽莎白哈哈笑了两声。“如果几个头脑简单的种族主义者就能把我从这儿赶走，那我在哪里也待不下去。”然后，她皱起了眉，“但如果我没得到这个职位的话，我也会离开，到别的什么地方去。这也就是我接下来要对你说这番话的原因，我早就想和你谈谈了。”她倾身向前。“也许你在想，如果你观望、等待一段时间的话，学校的教师职位就会出现空缺，你就可以成为正式教师。但在短期内这是不可能的。另一方面，如果你到别的什么地方去，你马上就能得到全职工作，比如说达拉斯。或者沃斯堡，或者俄克拉荷马。”她扬起眉毛，“或者加拿大。如果你喜欢芝加哥，肯定也会喜欢加拿大。什么冰啊，雪啊，驼鹿啊。很多种你在这儿根本见不到的东西。”

我做了个鬼脸。“才不呢。那里还有些人是说法语的。咱们这儿的西班牙语都够我受的了。”我看了看手表，“上课铃快响了。你准备让我干点啥？顺便说一句，布置工作的话发个语音邮件就行了。如果你不想闲聊的话。”

“我没有对你说是因为我自己也不是很确定。”伊丽莎白说，“但是我知道今天有几个老师请了病假。越是到期末这种事就越多,他们好像感觉病假不能浪费似的。这其中好像也有莫里斯,如果他真的没来,你可以继续来一点更接近实际的英语教学,要是他最后还是来了就算了。”

“太糟了。那个班上还有几个勉强能算得上聪明的小孩。”

“我知道。”她低头看了看办公桌上的资料。当她再次开口说话时,声音变得更低沉了。“不过,今天有一个我原以为不会请假的人……请了假。他早上给我发了条‘我来不了了’的短信,却没有给出理由。而且现在他既不回短信也不接电话。”

我等待着。从伊丽莎白说话的方式来看,不难推测她说的那个混球究竟是谁。但我就想听她自己说出来。

“是乐队的指导教师,”伊丽莎白说,“戴维·盖瑞特。”

我猛地把脚放了下来。“你说的是你每天晚上和他一起玩骑牛大赛的那个家伙吗?”

这句话并没有让她变得困窘起来。“真是个糟糕的比喻,”她说,“而且别人都不知道这事。所以,不要说。”

我苦笑了几声。“老天,你不知道吗,每次你和盖瑞特先生前后相隔不到五分钟到校的时候,莱斯特可能都会在他的日历上标记一个小红叉呢。这个城镇太小,丽兹贝。一位高中校长整天把乐队领队的小鸡鸡当成伸缩长号吹,你以为只有我注意到了?”

这一次,伊丽莎白看我的目光简直锐利得可以割开玻璃。

“别的废话少说,”她说,“就说你今天上午第一课时去带一下交响乐队,然后休息一个课时,再上两堂连堂的历史课行不行?康利老师留下了一张葛底斯堡的纪录片DVD,她说长度足够放两堂课的。在那之后,你就可以回家了,算你半天的工资。要不然的话,你下午再带两堂自习课也可以。期末考试快到了,有几个真正的老师可以利用这段时间做些准备。”

我试着用同样的锐利目光去还击她,但她在这方面比我强得太多了。"首先,我完全不知道该怎样指导乐队。其次,关于'真正的教师'的讽刺我已经完全听明白了,非常感谢。第三……"要是我周末的那次冒险收获了更多的利润该多好。现在的我没法放弃上满全天的八十块工资。"好吧,我下午也可以带自习课。"

伊丽莎白恢复了作为一名团体领袖的冷静。"乐队的事你不用担心。刚才我叫玛瑞萨来就是为了这个。虽然她才是二年级,但就连三年级的学生都很尊重她。戴维也是一样。我给了她一把乐器柜的钥匙,她会负责指挥整场排练。你只需要确保排练不会被外人打扰就行了。春季音乐会周五就要举行,他们一定要表现得非常好。音乐会后就是烘焙食品特卖会和烤肉大会,要是人们喜欢乐队的表演,就会买更多的食物。我们的捐赠人提供了一些很好的乐器和T恤衫,但我们还需要些汽油钱才能送乐队去橄榄球赛现场表演,以及参加明年的地区比赛。"

"你认为你的,呃,盖瑞特先生周五就能回来吗?"我问,"我是说,他不肯说明今天的缺勤理由,你不觉得这很令人担心吗?更不用说连他的手机都联系不上了?"

我提出的这些问题既缺乏善意,对她也没有什么帮助。但是话说回来,我也不再是从前那个既善良又乐于助人的家伙了。

这一次,伊丽莎白依然保持着冷静。"戴维有一个兄弟遇到了些麻烦。他没有主动说起太多的细节,我也没问过。但我认为他今天就是因为这事而缺勤的。不管怎样,他都绝不会抛下他的乐队。事实上,就连昨天是个周日,他还来了学校。我们两个都来了,一起给乐器柜换了新的锁头。顺便说一句,买锁的钱是戴维自己出的。"她吸了一口气,"现在我不禁扪心自问,你关心这些事干吗?"

"嘿,我就是想帮帮忙。"我说,"我敢保证到了周五的时候我就能学会指挥乐队了。"

“啊，你这话我可记住了。”她示意我可以离开了。

但我还没打算离开。“说起新的锁头，门口那位副警长和我说起了乐器被偷的事。”他其实并没有说，但这只是一个很小的谎言，“那对于我今天的课程会有些影响吧？”

伊丽莎白摇摇头。“不会。事实上，其中一件被偷走的乐器——那只大号——被送了回来。昨天早上，它神秘地出现在了食堂的装卸区。我想这是因为那个小偷发现乐器黑市上对于需要坐着吹奏的乐器并没有需求。当你把波尔卡、坤比亚、朗雀拉和流行乐这几种流派的音乐捏合在一起时，没有人会坐着。特别是吹号的乐手。”

我知道将大号送还的人肯定是玛瑞萨，尽管我不知道她为什么要这么做。另外，根据买主卡洛斯的穿着打扮，我已经推测出那些被偷走的苏萨号将会被转卖到街头管乐队的乐手那里去——也许是得克萨斯的乐队，也许是墨西哥的乐队。除了这些人还有谁会需要那种东西呢？

“这就是我喜欢电子蓝调的原因了。你可以坐着，也可以站着，不用使劲吸气和吹气，也不需要到处吐口水。除非你是鼓手。另外，你也不需要听贝斯手发号施令。”

这一次，伊丽莎白露出了一丝诚挚的微笑。“我记得。”她说。随后她站了起来，走到门边，把手放到门把手上。“刚巧我们的小小乐队里就有一个很不错的贝斯手兼号手。你会见到的。”铃声响了起来，她将门打开了。“现在你迟到了。”

我站了起来，看着她，忽然心痛到无以复加。“我敢说安妮肯定会演奏一曲的。”这些话几乎是在我无意识的情况下冲口而出。

伊丽莎白闭上双眼。我简直想把自己的舌头咬断，它怎么就把我心里的想法给说出来了呢。

然后，她的眼睛再度睁开了，我们又回到了现实。

她打开门。“乐队的训练室在新大楼，和其他的教室不在一起。从走廊这一边的出口到后停车场去，沿着食堂和体育馆中间的过道往前走,然后——"

我从她身边走出门去。"我只要听着像是狗被踢屁股一样的声音走过去就没错了。"

伊丽莎白在我身后把门关上,我从接待台旁边走过,莱斯特还在那儿用杯子里咖啡的蒸汽熏自己的脸。

"你能听到我们在说什么?"我问。

他睡眼惺忪地看了我一眼。"我总得找点乐子吧。又不能待在家里和我老婆一起看肥皂剧。她会拿刀子捅我的。"

"我觉得这事儿不能怨她,莱斯特。"

"我也没怨她啊。"

我用力推开办公室外间的门,来到现在已经变得空荡的走廊上。要是我能提早一分钟离开伊丽莎白的办公室,感觉肯定比现在要好。毕竟,只要能和伊丽莎白在一起,我总是会感觉很好的。关键是时间不能太长。

不过话说回来,有些事就是这样,这叫有自限性。

7. 鲸目动物的肠胃运动

玛瑞萨是个身材娇小的姑娘,而那只格罗尼兹牌的大号看起来简直比她还要大。当她把大号放在大腿上,摆好演奏姿势时,我就只能看到一大堆互相缠绕的铜管和一双穿着白色旅游鞋的脚。

但在这个阶梯式的乐队训练室里,她占据了最高的一排并且在那里一边指挥、一边吹奏,有时还要读秒,就像一个士官。而且,正如伊丽莎白所说,其他的孩子们都很尊重她。

这支乐队总共才五十六个人,但这也是金曼高中这些年来规模最大的一个乐队了。而且他们的演奏很不错。特别是玛瑞萨。她甚至用大号吹奏了一曲《星条旗永不落》,这首曲子一般都是用短笛吹奏的。而且大号的每一个音符都是那么迅捷、清晰而准确。

呃，说老实话，每一个音符在我听来都像是鲸鱼在放屁。但那是非常迅捷、清晰而且准确的屁。

乐队的表演给我留下了很深的印象。同时还有很深的困惑。这些孩子们显然都很喜欢在这个小小的高中生乐队里演奏。那么，她又为什么会加入苏萨号盗窃团伙，并成功将其盗走转卖呢？是不是因为她为此感到后悔，所以才将大号又归还回来呢？或者，也许她将大号归还回来是因为意识到若是没有这只大号，她就没有一件好的乐器可以用于演奏了？

她的共谋者们和他们的买主都知道她做出了什么样的事情。他们的买主还随身带着一支装填霰弹枪子弹、大得离谱的手枪。而且他敢于使用这支手枪。不管她有什么样的理由，难道这一点都不足以让玛瑞萨在归还大号之前再三思索吗？

不过，这些问题对我来说都没有什么影响。玛瑞萨是个少年罪犯，因此我从她和她的那些少年罪犯同伙那里把赃款偷了过来，就像从前我盗走其他的罪犯手中的赃款一样。她的动机不是我需要考虑的问题。她的结局也一样。

但坐在乐队的排练现场，想要压制自己的好奇心就变得非常困难了。玛瑞萨的同伙之中有两个也在这里。其中一个是凯莉，她身穿和玛瑞萨一样的“超牛铜管乐手”T恤衫，吹的是小号，坐在玛瑞萨下面的那一排。还有一个是贾雷德，他坐在最下面一排，就在我现在所坐的这张乐队指挥椅左边。他是八个单簧管吹奏者之中的一个，但坐在首席。我猜这意味着他也是乐队的一个重要人物。

我在排练刚刚开始的时候是从训练室的最顶端进来的，当时首先映入我眼帘的就是贾雷德的“金曼美洲狮乐队”T恤衫后背的字样。写的是：“屌爆木管乐手”。

“我猜如果这不是开玩笑的话，应该也不是吹牛。”当时我说道。

贾雷德的反应就只是“啊”了一声。

现在,整个排练渐入尾声,《星条旗永不落》的旋律以巨大的鲸鱼放屁声音宣告了整个乐队的排演结束。我揉了揉耳朵,开始考虑该怎样度过接下来空闲的一个小时。当然不能去教师休息室,代课教师在那儿得到的待遇就像是禽流感携带者,更不用想小睡一会儿了。清洁工的小房间有一种可笑的味道。而我的丰田车也不像蜂蜡副警长的克莱斯勒那样可以放倒座椅。因此,乐队领队的办公室就成了我的首选之地,它的门就开在训练室南边的墙上,门上的玻璃窗被纸糊住了。

另一方面,我真正想要的是一个可以彻底搜查戴维·盖瑞特的办公桌的机会。也许"了解你的敌人"用在这儿不算特别贴切,不过可以算是"了解你的替代品"吧。

当然,那扇门可能是锁着的。这阻止不了我。但我必须等着这些学生们先行离去才可以。

当最后一个音符的振动停止的时候,玛瑞萨将大号扣在自己的臀部左边上方,站了起来,同时上身向右倾斜以保持平衡。"好啦,让我们尽最大努力,不要让盖瑞特先生取消演出!"她大声喊道,"木管手,别把你们的破木头丢在地板上!铜管手,擦干净你们的口水!玩打击乐的,别挡着路!如果你们的乐器还在这儿的话,把它们赶紧收起来。给你们三分钟时间!"

她俯身将嘴凑到大号的吹管上,吹出了七个短暂的音符:"理发修面,五毛钱![1]"

这些学生们没有一个用目光征求我的确认,他们只是遵循玛瑞萨的命令打开装乐器的箱子,发出哗啦啦的响声。我在原地一动没动,继续观察着玛瑞萨、凯莉和贾雷德。在周末的那场犯罪活动之后,他们全都没有表现出任何的负罪感或者紧张感。不过话说回来,我也没有。

但他们也没有因为他们的报酬被偷走而显得失望或者沮丧。这可

① 一段旋律与节奏的组合,代表演奏结束。

真把我搞糊涂了。

乐手们完成乐器的装箱时，凯莉和贾雷德向着玛瑞萨所在的方向走了过去，后者正站在北墙边，整面北墙都被一个巨大的、有五扇门的橡木柜子所占据。他们首先把一些长号、圆号、上低音号和几只小号装进了柜子，随后，玛瑞萨和她的朋友们用全新的锁头将柜门锁住。大号被放进了最后一扇柜门。在那之后，凯莉和贾雷德跟其他的学生们一起从教室那庞大的双开门走了出去，而玛瑞萨则穿过摆在原处的折叠椅去取回她的背包。这时我仍然坐在领队的高脚凳上，她准备出门的时候刚巧经过我身边，于是停下了脚步。

“谢谢你临时来照顾我们。”她说，“等会儿我会在英语课上看到你吗？”

“恐怕不行。我整天都是临时安排的。但是就坐在这儿什么都不干也能拿到报酬，这真是……”我挥了挥手，示意着整个房间，“我该怎样介入其中呢？什么都不做——这就是我的特长①吗？”

玛瑞萨朝我露出一个嘲弄的坏笑。“与音乐有关的双关语。很不错嘛，马克斯老师。但别让欧文斯女士听到了。”

她举步准备离开，而我则决定试探她一下。

“我有点好奇，”我说，“你是怎么让那些小偷们把你的格罗尼兹牌大号送回来的？”

她停下脚步，皱起眉头。“你怎么会觉得这事情和我有关系呢？”

“你是乐队里唯一的大号手。”我说，“所以如果我绑架了一只大号，我一定会向你索要赎金。”

玛瑞萨朝门口走了两步。“那没用的。我已经破产了。”

我又从另一个方向开始了试探。“你觉得那些管乐器是谁偷走的？”

---

① 原文 forte，有“特长”的意思，也有“最强音”的意思。

玛瑞萨回头看着我，她的眼睛一眨不眨。“无可奉告。你永远不会知道谁可能会是个小偷。”

她以一种更像是芭蕾舞演员而非大号手的优雅姿态转过身，快步离去了。

8. 紫色比基尼泳装

我走到门口目送着玛瑞萨，直到她转过弯，消失在通往食堂的拐角尽头。现在这座大楼的走廊里一个人都没有了。我回到乐队训练室中，把这个房间的双开门给关上了。

随后我试着打开乐队领队办公室的门，它果然上了锁。我从口袋里掏出两个鱼尾夹，在二十秒之内进了门，并且把门关好以及重新上锁。炉渣砖砌成的墙壁上有一个开关，控制着天花板上的两只日光灯，照亮了这个狭窄而拥挤的房间，目测不超过十乘以十英尺。而就在这么个小房间里，还堆满了好几个文件柜、叠放在一起的箱子、一张办公桌，以及一张非常结实的靠背椅。

我在椅子上坐了下来，试着拉开办公桌的抽屉。抽屉也是锁着的，这让我感到开心。

打开抽屉的锁花了大约一分钟时间。是挺慢的，但反正我也不赶时间。另外，我也没有什么特别的搜寻目标。但如果刚巧发现了什么令盖瑞特脸色难看的东西，我是完全不会介意的。我脑子里一直有个幻想，要满足这个幻想，就需要以匿名身份向伊丽莎白提供证据，并且证明她犯了一个严重错误。

一开始，我在抽屉里并没发现什么值得锁起来的东西。这里面有些笔、硬币、单簧管和萨克斯管的簧片。还有一块粉色的橡皮、一根坏了的指挥棒。几个铜管乐器的吹口。

但在这些杂物的下面，有一个螺旋线圈本。我把它拉出来，翻开，发现上面以潦草的笔迹写着关于木管乐器部的排序等问题的评论。简直就和驾照考试一样激动人心。

随后,夹在笔记本后面几页里的两个信封掉了出来。这些信封没有封口,因此我把它们打开了。

好吧,就算它们封了口,我也会打开的。

第一个信封装着五张照片,是使用家用打印机打印出来的数码照片。照片是伊丽莎白的,而且内容足够的猥亵下流。

好吧,或许这不是事实。但它们对于学校来说是不合适的。浸信会教徒也是有底线的,特别是关于他们的孩子对校长的看法这一问题;或者是他们看到了她的哪一部分这一问题。这些照片拍摄于某一个夏日,地点是加尔维斯顿[①]的海滩,而且伊丽莎白看起来非常漂亮。是那种紫色三点式比基尼的漂亮。那种十几岁的男孩会把这些照片扫描到电脑里并且发到网上的漂亮。

这让我感到很生气。盖瑞特有必要把这种东西打印出来并且带到学校里来吗?他连八个小时看不到伊丽莎白的肚脐眼都忍不了吗?老天,我都六年没看到了不也还是好好的——不过也没好到哪里去。

我本想把这些照片自己扫描一份,但还是打消了这一念头,把它们塞回原来的信封里。我知道在哪儿能找到它们就行了。

随后我打开另一个信封。这个信封里只有一张照片,但这是一张非常老的照片。是那种用胶卷相机拍出来,然后在真正的暗室里面冲印出来的照片。是的,它就是这么古老。

这张照片上有一个人是戴维·盖瑞特,不过他看起来年纪和高中生差不多,站在一座很大的牧场风格的建筑前面。和他在一起的还有另外一个更小一点的少年。只有十几岁的戴维正对着照相机咧嘴笑,身上背着——或者更恰当地说,穿着——一只闪烁着黄铜光泽的苏萨号。他那个时候也很帅,而且作为一个乐队达人,他肯定也很聪明并且

---

① 得克萨斯州东南部城市。

受欢迎。因此我还是想让我的手穿越时光然后扇他一巴掌。

不过除了这一冲动之外，照片上的另一个人引起了我更大的兴趣。

他是一个白人。他和戴维都穿着蓝色牛仔裤和吉米·亨德里克斯[①] T恤衫。他俩的T恤衫颜色并不相同，但在我看来，这两人的衣服似乎是在同一家店由同样的人给他们买的。

我花了一分钟时间仔细观察这个人，尽管实际上并不需要那么久。也许他的那头淡金色的头发欺骗了我，因为我以前没有见到过这种颜色的头发。但是随后我认出来了。他没有穿红色夹克衫，也没有戴牛仔帽，但他那双灰色眼睛里的阴郁表情并没有什么太大变化。

在照片里，这个白人小伙子肩上扛着一只用玻璃纤维制成的苏萨号。也许，就是因为他没有拿到那只闪闪发光的黄铜苏萨号，脸上才会有这么一副表情。

他就是周六夜间的那个买主。那个随身携带着一支他称作"审判官"的大得离谱的手枪的人。

他是卡洛斯。

9. 软弱的嘴唇

我一直坐在那里，眼睛盯着盖瑞特和卡洛斯的合影，突然间，我听到了外面练习室的那道双开门被推开的声音。

我朝右边瞥了一眼。办公室的门是关好并且锁上的，玻璃窗户上的百叶窗也是合起来的。不管外面的人是谁，他们都不可能看到里面有人。他们甚至可能都看不到里面的灯是开着的。因此我只是待在原地，保持安静并听着外面传来的声音。

"有话快说，唐尼。"这是玛瑞萨，"我不想迟到。我可以离开六七分钟，但是十分钟肯定不行。"

---

① 美国音乐人、歌手(1942—1970)。

“那你为什么要把我拉到这么远的地方来?”唐尼问,“另外,马克斯老师在哪?你说他今天在代课。但是我们没有在走廊里碰到他。”

“大概到后停车场吸烟去了?”玛瑞萨说,“随便了。反正他不在这儿,其他人也都不在。这段时间这座大楼里都没有人在上课,所以在这里说话最安全。那么,你到底要干什么?直接给我发短信不行吗?”

到后停车场去吸烟?这简直是乱弹琴。我根本不吸烟。至少不吸普通的香烟,也从不在学校吸。

“你还问我要干什么?”唐尼的声音显得很嘶哑,“你是在开玩笑吗?你偷走了安东尼先生的车,你把那只大号送了回来,而且你还把那辆车给开到沟里去了。搞得我被迫开车把那些人送回镇上。现在凯莉又说卖掉康牌苏萨号的那笔钱不在她那里。而且自从你离开之后就没回过我的短信。”

玛瑞萨的回答既冷静又坚定。“首先,那不是安东尼先生的车。那辆车是他偷来的,而偷走别人偷来的东西本来就不能算偷。其次,凯莉早就和你们说过只能给买家看苏萨号,不能让他看到其他的乐器。早在你们把大号偷出来之前,我们就对你们说过那个买家一定会故意压低大号的报价,而你们还是背着我们干了。”

“我们还没干之前当然不能告诉你!”唐尼说,“另一方面,安东尼先生也没说过他们不要大号。但至少,那只大号没有让那个卡洛斯发狂。是一只苏萨号让他发了狂。然后车被偷走又让安东尼先生发了狂。那是你干的好事!”

玛瑞萨用西班牙语低声说了些什么,我没有听清楚。然后她又说道:“我也不明白那个假行家为什么看不上玻璃纤维。但说到我做的事——嗯,我不能让他们以那么便宜的价格买走一只格罗尼兹牌的大号。那是不对的。”

“但是凯莉点头了!”

“点头不是赞成这笔交易的信号。安东尼先生是凯莉的一个远房亲戚，她说早在咱们的老妈出生之前，他已经在金曼县的阴暗面频繁活动了。她能够从他的表现辨别出他们确实已经出了他们能够出的最高价格。她就只有这么个意思。”

这一次，唐尼再开口的时候，他的声音更低沉了，而且还暗藏着一种恶毒的气息。“好吧，她错了。在第一节课之前，泰勒收到了安东尼先生发来的短信。最后卡洛斯还是愿意为那只大号出一个高价。如果我们今晚能把它带过去的话，他会给我们两千五百块。”

玛瑞萨沉默了一会儿，然后说道：“No me digas![①]”

“我说的是实话。”唐尼说，“而且，听着，凯莉得把那一千四百块交给泰勒。然后，等到我们拿到大号的两千五百块之后，我们会分你们一份。但我们不能再信任凯莉，让她拿着钱了。泰勒说如果她不把那一千四百块交出来的话，他会狠狠地揍贾雷德一顿。就是俗话说的杀鸡儆猴，打断几根骨头、打掉几颗牙齿之类的。他要让凯莉看着贾雷德挨揍。他还说，他会给凯莉的老爹发封电子邮件，说她和贾雷德在乱搞，这样的话老头子就会撤回她上大学的资金。我们听说他准备把她送到贝勒大学，但条件是她得洁身自好。这是他定的规矩还是贝勒大学定的啊？你觉得呢？”

“这我可一点儿都不知道。”玛瑞萨说，“但我知道有些人闯进那座房子，趁着凯莉和贾雷德睡着的机会把钱偷走了。他俩直到凯莉的妈妈打来电话才发现钱丢了。而凯莉的电话被丢在后门廊上。”

唐尼根本就不信这个。“我们怎么知道这不是他们编的故事，就为了私吞那笔钱呢？”

玛瑞萨义愤填膺。“我们又怎么知道不是你和泰勒又溜回来把钱偷走了呢？”

这件事当然就是我的手笔，看来形势有着进一步恶化的可能。不

---

① 西班牙语，“别骗我！”

过,要不是这些小流氓先偷走了学校的乐器,也就不会有这事了。所以我对此并不感到如何遗憾。

“你只能相信我的话。”唐尼说。他转而使用了一种滑稽的柔和语气,可能他自己还觉得挺性感的。“我不会骗你的,玛瑞萨。我是那么地喜欢你。这也就是我之前让你参与进来的原因。但是凯莉和贾雷德是你带过来的,所以如果他们骗了我们,那就是你的错。”

玛瑞萨讥讽地笑了一声。“你让我参与进来不是因为你喜欢我,是因为你和泰勒不知道那些乐器到底值多少钱。凯莉知道怎样去判断安东尼先生的真实意图,而贾雷德和她形影不离。所以,如果你们下次不想带上乐队的人,那就干脆不要偷乐器。”

在我的想象中,唐尼耸了耸肩。“我们以为这很简单。而且,我向上帝发誓,玛瑞萨,我本来是想让你分一份的。我知道在我们拿走了最好的苏萨号之后,你就只能去吹奏那只用了二十年的老家伙了,所以我感到很遗憾。我真的很喜欢你……”

过了一小会儿,我听到了人体被击打的声音。就和星期六晚上那一声一模一样。

“你猜怎么着?”玛瑞萨说,“我们完了。你的嘴唇太软弱了。我早该知道的。我是个铜管乐手。”

唐尼哼了几声。“好吧,所以说你有些方面还是挺不错的。你不是得把那只大号带回家里去练习么?”

“不。我就在这里练大号。而且盖瑞特先生通常也都在。”

“但是今天他不在。”唐尼说,“所以没有人可以阻止你把它拿走。就连门口的那个警察也不能。而且欧文斯女士已经把乐器柜的钥匙给你了。所以你可以今天下午把大号带回家里去,我们今晚就把它卖了。”

玛瑞萨并没有上钩。“那我就会成为他们的第一个审问对象。”

“没关系。”唐尼说,“你不是会搭凯莉的那辆又小又蠢的 PT 漫步者回去么？你只需要说，当你们中途停下来买可乐或者别的什么东西的时候，大号被偷走了就行。我还可以打破她车子的一块玻璃，好让你的话更可信。”

“你太贴心了，唐尼。”

“让我证明一下吧。”

“正如你所说，我只能相信你的话了。”

唐尼又哼了一声。“好吧，随便你。今晚十一点半，到贾雷德的小屋去见我们。如果你得躲开你妈的监视偷溜出来，那就溜。凯莉和贾雷德得把那一千四百块带过来——”

“他们没有那笔钱。”

“——而你则得把大号带来。别来晚了。”

“这是个错误。”玛瑞萨说，“你不记得那个卡洛斯是怎样一个贱人吗？他一天半之前都不肯收这只大号，现在怎么可能肯为它付两千五百块呢？”

“我只知道安东尼先生是怎么对泰勒说的。”唐尼说，“他说如果我们又搞砸了，卡洛斯就会追杀我们，用那只大号的手枪给我们身上多开几个屁眼出来。”

这一次玛瑞萨再开口的时候，她的声音非常低沉。“Quizás sí, quizás no[1]，”她说，“但我想我们不会想知道真正的答案。”她迅速地深吸了一口气，然后声音又变得正常了。“好吧，我会想办法的。现在我们得去上课了。你先走。”

“啊？为什么？”

“为了防止有人看到我们一起从这座楼里走出去。如果学校的大号再次丢失，而又有人看到我们一起在这个房间附近出现，那就会有问题了。你不是乐队的成员，而我则是吹大号的乐手。明白了吗？”

① 西班牙语，“也许是真的，也许不是”。

“哦。好的。”通向走廊的双开门被推开一扇时发出吱嘎的声音，“别忘了。十一点半。尽量早到。”

门被关上了，然后我就等待着玛瑞萨走出去的声音。

但她并没有那么做，相反，我听到她翻开了自己的包。然后我又听到了她的说话声。

“我给你发了语音邮件，以便你确认这是我本人在使用我的手机。”她说，“你是对的。他们想要大号。所以我会把它带过去。今晚十一点半。贾雷德的乡村小屋。但他们还想要钱，而我们没有钱。所以不要犹豫，要不然一切就全完了。”

我听到啪的一声，随后双开门中的一扇再一次被推开。在那之后，就没有任何声音了。

我最后又看了一眼青年盖瑞特和卡洛斯的合影。除了皮肤的色调以及身背的乐器有所不同之外，他们两个看起来确实有很多相似之处。

然后，我把照片重新放回信封里面，将两个信封按照原样夹在笔记本里，再把我发现的所有东西都放回原位。最后，我把抽屉锁了起来。

现在还有一些时间，但我还是不能小睡休息。相反，我需要好好考虑一下今天晚上应该怎样度过。

这对我来说可能会价值两千五百块。我可是在五金店的楼上过着挥金如土的生活呢。

10. 毛绒兔之国的解决方案

在晚上十点钟的时候，我已经再一次潜伏在那座歪扭小屋西北方向的树林里，穿着我那套黑色夜行服装，用颜料把脸涂黑。我能清楚地感受到我屁股口袋里凸出的一个多余的东西，不禁觉得自己带上这玩意简直愚蠢。

这座房子一片漆黑，行车道旁边也没有任何一辆车停放着，所以我决定在周六的那个位置开始我的守夜。我来得有些早了。但我已经把奥蒂斯·拉什的全部作品都存在一个只有拇指大小的 MP3 播放器里。所以我感觉还不错。

本来是这样的,如果我没有睡着的话。这就是我今天在学校时没有小睡片刻的后果。

当耳塞里响起“横切锯”这首歌的时候,我醒了过来,并且发现我的右边脸靠在一棵橡树的树干上,还有一些蚂蚁在小腿上爬着,感觉很痒。我把耳塞从耳朵里拽出来,连同 MP3 一起塞到牛仔裤的口袋里,然后隔着裤子拍了几下自己的腿,直到痒痒退去。我的手表显示现在是十一点十五分。

借着微弱的月光和窗子里映出的暗淡黄色灯光,我看到唐尼的皮卡、贾雷德的本田和凯莉的 PT 漫步者都停在行车道对面。这些车到来时的噪声都被我耳朵里充斥着的奥蒂斯的歌声给屏蔽了。除非乐队的那些少年们抢了他们父母的存钱罐,否则那一千四百块钱显然是不可能再出现了,所以我对他们现在相处得怎么样很是好奇。

随后,一束车头灯的光芒刺穿了黑暗。终于来了,我想道,我还是赶在博比东·安东尼和卡洛斯到达之前醒来了。

那部几乎是全新的日产千里马从我身边疾驰而过,我惊讶地发现虽然车里面有两个乘客,但他们不是博比东和卡洛斯。我并没有看清楚驾驶员,但我知道这辆车属于戴维·盖瑞特,金曼高中乐队的指导教师,兼任紫色比基尼泳装的业余摄影师。所以有理由认为车子是他开来的。而那位乘客的脸则得到了足够的光照,因此我认出那是伊丽莎白·欧文斯校长,热诚的教育者兼紫色比基尼泳装的业余模特。

不论这究竟代表着什么,也不论这会带来怎样的结果,这一事件几乎不可能使我感到高兴。但至少我现在已经完全清醒过来了。

千里马轿车在 PT 漫步者和房子之间停了下来。盖瑞特和伊丽莎白下了车。他们两个都穿着牛仔裤和 T 恤衫,就像在参加周末野外写生活动。他们登上前门廊,径直走进了房内。我不知道是门没锁还是那些孩子放他们进去的。但可以确定的是今晚房子里并没有在放汉克·威廉姆斯三世。

看起来这座歪歪扭扭的房子所有的窗子都已经打开,以便给一些闷热潮湿的四月的空气放行。而且,由于现在门廊上并没有人,我也不需要像星期六晚上那样偷偷摸摸。所以在盖瑞特和伊丽莎白进门的不到两分钟之后,我已经蹲伏在房子北墙外的窗台下面了。

在我从树林中走过来的时候曾透过窗子稍微看到了屋里的情况,确定唐尼、泰勒、凯莉、贾雷德和玛瑞萨都在屋里,和盖瑞特还有伊丽莎白在一起。乐队的成员们看起来有些放松并且闭口不言,因此我感觉他们对新来者并不排斥。但唐尼和泰勒就很沮丧。他们嘴里不停地咒骂着什么。要推测他们心情不佳的原因也不难。校长和她的男朋友很显然毁掉了他们的整个计划。

“事情的最后结果就是这样,孩子们。”伊丽莎白说,“如果归还那两件丢失的乐器,我们就不会做进一步的处理。”

这在我听来有点古怪。让小坏蛋们轻易脱罪可不是得克萨斯州的传统。伊丽莎白来自奥斯丁,那里被称为孤星之州里的毛绒兔之国——但即使是她也不会简单地说一句“哦,他们还是小孩子嘛”就放过这种案值巨大的盗窃罪。

“有人告密了!”泰勒说。他在试着模仿犯罪团伙领袖,就像两天前他试着模仿推销员一样。这两个角色他扮演得同样糟糕。“唐尼,是你那个该死的女朋友干的!”

我听见椅子腿在地板上摩擦的声音,然后,戴维·盖瑞特开口说话了。他的声音深沉有力并且十分威严。我比以前更讨厌他了。

“坐下,泰勒。”盖瑞特说,“以前,我被迫在橄榄球和乐队之间做出选择,我选了乐队。但是我仍然记得该怎么打架。”

椅子的摩擦声又响了起来,但是音量没有上次那么大了。

“现在好多了。首先,”盖瑞特继续道,“没有告密者。告密者会直接向警长报告，而不是我。但不论如何，我都会发现事情的真相，因为我在周日凌晨三点的时候看到唐尼的皮卡车在镇子里驶过，你和一个装着苏萨号的箱子一起坐在后车厢里。后来我又和我手下的乐手们谈了谈，他们描述了那个买主的形象，我当时就知道他的身份了。所以我让我的朋友们放出风声，让那个买主以为一个获得了基督圣体节表演机会的街头乐队急需购入一只真正的大号。而你们也很快就确实得知了这条信息。所以现在，我们就来到了这里。”

我的猜测是，盖瑞特真的看到了唐尼的皮卡以及其上装载着的苏萨号……那是因为他在伊丽莎白的住所过了大半夜之后又驾车回到他自己的住处去。他总不可能在校长的住处待到星期天早晨然后从那里出发去教堂做礼拜吧？即使大家都知道他在和她睡觉也不行。

但是盖瑞特所提到的那个“向老师而不是警察告密就不是告密者”的理论显然经不起推敲；但话说回来，如果你从一开始就根本不是犯罪团伙的一员，那么你的告密行为也不能算是告密。

除此之外，我还知道一个道理，这是作为团队成员的泰勒和唐尼永远不可能领悟的：

如果你想要贯彻“绝不泄密”这条原则，唯一的方法就是单干。

“你们没有选择，只能按照我说的做。”又是伊丽莎白，“在买主到达之前，唐尼和泰勒先把大号搬到门廊上去。当买主们驾车到来时，他们可以立刻看到装着大号的箱子以及他们认识的人。我们需要你们将买主从他们的车里引出来，让他们到门廊上去。在那之后，你们两个就可以回到屋子里来了。盖瑞特先生会对付他们的。”

“怎么对付？”泰勒问，“来一次公民逮捕什么的？”

“没有人会被逮捕。”盖瑞特说，“不需要那么做，因为我们会把一切问题都完美地解决掉。但我需要和那些买主们谈谈才行。特别是他们之中的一个。”

现在玛瑞萨开口了。“我们的大号不需要从箱子里拿出来对吗？

泰勒他们不会轻拿轻放的。”

“男孩们只需要把箱子盖打开就行了。”盖瑞特说，“如果买主不能直接看到大号，他们会变得紧张，也许会直接离开。如果是那样，我们就真的必须向警长报告才能取回康牌苏萨号了。这对任何人来说都不是好事情。国王牌苏萨号被打坏已经够糟糕的了。但被打坏的只是号口，也许我们还可以想办法把那一部分换掉。”

有那么几秒钟，屋子里没人说话。然后唐尼说道：“呃，那个叫卡洛斯的人用枪把国王牌苏萨号打坏，是因为那是玻璃纤维的。所以如果我们又惹他不高兴，也许他会再次开枪射击。”

盖瑞特发出一种介于冷哼和呻吟之间的声音。“别担心。他不会伤害任何人。他大概只是借了一把枪想显得更加强硬。”

我听到县道上传来了引擎和车子颠簸的声音，我回头望过去，看到另外一辆车正转入到小屋门前的那条支路上。

大号时间又到了。

11. 你不能拿走我的大号

我急忙离开北墙边的窗子找地方藏躲，最后躲在了PT漫步者和本田之间。随后，我看到一辆又破又烂、沾满尘土的普利茅斯牌小型货车从我身边开过去，沿路发出吱嘎吱嘎的声音。它一直开到行车道的尽头，然后倒车直到门廊旁边才停下来，整个线路跟两天前那辆白色面包车如出一辙。毫无疑问，这台老爷车也是为了今晚的交易才刚刚偷来的。

目前，尽管形势并不乐观，但我认为自己仍然有一线机会可以偷得更多的赃款。盖瑞特设计了一次虚假交易，这其中并不会发生金钱转移。而另一方面，博比东和卡洛斯的身上肯定会有至少两千五百块的现金。所以，既然我现在已经来了，那么也就有必要继续观望一番看看最后结果。根据我在盖瑞特的办公桌抽屉里找到的那张照片来分析，盖瑞特和卡洛斯之间很可能有着一些颇有争议性的过往。所以两人的再次相见可能会让卡洛斯震惊得掉了钱包。或者至少会让他放松戒备。

另外,和莱斯特一样,我也没什么机会看肥皂剧。我那间位于五金店楼上的公寓连有线电视都没有。

我躲在 PT 漫步者的后保险杠旁边,看着泰勒和唐尼从房子的前门里走出来,并且把门关上了。唐尼正抬着那只装有大号的箱子,小型货车的发动机熄了火,博比东和卡洛斯两人从车里下来之后,他就将箱子放在门廊上。我注意到在场的每个人穿的衣服都和星期六晚上几乎一模一样。就好像他们为了交易偷来的铜管乐器专门配了一套制服。卡洛斯甚至还戴着一顶一模一样的牛仔帽。

唐尼弯下腰打开箱子,将那只大号从箱子里拿出来。博比东和卡洛斯走到了门廊上面,博比东还打开了小货车的后门。

就在这时,房子的前门再一次打开了,玛瑞萨冲了出来,而这显然打乱了盖瑞特和伊丽莎白的计划。她将唐尼一把推开,然后合上了装着大号的箱子。

"这只乐器,"她说,"不卖了。"

对此,卡洛斯一个箭步冲到玛瑞萨面前,抓起箱子扔进小货车的车厢里。随后博比东将后车门猛地关上,而卡洛斯则将手伸到背后,掏出了那支名叫"审判官"的手枪。我浑身都绷紧了。

"鉴于你们想反悔,"卡洛斯说,"我们交易的条件也随之变更了。现在的收购价是五百美元。"

我有一种感觉:收购价其实一直以来都是五百美元。

博比东向着高中生们露齿狞笑。"跟上次一样。要么五百块卖掉,要么不卖。但即使你们不卖,卡洛斯和我还是会把它带走的。"

这个时候,戴维·盖瑞特终于走了出来。

"所有年龄不到三十岁的人,回屋里去。"他说。

唐尼和泰勒默默地听从了，但是玛瑞萨还是站在原地，愤怒地盯着博比东和卡洛斯。

“No tomarás mi tuba!”她说。

你不用懂得西班牙语也会明白她在说什么。如果博比东和卡洛斯尝试着带走那只格罗尼兹牌大号，就会有一只九十磅重、化身为野猫的超牛铜管乐手抓住他们的后背。

我喜欢那个孩子。

但是卡洛斯却并没有看玛瑞萨。他和盖瑞特两人死死盯着对方，就像两只红了眼睛的斗鸡。

“告诉你的学生，我不懂西班牙语。”卡洛斯说。当他说到“学生”这两个字时，就好像在吐出嘴里的蝙蝠粪便。

“玛瑞萨，你应该回到屋里去。”盖瑞特说。

“他们拿走了那只大号。”玛瑞萨说。

“他们拿不走的。进去吧，和欧文斯女士还有其他人待在一起，我会摆平这件事的。”

玛瑞萨慢慢地向后退了几步，一直盯着卡洛斯。然后，她转过身进了屋里。盖瑞特在她身后把门关上。

我感到略微放松了些。

盖瑞特叹了口气。“查理，我不知道你是怎么想的，你觉得你拿着那支蠢到家了的手枪是在干什么？那看起来就像是燥山姆[①]会拿的武器。”

卡洛斯，或者说查理怒气冲冲地盯着他。“你倒是一直都想做兔八哥。”那支“审判官”还别在他的腰侧，但是他的手已经开始颤抖了。

博比东清了清嗓子。“呃，卡洛斯，我有一种感觉，目前的情况已经发生了变化，不再是单纯的商务交易了。而且你看起来和我们面前的

---

① 漫画《兔八哥》中的一个角色，与兔八哥是死对头，但在斗争中经常失利。

这位先生有些旧怨，因此我不得不要求你将‘审判官’还给我。一支火器如果用于说服对方是非常有效的，这也就是我乐意将它借给你的原因。但是生意是不能与私情混杂在一起的。”他伸出一只手。

我差点吹出一声口哨。我小时候认识的那个博比东常常在屁股兜里揣着一支点25口径的手枪，并在他的联合收割机座位后面放上一支霰弹枪。因此，我或许早应当想到，如今已经上了年纪的他会决定把这两者结合起来。另一方面，我也应当早些想到，以卡洛斯的穿着打扮和谈吐来看，他并不真正像是那种会拥有“审判官”这种枪械的人。

卡洛斯——或者说查理——脸上露出痛苦的表情，就像是跳舞时被女舞伴的鞋跟踩到脚背。但随后，他将“审判官”的枪口倒转过来，手握着枪管将其递给博比东。

博比东接过枪，打开弹夹眯着眼睛看了看里面的子弹，然后就把枪塞到了裤腰带里。他对盖瑞特点了点头。“你们继续，在那之后，我或许还有一个新的提议。这桩生意现在变得有些复杂，但我已经投入了太多的时间和精力，不能就这么算了。”

我和他有同感。博比东和我简直就像是一个模子里印出来的一样。他去了监狱，而我去了得克萨斯大学，但有不少人都觉得这两个地方其实差不多。

盖瑞特朝卡洛斯（查理）走了一步，后者后退了一步，几乎从门廊上摔了下去。盖瑞特停了下来并且摇着头。

“听着，查理。”他说，“你把钱拿走了我并不生气。我不知道你是怎么知道密码的，但那没关系。知道你回到得克萨斯来，我真的很高兴。我曾以为你永远都不会回到我们的故乡了。”

现在查理让我感到有点嫉妒了。就我目前所知，没有人对我回到故乡表示欢迎。况且我还没劫走别人银行账户里的钱呢。

“我不得不回来。”查理阴沉地说，“加州和过去不一样了。我想要的音乐现在正在得州蓬勃发展。我准备建立我自己的街头乐队，戴维。

我在下加利福尼亚[1]那边跟几个很厉害的人在一起，学到了如何演奏一些很厉害的曲子。”

“真的吗？说点西班牙语吧，查理。”

查理变得气急败坏起来。“不。我学西班牙语做什么？要知道，既然你不是乐队里的主唱，那么真正的街头乐队成员就根本不会在意你说什么。他们只会关注你能演奏出怎样的音乐。所以说，就在你埋首于学校乐队的指挥棒、教学生学习音阶和进行曲的时候，我将会在真正的世界上给真正的人表演真正的音乐。”他用大拇指戳着自己的胸口，“我永远都不会再去做什么吹玻璃纤维苏萨号的次席乐手了。”

现在轮到盖瑞特大发雷霆了。“所以你就打算瞒着我动用妈妈的遗产，去做从学校里偷出来的乐器的生意？要知道这些乐器最初就是用妈妈的钱买的啊！”

“妈妈留下那笔钱是为了帮助音乐家们，”查理说，“而不仅仅是学校乐队。而且你本应当问问我的，你却擅自作了主张。所以我打算表达一下我的不同意见。”

博比东插了进来。“等会儿。你们是在说你们俩有着同一位母亲？从你们的肤色看来，我认为那是不可能的。”

我几乎都要开口告诉他这样做太粗鲁了，但回过头来想一想，要是我那么做了也一样很粗鲁。

盖瑞特飞快地瞥了博比东一眼。“不关你的事。”他说，随后他又将目光转向查理，“你真的打算从孩子们那里偷到你想要的东西？”

查理的上嘴唇一弯，露出一个冷笑。“这些孩子们根本不在乎这些乐器。如果他们在乎的话，又怎么会把它们从学校里偷出来卖呢？”

“把它们偷出来卖的不是乐队的孩子们。”盖瑞特说，“他们刚一知道这件事，马上就试着向我报告。但我——我把电话关机了。所以他

① 即加利福尼亚半岛，属墨西哥。

们就按照自己认为最好的办法去做了。而且因为他们不想让他们的朋友进监狱，所以没有向警察报告，你应该对此表示感谢。”

“交了新女朋友吗？”查理问，“如果你说有人需要你，或者你发现了更值得去做的事情，那通常就是这么个意思。”

哦，是的。这两人的确是兄弟。

“我想要告诉你的是，乐队的孩子们并没有参与盗窃。”盖瑞特说，“他们做错的唯一一件事就是试着保护两个白色废物[①]。”

屋子里传来了抗议的叫喊声。唐尼和泰勒显然都不接受这一评价。然而，作为白种人的一员，我倒觉得这话说得挺恰当。

博比东清了清嗓子。“请见谅，先生，但你的用词让我也感觉受了冒犯。”

这一次，盖瑞特甚至没有看他一眼。“如果你告诉我你从来没有对黑人使用过歧视性的词语，那我就向你道歉。”

博比东挠了挠下巴。“好吧，算你有理。”他说，“但我们已经离题太远了。小伙子们，你们到底有没有把事情摆平？摆平了我们就继续交易吧。”

盖瑞特转向他。“你还不明白吗？不会有什么交易了。你和查理必须去把你们车里的那只格罗尼兹牌大号搬出来，然后再归还那只康牌苏萨号。另外，你们还需要付给我们一笔赔偿金，用于给国王牌苏萨号换一只新的号口。作为交换，你们可以不用进监狱。”

“那我该去做什么呢？”查理问。

盖瑞特又转向他。“你是我的弟弟，所以留下来吧。把你手上还剩有的钱都还回去。我们会找到另外的资金来源的。”

查理短促地哼了一声以示讥讽。“那表示钱都归你支配，”他说，“而我也就不能再去组建一支街头乐队了。”

---

① 原文 white - trash，是黑人对白人的蔑称，带有种族歧视含义。

“就像我说的,我们会有办法的。”

博比东走到他们两个之间,咂了下舌头,然后将插在腰带里的“审判官”拔了出来。

“在我听来,”他说,“不管你们两个最后决定怎么做,我都不会从中得到一分钱。我既不能从今天的交易中获利,也不能从日后的再销售中获利。一直以来,我始终小心翼翼,生怕会表现得过于贪婪,因为这是我开发出来的一门新生意。我乐意仅仅作为一个中介人参与其中,并取得适当的报酬。”

盖瑞特盯着那支枪。“我会给你七十六美元,以补偿给你带来的不便。我身上只有这么多了。”

博比东手中的枪口还是朝下的,但他已经打开了保险。

“七十六块?”他说,“兄弟,你把我当成慈善组织的银行账户了吗?不。为了让我把那只大号从这辆小货车的车厢里拿出来,我需要至少一千美元。”他停了下来,用空着的那只手再次挠了挠下巴。“事实上,我需要至少一千美元才能平和地离开这里而不是把你们都打死。而且我会把你们两个都打死,这样就不存在什么种族歧视了。一千美元。在那之后,你们想拿大号、苏萨号、什么他妈的玻璃口琴以及你们拥有的其他东西干什么都随便了。”

查理看着他。“你知道我身上只有五百块。整个地方也都没有一千块现金可以给你。”

博比东举起了手枪。“那么,你们之中得有一个人去给我取钱来。”

“夜长梦多,你何不拿了五百七十六块然后走人呢?”盖瑞特说。

博比东似乎根本就没听见这个提议。他开始来回晃动“审判官”的枪口,先是指着查理,然后又是盖瑞特。

“我要钱啊我要钱,我要钱啊我要钱。”他说,“我要钱啊我要钱,我要钱。”

这时，房子的前门突然打开，伊丽莎白从中走了出来。她手里拿着手机，双眼直视博比东。

“你想让警长过来吗？”她问。

盖瑞特呻吟了一声。“伊丽莎白，不——”

博比东不再晃动枪口了，而且还把枪口略微放低了些。但他却向着伊丽莎白做了个怪相。“女士，任何一位警官如果是从警长办公室赶来，到这里都需要至少三十分钟。而且，假如你打算指控我的话，我只好把你们都打死以绝后患。”

我再一次紧张起来。博比东不知道我也在这里。所以，如果我的膝盖肯配合的话，我也许可以在他有所反应之前把他击倒；或者，也许我不能。我准备在自己的脑子里抛一个硬币。

就在这时，我听到行车道上再一次传来了轮胎转动的声音。

好吧，我一直以来都在想目前的形势要怎样才能变得更复杂。现在我可以自己看到答案了。

12. 大家的“蜂蜡”

门廊上的那些人似乎并没有注意到我刚刚听到的声音。他们的精力已经全部投入到四人间的僵局之中去了。

一辆黑色的克莱斯勒 300 正在以熄火状态缓缓地滑行着，它的车灯没有打开，除了轮胎在地上滚动时发出的轻微声响之外，几乎可以算是无声。

借由这一新发生的事态，我预料“审判官”很快就又要再发表一下它的看法了。

因此，在那辆克莱斯勒从我身边滑过的时候，我蹲伏着跟在它的后面。也许，如果我能借着这辆车的掩护靠近，我至少就能跳到门廊上面，用身体护住伊丽莎白。

这时，门廊上有一个人——我认为是卡洛斯（查理）——终于发现了这辆克莱斯勒轿车并且高声叫喊起来。所以,当车子停下来的时候,我已经完全做好了准备,没有一头撞到车厢上去。

克莱斯勒的前大灯亮了起来,明亮的灯光照亮了整个门廊,我则在左后侧的刹车灯亮起的同时朝外面看了看。博比东、查理、盖瑞特和伊丽莎白都被灯光晃得眯起了眼睛。

这时,驾驶座门打开了,驾驶员走了出来。他用前门挡在自己的身体和门廊之间。

"所有人站在原地不要动,"他的声音很低沉,而且听起来好像嗓子里有口痰,"我猜也许我得逮捕某些人。但是,让我先看看情况,好分辨出你们究竟都是谁。"

这是埃尼斯特,绰号"蜂蜡"的警官。早上的时候我和他见过一面,很显然在那之后他决定自己应该做些别的事,而不仅仅是在学校门口站岗。但他刚刚犯了一个战术错误。

"审判官"射出的第一发子弹打破了克莱斯勒的左前大灯。我向前一跳,一把抓住埃尼斯特的腰带,将他脸朝下地推到轿车的前座上,当做完这一切的时候,枪声仍然在我的脑袋里回荡着。埃尼斯特的警帽掉在了车内的地板上,在车子仪表板的蓝色辉光之下,他的头皮看起来像极了浴室用的硬毛刷。

门廊上的所有人都在叫喊,而房子的前门也砰一声关上了。

"别拦着我!"在叫喊的同时,埃尼斯特的脸仍然埋在副驾驶座的坐垫里。"不管你是谁,你现在正在妨碍一名警官执行公务。"

我用手臂勒住他的脖子,并用膝盖压在他的屁股上面阻止他起身。"我觉得你根本就不是在执勤!"我低声吼道,有意伪装自己的声音。我打算装扮成介于温斯顿·丘吉尔和蝙蝠侠之间的一个人物。"这车不是警车。没有对讲机。"

"我的杂物箱里有个对讲机。"埃尼斯特说,"只需要把它打开就行了。而且不管我是不是在执勤,只需有足够的理由使我认为有犯罪行为正在发生就行——比如打破的前大灯和你压在我屁股上的膝盖。”

“审判官”的枪声再次响了起来，我听到另外一只大灯破碎的声音。我从挡风玻璃处向外瞥了一眼，看到门廊上的灯和房子里的灯都全部熄灭了。

“听着，警官。”我说，“我只是个无辜的路人，但我刚巧知道现在只有几件乐器处于危险之中，不值得为它们中枪。”

埃尼斯特试着把我从他身上摇晃下去。“我同意，”他说，“所以让我起来还击吧。”

这绝对是个糟糕的选择。博比东现在还只是用枪打破了克莱斯勒的前大灯而已，但如果埃尼斯特和他展开对射，就可能有人会中枪而死。而且死的人可能会是我。

博比东在门廊上面叫喊起来。“嘿！我猜你们跟这些小孩是一伙的，而且你们跟他们一样搞不清楚这里到底谁说了算。我建议你们把车开到行车道外面去，让我可以毫发无伤地离开。我会给你们——哦，两分钟。这在我看来很公平。你们觉得呢？”

“很好！”我叫道。

埃尼斯特更加急切地想要摆脱我，但我将他紧紧地压住了。

“听着，”他喘息着说道，“鉴于我们还有两分钟时间，‘无辜的路人’先生，我想向你说明一件事。我担任得州的警察已经有四十多年了，我有我的原则。其中一条原则就是，如果一个嫌犯朝我打了枪，我就一定得马上打回去。”

我用空出的那只手试着摸索埃尼斯特佩带的那支点 357 口径手枪。“真是令人尊敬，”我说，“但我的原则是安全第一。所以我得遵守我的原则。”

不出所料，埃尼斯特的点 357 手枪握柄上的系带还没有解开。手枪就像一只滑不溜秋的太阳鱼一样滑到了我的手里。

“我不知道你打算干啥，”埃尼斯特说，“里面啥也没有，只有空弹夹。”

我不禁迷惑起来了。“你为什么要这么做?”

埃尼斯特想要轻笑两声,但他发出的声音在我听来更像是哼哼。“来到金曼县我就算是半退休了。在漫长的执法生涯中,我逐渐意识到一支手枪即使没有子弹也能起到同样的威慑效果。另一方面,如果有哪个混蛋拿了我的枪,那闹笑话的人就会是他了。”

“是啊,很好笑。”我说,“就和一个警官接近犯罪现场,但是却不给枪上好子弹,也没有任何支援差不多好笑。”

“到处都有人在犯罪。”埃尼斯特说,“我看到一个骨瘦如柴的老年乡巴佬和一个穿得像是罗伊·罗杰斯的家伙开着一辆脏兮兮的小货车,后保险杠上还贴着‘女人就要选奥巴马’。看起来很可疑,所以我就跟上去了。现在你又提供了线索:除了一辆价值二十四美元的普利茅斯牌小货车之外,这两人很可能还参与了最近那起乐器被盗的大案。但直到目前为止,这两个案子都没有显示出需要弹药的迹象。我应该对什么开枪呢?一只苏萨号吗?”

“你可不是第一个向苏萨号开枪的人。”我说,“但我猜你那句关于得克萨斯警察总是会开火还击的台词是瞎编的。”

埃尼斯特试着向我挥出他的左拳,但遗憾的违反了人体力学。“我不想因为有人偷了一辆老太太开的破车或者一个大喇叭就把他打死,”他说,“但我也并不疯。我随时可以取用弹药,但我不会告诉你我把它们放在哪里的。”

“在杂物箱里边,”我说,“和对讲机在一起。”

埃尼斯特又哼了一声。“让我起来,天才。”

我把那支点357手枪远远地扔了出去,听到了它落在其他车另一边的声音。随后我又沿着埃尼斯特的腰带摸索了一番,找到了他的手铐套子。在三十秒的争斗之后,我设法将他的双手铐在了背后。

“为公平起见,我准备告诉你点事儿,”埃尼斯特说道,“如果我知道了你是谁，我会追杀你到天涯海角。然后你就得从那儿游到古巴去。”

克莱斯勒的发动机仍在怠速运转。我坐在埃尼斯特的小腿上，朝黑暗的门廊上的几个阴影挥了挥手，然后将车挂入倒挡，并且根本没有尝试着去关门。那样会夹到埃尼斯特的脚。

我大力踩下油门，轿车像只被吓坏了的松鼠一样飞快后退，打开的门来回摇动着。当我们的位置退到唐尼的皮卡后面时，我将方向盘打向左侧，克莱斯勒轿车跌跌撞撞地开进了行车道东边的起伏草地。在车子不断颠簸的同时，埃尼斯特一直在骂骂咧咧，而当我最终用力踩下刹车将车停下来时，我们已经到了离行车道有二十码远的地方，接近东边的树林了。随后我将车子的引擎熄火，并将钥匙扔到了夜间的野地里。

“你把我这辆全新的车的底盘和排气管全撞坏了，”埃尼斯特说，“所以等你游到古巴之后，还得再继续努力游到那该死的加那利群岛去。”

我一言不发地下了车，把埃尼斯特的脚塞到车里并且关上车门。我也不想这样，但这不是我的错，所以我觉得埃尼斯特将责任归咎于我是不公平的，要知道是他先毁了我的计划。

我沿着树林的边界悄悄地向那座歪扭的小屋走去。我已经知道在那里并没有我可以拿到的钱了。但在我穿过行车道并且回到我的丰田车那里去之前，要先确认伊丽莎白和那几个学校乐队成员不会有事。至于其他人就叫他们去死好了。那都是些坏人，除了盖瑞特。但他是伊丽莎白的男朋友，所以他也去死好了。

刚走到差不多一半的时候，我听到门廊边的那辆普利茅斯牌小货车的轮胎开始转动起来。然后它的灯亮了，沿着行车道浑身叮当乱响地高速冲向外面的公路。这时小屋那边也传来好几个人的叫喊声，因此我猜测是博比东决定割肉止损，带着那只大号逃走了。

小货车从我身边加速驶过的时候，我停了下来，刚巧，那里有足够的光线可以让我看清，那辆载着格罗尼兹牌大号的车子又是由玛瑞萨驾驶的。

“老天，”我大声说道，“她还真是爱那只大号啊。”

小货车上了公路，飞快地开走了。我正打算转过身再次走向小屋的时候，左侧几码远的地方突然传来金属撞击的声音。

那听起来完全就像是一支手枪扣下扳机的声音。

13. 与男友的会面

我转过身，一只手电筒亮了起来，光芒罩住了我的整张脸。

“不管你是谁，”是戴维·盖瑞特的声音，低沉而又充满愤怒，“你造成了太多的麻烦，比你——”

他停了下来。明亮的手电筒再次凑近了些。

随后，他再次开口说话了。

“你把脸抹黑不是开玩笑的吧？”他问。

我决定以其人之道还治其人之身。“你拿枪指着我不是开玩笑的吧？”

他把手电筒放低了。

“我不是拿枪指着你，”他说，“我只是拿着枪罢了。我是在那边的地上捡到这支枪的。”

我现在可以看到他左手里拿着的那支手枪了，它的枪口正指着地面。但我听到了他击发的声音，所以我知道他不仅仅是“拿着”它。或者至少他当时并不认为是这样。如果埃尼斯特没有说假话的话，那么这支枪里并没有装上子弹。

随着我的眼睛逐渐适应光线，盖瑞特的面容也更加清晰了，我可以看到他困惑地皱着眉头，眼睛凝视着我。

“我认识你吗？”他问。

我只在学校里远远地见过盖瑞特几次,而且我怀疑他当时根本就没有注意到我。当然,他有可能在伊丽莎白的影集里看到过我,但那些照片至少都是六年前拍的。所以,或许我的衰老,再加上涂满整个脸的运动型黑色颜料和恶劣的光照条件,这一切会让他无法认出我是谁。

这一次,当我回答他的时候,我用了刚才和埃尼斯特交谈时用过的介于丘吉尔和蝙蝠侠之间的假嗓音。

“不。”我说,“但我是你这一边的。”

他的眉头皱得更紧了。“什么?我是哪一边?”

“就是既要把你的乐器拿回来,又不会送任何人进监狱。当然更不会有人中枪。”

“那对你有什么意义吗?”他问。

“你就把我当成一位深感担忧的学生家长吧。”

“一位深感担忧的学生家长会半夜把脸涂黑到处乱跑吗?”

“好吧,”我说,“即使是深感担忧的学生家长也可以有特殊爱好嘛。”

盖瑞特摇着头。“我被一个拿着巨大手枪的乡巴佬赶到了这里,结果又发现了一个打扮得像个忍者的潜伏者。与此同时,我的一个学生为了阻止乡巴佬带走她的大号开着一辆偷来的小货车跑掉了。与我疏远的兄弟成了苏萨号黑市的一个经营者,为了他糟糕的青春期而准备报复我。我的女朋友不想让她的学生们留下案底,所以我们只能与犯罪团伙做交易,而不能简单地叫来警察。现在我还得回去告诉大家我发现了一个把脸涂黑了的深感担忧的学生家长,但我还是没有拿到那个乡巴佬为了他付出的时间精力而要求得到的足够金钱。”他叹了口气。“我来到这所乡下学校本来是因为我想要过更简单一些的生活。老天啊。”

“你以前在哪教书?”我问。

“芝加哥。我干了十二年,两年前才来这里的。”

真是一个充满了巧合的世界。“我从没去过芝加哥。”我说了个谎，“但我听说那里很不错。苏萨号盗窃事件的发案率很低。”我举起双手。“我现在准备从我的屁股兜里掏点东西出来。不要激动哦。”

盖瑞特仍然举着那支点 357 口径的手枪，但他不再把枪口对准我了。他可真是个好人。

我将一叠百元钞票掏了出来——总共十四张。我把这叠钞票展开，从最上方拿出四张，将它们塞回自己的口袋。然后，我将另外十张递向盖瑞特。

“如果你把这个给门廊上的那位先生，”我说，“他就会离开。不过你可能得送他一程。至于其他——找回你的乐器、惩罚盗窃乐器的学生、解决兄弟之间的不和以及诸如此类的烂事——那是你的问题。”

盖瑞特盯着我手中的钱。“你是在扮演罗宾汉吗？这钱也不干净吧？”

这家伙干吗不拿了钱闭嘴走人呢，真是烦死了。“你拿不到比这更干净的钱了，老兄。另外，这个提议再过五秒钟就过期收回。”

他接过了钱。“好吧。我想我该说，谢谢。”

现在我确定伊丽莎白和孩子们都不会有事了。所以我转过身，向行车道走去。

“嘿！”盖瑞特说，“别走。不管你是谁，我认为你最好留下。”

我停下脚步，回头看过去，看到他再一次举起了手枪。

我朝着他咧嘴一笑，希望月光足够明亮，可以让他看到我的牙齿。

“首先，”我说，“那支手枪里除了铜管什么都没有；其次，你得去把那位警官放出来，因为我用手铐把他铐在那辆克莱斯勒里面了。哦，你还得把所有事情的责任都推到那个把警官铐起来的神秘陌生人身上。此外，如果你够聪明的话，也许还可以稍微提及一下最初偷了乐器的那两个男孩。但是如果你向那个警察提到那个乡巴佬，那个乡巴佬就一定会把你的兄弟和所有的孩子们全都送进监狱。我认识那家伙，所以你可以不用怀疑我的话。明白了吗?”

盖瑞特将手枪放下了。“明白了。”他低头看着手枪,“我是觉得这枪有点轻。但我不是很了解枪械。我是一个教师,同时也是音乐家。”

“那至少你很有钱。”我指向那座小屋,“把钱给他,让他快点离开这里。然后去照顾警官。”

“那些难不倒我,”盖瑞特说,“麻烦的是我弟弟。我们两人拥有同一位母亲,但她从来都没办法让我们好好相处。”

我耸耸肩。“人要是得到自己想要的东西,就不太会有麻烦了。我刚巧听到了你们的谈话,好像他想要个乐队。那就给他乐队。”我再次转过身,“但是别给他玻璃纤维。”

然后我就快步穿过了行车道,进入树林,回到这个晚上刚开始的时候我所在的地方。这一次,盖瑞特没有再出言阻止我,这是件好事。在此之前,我突然产生了一种愚蠢的、利他性的冲动,而现在我已对此后悔莫及。

我不喜欢这种感觉。所以我试着说服自己,在这一团糟的事情过后,至少我还可以带着我的四百美元离开。

但事情并不如我所愿,我最终只是确信了一个问题:做个好人实在是件让人痛苦的事。

14. 患难之交

这会儿不用赶时间,所以我并没有急着穿过树林。大约十五分钟之后,我来到了树林另一边的支路上,我的丰田车就停在这里。我把它藏在一棵巨大的栎树低垂的树冠下面的一个浅坑里,从外面看几乎是无法发现的。不管怎么说,我今晚起码还是做对了一件事。

“站在那儿别动,朋友。”

声音是从我身后传来的,而我也听出了这个声音。

我双手伸开,转过身去。博比东正站在路边。尽管月光十分暗弱,

“审判官”的枪管还是泛出金属的光泽。

“能追上你我确实非常高兴。”博比东说,“你瞧,既然我拿到了钱,现在就需要搭个便车。因为另外那些人刚才引来了一个警察,我已经信不过他们了。所以我觉得最好马上离开。”

“我明白了。”我说,“那你为什么会知道我在这?”

“哦,那个乐队教师提到了你。看来他真没说谎。”博比东朝我走近了一步,仔细看了我几眼,“天哪,这不是小马蒂·马克斯嘛!自从你老爹和我抽完了最后一批东得克萨斯的大麻存货之后,我就再没见过你了。那时间可真不短。”他啧啧了两声。“顺便说一句,听说他过世了,真让人难过。那会儿我正在国家机关里作客呢,要不然我也会去参加葬礼。愿他安息吧,对了,还有你妈。”

我放下手。“谢谢,博比东。”

“还有,既然我们说起这个了,”他说,“我还要说,你小女儿的事也让我很伤心。真是太可怕了,突发性婴儿综合征什么的。这事不能怪你和你太太,没有人会这么想。但这件事情好像导致了你的婚姻破裂,也是够让人遗憾的了。就我个人而言,我是支持跨种族的结合的。”

我看着博比东的眼睛。我不认为在那之中有着人们称之为同情的情感。但我愿意相信那里是有的。

“感谢你的安慰。”我说,“但是如果你不介意的话,我想你可以把那个巨大的手持加农炮放下来了。”

他又走近了一步。“好吧,不过都差不多。”他说,“等你把我送到镇上我就会放下的。”

和我想的一样。“走吧。”我说。

我发动了引擎,车灯亮了起来。这时,博比东朝我摆动着“审判官”的枪管。

“孩子,我还以为是我看错了哪,”他说,“你是真的把你的脸涂黑了,是吗?”

“我不想谈这事。”我说。

博比东清了清嗓子。“好吧,我得让你明白,这是非常不妥的。鉴于我们开车过去还需要一段时间,我会向你解释这是为什么。然后,等我们到达了目的地,你得做出行动来表现你的诚意,以便我确定你已经明白,并且接受了我表达的理解和忍让。”

我看着他。“你要多少?”我问。

“这要看你有多少了。”博比东说。他转向正前方,用“审判官”敲打着车子的前挡风玻璃。“快点吧,孩子。我把我的新卡车停在天然气分销点的后面了。我真想让你早点见到它。那是一辆又大又旧的银色道奇公羊,和它在一起我简直快要高兴死了。”

我将车子开到土路上,在道路的终点,等待我的是再次空空如也的口袋。

15. 重要的是音乐,不是乐器

这个星期的余下几天,伊丽莎白没有打电话叫我去学校。但周五晚上,我去听了春季音乐会,虽然被收了三块的门票钱。我很想看看乐队的孩子们干得怎么样。

我不知道自己在期待着什么。玛瑞萨、凯莉和贾雷德都在乐队之中扮演着自己的角色,而且他们的演奏非常不错。至少在我听来是这样的。金曼高中体育馆的音响效果简直糟透了,我所在的观众席的最上面一排更是如此。但是戴维·盖瑞特似乎对演奏者们很满意,作为听众的大群家长也一样。乐手们不停地向观众鞠躬,甚至还来了次特别加演:《星条旗永不落》。

我有一种强烈的感觉:这应该是设计好的。

尽管如此,玛瑞萨的大号独奏仍然令人惊异,即使是在这个音响效果极差的体育馆里。她在这里吹奏出来的每一个像是鲸鱼放屁的音符听起来都比在练习室里吹奏出来的更好听,我不知道她是怎么做到的。

但她就是做到了。

特别加演结束后，观众为盖瑞特和乐队送上了热烈的掌声。这时，伊丽莎白从她所在的第一排座位上站了起来，转过身面对着观众们。

“让我们再一次向美洲狮乐队致敬！”她喊道，所有人再次鼓掌欢呼，“现在，如果大家有空可以继续留在这里的话，年度烘焙特卖会和烤肉大餐即将在教职工停车场举行，从后门出去就行了。另外我听说乐队的一些成员给我们准备了一个惊喜。”

乐手们收拾乐器、其他所有人都陆续起身离开的时候，我待在原地没动。几乎所有人都是从后门出去的，看来烘焙特卖会真的是个大场面。但我不打算留下来。我只是在等着其他所有人散去之后，这样从前门离开才不会显得过于突兀。

这时我注意到参加乐队的学生们正在将他们放进箱子里的乐器堆放在体育馆另一端那些折叠起来的椅子旁边。而在这逐渐增大的一堆乐器旁边，唐尼、泰勒和“蜂蜡”警官正站在那里。

这件事情我不能再置之不理了。

等最后一批乐手放下他们的乐器箱之后，我从最高处的观众席走下来，穿过体育馆。埃尼斯特微微地朝我这边转了转头。

“立正，先生们。”在我靠近他们的时候，埃尼斯特说道。那两个男孩背靠在折叠起来的观众席上，双目无神地盯着天花板上远处的某一点。

“警官，”我一边说着，一边向他伸出手来，“自从周一早晨以来就没再见过你了，所以我想应该过来打声招呼。”

这一次，埃尼斯特仍然没有与我握手。“你是一个我应当记得的人吗？”

我放弃了与他握手的打算。“也许不是。我是马修·马克斯。我们的姓都是以字母x结尾的，也就是说我们是同字母的兄弟。”

埃尼斯特低下头，从太阳镜的上方凶恶地瞪了我一眼。“没有这种兄弟。”他说，“我能帮你什么吗？你看，我现在还有点事。”

“看出来了。”我说，“这些孩子们是帮助乐队收拾乐器的志愿者吧？”

埃尼斯特点点头。“的确是的。另外，在未来，我已经预见到他们还得做些我指派的志愿服务，比如说给我擦鞋、帮我修车等等。他们还将成为金曼县所有还想要自由呼吸以及下个赛季参加橄榄球比赛的年轻男性的光荣榜样。我说得对吗，先生们？”

“长官，”唐尼和泰勒齐声喊道，“是的，长官。”

我忍不住咧嘴笑了。真希望我听到了盖瑞特把埃尼斯特的手铐解开时他们两个都谈了些什么。不过，唐尼和泰勒某种程度上是面对着一个或是做志愿服务、或是被逮捕的局面。或许他们两人现在也都没法确定他们的选择是不是正确的。

“有什么好笑的吗，马克斯先生？”埃尼斯特问。

我摇摇头。“没有，警官。我就是过来打个招呼。”

“明白了。”埃尼斯特把他的太阳镜推到额头上面去，“我想你可能没有问题了。我现在听着你的声音好像有点熟悉。”

我再一次向他敬了个礼。随后，转过身朝着前门走去。

但我看到伊丽莎白和盖瑞特正站在一扇后门旁边。而且伊丽莎白正在冲我打手势。

我想不到脱身之法，只得走了过去了。

“我想你们两个还没有正式见过面。”伊丽莎白说道。她的语速很快，这表示她感到紧张，而这可是一件稀罕事。“马修·马克斯，这位是戴维·盖瑞特。戴维，马特和我以前是夫妻。”

盖瑞特和我握了手。“我以前也结过婚。”他说。

“但不是和伊丽莎白。”

“我没那么幸运。”

我看着伊丽莎白。“现在闲聊怎么样？”

她抬头望天,似乎在向上帝祷告寻求力量。然后她开口说道:“好吧,今天不谈那个。我现在想去吃块蛋糕。戴维?”

“你去吧,”他说,“我想和马克斯先生私下谈几句。”

伊丽莎白睁大了眼睛。“哦,那可不是个好主意。”

“我保证会友好地对待他。”盖瑞特说。

我对他露出意为这个笑容代表“滚你妈的”的笑容:“如果他能保证,我也能保证。”

伊丽莎白举手投降了。“那边不远处有个警察。只是提一下,没别的意思。”她走出去了。

“好吧,”这时盖瑞特说道,“虽然你的脸现在没有涂黑,我还是认出你了。”

“我猜到了。”

“所以我只能猜测你在那里出现的原因是因为你在跟踪伊丽莎白和我。你是跟着我们到那里去的。”

我倒是没想到盖瑞特会一下子跳到这么个结论。我甚至已经张开嘴准备告诉他事情不是那样的——但那时我又意识到或许让他这么想也没什么关系。

“那是一种愚蠢的行为,”我说,“我保证以后不会有这样的事了。”

“是这样就好。”盖瑞特说,“我这次不打算追究,因为你帮了我。但我不会把那一千块钱还给你,主要是我承担不起。首先,我弟弟现在和我住在一起了。人们总以为我很有钱,但其实我妈妈的财产只是让我托管的。属于我的只有做教师的薪水,也就是说我确实没有额外的一千块可以还你。很抱歉。”

“你不用感到抱歉。”我说,“是我自己要这么做的。”而且那本来就是你妈妈的钱。

盖瑞特点点头。“好的。我不会和伊丽莎白提起你那天晚上在那里出现的事。咱们俩两清了。”他再次伸出手来。

我们再一次握手,而且是一握即放,很显然都不想和对方多接触。然后他推开门,朝外面打了个手势。“你不来参加派对吗?”

我正准备要开口拒绝。然后,我看到了后面那个小停车场上,那些围在放满食品的桌子旁边的人群。我看到博比东就坐在一张饼干桌子后面。他戴着一顶“枪及子弹”的赠品帽,身穿一件“我爱骑牛大赛”T恤衫,外套一件褪了色的粗斜纹棉布夹克。

所以我朝盖瑞特点了点头,向外走去。我回头看着他,直到他来到一张摆满了蛋糕的桌子旁边,和伊丽莎白待在一起。

我跟着博比东来到人群的外缘。他看到我走过来,在一根灯柱下停下脚步,靠在灯柱旁边,打开一个纸盘子上面的塑料薄膜,盘子里摆放着几块燕麦曲奇。在我朝他走过去的时候,他拿起一块咬了一口。

“你知道,”他说,“大多数人都把目标对准了巧克力片曲奇。但我得说,这世上没有一样点心比得上一块优质的燕麦曲奇。它有利于健康,放的是黄糖,你知道吗?”他将盘子递向我。“来一块吧,马蒂。算我的。”

我拿起一块曲奇尝了尝。“味道不错。”我说,“虽然还不值四百美元,但确实不错。”

博比东朝我咧嘴一笑,露出排列不齐的牙齿。“得了吧。要是那四百块是你老老实实赚来的,我想起来或许还会感到难过呢。但我了解抚养你长大的那个人。我个人不相信有地狱的存在,所以我想他现在一定在上帝的右手里,一边吃着燕麦曲奇,一边抽着大麻。甚至就在咱们说话的这会儿。”

“你想象中的天堂还真是特别,博比东。”我朝四周看了看,“你以为的人间也很特别。你可以在受害者之间穿行,并且知道他们根本不会去碰你。”

他点点头,把剩下的曲奇塞进嘴里。“我的上帝是仁慈的,”他手指天空,口中说道,“也因为如此,我知道你的小女孩也在那天上。好吧，记住了，马蒂。如果你珍贵的东西被偷走了，你不能再把它偷回来。不管对方是在天上还是在人间。连试都不用试。”

我转过身，走向放着食物的那些桌子。“我会再见到你的，博比东。”我说。

“要是我先看见你，你就没机会了，马蒂。”

餐厅的装卸区那边传来一阵喧闹声，我正要穿过人群朝那边走去的时候，戴维·盖瑞特的兄弟查理——穿得和在废弃小屋那时一样——从餐厅中走出来到了小台子上。跟着他一起出来的还有十二个携带着乐器的孩子，而且每个孩子都穿着和他一样的装束。我看到凯莉拿着她的小号，贾雷德拿着他的单簧管……而玛瑞萨则背着一只白色的玻璃纤维苏萨号，号口上还有五个大窟窿。

盖瑞特在舞台下面打了个呼哨，吸引了人们的注意力，而伊丽莎白则举起了双手。

“这就是我答应过要给你们的惊喜，”她说，“女士们，先生们，让我们欢迎首次亮相的——美洲豹乐队！”

查理举起双手，然后用力向下一挥。然后，美洲豹乐队奏响了三首曲子，那是金曼县有史以来最响亮、最刺耳、充斥着低音号和沉重鼓点的墨西哥舞曲。他们仅仅在一起排练了四天，但无论从乐曲还是表现上来看，都默契十足。在第二首曲子中间，凯莉甚至还唱起了歌，歌词是西班牙语的，所以我不知道她唱的到底是什么。但我知道的是，玛瑞萨的苏萨号在整个乐团中占据统治地位，而且表现得非常完美。另一方面，我也完全能够确定这支“美洲豹乐队”必定会取得成功。

在最后一支曲子开始之前，查理短暂地离开了一小会儿，当他重新出现的时候，身上背着那支黄铜制成的康牌苏萨号。随后他和玛瑞萨来了段低音和声，在此之前我甚至根本都不知道还能这么干。

三支曲子都结束之后，乐团的其他成员都回到屋子里去了。只除了玛瑞萨，她从装卸区的小台子上面走下来，好让观众们可以将五元、十元或是二十元的钞票塞到她苏萨号的号口里。

我在口袋里翻了翻，只找到两张皱巴巴的一元纸币。我本想用这钱买块烤鸡胸肉，那味道闻起来挺不错。但是，管他呢。所以当围在玛瑞萨身边的人逐渐减少了之后，我走了过去，将我的钱投入号口。

“我想这些钱应该会花到有意义的地方去吧。”我说。

玛瑞萨点点头。“是的[①]。盖瑞特先生的兄弟卡洛斯将会管理整支乐队，如果我们除去开销还能赚到钱的话，这些钱将全部捐献给学校的奖学基金。”她摸了摸她身上红色外套的领子，“演出装是由捐助者捐献的，所以我们没在这方面花费钱。还有，如果你来看我们的下一次演出，就不止三首曲子这么简单了。”

“曲子都很好听，”我说着伸出手来，摸了摸苏萨号号口上的一个边缘撕裂了的弹洞，“虽然这只是一只用玻璃纤维制成的不完美的苏萨号。”

玛瑞萨朝着我露出一个明朗的微笑。

“Es la música，”她说，“No el instrumento.[②]”

我环视四周，确定周围十五英尺以内没有其他人。

“你知道星期一晚上我在那里，而且我身上带着钱，对不对?”我说，“一定是星期六晚上你开车溜走的时候看到了我。而且星期一上午你和唐尼在乐队练习室里谈话的时候，也知道我在盖瑞特的办公室里。”

她没有回答，只是把苏萨号的吹管放在唇边，吹出了七个低沉但又轻快的音符。

理发修面，五毛钱！

随后，她再一次像个芭蕾舞演员一样转身离开了，考虑到她身上还

① 原文为西班牙语。

② 西班牙语，“是音乐，不是乐器”。

背着沉重的苏萨号，这可真不是容易事。

“你说起D. H.劳伦斯的时候我就知道你是个聪明鬼了！”我在她身后喊道。附近的几个学生家长向我投来尖锐的目光，但我根本不在乎。

随后我走进体操馆，刚巧撞上了正从里面走出来的莱斯特。他挽着一个浅黑肤色的漂亮女人，她不仅比他高了整整一个头，还比他年轻至少三十岁。

“外面还有烤肉吗，马克斯先生？”莱斯特问，“我可爱的妻子坚持要吃些鸡胸肉。所以我正急着要去把她喂饱。”

那个黑美人笑了起来。简直令人目眩神迷。“否则的话，”她用极其甜美的声音说道，“我就拿刀子捅他。”

我告诉他们说我的那一份还在，随后走到一边，替他们开了门。与此同时，我回头望向小餐厅那边，看到盖瑞特和伊丽莎白正在那里谈笑风生。我想着是否要走过去和他们道声晚安。但我并没有那么做，而是继续穿过体操馆，进入门厅，随后来到主停车场。

这一周发生的事情与我的期望完全不同。在芝加哥那会儿，我面临的环境要严峻得多，可那时收获也好得多，所以我也有点不明白为什么我在我自己的故乡会遇到这么多麻烦。也许我只有在自己不舒服的地方才能奋发起来。像是芝加哥。

但就在我钻进自己的丰田车的同时，我注意到金曼郊区高中停车场的另一边——在灯光勉强能够照到的灰色地带，博比东正将他手里装着燕麦曲奇、带着塑料薄膜的纸盘子递给一个留着马尾巴发型的胖子。与此同时，胖子也将另外一样东西递给博比东，后者将其揣进了牛仔夹克衫里。我注意到那盘曲奇似乎比我看到的时候更多了。

博比东目送着那个胖子爬上一辆SUV并且驾车离开。随后他自己登上了他的银色道奇公羊卡车，同样开着车离去了。

我突然想到这么多天来，我始终都不知道他住在什么地方。鉴于他是我家族的一位老朋友，这似乎不太妥当。

不，我暂时还不打算去芝加哥或者其他什么地方。对于家乡的许多新变化，我还感到非常好奇：例如莱斯特是怎么跟那个可能有暴力倾向的漂亮女人结婚的；例如唐尼和泰勒将会如何完成与“蜂蜡”副警长的契约并为他服务；例如凯莉会如何在贾雷德和贝勒大学之间做出选择；又例如玛瑞萨蓬勃发展的乐队事业。

还有，当然，我要留在这里，至少到下周一，再看看伊丽莎白还需不需要我来代课。

另一方面，当博比东告诉我说我不能把我丢失的东西偷回来的时候，我感到很不爽。我觉着这事儿他说了不算。

我等待着，直到道奇公羊的尾灯几乎在公路的远方看不到了的时候，我这才发动我的丰田车，关掉前大灯，跟随着博比东开往金曼。

我不知道他塞到自己外套里的东西是什么。

但我知道它将会是我的战利品。

梁宇晗　译

切莉·普瑞斯特

有些时候，当形势变得紧张起来，你身边的伙伴最好是一个坏家伙。而形势越糟糕，那个坏家伙就得变得更坏……

切莉·普瑞斯特最知名的作品是蒸汽朋克风格的《发条世纪》系列小说，包括长篇的《老爷车》《克莱曼婷》《无畏舰》《伽倪墨得斯》，以及最近出版的《费解之物》和备受欢迎的中篇小说《廉价烈酒》。与此同时，她还创作了南部哥特风格的《艾登·摩尔》系列小说，其中包括《四只和二十只黑鸟》《飞向王国之翼》以及《非肉亦非羽》，还有都市传说类型的《柴郡红色报告》系列，其中包括《血丝》和《地狱转折》。另外，她还创作了独立长篇小说《恐怖之皮》《深思》和《亡者未远离》。即将出版的力作是《船首像》。她居住在田纳西州查塔诺加。

ragues

『重金属』

基尔戈·琼斯从埃尔多拉多轿车的驾驶室里挤出来,一脚把车门踹上。车门弹了起来并且甩开了,因此他又用屁股拱了一下。老爷车前后晃动着,发出抗议般的吱嘎声,但这一次弹簧锁还是锁上了——这是为了它自己好。"欢乐的罗杰"是一辆很大的轿车,而驾驶它的人也是一个极为高大魁梧的人。

绝不过分夸张地说,他足有六英尺半高,一个好的嘉年华会猜谜者可能会猜测他的庞大身躯重达二百五十公斤。他的头顶已秃,脸上却留着大把胡子——他向来以这把在太阳下面会映出红光的棕色络腮胡而感到自豪——并且戴着一副反光的飞行员眼镜。除此之外,他全身上下都是黑色的。如果你要问原因,他会直截了当地告诉你这是因为黑色显瘦。

尽管基尔戈穿着一套"显瘦"的黑色衣服,他投在地面上的影子依然是圆形的,当他沿着车辙走出停车场时简直像是以一人之力造成了一场日食。

老旧的绞车房矗立在他面前:这是一幢建于19世纪的庞然大物,其建设标准是基于实用而非美观。墙壁系用红砖砌成,屋顶则是绿色的,其体量可以轻松达到查塔诺加的那座富丽堂皇的大教堂的大小——他在那儿已经不受欢迎了,因为牧师歌颂撒旦是有道理的,而牧师助手总是念叨着怪物就仅仅是愚蠢。

当他接近的时候,他看到了这幢房子修补过的地方:新的砖块被填补在古旧的窗子、门和门柱上。他注意到大门及其入口平台——全部是铅制的——上面的白色碎石在他脚下发出嘎吱嘎吱的响声,寒风吹动他的大衣。碧蓝的天空上万里无云，白色的太阳异常明亮，但并没有带来什么暖意。目前，大烟雾山[①]暂时还不像一个月之后那样清冷，但他可以感受到冬季的来临。

“哈喽？”基尔戈叫道。他的声音发狂般地在绞车房和临近的锅炉房里回荡着，在道路对面的度假小屋和临时建筑，以及隧道尽头那些上个世纪遗留下来的被抛弃的采矿设备上撞得砰砰作响。“有人在吗？休斯曼小姐？”

他爬上通往入口平台的阶梯，站在木质平台上。他的双眼凝视着如同洞穴一般的建筑内部。他看到了南瓜，像是万圣节筹款活动结束后被弃置的，如果悬挂着的横幅上的内容可以置信的话。它们被放置在托盘里，并且每一个南瓜面前都有一个标签，红色的书签纸上有着手写的潦草字迹。其中最大的一个葫芦号称有七十磅重，但在举架极高又极为空旷的大厅里显得非常渺小。大厅的天花板用三角桁梁支撑，上面布满了曾在此倾倒下大堆矿石的矿车所使用的交叉轨道，那原本在基尔戈的祖父母出生之前就该被废弃。

寒风从横梁上吹过，枯叶打着旋儿落下来，栖息在吊拉绳上的肥胖小鸟们竖起了羽毛。

“哈喽？”他又试了一次，“有人在吗？”

“哈喽？”有人回应了一声，随后又说了些什么，但他无法分辨出来。那声音是从更深处传来的，在那些放在托盘上的南瓜后面，大厅的远端有一堵墙……墙上有一道门，可能通往某个类似办公室的所在，声音就是从门后面传来的。

他朝着那里走了过去。

“……如果你是来找里奇的话，抱歉他不在。他今天回家去了——我想他还带走了给南瓜准备的零钱袋。但如果你想买一个，又恰好有

---

① 位于美国田纳西州和北卡罗来纳州交界处，是美国国家公园。

零钱的话,我会尽力帮你的。所有的收入都会用于支持博物馆……”

门砰的一声被打开了,是一个女人用肩膀撞开的,而她的双手则抱住了各种杂物:档案、文件、老布什年代的杂志,还有一个邮差包,从它圆滑的形状来看,里面装的可能是个信纸簿。她停了下来。或者更准确地说,她呆住了。基尔戈·琼斯明显不是她想象之中的访客。

“我……我能帮您什么吗?”她问。她不安地挪动着身子,将手上的东西放在一张靠墙放着的破旧电话椅上。

她很年轻,身材高瘦,留着一头保养甚好、很有光泽的金色长发。穿着一件过大的开襟羊毛衫,里面则是黑色T恤衫,印着某个基尔戈不认识的乐队的标记,而这也说明了一些问题。她黑色的牛仔裤沾上了田纳西州达克顿那种特殊的红色尘土,而且形成了手印的形状。这应该是她自己的手印,他猜。

他把太阳镜推到头顶上。“休斯曼小姐?”

“啊? 哦,是,是的。”她点了点头,听到自己的名字,她似乎恢复了些许的冷静。“我叫贝姗妮。除了大学里没有人叫我休斯曼小姐。那你是?”

现在他向前迈出一步并且伸出了手。“基尔戈·琼斯。我想珍妮弗·安德鲁斯应该和你说过我会来吧?”

贝姗妮那种似乎随时在准备着战斗或者逃跑的僵硬姿态变得柔和了。“是的! 你就是那个以前在砂山[①]和马丁牧师一起工作的人。你是……你是‘胖子’? 呃,珍的确说过……”她伸出手来握住他的手并且晃动了几下。她的手指纤细而冰冷,戴着几个花色各不相同的亮银戒指。

基尔戈微笑起来,并且暗自期望这个表情会对她解除戒心有所帮助。由于他的庞大体格,想让他见到的人放松下来总是要花费更多的

---

① 位于阿拉巴马州东北部。

精力,所以他已经学会了注意自己的措词。“让我猜猜看:她说过只要你见到我,你就会明白为什么人们那样称呼我了。”

她的脸一下子红了,不过那也有可能是因为寒流吹到了她的脸颊。“差不多吧。很抱歉,我不想显得很无礼,马丁牧师的朋友都……”她的声音逐渐减弱、停止,而她的目光则扫视着整个绞车房,搜索着空旷的空间,以确定这里只有他们两个人。“珍说牧师不会来。你觉得那是因为什么?”

基尔戈应该先说些关于砂山的事。尽管如此,她终究还是首先提及了那个地方。

然而他还是对此避而不谈。她理应知道真相,但那对她不会有任何好处。“我不能说,但我来此就是为了尽我所能地帮助你。如果你有时间的话,我想问你几个问题。”

“好的,但我们是否可以到一个更暖和点的地方去谈呢?”

“你说的是哪里?”

“就在山上,”她的头稍微扬了扬,“博物馆已经关门了,但我有一把钥匙——而且那里有暖气。”她将那个邮差包拿了起来,但其他的所有东西都留在那把椅子上。“我们可以走着去,没问题的。虽然风挺大,不过这么近的距离还开车过去那才叫发了疯。”

他本想拒绝她的提议,但还是放弃了。“好吧。需要我帮你拿些东西吗?”

“不,”她不屑地说道,同时用力把办公室的门关上。门发出黏糊糊的怪响。“这些东西放在这儿也没关系。没什么值得偷的东西,也没有人会来偷。自从……”她停了下来并且转换了话题。“不再有了。但我准备等到我手里捧着一杯咖啡的时候再和你聊这事。”

山路短得足够感人,但还没有短到让他不再后悔没有开上他的“欢乐的罗杰”的程度。他讨厌山,并且将它们列为最大的敌人之一。但在山路的顶端,一座博物馆静静地等待着,那是一幢占地甚广的低矮建筑,仅有一层,风格显得比较现代,与周围的古旧建筑并不合拍,甚至都不能说是老房子。它的墙壁用便宜的涂料刷成白色,屋顶则铺成高低不平的斜坡。它的大门前有一个碎石铺成的停车场,若是仔细安排一番,大概能停五六辆轿车。

尽管风很冷,基尔戈还是从口袋里掏出一块大手绢擦了擦额头上的汗。“博物馆的车流量看起来不大呀。”

“你为什么那么说?”她一边从包里翻出钥匙打开门,一边问道。

“从停车场的规模来看,他们并不指望会有很多人来。”

她回头看了一眼。“哦。是的,我想你说得没错。你这么一说,我倒是想起来了,在我印象中这里最多也就停过三四辆车。而且其中一辆基本上一定是艾莫·皮特的。”

“艾莫·皮特?那个义务协调员?”

门被推开了。贝姗妮伸手进去打开了一盏灯,尽管天色还很亮,应该用不着开灯。“你怎么知道的?”

“我今早出门之前打了电话过来,接电话的人就是她。她好像是一位……有趣的女士。”

“有趣。是的,那就是她。她几乎每天都在这儿志愿服务。除此之外,她已经退休了。”贝姗妮把包扔在接待台上,领着他走到物资缺乏又十分肮脏的小厨房里。

她从柜子里翻出了福杰士咖啡,舀出一个过滤器的量,煮上了咖啡,然后就坐立不安地在这个又小又冷的空间里等待着,与此同时,刚刚被重新打开的加热器开始吐出里面的冷气。这里正是加热器可以派上用场的环境:整个建筑都有一种类似房车一样的廉价感,墙壁简直比三明治里的起司还薄。这里闭馆还不到两个小时,但是所有的暖气早就已经流失殆尽了。

她把她的手指甲伸到杯口里,只露出光滑的白色指甲表面最末端的小月牙。加热器发出响亮的嗡鸣声,咖啡也冒出了盘旋的白色暖雾。

贝姗妮清了清嗓子。

“我知道这些听起来一定很疯狂……但是亚当和格雷格都死了。我不知道为什么‘它’会带走他们，也不知道下一个会不会就是我。有……有很多事情我都无法理解，关于这一切。关于这个地方。关于那个‘东西’。”

基尔戈提示道：“这是你第一次来达克顿吗？”

她点点头。“要不是为了项目，我可能永远都不会听说这个名字。田纳西州大学诺克斯维尔分校的生态学系在这里开展清除污染项目已经有十年，或许十二年了——他们监视它，并提出相关建议。我读过所有的档案和卷宗：简直令人迷醉，如果你对那方面很感兴趣的话。而且如果我对那些不感兴趣，我肯定也不会写这方面的毕业论文。”她以柔和的轻笑结束了她的话，本意是想让自己显得轻松，实际上却只是显得很怪异。

“好吧。再确认一下，一起来的人是你、亚当·弗莱和格雷格·马尔科姆，对吗？”

“对。我算是带头人吧，因为他们是一年级的，而我只差一个学期就能学完硕士课程了。我的研究主要是关于山顶移除式开采的。你知道——这里的北边和东边的那种山顶煤矿。但是布拉布拉矿井是极为特殊的一个，而且它所造成的铜矿床破坏的尺度也是最严重。所以尽管它不是我喜欢的那一种，但在野外调查分配开始时，我立刻就选中了它。当时我感觉那是个不错的主意。”

“著名的临终遗言。”基尔戈为自己又倒了一杯咖啡，并将咖啡瓶放回到炉子上，“现在告诉我，你是什么时候到这里的？”

“一个半星期之前。我们在公路旁边的一家假日快捷酒店里住下了。学校负责提供食宿，一笔不算太多的出差津贴，以及诸如此类的便利条件。我们的任务是检查一个地图网格的土壤酸碱度，并为保留区的植被制作分类目录。”

他皱起了眉头。“保留区?”

“那是一块土壤呈红色的带状土地——二氧化硫留下的衰败泥炭,那种土地上寸草不生,自然也没有什么动物。政府开展复原行动后,这块土地没有重新安排使用。我听说他们准备把那里当成警示后人的纪念地,但我敢说他们就是没钱了。”

基尔戈知道那种死去的红土,但他确实不知道还有这样的土地留下来。他从环境保护局的报告里看到过老照片,《生活》杂志几十年前还登载过大幅图片报道,那都是清除污染行动开始之前的事了。了无生机的土地面积多达五十平方英里,目力所及之处,除了有毒的红色山丘之外别无他物。除了房屋、教堂和中心矿区设施的废墟之外,那里看起来简直跟火星表面没什么区别。

贝姗妮一边不时抬眼来看他是不是还在听,一边继续道:“现在那里看起来很正常了,就像是那些树木一直都在那里一样,我们身处于一座普通的原始森林之中;但那花费了数年的时间——引进新的抗酸性土壤草种以保持水土,再种上特别引进的树木。他们带来了能够用根系过滤掉毒物的植物,这些植物给了这些山丘一个重新恢复的机会。最终,”她朝着那座山谷的大致方向挥了挥手,“这一切都有效果了。但是他们却留下了一块红色的废土,就在水塘边上,真是太愚蠢了。那就是我们准备要去检验的地方。那片红色废土,还有水体本身。都在坑口里面。”

他竖起耳朵。“坑口在哪?如果这个博物馆就坐落于原来的采矿点,那它肯定就在附近……”

“是在停车场的另一边。你猜怎么着?别喝这咖啡了,简直难喝得要命。”她突然站了起来,把杯中已经冷却的咖啡倒在旁边的水槽里,“来吧。我带你去看。”

她从门口走了出去,门边上有个木架子,上面塞满了当地景点的宣传册——这个“当地”的概念是相对的。他跟在她后面。

她几乎是在奔跑了。她想早点结束这一切。

她的靴子踩在停车场的碎石上,碎石发出吱嘎的摩擦声。她在一个金属笼子旁边停了下来——这个金属笼子曾经将矿工们送到3000英尺之下去寻找铜矿。她转过身来,头发被从她身后吹来的风吹得翻腾起来。她用手指向北方,并且抬高了声音,几乎是在叫喊着。

“那就是那些植物原来所在的地方,就在那边——对着绞车房,在这个山脊自然形成的顶峰上!以前,他们在这里的空中架设了一条轨道,用来运输矿车!”她转过头,现在她的头发就像是被一个金色的巨大光环笼罩,比美杜莎还要狂野。这情景看起来完全就像是她站在悬崖的边缘,而且准备好要跳下去了。

她又说了些什么,但是基尔戈无法听清楚;她的话语融入了风中,很快就被吹散了。但当他走过去,来到她身边时,他就明白了。

她看上去平静了一些:“矿洞多年前就塌落了,但在那之前,他们已经几乎没有在开采铜矿;他们使用冶炼过程中产生的副产品二氧化硫制造硫酸,并从中赚到了更多的钱——你知道,大烟雾山的这个角落到处都裸露着那样的东西。但无论如何,这就是了。这就是我的朋友们淹死的那个湖。”

在矿工笼的另一边,尖利而崎岖的山脊远端之下,有一个巨大的圆形池塘,其中的水呈现碧蓝色,周围则是浓密的绿树。看起来就像是有人拔下了一个插头,整片土地的水都被吸干,只剩下这蔚蓝的池水,在世界的最底端闪耀着。

基尔戈抵抗着将这一景色称为“美丽”的欲望。他只是拉着贝姗妮从悬崖的边缘退下来,在山风之中向下走去。

当他们再次站在碎石停车场上时,她说:“那就是他们死去的地方。首先是亚当——那是我们到这儿之后的第二天。那是个恐怖的意外,他们是这样说的。他落入了湖水中,然后……忘了怎么游泳,或者是什么类似的狗屎一样的理由。”

“他们有没有把他的遗体送回家乡？我想这里应该没有可以用于尸检的设施。”

“是的，他现在已经到家了。不过，格雷格——他是在那之后两天死的，他现在应该在铜盆市医疗中心，除非他们没有通知我就把他送走了。那完全有可能。这里没有任何一个人肯告诉我任何一件事。艾莫·皮特认为我是个靠投机取巧干活、傲慢的城市小婊子，好像诺克斯维尔是纽约似的。她不知道我听到她这么说了，不过就算她知道，可能也不会在乎。”她望着基尔戈，她的眼神里多了些以前没有出现过的东西，像是类似狡猾的神色。“但他们也许会和你谈。”

“我已经尽力去做一个好相处的人，但依我的经验来看，相比像我这样一个家伙，人们总是更容易对像你这样一个漂亮女人敞开心扉。”

她耸了耸肩。“在这儿不是这样。他们不喜欢我。他们不信任我。他们把我和那些把矿场关闭、让整个镇子失去工作的律师和环境保护者们当成同一类的人。如果你不是为铜矿而来，那就是在和他们作对。就好像我们给这里带回来的生气一文不值。”

基尔戈·琼斯礼貌地哼了一声表示反对，但她无动于衷。她只是注视着那道悬崖，注视着红土中央的那一池碧水，还有它周围的那些目空一切的树木，它们的根系深扎在陡峭的岩壁上，它们的树干扭曲着，而且仍然活着——就像是对历史比出“干你娘”的手势。

但她仍然没有说出他想要听到的那些，因此他再次探询起来，虽柔和却又坚定。“告诉我，格雷格落水的那个晚上，你看到了什么。”

她缓缓地点了点头。不是在对他，是在对自己点头。“有什么东西从水底上来了，遮遮掩掩。它对格雷格低语了一些什么话。”她的声音同样低沉而微弱，几乎不比她正在描述的那种低语响亮多少。“它呼唤着他。引诱着他。而他并不愿意跟它走，于是它抓住了他——并且将他拉到了湖中。”

“描述它——你看到的那个东西。”

"我……我不能。"

"你最好按我说的做,因为我不会读心术。贝姗妮,"即使不能称为缺乏耐心,至少他显得很急切,"你找了人来帮助你。现在,你必须要告诉我。"

她咽了下口水,双臂交叠放在胸前,将她过大的毛线衫裹得更紧了些。"它看起来像一个人,但又很明显不是人。看起来像是一个矿工——从前的那一千八百个矿工中的一个。但又不完全是。"她的眉头紧紧地扭在了一起。"你认为那是不是一个幽灵?"

这是基尔戈更熟悉的领域,但对于大学生们则是完全陌生的。"幽灵大多是由记忆和想象而形成的——它们自己的记忆,以及其他所有人的想象。在蓝月亮的一个周期里,一个幽灵会有足够的能量使现实世界产生一些波动,但我从没听说过强壮得可以将一个成年人拉到水里的幽灵。"

她把双手深深地藏进袖子里,然后又把手塞到胳膊下面。"那东西……不管它是什么,它绝对不是记忆。它真的就在那里。所以,如果那不是幽灵的话,那是什么?"

"我现在还不知道。"他没有将自己的猜测告诉她,因为那除了使她害怕之外别无他用。他需要更多的信息,而那就意味着他需要一个当地人做向导。即便抛开他那些礼貌的反对,贝姗妮仍然不是他需要的那个人,整个县的人都知道这个。

基尔戈自己也不是当地人,而查塔诺加也和诺克斯维尔一样都算得上是城市——但是,身为一个"当地人"并非仅仅是将一个地方作为你的通信地址的开头那么简单。

他将贝姗妮送到博物馆的台阶上,与她握手告别,告诉她他会和她保持联系,并让她远离那个大坑。她对此表示赞同,但他不知道这有多大的价值。她目睹她的同学溺毙这其中的恐惧自然非比寻常,但那与某个异界的生物的塞壬之歌,甚至与她自己的好奇心相比,却又算不了什么了。

塞壬。

这个词飘浮到他的意识表层，并且拒绝再次沉没。他在脑子里做了个记号，因为这其中的相似性是不容否认的。塞壬是水元素的一种表现形式，它们呼唤、引诱，然后杀戮——不过它们往往是以比一个老矿工漂亮得多的外形出现的。“万事总有第一次。”他喃喃道，并且拉开埃尔多拉多年久失修的车门，将自己塞进车里，“它和格雷格说话了，格雷格没有听。所以它就使用暴力。”

他凝视着挂在后视镜上的银十字架，它颤抖着，摆动着，就像一个钟摆。那原本是一件礼物，是那个不再愿意和他说一句话的人送给他的——他曾将那个人视为父亲，而那个人在第三个教堂把他扔了出来。最后一个教堂。他曾开车路过那里好几次，他还没有下定决心结束他们之间的争论，但他知道最好不要进去。

他们不会欢迎他，就好像他是个该受诅咒的吸血鬼，理应知道不要逾越界限。

不管怎样，他还是设法远离那里。他知道那里不需要他，不管他怎么许愿、怎么祈祷都无法改变这一点。显然如此。

他叹了口气，因为他现在确实需要一些帮助。但他很快就振作了起来，从口袋里掏出他的小笔记本，记下了自己得到的信息。随后他将笔记本翻到最后一页——他在那上面记了两个地址：一个是当地的酒吧，挂着一个不引人注目的“艾德酒吧”的招牌的小酒馆；另一个则是那个或是名字叫“艾莫·皮特”、或是被称为“艾莫·皮特”的女人的家庭住址，也就是那个在博物馆进行志愿服务，似乎对休斯曼小姐看法不怎么样的女人。

他的手表显示目前去拜访酒吧还有些过早，他在那里不会找到人聊天，自然也没有可能获得有用的信息。但是皮特女士又怎样呢？现在还没到晚餐时间，而她也说过他可以在夜晚到来之前去拜访。她或许正等着他到来,但他宁愿先打个电话,哪怕只是为了显得更礼貌……但毕竟是她自己允许的,另外,她也没有手机。她通过博物馆的电话接收一切给她的私人信息,并且似乎对这个安排非常满意。

基尔戈·琼斯倒是有一部手机,但那是个过时的促销货,没有卫星定位功能。聊以自慰的是,他知道——上帝保佑——达克顿已被收入到谷歌地图之中,因此他在家里就已将地图打印出来,从而对整个地区有了一个大致的印象。

艾莫·皮特的住所离矿井非常近——对于一个比基尔戈更热爱步行的人来说完全可以走着去——但是基尔戈开着他的埃尔多拉多却花费了整整二十分钟的时间。通往她家的路非常原始,也没有任何标记,他使用排除法排除了完全相同的四条道路之后才找到那座房子。邮递员是怎样找到这里并且投递邮件的,对于他来说完全是个不解之谜,但是所有的小城镇和偏僻地方都有他们自己的方法。在这种每个人都互相认识的地方,什么东西都不会轻易地丢失。而这也就使得田纳西大学诺克斯维尔分校的学生们的遭遇显得更为怪异了。

话又说回来,或许也没什么值得奇怪的。那些孩子们是外来者,当地居民不认为自己有照顾他们的义务。或许他们会比邮件更容易丢失。

他踩下刹车,车子突然前倾,发出习惯性的吱嘎声并且停了下来。

艾莫·皮特的住所是一座早期的精工住宅,后期维护得也不错。附带的院子似乎并没有得到像门廊上摆着的花那样良好的照料。花盆里没有别的东西,只有紫色和粉色的牵牛花;其他种类的花朵都因季节原因而死去了,这些牵牛花一样会死,或许活不到感恩节。但至少现在,它们让这座有着灰色屋顶的白色房子有了生气,告诉人们有人居住在这里,有人在照料着这里。

基尔戈用脚踩了踩台阶,确定其坚固之后,便踏了上去,敲响了刷着红色油漆的门。

他听到门后传来模糊的电视声音，似乎在播报当地新闻；一把椅子发出尖锐的叫声，一块地板发出吱嘎声，随后是一连串的脚步声，直到一个被当作猫眼使用的小窗子上露出一颗眼珠。

门没有开。“谁啊？”

他摆出了最礼貌的姿势，双手叠放在身体前面，轻轻踮起脚，让他庞大身躯的压迫力尽可能地减轻。“请原谅，女士——但我在找艾莫·皮特。是您吗？”

“和你有什么关系？”

“我是基尔戈·琼斯。我们今天上午通过电话。”他告诉她。

“对，我想起来了。你可真是个大狗崽子啊，不是吗？”

“我是一个查塔诺加的机械厂工人。”

那只眼睛眯了起来。“并且前来调查偶然的溺死事件？”

“不是事件本身，女士。是引起事件的那东西。”

他听到咔嗒一声，老旧的门把手转动起来，门被拉开了一条细缝并且发出刮擦声。“你引起了我的注意，大个子。别浪费了机会。”她又将门开得大了一些，露出了自己的身形。她是个身材矮小的老太太，但还不是太老。她满头银发，目光却很锐利，穿着整洁的蓝色裙子，脚下是一双灰色拖鞋。“你不是‘感觉者’，对吗？”

“是的，女士。我无法发现任何我不能用眼睛看到的东西。”

“那么你就是个战士。两者必居其一。”她叹了口气，手腕一扭，将门完全打开了。“我想你最好进来说话。”

她转过身向后退去，给他让出了路，并穿过了一个塞得满满当当的房间——虽然物品很多，但却相当整洁，也并不杂乱，只是塞满了各种各样的东西，就好像喜鹊收集任何能让它感兴趣的东西一样。一堆堆的生活图书公司出版的关于南北战争和老西部的书籍随意地放着，另一边则是八十年代的描述各种无法解释现象的系列图书；来自附近和遥远国度的相似雕像；从各种各样的旅游陷阱中购买的编钟；带有小的家族徽记表示其为收藏品的汤匙；装着家人照片的相框排满了墙面，只留下一点点空隙；一套相当精美的茶具；柜子旁边的墙上挂着一套网格，里面装着不同形制的咖啡杯；有着明亮颜色和不祥花纹的手制阿富汗毛毯；用床单改制成的窗帘；为下个月的圣诞节准备的小村庄摆件，上面有雪橇、邮局、火车站和闪烁的小电灯，还有欢乐的迷你居民、宠物和车辆——再加上每个门上都有的圣诞花环。

“我把电磁炉打开，你随便坐吧。”

她当然要把电磁炉打开。只要基尔戈到一个南部老年妇女的家中做客，她们没有一个不煮茶来喝的，他想到这一点，又不由得想起，要是与南部年轻妇女在一起，她们就必须得手捧咖啡。就好像她们不喝点什么就没法说话一样。

但她们不是自从施洗者约翰以来就这样的么？不是家常便饭就是圣餐仪式，那就是教堂里得有一个交际室的原因。

艾莫——他最初把她的名字误听做“奶奶”——朝着餐桌打了个手势，那餐桌上着漂亮的清漆，不过本身的做工比较粗糙，大概是某人为她特制的。不过，餐桌旁的椅子虽然漂亮，但却都太小了，而且看起来它们完全没有可能承受基尔戈的体重而不在尖叫之中崩溃。

他刚准备提议到外面的门廊上去谈，但他立即注意到有一条似乎在花园里出现才更为恰当的杉木长凳——而在艾莫的厨房里，它上面叠放着擦手毛巾，以及好几个长柄铸铁锅。“你认为我是否可以……把那条长凳收拾一下？如果我搞坏了什么东西的话那可就不太好了。”

她像个耄耋之年的老烟枪一样发出类似咳嗽的笑声，但她的年纪并没有那么大，而基尔戈也没有在房间中发现任何的香烟。“随便你。”

不仅是她的笑声，基尔戈发现，她说话时也带有同样的嘶声，使得她的声音远比她本人更为苍老。他一边礼貌地打量着她家中的装饰，一边说道：“希望我没有过于打扰你，特别是如果你感觉不太舒服的话。”

“不舒服?”她在火炉边停下来,看了他一眼。“哦,你是说咳嗽的事吧? 根本算不了什么,不影响呼吸。我猜你没在镇子里待多久,要不然你应该已经听过了。所有在这里长大的老人……我们都有这种‘声音’。”

“很遗憾听到这样的消息。”

“为什么这么说? 这又没什么关系,而我也完全不介意。这让你感到就像是部落中的一员。”她说着,从一个橱柜里拿出一盒茶包,然后从墙上拿下了两个茶杯。她为她自己选择了一个有着漂亮把手的粉色杯子,而他的则是浴缸里的翠笛鸟。“从前,达克顿和铜山之间的地方有一个大部落。矿山很好地照料了它的工人们,”她坚持道,尽管她的声音中仍然不可避免地带着咳嗽声,“现在矿山没了,我们之中的很多人也都不在了。这就是事物变化的规律。”

“但是土地恢复的成果还是很不错的。”他说着,接过冒着热气的杯子,将他的茶包浸泡进去,“所以才有了那东西。”

“对,有了那东西。还有了鸟鼠虫蛇呢。那些没用的东西以前是没有的,但它们回来了,悄无声息地蔓延回来了。那些该死的树带来的麻烦更多。我们喜欢我们的红色土地,我会让你知道的……”她透过杯口上方的雾气看着他。“不过,你来这儿不是为了喝茶扯淡的。你想要谈关于那个坑口以及其中沉睡着的东西的事情。”

他不喜欢她说话的方式。她的话语可以有很多种理解,有许多种暗示。他不知道她到底知道多少,所以他直截了当地提问了。“是的,女士。而你在博物馆工作的时间比任何人都要长,而且你本身就是本地人。我想你是最适合为我解除疑惑的人。”

“你已经知道多少了?”

“只有贝姗妮·休斯曼认为自己看到的东西。”

艾莫·皮特发出嘲弄的冷笑声,她的茶水表面跟着颤动起来。“那个女孩。她以为自己知道的很多。她告诉我她什么都没看到。对警长也是这么说的。”

“她说你不喜欢她。并且她认为那是因为她是一个外来者。”

“那是因为她在镇子边上的一个加油站点了咖啡加牛奶还要撇去奶泡,而当她得知那里除了最正统的咖啡什么都不卖之后表现得特别傲慢无礼!”她怒斥道。但在基尔戈看来她俩说的应该是同一件事。“就因为这,她什么都没有和我说……但她告诉你了。那好吧,就是说她看到了什么东西,是吗?”

“她看到了一个像是以前的老矿工一样的东西从水底下升了上来。它把她的朋友拉到了水里,让他淹死了。”

“像是一个矿工。”她沉思着重复道,并且加上了一个问号,“好吧,有些时候那些东西会按照我们对它们的称呼而变化形状。它们会让我们看到我们想要看到的东西。”她闭上眼睛,深吸了一口从茶杯里升腾出来的雾气,并露出微笑,然而这一表情很快又转为阴郁。“那些东西来得比我们更早……比矿山更早。比印第安人更早。它们会一直留在这里,直到我们之中的最后一个离开。”

“你认为那会让它们开心吗?我们之中的最后一个离开?”

“我不知道。它们属于这片土地。”

基尔戈皱起了眉。“但田纳西大学诺克斯维尔分校生态学的学生们也是为了这片土地而来的——他们想把它恢复成从前的样子。我想任何一个居住于此地的鬼魂或是元素生物都应该很高兴见到他们才对。”

“达克顿不需要他们。不管那个湖底下的东西究竟是什么,它们都不想让那些学生在这里。整个世界并非只有嬉皮士和阳光,大个子。最重要的是平衡,你知道——而在这个盆地里,平衡总是与金属有关。这里是蕴藏着铜的土地,是那些东西‘吸引’了铜,是它们‘操控’着铜。平衡。”

“是的,可是这块土地在过去的一百五十年中已经失去了平衡,而那些孩子们是为了恢复平衡而来,他们不应当为此而失去生命。”

“为什么不呢?”她眨了下眼睛,但在她跳动的眼睑后面闪出了锐利的光芒。他装出一副惊讶的样子,但她挥了挥手。“不,算了。你知道我只是在开玩笑。不管那个魔鬼到底是什么,它都不应当继续在这里发展壮大。不能让它为所欲为。你最好去把它清除掉。”

“我要怎么做呢?”

“这我可不知道。但如果它已经开始杀人了,我想口头警告应该是没用的。至少你肯定是不行。”

他考虑了一下。“谢谢。”最终,他说道。他的嘴唇停留在杯沿那只翠笛鸟的头旁边。“你提供了很多有参考价值的信息。”

他喝完了杯里的茶,再次感谢了那位女士,并且回到他所住的旅馆为晚上的工作做准备。他在那些学生们租住过的那间假日快捷酒店里开了个房间,但那倒不是他在这里住的理由,而只是因为附近几英里之内都没有其他的旅馆了。

在通往房间的走廊上,他遇见了贝姗妮——后者正光着脚,手里拿着一个冰桶。“嗨!”她打了个招呼,他则回道“你好”,并调整了一下手里提着的背包。随后,她又说道:“我不知道为什么看到你在这儿会有点吃惊。想来你也没有别的地方可去。”

“这里距离近,又很安静。是过夜的好选择。”

“你只在这里过一夜吗?”

“看情况。得看事态如何发展。”

她哆嗦了一下,抓着冰桶的手指扣得更紧了。“你确定你不会有事吧?”

“我一直都很确定。”

她神经质地笑了几声,他不由得开始思索她有没有以其他的方式大笑过。“我想没有人会来打扰你,至少不会经常打扰你。”

“是的，女士。它们不会。”

他们互道了晚安，他独自一人进入了自己的房间。他打开电灯，没有看到什么特别好的设施，不过也不特别差：一张普通的床，上面铺着丑陋的被子，一小堆一次性的盥洗用品，以及一个水槽和一个残破的水龙头。

他开始思索，如果他在贝姗妮面前直抒胸臆，将自己隐藏的想法全部揭露出来，对方会作何感想——没有什么东西会经常来打扰他，但一旦它们来了，它们就会永远不停地打扰他。凡是看过监狱电影的人都知道得先把最厉害的人打倒；而那些怪物们也懂得这个道理。到目前为止，他躲过了那些“热情问候”，仅仅留下了几条疤痕；但那都是丑陋的疤痕，而且每一天都在提醒着他那些不像他这样幸运的人的下场。

外面的那些虚无之物……它们比从前他见到的那些更糟。

有些时候，那些虚无之物会撕咬、搏斗、尖叫，吐出火焰或是毒液。没有任何东西可以改变它们的形体、让它们的骨骼变形，而有些时候，只有一本圣经和蛮力才能打倒它们。

基尔戈的圣经是一本红色封皮的小开本，近乎透明的薄纸页因来回翻动而扑闪着，有些还黏在一起。他已经不怎么再读它了。没有这个必要。他已倒背如流，和魔鬼一样。但他依然随身携带着它，因为它曾经替他挡住本应撕开他胸膛的一击，阻止了他被脸朝下挂在烤肉架上的命运。

因此，这本圣经已经成为了他的吉祥物。

由于缺少了精神支柱，他乐于带上一切可能为他增添幸运的东西。当然，他更希望马丁牧师会在他的身边，但那已经是过去的事了，难道不是吗？

因此当夜幕降临时，他将圣经塞进口袋里，压住了那个破烂不堪的笔记本——这个破旧的本子上记录着他关于这一事件的思索和研究，字迹潦草，附带有虽小但却精心绘制的图像，这些东西可能会在稍晚的时候用到,但也可能完全没有用。在互联网上搜索了一两个小时后,他得知了一个名字,或者至少是一个方向。那仅仅是一个最初的着手点而已,但总比什么都没有要好。

他回到了自己的车里,将包裹扔在副驾驶座位上,在这个过程中,他碰到了挂在后视镜上的那个银十字架。那东西来回摆动着,撞击在玻璃上并且发出响亮的声音。他用手抓住那件神圣的饰品,稳住了它。他又抓着它思索了一会儿,然后骂了句"他妈的",并且把它从后视镜上取了下来,挂在自己的脖子上。他已经不再有自己的教堂了,但他仍然有着信仰。而且他还有这辆值得信任的老爷车"欢乐的罗杰",后者第一次点火就成功了。

他穿过了达克顿引以为豪的稀少路灯和街角商店,于是车子的前灯在这片荒凉之地弥漫着的黑暗之中照出了一条笔直的线路。

他离矿井的距离不超过两英里,但路上几乎没有任何标志,也没有文明世界常见的路灯。天上的星星亮得耀眼,阴影重重的树木显得异常高大,并且给通向坑口湖的便道路面带来极强的压迫感。

他一边开车,一边注视着那些树木,试着寻找某些可能会居住在那里、掩藏在树后的东西。某些古老的平衡的迹象。某种复生。

当他看到拦住路的一道门闩的时候,车子的前灯刚好照亮了一块牌子上几个巨大的黑体字:"切勿擅闯"。其下还有几行小字,警告任何驾车继续前进的人一旦被发现都将遭到射击,他们的遗体将被用于喂熊取乐,但文字到这里就结束了。或许是因为这里根本没有熊。

他从车里钻出来,亲自查看情况。前面有个低矮的大门,大概只到正常人的臀部那么高,那块告示牌就固定在它的正中间,好像是它戴着的一个勋章,但是基尔戈对此毫不在乎,而这扇门也不过是用一把锈迹斑斑的挂锁和一根老旧的铁链锁住的罢了。他用带钢的靴子尖头踢了两脚锁头,锁便开了,再来一脚之后,门扇猛地荡开,撞到了旁边的树林里,并且歪斜地靠在一株奇形怪状的灌木上面。

事后证明这一举动是没有必要的。这条土路仅仅向前延续了约一百码,道路的尽头有一小块勉强可以容许汽车掉头的平地,但也就仅此而已了。

他在道路尽头处设法将车头掉转过来,朝着他来时的方向,这样一旦事情有变,他就可以立即驾车逃走。随后他把车子熄了火,拉起手刹,并且保持车门打开,这样车内灯就不会关闭,他可以借此检查自己的全套装备。

一个塑料制的番茄酱喷瓶,里面装满了圣水。一个已经相当破旧的护身符,是在风暴之前的那一年,他在新奥尔良的时候制作的。手电筒以及备用电池,还有一个头灯,是从一个机械师朋友那里借来的。一把银质蛋糕刀,因为有的时候银是有些用处的,而且它很贵——所以当他看到这把刀时就直接拿走了。

还有一把子弹上膛的 9 毫米手枪,以备不时之需。

他拍了拍胸口,感觉到藏在他胸前的笔记本和圣经,这些东西让他感到安稳。他将手枪塞在腰带里,便于随时取用,冰冷的金属顶在他的肚子上,让他浑身发抖。他把带有 LED 灯的头带戴在了头上,感觉这种装束极为荒唐,然而这样做却可以让他的双手空出来,而在黑暗的环境中,这一点比个人尊严要重要得多。

至于其他的东西,他则一股脑地塞进了防水短外套的口袋里。

他关上了车门,车灯自动关闭了。他拨了一下头灯的开关,于是灯亮了起来,它不像他的车灯那样能够照亮广阔的范围,但在这种远离城镇的地方,即使是一点点光亮也可以在极远的地方看到。

最初的那一刻,他没有行动,只是站在那里聆听着。寂静无声。这令他感到有些烦恼,但很快,他回忆起了艾莫·皮特的唠叨,她说那些小动物只是最近才回到这里,因此他猜测现在的情况并没有什么不寻常的。草丛中没有歌唱着的蟋蟀,树叶里没有沙沙作响的老鼠,更高处也没有做窝居住的松鼠。没有任何东西,也没有任何人,除了在前面的坑口湖里等待着他的那个东西。

基尔戈的方向感非常好——几乎是好得不可思议,或者至少他的母亲对别人总是这样说的。他可以在他的脑子里感觉到坑口所在的那个方向。池塘里的死水散发出像是口袋底下的最后一个硬币那样的臭味,那味道从树木之间穿了过来。

便道的尽头离那里已经非常近了。

他吸了下鼻子,又用袖子擦了擦,开始朝那个方向走去。

随着他一步步的前进,台阶变得更为陡峭了,平坦的地面在越来越快地远离他。他一次又一次地打滑,大多数时候都能够抓住旁边的植物而稳住身形,但在特别令人不快的一次滑倒时,他不得不以双手拄地。

在那之后,他便到达了水体周围的那一小片空地——一圈红色泥土隔绝了树木的侵袭,或者也许只是那些树不愿意将它们的根伸到那个可疑的池塘里面。那里就像是一小片令人毛骨悚然的沙滩,有着一定的角度,寸草不生,具备着"浴缸圈"应有的一切阴暗的魅力。

除了脖颈的转动之外,这个大个子男人一动不动地站在原地,观察着,聆听着,然而,他仍旧没有听到任何声音。但他感受到了一些令他不快的东西:那是一种被刺痛、不舒服的感觉,仿佛有什么东西正在注视着他。

他从口袋里掏出了笔记本。头灯把纸张照得透亮,难以阅读,但他眯起了眼睛,用力集中精神,看清楚了他自己写下的字迹。

"你带走了两个孩子。"他低声说道。就和黑暗中的光一样,寂静中的微小声音也传得特别远。"他们来这里是为了帮助盆地,而你杀死了他们。"

在纯黑而平静的水面中央,出现了一点涟漪。他听到了这个声音,那种轻柔缓慢的水流声,波纹就像一个单音风铃一样重复着它仅有的那一个音符。

“艾莫·皮特所说的一切让我有了一个想法：她说斥责无法阻止你，或者至少由我来斥责是不行的。所以我想，应该有某些人是你一定要服从的。每一样东西都有它自己的克星，但你一直都在这里过着孤芳自赏的生活，难道不是吗？”

水再次流动起来。基尔戈可以从眼角的余光看到水面之下那些变幻的线条，那意味着下面有东西在活动，但是它并没有浮出水面。

“她把你称作‘魔鬼’，我想她确实认为你是一个魔鬼，但我对此表示怀疑。一个魔鬼应该可以离开这个池塘，杀死更多的人……在别的地方大搞破坏。而你却不能，对不对？”

他的头并没有动，但他的目光却向上抬起。偏移的、刺眼的光照亮了一个圆滚滚并且没有毛发的头，和他自己的头并无太大区别。那双眼睛将将露出水面，注视着这个正在嘲弄和挑衅它的混账东西。

基尔戈强忍住战栗的冲动，并将目光转回到笔记本上，转回到他写下的东西上。“我不太确定这个词该怎么读，”他说，“而且这很有可能是一个错误的名字，但不管怎么说，这是一个很不错的巧合，所以我准备称呼你为‘库普弗尼可’①。”

水面之下的那双眼睛比夜空还要黑暗。那双眼睛是如此的黑暗，以至于黑暗本身都要从那双眼睛里涌现出来了。

基尔戈与那双眼睛对视着。“那个词……对你有什么特别的意义吗？”

湖水里泛起了气泡，同时响起的是低沉的冷笑声。随后，那个东西以几乎轻柔得无法理解的声音回答了。

愚蠢的妖精。

“愚蠢的妖精，”基尔戈重复道，他惊讶得说不出别的话来，只好再去翻看他的笔记本。一般来说，这类东西是不能说话的——或者即使

---

① 原意为红砷镍矿。

它们能说话,其他人也经常无法理解它们在说什么。而这个东西的声音非常清晰,尽管这声音听起来像是从地下的深处传来的。“但它们很危险,不是么?并且它们是与金属相联系的……就像这里的布拉布拉矿井里面的金属,或者是类似的。”

从前的德国矿工们总是抱怨有一种被恶灵附上的铜矿,它们完全无法进行冶炼。他们不知道的是,这种矿物根本就不是铜矿,而是镍的砷化物。人们无法从中冶炼出铜,因为它们原本就不含有铜。

“你和它们没有太多不同,库普弗尼可。你把你自己伪装成某种你根本就不是的东西。你不是自然的精灵——不是有生命的造物,这一点是肯定的。”

你的话没有意义。你自己也没有意义。这里没有生命。

“你本质上是一个渺小的东西,一个冷点。一小块不生草木的土地。但是矿山污染使你摆脱了原本的束缚。”

我比你所知道的更强大,它嘶声说道,并且将整个身体浮到水面上,向着岸边基尔戈的方向爬行过来,它有意地放慢速度,尽可能展示那令人畏惧的内八字脚以及像剃刀一样锋利的身形。

“不!”他坚持认为对方只是虚张声势,因而一点都没有退缩。“如果你有一丁点儿属于你自己的力量,你就用不着借用一个死人的伪装。你没有足够的实质。足够的生命。”他迅速抬头,借助头顶灯的白色光束搜索着树林。林木线看起来坚不可摧、毫无缺损,一排树干以及树干之间的黑暗带,就像是一座牢笼。

那造物模糊地咕哝了几声,似乎在抱怨着什么,但它不再继续游动了,而是停在那晶莹剔透的湖水里,差不多深及腰部的地方。它也同样扫视着林木线,似乎在寻找基尔戈可能正在寻找的那样东西;但那里什么都没有,因此它再度开始爬行起来。

你知道的很少,而你能理解的却还要更少。

“那你就从水里出来啊。出来给我个教训吧,你这个‘魔鬼’。”

那东西犹豫起来，随后猛地向前一冲——然后又向后退去，仿佛改变了主意。

但是基尔戈能够辨认出假动作与真动作之间的区别。“你做不到，不是么？”

我能，那东西坚持道。

“证明给我看。”

但那东西又开始望着那些树了，它似乎在寻找某种回应，但是基尔戈完全无法看到。它在水中开始退却了，似乎被进攻和撤退之间的两难选择所困住。那东西身上穿着松松垮垮的衣物——土布衣服和工装裤，正和一百年前的矿工一样，脚上穿着靴子，手上戴着手套，空眼眶边还有被蜡烛熏黑的痕迹。它浑身透湿、身体僵硬，那些衣服湿漉漉地挂在它皮包骨头的身体上，显露出的弯曲之处无不在证明这个造物的成分不会比软骨和神秘气息更多。

“出来啊，出来打我啊，要是你真觉得你很厉害的话。我见过比你更大的东西，而且我把它们打得屁滚尿流，而且我也准备把你的屎给打出来。”

那双黑得如同煤球的眼睛眨了一下，一丝丝像是沥青蒸气的轻烟从眼眶中冒了出来。你害怕水。

“你害怕陆地。”他反击道。

我什么都不怕。

“那你为什么要看那些树？”

它咆哮起来并且沉入水中，它的关节活动起来，嘎吱作响，它在水中调整着姿势。青烟从它空洞而深邃的眼睛里往外冒出来，在它开口说话的时候，青烟也从它的嘴角倾泻出来。我不怕那些树。

“我也不怕黑暗，但我知道那里面有什么东西。”

基尔戈估量了一下他和湖岸之间的距离：足有三十英尺。也就是说即使那东西猛冲过来，也很有可能碰不到他。尽管如此，为了安全起见……他向后又退了一两码，但他的双眼始终都盯着那东西如同枯萎苹果的脸上那双冒着烟的眼眶。

他的笔记本从手中滑落，但他及时接住了它。他将它举起来，借助头顶灯的光线开始朗读。

“以矗立的岩石和扭曲的树木之名，我召唤你——因为那原是你的本体。”他清了清嗓子，无视了仍站在水里的那个怪物发出的拨水声和嘶叫声，“全能的主，树木与动物之神，猎捕者与被猎捕者，我呼唤你。”

没有人会回答的！这里没有生命！

“愿你聆听我的声音，再次回到这里，您神圣的圣所。厚重的冬之门看护者，丰饶的土地守望者。”他吸了一口气，看到树丛里有些东西在他的头顶灯射出的光束以外闪出光芒，不过那也许只是幻觉。

这里没有留下任何可以听到你声音的东西！

“你最好开始祈祷那是真的，”基尔戈咆哮道，“以耶稣之名，以圣父、圣子和圣灵之名……”

听听你都在说些什么吧，你这懦夫，那生物厉声叫道。为被钉上十字架的国王唱歌，又呼唤着旧神，连气都不换一口。

他摇了摇头。他从前就听过这样的说法，而且还是来自于远比面前这个生物更为神圣的人的口中。“造物主，派出你的天使吧。让他们显露出这个该死的混蛋能够理解的形态，并展示您全能的力量吧。”

你的主没有能够对付我和我的同类的天使。没有长剑。没有唱诗班。

他站在那里，背对着他的埃尔多拉多，这一次，他确定自己看到了：有什么东西正在那些蓬勃生长的绿色植物之间移动着，就像一条小溪穿越砾石，有时，它移动得很慢，而在另外一些瞬间，它又仿佛闪电一样飞快，仿佛是在不同的世界之间通过奇点跳跃着。“他会派出他的天使向你冲锋，”他重复着他的红色笔记本里他最喜欢的一小段，“将你恢复本原的形态。”

不过，他的笔记本上并没有说明那些天使看起来会是什么样子，以及他们将如何达成主所应许的一切。

你不能两样都占了。老的方式和新的上帝不能共存。

“是同一个上帝，”他纠正道，“只有一个——他是旧的，也是新的，而且是永恒的。他只是有很多不同的工作以及对应的人手。”

不管怎么说，他可以确定一件事，有些东西听到并且接受了他的召唤。它们已经确定了一些最受到人们信仰的形态。他不知道这一切的过程或者原理，他不知道法则的机制，但他怀疑，或许曾在这世界上生存过的任何一个人都和他一样——或许未来也不会有人真正理解。他只知道上帝站在他这一边。这个信念比他自己的名字都还要深刻。

你的基督在这里没有力量！

“关于这一点，你是大错特错了，关于其他的一切也都一样。”他说道。他本来还想继续说下去的，但一束极其明亮的白光从树丛与贫瘠土地的分界线上射了出来，光束抖动着、跳跃着，顿时让基尔戈眼泪直流，无法看到东西，但他还是让一只流着泪的眼睛注视着那怪物的方向，同时继续向后退，并且举起一只手，用胳膊挡住突然射来的光线。

这颗超新星在树干的后面投下锐利的阴影，就像囚笼的栏杆。光芒照亮了整个坑口湖，照亮了曾经的矿洞入口以及其周围的山脊——光芒越过矿工的电梯笼，后者则将光线切成条状，这条状的光线照亮了所有坚持在这贫瘠的、像是火星表面一样呈鲜红色的土地上生存下来的植物。

“这里毕竟还是有生命的！”他喘息着，这神圣而充满力量的光几乎让他无法呼吸。

他从指缝间看到，在那比十一月的风更寒冷的炫光边缘，出现了一个生物的身影，它有四条腿，每一条都像树枝一样纤细；其上则是粗壮的躯干和高高扬起的头颅，那头上有一个巨大的皇冠，宽度几乎和基尔戈本人的臂展相差无几。或者，也许那根本就不是皇冠——应该说是鹿角吧。

这个生物也有它自己的名字，就和鹿角一样，然而基尔戈却无法容许自己叫出那些过于普通的名字。他不能向它祈祷或是请求，因为那已经近乎渎神了。哪怕他知道他的主是如何称呼这个生物的，那个名字也绝不应当从他自己的双唇中迸发出来。

他深深吸气，然后缓缓呼出。强迫自己在这照亮了整个铜矿盆地以及其中的一切事物的强光和狂喜中呼吸。

“土八该隐[①]，”他在敬畏之中，竭尽全力读出了这个名字。他喘息着轻笑了一声，回忆起了一个他几乎已忘记了的古老传说。“你是一个金属匠人，赞美耶稣！我看到了您的计划，我主。我看到您转动水车……”

巨大的雄鹿开始摆动身体。它的身形一会儿像是幽灵般的投影，一会儿又似乎有血有肉，但它最终稳定下来，怒视着湖中的那个生物——后者已在光线之下畏缩起来了。

那怪物挣扎着，就像一只掉进糖浆里的苍蝇。它喷出烟雾，耸起身体，向后猛跳，但却没能离开原地……不，它是在向前冲，冲向树木之间的那个光源。它猛地将身子从水中拔出，又是踢又是打，最终挣脱了水面，身子还滴着水。它暴怒地咒骂着，用的是一种任何活人都无法听懂的语言。它的身体开始缩小、枯萎，就像这里的草木曾经历过的那样，迅速地枯萎。

“把他带走！”他喘息着说道。他现在不再轻笑了，因为他喘息得过于剧烈，除了大口呼吸之外已经无法再做任何事情。而当那矿工形态的生物站立起来，扭动着不断萎缩、不情不愿地向着树林的方向飘去的时候，基尔戈感觉到胸中一阵郁闷，就像有什么东西握紧了他的心脏。压力逐渐增大，他揉了揉眼睛，但只看到了那树林中灼热而炽烈的

---

① 圣经中第一个冶炼金属的人，铜匠、铁匠的祖师。

光芒的余晖……然后,他看到了星星。

再然后,他就什么都看不到了,甚至连之前那似乎无所不在的光芒也都不在了。

全都不在了。

然而不久之后,它便又卷土重来,这一次出现的是不停在各处闪烁的微光。这些光点从视野的边角开始出现,让眼底的感光细胞逐渐从那不再存在的光芒中恢复过来。

他再一次看到了星星,而这一次,它们是在他的上方。他眨了眨眼睛。这些是真实的星星。而不是当那光芒消失时出现在他眼中的那些光点。

他正仰面躺在地上,并且感觉到有什么尖锐的东西在捅他身子的侧面,就好像有人在用一根棍子戳着他。

"噢……"他喃喃说道,一把推开了那根棍子。

拿着棍子的人正是艾莫·皮特,后者同时还举着一个特大号的手电筒,一个巨大的9伏电池从它的底部露了出来。令人欣慰的是,她并没有用它对准他的脸。她用它照亮了他身侧的地面,他的头灯倒在那里,已经熄了。

"醒醒吧,大个子。你在这儿的任务完成了。"

"完……完成了?我什……"他慢慢地坐了起来,用肘部支撑身体的重量,"我什么都没做啊。"

她皱起了眉头,似乎想要反驳,但最后还是说:"随便你怎么说吧。赶紧打起精神来。我看到你的车在那边的山上,不过你的电池可能要充一下电了。生命的形态不止一种,你知道的,我需要搭你的车回家。"

"你是走过来的?"

她用手电筒照了他的脸一下,他下意识地往后一缩。"我当然是走过来的。要不然我怎么能跟得上那道光?开车从树林里穿过来吗?我倒不清楚你以为我开的会是什么样的车。而且我也不骑自行车。从没学过。那不符合自然之道,骑在两个轮子上那样到处跑。”

“我倒是很确定……那是相当自然的。”他咧着嘴争辩道。她伸出手准备拉他起来,似乎是要感谢他让她看了一出好戏。不过他却没有接受她的帮助,而是自己站了起来。“你就是那样找到我的？跟着那道光?”

“对,简直比伯利恒之星还要明亮。”

他半开玩笑半认真地说道:“闭上你的嘴吧,女士。”

“哦,当然。你可以向异教徒的据点讨要施舍,而我连开开星相学的玩笑都不行。很好,你这个又高又肥的伪君子。”

他拍了拍身上的灰尘,摸索着看身上的每一个部件是否还完好。他感觉整体上还不错。有点疲倦,但也还好。“我的确是又高又肥,不过我可不是伪君子。”

“好吧,也许你只是有点迷糊。走吧,”她以稳定的步伐走在他的前面。这很有帮助,主要是因为他不想倒下去压住她。“要是你需要的话,可以休息一会儿。”

“不知道我到底什么地方不对劲了,”他低语道,“我真的什么都没做啊。我请求了帮助,然后它就来了。就这么简单。”

她拍了拍他的胳膊。“不,亲爱的。那并不是全部。你说得很对,”她说着,挽住了他的手臂,沿着山路向上返回到“欢乐的罗杰”停放的地方去,“这里确实有生命。有很多生命。你的生命。还有我的老父亲,”她眨了眨眼睛。“他借助你证明了他的观点。你做得非常棒,把他叫回来了。”

基尔戈皱起眉头,低头看着这个用力挽住他手臂的小个子女人。她则继续坚定地一路向前。

“我知道如果我直接请求你的话,你是不会去做的。永远不会。我祝福他,他有足够的时间,但是你和我却没有。”

在他们步行的时候,她眼中有着闪烁的光芒,然而那光芒并不是来自她的手电筒，抑或是天上的月亮。

梁宇晗　译

丹尼尔·亚伯拉罕

在最糟糕的那些社区里,生命几乎毫无价值,每个人都只为自己考虑;在这种地方,能找到一位靠得住的朋友是最好的事情——而有些时候,只有在最出乎意料的地方才能找到他们……

丹尼尔·亚伯拉罕和他的家人一起居住在新墨西哥州阿尔布开克,他本人在当地一家互联网服务提供商做技术主管。他的写作生涯是以一系列短篇小说开始的,这些短篇小说分别发表于《阿西莫》《科幻小说》《奇幻与科幻》《奇幻国度》《无尽矩阵》《消失的行为》《银网》《世界之骨》《黑暗》《百变王牌》以及其他媒体,部分收入了他的第一部选集《流泪的利维坦及其他故事》中。后来他转而创作长篇小说,并且迅速出版了数部著作,其中包括由《夏日阴霾》《冬日背叛》《秋日战火》和《春日代价》组成的《四季城邦》四部曲系列小说。他同时还创作了《龙族遗产》系列小说,这其中又包括《龙族旧路》《国王之血》和《暴君律法》。此外,他还与乔治·R. R. 马丁和加德纳·多佐伊斯合写了《猎人行》,并以 M. L. N. 汉诺威为笔名出版了四卷本超能幻想小说《黑太阳的女儿》,并与泰·弗兰克合作,以詹姆斯·S. A. 科雷为笔名创作了太空歌剧《扩张》系列小说,到目前为止,该系列包括《利维坦苏醒》《卡利班之战》和《阿巴登之门》。

爱的意义

北岸主权国这一名称指代陶尼斯河岸边的一块长条状土地，它位于大内弗里巴尔城以内，但不属于大内弗里巴尔城。它最初是作为一个政治上的意外事件而产生的。几个世纪之前的十帝之战后，汉尼施帝国的魔法师们想要议和，于是这条水流缓慢、水面呈黑色的河流及其周围的土地便被割让给内斯特里朋议会，但汉尼施帝国的冬宫及其周围土地却不在割让范围，因为那是帝国的皇后最喜欢的地方。由于君主之间在战争之后经常产生的那种惺惺相惜的情绪以及由此而来的信任——毕竟他们都是有血缘联系的大家族——这片土地从严格意义上讲仍属于汉尼施帝国，然而其上却没有留下任何一个帝国派驻的官员或者平民。另一方面，内弗里巴尔的市长和市民却并没有像他们的君主一样喜欢上被打败的敌人们，因此他们宣布，北岸主权国完全有能力对自己负责。由于这片土地既没有汉尼施人来管理，又没有内斯特里朋人站出来承担责任，最终它成为了一个最为稀奇的地方：一个由法律保证其不受法律制约的自治区域。

从那时开始，北岸就成为了这样一个奇特之地。十几个不同文化的碎屑在此处找到了它们的生存方式，或是在走投无路之时被迫前往该地。陶尼斯河缓缓流动的黑色河水将驳船和竹筏送到了泥泞的河滩上。罪犯、债务人、本国和别国的难民、瘾君子和穷困潦倒的人纷纷逃向它。而且正如所有和它一样庞大而又无意识的有机体一样，北岸主权国渐渐发展起来。

此地没有任何的行政官员，但这并不意味着这里没有规划师、建筑师、天才抑或是疯子。相比之下，上述的这些人可以自由地居住在这里，无拘无束创作出任何他们喜欢的建筑。几十年来，人口和绝望的压力使得这里的建筑越来越高。一层又一层的新建筑被叠加在原本的大楼上，使用的材料则是就地取材，这也正符合该地非官方的格言“恰好就是最好”。一座座大楼有的倾斜、有的摇晃，甚至有些时候还会倒塌，将其中的男人和女人压得血肉模糊，但幸存者或是下一拨难民依然会将大楼重建。绳索和木板搭成的走道联结着每一座建筑物，有传言声称熟知地形的本地人可以从最北面的界墙一直走到南边那流速缓慢的河水边，而且双脚都不需要碰到地面。粪便、尿液和垃圾被从窗子里倾倒到下方遥远的街道上，等着雨水把它们冲走。就像是种植在富饶土壤里的植物一样，这些摇摇欲坠的建筑物飞速地增高，其目的只是为了满足人们有一个能够遮风避雨的地方这一最基本的欲望。这里的街道也逐渐变得更加阴暗、狭窄，有的时候甚至会干脆被涂着焦油的木板所搭建的、人们视之为家的棚屋所取代。

正如任何一个居住区一样，这里也有许多地标和中心建筑物。在城市的正中央是一座神庙，据说正是当年汉尼施帝国的宫殿。水上市场是搭建于河流之上的，男人和女人们在那里交易不值钱的小玩意儿和垃圾，但却全神贯注、气势凶猛，仿佛奇货可居一样。界墙边上有许多家鸦片馆，人们躺在白色的珠帘之下死去，喷出的烟雾把那些珠子熏成了黄色。在不熟悉情况的人眼中别无二致的街区被当地居民划分为不同的区域，并且都有自己的名字：盐区、哈夫纳之阻塞、吉姆敦。

北岸主权国整个国土的长度只有两英里，最宽处仅仅一英里半，然而人口却有五万之多。当地极其有限的秩序主要来自犯罪组织头目，对于他们来说此地相当于一个可以避开地方官员的隐蔽所。极为贫乏的食物供应则主要来自内弗里巴尔城的慈善组织，每当这座大城的上流人士们突然变得慷慨起来时，就会有一批食物送过来；食物的另一个来源是从河道交通中偷窃而得，也有部分来自从肮脏河水中捕捞到的鱼类。这座“没有公民的城市”中的居民之中既包括在阴影中度过其短暂一生、肮脏而饥饿的婴儿，也包括穿着黑袍、在神庙中工作的圣职者；既包括被欲望和饥饿折磨得发疯、身体瘦得如同竹竿的瘾君子，也包括犯罪和暴力的大师，他们所拥有的位于顶楼的房间与河对岸的那个令人尊敬的世界中的灯火遥遥相望，就像一面有污迹的镜子映出的倒影。

而在这城市的中心处，某个离界墙不很近，离界河也不很近的地方，某个既不高到令人心神不宁，也非临近充斥着垃圾和污水的最为低矮的街道的地方，有一个小小的房间，房间里有一个锡火盆，火盆上方有一根粗大的黏土烟囱，除此之外，地上还有两个破旧而肮脏的床垫。其中一个床垫上躺着的是斯蒂潘·霍姆利王子，他是利瑞亚国的继承人，目前正在逃亡中。另一个床垫上的人则是偷偷爱着他的亚萨。

尽管时间已经非常晚了，但他们两个都没有睡着。

“我爱她。”王子说道。他的手臂放在额头上，男人的眼泪正如同珠串一样从他的眼角流下来。他的第二十三个命名日已经过了十天，年纪比他的同伴大了半年。“我爱她，而她马上就要被卖给济贫院了。”

五六个可行的答案在亚萨的脑子里互相争斗着——包括“你只见过她一次，而且距离还很远”，“济贫院比这里好多了”，以及“你可能是把爱当作欲望的一种了”——直到一个婉转的答案最终取胜。

“我很抱歉。”

“你真应该看看她。她就像一个冬夜的黎明。”

“你是说她结霜了？”

“不。”王子说，“她是那么纯洁，那么白皙，她就像黎明时的地平线一样亮得耀眼，几乎无法直视。”

“啊。”

“我问了那里的一个男孩,得知了她的名字。泽拉妮,约斯特之女。我敢发誓她一定有皇室的血脉。如果你见过她,就知道我是什么意思了。她的一举一动就仿佛是一位女王正在为自己加冕。她周围的一切都因她而变得明亮。我要找到她。那就是我身在此处的原因,我现在明白了。不管众神有什么关于我的计划,我都一定要找到她。所以我必须要把她救出来。你真应该看看她的父亲。他的脸长得就像一个屠夫。”

亚萨挪动着身子。床垫发出沙沙声,然后又停了下来。

“你认为我是一个傻瓜。”王子说。他的眼睛已经哭红了,脸上一副忧郁的表情。亚萨叹了口气。

“我认为你正在被你的继母追捕,她最想要看到的莫过于你脸朝下趴在一条河里。你父亲成了一个克利安巫师的囚徒,前提是他还没死的话。你祖国的人们有一半认为你是个杀人犯,另一半认为你是个傻瓜。你身上的负担已经大到堪比一副重甲了,就别再给自己找麻烦了。”

“这不是我自己招惹的。”他说,“你明白的,不是吗?”

亚萨的整个生命都在北岸主权国的里里外外度过,做过小偷、侍僧、赌棍和情报贩子,而且,正像这座城市本身一样,是“做一切需要做的事”这一信条本身的具体体现。成为一名政治流亡者的非官方保护人并不是一件明智的事,但它就这么发生了。

在此之前的那一个冬天他们第一次相遇的时候,斯蒂潘刚来这里不久,穿着一套披风,本意是让自己不要过于显眼,然而披风是用上好的粗梳羊毛精织而成,衬得他简直就像白色婚纱上的血迹一样引人注目。他脸上总是挂着一副愁容,既是出于对可悲处境的精神上的愤怒,也是缘自男人自身的自影自怜。他刚刚从界墙上下来的第一个半天就丢失了全部细心地缝在袖子里面的硬币。就连牧师们在将自己的命运与他的联结起来时都要再三考虑,但他就在这里,几个月之后,他的头发长得很长了，蓬松地堆在后颈上；他的衣服呈现出难看的黄棕色，那是一切在陶尼斯河的河水中洗过的东西最终都会变成的颜色；如今，他在房间的另一头，眼泪汪汪地望过来，就像是找不到主人的小狗。他有一个月没刮胡子了，黑色的胡须就像是在油里泡过一样发着光。他完美地体现了“不是我招惹的”一词的精髓，因此亚萨不得不接受他的这一观点。

“她在哪儿？再说一遍。”

“我是在一栋看起来要栽倒的大楼旁边的走道上看见她的。那大楼有四根柱子。”

“我知道那里。是两天前的事？”

斯蒂潘王子点点头，然后他翻了个身，用手肘支起身体。“你会为我找到她吗？你会给她带一个我的口信吗？”

“不，我不会把你的行踪告诉任何人，除非是我完全信任的人。但我会把情况调查清楚。看看有什么可以做的。泽拉妮，约斯特之女？好的，就先这样吧。”

亚萨知道那个地方。那座大楼是以汉尼施帝国王宫的马厩为基础逐渐加高形成的，长期以来都有小规模的崩塌发生。一个住在那里的家庭很有可能正急于将他们的成年孩子卖给济贫院。在内弗里巴尔，奴隶交易是非法的，但北岸主权国并不是内弗里巴尔。亚萨知道有两个地方是商人们见面和进行类似交易、但实质上又不会触犯法律的地点。而且，说句实在话，这绝对不是一个父亲能够对女儿做出的最糟糕的事。

“谢谢你，我的朋友。”王子说，“我爱她。”

你已经说过了，亚萨心酸地想道，但是没有说出来。

当太阳刚刚开始照亮东方的天空时，亚萨已经走在了各个建筑物之间的索桥上。空气中弥漫着烟雾和污水的气味，但并不比平时更浓烈。各种各样的声音从敞开的窗口里和下方的街道上传来：有愤怒的叫骂声，但也有歌声和笑声。穿着黑色斗篷的男人和女人们在宽度不超过一个手掌的桥上互相挤过，他们的后背和腹部互相摩擦，这种事情早已是司空见惯，不然还真显得有些暧昧。每周，或者最多不超过两周，都会有一座桥梁倒塌，让两三个人从污秽的空中落到他们身下的所谓“屋顶”上并将其砸穿。不过话说回来，死于腹泻的人更多，而且同样也没有人有所表示。倒塌的桥梁或许会被重建，如果有足够的人有意愿、并且有多余的绳子的话；否则就不会。城市中的路径会缓慢地改变，就像一条流速缓慢并且被河岸束缚得很不舒服的河流。这是亚萨热爱这座城市的一部分原因。但仅仅是一部分。

在泛黄的晨光下，那座老旧的高楼看起来显得很忧伤。整个建筑正在向东面倾斜，墙上到处都是窗子，全是居住者图方便自己打出来的，弄得整栋楼就像一个蜂巢。亚萨选了一架梯子，然后是一道由河上漂来的原木用钉子钉在建筑外墙制成的楼梯，最后来到了斯蒂潘曾描述过的那个院子。四根粗壮的柱子从地面向上伸展，像大树一样高大而骄傲，但却被蒙上了阴影。几十个男女正躺在淤泥之中睡觉，或是刚刚醒来，打着哈欠、揉着眼睛。在院子的另一端，三个男孩正在和一只还没被吃掉的狗玩着追逐游戏。

“找一个名叫约斯特的男人。他有个女儿叫泽拉妮。”亚萨说着，碰了碰一个男人的肩膀。那人摇头耸肩，于是亚萨继续问下一个人，就这样一再重复，直到这套动作和言语成为陈词滥调。不过，到了接近中午的时候，一个女人点了点头并且指向河边的方向。亚萨暗自咒骂。这不是个好消息。

济贫院的人们正在西边的河岸上搭台。他们的脸上毫无菜色，即使是谈笑的声音也显得那么残忍，就好像宝石镶嵌在难看的锡器上一样毫不协调。围栏还没有完工，但两个当地男孩正在用锤子敲打篱墙，为他们的一些更为不幸的同胞建造畜栏。济贫院的管理人站在河水边抽着一只烟斗，望着远处河水分出一条小支流的地方出现的阴沉漩涡。他的办公桌是一块搭在两堆砖头上的木板，上面铺了一张紫色的布，以使它看起来更正式。一群男人和女人们正排着队等待交易开始。其中一个年纪大约有王子的两倍大、看起来很疲惫的男人和一个皮肤苍白的女孩站在一起。

“约斯特？”亚萨走上前去问道。

那男人转头看过来，他的女儿随后也这样做了。

“在这。”男人说道。

亚萨微笑起来。“那么，这一定就是可爱的泽拉妮了。”

她身材瘦削，头发是黑色的，但她并不像一般人们想象中的贫民那样骨瘦如柴，她的脸颊还算圆润，胸脯的大小也超过平均水准。亚萨并不觉得她是个多么出众的美人儿，当然更不会是什么冬天的黎明转世为人，但她的模样也算得上俊俏，而且还没被生活折磨得失去微笑的能力。她眼神灵动，尽管谈不上闪烁着智慧的火花，至少也可说是机灵的。如果她确实有皇家血脉的话，那恐怕也太深藏不露了。

“你有什么事吗？”她问。

“排队等着济贫院开张呢？”

“如果他们真的会翻开表格开始雇人的话。”她父亲说。

“雇人？我倒是觉得‘买’这个动词更恰当。”

“他妈的没人问你这个，是不是？”

亚萨转向那女孩，但在他开口说话之前，一个熟悉的声音从他们身后的小巷里叫着他。何塞普·雷德摇摇晃晃地走过来，咧嘴笑着，就像他从夜壶里找到了一颗珍珠。“抱歉。”亚萨说着，紧盯着那个女孩，似乎要以眼神传达一点儿什么意思。她皱起眉头，然后不确定地笑了笑并且转过身去。

“好啊，亚萨，你这没用的小子，”他们走到离队伍稍微远一点的地方，何塞普说道，“我一直在找你。”

“过奖。”

“你还要买猎人的消息吗？”

亚萨扬起眉毛，老男人嘶哑地笑起来。

“是的，我还要买。你有什么消息？”

“昨天晚上有两个人从墙上下来了。是地方法官的手下。他们现在正在哈夫纳之阻塞游荡，拿着一幅画像到处询问别人。”

亚萨吐了口唾沫，回头看了看正排着队的男女们以及修建到一半的围栏，还有那个斯蒂潘王子认为自己爱上了的那个女孩。我总不能在同一时间做所有的事吧。亚萨往何塞普那只没有疤痕的手里塞了一个铜币。

“带我去看看怎么样？”

地方法官的猎人们打扮得一点都不像是在进行秘密行动。他们俩都穿着熟皮甲，胸前刻着高等议会的天平和斧头的徽记，腰上挂着昂贵的长剑，要是有人够胆把它们偷走，足可以换来够吃一个星期的食物。他们以坚定的步伐在路上走着，仿佛天然就拥有优先通行权，而且他们根本无视街道上的大多数人，只对那些穿得较好的男人和女人说话，即使如此，他们的语气也带着一种屈尊俯就的尖刻。亚萨和何塞普·雷德躲在一边观察了他们一会儿，而所见到的一切都让亚萨对这两人毫无好感。

“那是谁的画像？”亚萨问。

“你觉得他们会给我看吗？我明显不符合他们的标准。”

“他们在问什么？”

“有没有见过这个人。”

亚萨的心直往下沉。如果内弗里巴尔议会选择站在斯蒂潘的敌人那一边，那么事情很快就会没有转圜的余地了。何塞普在一旁点着头，似乎在赞同这一想法。亚萨一瞬间就想好了五个逃跑的计划，于是他不再对着街道微笑，而是直接走向那两个猎人。他俩的眼神就像石板一样冰冷，其中一个人将手放在了剑柄上。

“早安。听说你们这些棒小伙在找什么东西，我想我可能帮得上忙。”

“你是谁？”

“亚萨。”

猎人们面面相觑，不知道是该笑还是该发火。在那紧张的一瞬间，没有人说话。那个把手放在剑柄上的人抬起手来，从腰带里抽出了一卷厚纸。他把那张卷轴展开递到亚萨面前，就好像正在给猎犬闻猎物的气味。画像上并不是斯蒂潘那瘦长的鼻子和距离很开的眼睛，相反，正与亚萨对视着的那张墨水绘成的脸庞既宽又长，而且非常熟悉。亚萨眯起眼睛，以掩饰松了口气的情绪。

“劳斯议员？”亚萨装着不可置信的样子问道。

两个猎人互相递了个眼色，看来他们对亚萨比刚才更感兴趣了。“你认识他？”

“只是听说过，不过要告诉你们相关消息也是足够了。你们应该到墓地去找他。他六年前就死了。”

“他没有死，”第二个猎人说道，“他使用药剂假装死亡，并且把一个仆人埋在他的墓里。现在我们要来打探一下他们到底去了哪里。”

“你见过他吗？”第一个猎人问，“他住在这里吗？”

“就算他住在这儿的话，我也没见过他。另外……我无意冒犯你们，但是劳斯议员打败了萨拉平的军队，亲手杀了七十个人。如果他住在这附近的话，他现在肯定早就成了这里的管事了，而我们这些人每天早上都得参加他的军事训练。至少以我了解的情况是这样。”

猎人们露出厌恶的表情对视了一眼。“我们有理由认为他在这里。若事实如此，我们会找到他的。”

“祝二位成功，”亚萨说，“我会四处打探一下，如果……呃，我是说如果我发现了一些线索，我能得到赏金吗？”

十五分钟之后，亚萨返回了河岸边。围栏已经建好，济贫院监督者正襟危坐在紫色的书桌后面。围栏里目前还没有任何奴隶，不过看起来也快了。泽拉妮和她父亲已经不见了，亚萨无从得知他们是已被济贫院否决，还是已经达成了交易，抑或老约斯特给他女儿的未来开出了一个更高的价钱。一天已经过去了一大半，男女混合的队伍只是往前挪动了几英寸，但那两个他要找的人却没有回来。最终，亚萨放弃了，用骗来的一个硬币在河边的一个肮脏的厨房里买了些熟的鸽子肉，并把食物放在一个粗麻布袋子里带回了自己的小房间。

斯蒂潘坐在火盆旁边，不时地往火里放些枯枝和小煤块。当他抬起头来看着亚萨时，黑色的眼睛里映出了火光。烟气和温暖给整个房间带来了一种不舒适的亲近感。从某堵薄薄的墙壁后面传来一个女人的哭喊声，听起来就像是一只巨大的猎豹正在交配。斯蒂潘的床垫上有一个灰布包裹。亚萨将装着食物的袋子丢在地上，坐在自己的床垫上面。

“你今天过得怎么样？”斯蒂潘问。

“很有意思。我见到了你的爱之女士。你说得没错，她父亲正准备卖掉她。”

“还有呢？”

“神庙的劳斯修士看来有得忙了。他过去的一些关系人又在寻找他，不过我不知道这事情对我们会有什么影响。与此同时，我以为我们已经达成了一致意见,‘那东西’应当要藏起来。”

王子看着那个布包,就好像一只老鼠看着一条尚未被激怒的蛇。“我想它可能会派上用场。”

亚萨从袋子里拿出一只鸽子,沉思着咬了一口。肉干得要命,不过上面撒了很多胡椒和盐,勉强可以接受了。斯蒂潘用一只手拿了一只鸽子,另一只手解开了那个布包。剑鞘是由绿色的珐琅制成,仅仅是剑鞘本身就比那两个猎人的全副装备都更浮华。斯蒂潘抽出了那柄剑。

“那么,你认为你可以把它派上什么用场呢?你打算把济贫院的那些人都干掉?或者你准备杀了她父亲?”

“她就要被卖掉了,”斯蒂潘说,“因此我必须成为她的买主。如果我能出比济贫院更高的价钱,我就可以买下她,并且让她再次得到自由。”

“我看你这东西卖不了什么高价。至少在我们这儿不行。”

“我的计划不是那样。”

亚萨又咬了一口,然后把鸽子的残骸扔在床垫上。斯蒂潘转开目光,陷入了介于逞能和羞耻之间的尴尬境地。

“那么,你何不把你的计划告诉我呢?”亚萨一字一顿地说道。

“大家都知道北岸主权国是强盗和小偷的天堂。我认为从小偷那里偷东西不算是犯罪。黑道大亨们会在盐区见面。这是你告诉我的。那里一定会有足够的金子可以买下她的自由。”

“不。这不可——”

“别说了!”斯蒂潘喊道,当他转过身来的时候,他的剑也随之调转了方向。他眼中的泪水足以证明他自己也知道这个计划有多么糟糕。“你一直都是我的伙伴和唯一的朋友,我永远都会感激你,但你不能让我放弃她。你不能告诉我连试都不能试。”

“你死了的话就什么都没了。肯定有别的办法。”

“什么办法?”

“我还没想出来呢。”亚萨说着，再次捡起被放下的那只鸽子。

斯蒂潘的嘴一张一合地好像一具木偶。长剑的尖端向地面滑落下去，他大笑了一声，笑声中充满了苦涩。他们沉默地吃着东西，与此同时，外面的太阳落到了地平线下，黑暗占据了污秽的街道。那个哭喊的女人开始大声吵嚷起来，但是很快就停止了。斯蒂潘给冒着烟的小火苗又加了些燃料，往窗子外面尿了一泡，然后走回来倒在自己的床垫上。亚萨坐了起来，背靠着嘎吱作响的冰冷墙壁。

毫无疑问，更好的办法就是某人能够赶快成熟起来，抛弃关于爱情的幼稚幻想——要是某人从一开始就没产生这种幻想那就最好了——然而由于此事显然不能一蹴而就，他们只能寻找一些更可靠的方案。否则，斯蒂潘真的会做出一些绝望而绚丽的自杀性行动。关于买下那个女孩并给她自由的主意并不坏，但获取金钱的方案就糟糕得有些可怕了。因此，也许真的有别的办法也说不定。在这狭小房间的另一边，斯蒂潘的呼吸已经变得平缓悠长，他的双手叠起来放在脖子下面，就像一个小孩子。在阴暗的微光里，他的脸颊映出微弱的光亮，嘴唇的曲线则完全隐没在黑色的胡须里。说到底，济贫院到底出了多少钱？如果不知道这个价格，就很难想出一个切实可行的方案。亚萨想到了那两个正在寻找据说已死的劳斯议员的猎人，以及关于酬金的玩笑话。对于大多数生活在北岸主权国的人来说，生命简直他妈的便宜透了。

生命很便宜，尸体当然也并不昂贵。

斯蒂潘的眼睛忽地一下睁开了。“什么？”

“什么什么？”

“你刚才笑了。”

“我笑了吗？呃，我想到了一件好笑的事。”

斯蒂潘露出无声的微笑。“你想出主意来了？”

“我明天早上去试试看，与此同时，你得把这东西重新藏起来，嗯？”

“当然。谢谢你，亚萨。为了你所做的一切。我真不知道没有你的话我该怎么办。”

大概也只有去死了，亚萨想道。

神庙坐落于城市的底层，最深处的房间已经处于河边潮湿的土壤之下。一张绳索的大网悬挂在神庙的上方，多年以来，各种垃圾、鸟巢和动物的死尸堆积其中，将从更高的建筑之间漏下来的一点阳光遮挡殆尽。暗淡的光柱照亮了空气中飘浮着的灰尘和污物，同样也照亮了血红色和亮金色的砖块、被毁的古老玻璃制品，以及僧侣和修士们时不时会打扫的泛黄的大理石走廊。人们常说这里就像是森林，参天树木遮挡住了光线，但是亚萨却认为这里的景色更像是在水下。一场茫茫无际、含泥带沙的洪水将建筑淹没后留在水底的废墟。

即使是在中午也需长明不灭的火炬和灯让空气变得闷热，供奉着七位神祇的宽阔的中央大厅里弥漫着甜香。居住在黑暗的厅堂之中，在阴暗的光线下侍奉神祇的牧师和治疗师们有的是真正的圣徒，乐意在世界上最差劲的地方做出自己的贡献；也有的是让每一个更令人愉快的巢穴都变得恶臭的怪物。有些时候——在极其罕见的场合——这两者之间会有一个交集。

亚萨坐在后排的长凳上，注视着正沿过道走来的那位身材魁梧的牧师。岁月染灰了他的头发，也让他的下颌变得肥厚，但只要能够凑近去看，任何一个人都会认出他就是那两个猎人正在搜寻的那个人。当他开口说话的时候，声音就像山体滑坡一样低沉而粗哑。

“亚萨。”

“劳斯议员。”

“那不再是我的名字了。”牧师说着，在亚萨前面的那排座椅上坐下,将他硕大的脑袋在宽阔的肩膀上面转了过来。"但你是知道的。所以我想你这么说是有目的的?"

"没有目的的话我也不会来了。但我不是最近第一个使用这个名字的人。昨天我在哈夫纳之阻塞跟一个地方法官派出的猎人谈了谈。他有一幅你的肖像。"

劳斯紧紧抿住嘴唇,低沉地叹了口气。"我听说过了。"

"那么,我想你应该已经有了一些脱身的计划。"

"也许吧。或者,也许是到了该向议会投降,并且接受审判的时间。"

亚萨大笑起来。劳斯看起来像是受了委屈。

"你不这么认为吗,亚萨吾友?"

"我认为你在当权时是个冷血的杀手,现在也是一样,你穿上牧师的袍子不过是因为你认为除了神之外,没有人可以决定你的命运。"

"是的。的确是这样。"

"所以你一定有一个计划。"

"也许。"

"好吧,如果你没有的话,我有。而且我提供帮助的价格向来都非常合理。"

劳斯沉默了很长一段时间。七位神祇用雕刻出来的空洞眼睛望着他们。某个不太远的地方,一个不起眼的唱诗班唱起了中午时分的圣歌。亚萨克制着烦躁不安的冲动。听说劳斯议员曾经撕开一个人的喉咙,从被撕开的洞中抽出舌头,作为打断他发言的惩罚。当然,这有很大的概率只是夸张,但如果并非如此的话,赌注也是非常高昂的。

"你要我做什么?"劳斯问。

"我需要你帮我解决一个我的问题。你在这方面是专家。绝对不是你之前没做过的事。而作为回报,我会帮你把那两个猎人的牙齿拔掉并且让他们不再来烦你,而且他们甚至不会知道此事与你有关。"

“听起来简直合理得令人怀疑。”

“我难道就不能做合理的事吗?”

“请确切地告诉我你在想些什么。”劳斯说。

亚萨这样做了,并且相比平时的作风,尽可能地减少了修辞。劳斯带着令人畏惧的残忍表情聆听着。等到亚萨说完的时候,劳斯无声地狂笑起来,身下的座椅发出嘎吱声。

“他们会受到怀念的。”当他恢复正常的时候,他如此说。

“也许吧,但这总归是个问题。说实话,你肯定准备要去杀了他们。”

“是的。”

“所以他们原本就会被怀念的。但是用我的方法,他们就不会搅起深处的泥巴,你也不会被卷入进去,而且我们两个还可以各自赚点小钱。而且,就算他们想方设法回去了,风险也只会由我来承担。没有人能够确切地知道你就在这里。”

唱诗班的合唱在一处模棱两可的和声处结束了,就好像某些在结束时保持着开放性、不完整的东西会更好地宣扬神祇们的荣耀一样。

“我的方法更简单。”劳斯说。

“我的方法不需要杀人。”

“那是好事吗?”

“你杀过很多人,朋友,这使得你最终来到了这里。你没有太好的理由来为你的战略辩护。”

曾经驱使过数个国家的男人坐在那里,思考着。

“总有一天,这一切会走得太远。法官们会来这里,或者派出士兵。他们会把这一切全都烧毁夷平,声称自己的行动让世界变得更清洁了。”

“很有可能。”亚萨赞同道,“但他们目前还不打算那么做,所以为什么要谈论那个呢?”

过了一小会儿，劳斯叹了口气。“我们试试你的办法吧。”

这一天余下的时间全部用于准备工作。劳斯给出的草药和毒药的列表比亚萨期望的要短，但入手的难度也更高。干燥的半边莲和围裙草，蒸馏葡萄酒和砒霜粉。亚萨以物易物，说了许多甜言蜜语，又是许愿、又是威胁、又是哄骗、又是乞求、又是痛哭，最后还有一招就是偷。等到太阳西沉的时候，劳斯拿到了他索要的全部东西，甚至还有多的，而亚萨则感到自己就像是在拔河比赛中被拔来拔去的那根绳子。不过，这会儿事情总算是办完了。

北岸主权国从不睡觉，但它确实会打盹儿。黄昏通红的太阳投下更深刻的阴影，也将大楼和走道映得血红。窗子里和屋顶上开始出现了闪烁的火光，煤块、木头和干燥粪便的烟雾充斥在空气中。有些时候，在夜里，黑色的陶尼斯河上会升起白雾，雾气笼罩在河面上，对面的内弗里巴尔仿佛不再存在了。在这样的夜晚里，北岸主权国就仿佛矗立在无尽之海的边缘，云烟氤氲，陷入沉静。朋友们和同谋者们齐聚一堂，或是唱歌取乐，或是互相诉苦，或是谋划逃亡。那些无片瓦遮身的人们或是乞求能够得到温饱，或是倒毙于街头巷尾，无人惋惜。人们或是上床、或是相恋，他们叫喊、流泪、跳舞。这些就和所有的伟大城市一样，唯一的区别是这里更伟大。这是亚萨热爱这座城市的一部分原因，但仅仅是一部分。

斯蒂潘不在房间里，他的剑也不在。亚萨去了他们偶尔会去的和缺了手指和牙齿的老人们比赛以消磨时间的瓷砖大厅，但斯蒂潘也不在那里。他不在小巷里，也不在公共休息室中。住在隔壁房间的瘾君子说从中午开始就没见过他。恼火的情绪开始侵蚀亚萨的好心情，但还不至于将其完全抹除。而且，只要仔细回想一下，就完全能够轻易地解决斯蒂潘王子失踪这一谜题。

接近午夜的时候，亚萨站在了河岸边能够俯瞰码头的街道上。斯蒂潘坐在那里，腿悬挂在河水上方，眼睛则紧紧地注视着奴隶围栏。在当天早上济贫院监督者曾坐过的地方，明亮的火光照亮了栏杆和囚犯们。那里有十个男人和六个女人已于今天成为了济贫院的财产，从刚刚成年到近乎耄耋，各个年龄段的都有。在将他们装船运走之前，还有更多的人将会加入他们的行列。在亚萨看来，围栏的地方太小了，几乎拥挤得无法呼吸。七个卫兵或坐或站，互相谈笑着，水声和雾气让他们的声音听起来既接近又遥远。

"我们来晚了。"王子说。

"你怎么知道？"

"她已经被卖掉了。"

尽管他们已经为她做了许多事情，但是泽拉妮，约斯特之女已经站在了围栏的内侧，就像一只鸟儿在兽笼里一样。她的长袍呈棕黄色，不过最初很可能是粉色或者白色的。河面上可以看到一艘正在驶来的驳船。一个走私者，或者一小批来自内弗里巴尔城、准备冒险的年轻人。亚萨的疲惫和喜悦，还有对即将发生的事情的焦急期待一起以大笑的形式爆发出来。斯蒂潘脸上露出责难的表情。

"她在那里很不舒服，"亚萨说，"但也只是暂时的。而且，这是我们达到目的的必经一步。"

"什么？"

"仔细想想吧。"亚萨说着在他身边坐了下来，"如果我们在她的家人把她卖掉之前就把人带走，等于是把她从她的家人那里偷走了。她的家人们都住在这儿。他们有认识的人。如果他们怀恨在心的话，后果很可能不堪设想。但如果她已经被卖掉了，她的父亲已经拿到了钱。不管需要这笔钱的究竟是她的兄弟姐妹还是七大姑八大姨，钱现在已经到他们手里了。假如她现在失踪了，那就是济贫院丢失了她。济贫院的承受能力显然更强，同时，他们也不太可能知道这事的幕后指使者究竟是谁；就算知道了，这对于他们也不是什么大事，因此我们的风险也会相对小。到了这周周末，他们的驳船至少得带一百个人走。少了一个的话他们也未必会发现,就算发现了,他们也不过一年来三次,一次待不到一个星期。”

“这些都是你的计划?”

亚萨将手伸到斯蒂潘的另一边肩膀上拍了拍,咧嘴笑了起来。王子眼中的绝望首先变成了不敢置信,随后又变成了某种类似敬佩的神色。在亚萨看来,他的表情甜得像蜜,又像美酒一样醉人,让整天的忙碌都变得值得了。

“这些都是,当然还有别的,我的朋友。我谋划了这些,而且还不只如此。但我需要休息,你也一样。明天将会是漫长的一天,我需要时刻保持理智。所以,回到房间里去吧。如果我不断地为你担心,是睡不着觉的。”

他们一同站起身来,在那黑色的、打着漩儿的河水对面,那个女孩正在望着他们。沉醉于自己的聪明才智,亚萨举起一只手,像朋友一样向她挥手致意,而过了一小会儿,她也犹犹豫豫地挥手回应。

要找到那两个猎人非常容易。他们本来也就没隐藏行踪。而给他们带个口信也并非难事。干巴巴的半个苹果足以买到十几个街头信使的服务。但直到那两人的双脚踏上屋顶庭院的那一刻,亚萨都不是非常确定他们是否会来。

这是一处低矮的灰色屋顶,若是在河的另一边,大概不会比一个贫穷农民的卧室更大,不过以北岸主权国的标准而言已经算得上是富丽堂皇了。它周围的建筑都比它要高,所以人们在此只能看到一小块阴沉的蓝天。视野的绝大部分都是墙壁。晾晒着的衣物从没有装玻璃的灰色窗子里垂下来,还有人在下方的小巷里建了一个鸽舍。空中到处飞舞着受惊的鸽子,弥漫着鸽子粪便的臭味。地上放着一个低矮的铁火盆,从中喷出稀薄而又恶臭的烟雾。一个最多八九岁的女孩朝那两个猎人鞠了一躬,用法克伊利斯语模糊地说了些什么,并且用手指着亚萨,后者正坐在一个桌子旁边,桌上放着三个杯子和一碗苹果酒。

那两人以暴力分子特有的轻松而敏捷的姿态走了过来。

“我们和你谈过,”其中腰带里揣着画像的那一个开口说道,“你说你名叫亚萨。”

“很高兴你们还记得我。请坐。”

两个人交换了一个眼色,然后坐了下来,并且特意坐成便于眼观六路的角度。

“我记得你说过你不认识我们要找的那个人。”

“北岸的每一个人都不是他们从前的样子了。”亚萨说着,将碗里的苹果酒倒入三个杯子里。“第一次见面时,我还不能确定怎样做对我更有好处。你瞧,我知道议员住在哪里。他可不是个好骗的人。我昨天和他谈过了。”

两个猎人明显紧张起来了。亚萨示意让他们从三个杯子里优先挑选,然后拿起剩下的那个一饮而尽,从而打消他们关于毒药的疑虑。

“那么,你对他说了些什么?”那个揣着画像的人问道。

“我告诉他你们两个在这里,而且正在追捕他。哦,拜托别用这种眼神看着我。你们觉得他会不知道吗?要我说,你们两个刚从墙上下来的那会儿他就知道了。另外,我还说服了他,叫他不要杀死你们,关于这事儿你们就不用客气了。我给他做了个计划,告诉他说用这个计划可以摆脱你们,对他也没有丝毫的风险。他相信我是站在他那一边的。”

“然而,你现在却和我们坐在一起。”

亚萨点点头。“这真是一个堕落的、令人悲哀的世界啊,充斥着恶棍和骗子。我简直要为它流泪了。”

“你要什么?”另一个猎人说道,随后他咳嗽了两声,并且恼火地看了那个小火盆一眼。

“单刀直入。”亚萨表示赞同，“我不胜感激。我要两份特赦令，而且得是市长亲手签的。”

第二个猎人哈哈笑了一声，而第一个猎人则倾身向前。他们两个都没碰过苹果酒。

“你的要价太高了，亚萨吾友。”第一个猎人说。

“我们还和他谈什么呢？”第二个问道，“这个怪胎知道劳斯藏在哪里。只要掰断他的几根手指，我们也就知道了。”

“但你们是无法让他从他的藏身处中走出来的。”亚萨说，“我不仅仅是在给你们提供信息，还是你们的合作伙伴了。他绝对不会前往任何一个可疑的地方，除非某个被他视为同盟的人把他引出来。你们完全有可能在这里的桥梁和道路上度过你们的余生而无法找到他。若是答应我的条件，你们今晚就可以回家了。”

下方的某处，一个男人恼怒地叫喊着什么，另一个男人则不甘示弱地以尖叫声回应。亚萨再次啜饮了一口苹果酒，耐心地等待着。

“你要怎么把他引出来？”第一个猎人问。

“啊。这是个好问题。我已经和他有了第一次接触，所以他应当会去阅读我以正当理由写给他的便条。一旦我们找到了合适的地方，我就立刻派人给他送信。等到他来见我的时候，我会给他下毒。当然，不是那种会致命的毒。会夺走他的力量和意志，持续的时间至少也足够我们把他用链子锁起来吧，对不？不需要打斗。不需要暴力。人人都可以得偿所愿。”

第二个猎人哈哈大笑，然后咳嗽起来并且摇着头。

“你要给投毒者投毒？”第一个猎人说道。他的坐姿显得十分烦躁不安，脸色也开始变得苍白起来。

“当然，那并不容易。”亚萨说，“得用些小花招。比如说一碟蜜枣，或者类似的东西。一种可疑的小点心，他会很容易注意到这种东西，从而有意避开它。避开一个陷阱能够给人带来最大程度的安全感。到那个时候，只要他放松戒备……”第二个猎人再次大笑并且咳嗽起来，他的双眼明显已经难以聚焦了。亚萨露出笑容并继续说道：“而且，理所当然地，我本人会在落座之前就提前服下解药。”

“什么……”第一个猎人发出模糊的声音。他突然站了起来，笨拙地试图拔出鞘中的剑。

“是烟雾，”亚萨说着，朝那个火盆打了个手势，“如果你们感到好奇的话。”

当猎人们倒下之后，亚萨将劳斯给他的用铅封口的小药瓶取出来，跨坐在他们身上，将黑色的油脂滴入睡着了的两人的眼睛和鼻子里。那个小女孩凑了过来，她的双手因紧张和兴奋而紧紧地扭在一起。

“离火盆远一点，亲爱的。”亚萨告诉她，“那对小女孩的健康很不利。”

猎人们一动不动地躺在那里，直到很长时间之后——正如原议员、现任牧师所说的那样——他们的手脚开始抽搐，嘴角溢出白色的泡沫，双眼则彻底翻转过去，只露出眼白。亚萨迅速把两人剥了个精光，并用剩下的苹果酒浇灭了火盆中燃烧着的药草。当空气中的毒雾散开之后，那个小女孩连忙走上来将两个猎人的剑、皮带和护甲收拾起来。

“Encancú atzien。”她说。

“不用客气，”亚萨回答道，并将奴隶链套在猎人们的脖子上，“去把他们卖个好价钱吧。”

码头上的队伍排得比之前更长了几分。济贫院来买人的消息已经传开了。绝望者和可有可无的人从过度拥挤、臭气熏天的建筑中蜂拥而出，就像是被从橘子里挤出来的汁液。两个猎人蹲在亚萨的身边，就像两条忠心耿耿的狗。黑色油脂将他们的眼白染成棕绿色，曾经怀揣画像的那个人不停地摇着头，就好像是要将这些东西甩开。他们赤身裸体，仅仅戴着一个铁质项圈，亚萨柔和地拉动链子催促他们前行，这一切似乎都没有使他们产生任何的不适。

当亚萨排到队伍的最前端时,坐在紫色桌子前的监督者皱起了眉头,以买主的眼光打量着两个猎人。

"他们出什么毛病了?"

"喝了变质的苹果酒,"亚萨说,"我告诉过他们别喝那个,里面长了东西了,但他们不听我的。他们变成这样已经有好几个月了,我实在无力再继续照看他们。"

"那我为啥要照料他们呢?"

"他们很强壮,也很驯服。"

"他们根本就没有思想。"

"嘿。"第二个猎人说道,但他似乎立刻就忘记了自己想要说什么,于是光着屁股坐在了地上。

"你可能需要略长的时间去训练他们,"亚萨承认,"但他们不会感到厌烦,也不会回嘴。牙口很好,也有力气,还不会抱怨。如果你连这样的货都不买,我就去把他们卖给别人了。"

济贫院的监督者用手指叩击着铺着紫色锦缎的桌面。在他身后的围栏中,奴隶的数量已经膨胀到了四五十个,或许更多。而在亚萨身后的队伍里也有差不多这么多人。济贫院的监督者围着两个猎人转了几圈,仍在踌躇着。与此同时,亚萨看到了那个女孩,并注视着她挤到围栏的边上,将自己的身体靠在围栏上面。她轻轻地朝这边挥了挥手,她的姿态透露出绝望中的最后一丝希望。

"十二个银币,买他们俩。"监督者说。

"十五个。"

"十二个,要不然你就留着吧。"

"好吧,那就十二个。"

监督者数出两排小的银币,一排六个,亚萨毫不客气地一把抓起。两个卫兵走过来,准备将刚刚成为奴隶的两个人带向围栏,这时,亚萨故意大声咳嗽了一下。

“怎么了?”监督者问。

“你没有买那两根链子。那链子是我的。如果你愿意的话,我可以亲自将他们带到你的围栏里去,但如果你要那两根铁链子的话,你得再付我四个银币。”

“做梦去吧。”

在卫兵们的注视之下,亚萨带领着两个猎人进入到了围栏之中。泽拉妮以贪婪的目光注视着他的一举一动。她的嘴半张着,却没有吐出一言半语。亚萨假装她无视。在围栏的大门前,两个猎人的项圈被解了下来,卫兵和奴隶们站立起来,一起嘲弄着一丝不挂的两人。地方法官的手下们似乎模糊地意识到有些令人反感的事情正发生在他们身上,但却没有做出任何动作来掩盖自己的身躯,也没有说出任何抗议的言语。亚萨悄悄地退了回来,将铁链和两个人都留给了卫兵。没有人注意到这一幕,除了那个女人。她拿到了一个黑色的小瓶子,却并未露出任何惊讶的表情,而是像个熟练的扒手一样直接把它塞进了袖子里。

“太阳落山的时候喝掉它,你就能重获自由。”亚萨说道,然后在对方能够回复或者提问之前就大步离开,“嘿,那些铁链是我的。你们可以自己去买。”

在码头的边缘部分,劳斯靠在一堵摇摇欲坠的墙边,若有所思地嚼着一团鸦片。亚萨将铁链扔到了身材庞大的牧师脚边的一个水坑里。

“谢谢你借给我的链子。”亚萨说。

“客气。”

“知道他们那种状态会维持多久么?”

“他们再也不会是从前的样子了。不过他们可以恢复一小部分,大概要在……四个月,或者五个月以后。”

“好吧,希望他们对自己的新工作感到满意。他们上一次接的活儿看来风险有点过大了。”

劳斯点了点头，顿了一下，用小指抠出了牙缝中一小块黑色的东西，随后他将其丢进了水中。“白天的活儿干完了，还有晚上的。”

“我不是不喜欢和你待在一起。但我得在我亲爱的朋友从别的地方得到消息之前赶回去。如果他以为她真的死了，很有可能会做出一些戏剧又血腥的事情。比如说倒在自己的剑上。”

劳斯将链子缠在他粗大的前臂上，轻笑了几声。“想想看吧，有一天他可能会统治一个国家呢。”

亚萨呆住了，随后挤出一个微笑。“世界就是这么个不公平的地方。”

“说的是啊，”议员说着站起身来，“说的是。”

欢乐从王子的身上放射出来，就像热量从大火中放射出来一样。他的嘴巴咧得很开，就像是要把他的脸撕成两半一样。他用手抱住了亚萨的肩膀一起向前走着，就这样穿过了拥挤的市场。在他们的上方，天空仍然呈现平平无奇的白色，丝毫看不出黄昏将至的迹象。去做正事之前，还有几个小时的时间。亚萨试着分享王子的快乐，但却不怎么成功。计划已经接近成功在望，但似乎不应急于如此大肆庆祝。斯蒂潘胳膊的重量压得亚萨心生恼火，而且他的庆祝活动也引起了人们的注意，投来的目光中带着厌恶和威胁。不是所有的事情都必须像这样喧嚣地告知所有人的。

“来点酒吧，我的朋友。”斯蒂潘几乎是在喊叫了，“酒，还有我们能找到的最好的食物。还有烟，如果你想要的话。你今天所做的事情足以让你拥有世界上最好的东西。”

“许诺，又是许诺。”亚萨说。

如果说这句话中有什么隐藏的含意的话，斯蒂潘也并没有注意到。

他大笑着拐进一条由两边建筑的木板所组成的、离地面足有五十英尺的窄巷子里。占据了这个地方的老妇人朝他们两个点了点头,就和亚萨第一次在晚上把斯蒂潘带到这里来那时一样。酒难喝得要命,但至少足够便宜,只需一枚从济贫院监督者那里得到的小银币,就可以喝上一个星期了。斯蒂潘举起陶杯开始祝酒。

“敬亚萨!”他大声说道,“爱的骑士。”

“老天,别那么说!换个词儿。”

“为什么要换?”斯蒂潘问。他们脚底下的木板之间露出了有拇指那么宽的缝隙,不会使人掉下去,却足以让人看到这里离地面是多么遥远。在那一瞬间,这一情景似乎包含着许许多多的意义。

“人们爱他们的父亲。爱他们的姐妹。人们爱狗,或是爱歌曲,或是爱诗歌。如果我一定要成为什么东西的骑士的话,我希望那个东西的意义不会因为语境的变化而改变。”

斯蒂潘大笑起来,就好像刚刚听到了一个笑话,并且把杯中酒喝干了。他黑色的头发乱糟糟的,而且油光闪亮。他的脸上连一个痘痕都没有,或者至少亚萨没有看到。他整个人充满了欢乐和希望。这位王子忘记了自己所遭遇到的一切的麻烦,仅仅是因为他曾经远远地看到过的一个女孩不会死,也不会被送到济贫院。看着他,就好像看到一个得到了意料之外的一块蜂蜜的孩子,亚萨的心中像是灌满了铅一样沉重。

“你不明白爱是什么意思。”斯蒂潘说着,用手背擦了一下他的胡子。

“那你明白吗?”

“爱就像是认同感。就好像你看到了某个人,于是你想道,‘这是在我的生命中注定会与我产生关系的一个人。这是一个我生来就一定会认识的人。’难道你没有过这样的感觉吗?”

“有过,但我从来都不适应这类感觉。”

斯蒂潘挥手叫那个老妇人来给他满上一杯。照这个速度,他会在黄昏之前醉得不省人事。不过这也许再好不过了。亚萨可不想再去编造一个理由阻止斯蒂潘参与到计划的最后一步中来。

“爱就像是一个婴儿睡在妈妈的怀中。”斯蒂潘说。

“不成熟,并且很有可能会尿自己一身?”

“啊,你尽可以冷嘲热讽,装出愤世嫉俗的样子,我的朋友,但我已经认识你太久了。在你内心的最深处,你其实是个浪漫主义者。你爱着整个世界。”

“我倒更乐意认为我是个不成熟的、很可能会尿自己一身的家伙。”亚萨竭力不让自己露出微笑。斯蒂潘的快乐是如此的简单而真实,因此也特别富有感染力。

“好吧!好吧,那么爱就不像是婴儿。爱就像是你从窗子里跌落出去,却突然发现自己可以飞。”

“既没有可能,尝试起来又非常危险。”

斯蒂潘的笑声听起来简直像是在号叫了。透过地板的缝隙,亚萨看到在他们下面的过路人正好奇地向上望过来,而亚萨自己胸中的那种急躁的情绪也消失了。那种恶劣的心境迟早会再回来,但至少目前,它已经离去了。那是一份礼物。

“爱就像你咬了一颗草莓,甜蜜在你口中爆发的那一瞬间。”

“对于你来说非常短暂,对于草莓来说非常痛苦。”

“哎哟!爱就像废墟中演奏着的美妙音乐。”

“等我一分钟。不,就一分钟。我一定会想出来的。”

游戏就这样延续下去,随着时间的流逝,酒液消耗得越来越厉害。亚萨试着忘记之前发生过的所有事情,以及即将到来的所有事情。这是一个漫长而又愉悦的下午,只有他们两人,而整个城市都在他们的脚下。然而,欢乐的时光离去得更快。等到天擦黑时,斯蒂潘几乎已经醉得无法走路了。一直在陪着王子一杯又一杯地喝酒的亚萨却觉得自己像个法官一样清醒。还有很多工作要去做,而且也还有很多事情可能会出岔子。

济贫院的奴隶们随时随地都会死亡。这合乎情理。一般来说,他们都是在灰色的高墙后面过了数月甚至数年才有幸得到死神的青睐,但少数的幸运儿会在码头上就死掉,而一旦有这种情况发生,济贫院的人们只会做一件事,就是和往常一样,将尸体丢进河里,再不关注。亚萨撑着一艘小船在码头外停了下来,将船绑在一座由死去数百年的石匠所雕刻的、正在腐烂的石雕上,等待着。陶尼斯河的水流速度很缓慢,没有暗流涌动,就像犁地用的驽马。凡是生在北岸主权国的孩子们都知道尸体最终会被冲到什么地方去,就像其他城市里的孩子们知道哪里有甜品店一样。散发着臭气的河水在船侧喃喃低语。重物从码头上落入水中的声音是相当容易错过的,不过亚萨已经在凝神谛听了。

那个女孩的"尸体"脸朝下浮在水面上。在月光之下,她的肩膀呈现出阴沉的灰色,头则像是个黑色的绳结。亚萨将她拽到了船上,小船轻轻摇动起来,但并没有倾覆的危险。她的脸色是像冰一样的青灰色,并且布满了紫色的斑点,她的舌头肿胀,甚至已经顶出了牙齿和嘴唇,而她的眼睑则微张着,露出像石头一样僵硬的眼球。亚萨从没见过死相如此"真实"的真正死者。

河岸边预先准备好的一辆小手推车正在等候着,亚萨很高兴自己将它列入到计划之中。泽拉妮——目前已经不再是某人的女儿了——浑身的衣服浸透了水,显得非常沉重,就好像她的体内满是沙子和铅一样。亚萨发现自己没有为手推车准备苫布,可惜为时已晚,或许下次这个计划仍然有值得改进的地方。不过不管怎么说,总比背着一具尸体走在最下层的街道上引人围观好多了。怪事总是年年有。

劳斯在神殿后面的小工作室里等候着。四周的墙边摆满了装着盐和干药草的柜子,这占据了原本就不大的空间的一大部分。两人合力将那个女孩抬到较低的石板桌上,这张桌子一般是给死者下葬前使用的。劳斯用一把钢制小刀划开了她那被河水浸泡过的衣服,冲洗掉了她身上肮脏的河水和污物,并用一条加热过的羊毛毯子裹住了她的全身,从脚指头到脖子。他将烤过的石头放在她的身体旁边,然后从柜子上拿出了一个小玻璃瓶,小心地将一滴血红色的药剂滴在她的舌头上。议员发出满意的哼声。

“她没事吧?”亚萨问。

“她的情况正和我预料的一样。我刚才的操作之后,她应该会醒过来了,但不是像正常的睡眠之后那样清醒,而更像是头部受打击之后苏醒过来的情况。她醒来时可能会是平静的,也可能会感到迷惑。甚至可能会有暴力行为。”

“如果那样的话,我们应该怎么做呢?”

“我告诉过你了,她可能会感到困惑,或者有暴力倾向,所以你来看守她,我要去睡觉了。这就是‘我们’应该做的事情。”劳斯将药瓶放回原处。

劳斯离开后,亚萨靠在墙上,依靠屋内仅有的一支蜡烛的微弱光线注视着那女人的脸。当夜空中的星辰缓慢旋转的同时,她的皮肤开始变得白皙了,那条肿胀发黑的舌头也变小了,并且缩回到牙齿的后面。亚萨注视着这些变化,但并不能理解这一切意味着什么。在这相当长的一段时间里,她先是由漂亮变得丑陋,然后又再次变得漂亮了,最后固定到一种奇特而有趣的状态,从某种角度来说,这种状态本身倒是比美貌更加具有吸引力。像斯蒂潘那样的人在恰当的时候以及恰当的光线下瞥到她一眼,完全有可能无法自拔,所以这事情现在看来也没那么荒诞了。她的眼珠在眼皮下面转动起来,很快整个身子都开始发抖,就像一个被丢在寒冷的地方太久的小孩。

当她在几个小时之内第一次开始真正地呼吸的时候,亚萨惊得向后退了一步,就好像她是在叫喊一样。她的眼睛睁开了,那双眼睛非常明亮,充满了野性和难以置信的情绪,然后,过了一小会儿,她突然发出满足的笑声,那声音低沉而又狂野。当她坐起来的时候,几块石头从她的毛毯上掉到了石头的地面上。她的眼睛转了转,看到了亚萨,于是抬起下巴,露齿而笑,就像在和一位亲近的朋友打招呼。

“你是谁?”她倦怠无力地问道。

“我名叫亚萨。我们有个共同的联系人。”

“有吗?”

“好吧,你还不认识他,但是,确实如此。”

她摇了摇头,眨着眼睛,同时再次发出笑声。她又花费了好一会儿才重新集中了精神,但看起来并不可怕,也没有要使用暴力的迹象,而只是像欢乐地喝醉了酒一样。亚萨坐到了她的脚边。

“是你救了我?”

“是我。”

“为什么?”

“因为爱。”

“你爱我吗?”

“不。”

她倾身向前,然后才注意到滑落的毛毯,连忙又伸手去拉住它,可惜只是徒劳。她摸索着将手伸到亚萨的手里。那手指就像冰冻过的木棍。她仍然非常寒冷。

“那么,是你的朋友?”

“是的。”这个回答既可以指斯蒂潘对她的爱,也可以指亚萨对王子的爱。两者都是真实的。

“你救了我。”泽拉妮柔声说道,脸上则露出幸福的笑容。

“是的。”

“你对此感到高兴吗?”

“说实话,是的。我喜欢展示自己的聪明才智,而且我真的非常、非常聪明。所以至少这一部分是很值得高兴的。”

她发出愉悦的轻哼声，并且挪动着身子靠近过来。她的头发上有河水的气味。她的嘴唇十分柔软，而且带着黄铜和灰尘的味道。当她的手在亚萨的衣服下面游走时，皮肤彼此触碰的感觉就像是往火焰上浇水。亚萨心中那种忽视已久的被触碰的欲望——最初是希望被斯蒂潘触碰，然而本质上是希望被任何一个人触碰——就像夏天的热气一样迅速升腾起来。当亚萨向后退去时，她将他们交缠的手指放到她的唇边。

“你被下药了。”

“确实是这样，不是吗？”

“现在的你不是平时的你。”

“我也不是别的什么人。”她躺倒在石板桌上，而且拉着亚萨和她一起倒下来。她的手撕扯着亚萨披风前襟上的纽扣。“再问一下，你是怎么知道我是谁的？”

“我是……你先停下来。我可能并不完全是你所期望的那样。”

她的舌头——现在它是像珍珠一样的粉红色——的尖端从她的齿间伸了出来。“不是吗？我们得试试看。”

五六个可行的答案在亚萨的脑海里互相争斗着：“请停下来”，还有“这是一个可怕的错误”，还有“好吧”。纽扣被解开了。她的手柔和地移动着。亚萨闭上了眼睛。

“好吧。来吧。”

“你和她上了床？”斯蒂潘说。他的眼睛瞪得老大，嘴巴也惊讶得合不上了。他的脸颊呈现出一种青灰色，显示出惊讶和恐惧。

这绝对不是他能够给出的唯一答案。亚萨可以立即想到大约十几个其他的回答方式。“你很享受吗？”，还有“我真为你感到高兴”，还有一个最令人期待的，“下次等着我一起来”。但王子显然是真心实意地感到异常震惊。这是一件他从未想到过会发生的事情,尽管与北岸主权国上周以来发生的上千件事情相比,此事普通得如同地上的泥巴。亚萨的所有梦想和希望都在那一瞬间像肥皂泡爆炸一样彻底消失了,就仿佛它们从未存在过。这个俊俏的、绝望的、高贵的、浪漫的男人,说到底只不过是一个幼稚的小孩子,他无法接受任何他不希望发生的事情。虽然这个结论令人痛苦,但更重要的是,亚萨真正地感到自己从责任当中解脱了。

最残忍的答案在亚萨的舌头上面打了个转儿——“你第一次见到她的时候她也并不比现在更纯洁,你这个傻瓜。”

“我当然没有了。我只是和你开个玩笑。”

“你只是……”斯蒂潘结结巴巴地说着,长出了一口大气。他的脸颊迅速恢复了血色,并且还出现了两团红晕。他们都大笑起来,但斯蒂潘不知道,他们不是在“一起”发笑。

“她在神殿里等着呢。药剂师说她还需要一段时间来恢复。至少要几天。”

“我们可以把她带到这里来。”斯蒂潘说,“由我们来照料她。”

亚萨强压下发笑的冲动。这是个糟透了的主意。

“我不这么认为。还有另外一个问题。一个我之前没有注意到的问题。那个牧师知道你的身份了。”

“怎么会呢?”斯蒂潘问。

“我不知道。他说漏了嘴,我也假装着没听见,但如果他知道的话,也许其他人也会知道。北岸主权国对你来说已经不安全了。或者说不再安全了。你和泽拉妮必须立刻逃走,而且事不宜迟,最好今晚就动身。”

斯蒂潘的表情非常严肃。他将一只手放在亚萨的肩膀上。“你会和我们一起走吗?”

“我想我最好不要那么做。我们两个在一起太显眼了。而且,说实话，这里才是适合我的地方。”

“那么，谢谢你，我的朋友，为了你所做的一切。我会永远记得你。”

斯蒂潘离开了，去取回他的宝剑，并向他的爱人说明身份。亚萨在小小的锡制火盆里点燃了炉火。七嘴八舌的声音从薄薄的墙壁外面透进来，仿佛是从很远的地方传来的。有人在弹奏曼陀林琴。在这个小房间的另外半边，空空如也的床垫上还留着斯蒂潘睡过的痕迹。亚萨爬了起来，将那个床垫折起，放好。这样看起来舒服多了。

清晨时分，亚萨在屋顶上吃着布袋里的热杏仁。由于黎明即将到来，东方内弗里巴尔城的桥梁上的火把渐次熄灭，载货马车挤满了河边的街道，马蹄和车轮的声音即使在河的这一边也隐约可以听见。天上的星星一个一个地变得暗淡，然后消失了，为碧蓝的天空让路。缓缓吹来的风带着煤烟和腐烂植物的气味。在更近一点的地方，盐区的人们已经开始活动起来，让整个区域的交通显得十分繁忙。绳索桥上到处都是在北岸主权国的内部来来往往的行人，就好像移动上几百码会使得他们的生活有所不同似的。这个城中之城从不在意，也从不做判断。而从各个角度来说，这是亚萨最爱的一点。

在这城市之外的某处，斯蒂潘·霍姆利王子，流亡中的利瑞亚国继承人，以及他爱上的陌生人泽拉妮很有可能正在设法从他继母所派出的刺客手中逃出。亚萨只能期望泽拉妮有足够的能力帮助他们脱身。然而，天空还是和往常一样美丽。

劳斯的脚步缓慢而又沉重，完全不可能错认。他清了清嗓子。

“早安，议员大人。”

“亚萨吾友。”牧师走到亚萨的身边，坐了下来，斜眼瞥了下正逐渐变亮的天空，“我想你大概还好吧。”

“我不知道。”

“你不知道?”

亚萨轻笑几声,将手中的布袋递给劳斯。后者从中取出一小把坚果,平静地咀嚼起来。投毒者毕竟根本不可能害怕毒药。

“在过去的几天之中,我从济贫院里偷出了一个女孩,用的是杀掉她、把她的‘尸体’从河里捞出来,再让她复活的办法;与我合作的是一个血债累累的屠夫,对不起,请不要介意——”

“毫不介意。”

“——并且给两个执法人员下了毒,还把他们卖作奴隶;还有了一次特别棒的性体验,如果不能说是令人极度兴奋的话;对象是我最亲爱的朋友的爱人,而地点则是在停尸台上。”

“你挺忙。”

“这些事情使我想到,或许我不是个好人。”

“对此我不予置评。”

两人沉默了好一会儿,各自想着自己的心事。

“爱,”亚萨说,“就像是一只在人群头上拉屎的鸽子。”

“为什么?”

“屎最终落在哪里与它应该落在哪里没什么关系。”

牧师的喉咙里发出深沉的声音,并且皱起了眉头。“你可能是把爱当成欲望的一种了。”他说,亚萨不禁放声大笑起来,“你知道我是为什么而来的。”

“济贫院买奴隶的钱,你来取你的那一份。”亚萨说着,掏出了一个小钱袋。它在劳斯的手中叮当作响。

“你不会介意我数一下吧?”劳斯说。

“问我这个,吾友?你要是不数你才是傻瓜呢。”

梁宇晗　译

Unicorn

独角兽书系

Rogues

法外之徒

下

【美】乔治·R.R.马丁　加德纳·多佐伊斯／编

小　龙等／译

重庆出版集团　重庆出版社

目录
Contents

保罗·康奈尔

这个情节离奇、节奏明快的故事是保罗·康奈尔创作的间谍乔纳森·汉密尔顿系列故事的其中一部。乔纳森的故事发生在十九世纪欧洲的“大博弈”时代①,但当时的技术发展走上了与我们的时间线截然不同的道路,开发出了开启并操纵多维空间折叠的方法。这些故事就像让查尔斯·斯特罗斯②来书写鲁里坦尼亚王国③的传奇:汉密尔顿在故事中以赏心悦目的方式阻止灾难的发生,让人想起了詹姆斯·邦德的那些冒险——或者不如说像是波尔·安德森④笔下的多米尼克·佛兰德瑞,因为多米尼克很可能是汉密尔顿的直系祖先……

在这个冒险故事里,汉密尔顿被迫进行了一场生死角逐,而他的对手跟他同样聪明,也同样危险——因为那就是他自己。

英国作家保罗·康奈尔是一位科幻及奇幻双料作家,同时也在这两个领域为漫画和电视剧创作脚本。迄今为止,只有两位作家获得过这全部三种媒体的雨果奖提名,保罗·康奈尔就是其中之一。他的都市奇幻小说《伦敦陷落》由托尔出版公司发行,其续作《分离的街道》也会在十二月上市。他为 BBC 电视台创作了《神秘博士》的剧本,又为 DC 漫画撰写过《蝙蝠侠与罗宾》的脚本。他如今正在为 Marvel 漫画公司的《金刚狼》创作脚本。他的短篇小说发表于《阿西莫夫》《区间》杂志,以及许多短篇小说集中。

---

① 指 19 世纪中叶到 20 世纪初,大英帝国和沙皇俄国对中亚控制权的争夺。

② 当代科幻作家,作品有《奇点天空》等。

③ 安东尼·霍普于 1894 年出版的《曾经的囚徒》中描写的虚构王国。

④ 美国科幻界的元老级作家之一。

更好的死法

克里夫登庄园是大不列颠最大的庄园之一。它坐落于白金汉郡的泰晤士河畔，在林荫大道不再流行的时代，正是这种地方仍然保存和使用已经过时的马车。在周围那片广阔的森林里，有一棵来自美国的大查尔斯树长成了宅邸客房的形状。森林中有一条紫杉小道，通向山下的一座船库，船库的坡道上用油漆标注着潮水最高的日期和水位。这条坡道经过两度延长，此时径直通向河边。站在宅邸内部，你可以越过花坛，看到朝两边延伸到极远处的地平线。这里曾经是洪水淹没的草地，如今则是阡陌交通的农田。另一边的景象正像是典型的猎场。那儿有一座平缓的山丘，让猎人易于发现猎物，两侧的树林则给猎物提供休息的场所。这儿有适合助猎者[1]躲藏的地方。宅邸还有一座可以俯瞰院子的阳台，方便接受求爱或是观赏决斗。在一年中的某些时候，你会听到枪声，猎狗的叫声，还有发现猎物时的吆喝声，栅栏或沟渠都挡不住它们。人们经常在前院的排水沟边给猎物放血。

汉密尔顿经常身穿便装执行任务，他了解这种大庄园。如果王室成员想在宫殿以外冒险尝试社交生活，却仍旧需要保护，他们就会住到

① 在打猎中负责将猎物赶出藏身处的人。

这里。那些在大博弈中几乎彻底失去灵魂，从而倒戈投诚的人也会被送到这里。类似的庄园为那些可怜人提供了坦白的场所，他们提供的信息会让局面恢复平衡——尽管原先的动荡就是拜他们所赐。像汉密尔顿这样的军官，如果负伤或者搞砸了任务，也会在这里接受询问和调查。最后一点，也是最重要的一点——像这样的地方，他往往不会来第二次。这些庄园就像一根沿着伦敦城转动的指针，而在那些便衣密探半生的履历里，总会在这些地方留下些糟糕的脚注。这些庄园就像是世间规律的物理表现，就像是刻在英格兰乡间土地上的一句巨大的格言。就算你的脸埋在泥地里，也能看得清那些字。或者不如说，那时候会看得尤其清楚。汉密尔顿发现，这个想法令他安心。但他还是没有做好送命的准备。

他在早餐桌上发现了那张邀请函：上面写着庄园的名字，日期正是今天。邀请函上用的是那种新字体，这意味着那些字并不是人手写下的，而是像上帝那样，将语言直接转化成了文字。他没法根据这点判断出什么，只有一件事除外：这样自信满满的举动可以证明，尽管发生了那么多事，掌控他的那些人仍旧坚信自己的地位和能力。

他拿起那份邀请函，却感受不到曾经体会过的期待，有的只是迟钝而顺从的恐惧。这就是他没能问出口的那个问题的答案。他的心里涌起一股毫无意义的无名之火，只是比从前的每一次烧得更旺。他知道他属于哪儿，但他越来越确信自己不愿接受这个事实。有归属这件事本身在他看来就是种冒犯，是不知身在何处的某个人施加给他的负担。他看着麻木的手指捏着的那张卡片，决定提出一个要求：他要向上级要求，让他去执行某个希望渺茫的使命。但现在这种任务恐怕只在封锁区才有了——如果他们对他不抱期望，那就肯定不会送他去那儿。但他依旧紧抓着这个念头不放，在穿衣和收拾行李的同时不断思考。可即便只是这样的希望，也让他觉得自己像个叛徒和懦夫。罪人没有资格向刽子手请求。他只能乞求。

但希望仍旧伴随着他。它发挥着效力。在准备的时候,他努力让自己保持平常心。他告诉自己,只有傻瓜才会以为自己能在克里夫登庄园得到应得的东西——即使只是让对方为这些年的辛苦向他道谢,然后亲切地道别。他确保自己不会抱有类似的期待。

此时他坐在驶向克里夫登庄园的马车上,向外张望。农田里看不见人影,牧场上也没有工人。这点非常奇怪。通常来说,他们会群聚在那儿,一边驾驶着庞大的收割机,或者赶着拉犁的马,一边向路过的每一辆马车挥手致意。汉密尔顿不清楚维护克里夫登这样的大庄园需要多少仆人,但恐怕起码要几百人。按照传统,这里的情况本该像那句俏皮话"每个人都有活干,其中包括到处闲逛,以防万一"那样。他曾经两度见到有军官在这里死去,而且就发生在田地里,远离闲人的耳目(其中一次看起来就像意外,而另一次他到死都会记得:就像自杀)。没必要把附近全部清空。不,他告诫自己:这不正是他在凯布勒学院目睹的那件事的放大版吗?他完全是在毫无理由地吓唬自己。

马车在车道的尽头停下,汉密尔顿钻出车厢,踩在砾石路上。他的膝盖一阵痉挛,差点儿摔倒在地。年纪大了。他很想知道他们有没有看到,但他随即告诉自己,他不在乎。但他在乎。他肯定在乎。他这才意识到,坐马车出行如今已经成了做作的表现——他完全可以走他在伦敦的住处的那条空间通道来这儿。而且他还带着手提箱,就好像他很不乐意回到这儿,就好像他需要穿戴整齐才能去吃晚餐。他是在用自己的行动做出声明。顽固的声明。就像他在凯布勒的那一晚所做的声明,就像他打算就此退出。这些领悟让他前所未有地愤怒。只有蠢人和罪犯才会做事不经大脑。看起来,他已经软弱到无法制止这种命运了。他沦为了那种屈服于头脑里的其他声音的人,那种屈服于痛苦、欲望或是自私,又允许这些威胁平衡的情绪在内心滋长的人,而且他直到这一刻方才明白……这份邀请函是为了将他引来,好让这栋宅邸里的大人物将他摧毁。而且他们有理由这么做。

想到这一点,他释然地露出了微笑。他们有理由这么做。如果他能够接受,那就没问题了。他带来了手提箱。他不会犹豫很久,然后不顾一切地赶过来归还,就像是个惊慌失措的大学生。如果他突然做了、说了、或者暗示了什么,但这些行为并不是出于他自身的意志,而是来自本该在他掌控下的另一半自己,那么他只需付出生命的代价,就能让平衡恢复原样。他没必要为此担心。

但那个念头仍旧不请自来:在眼下,那些能够掌握自己人生的人,似乎并不怎么重视平衡,不是吗?

这个念头就像一场可怖的死亡,正在前方等待着他。

如果说这个世界在诱惑他去搞砸自己的人生,那也是因为人人都习以为常。他犹豫起来,迟迟无法决定。在他看来,他的人生就像一座空中楼阁。

或许这个世界也即将死去。

或许在他这个年纪,所有人都会有同样的感想。

但在这样的情况下,不会有人跟他感受相同,不是吗?

马车终于动身离开。他迈步向前,低头看着手里那只手提箱。现在后悔已经晚了。

他发现自己的视网膜上浮现出命令。他要去的不是宅邸,而是森林。

他沿着曲折的小径来到森林边缘。天色阴沉,但森林内部的影子正以奇异的角度投射出来,就好像里面有人正在亮起一座舞台的灯光。

他走进了森林。

林间小径穿过一片倒下的树木——那些树才砍倒不久,但伐木工并不在附近。他驻足聆听。聆听自然的声音。他听不到锯子的声音,没有金属砍在木头上的依稀回响,也没有大型机械的噪声。这里静得出奇。

他来到一片林间空地的边缘。那种诡异的光线就是从这里照射过来的。这儿就像是夏天,因为那道光是从头顶直射下来的。这里空气也更温暖些。汉密尔顿保持着神情镇定。他缓缓走进空地中央,看到了本不该出现在那儿的几棵树。他很想照规矩来,但他要面对的毕竟是早就把礼节弃如敝履的人。就好像他们抢走了他勋章的绶带,然后跳下了水井。他很想冲着他们大吼。但随后,他又为自己的想法心怀愧疚。

他对最高的那棵树说:"长官,您找我吗?"

就在几周以前,他受邀去和凯布勒学院的图尔宾碰面。汉密尔顿的上司正在学监那里做客,他要汉密尔顿去贵宾席跟他见面。在当时看起来,这件事再正常不过了——汉密尔顿也是凯布勒学院的毕业生之一。他像以往那样骑马去了牛津,把他的摩根马交给门房去操心。他在礼拜堂外驻足片刻,想着安妮:他无比思念着她。但他只要看着礼拜堂,心情就会愉快起来。他会为自己的镇定感到满意。在那个时候,他已经休假好几周了。他早就该明白,这段假期长得可疑。在那之前,他已经习惯了基层军官交给他的那些无关紧要的任务,而他们甚至不允许他回到龙骑兵队去,尽管后者正在苏格兰进行着永无休止的训练。他真的早该明白,他出于某些理由遭到了雪藏。

多年以前,正是在凯布勒学院那位学监的房间里,图尔宾首次走入他的人生,要求他身着便衣执行任务。他当时说,对某些人来说,所谓的平衡,也就是能够避免大国之间(还有他们遍布太阳系的殖民地)战争爆发的决定性因素,已经不再是对彼此军事实力的衡量,而是个人的道德,是他们的感受和内心。直到好几年以后,医疗神学家才开始研究存在于内心的平衡。图尔宾让他认识到了这种平衡。而从见到图尔宾的那一天起,那张满是种植皮肤的面孔就给汉密尔顿留下了深刻的印象——那是基辅的小巷和津巴布韦淤泥充塞的战壕给图尔宾留下的纪念品。

但在为国效力数十年之后,汉密尔顿再次走进学监的房间,却发现自己面前是个截然不同的图尔宾。他的面孔光滑平整,从前所有经历的痕迹都被抹去。汉密尔顿谨慎地未予置评。“今晚这群人可真有趣,少校。”他对着聚集在学监房间里的那些人点点头。汉密尔顿看了过去。如今回想起来,那正是他的平衡开始走向崩塌的关键时刻。

站在那些军礼服、晚礼服和教士领旁边的,是一头小鹿。

它算不上什么特别离奇的宠物。它的目光追随着谈话的双方,然后参与其中,它的嘴巴以人类的方式说出语句,令人惊恐莫名。汉密尔顿飞快地转过头,看到一块旋转着的半透明布料正在跟学校的牧师说话。附近有一根盘旋着的柱子……那其实是一群连续坠落的鸟儿,但并不是真的鸟儿,而是那些势力早已遍及太阳系的外来人经常炫耀的人造纹章图案。他猜想坠落本身才是意义所在,而不是……他很想称之为“装饰”……是为了表达出那种理念:团结一致,万众一心。那根柱子里放着一杯葡萄酒,那些不断坠落的图案以令人费解的原理支撑着它。汉密尔顿猜想那些奇怪的生物应该都是女性。至少他是这么期望的。

“这些在王宫里很流行,”图尔宾说,“每个人都能看出不同的寓意。”

汉密尔顿想不到合适的回答。他当然听说过这些东西。但每次他都会表示不屑,然后改换话题。英格兰的新国王允许甚至鼓励这种东西的做法,恐怕只是在继续令伊丽莎白蒙羞……他制止了自己的念头。他想到的那位可是女王,无论女王如何看待她的丈夫,都不是他有资格过问的事。

“你不喜欢这些东西?”图尔宾问。

“是的,长官。”

图尔宾思索了片刻,然后换了个话题。“我相信,博德利图书馆也已经无限化了。”

“那可真不错。”

图尔宾朝着转角点点头。“好吧,你觉得他怎样?”

他指着一个年轻男子,后者正和某个漂亮女子搭话。汉密尔顿最先想到的是,他很眼熟。然后他明白了。愤怒从那时起扎根于他的内心,再也没有离去。是那些被击沉的外来人战舰带来了那个男孩。那些战舰当然不全是用作炫耀的。抑或现在炫耀也成了一种作战的方式。

就像是看着他从未有过的儿子。他就像在看着自己的脸,上面却没有岁月留下的丝毫痕迹。有那么一瞬间,他忽然心生怨恨:他们夺走了他看到儿子时的那种感动。这也是诸多怨恨的开始。

头发更黑,身体更苗条,髋部比肩膀更宽。那个男孩没穿制服,却系着黑色领带,也就是说他们没能——甚至是不打算——让他加入军队。感觉就像面对着镜子。他们的双眼一模一样。他们四目相对之时,他不知道自己脸上是怎样的表情,但年轻版本的他却露出了微笑。那笑容里看不出半点恭敬,也算不上迷人。但汉密尔顿认得那种笑容。他压抑着怒火,知道那个男孩毫不费力就能看透他的心思。这一幕完全超乎汉密尔顿的想象。这次会面的保密工作一定做得很好,因为其他人都能看到他们两个站在一起。男孩显然早就知道了。这些都在他的默许之下。

他转过身,看着他的顶头上司,扬起一边眉毛。“那个女孩是谁?”

图尔宾迟疑了片刻,汉密尔顿对男孩的视而不见令他吃惊。“她的名字是普瑞希丝·纳辛[1]。”

“她的父母喜欢与众不同?”

“或许这只是个 memento mori[2]。她——”

“她是纹章院的人,我知道。”汉密尔顿看到了她那条丝质围巾的

---

① 原文为 Precious Nothing,字面意思是“无需珍惜任何事物”。

② 拉丁语,指死亡警告,提醒人们死亡终会来到。

颜色：说实话，想注意不到都难。

“噢，她是最近才加入的。她是位高级纹章官，但目前还在试用期。”

“因为他。”汉密尔顿惊恐地想到，居然有一位纹章官和那个怪物男孩有联系。纹章官负责决定血统的优劣，负责定义家族和国家。纹章院记录着每一个家族的族谱，根据纹章的细节做出决定，他们是在所有重大典礼和继承仪式时都会到场的权威人士。当然了，每隔几周就会有学院即将解散或者遭到废除的传言，因为他们总在寻找反驳这些新风俗的新方法，却一再失败。他们似乎总是在为国王陛下的偏听偏信而震惊。其中一些冲突甚至上了早报。但到了晚报出版的时候，那些新闻就都不翼而飞了。对汉密尔顿来说，这种公共媒体相互对抗的做法，就像是一个人在用拳头打自己的脸。这是种赤裸裸的亵渎神明的行为，正符合这个糟糕透顶的时代。

“你真的没什么话想对他说的？”图尔宾的发问打断了他的胡思乱想。

汉密尔顿装作思索了片刻。“他的表现如何？”

“很理性。你从来都这么理性。”他并没有强调那个“你”字。

然后学监用勺子敲了敲玻璃杯，在场的男男女女——外加那幅错视画[①]和那头小鹿——便到餐桌边用餐去了。

汉密尔顿释然地看到，年轻版本的他去了大厅远端的那张餐桌边，坐在离他最远的那一头。如果不是在这种情况下，那么嗅着光亮剂的气味，在烛光中用餐本该是件惬意的事，但他看向大学生那边的餐桌，意识到缺了点什么。那儿本该有许多仆人走来走去，端来一盘盘食物，为来宾们斟满酒。他突然看到，一碟菜出现在某个正在口若悬河的年

① 指用逼真的手法描绘，看起来像是实物的绘画，这里代指上文的人造纹章图案。

轻人身边,但那家伙看起来半点也不惊讶。汉密尔顿看向桌对面的图尔宾。

“隐匿服务,”图尔宾说,“已经有很多地方采用了这种服务。仆人们都在某个无限折叠中行走——实际上是现实世界旁边的一个空旷的分支世界。这是新引擎的又一项新用途。你得承认,这样简洁多了。”

汉密尔顿很不想赞同他的老导师提出的如此前卫的观点。他不由得思索,图尔宾那张光滑的新面孔是不是因为换成了年轻版本的他。但这当然不可能,图尔宾还记得过去的事,而那种嗓音也是他所熟悉的。图尔宾看到了他的表情。“一位便衣密探为我找来的,”他的口气就像是在说一辆马车,“等到各大强国发现,落在我们手中的那些引擎能让我们进入分支世界以后,王室认为我们有责任去绘制地图,以便找出那些开启的折叠通道通向何处。我们部队的狩猎队已经把每个通道都走遍了。”

这下我知道你们把我排除在外的原因了,汉密尔顿心想。他说:“他们也找到了另一个你?”

“是好几个。这具身体的主人跟我只有非常细微的差别。在身体上。他来自的那个世界里,我们的许多次冲突并未发生,因此才会有完好的一张脸。我们的人把他装进包里,等他们回来以后,再把他的大脑跟一条无限通道相连。就像在用小猎犬把地洞里的狐狸赶出来。等他的大脑离开以后,我再用同样的方法接入他的身体。这么一来,我应该还能多活几年。”

汉密尔顿发现自己在揣摩这句陈述的含意。看到那男孩的同时,他就把内心的平衡抛到了脑后,煽动性的念头也不由自主地涌现,因为在那时候,他并不觉得这么做有多危险:图尔宾的目的或许并不像他自己所说的那样,是为了多几年为国效力的时间,而是增加他在宫廷中的优势。现在他跟自己效命的那些人有了更多的相似之处。更别提他和同辈军官拉开的差距了。“如果分支世界以同样的方式攻击我们呢?”

“我们早就想到了。我们的世界似乎是独一无二的,至少在附近的所有分支世界里是这样。只有我们遭遇过外来人。或许那些外来人只在这个世界存在。就算他们真的在别处现身,我们也可以跟分支世界的不列颠达成协议,而不是去攻击他们。”

“再把平衡也扩展到他们身上?

图尔宾抬起了双手。也许他没听明白,又或者觉得自己没有责任去回答。

“分支世界里的人,为什么年纪会比这个世界要轻?分支世界怎么会有……这个年纪的我?”

“他们说,这些世界成形的方式就像波浪。”

“就像这个世界的波浪那样,彼此干涉,从而创造出符合平衡的波峰和浪谷?”

“大概是吧,”他的语气又带上了对“平衡”这件事的不耐烦,“某些波浪落在我们后面,有些则在前面。”

“而且在另一些分支世界里,有说话的小鹿和柱状的鸟群存在?还是说这类事物终究会出现,只是有些世界早,有些世界晚?”

“两种说法都对。世界的种类多得惊人。”图尔宾身子前倾,仿佛希望汉密尔顿能理解他这番话的深意。汉密尔顿不禁庆幸带他们来的不是自己。“听着,那个年轻版本的你,他是其他世界的人里最先被带到这儿的。他的大脑还是他自己的。他是个完整的人,是个志愿者,来自某个跟这儿没有丝毫差别的世界。”

“除了那些外来人?”

“没错。”

“而且没有平衡?”

“是的!”

汉密尔顿很想知道,图尔宾会不会打算把他的大脑装进那个男孩的颅骨里。不过那样的话,他就没必要邀请他们两人在公开场合下见面了。“如果说我们现在就能做到这些,那么我不知道——”

“我现在正在跟你私下谈话。仔细看看,你会发现我的语调已经激活了你的遮蔽装置。你没法把这些话告诉任何人。”看到汉密尔顿震惊的表情,他突然显得有些懊恼,“当然了,你也不会这么做的!”

图尔宾的礼貌似乎也随着新身体改变了。这点也让汉密尔顿震惊,就像是普通人突然听说了宫廷里的奇闻怪事那样。“如果我们拿到他们的引擎就能办到这种事,那些外来人难道就不能在封锁区开启通道,然后通过它袭击在白厅的我们?”

“问得好。各大强国正在考虑这个问题。一同考虑。”这句话足以让汉密尔顿明白,欧洲各大国家的宫廷正在进行相当紧密的合作。是外来人的到来迫使他们结成了同盟,因为如果太阳系的其他区域得到了这种新引擎,平衡也许就会出现动摇。他怀疑这一切的幕后有神在操纵。如果神真的存在的话。“目前的主流理论是,出于某种原因,那些外来人禁止了分支世界的使用。这是他们信仰的那种虚假宗教的原则之一。分支世界或许只是他们用作推进器的那种装置的意外产物,但目前为止,我们弄清楚的也只是意外产物,对引擎本身还是一无所知。”

“我们能利用分支世界对他们发起奇袭吗?”

“我们正在努力。”

这些话题终于像是汉密尔顿跟他的上司平时谈话的内容了。他开始为自己先前的反应而后悔,也渐渐明白自己会做出那些反应的原因,同时也恢复了自控。今晚的这一幕无疑是在对他的品行进行考验,而且到目前为止,他勉强过了关。他的感受并不重要,这点和以往一样。

在晚宴剩下的时间里,图尔宾一直在打探他对各大国组成的“大联盟”采取共享防守策略一事的看法。他们的阵营每一天都会迎来几个新成员。最新加入的是萨伏伊家族①。甚至有传闻说土耳其人也想加入。汉密尔顿很想问他:这样该如何保持平衡?如果每个王国都站在同一边,结果会变成什么样子?在外来人和那些引擎对平衡造成致命冲击,并导致它崩溃以后,世界真的会像专家所说的那样,演变成某种全新的社会形态吗?难道发生在他们周围的正是这种演变?他一直坚信,这样重要的时刻应该会发生在隆重的场合,而不是在学监的住处,来宾之中还有野生动物的身影。还是说这只是钟摆一次大力的摆动,等到动力消失,它就会恢复以往的轻柔平稳?

但换了新身体的图尔宾完全没提到平衡,只有餐前的谢恩祷告时除外。汉密尔顿有些希望那些牧师能够挑起一场关于平衡的辩论。在先前和他的女仆亚历山德莉亚的闲聊中,他得知教会有好些不满的声音,下一届在约克郡的宗教会议将会对国王陛下以及他令人畏惧的大英联邦提出批评。但在这儿,他看不到任何迹象。这些牧师就像那位纹章官一样,非常享受这些新鲜事物。

在整场谈话中,汉密尔顿的目光始终定格在他的上司身上。他可不想在大庭广众下伸长脖子去打量年轻版本的自己。他继续装作无动于衷的模样,同时祈祷自己没有表现得太过做作。铃声响起,学生们开始离席,学监邀请来宾回到客厅去喝些白兰地。图尔宾声称他还要跟某个人谈话,然后自顾走开了。

汉密尔顿才刚刚走进客厅,那个年轻人就拦住了他。普瑞希丝跟在他身边。她的脸上兴味盎然。谢天谢地,图尔宾已经走到了房间的另一边,所以不会有人做什么蹩脚的介绍了。不过汉密尔顿知道,他的上司眼下肯定正在看着他。他还是不知道图尔宾期待他做些什么。但如果这是场比赛,他就要赢。

“少校先生,”那年轻人说,“您不知道我有多期待这一刻。”

---

① 指意大利的萨伏伊家族,该家族于1860年起统治意大利。

“我真希望自己也能这么说。”这话听起来就像是侮辱。所以他闭上嘴巴,沉默了好一会儿。“他们是在哪儿找到你的?”

年轻人看起来很是平静。“噢,在某条积灰的走廊里——有些人会称之为‘现实’。”

“真有哲理。”汉密尔顿忍不住把目光转向普瑞希丝。她也看着他。他很想知道,她究竟在比较他们的哪些地方。

“大多数人应该都有问不完的问题。”年轻人说。

“天真的人会提出疑问,重视职责的人会接受事实。”

“年纪太大的人才会固执己见。”男孩看起来正在努力按捺怒火。他的荣誉感似乎相当强烈。肯定也有人在监视他。所以汉密尔顿才会像刚才那样正面挑衅——为了确认他有没有足够的自制力。但可怕的是,说这番话之前,汉密尔顿并没有想到这么合情合理的借口。

或许这就是这次会面的意义所在:或许是为了确认他们中的哪一个更有风度?这男孩会不会已经知道,如果他没能通过这次测试,等待着他的会是怎样的命运?他们会不会只是想让汉密尔顿来察看他自己的新……容器?还是说,这个年轻人将会取代他?他不能允许自己纠结在这种可能性上。于是汉密尔顿礼貌地转过头,看向普瑞希丝。她身材娇小,绿色的晚礼裙衬托出她红色的长发……没错,分支世界的影响在这里同样存在,因为那条裙子曾经是——或者仍旧是——阳光照耀下的一块草坪。但这条裙子的惹眼程度完全无法和她相比。她的雀斑没有透出孩子气,反而在某种程度上增添了她眼神里的热切与认真:那双眼睛里透出浓浓的好奇,那种挑战全世界的态度足可与她的衣裙媲美。她的嘴角带着欢迎的微笑。“那么,”他说,“我在哪儿见过你来着?”

她露出笑容,但并没有笑出声来。“图尔宾上校带他去纹章院参观。是上校介绍我们认识的。但我记得,我们并没有见过面。”

“你肯定是把我忘了。我想我们应该有过……某种程度上的……

亲密关系。”

他很想知道，她会不会因此暴跳如雷。但她没有生气，只是笑了笑。虽然笑得很勉强。也就是说，她并没有完全适应新风俗带来的一切。她的内心仍旧是个纹章官。这个女孩有不少令汉密尔顿欣赏的特质。不过在他看来，这一点也不奇怪。

“你觉得，”那男孩问，“图尔宾为什么要我们见面？”

“或许他正在挑选外套，想让我们都试穿看看。”他把目光转向普瑞希丝，仿佛在暗示她就是那件“外套”。但她只是扬起了一条纤细的眉毛。

男孩走到他们之间。他觉得既有必要把这场无形的竞争带入现实世界，也想到了实现的办法。“告诉我，少校先生，”他说，“你平时玩牌吗？”

学监——无疑是在图尔宾的怂恿下——很快对这场牌局来了兴趣。到场的宾客显然都察觉到了汉密尔顿和年轻版本的他之间的联系，于是兴味盎然地大声谈论起来。仆人们准备扑克牌的时候，汉密尔顿再次看向人群，不由得心想：在如今的大不列颠，在那些最流行的沙龙里，有许多类似的人们聚集在一起，他们会改变自己的形体、年龄和相貌，平衡也会随之改变，而且从现在起，他们都会对新奇和刺激的事物趋之若鹜，就像那些该死的冰岛人。或许封锁区早就这么做了。或许在外来人的飞船坠落的同时，他们就开始翩翩起舞了。

有人决定对这场牌局进行计时，而他和那个男孩事先都不知情。汉密尔顿对此并不意外。他们从桌上那些新洗过的牌堆里各自挑选了一副，随后各自抽了十张牌。汉密尔顿拿过一杯图拉摩尔镇[1]酿制的“吉尔伯根城堡”，一种纯壶式蒸馏威士忌。无论是学监的客厅还是学校餐厅的贵宾席，供应的酒水都很烈，那种影响只凭他头脑里的遮蔽装

① 爱尔兰中部的一座城镇。

置没法全部抵消。这正是这种宴会的目的。在他看来,这些来宾想要的就是贴近现实。所以他打算接受这种不利条件。当然了,那个男孩也必须这么做——尽管普瑞希丝向他投去警告的眼神,他还是选择了同样的方式。

游戏的流程是弃掉不要的手牌,然后从另一副牌里抽牌,借此组成价值各不相同的组合。但“合法”组合的评判标准会随着时间而改变,学监那只镀铜的挂钟每走完十分钟,当前的规则就会变化。而且每个人出牌的时间只有几秒钟,所以你没法就这么坐在那儿,等到规则对自己有利再出牌。所以在等待礼拜堂九点的钟声敲响的时候,汉密尔顿意识到自己有两种战术:要么为了长期优势储备手牌,要么稳步进攻,在消耗对方实力的同时巩固优势。在这场牌局中,时间有着非常特殊的意义。规则文字用颇为花哨的智能投影映射在墙壁上,吓着了那头小鹿。这块投影五颜六色,线条模糊不清,显然出自某位过于关注国王审美品味的朝臣之手。据说汉普顿宫的舞厅里的景色会随着所在位置不同而变化,而且能看到的往往只是因为移动而模糊的轮廓,就好像从马车的车窗向外窥视那样。已经有好几位女士在那里的舞会中倒下,这让汉密尔顿不由得想到:在那种舞步的节奏不断变化的地方,人们本来就随时可能撞上彼此,又因为这种设计,他们很难判断其他人的位置。可人们只会急着责怪自己的粗心,而不是质疑造就了这一切的那位国王。*他究竟在想什么?他们确实应该这么做,他们当然应该责怪自己。*他又在心里斥责起自己来。

他们抓起了初始手牌。男孩再次和他四目相对。这次脸上没有了微笑。他显然是希望汉密尔顿低估他。但他不会这么做的。那样等于是在欺骗自己。他把目光从对手那边向上移去,在不该逗留的位置逗留了片刻。

“你在看什么?”男孩没有回头去看。

“没什么。”汉密尔顿说,然后他把目光移回自己的手牌上,以精确计算过的方式扬起了眉毛。

在第一回合中,汉密尔顿遥遥领先,他的对手始终无法得分,而他不断打出那些明显而又简单的组合。那男孩手里的组合似乎每次都"只差一张"。汉密尔顿明白,这正是他曾经的缺点。而在情报部门的多年锤炼中,他已经改掉了这个毛病。

在人们的欢呼声中,学监用勺子敲了敲玻璃杯,宣布该回合的结束。那个男孩立刻摊开手里那些没给他带来任何分数的牌,顿时引起了又一阵欢呼:现在换成他的分数领先了。汉密尔顿不禁思索:这群人里有没有哪怕一个喜欢他的?抑或对于那些穿着奇装异服来参加聚会的人来说,上了年纪的他看起来就显得无趣。他再次看向普瑞希丝,觉得自己从她的表情里看出了什么。他为什么会觉得,她跟其他人的看法不太一样?她咬着下唇,双眼因为兴奋而睁大。他转头看向男孩。"你听过那个寓言吧?"他说着,试图掩饰自己正在酝酿的组合,"稳扎稳打百战不殆。"

"是啊,希腊人对这种游戏肯定非常热衷。"接着他接连打出一系列成形较快的组合,巩固自己的领先地位,试图迫使汉密尔顿孤注一掷,"后世有各种各样的改编。"

"但仍旧算不上经典。"

"经典也和其他东西一样,会随着时间而改变。"

也就是说,他跟带他来这儿的那些人观点相同。至少他愿意和大家一样。不过当然了,他肯定觉得自己是个奴隶,是掠夺部队从遭受入侵的家乡带回来的一件财产,不是吗?毕竟在汉密尔顿自己的心里,这个念头始终挥之不去。汉密尔顿冒险看了眼图尔宾,决定给牌局增加些紧张的气氛。"想不想换个有意思的玩法?"听过那男孩好听的口音之后,他也在说话时带上了一点儿爱尔兰口音。

"多少?"

汉密尔顿努力回忆自己二十来岁的时候,多少债务能让他破产。

似乎跟现在差不多。还是说他的记忆又在歪曲事实了？他可不希望自己提出的数目在那男孩看来微不足道。不过话说回来，金钱的价值这些年来没什么变化，但他对于多少钱够用的概念改变了很多。“一千几尼如何？”看客们纷纷惊呼起来。汉密尔顿立刻意识到了自己的错误。这么一来，他就像是在欺负那个男孩一样。普瑞希丝对那个年轻人摇着头，示意他不要接受。“噢，不，还是算了，不如改成——”

“就一千几尼。”男孩被他挑起了好胜心。这是当然的——汉密尔顿是故意当着他女友的面这么做的。

换作当年的他，如果安妮在这儿，他也会做出同样的事来——或许现在也会。他可不打算现在改口，让年轻版本的他丢脸。“那好吧。”

接下来的三个回合仿佛一闪而过。汉密尔顿和那个男孩几乎头也不抬地抓牌、思考、摊牌，而学监负责报出得分。分数有高也有低。人头牌[①]的大小显然也发生了变化，而“大使”、“骏马”和“魔鬼”这几张牌有时也能提高或者降低“杯”、“剑”、“杖”和“币”四种组合里数字牌的价值。

十一分钟过后，所有人都围到了桌边，而汉密尔顿和那个男孩满头大汗地看着手里的牌，不断抓牌和摊牌，速度越来越快。汉密尔顿正在思考：一千几尼对他会是多大的损失？这意味着他要卖掉某些东西，或许包括那匹摩根马。他应付得了这样的压力，因为他接受过训练。那个男孩有年轻人特有的决心和冲劲，但他可以损失的东西比他要多得多。甚至是他的性命——如果他付不出赌金，仰或他所属的部队认定不值得为他付出这么大的代价的话。也许他的性命，至少是他自己身体里的意志，将会由他们今晚的这场牌局所决定。汉密尔顿压下心里的内疚。这正是他的目的，不是吗？不是要伤害那个男孩，而是不让他插手自己的工作。但这真的是全部的理由吗？然后他开始责骂自己：

① 指绘有人像的牌。

在摊牌以后他才发现，就因为那一秒钟的分心，他把本该留下等待高分的几张牌也放了下去。

最后一回合和最后一次规则更改到来的同时，人群欢呼起来。男孩勉强维持领先。他在每次摊牌前本来就没怎么思考，这会儿他甚至不用考虑下一回合的情况了。他们已经转过最后一段弯道，正在朝着终点线冲刺。汉密尔顿认定自己唯一的方法就是追上他的速度，迅速找出最好的手牌，摊牌，然后期待下次抓到的牌会更好，期待能迫使男孩做出同样的举动。学监报分的速度越来越快。就连抓牌花费的时间也重要起来。汉密尔顿扳平了比分，然后发现他在最后的几秒钟里交了好运。这不是他头一次仰赖幸运女神的眷顾了。他看到手里有各种花色的“10”各一张，在组合里不算最好的，也不算最坏的，于是他在出牌时间快要结束的时候摊了牌。男孩看着自己的手牌……然后似乎愣住了。汉密尔顿看到男孩的手指在发抖。难道他是在故意拖长时间，好让我更加痛苦？有了这一行赋予的特权，他也做过不少残忍的事。钟表的指针在低沉的响声中转动着，还有三秒……两秒……汉密尔顿只领先一分，可那个男孩的手牌总不会——？男孩笨拙地摆弄着牌，最后大喊一声，把满手的牌都摊了开来，与此同时，礼拜堂的钟声响彻房间，学监也敲响了玻璃杯，所有人凑近去看——

男孩的手牌里什么都没有。什么组合都没有。眼下他正盯着汉密尔顿，而普瑞希丝走上前来，挡在他身前，脸上带着愤怒的表情，尽管她学过的每一条传统都在叫她闪边去。而汉密尔顿发现自己深感赞同。

“我已经满足了，”汉密尔顿开口道，“只要给我弄一瓶好——”

“你敢！”男孩怒吼道，“你敢！我可不是欠账不还的人！”他的嗓音也变成了彻底的爱尔兰腔，这种口音汉密尔顿经常在自己的头脑里听到，但说话时总是尽量避免。说完这句话，那个年轻人一跃而起，然后大步走出房间，既没有向其他人道别，也没有谢过东道主。普瑞希丝看着他的背影，愤怒得难以自已。但她并没有无礼地跟上去。

短暂的沉默过后，人们的闲聊声便再次响起。

汉密尔顿看向学监，后者正尴尬地合上记分板。他避开了汉密尔顿的目光。刚才发生的事似乎没给这儿带来多少欢乐。话说回来，人们也并不都是支持那个年轻人的。但感觉就好像有什么东西坏了。就好像那些人在震惊之余突然发现，有太多的事物——无论是他们自己，还是这个世界——发生了改变，他们已经不知道该为什么欢呼了。

汉密尔顿站起身来，最后喝了一口杯子里的酒。尽管发生了这种事，他还是欣喜地发现，普瑞希丝走了过来。

“这不是他应得的惩罚。”她说。

“是啊，你说得对。但这是世间常情。”

在他们周围，这场聚会已经走到了尾声。人们开始道别。图尔宾选择在这一刻走了过来。他把手按在汉密尔顿的肩上。在汉密尔顿的印象里，他的这位上司似乎从来没碰过他。普瑞希丝连忙走开了。

“这场表演有点糟糕。”图尔宾压低声音说。

“抱歉，长官。我以为这是一次测试。”

“你用不着强迫他在破产和丢脸之间选择。我原本希望我们那位纹章官通过她和那个年轻人的亲密关系，带着他在纹章院里引领新的潮流，让更多的人支持国王陛下的观点。无论是赢是输，只要能看到他的勇气，她就会对他更加倾心。可现在，如果她再去见他，她自己的地位就保不住了。”图尔宾看向普瑞希丝那边，看着她的脸：她显然以为没有人会看到她，此时露出了深思熟虑的表情，就像是在计算等待多久再去追那个男孩比较得体。然后他再次看向汉密尔顿，摇摇头，跟东道主道别去了。

在那以后，汉密尔顿再也没听到过图尔宾的消息，直到那份邀请函放到他的早餐桌上为止。当时的汉密尔顿向东道主道了晚安，然后离开了学监的房间，走到礼拜堂的门口。然后绝望沉入了他的心底——在他看来，礼拜堂又成了可怕的地方。

如今他身在克里夫登庄园，对他的上司、一位圣詹姆斯宫的王室侍从以及首席大臣打招呼，因为他视网膜上的指令是这么要求的。他们现在多半还在伦敦，在图尔宾位于皇家骑兵卫队阅兵场外的办公室里，至少一部分的他们还在那里。他们正在英格兰的另一边，“穿着”这片森林里的几棵树，就像穿着一件普普通通的外套。

“下午好，少校，”图尔宾的声音从树周围的空气中传来，“我要遗憾地告诉你……我们有个任务要交给你。”

汉密尔顿一时间说不出话来——他在心里长出了一口气。“长官，您是说……任务？”

“你在和年轻版本的自己碰面的时候，似乎看穿了他的本性。正如国王陛下的期望。”说这话的人是那位王室侍从。曾经有那么一段时间，这类事务都是由太后负责的，但现在的她从不离开自己在宫里的居所，而且有谣言说……汉密尔顿发现，那个念头借着她放松神经的机会钻进了她的脑海……据说她已经疯了……

“阁下，国王陛下并没有命令我去做什么。”他希望自己的语气不会透露出那个事实——虽然他和那位侍从都很清楚——国王对这一切心知肚明。

“这正是他所希望的。他要我告诉你，你做得很好。”

“那个年轻人，”图尔宾补充道，“本该在你给他的压力下表现得更得体些的。这也预示了后来发生的那些事。”他的语气是汉密尔顿从未听过的。带着歉意。

“王室提出帮他还清这笔钱，”首席大臣“穿着”的那棵树说，“但那个年轻人出于自尊心拒绝了。我们把这看做是高尚的举动，于是再次提出帮忙，并且明确表示这次提议是认真的。”汉密尔顿可以想象，无论他给那个年轻人施加过怎样的压力，都无法与王室的“明确表示”相提并论。

“然后，”图尔宾续道，“他突然宣称自己弄到了钱。我问他钱是哪来的。他说他打牌赢了钱。但这显然是在撒谎。没过多久，我的办公室就荣幸而意外地迎来了一位访客：马歇尔伯爵，也就是诺福克公爵大人。他是以纹章院的纹章官的身份来办公的。他说纹章院的户头上少了一千几尼。”

他拿走了正好相同的数目。汉密尔顿对那个男孩的外行做法莫名地恼火起来。“是普瑞希丝帮他挪用了公款吗？”那位纹章官看起来不至于做出这么愚蠢的事。年轻时的他真的那么有魅力吗？这个想法很吸引人，但不可能是真的。

“或许他从她那里打探到了信息，但她对这件事本身并不知情，”图尔宾说，“公爵大人还告诉我，那位纹章官也失踪了。我们的人搜查了她的房间，找到了扭打的痕迹，还有人试图用粗劣的手法掩盖那些痕迹。那个年轻人在收到指示后也没有出现。”

到了这时，汉密尔顿已经把先前那些担心抛到了脑后，并发现自己难以掩饰一腔满足。这么说，他们的明日之星学坏了。“当然了，”他说，“他也没把钱还给我。”

“我敢说，普瑞希丝把他抓了个现行。在我们的人赶到的几小时之前，她的房间里开启过无限折叠。我们发现了相关的痕迹。我们甚至能在某种程度上追踪那些通道的去向。我们的猎物逃到了这儿，就在克里夫登庄园。”

“为什么？”

“这座庄园里有……一组新近铺设的折叠通道，”那位王室侍从说着，语气仿佛在为王家的流行而感到抱歉，“国王陛下……在有许多分支世界可选的情况下……仍旧……打算来这儿避暑。纹章院……知道……这类的机密信息。年轻的那个你，少校，就藏在这片森林的某个分支版本里。”

首席大臣清了清嗓子，其他人安静下来。“国王陛下，”他说，“仍旧对‘招募分支世界的人’这一概念很感兴趣。他觉得他们或许能帮忙对抗封锁区的敌人。我们得有充分的理由才能让他放弃这一政策。而且他也同意，这样的充分理由是有可能存在的。”

汉密尔顿低下了头。刚才的那番话等于是告诉他，无论结果如何都没关系。如果汉密尔顿把那个年轻人带出森林的时候，对方抗议说这一切都是误会，那么也许会有人听他的解释，虽然他们多半会先把他关进克里文登的地窖里。那好吧。他有任务了。他放下他的手提箱，打开箱盖，随后飞快地穿过多重折叠，找到了他那把韦伯利埸缩枪，以及肩挎式枪套。

“我们正在监视边界地区，”图尔宾说，“我们压缩了他周围的现实，让他无法离开。”空地上的光线变了，汉密尔顿这才意识到，他双眼的遮蔽机能发生了改变。“这是我们部队未来的标准配置：我们在那个男孩身上做了实验。它能让你得到和他同样的能力：看到周围的所有分支世界，并且在其间移动。”

汉密尔顿把枪套系在肩头，把枪塞进去，然后把他的外套放回手提箱里。他觉得自己有必要试用一下那种新机能，于是就这么做了。突然间，空地里有了人，而且就在他身旁。等他回到前一个世界，那些人就消失了。他看到了一些劳工和农场工人，就是那些维持宅邸运作的人。看来他们是国王陛下和他的朋友们觉得最无趣的风景了。

“从这儿进入折叠，”图尔宾说，“把那个男孩和纹章官带回来，可以的话留下活口。”最后那句话的语气等同于向他暗示，对图尔宾来说，汉密尔顿做出任何选择都没有问题。话说回来，他也没打算把汉密尔顿的武器替换成不那么致命的类型。而那两位大臣恐怕没有足够的军事知识，因此没有意识到自己在疏忽之下通过了这一决定。汉密尔顿看着那几棵向他发号施令的树。原先的那些患得患失被他抛诸脑后。

说到底,他们都认定他能行使自己的职责。他原本以为他会死在这些人手里,但事实上,死的只会是分支世界的他。他转过身,朝森林深处走去。

“一路顺风,少校。”王室侍从说。

汉密尔顿没有回头。过了一会儿,他跑了起来。

他看着脑海里的那张庄园地图,在树和树之间慢慢跑着,眼里的遮蔽机制切换了一次,突然又迷了路。他不断确认着分支世界的情况。他可不想被那个男孩打个出其不意。

年轻版本的他做出这些不光彩的行为,是不是因为分支世界里没有发现平衡的概念?国王陛下在顾虑的肯定也是这个问题:从那些世界招募来的部下或许不具备必要的道德素养。也许在那些世界里,平衡根本不存在,这也证明了那些地方的真实性逊色于这个世界。又也许平衡传遍了每一个世界,而这正是那里的平衡经历了许多次冲击之后的模样。也许只是年轻版本的他无法维持平衡。他很想知道,那个男孩在性格成形期间,究竟有没有道德上的评判标准。但这就能为他开脱吗?同样的法则能否适用还很难说。就算一切都是真实的,而价值本身也是相对而言的,那么这个世界认定的犯罪行为还有什么意义呢?那些罪犯可以轻而易举地换到另一个世界,换到适用于不同法则的地方。年轻版本的他面对来自另一个世界的人开出的那些不可思议的价码——升迁、荣誉以及某位漂亮女士的青睐——的时候,或许也有同样的感受。他多半是在某个晚上被强行拖走,又花了几个星期,或许几个月的时间才熟悉这个新世界。而这个新世界有种名叫“平衡”的奇怪风俗:那种面对崩溃却不顾一切地维持秩序的做法,就像罗马帝国……

但图尔宾说过,那个男孩的世界跟这边几乎毫无分别,只是时间上早了几年。可他们却没有平衡。光是想到他们能够不靠平衡存续下去,他们的大国之间能纯粹出于巧合维持稳定与和平……好吧,这个想法太有颠覆性了。难怪图尔宾对这件事如此担心。难怪他自己对平衡的依赖也似乎越来越小。

汉密尔顿责备起自己来。在执行任务的时候,这些念头是很不恰当的。他在森林里找到了前进的方向,因为即使一切都变了,这座森林也没有变。他仔细搜索了一遍森林,然后尽可能轻巧地迈开步子,探索河流周边的地区,从不同角度察看庄园。他什么人也没找到。

他运用眼睛里的遮蔽装置,移动到离仆人所在的世界最近的分支世界。那儿应该是国王陛下备选的猎场之一。

宅邸大致上相同,只是有几处细微的结构差别。一面旗子,上面画着某种毫无意义的符号。汉密尔顿也不想知道它代表什么。他把这地方搜了个遍,找到的却只有几个老人,穿着某种他没见过的制服,还有几个非常年轻的女子。或许等夏天到来时,这里的情景会变得更加离奇。他很想知道到时还会不会有这些女孩,如果有的话,会不会有人给她们奉上这个世界的茶,让她们去走这个世界的迷宫[①]。

他再次切换,这次发现一群美国人正在小径上行走,那种古怪的口音让他想起了莎士比亚的戏剧。他蹲在路边,听着他们从旁经过的脚步声,而那些人说起话来漫不经心,就好像没有任何人会评判他们,也没有任何人和他们作对。其中一些人应该知道他那个世界的国王会来,另一些人则不知道。因为国王陛下将会在这些精挑细选的世界之一狩猎,在不属于他的土地上探险。但他可能会选择任何世界,不是吗？必须保证每个世界的安全才行。只不过,那个男孩如今就在其中一个世界。

他搜遍了好几个世界,同时尽量不让那些世界的法则影响自己。他考虑着如果跟那个男孩易地而处,他会逃去哪里,随即发现了这个想法的疏漏……因为他完全想不到自己会来这儿。在十来个分支世界里,他终于找到了一处空旷的场所。透过树林看不见宅邸,河流的位置

① 此处应指英国作家刘易斯·卡罗尔的《爱丽丝漫游奇境记》中的剧情。

也截然不同，他所站之处的海拔高度也不一样，虽然按照遮蔽装置提供的信息，他跟刚才所在的位置完全相同。他缓缓地扫视周围，确认自己的行踪足够隐蔽。不光是宅邸不见踪影，在他目力所及的平原上，也没有哪怕一栋房屋的影子。而且这儿有些东西……有些非常离奇的东西——

“这么说他们真的派了你来。”那个声音属于他自己，从山坡上传来。

汉密尔顿看不到话声的主人。他踏出几步，让一棵树挡在他和那个方向之间。他从枪套里抽出韦伯利塌缩枪。

“纹章官在哪儿?”他大喊道。

“你找不到她的——”

这句话让汉密尔顿断定，她此时并不在他身边。于是他离开树干，单膝跪地，左手托着右手的手腕，朝话声传来之处开了枪。沉闷的枪声和树叶的沙沙声混合为一。然后他听到了另一个声音，是那个男孩跳出藏身处时折断树枝的声响。汉密尔顿纵身跃出，朝声音的来源又开了两枪，树叶和树丛瞬间被压缩，骤然变强的重力拉扯着他的衣物，聚集的强光仿佛一整排闪闪发光的新星，照得他眼花缭乱。随后，光芒消失不见。

他看都没看一眼结果，立刻躲回树后。然后他侧耳聆听。

移动停止了。这也是当然的。换作是他，就不会继续移动。他会躺在那儿等上一会儿，然后再多等一会儿。

他听到山上传来微弱的移动声。从那些声音判断，那个男孩很可能还活着，而且毫发无伤。他开始缓慢地穿过树林，毕竟那个男孩已经知道了他的位置。他迈着步子，同时吃惊地看着周围。这个空旷的世界的确有些非常古怪之处。在他还会受邀参加王宫派对的时候，他曾听那些无聊到谈论“大自然的庄严景色”的人们说起它拥有的神秘而诗意的力量，还说光是看着简单的自然风光，就能给他们以鼓舞与启迪。汉密尔顿当时不假思索地回答说，自然一点也不简单，无论从什么样的角度去看,它都拥有无数的棱角和细节,完全符合复杂一词的定义,甚至远比文明的造物复杂得多。对他来说,自然就是藏身之处,而且细节越丰富就越好。丽莎[①]……王后陛下……当时开了个玩笑,把他鲁莽地反驳法国大使的事实掩盖了过去。

但这个地方真的有种怪异的庄严之感。他周围的树木,还有他奋力穿过的那些灌木丛,看起来仿佛都在向他大喊。色彩似乎太明亮了些。是他的遮蔽装置出了故障吗?不。但这跟简单无关。附近的那些物体,甚至是下方的那条河流,全都……比他早已习惯的细节还要多。他回忆起自己一侧眼角膜受伤的经历,还有用一只眼睛看到的模糊视野——直到他们给他植入新的眼角膜为止。感觉就好像他过去的一生都在经历同样的事,直到这一刻,他的视野终于恢复了清晰。上帝啊,光是能留在这里,都会是件美好的事。他可以彻底放松下来,好好休息。

不。这些想法太危险了。

前方传来一阵响动,他抬起枪口。但他随即看到了响动的源头。有只狐狸正在两丛灌木之间盯着他看。当然了,他位于它的下风处,而它才刚刚转过头看着他。他运气不错。但那东西的眼睛,还有皮毛的光泽,以及毛发的浓密程度,他从这儿都能看得一清二楚……

那狐狸打破沉默,迈步飞奔。

在这个世界里,有什么东西也随之破碎。汉密尔顿重重地倒在地上,发现自己的鼓膜在嗡嗡作响,不由得庆幸自己还活着——嗡鸣的鼓膜就是证明。然后他向侧面纵身扑去,在他身边落下的泥土和树叶突然被吸走,而他顺着山坡滚下,撞进树丛。他奋力抓住泥土,阻止自己继续滑落,这时候,噪声也停止了。

那个男孩差点就打中他了。他也有一把同样的枪。这是当然的。

他躺在那里,喘息不止。然后他又多等了一会儿。男孩肯定没法

① 伊丽莎白的昵称。

确定他的位置,否则他早就开枪了。可笑的是,他居然为那只狐狸的性命担忧了片刻。与此同时,他发现自己没有受伤。或许刚才那一枪只是在碰运气。这是一场愚蠢和轻率的较量。

他有种古怪的感觉:他的人生走到这一步也是理所当然的。然后他把这个念头抛到脑后。如果他的人生走到了这一步,再在另一个人死后存续下去,这才叫理所当然。

“你就待在那儿别动好了。”那个男孩又开了口,这次很难判断他的方位。他所在的地方应该有什么障碍物,比如几棵长得过于密集的树,或者一堵石墙,所以让他的话声显得断续不清。

汉密尔顿继续张望。“此话怎讲?”

“你不知道你在哪儿吗?”

“某个分支的英国。”

“你错啦,老头子,”他的语气里没有了先前的做作,“如果一个地方没有人,那就算不上国家了。”

“我猜国王陛下应该来过这儿。多半还有过一场愉快的狩猎。”

“那是当然的。这儿可是天堂。”

听到他古怪的发言,汉密尔顿咧嘴一笑。“你是怎么知道的?”感觉就像儿子在跟父亲辩论。想要测试笼子铁条的牢固程度。或许在他那个年纪,他也喜欢这么做,但他父亲失败的人生意味着他永远没办法这么做,仰或不觉得有这种必要。像这样让他没有任何认同感,也没有理由去做任何事的地方?更像是地狱,或者说那个男孩没有平衡观念的故乡。

“它比……我们来自的世界……都要真实。我要说这儿显然是天堂,因为这里一个人都没有。”

汉密尔顿从他的话语里听出了笑意。“除了我们。你确定这儿不是别的什么地方?”某个古怪的想法浮现于他的脑海,“所以你才希望我留下?”

“我是说如果我回去,他们就不会搜索这儿了。你可以待上几天,去你想去的地方。”

男孩的态度令汉密尔顿震惊。“你以为我会抛弃自己的职责?”他一时间想到了自己的人生被那个年轻人取代的情景。感觉就像入侵。但可怕的是,这个想法竟然显得相当诱人。

“我想都没想过让你放弃职责,老头子,”他说的是真话,“我是说,你可以利用这场游戏。他们需要我们之中的一个死去,所以……”

他是从哪里得来的这种想法?图尔宾多半希望他把那个男孩拖回去,就像拖回一件猎物,但王宫在这件事上的态度显然不冷不热,更何况,汉密尔顿不认为任何一方希望离开森林的是那个男孩,而不是他。“谁告诉你的?”他停顿了片刻,又问,“你想骗我?”

“我想都没想过……老头子……我是来带你回去的。”男孩或许以为汉密尔顿得到了某种他没有的新能力,比如能够骗过老练耳朵的谎言。抑或他也许知道自己头脑里的装置比汉密尔顿的标准配置先进得多。但他们对彼此的声音太熟悉了。

一阵响动从汉密尔顿意料之外的方向传来。他转过身,但没有抬起枪。男孩就站在那儿。他的枪口也对着地面。汉密尔顿朝他走去。他允许自己跟年轻版本的他头一次进行诚恳的眼神接触。他要确认那张面孔真的非同寻常,带着难以抑制的喜悦,带着值得跨越分隔世界的汪洋来见识的和蔼。他深吸了一口气——这里的空气的确比他去过的任何地方都要清新。无论这儿是不是天堂,他都能想象国王陛下在其中行走,想着属于那些本应属于他的东西,想着在这里永无休止地狩猎,带着他重获青春的身体,还有他的每一位大臣和每一个情妇的年轻版本。就因为这个男孩,这样的新风俗原本会永远持续下去——如果没有发生后来那些意外的话。但这并不是那个男孩的错。而在这一刻,汉密尔顿决定带他回到空地上,让他们做他们通常不愿去做的事:听取别人的解释。

“他们告诉我，”男孩开口道，“在你的那个世界，我只需要杀死你，就能确保我在社会中的地位。所以我们才会被带到这儿来……进行这场竞赛。”

汉密尔顿突然发现，这正是他设想过的可能性之一。“是谁——”

一发子弹呼啸着划过清澈的天空——正是他和男孩用的那种武器的子弹。男孩的面孔瞬间肿胀起来，他的身体在冲击之下扭曲变形，鲜血和某个名字的一部分从他口中逸出。塌缩弹开始收缩，那具空空如也的身体落到地上。

她走上前来，垂下枪口。她至少知道自己应该面带悲伤。“纳辛小姐。”她说。

她仍旧穿着那件染血的裙子。她把枪塞了回去，重新藏起。她和汉密尔顿站在那儿，对视了好一会儿。最后汉密尔顿明白，如果他想朝她开枪，她也不会抵抗，于是愤怒地把枪塞回了皮套。

她立刻朝着宅邸的方向走去。他考虑过埋葬那个男孩。这个念头的荒谬让他如鲠在喉。他迈开步子，追上了她。“你这该死的。我们俩也都该死，居然没料到你会开枪。”他抓住她的胳膊，让她停下脚步。“这么看来，你从来就没真正喜欢过纹章院？”

她平静地看着他。“我们不介意劫掠分支世界。我们不介意为衰老的头脑偷取新身体。在某种程度上，是这样。但我们拒绝让他们替代我们。我们可是纹章院啊，少校先生。没有了家谱，我们就失业了。”

“所以你们陷害这个男孩，伪造出他犯下偷窃、绑架和叛国的罪行，甚至对国王陛下构成威胁——”

“我们证明了这样的替代行为是靠不住的。你也看到了，他们没有平衡可言。”

“你跟我说这些，是为了——”

在这一刻，她看起来是真的在为他悲伤。她理解他。“因为你会放我一马。”

他们走进那片林间空地。与此同时,普瑞希丝立刻发起抖来,就像每个刚刚获救的人质那样。“他简直是个怪物!”她扶着汉密尔顿的胳膊,大哭起来。

“他人呢?”图尔宾的声音从树那边传来。

汉密尔顿努力维持着镇定。“那个男孩已经死了。”他说。

小龙　译

斯蒂文·塞勒

畅销小说家斯蒂文·塞勒是“历史奇幻推理”这一题材中最闪亮的明星之一。他创作了长篇系列小说《玫瑰花下的罗马》,讲述古罗马时代的侦探,外号“发现者”的戈迪亚努斯的冒险故事,包括《罗马之血》《亚壁古道上的谋杀》《卡提丽娜的谜题》等等。以戈迪亚努斯为主角的短篇作品收录在《维斯太之屋:戈迪亚努斯探案故事》和《角斗士只死一次:戈迪亚努斯探案故事续》中。塞勒的其他作品包括《最终转折》《你看到黎明了吗?》,以及另一部与戈迪亚努斯无关的历史小说《古罗马的故事:罗马》。他的最新作品包括《罗马》系列的第二卷,《古罗马的故事:帝国》,以及戈迪亚努斯系列的新作《尼罗河上的掠夺者》。他现居加利福尼亚的伯克利。

在近期的作品《七大奇迹》里,塞勒展开了全新的视角:讲述少年戈迪亚努斯以及他的旅伴——上了年纪的希腊诗人、来自西顿城的安提帕特——拜访世界七大奇迹的经历。以下这篇《提尔见闻录》以公元前91年的传说古城提尔为背景,讲述了戈迪亚努斯年轻时的旅行故事。戈迪亚努斯发现,在他造访的一百年前,文学历史上最伟大的冒险家之二,法夫德和灰鼠猎(两人为弗里茨·莱贝尔创作的系列故事中的角色,对应剧情在他1947年的短篇故事《内行的策略》中有描述)曾经就生活在这座城市。这场穿越时空的相会看起来只是单纯的巧合,但戈迪亚努斯发现,在纽文世界①,每一个故事和讲故事的人之间都存在着微妙的——甚至是魔法方面的——联系。

① 法夫德和灰鼠猎系列故事所发生的世界。

提尔见闻录

“墙上那些奇怪的画是什么?”我说。这家酒馆的女招待是位性感的金发女郎,她刚刚给我端上了第三杯葡萄酒,而那些画在我眼里越来越奇妙了。

安提帕特①,我的旅伴和从前的导师,此时皱起了他雪白的眉毛,蔑视地看着我——在我们的旅行中,他经常用那种眼神看我。虽然我已经十九岁了——按照罗马律法,我已经成年——可他的眼神却让我觉得自己只有九岁。

“戈迪亚努斯!你怎么可能不知道法夫德和灰鼠猎的故事?”

“灰什么?”

“鼠猎。”他说。

我皱起眉头。“我知道老鼠,可鼠猎是什么东西?”

安提帕特叹了口气。“这是埃及人用来称呼家猫的词语,因为那种生物以其狩猎技巧,尤其是狩猎啮齿动物的技巧而闻名。因此,‘鼠猎’就是‘老鼠猎手’的意思。”

“噢,好吧,你知道的,罗马可没有猫。”光是想到那种生物,想到它锐利的爪子和恶毒的尖牙,我就不由得发抖。在海上旅行的时候,我在船上遇见过几只。那些船长多半看中了它们消灭鼠害的能力,但我始

① 即西顿的安提帕特,是古希腊时期的一位诗人,他的作品收录在《希腊诗文选》中。

终跟这些异国生物保持距离。我和大多数罗马人一样,觉得它们令人厌恶——或者说非常吓人。我听说埃及人对这些毛茸茸的野兽顶礼膜拜,允许它们在街上游荡,甚至住在自己家里。我没去过埃及,不过想到埃及人跟猫生活在一起,我就没了去那里的兴致。

不过终究有一天,安提帕特和我会去埃及,因为那里是大金字塔的故乡,是世界上最古老的——有些人说也是最伟大的——奇迹之一,而我们又打算探访全部七个奇观。我们刚刚游览完罗德岛的太阳神巨像,此时正在前往巴比伦的路上——那座城市拥有传说中无比坚固的城墙,以及空中花园。

至于眼下,我们所在的位置是提尔城的港口——换句话说,正在奇迹与奇迹间的路上。提尔城也拥有广为传颂的悠久历史,它最出名的恐怕就是从骨螺壳里提取的染料了;世上的每一位国王都不惜重金来购买提尔出产的紫色染料。提尔同时还是安提帕特的出生地,所以对他来说,我们的这次造访也可以算是回乡。

我小口喝着第三杯葡萄酒,任思绪肆意徜徉。安提帕特比我喝得还快,这已经是他的第四杯了。对他来说,无节制的饮酒是相当少见的。这多半跟他身在故乡有关。有什么能比童年记忆更让一位年迈的诗人感伤的呢?

“埃及,猫,老鼠,金字塔——可我们原先是在说什么?”我说,“噢,对——这儿的那些奇怪的画。”

这间酒馆名叫“骨螺壳”。因此酒馆的外墙上画着一只硕大的骨螺壳,门口周围的陶土地砖里也嵌着那些贝壳。然而,酒馆里却没有骨螺壳的影子,墙上的壁画也和紫色染料的产物没有丝毫关联。事实上,那些填满了所有平整表面的画,似乎描绘着我不认识的两位英雄的光辉事迹。其中一位个头较高,体格也更宽,是个留着火红胡须的壮汉。较矮的那位有只短扁上翘的鼻子,穿着带有兜帽的灰色斗篷。他们都拿着剑,而且在那些画里,他们几乎每次出手都像是摧枯拉朽。

“你说他们叫什么来着?”我问。

“法夫德——”

“噢,我之前就听到了。不过我还以为你是在清嗓子。”

“真好笑,戈迪亚努斯。我重复一遍:法夫德。没错,这是异国人的名字。传说他是一位名副其实的巨人,来自遥远的北方,比伊斯特河和达契亚都要远,甚至比蛮荒的日耳曼尼亚更远。”

“可日耳曼尼亚的北方没有什么陆地——不是吗?”

“我认识的人也都没去过那儿。但他们都说法夫德是从那儿来的。”

“法夫德! 法夫德!”我努力念了几遍,直到安提帕特点点头,表示我发音正确。“另一个呢? 那个什么‘灰鼠猎’呢?”

“他似乎是本地人,在提尔城的街道上长大。与他的搭档相比,他皮肤更黑,个头矮小而结实,但用剑的技巧同样娴熟。说真的,据说他们两人是当时最出色的剑客。”

“当时是什么时候?”

“法夫德和灰鼠猎大约一百年前住在提尔城里。我的祖父跟他们有过一面之缘。按照他的说法,他们不光是当时最伟大的剑客,也是有史以来最伟大的。”

“真是大胆的断言。可我为什么从没听说过他们?”

安提帕特耸耸肩。“我猜他们在提尔最出名,他们给本地人留下了深刻的印象。而且在提尔城,他们最爱的场所就是这家‘骨螺壳’酒馆。他们经常在这儿喝酒,向女性献殷勤——”

“这个臭烘烘的小地方就像他们的圣殿!”我看着墙上的那些画,大笑起来。

安提帕特嗤之以鼻。“你只是在遥远的罗马长大,所以从没听过法夫德和灰鼠猎的故事——”

“老师,我们在希腊语国家之间已经旅行了一年多了——我们去了以弗所、哈利卡纳苏斯和奥林匹亚[1]，还有爱琴海的所有岛屿——可我不记得自己见过这两位的画像或者文字，哪里都没有。也没有哪位祭司提起过他们。我认识的所有诗人——包括您本人——也都没有讲述过他们的事迹。法夫德和灰鼠猎会不会只是本地的传奇人物，只有提尔人才知道？”

安提帕特的嘟囔声等于默认了这个说法。虽然我只是个涉世未深的年轻人，但我想象得出，安提帕特显然相当重视他年轻时视为英雄的那两人，所以我制止了自己，没有继续去质疑这两位所谓的“伟大剑客”的名声。

“有意思，”我说，“他们真是一对怪搭档。在其中几张画上，你会觉得自己看到了一位高大的神灵和他矮小的仆人，在另一些画上，他们就像小个子巫师和他魁梧笨重、俯首帖耳的铜人。”

“很有想象力，戈迪亚努斯。”安提帕特没好气地说。我们都喝完了杯子里的酒，他又叫女招待再拿些来。

“那这些画上究竟画的是什么？”我努力换上尊敬的口气。

安提帕特转过头去，生了一会儿闷气，但最终还是没能抵挡他好为人师的习惯，以及重温儿时最爱的冲动。“好吧，既然你问了……在那边的那幅画上，我们能看到他们和西顿走私者的交锋；另一幅上是他们与西里西亚海盗的那场名闻遐迩的对峙，以及救出被绑架的卡帕多西亚公主的场景。旁边那幅则描绘了他们跟一位女性塞浦路斯奴隶主见面时的情景——她看起来多可怕啊！——而在这幅画上，我们看到这次会面变成了伏击。以及那一幅，以土买人强盗正从沙漠的方向飞驰而来，寻找着那批从埃及古墓里偷来的、从未有人见过的贵重珠宝。”

“可我们在这幅画里见到了。”

“这只是艺术上的夸张！”

---

① 均为古希腊城市。

“那这一幅呢?”我指着窗子上面的那幅尤其下流的画。

“噢,那幅画上描绘的是法夫德和灰鼠猎一起接受埃及那位风流的劳迪丝[1]的‘招待’,后来她派出了一群努比亚太监去砍他们的头。但你也看到了,我们的英雄成功逃脱,还带着劳迪丝的那口乌木箱子——后来他们发现,里面装着的不仅有她惊人的春药藏品,还有苏格拉底服毒自尽时用的那只杯子。”

“真了不起!”我说,“还有那面墙上——那些画看起来像是另一番冒险。”

“你的观察力很敏锐。没错,那些画描绘了一段超自然的经历。如你所见,那两位剑客正在向名叫宁加布尔的古怪恶魔请教,后者挺着大肚子,穿着连有黑色兜帽的斗篷,七只连着视神经的眼睛从斗篷中伸出,摆动摇曳。”

“真吓人!”

“事实上,七眼的宁加布尔是个友善的恶魔,也是位睿智的顾问。得到宁加布尔的指点后,他们开始了自己最伟大的那场旅行:徒步前往东方,越过黎巴嫩山脉白雪皑皑的山顶。他们还曾沿着色诺芬[2]和十千佣兵团[3]的那条传奇般的路线前进。他们继续深入那片未知之地,最后到达了失落之城,来到了那座名为‘迷雾’的城堡。在那里,他们遭遇了一生中最大的敌人,一位拥有可怕力量的巫师。”描述细节的时候,安提帕特的双眼闪闪发光。

我点点头,在脑海里勾勒着那些难以置信的画面。“那边那幅画呢?看起来他们两人正在战场上。这是什么著名战役吗?”

“没错,那是亚历山大大帝攻打提尔城的战斗,他们两人正在英勇地保卫城市。画上的法夫德站在城墙上,将石块砸向敌人的船舰,灰鼠

---

① 此处应指劳迪丝一世,她是塞琉古王朝安条克二世的王后。

② 古希腊雅典城邦的军人、历史学家与随笔作家。

③ Ten Thousand,主要活跃在希腊地区的佣兵团。

猎则潜到水下，挫断了船锚的链子。在他们周围，刀光剑影，箭矢齐飞——”

“可老师，您不是说他们俩一百年前住在提尔城吗？”

“没错。”

“可亚历山大攻城不是发生在两百年前吗？”我笑了起来，因为在安提帕特的那些历史课里，只有这堂课我记得最清楚。

他咳嗽了一声。“噢，你说得对。”

“那他们怎么可能——？”

“我说过了，这只是艺术夸张！”他强调道，“或者……也许法夫德和灰鼠猎两百年前的确也在提尔。”

我差点笑出声来。

“你们这些顽固的罗马人，总觉得世上没什么不能理解的事，”安提帕特说，“法夫德和灰鼠猎一百年前的确在这儿——我的祖父本人，以及你周围的这些壁画可以作证——但没有人知道他们从哪里来，后来又去了哪儿。有些人相信，法夫德和灰鼠猎来自某个超脱于正常时间与空间的国度，称它为魔法国度也不为过，所以他们或许不仅一百年前在提尔城，两百年前也一样。”

“一百年后也同样有可能吧？这就意味着……他们今天或许还在！”我用夸张的动作打量着其他的酒客。他们大都衣衫褴褛，其中几个穿着斗篷，有可能是灰鼠猎，但我找不到什么红胡子巨人。

安提帕特瞪了我一眼，我不由得有些羞愧。为了分散他的注意力，我指了指引起这番对话的那几幅壁画。画的位置就在我们走进的那扇门的两侧。“我最好奇的是那两幅画。”

安提帕特扬起一条浓密的眉毛。“是吗？原因是什么？描述一下！”让学生列举雕像或画作的细节，这是种常见的教学方式，安提帕特通常在探访神庙和圣殿时才会要求我这么做——但在酒馆里可是前所未有的。

“好吧,老师。这两幅画各有两部分。在第一幅画的左半部分,法夫德的膝盖上坐着个漂亮女孩,那女孩穿着克里特复兴式样的裙子,双乳完全暴露在外——但在右半部分里,坐在他膝盖上的却换成了一头母猪。那头母猪穿着和那女孩同样暴露的衣裙,看起来是想告诉我们,那女孩变成了母猪!而在那儿,在门的另一边的那幅画上,灰鼠猎正在和另一个可爱少女亲热,但到了右半边画上,她就变成了一只巨蜗牛。这是什么样的故事?英雄们在跟母猪和蜗牛打情骂俏!这样不得体的画面为何会放在如此醒目的位置,让每个造访酒馆的人都不会错过?等你喝饱了酒,昏昏沉沉地准备离开的时候,看到的就是这种东西!”

“这两幅画尤其值得关注,”安提帕特说,“因为上面描绘的场面就发生在这儿,在骨螺壳酒馆。”

“您是在说笑吧!那两个女孩就是在这儿被变成母猪和蜗牛的?”

“事实如此,无可争辩。我的祖父亲眼所见。”

“噢,这我相信,不过——”

“要知道,那是因为诅咒——我是说,法夫德和灰鼠猎中了诅咒。每个跟他们亲热的女孩都会在他们面前变成可憎的生物。为了解除诅咒,他们找到了七眼的宁加布尔,又克服了重重险阻,来到了那座名为迷雾的城堡,与那个巫师展开了对峙。但故事开始于这里,是这间骨螺壳酒馆的女招待变成了母猪。施展了那个诅咒的巫师也出生于这座提尔城。你觉得他的魔法是从哪里学来的?”

“我猜不出。”

“从这座城市的某座私人图书馆的藏书里——那是些古怪的书卷,收藏者将它们称之为‘秘密智慧之书’。这些书卷来自不同的时间和地方,充斥着绝无仅有的神秘知识。小时候,我听祖父提起过那些书,但当我问他要怎么才能读到那些书的时候,他却说它们太危险了,转而要求我专注于《荷马史诗》。”

“他的建议很好,因为您像荷马那样成为了诗人。”

“是啊,我成为了声名显赫的诗人;还有人说是全世界最有名的。”安提帕特叹了口气。他有许多优点,但谦虚不在其列。“噢,如果童年的我读到了秘密智慧之书,我的人生该会有多大的不同啊！蕴藏在那些卷册里的力量据说远超一般人的想象。不是像诗人那样,用欢笑和悲怆令听众陶醉的力量——不,我所指的是魔法的力量,能够扭曲现实构造的那种力量!”

我们在旅途中也见识过魔法,遇见过科林斯[1]的女巫。回想起来,我不由得浑身发抖,又喝了一大口酒。

安提帕特在同时喝光了自己那杯,又让女招待添酒。我从没见过他这么激动。“到了现在,”他说,“在垂垂老矣,我回到了自己出生的这座城市,比离开时更加睿智——我敢说,也更加狡猾阴险。坚定更多,畏惧更少。”

“畏惧什么?”

“秘密智慧之书！戈迪亚努斯,你还不明白吗？所以我们才会来提尔城。”

我皱起眉头。“我还以为提尔只是从罗德岛到巴比伦的一个落脚处。当然,也是你的故乡。我理解你想要怀旧——”

“噢,不,戈迪亚努斯,我们来这儿的目的非常明确。我们必须前来我童年时的英雄,法夫德和灰鼠猎的这座城市。他们的冒险对儿时的我来说意味着一切。——最伟大的那次让他们能够面对秘密智慧之书里的魔法——而我打算将它们据为己有！我已经采取了行动。等到明天的这个时候——噢,那位漂亮的女招待在这儿!”

他把空酒杯递向那个女孩。是因为我喝多了酒,还是说她的样子真的比平时更撩人了？她的笑容非常友好。

我喝下一大口酒。“等到明天的这个时候……会怎样?”

---

① 古希腊的一座海港城市。

安提帕特露出微笑。“等着瞧吧。或者应该说，等着瞧不见吧！”他大笑起来。那笑声如此古怪，让我不由得把又一杯酒灌下肚去。

次日早晨，在骨螺壳酒馆楼上的房间里，我在头痛欲裂的宿醉中醒了过来。比脑袋里的巨响更可怕的，是安提帕特的唠叨，昨晚的酒似乎没有对他产生任何影响。

“起来，快起来，戈迪亚努斯！我们在提尔只会短暂逗留，得好好抓紧时间才行。”

“短暂？”我呻吟着，用一只枕头盖住脑袋，“我想我们可以再多待一会儿……在这个舒适又安静的房间里——”

“哈！等我达成目标以后，马上就离开提尔城。至于现在，我们还是扮演好观光客的角色吧。”他扯走枕头，一脚把我踢下了床。

一个钟头过后，肚子里多了些食物，又呼吸过新鲜海风以后，我跟安提帕特开始游览这座城市。提尔并不是我们旅途中所见过最壮观的，却是最古老的城市之一，而且富有历史的韵味。来自提尔的航海家率先穿过了“赫拉克勒斯之柱[①]”；提尔的狄多女王建立了曾经堪与罗马匹敌的迦太基王国。如今迦太基不再，提尔仍旧耸立于此，尽管在亚历山大大帝的征服过后，它已经面目全非。

“亚历山大来的时候，提尔城是座岛屿，等他离开的时候，这儿就成了半岛。”安提帕特说。我们沿着蜿蜒的街道来到城市的最高点，安提帕特站在那儿，指着那条宽阔的土石堤道——它将从前的岛屿和我们所在的大陆连接在一起。“亚历山大攻打岛上的要塞时，为了从陆地和海上进攻，他建造了这条连接岛屿的防波堤，以便使用巨大的攻城槌。他花了七个月的时间让提尔城屈服，但终究是成功了。然后他在那儿，在美刻尔[②]神庙庆祝了他的胜利。提尔从此成为了希腊语国家的一部

---

① 位于直布罗陀海峡两岸的两座峭壁的古称，曾经被古人认为是世界的尽头。

② 赫拉克勒斯在腓尼基语里的名字，提尔城的守护神。

分，并且始终如此——有时是在塞琉古帝国的统治下，有时则臣服于埃及的托勒密王朝。但在四十年前，提尔城恢复了独立，开始再度发行自己的货币——也就是著名的提尔谢克尔。提尔再次成为了自豪而独立的自由城邦，而且还有希望维持下去——前提是它能够逃脱罗马帝国的掌控。”这不是安提帕特第一次表现出对罗马帝国的反对情绪了。

我们沿着曲折的街道，来到人头攒动的滨水区域。提尔拥有两座天然的海港，一处在北，另一处则在南方，港口里都停满了船只。码头上满是忙碌的水手，商人们则在监督奴隶们装卸货物。港口的酒馆也都生意兴隆（包括位于南港的骨螺壳酒馆）。在远离水边的地方，能看到石板铺砌的地面，染工们正在这里铺开潮湿的绿色布料。按照安提帕特的说法，炽热的阳光能将绿色变成紫色。

“这怎么可能？”我说，“听起来就像魔法。”

“是吗？噢，我想也是。我们回头再来吧，到时候你就能亲眼见证了，”他笑了笑，“无论如何，你都会在今天见识到魔法！”

我瞥了他一眼。“老师，您在说什么呢？”

“昨晚把你扶上床以后，我去了楼下，联系了我打算见的那个人。”

“哪个人？”

“他认识秘密智慧之书目前的拥有者。我们今晚在骨螺壳酒馆跟他碰头。”

“然后呢？”

“然后就等着瞧吧。或者等着瞧不见吧！”

葡萄酒模糊了我的记忆，但我依稀记得安提帕特昨晚也说过类似的话。我的老导师究竟想做什么？

我们继续观光这座城市，发现它其实相当之小，徒步就能穿过。由于土地稀缺，提尔人只能向高处建设城市，这座岛屿的中央区域挤满了五层、六层甚至七层楼的住宅。这让提尔城甚至比罗马更高，即使在正午，那些狭小曲折的街道也大都漆黑一片。阳光较为充足的地区大都被染色工坊占据,那附近的空气是我造访过的城市里最难闻的。这应该和制造紫色染料的过程中使用的各种溶剂与添加剂有关——它们会释放出刺激性的气味。

为了晒晒太阳,再呼吸些新鲜空气,我们去了亚历山大的堤道上散步,但安提帕特不肯一路走到大陆那边。我能看到岸边有一座相当规模的城镇,但安提帕特向我保证说,那只是座偏僻的小镇,没什么有趣的东西。于是我们折返回去,前往美刻尔神庙。那地方昏暗冷清,散发着霉味,但这儿的确有一盏长明灯(跟罗马维斯太神殿里的壁炉有异曲同工之妙),还有几座高大的雕像与画像,刻画的是我熟知的赫拉克勒斯,也就是提尔人最敬仰的神灵"美刻尔"。

在返回骨螺壳酒馆的路上,我们在染工们早先铺展布料的广场驻足,我惊讶地发现,在晒干之后,绿色已经转变成了紫色。

"就像魔法!"我轻声赞叹。

安提帕特只是笑着点点头。

那天晚上,在骨螺壳酒馆的包间里,我们吃了章鱼肉加棕榈芯拌成的沙拉,以及一碗炖鱼——给我们上菜的正是前一晚的那位金发美人。我得知了她的名字:伽拉忒亚。

等到那个陌生人出现在门口的时候,我才明白安提帕特不惜花钱租下包间的原因。

那人身穿深蓝色的束腰外衣,腰间系着一条宽大的皮带。皮带上别着一把带鞘的匕首,握柄处嵌着一块象牙,周围是一圈细碎的红宝石。那件外衣很长,甚至盖住了那人的膝盖,但肌肉发达的黝黑双臂却裸露在外——上面戴着雕刻精细的银制臂环和手镯。他的脖子上挂着纠结成团的几条银项链,坠子分别是玛瑙和青金石,耳朵上戴着一副银耳环,耳环沉甸甸的,拖长了他的耳垂。他的头发长而蓬乱,大部分是黑色的,夹杂着几根银丝,下巴上的胡子也有好几天没刮了。那张饱经风霜的黑色面孔让人很难判断出他的年纪;我只能确定他比我年长得多,又比安提帕特年轻得多。

安提帕特刚好喝完正吃他那碗炖鱼,此时抬起头来,扬了扬眉毛。“你就是……”

“我叫做克里尼斯。我想我们是约好在这儿碰头的。”

安提帕特盯着那个人,把碗推到一旁,清空了他前方的桌面。“的确是这样。你带来了……那东西吗?”

那人的肩头斜挎着一只小背包,里面显然装满了圆筒。他取出一只皮革圆筒,又从里面拿出一张破破烂烂的棕色纸莎草卷轴。

“看起来很古老了。”安提帕特说。

“正是如此,”克里尼斯说,“这样的文献越古老越好。越是后期的抄本,出现谬误的可能性就越大,这有可能会带来……危险……相信你也想象得到。只要弄错一点点细节,然后——嘭!——你就把自己变成了一颗卷心菜。”

安提帕特大笑起来,笑声显得有些紧张。“的确,我想象得到。它如此古老……又如此脆弱。”

“拿的时候可要当心。”

“我能碰碰它么?”安提帕特说。

“可以。但在你买下它之前,请格外小心。”

“当然!”安提帕特急切却谨慎地接过卷轴,在桌子上铺开。这张卷轴已经很陈旧了,不用重物压着也能铺平。

我站起身来,越过他的肩头去打量。那些希腊字母用的是我不认识的某种古代字体,而且褪色得厉害,几乎无法辨认,但安提帕特却似乎看懂了。我看到他用手指逐行扫过那些语句,同时低声自语。

“太奇妙了!‘变性术’……‘视杀术’……‘暂通鸟语之能’……‘操控梦境术’……‘死者复苏法’……了不起!”

“老师,这是什么?”我说着,抬头看着克里尼斯。那人双臂交叠地站在那儿,似笑非笑地看着安提帕特的反应。

“这份文献是秘密智慧之书的摘要，或者说目录，”安提帕特说，“真是非同凡响！就算这些配方只有一半能用……”

“这样的藏书也是无价之宝。”克里尼斯帮安提帕特把话说完。他大笑了几声，又说：“所以你或许会好奇：为什么我要卖掉这样的宝物？”他拍拍那个背包，“事实在于：大部分卷册显然只是垃圾。你按照记载找来女巫药剂的各种原料，严格根据配方调制，但最后你没能长出第二颗脑袋，反而得了消化不良。而且我要问你：有谁想要两颗脑袋呢？”他再次大笑起来。“有几本书完全是胡说八道。那些讲的是迦勒底人的占星术——就算你能通过观察星象预知未来，谁又想这么干？那么一来，人生该有多无趣啊。我宁愿保留吃惊的权利。至于那本希伯来箴言集，我要不要都行。”他耸耸肩。

“听起来，这些书你已经读过不少了。”安提帕特说。

“的确如此。别被我的外表欺骗了。我知道你是怎么看待我的：海盗。什么样的男人会戴着那么多珠宝走来走去，以便随手拿去抵押？不过事实上，我父亲是亚历山大图书馆的一位学者，而我从小在书堆里长大。我在学会上厕所之前，就能背诵赫西奥德[①]的诗了——‘有些日子像后妈，但有些日子像妈。’”他大笑着说，“在那以后，我的人生经历过数次转折，但我懂得文字的价值。”

“所以你是在告诉我，秘密智慧之书毫无价值？”安提帕特一脸的垂头丧气。

“朋友，我可没这么说。”克里尼斯拍拍那只背包，低头看着那满满一包皮革圆筒，“在那些书里，有些是真正的杰作。问题在于如何甄选。你可以自行尝试，但那样会花掉一生的时间——如果你犯错的话，还会缩短你的人生。”

“犯错？”

---

① 古希腊诗人，推测生活时间为公元前8世纪左右。

克里尼斯点点头。“你会在这些书里找到不少爱情咒语。大部分人最感兴趣,并且愿意付钱的就是那些东西。我看上的姑娘从来没有搞不到手的,不过对某些人来说不是这样,这点我可以理解。所以在这些卷轴里,你会找到很多相关的咒语和药剂配方。但这么说吧,假如某个阔佬雇你制作一瓶爱情灵药,然后拿给他看上的漂亮姑娘或者小伙子,灵药起先发挥了作用,但随后就转变成了剧毒,”他吹了声口哨,“如果你的顾客发现躺在自己身边的是一具尸体——无论是多漂亮的尸体——他肯定觉得这都是你的错,而且会非常生气。相信我,我知道。这是我的亲身经历。”

“这么说你真的用过那些书?”安提帕特说,“你试验过那些咒语和配方?”

“只是一小部分。但我并没有花太多的心思,想要研究透彻,恐怕得穷极一生才能办到。坦白说,这不值得我花费时间。我不需要什么巫术。我更喜欢直接行动,你应该明白我的意思。如果我看到想要的东西,直接拿走就好。我不需要操控别人的心智,或者让自己隐形。”

“隐形?”安提帕特低声道,“真有这样的配方?昨晚跟我说话的那个人暗示过……”

“没错,他是我的帮手。他知道这些书卷的一部分内容,但不太多。”

“但他的确提到了隐形。”

“噢,没错。他也把你对这种咒语的强烈兴趣告诉了我。所以我不辞辛苦地找到了那一段……”克里尼斯在背包里翻找了半晌,最后伴随着咒骂摸出了一个圆筒,“噢,在这儿!”

他从一只尤其破旧的皮革圆筒里,取出了一卷尤其破烂的纸莎草。

“我能看看吗?”安提帕特的嗓音有些颤抖。

“当心!它非常脆弱。你应该能看到,纸的一角已经脱落了——那是我昨天试验配方的时候碰掉的。”

“你真的做出了一瓶隐形药剂?”

“噢,没错。而且不是第一次了。但这可不容易!有些成分非常难找,还得按合适的比例混合起来。”克里尼斯把手伸进背包,拿出个装着软木塞的深绿色玻璃小瓶。

“这就是隐形药剂?”安提帕特问。

“如假包换,”克里尼斯笑着说,“是我昨晚亲手调配的。”

“可要怎么……?”

克里尼斯对着卷轴点点头。“看看上面的说明吧。”

安提帕特盯着纸莎草卷轴,大声念了出来。“‘取来名为变色龙之生物之左足——’”

“注意,是左足,”克里尼斯说,“前后脚没区别,但别用右脚。我犯过这种错误,结果实在算不上理想。继续吧。”

“‘加入同等大小、名为变色草之草药’——那是什么?”

克里尼斯耸耸肩:“那种草药就生长在附近。埃及那边也有。”

安提帕特点点头。“‘在炉膛内烘烤至棕褐色,但不可发黑,随后捣碎并混以……’”他无声地念着,然后点点头,“没错,这配方相当简单。‘倒入玻璃容器内。’”

“玻璃,不能是金属!”克里尼斯说,“任何金属都会导致它失去药效。”

“噢!多谢告知,”安提帕特继续读着卷轴,“‘塞住容器口,这种混合物就能长久维持其效用。使用者可以来往于人群,却无人察觉。初次使用请服用最小剂量,其后根据需要可加大剂量’。”

克里尼斯点点头。“要想让它起效,你每次都必须加大剂量。我喝的次数太多,现在必须喝完整瓶药剂才能隐形,而且在明亮的光线下,你或许还是能看到我。但如果你从没使用过这种药剂,那么只需要在舌头上滴个几滴就能起效,至少维持好几分钟。”

“真了不起!”安提帕特说,“你的意思是,我可以试试看?”

“当然。”

“就在此时此地？”

“有何不可？但我要警告你，你或许会有些异样的感觉。”

“异样？”

“虚弱。头晕。但不是喝醉酒的那种感觉。可能会有点不舒服，但这是你必须付出的代价。”

安提帕特皱起眉头。“但它除此之外没有危险？”

克里尼斯展开双臂。“看着我。我还活着，感官也都完好。”

安提帕特拿起那只小瓶，拔掉软木塞。他把瓶口举到鼻子下面，然后连忙拿开，又塞上了软木塞。“好臭！简直让人想吐。”

克里尼斯幸灾乐祸地笑了。“我可没说过它味道很好。”

我没法再保持沉默了。“老师，你真的要喝下去吗？”

“正是如此，戈迪亚努斯，这是我从小就有的梦想。但我没想到真的会有这么一天，”安提帕特盯着那瓶子看了很久，“我要喝下去！然后我们就坐在这儿，一直到它生效为止，而你，我的孩子，你来告诉我它的效果如何。”

克里尼斯摇摇头。“也许不会称你的心意。我是说这次试验。”

“为什么不会？”安提帕特说。

“我没猜错的话，你们两个是在一起旅行，对吧？”

“没错。”

“你们旅行很久了吧？”

“超过一年了。”

“你们差不多每天都在一起？”

“没错。”

“那么无论药剂是否生效，你这位年轻朋友都能看到你。”

“你在说什么？”

“它的作用跟某种叫做‘可视光线’的东西有关。另一份书卷里解释了它的原理。我不敢说自己理解全部的细节,不过这就像是你在凝视某样东西之后闭上眼睛,仍然会看到残留影像那样。如果有人每天都会见到你,他们的眼睛就会适应你发出的可视光线,所以即使别人看不到你,他也能看到你。”

安提帕特皱起眉头。“可这么一来,这种药剂的实际功用就打了折扣。”

克里尼斯耸耸肩。“的确,这代表一个男人没法让自己隐形,然后从他老婆的眼皮底下溜出去。但同一个人可以混迹于一群陌生人里,而且没有人会看见他。”

安提帕特思忖着点点头。“所以如果我服用这种药剂,然后走进酒馆大厅,那儿就不会有任何人看到我?”

“正确。”

“女招待伽拉忒亚呢?”我说,“在过去的几天里,她见过安提帕特很多次。”

“这点时间还不足以适应他的可视光线。这个过程可能要花上几个月。”

“我准备好了!”安提帕特正想拔掉软木塞,但克里尼斯抓住了他的手。

“别急。先让我确认你这边也拿出了诚意。你带来了我们谈妥的数目吗?”

安提帕特拍拍束腰外衣的侧面,一阵模糊的叮当响声传来,然后他拿出一只鼓鼓囊囊的小钱袋。“都在这儿呢。愿意的话,你可以自己清点一遍。”

“我会的。全都是用提尔谢克尔?我可不想要外国货币。”

“跟你的手下要求的一样。”

克里尼斯点点头。“把钱放到桌上。然后我就放下秘密智慧之书。”他把背包放到桌上,“一手交钱,一手交书。我们说好的。”

“明白,”安提帕特说,“我们这就开始吧。”

我从没见过安提帕特如此热切的样子。我看着他拔掉软木塞,小心地将几滴油腻的棕色软膏滴在手背上,然后用舌头碰了碰。“就像这样?”他盯着克里尼斯说。

“这样就够了。你恐怕要过上几分钟才能感觉到效果。趁这个时候,看看那些书吧。我来点我的钱。”

安提帕特在背包里摸索起来。每只皮革圆筒上都贴着一张标签,注明其中的书卷的标题或是作者。而在这个时候,克里尼斯打开那只钱袋,把硬币倒在桌上,然后整理成小堆。看到安提帕特拿出的银币数量,我不由得张大了嘴巴。他哪来的这么多钱?

克里尼斯看到了我的反应。他拿起一枚硬币,就着油灯的光芒打量起来。“提尔的银谢克尔!还有比它更美的东西吗?一面是英俊的美刻尔的侧身像,另一面是棕榈枝上的高傲雄鹰。有了这些,谁还想要那些又臭又旧的书?不过我得说,我们是各取所需。所以,如果你看得上我收藏的这些书卷,那么我也很乐意和你交换。”

安提帕特突然放下了手里的皮革圆筒,坐直身子。克里尼斯看着他,点点头。“好了,它开始起效了。你的边缘已经有点模糊了。”

“是啊,我感觉到了,”安提帕特轻声说道,“一股暖意——算不上令人不快——但显然非常异样……”

我眯起眼睛看着他。“我没看到什么变化。”

“你的确不会,年轻人,”克里尼斯说,“我刚才解释过了。看在美刻尔的分上,他的身体开始褪色了!无论看多少次,这一幕都会让我吃惊。”

“真的吗?”安提帕特站起身来,“我隐形了吗?”他朝门口走去。

克里尼斯仍旧盯着安提帕特坐着的位置。“如果你想的话,就到大厅去吧。看看那些人会有什么反应。不过记住,药效只持续几分钟。”

等安提帕特推开门,走出包间的时候,克里尼斯吃了一惊,又轻声咒骂了一句。他摇摇头，大笑起来。“我告诉自己别吃惊，可隐形人每次都能把你吓一跳。”

“我还是跟他去的好。”我站起身来。

克里尼斯挥挥手，示意我坐下。“让老人家玩个痛快吧。”

我看着桌上成堆的银币，还有装满卷轴的圆筒，决定还是不要离开房间的好。这个房间有三个出入口，一个通向大厅，一个通向厨房，另一个通向别的什么地方。如果没有人留下来看着他，谁来阻止克里尼斯把钱和书卷一起带走呢？

他拿起一枚硬币，吹了声口哨。“瞧瞧这个！没鼻子的美刻尔。”

“你在说什么呢？”

“这些非常罕见，我的小朋友。似乎是有人弄坏了铸币的原始模具，所以某些钱币上的美刻尔没有鼻子。等他们发现以后，就不再使用那个模具了，所以这种钱币不太多见。”

“它值钱吗？”

他哼了一声。“不比同等重量的普通谢克尔更值钱，说不定更不值钱。谁希望自己的钱上刻着个没鼻子的美刻尔？”

他继续抚摸着那些钱币，就像男孩摆弄着玩具士兵，而我凑近去打量那些所谓的“秘密智慧之书”。我随便抽出一只卷轴，上面写着的是将男女变性的方法。我对这一主题有些了解：我在哈利卡纳苏斯的萨耳玛西斯[①]圣泉亲眼目睹过那样的变化。我扫视上面的文字，想确认里面是否提到了萨耳玛西斯，这时我才意识到，克里尼斯身子前倾，脑袋凑向我，正在倒着阅读卷轴上的文字。

“有兴趣变成女孩吗？”他说着，讨好地笑了笑，“或许只变一晚？”

我清了清嗓子。“有你这种人在附近可不行。”

他大笑起来。“好了好了，罗马小伙子——你是罗马人，对吧？没

① 希腊神话中的一位湖中仙女。

人会听错那种口音。你干吗看我不顺眼？我只是个想要做一笔诚实买卖的老实人而已。"

"我明白了。可你是怎么得到这些秘密智慧之书的？"

"噢，这就与你无关了。不过我可以向你保证，这些绝对是真货。你觉得我会欺骗像你的旅伴那样的杰出人物吗？他比你年长得多，也睿智得多，我的小朋友，而且他似乎很信任我。"

我瞪着他，思索着该如何回答，然后吃了一惊：门开了，安提帕特走回包间里，笑得合不拢嘴。

克里尼斯听到了开门声，于是转过头去。他茫然地注视了片刻，然后眯起眼睛。"噢，没错，药效开始消失了。我能依稀看见你的轮廓了。感觉如何？"

"太棒了！"安提帕特大声说道，"我彻底隐形了。完全没有人看见我。这让我变得相当……没规矩。我忍不住戏弄了几个人。"

"怎么个戏弄法？"想到我年迈的导师像学童那样淘气的样子，我就浑身无力。

"别提这个了，戈迪亚努斯，"安提帕特挺直肩膀，仿佛要借此摆脱他那些幼稚的举动，"重要的是，这种配方真实有效。这一点意义深远。想想它在军事或是谍报方面的价值吧——只凭一人之力，就能扭转历史的进程！"

"可老师，你不记得伊卡洛斯[①]的教训了吗？如果神灵希望人类飞翔，就该赐予他们翅膀才对。如果神灵希望我们隐形——"

"你应该亲身体验一下！"安提帕特说着，把那个瓶子塞给我。

"什么？"

"没错，试试看吧。"克里尼斯说。

---

① 在希腊传说中，伊卡洛斯用蜡做的翅膀飞翔，但由于太过接近太阳，翅膀熔化，而他坠海身亡。

我盯着那瓶子看了很久,然后从安提帕特的手中接过。我拔出木塞,然后嗅了嗅。正如安提帕特所说,那气味令人作呕。

"继续啊,"安提帕特说,"滴两滴在你的手背上。"

克里尼斯昂起头。"你年轻力壮。或许你应该滴上三滴。"

我深吸一口气,然后小心翼翼地将三滴软膏滴在手背上。又迟疑了片刻之后,我伸出舌头舔了舔。味道太糟了。

他们沉默地盯着我,就这么过去了很久,至少我感觉上是很久。最后我的胃里开始泛起暖意,并且蔓延到我的胸口和四肢。我开始头晕。整个房间都带上了淡淡的光晕。

克里尼斯笑了笑,点点头。"噢,开始起效了。"

安提帕特皱起眉头。"我没看出什么变化。"

"的确不会,我已经解释过了。罗马小伙子,你感觉如何?"

我吞了口唾沫。"很怪……但不算坏,"我看着滴过药剂的那只手,"我还是能看见自己。"

"那是当然的,"克里尼斯说,"因为可视光线。你每天都能看见自己,所以你不会受自己的隐形影响。"我缓慢而无声地起身离席,穿过房间,可他仍旧盯着我原本坐着的位置。

"去试试看!"安提帕特轻声说,"走进大厅,看看会发生什么。我跟你一起去。"

"不,老师,你留在这儿。"我看着桌上的钱币和那袋子书卷,又看看我仍旧无法信任的克里尼斯。

"好吧。"安提帕特愉快地坐了下来,开始察看那些圆筒。

我感受着药剂的怪异效力,大步走进酒馆大厅。十来个酒客分散在这家小酒馆里,或是喝酒,或是赌博。我从房间的一头走到另一头,脚步尽可能地放轻。的确,似乎没有人看到我。我做了几个简单的试验,比如在醉醺醺的陌生人面前拍手,却只看到他吓得后退了几步。

伽拉忒亚从旁走过,端着一大壶葡萄酒。我走在她身边,公然注视她可爱的脸庞与金色的头发，还有她的衣裙衬托出的洁白双乳的上半部分。噢，想想一个世纪之前的光景吧，在法夫德和灰鼠猎的时代，克里特复兴式样正流行，女人们穿着的衣裙会将双乳完全暴露在外！

我跟在她身边，看着她不知羞耻地跟酒馆里的每个男人调情。我突然妒火中烧，忍不住把嘴唇凑到她的耳边，轻声说："哈！"

可怜的女孩吃了一惊，酒壶里的酒全部洒在了裙子上。有些酒落在了她的乳房上。男人们以为她只是因为笨拙而失了手，纷纷怪叫和大笑起来。其中之一喊道："嘿，伽拉忒亚，我帮你舔干净吧！"

我看到她涨红了脸，不禁有些羞愧。但等她转过身，匆忙穿过狭窄的走廊时，我跟了上去。她走进了一个小房间，而我跟着她溜进门里，险些被门撞到。

这是个没有窗户，陈设杂乱无章的小房间，只有一盏油灯提供微弱的光亮。这儿显然是她睡觉的地方，因为房间里有一张小床，一把椅子，还有个敞开的衣箱，里面装满了衣物和其他物件。我站定在那里，驻足观望，而伽拉忒亚脱掉了那条洒上葡萄酒的裙子，全身赤裸地站在我面前。

我已经有好些时候没见过裸体的女人了。我们整个冬天都待在罗德岛，而且跟高卢人温多维克斯相处融洽，但这不是一回事。由于不会被人发现，我就这么坦然地看着她。她在琥珀色的灯光里转过身，而我从每一个不同的角度欣赏着她。伽拉忒亚就像一尊维纳斯雕像，有着与生俱来的光滑洁白的四肢，迷人的髋部和臀部，而且每当她弯腰、转身和站起的时候，她的双乳就会改变形状，而且每一种都比之前更加撩人。

看到她从衣箱里取出另一条裙子的时候，我忍不住失望地叹了口气。

伽拉忒亚转过身，直视着我。"那儿有谁在吗？"

我屏住了呼吸。

她皱起眉头，继续忙自己的事，她背对着我，把那条新裙子套在身上。但等到她再次转身的时候，隐形药剂的效力似乎减退了，因为她吃惊地后退几步，又抬起双臂，仿佛想要保护自己。

“你是什么——你是怎么——？”她语无伦次地说，就像任何一个发现男人突然出现在自己房间里的女孩那样。

我也一时语塞，但只是一时。“我想你弄洒那壶酒是我的错。”最后，我开口道。

她皱起眉头。“别傻了。是我自己笨手笨脚。可你是从哪儿来的？”

“这重要吗？”

伽拉忒亚露出了微笑。“噢，是啊，我现在认出你了。你是跟那个老人一起旅行的年轻罗马人。我……一开始看不清你。肯定是因为光线太暗了。可是……你是怎么……”

“抱歉害你弄洒了酒。”

“我的裙子不能穿了。”她叹了口气。

“我会再给你买一条的。”

“你人真好。可我得赶快回去干活了，要不那些醉鬼就该翻过柜台给自己倒酒了。”她朝门边走去，面对着我从旁走过。在那短暂的身体接触中，我想她肯定看透了我对她的迷恋，因为她低下头，露出心照不宣的笑容，飞快地亲了我的嘴唇一口。然后推开门，留下我独自站在那个小房间里。

等到我回到包间的时候，安提帕特和克里尼斯已经完成了交易。钱币不见了踪影，而那袋子卷轴则放在安提帕特身边的地板上。

“感觉如何？”克里尼斯问我。

“是啊，戈迪亚努斯，你有没有做什么淘气的事啊？”我肯定是涨红了脸，因为安提帕特大笑着摇了摇头，“看在赫拉克勒斯的分上，我想你的确做了些淘气的事。”

克里尼斯似乎也非常开心,趁着我惊慌的时候,他一巴掌拍在我的屁股上。简单的道别过后,他带着那些银币离开,把那些书卷留给了我们。

那晚在我们的房间里,午夜早已过去,可安提帕特仍旧读着他刚刚得到的那些卷轴,还不时给油灯添油。他时不时地嘀咕几句,或者发出一声惊叹。“想想看吧!”他会这么说,又或者是,“太惊人了!这种事真的可能吗?”

安提帕特阅读的时候,我满脑子却只有伽拉忒亚。我躺在我狭小的床铺上,只穿着缠腰布,盖着被单。码头在夜晚的声音透过敞开的窗户传来——轻柔地拍打突堤码头的海浪声,船只嘎吱嘎吱的响动——但这些无法令我平静下来。我闭着双眼,却无比清醒。我的脑海里冒出一个念头。

“老师,那个瓶子呢?”

“什么?”

“装药剂的瓶子。”

“在背包里,跟那些卷轴放在一起。问这个干吗?”

“没什么。”

他看回膝盖上的卷轴,又瞥了我一眼。“你今晚需要隐形吗?”

“当然不需要!”

他怀疑地哼了一声,然后把全部的注意力转回那张卷轴。

我辗转反侧,无法入眠。

在我的想象里,我非常肯定伽拉忒亚正全身赤裸地睡在床上,甚至连条被单都没盖。无论我多么努力,都没法去思考别的事。

终于,房间昏暗下来,灯油快要燃尽,而安提帕特没有去添。他打起了瞌睡,手松开了,膝盖上的那张卷轴重新卷起,顺着他的双腿滑到地板上。安提帕特打起了呼噜。

我轻手轻脚地爬起床,开始穿我的束腰外衣,然后才反应过来:我不需要它。我也不需要身上这条缠腰布。隐形人不需要什么衣服！带着兴奋——只有十九岁的年轻人才会只因为裸体就感到兴奋——我脱掉了缠腰布，享受着从窗户吹进来的冰凉海风。

我悄无声息地找到了那只瓶子，拔掉软木塞，喝下了几滴。过了一会儿，我感到它发挥了效力。

楼下一片寂静。大厅里一片空旷，酒馆已经打烊了。在这片黑暗中，我找到了通向伽拉忒亚卧室的那条狭窄走廊。

门没上锁。我轻手轻脚地握住门把，推开门，然后走了进去。

行李箱上放着一只小巧的油灯，油已经快燃尽了。我至少弄错了一件事：伽拉忒亚盖着被单。油灯歪斜的琥珀色光芒并没有照出她的任何一寸肌肤，只有亚麻被单下仿佛山峦般起伏的曲线。

在油灯旁边，有个东西在闪闪发光。那是一枚银币。我被那光线吸引，于是弯下腰，仔细打量。

那是一枚提尔谢克尔，但不是随便哪一枚谢克尔。上面的美刻尔侧身像缺了鼻子。

在一天里看到两枚这种罕见硬币的概率有多大？

我凑得更近了些。我几乎可以肯定，这就是克里尼斯给我看的那枚硬币。伽拉忒亚是怎么弄到手的？除非是克里尼斯给她的。可为什么会有人把一整枚银币送给一个女招待——除非她做了些远比倒酒更有价值的工作？

在今晚的这家酒馆里，还有多少人收了克里尼斯的银币，作为对他们完美表演的回报？他完全可以付给每人一枚谢克尔，而且还能剩下许多。

我听到了睡意蒙眬的呼吸声。我转过身，站在床边。我突然为自己遭到愚弄而生气，于是抓起被单的一角，将它扯下了床。

我猜对了一件事：伽拉忒亚全身赤裸。柔和的琥珀色灯光照在她侧卧的身体上，尽管怒火中烧，我的心里还是涌起一股强烈的渴望。

但她不是独自一人。

克里尼斯就躺在她身边，同样全身赤裸。两人动了动身子，懒洋洋地伸手去抓被我抽走的被单。

另一种想法浮现于我的脑海，与先前的念头截然相反：如果克里尼斯只是为了伽拉忒亚的陪伴而付给她这枚谢克尔的呢？如果真是这样，我的愤怒就失去了正当的理由，而那瓶药的确有效——这样的话，他们俩就都看不到我在他们面前全身赤裸的样子了。

片刻之后，克里尼斯本人纠正了我的错误。他无力地——因为葡萄酒，还有天知道别的什么消遣——爬到窗边，努力在他和伽拉忒亚之间腾出些位置来，然后拍了拍那儿。

“罗马帅小伙，你是来一起玩的吗？我们三个可以扮演法夫德、灰鼠猎和劳迪丝王后！”

伽拉忒亚大笑起来，眯起眼睛看着我，露出睡意蒙眬的微笑。她学着克里尼斯的样子，拍了拍那个位置。

也就是说，他们俩都能看到我。

“可老师，我不明白您为什么不肯提出法律诉讼。提尔难道就没有法官吗？把那个无赖叫上法庭，要求他把钱还给您，您再把那些不值钱的破书还给他！”

当我叫醒安提帕特，把自己的发现告诉他的时候，第一缕晨光刚刚从敞开的窗户照射进来。到了现在，明亮而倾斜的阳光已经照耀在码头里的桅杆上，可我们仍在争吵不休。

“不，不，戈迪亚努斯。我不会这么做的。现在钱是他的，这些书是我的，一切到此为止。”

“这样不对，”我说，“他占了您的便宜。他让我们俩都成了傻瓜。”

安提帕特扬起一条雪白的眉毛。“我好像听到你把你的老导师叫做傻瓜？”

“我不是这个意思，您知道的，”我在房间里踱起了步子，“每次我想起那些,我的脸就发烫。”

“想起什么?”

“他们肯定都在我们的背后嘲笑我们。整个房间的人都被克里尼斯收买,配合他的骗局。我们以为我们在捉弄他们,在大厅里无形无影地走来走去,可他们却在愚弄我们!因为他们从始至终都能看到我们!”

“想想看,这样的表演需要多么精湛的演技啊,”安提帕特思忖着说,“他们没有一个人笑出声来,这点真的很了不起。”

“好吧,我敢肯定,他们眼下正在嘲笑我们。而且每当他们提起那个故事,就会再嘲笑一次。我只要想起——”

“听我一言,戈迪亚努斯,你还是别去想的好。”

我深吸一口气。“如果我能从克里尼斯手里抢回那些钱,我早就这么做了。可我身上没带任何武器……”其实面对克里尼斯的时候,我不但没带武器,也没穿任何衣服,但这点我没告诉安提帕特。在我看来,这次夜游的某些细节还是保密的好。

“但从最开始,他就没抢我的钱。他犯了什么法呢?”

“克里尼斯欺骗了您!”

“关于那瓶药剂,没错。但我付给他钱,不是因为那瓶药;我为的是那本秘密智慧之书。”

“你凭什么觉得那些不是伪造的?无用的赝品,彻底的胡言乱语——”

“因为昨晚我仔细确认过了。我毫不怀疑,这些就是真正的秘密智慧之书,是法夫德和灰鼠猎的传奇故事里提到的那些。”

“但这瓶隐形药剂根本没用。我们只是觉得有点头晕,但它并没有让我们隐形。”

“的确,这瓶药没有用;但这不代表配方本身也没有用。卷轴没有错,犯错的是克里尼斯。那家伙多半是懒得去寻找所有合适的成分,用来制作真正的药剂。首先,我认为他在辨识所谓的‘变色草’的时候弄错了。我怀疑它根本不是生长在附近的植物——我恐怕要多做些研究,才能断定卷轴上指的究竟是哪种植物。”

“可老师,您为什么会觉得这些秘密智慧之书不是伪造的呢?毕竟卖书给你的人就是个骗子。”

有那么一瞬间,安提帕特似乎吃了一惊,但他随即板起脸来。“我相信秘密智慧之书,戈迪亚努斯,因为我相信那些传说故事,而它们断言那些卷轴里的魔法的确存在——前提是我们能正确地解读其中的智慧。”

我深吸一口气。跟坚信童年传说故事的人没什么可争执的。

“好了,戈迪亚努斯——我们的朋友克里尼斯眼下在哪儿?”

“他天一亮就离开了酒馆,带上了他的战利品。但我们可以找到他——”

“不,不,不!”安提帕特语气坚定,“你碰巧撞见了他,让他承认那瓶药剂没有用,这点我很高兴。我想你们应该都没有受伤吧?你们没有打起来吧?”

“没。没有暴力,也没有肢体上的……那种接触。”

我暧昧不明的补充让他露出茫然的表情,但他没有追问。“你走进那女孩的房间时肯定很失望。你不仅意识到她参与了对我们的欺骗,还发现她躺在另一个男人的怀里。唉!又有人抢在你前面摘取了果实。你从克里尼斯口中问出真相以后,他是不是马上转身逃跑了?”

我不安地把身体的重心从一只脚换到另一只。“不算是。”

“噢。这么说你从他嘴里问出了真相,就他和那个女孩走了?”

“不,我等了好一会儿,直到他穿戴整齐,离开房间。”

安提帕特皱起眉头。“我不太确定自己是何时睡着的,但我想,你应该是在黎明前不久去了那女孩的房间,然后很快在晨光初现时返回。还是说……你在更早的时候就去了她的房间?你们三个在那女孩的房间里待了多久——你被什么事耽搁了?”他看到我坐立不安的样子,于是扬起眉毛。“噢,算了吧。这不关我的事。正如我买下这些书,以及我付出的价码,这些不关你的事。你同意吗?”

漫长的沉默过后,我点点头。“同意。”

“那我们就再也别提这件事了。”

到了第二天,我们租了几头骡子,又为下一段旅行做了些安排。在第三天,我们离开了提尔城,踏上了前往巴比伦的路。

骡子带着我们,沿着那条年久失修的道路走向黎巴嫩山脉,而我们都默不作声地思考着。为什么,我心想,像安提帕特这样,平时如此睿智的人,会做下这种蠢事,让克里尼斯那样的人欺骗他?他又为什么如此肯定秘密智慧之书的价值?在我看来,那些书一文不值。这样的缺乏审慎肯定和他回到故乡有关,我心想。模糊不清的童年英雄唤醒了他心中那个天真的孩子,也糟蹋了他来之不易的智慧。

至于我自己欠缺判断力的行为,我只能以自己年幼轻信,而且远离家乡,正在长途旅行为借口。在我探访过的地方,还有遇到的那些人不断令我吃惊,我也不断令自己吃惊。

终于,安提帕特开了口。“我们在骨螺壳酒馆的第一个晚上,戈迪亚努斯,你说在我们的旅行中,你从没见到过法夫德和灰鼠猎的传奇故事留下的痕迹,然后你问我为什么。我仔细思考了这个问题。为什么两位如此有趣的人物会被编年史作者和历史学家遗漏,哲学家、诗人和祭司又对他们视而不见?我想或许是因为——坦白地说——他们太臭名昭著了。他们执着地效忠于一座城市,因此成为了民间传奇的主题。他们跟恶魔与巫师牵连太多,让哲学家鄙夷他们,他们又太过捉摸不定,让严肃的历史学家厌恶。简而言之,他们只是两个无赖,而无赖在国王、半神和英雄的名单上没有一席之地。唉!或许正因如此,才没有一首诗歌描写他们。”

我们沉默了好一会儿,这时道路越来越陡峭,骡子们的步伐也沉重起来。

“我很好奇……”

“你好奇什么，戈迪亚努斯？”

“老师，您觉得未来的某一天，会不会有诗人书写我们的冒险故事呢？”

安提帕特悲伤地笑了笑。“唉，我只怕我活不到书写这一切的那天。”就像以往那样，只要提起“诗人”这个词，安提帕特首先想到的只有他自己。

“或许我可以帮你。”我说。

“戈迪亚努斯，你吗？可你不是诗人。而且你的希腊语太差劲了！”

“难道所有诗歌都非得用希腊语来写吗？”

“只有那些值得一读的诗歌。”安提帕特又表现出他的反罗马情绪了。

“我很好奇，老师，这样一首诗会把我们描写成英雄还是恶棍，是智者还是蠢人？还是无赖？”

“哈！依我看，我们上次遇见的无赖应该是你的床伴克里尼斯才对！”安提帕特看到了我脸上的懊恼，再次大笑起来，“我们为什么不能像法夫德和灰鼠猎那样，集这些于一身呢？这正是他们令人着迷的原因。有些人在表面上是一回事，在暗地里又是另一回事。真正的诗人所表现的不光是描写对象的外表，还有内在的种种矛盾，然后他会让读者得出自己的结论。”

我看着我白发苍苍的导师，露出微笑，心中的敬爱之情油然而生。“等到我撰写回忆录的那一天，我会想起这句话的，我的老师。”

小龙 译

加斯·尼克斯

来自澳大利亚的加斯·尼克斯曾做过书籍宣传员、编辑、营销顾问、公关人员等工作。随后,他推出了大受欢迎的《古国》系列(包括《萨布莉尔》《莉芮尔》《阿布霍森》等),一举成为了纽约时报畅销作家。他的其他作品包括《第七高塔》系列、《七王圣钥》系列等。他的短篇故事集有《越过高墙:古王国与他处的传说》,以及最新作品《赫里沃德爵士和菲茨大师:三次冒险》。他出生于墨尔本,现居于悉尼。

加斯·尼克斯创作过一系列以流浪骑士赫里沃德爵士与他的同伴菲茨大师——一位活了千年的巫师,事实上却是个附有魔法的木偶——作为主角的冒险故事。在这个故事里,赫里沃德爵士和菲茨大师被迫侵入他人的宅邸,找到的却尽是他们不需要的东西,还包括某些极其危险的“意外惊喜”。

rogues

一箱象牙

“我们真该买下那只猴子的。”赫里沃德爵士轻声说着，在铺瓦屋顶的屋脊上勉强维持着平衡。这儿刚刚下过一场针尖般刺骨的暴雨，浇湿了骑士和他的木偶巫师同伴，菲茨先生。瓦片在月光下熠熠生辉，而且滑得要命。

在今天晚上，他们看起来也不像骑士和巫师。赫里沃德爵士穿着沾有煤灰的皮背心，还有一条烟囱清洁工的长裤——他把裤脚剪短到膝盖，肩上挎着一卷绳索，腰带上的剑换成了匕首；菲茨先生也伪装成清洁工的帮工，他给自己南瓜状的纸模脑袋戴上了一顶破旧肮脏的兜帽，那双木手上也套着孩童尺码的皮手套。

“那只猴子没有受过充分的训练，它的头脑也缺乏条理，没法接受魔法的指挥。”菲茨低声回答。

“它没费力气就偷走了我的钱袋，”赫里沃德爵士反驳道，“假如我们买下它，就可以派它来这儿，我也用不着又湿又冷而且——”

“这个话题毫无意义，因为我们没有买下那只猴子，而且我们已经到达了入口。”

赫里沃德爵士瞥了眼前方那根足足比屋顶高出六七英尺的砖砌烟囱。烟囱中部贴着一根细细的金带子，上面蚀刻着许多造型邪恶的符文与咒语。

“猴子可以直接跳到烟囱顶上，避开那些诅咒。”赫里沃德爵士说。他拖着赤脚前进了一两步，结果踩到了屋脊上的一块翘起的铜皮，顿时痛得龇牙咧嘴。

“光是跳到顶上可避不开诅咒。”菲茨先生说。他审视着那根金带子,锐利的蓝色双眼反射着明亮的月光。“建造这屋子的巫师兼建筑师的确精于此道。”

“我猜你应该能解除这些咒语吧?”赫里沃德爵士问。

“最好的办法不是解除,而是削弱咒语的作用。”木偶巫师答道。与此同时,他在腰带上的小袋里摸索了一番,取出几张长长的洋葱皮纸条,上面写着密密麻麻的符文,墨水颜色就像干涸的血液。

“削弱?”赫里沃德爵士问,“究竟怎么个削弱法?那些不是死亡诅咒吗?”

“说得对。”菲茨说。他用布料似的蓝色长舌头舔了舔屋顶,蘸取上面的水分,用来代替他的口腔无法产生的唾液,随后弄湿了其中一张纸条。接着,他小心翼翼地把纸条粘在金带子上,让它紧贴烟囱。黄金上的符文开始散发热量,但纸条上的反制咒语随即加以安抚和抑制。“现在它们只会造成疼痛一类的症状。”

“疼痛的程度和形式可有很多种。”赫里沃德爵士闷闷不乐地说。但他还是取下了肩上的那卷绳索,按下抓钩上的开关,三根带有倒钩的刺伸了出来。“要不要现在就固定好?”

“先不要。”木偶近距离观察着烟囱口。他又拿出一张纸来,用同样的方式弄湿,然后粘在檐口上。“这个巫师很聪明。顶层的砖块里藏着咒语。但我相信现在应该没有危险了。你对计划有信心吗?”

“如果一切都像我们先前听说的那样,而且你占卜的结果也没错,”赫里沃德爵士说,“当然了,这种可能性近乎为零——但我不认为蒙塔尔会猜到我们要来,而这点很重要。”

他们所在的这栋屋子属于先前提到的那位蒙塔尔,人称“扁钱袋”——不是因为他很穷,而是因为他富得流油,却又否认这些钱财的存在,在开销上也很是吝啬。蒙塔尔吸引了赫里沃德爵士和菲茨先生的注意力,虽然这两人只是偶尔才干入室盗窃的营生。因为两天之前,蒙塔尔秘密获得了一批象牙小雕像:那是七十四尊只有一指高的雕像,刻画的是遥远的亚桑特拉—洛瑞王国的那些小神灵。蒙塔尔或许并不知道,其中十四尊雕像并不只是雕像而已:它们是神力之锚,维持着真正的神灵与俗世的联系,并可呼唤他们的真身降世。由于当权者早已禁止信仰这些神灵——通常是因为他们的本性为恶——世界安全协约议会也想要摧毁这些雕像。“世界安全协约议会”是个充满神秘与意外的姐妹会,世人通常认为它早已不复存在,而赫里沃德爵士正是出生于那里——他的性别是个意外,但这并不妨碍他在组织中的作用。而在另一方面,菲茨先生既男又女,或者非男非女,又或者全由他的意愿决定,他几乎在创立之初就加入了议会,并且扮演过许多不同的角色——创建议会的是数千年前的若干个国家,而其中的大部分早已灭亡。

换个地点,或者再换个时间,赫里沃德爵士和菲茨先生或许就不需要爬上屋顶,再经由死亡咒语保护的烟囱钻进蒙塔尔的屋子了。但在夸克洛许城,议会的传统盟友无法发挥任何影响力。在这座城市,蒙塔尔不但是市议员,还是民兵队的指挥官,而且他不情愿但颇为明智地雇用了相当数量的法官、律师、守夜人和小偷抓捕者①,以此确保任何犯罪行为都不会针对他本人,或者他数额惊人的财富。

因此他们只能在雨中爬上屋顶,再顺着烟囱爬进屋里。

赫里沃德爵士咬紧牙关,将一条腿越过纸做的符咒,跨坐在烟囱上,满以为腹股沟会传来刀扎般的痛楚——也就是菲茨先生所谓的“疼痛”。但他只感觉到微弱的刺痛,就像是在同一个地方站了太久。

他把抓钩固定在烟囱口,然后慢慢地、轻轻地放下绳子。如果他们贿赂的那个烟囱税稽查员提供的平面图没错的话,绳索的那头应该悬

① thief - taker,十九世纪前的英国存在的一种职业,负责抓捕罪犯,后来被警察取代。

在壁炉上方一尺左右的位置。从这样的高度可以轻松跳下，而绳索又不至于被人发现。

“考虑到你昨晚喝了那么多的阿拉斯特兰葡萄酒，我想我们应该花点时间重温一下计划的要点，”菲茨先生轻声道，“我先下去，以防还有其他巫术防御手段。你数到八，然后就跟上我……”

“是十。我想我们说好的数字是十，”赫里沃德爵士轻声道，“万一那儿有你没法立刻解除的咒语呢？我可不想撞上什么致死或者剥皮之类的东西。”

“好吧。你数到十再跟上我。壁炉通向屋子的大厅，那里应该已经废弃了——”

“唔嗯。”赫里沃德模棱两可地回答——既没有赞同，也没有反驳。

“大厅废弃是因为蒙塔尔的吝啬，不过那儿会有放养在屋子里的猎犬，”菲茨先生续道，“如果遇见那些狗，我们就丢出我早先准备的催眠骨头……我想你应该放在顺手的地方了吧？”

赫里沃德爵士指了指自己的左裤腿，那里有一块异样的凸起，几乎延伸到膝盖位置，由菲茨先生注入睡眠咒语的那根骨头就藏在那儿。骨头本身分成数节，以确保屋子里的四只猎犬都能轻松抢到自己的那部分。只要轻轻一舔，猎犬们就会沉入梦乡。值得庆幸的是，这根催眠骨头只对狗儿有效，所以使用起来非常安全。菲茨先生也会制作能够催眠其他种族的骨头，不过在目标是人类的时候，他通常会把咒语注入糖果或者蜜饯里——除非要对付的是废弃的科拉东城里那些可怕的食人族。

“我们向右转，沿着墙壁往前，爬上楼梯，然后穿过里屋的门，进到账房里去，”菲茨先生说，“根据占卜的结果，蒙塔尔在家的时候通常不锁那扇门，因为他喜欢走来走去。不过无论如何，我的身边还带着两件宝贝，所以有必要的话，我可以撬开锁。”

“我们拿上象牙雕像，从内侧打开账房的另一扇门，穿过庭院，出其不意地放倒大门的哨兵，从夜间出入用的后门离开，”赫里沃德接着他的话头往下说，“简单，精妙而且直接。”

“我可不会用‘精妙’来形容，”菲茨先生说，“不过这法子应该可行。我们开始吧？”

“请吧。”赫里沃德爵士说着，略微偏过头，就像是在舞会或者宫廷里向某个重要人物致意。

菲茨先生用戴着手套的两只手抓住绳索，开始头部朝下地攀爬，他那双蓝色瞳孔的眼睛盯着漆黑一片、沾满煤灰的烟囱内部。

赫里沃德数到了十二，这才跟着爬下。他的动作不像木偶那样顺畅，但攀爬起来游刃有余：这项技巧是他多年以前在海盗追缉船“凶悍骗徒”号上打杂时学到的。

这根烟囱没怎么用过——因为蒙塔尔舍不得购买任何燃料——但内部仍旧覆盖着一层煤灰。虽然赫里沃德尽量抓住绳索，只用双脚碰触两侧，但他在爬下的过程中还是摇晃了几次，背脊和手肘刮下了不少呛人的黑灰。大部分煤灰都落了下去，所以等到他缓缓降到菲茨先生身旁的时候，两人的身上都黑乎乎的，让他们更像是烟囱清洁工了。

大厅里不但空无一人，还漆黑一片。蒙塔尔不允许点燃任何蜡烛或者油灯，除非他就在那个房间里。菲茨先生能看清一切，但赫里沃德爵士就只能依靠耳朵了——而且他并不喜欢自己听到的声音。湿乎乎的鼻息声夹杂着流口水的声音，随后似乎是牙齿的咀嚼声，而且离他的距离绝对算不上安全。而且那不像是狗儿的声音。相比起来更响，而且……不太一样。

“把骨头递给我。”菲茨先生的语气倒是很冷静，但这并不代表情况不严重。菲茨先生永远都很冷静。

“那是什么东西？”赫里沃德爵士轻声说着，同时用非常缓慢的动作抽出那根催眠骨头。他生怕突然的动作会导致下一阵咬嚼声的到来——而且咬的会是他的手掌或者手臂。

“石化蜥蜴，”菲茨先生说，“它眼下正在舔我的手套呢。”

“石化蜥蜴！”赫里沃德爵士倒吸一口凉气，本能地看向那头能让人石化的野兽，“这骨头对石化蜥蜴有效吗？”

“走着瞧吧。”菲茨先生答道。赫里沃德感觉到木偶接过骨头，片刻以后，流口水的声音更响了，继而是他害怕的那种骇人的咀嚼声。那声音几乎立刻小了下去，伴随着响亮的碰撞声，地板的震颤，接着骤然消失。

“回头记得提醒我，那篇关于催眠骨头的论文需要修改，”菲茨先生说，“我想我或许可以证明《普隆塔尔索引》里的论述：在克希尔－安嘉德通过杂交创造出第一头石化蜥蜴的时候，用到了一条狗。或许是条锐目猎犬，虽然在这种生物身上，爬虫血统显然占据优势——”

“是吗？”赫里沃德爵士问，他的语气显然带着讽刺，“考虑到我什么都看不见，所以我只能相信你的观点。我们可以继续前进了吗？再来点儿照明？”

“当然可以。”菲茨先生答道。

木偶可不打算为了照明这种小事动用其中一根魔法针。赫里沃德爵士看到了两颗蓝色的微弱火花，就像是点燃的含铜烛芯。光芒渐渐增强，因为菲茨加强了双眼的亮度——这项技巧虽然简单，却相当实用。众所周知，菲茨先生曾在午夜时分用这种技巧查阅地图，让赫里沃德能够带领殿后部队前往安全之处，避免了必然的落败与缓慢的死亡：因为他们当时的敌人是波扎克－尼姆芬尼斯的信徒，而在那位神灵看来，“战争俘虏”和“食物”之间没什么区别，因此所有俘虏都会无可避免地落入它贪得无厌却没有牙齿的嘴巴，在那位神灵超脱凡俗的胃里——也可能不叫这个名字，反正是负责消化食物的内脏——苟延残喘好些天。

菲茨没有让双眼太过明亮，所以赫里沃德眯起眼睛，把脑袋伸出炉膛，扫视大厅。青铜柴架旁边的地板上有一团黑影，应该就是那头石化蜥蜴。它的轮廓像极了一头丑陋的蜥蜴，赫里沃德也一直都是这么想的，尽管这种生物拥有能让猎物如雕像般静止的催眠能力。

“为什么这儿会有石化蜥蜴？”赫里沃德爵士说着，缓缓地扫视房间，“除非有什么能够发光的陷阱，否则在黑暗里，它一点用场也派不上。”

“我不认为它是这栋屋子的住户。”菲茨先生说。

“账房的门边还有个东西。”赫里沃德说。他看到了一道轮廓，起初他以为那只是一件非常高大的家具，但它又在微微晃动，像是在呼吸。“后面那扇门没关紧。你能看清那是什么东西吗？”

木偶挪到他身边，暂时抓住赫里沃德的膝盖，同时探出身子，绕过那尊大理石莫克莱象——它是野生猛犸象经过驯化的短毛近亲——的脚部。它中空的脚部是用来放置拨火棍和其他壁炉工具的——其中包括一根六齿烧烤叉。

“噢……我看见了，”菲茨先生，“真怪。”

“不介意的话，能告诉我那是什么吗？”

“一头侏儒莫克莱象。依我看，还得了白化病。这令人意外，但同时也意味着良机。”

“石化蜥蜴和白化侏儒莫克莱象绝对超出了我们的计划，”赫里沃德爵士说，“我也不认为这种生物会是什么‘良机’。那头莫克莱象就躺在门口。它有獠牙吗？”

“只有一对短獠牙，尖头嵌着珠宝，”菲茨先生确认道，“它睡着了。”

“就算是莫克莱象也会发怒，就算是短獠牙也能把人开膛破肚，”赫里沃德爵士说，“那些珠宝说不定还能帮它一把。问题在于，它是怎么来这儿的？”

“说‘为什么来这儿’或许更贴切些。”菲茨用教训的语气提议道。他始终觉得自己是赫里沃德爵士的保姆兼导师，虽然赫里沃德早就长大了。

“领主亚维格的家紧挨着这栋房子的围墙，而他有座私人动物园……”赫里沃德爵士沉思片刻，然后说，“如果他家的西墙出现裂缝，那么这儿的东墙就会……可这儿没有发生爆炸，也看不到炸药……”

“巫术可以溶解石头，”菲茨先生说，“魔法可以让动物穿透固体物质。某些魔法器械可以消音，或者将其送向别处。”

“盯上那些象牙雕像的不只是我们。”赫里沃德爵士总结道。他抽出匕首，又转过钢制的匕身，以免反射菲茨双眼的光芒。“或许是个巫师。”

“又或是配备了魔法器械的什么人。”菲茨先生赞同道。他把手伸进沾满煤灰的袍子，从某个暗袋里抽出一根魔法针来，紧紧攥在手里，以免暴露它的强光，或是让其中蕴含的魔力凝固赫里沃德的思想或者目光。“除了那些象牙雕像以外，他们或许还有别的目的。蒙塔尔有很多财富，也有很多敌人。不管怎么说，这都不是好事，因为使用巫术可能会……唤醒其中一尊雕像。至少也会让它们接近苏醒的边缘。我们最好尽快行动。”

赫里沃德爵士点点头，钻出壁炉，小心翼翼地朝着通向账房的那扇门走去，他的赤脚悄无声息地踩在石板地面上。菲茨先生在他身旁沙沙作响，双眼的光芒就像矿井里那种有玻璃罩的提灯，提供的照明只够看清脚下的路，同时在两旁的墙上制造着可怕的影子。

“你确定那头莫克莱象睡着了？”他们走近之后，赫里沃德轻声发问。

“不，我想它只是在小憩，”菲茨先生说，“别踩到它的尾巴。”

他们爬上四级台阶，来到账房的门前，绕过那头侏儒莫克莱象，就在这时，它突然站了起来，以极其优雅的姿势转过身，象鼻子发出哀伤的呜呜声。

赫里沃德爵士的一只脚停在了半空中，手也握紧了腰间的匕首。

匕首用上好的特里维佐德钢制成,非常锋利。但问题在于,他能否将匕首刺进莫克莱象双眼之间的脆弱位置,同时努力避免被它开膛破肚。

“好了,好了,”菲茨先生说着伸出手来,摸了摸朝他们伸来的象鼻子,“不会有事的。”

“你是在跟我,还是跟这头象说话?”赫里沃德爵士低声道。

“跟你们俩说话,”菲茨先生说,“它还是头小象,而且很害怕。好了,好了。不会有事的。跟它说你好,赫里沃德。”

“你好。”赫里沃德爵士说。他谨慎地伸出左手,和菲茨先生一起抚摸起那根象鼻子来。

“你最好和我们一起走,”菲茨先生说,“跟着来吧。”

莫克莱象轻轻地吼了一声,随后向前迈出一步。赫里沃德爵士连忙后退,然后弯下腰,凑到菲茨先生的耳边。

“我们干吗要带上这头莫克莱象?你连猴子都不想要。莫克莱象也好不到哪去吧?”

“它是头非常聪明的莫克莱象,”菲茨先生说,“相比起来,那只猴子简直蠢透了。它或许能派上用场的。正如我所说,它的存在本身就是我们的良机。但如果我们不能快点取得那些雕像,或许就会错过良机。”

赫里沃德爵士叹了口气,举起匕首,侧身走进敞开的门里,穿过一条短小的走廊,最后来到了账房内部。他本以为这个大房间里会很昏暗,但月光却将这儿照得透亮——这是因为东部的墙上有个边缘粗糙的硕大圆孔,看起来是某种巫术或是强酸溶解了三尺厚的上好红砖。

有个人——多半就是导致墙壁损坏的那个人——站在房间中央,正在拉开蒙塔尔的办公桌的抽屉:那是件高大而丑陋的家具,两侧是排成几排的数十个抽屉,全都以光滑的红木制成,中间则是用来书写的桌面,一块佩瑞德尔出产的大理石板,上面能看到清晰的金色纹路。

赫里沃德又迈出一步,那人便迅速转过身来,尽管他觉得自己没有发出任何声响。而在下一瞬间，他匆忙挡开了——不是一把——两把飞刀，后者反弹到墙上，然后叮叮当当地落地。她随即跳上办公桌，然后头下脚上地在天花板上飞奔，显然借助了伊奇珊蛛行便鞋的帮助，紧接着从上方扑向赫里沃德，幸好他及时认出了这一招：那是早已废弃、但影响深远的红晨修道院的战士修女们所使用的“垂直剪刀脚”。所以他选择扭身避开，然后等她落下的同时，朝头部迅速挥出两击——这就是破招的方法。其中一击用的是匕首的握柄，而且很快奏效。那个盗贼（这点毫无疑问）一时间倒地不起，赫里沃德爵士趁机用膝盖抵住她的背脊，倾斜的匕尖对准了她的颈背：以这个角度，他只要稍稍用力，就能把匕首刺进她的大脑。

“不想死就别动，”他粗声粗气地说，“另外，我们不是守卫，而是和你一样的访客，所以无论你在盘算怎样的计谋或者巫术，都不会有任何好处。”

“也就是说，你们是非法入侵者。”那女人冷冷地说。她穿着典型的盗贼装束，全身深灰：厚实的连身裤，外加装有衬垫的兜帽。尽管俯卧在地，但她显然个子很高，而且身材苗条，不过从跳跃力来看，她的肌肉显然也很发达。

“你也一样，”赫里沃德爵士说，“你在找什么？”

“我是说，你们违反了行会的规定，”那女子不耐烦地说，“我购买了在这儿偷窃的许可证。但如果你放开我，并且马上离开，我就不会把你送去盗贼主母的法庭，让他们砍掉你双手的大拇指。”

“噢，你是个职业盗贼，”菲茨先生说，“但我们不是来这儿偷东西的。我们的目的是寻回失窃的财产。”

“噢，”那女子说，“这么说你们是密探？”

赫里沃德绷紧身体，紧紧攥住匕首，准备刺出。他很清楚，人脑远比莫克莱象的大脑要脆弱许多。他可以给她一个痛快。这倒不是说他和菲茨先生的身份必须保密，只是想要打探这些的只可能是他们的敌人。

“密探?”赫里沃德爵士的语气单调而平静。

“巴尔坎保险公司的密探,还是财富保护协会派来的?”

“没错,”菲茨先生说,“我们是保险公司的密探……只不过公司离这儿很远。我们追踪这件失窃的货物已经有一段时间了。我们相信它眼下就在这儿。”

“这样的话,我们可以达成某种共识,”那女子说,“我叫蒂拉,是夸克洛许、莱塞布和奈维拉纳加尼松城的盗贼行会的第七环盗贼。你们是?”

“我是赫里沃德爵士,”赫里沃德回答,但他没有放松膝盖,也没有挪开匕首,“我的同伴是菲茨先生。在我们谈条件之前,先告诉我一件事:外面庭院里的那些哨兵去了哪儿?”

“睡着了,”蒂拉说,“我踩着影子高跷,在他们身上撒了些晚安粉——他们正好聚在一起谈论明天的战马赛跑呢。”

“说到这边的墙壁,你用的是亚基尔的岩石消解喷雾,还是别的什么法子?”菲茨先生问。

“是亚基尔喷雾,”蒂拉承认,“隔壁动物园的墙壁也是这么融化的,不过我得承认那是个失误。这种混合物比我想象的要浓,而且正好起了风。不过那里的生物都很温顺,我猜是特意驯养成这样的。用不着怕它们。”

“高跷、晚安粉和融化喷雾。为了进到这儿来,你可投入了一大笔钱啊,”菲茨先生说,“你要找的是什么特别的宝物吗?”

“人人都知道,蒙塔尔非常富有。”蒂拉说。

“请回答他的问题。”赫里沃德爵士说。

“一批象牙雕像,”片刻的迟疑过后,她说,“行会有人开出了价码。不过我猜,你们的目标也跟我一样?毕竟雕像才刚送到,你们就赶来了。”

“没错，”赫里沃德爵士说，“但不是全部雕像。只有其中十四尊……跟我们的合同有关。其余的归你。同意吗？”

“同意。”蒂拉说。

赫里沃德挪开匕首，仰起身子，然后站了起来。蒂拉翻过身，抬头看着他。她的兜帽贴着面孔，尽管皮肤黝黑，但她的鼻子和脸颊都染成了几乎和衣服相同的灰色，看不到丝毫反光。就赫里沃德爵士看来，她似乎很漂亮，至少脸上没有任何疤痕，而且她看起来比他预想的要年轻。她的双眼隐藏在一条暗红色的轻薄布料后面，上面有数以百计的细小孔洞，让她在可以视物的同时不受石化蜥蜴的凝视一类的影响——除非跟它近到鼻子碰鼻子，不过到那时候，它的石化能力反而不值一提。她戴着这根布条的事实，也就暗示着她说了谎：融化动物园的墙壁并不是什么意外。

“要知道，我随时都能脱身。”她说。

“毫无疑问，”赫里沃德爵士礼貌地附和，虽然他的看法截然相反，“象牙雕像在哪儿？”

“不在这儿，”蒂拉说，“否则在你们来之前，我早就该找到了。”

赫里沃德爵士扫视房间。除了蒙塔尔的办公桌以及歪歪扭扭的抽屉以外，还有他的记账员用的几张不那么高大的桌子，以及一只橱柜，柜门开着，能看到堆在里面的纸张和羊皮纸。另外还有一口大箱子，挂锁打开，箱盖也翻了起来。菲茨先生此时正在箱子里翻找。

“没什么值得注意的东西，”木偶说，“只有掉在角落的一两枚硬币。要我说的话，应该是有人匆忙把它搬空的。赫里沃德，去看看蒙塔尔在不在楼上的房间。”

赫里沃德点点头，跑向角落的环形楼梯。没过多久，他又回到楼下，摇了摇头。

“房间是空的。那儿朴素得就像僧侣的寝室，只有一条薄毛毯。可我们的哨兵……该死的！有人逃走的时候，他们就该吹响哨子才对！”

“噢，”蒂拉说着，做了个代表撒出粉末的动作，“他们是你们的哨兵……”

菲茨先生跳出箱子，跑到通向警卫室的那扇门前，然后弯下腰去，圆圆的脑袋靠近地面。到了门边上，他嗅了嗅地面，灰尘开始在纸模鼻子周围打转，但他精致的鼻孔并没有丝毫翕动。

“其中一个小神灵开始现身了，”他简短地说，“按照我的判断，应该是几个钟头之前的事。我们只能假设它操控着蒙塔尔的一举一动，要不了多久，它就能彻底出现在这个位面，为同胞们扫清道路，让它们摆脱那些象牙雕像。”

“小神灵？”蒂拉问，“什么小神灵？”

“那些雕像可不是普通的珍宝，”赫里沃德说着走到门边，只用左手取下门闩，右手仍旧握着匕首，“至少我们要找的那十四尊是这样。除了西侧庭院的那些以外，你有没有催眠大门的卫兵？”

“没有。”蒂拉说。她取回飞刀，站到骑士身旁，菲茨先生负责殿后，那根魔法针仍然藏在他的手心。

“考虑到这儿的动静，”赫里沃德爵士说，“他们应该都赶过来了。莫克莱象和石化蜥蜴，还有你到处翻找的声音。准备好了吗？”

“他们既不机警，也不年轻，”蒂拉说着，做出准备投掷的姿势，“开门吧！”

赫里沃德爵士拉开了门。蒂拉站定在原地，缓缓放下了手里的飞刀。赫里沃德爵士从她身边挤过，低头看着台阶上那两具脱了水的尸体。比起尸体来，它们更像是锁子甲包裹的人形灰尘。他们的剑放在地上，旁边是干枯的手骨和臂骨，与千年古尸相比也毫不逊色。

“它需要生命来巩固自己的存在，”菲茨先生说着，弯下腰，嗅了嗅那些卫兵的尸体，“他们碰巧撞见了它。”

“你知道苏醒的是哪一个吗？”赫里沃德爵士问。十四尊象牙雕像，十四位小神灵，但其中一位比其余那些要可怕得多。

“不知道,”菲茨先生答道,“它没有留下任何明显的征兆或者宣告,我们也没时间分析它可能留下的神力痕迹。”

“我不喜欢这样的对话,”蒂拉说,“如果我没看到这两个家伙,我恐怕会以为你们是想吓唬我,阻止我去完成这次合法盗窃。”

“你不需要跟着我们,女士。”赫里沃德爵士跑向大门,同时不忘回头说道。他放弃了从后门离开的打算,因为那儿不够宽,莫克莱象没法通过。菲茨先生跟在他身后,接着跳上了墙上的一处火把支架,透过箭孔向外窥视,并避免跟设置在那儿的另一条魔法金带靠得太近:它能够杀死任何孩童、猴子或是被施了魔法的老鼠——普通老鼠倒是可以畅行无阻。

在他们身后,侏儒莫克莱象用鼻子碰了碰那些干瘪的死尸,厌恶地喷了喷鼻子,随后小跑着跟上了骑士、盗贼和木偶。

“我可不是什么女士。”蒂拉说着,帮赫里沃德爵士抬起大门的门闩,“我是夸克洛许、莱塞布和奈维拉纳加尼松城的盗贼行会的第六环盗贼!”

“我记得你刚才说是第七环。”赫里沃德爵士说。

“只要带着那些象牙雕像回去,”蒂拉说,“我很快就能晋升到第七环了。说实话,我可没料到会有小神灵出来添乱。”

他们打开大门的同时,菲茨先生也跳下了墙头。

“港口那边有一阵骚动,”他说,“应该是那个小神灵干的。快点儿!”

蒙塔尔的屋子位于一座小山上,山脚下就是港口,因此他能够看着自己的船只来来往往——那是他一切财富的基石。半圆形的长码头上有一条鹅卵石路,四条船停泊在几条突出于码头——仿佛伸出的几根手指——的突堤旁。另外几条船位于稍远处:那些庞大的商船正停泊在防波堤的庇护之内。这条用巨石砌成的长长防波堤保护码头不受狂风与大浪的侵袭,靠海的那段有座六角形的堡垒,用来抵挡海盗和敌人的海军。堡垒墙头的加农炮可以射出熔炉加热的滚烫炮弹,而堡垒中央的那门巨型迫击炮——活像只蹲在洞里的胖蜘蛛——可以射出朗姆酒桶大小的爆破性炮弹。除此之外,就像夸克洛许的许多民用房屋那样,这座堡垒缺乏保养,只在出现真正的危机时才会配备足够的人手——而且市议会多半会拖到最后一刻再做决定。

赫里沃德爵士、菲茨先生和侏儒莫克莱象沿着港口的道路飞奔,在夜色中仿佛飞快掠过的影子。月亮无情地照亮了街道,投下银白色的影子,暴雨留下的水洼反射着月光,映照着在码头附近的仓库门口酣睡的醉汉——明早人们就会发现,这些醉汉的褴褛衣衫下只有空空的躯壳。

"它肯定在找某条船,"赫里沃德爵士高声说,"不过风在对着防波堤猛吹,再加上大浪,今晚什么船都没法离港。"

"如果要用到船帆的话。"菲茨先生答道。他指着最远处的那条突堤,尖叫声正从那里传来,但又戛然而止,一盏黄色的提灯也闪烁着熄灭。在突堤后面,依稀能看到相对低矮的细长船身,上面只有一根粗短的桅杆。

"那条六角长船?"赫里沃德爵士说着横跨一步,避开一片看起来很深的水洼。他指的是夸克洛许城的典礼船,大市长会乘着那条古董船出航,在一年一度的仪式中丢下漂流物:一只装有香料、葡萄酒、布匹、熏鲱鱼和几枚银币的漂浮篮。随后,码头上的小贩、渔民和无业游民们会快活地你争我夺,以示对旧日时光的纪念——这座城市从前只是个小村,而村民们以打捞漂流物为生。

"可那条船上没有桨手,也没有船员。"蒂拉说着,轻松地跟在赫里沃德爵士身旁。

"如果那个小神灵足够强大,就能以魔法的方式划动船桨,"菲茨先生说,"这让我备受鼓舞。"

"你备受鼓舞?"赫里沃德爵士问,"如果它能在这样的风浪里划动足有六十块横坐板的六角长船，我觉得它就强过头了！”

“这代表某种程度的愚蠢，以及固执，”菲茨先生说，“它想回到亚桑特拉－洛瑞去，但它不知道，也不在乎那个王国已经不复存在，而且距离这儿足有上千里格之遥。”

“‘它’是什么？”蒂拉问，“你是说蒙塔尔？”

“蒙塔尔已经死了，如今只是那个小神灵的容器。”菲茨先生说。

就在说话间，他们来到码头上，鹅卵石路面也转为光滑的木板路。两个身穿城市守卫制服的守夜人正紧张地盯着他们，挂着提灯的长戟高举在某位同僚干瘪僵硬的身躯上：她的双臂举在身前，像是在试图抵挡某种袭来的可怕东西。

“什……什么人？”其中一个守卫结结巴巴地说。

“你们的朋友。”赫里沃德爵士大喊着飞奔而过，一时间忘记了自己从头到脚都沾满煤灰，而且赤着脚，手里举着一把明晃晃的匕首，同行者包括一只魔法木偶，一个明显的盗贼，还有一头白化侏儒莫克莱象。

“噢，好吧，”那守卫紧张地对他们的背影说。他抬高嗓门，补充道：“呃，过去吧，朋友们。”

前方传来长期闲置的木头与黄铜摩擦的尖厉响声，然后是六角长船的右舷船桨同时划动的水声——而左舷则紧贴着突堤。

“我们最好趁它离开之前上船。”赫里沃德爵士说着，加快了脚步，他的赤脚在木板路上踩出沉闷的响声。六角长船的船桨短暂地缠在一起，但很快各自分开，然后抬起。透过桨口，可以看到亮紫色的魔力触须：那位小神灵正在寻找安排船桨的正确方法，就像一群章鱼正在整理牙签。

“我们真要跟那东西待在一条船上吗？”蒂拉问。

“那个小神灵的头脑和力量全都用在让这条船前进上了，”菲茨先生说着，跳上赫里沃德爵士的肩头，因为他那双小短腿已经跟不上他们的速度了,“趁着它无暇旁顾的时候,我们把它赶回老家去的可能性更大。”

“就快到了!”赫里沃德爵士喘着气说。他跳上舷梯,跑向甲板。就在这时,右舷的船桨深深地拍进水中,六角长船发出呻吟,斜向离开了突堤,船尾和船首的系泊缆渐渐绷紧。舷梯噼啪一声落入水中,侏儒莫克莱象跳过最后几尺的距离,伴随着仿佛鼓声的巨响落到甲板上。

“这头莫克莱象为什么还跟着我们?”赫里沃德爵士问。他差点被那头小象一头撞飞。

“是我让她跟来的,”菲茨先生说,“我说过,她对我们非常有用。是宣言的时候了。我们还有几分钟的时间,我怀疑那个小神灵根本没注意到我们,它现在只想着快点离开港口呢。”

右舷的船桨拍进水中,再次划动。系泊缆在枪击般的巨响中断裂,六角长船颠簸着离突堤更远了些,让左舷的船桨能够伸出,在魔力触须的驱使下开始划动。

赫里沃德爵士和菲茨先生把手伸进口袋和腰包,取出丝绸臂章,戴到手肘上方。布料上开始闪现出巫术符号,而且比月光还要明亮。接着男人和木偶同时开了口:

“以世界安全协约议会的名义,以三大帝国,七大王国,巴拉丁摄政王,杰萨共和国,以及四十个小王国的名义,我们宣布自己为议会的密探。我们确认现身于这条船上的小神灵……呃……”

赫里沃德爵士顿了顿,看着菲茨先生,而后者并没有停口。片刻过后,骑士开始学着木偶的话往下说。

“——是包括在协约中的一位未知神灵,其对无辜者的可怕行径可资证明。因此,我们认定上述的小神灵与其一切协助者均为世界安全协约议会的敌人,我们将凭借议会的授权加以追捕,并采取一切必要的手段放逐、驱赶或是消灭上述的小神灵。”

“你们还说自己是保险公司的人。”蒂拉说。她的兜帽因为刚才的飞奔略微掀起，露出更多的脸部肌肤。她看起来比刚才更年轻了。

“从某种角度来说，”菲茨先生回答，“这么说也没错。”

“反正你能拿到你那份雕像就是了，”赫里沃德说，“如果我们能活下来的话。”他看到了蒂拉眼里掠过的神色，还有抿嘴的动作。他觉得自己没有弄错其中的含义。

两边的船桨同时划了起来，船身笨拙地斜向后退，甲板因此颠簸不止，这条古董船的每一部分也随之呻吟和尖叫。

“我们走不远的，”赫里沃德爵士说，“这只浴盆恐怕从来没在风浪里航行过，更别提这么大的风浪了。那个小神灵去了哪儿？等我们接近以后，又该怎么阻止它吸干我们的生命力？”

“它就在我们下方，”菲茨先生说，“在这条船的正中央的中甲板上。只要它还在继续划桨，就没有余力进行那种脱水攻击。”

“如果它停止划桨呢？”蒂拉问。

“那么这条船恐怕就会沉下去。”赫里沃德爵士说。他不喜欢脚下甲板的那种晃动。木板在向两侧挪动，船壳也显然不够结实，船尾已经下沉了一尺左右，而码头边的细小浪花不断拍打着船身。“只要越过防波堤，再说什么都没意义了——要么翻船，或者船尾向下沉到海底。”

“我们得赶在那之前拿到雕像，”菲茨先生说，“如果这条船真的沉了，那个小神灵就会放开船，然后直接在海床上步行。目前来说，它仍旧具备蒙塔尔的世界观，以及他作为人类的局限。”

“以它现在的力量，你能用那根针放逐它吗？”赫里沃德爵士问，“我们去吸引它的注意力，而你尽可能接近？”

“恐怕不行，”菲茨先生说，“我们必须找到与它相连的那尊象牙雕像，带到这儿来，然后让月光·白皮·慌慌张张三世踩上去。”

赫里沃德爵士循着木偶的目光看向左边，发现了那位动物同伴。

“你是说这头莫克莱象？”

“这就是摧毁那种东西的唯一方法，”菲茨先生说，“让一头白化莫克莱象踩上去。所以我才说它意味着良机。比起把雕像投入香达拉的火池更方便，又比交给绝无谬误之索引会的牧师、让它无迹可寻的开销更少。不过如果我们这位朋友有银做的鞋子就更好了，它能加快——”

“你怎么知道她的名字？”赫里沃德爵士插嘴道。

“就刻在她右边的象牙上呢，”木偶说，“这是她家谱上的名字。不过她的左象牙上刻着另一个名字，我猜她更喜欢那一个。罗茜。”

莫克莱象抬起象鼻子，短促而轻柔地吼了一声。防波堤上的堡垒突然射出一枚红色的火箭，仿佛在回应它的叫声。两发加农炮弹紧随其后。

“他们的反应可不怎么快。”赫里沃德爵士说着，以内行特有的兴致打量着火箭的弹道。在参与消灭有害小神灵的行动之前，他曾在佣兵团指挥过炮兵。“他们的火药也受了潮。那火箭原本能飞到两倍高度的。”

“就算火药受了潮，堡垒里那些白痴也有可能命中我们，”蒂拉说，“我们离得很近。”

“我们该怎么拿到那些雕像？”赫里沃德爵士说着，抓住栏杆，皱眉看着船桨再次拍进水里，让船继续向后驶去。下方的木板传来一声格外骇人的呻吟，由于在波涛中行进得太快，整个船身都在震颤。他们距离码头已经足有一百码，正从防波堤的保护中驶向波涛汹涌的海面。“我猜它肯定把雕像留在身边，就算那东西正在拼命划桨，我也不指望自己能就这么走到它身边。”

“我建议你和蒂拉越过栏杆，从桨口爬进它上面那层的甲板——”

“巨大的船桨正在桨口里上下摆动，”蒂拉插嘴道，“我们会被碾碎的。”

“它已经弄断了好几根船桨，也可能之前就断了，所以有些桨口是空的，”菲茨先生说，“选好桨口，爬下去，然后钻进去。我会给你们的武器附上灵光，这样就能攻击到那个小神灵的魔力触须了。只要你们砍断船桨上的那些触须，就能中止它划桨的行动，它也会做出反击。趁它分心在上甲板跟你们搏斗的时候，我就溜进它所在的中甲板，拿上那些雕像，带来这儿，让罗茜踩碎。”

“但只是你们提到的那十四尊，”蒂拉说，“不包括其他的。”

“的确。”菲茨先生说。他没有撒谎，但说的也不全是实话。

“也就是说，我们跟那个小神灵的俗世存在只隔着几块虫蛀过的橡木板？”赫里沃德爵士思忖道，“没有我担心的那么糟。蒂拉，你想爬左舷还是右舷？”

“都不想，”盗贼说，“但我都已经走到这一步了，再加上为第五环测试准备的那一年——”

“第五环？”赫里沃德爵士问，“照这个速度下去，我们就该发现你昨天才刚成为学徒了。”

“这些象牙雕像可是个大收获，足够让我迅速晋升，”蒂拉若无其事地说，“我去左舷那边。”

“伸出武器，然后转过头去。”菲茨先生说。

他们照做了。魔法针闪现光芒，照亮了甲板，仿佛有一道闪电掠过那根粗短的桅杆。等他们转回头来，菲茨已经把魔法针握回了手心，匕首和短刀闪烁着蓝色的微光，就像是点燃的白兰地里的一块冬日布丁，只是给人的印象更深刻些。

“一点建议，”赫里沃德爵士对蒂拉说，“伊奇珊蛛丝遇到海水就会失去黏性。”

蒂拉露出惊讶的表情，但迅速恢复了镇定，然后脱下了脚上的便鞋。她的大脚趾的指甲包裹着青铜，而且末端发黑，像是涂有某种毒药。

“在选定桨口之前，至少看着船桨划动两次，”赫里沃德爵士补充道，“确保你不会被前面或者后面的船桨碰到。”

蒂拉点点头。她看起来有些害怕，赫里沃德似乎听到她压下了一声呜咽。

“你真的只是个学徒，是吗？”赫里沃德爵士突然说，“你多大了？”

蒂拉耸耸肩，接着又点了点头。

“十五……”她低声道，“……岁半。”

“诸神在上，”二十五岁的赫里沃德爵士咕哝着，突然觉得自己高大了许多，“跟这头小象一起留在这儿。拜托你了。”

赫里沃德转过身去，因此没能看到掠过她脸上的笑意。他望向船舷外，又连忙把探出的脑袋收了回来：他震惊地发现，这条六角长船的吃水之深，以至于最底层的桨口只是略高于海面，浪花不时涌入船舱。即使这条船曾经有希望顺利驶离防波堤，现在也彻底不可能了。

几秒钟过后，他就在摆动的船桨间找到了合适的空隙。他本打算用牙齿咬住那把附有魔力火焰的匕首，但最后还是别到腰带上，然后迅速翻过栏杆，又毫不犹豫地钻进下方的桨口。

这层甲板比上面明亮得多，与魔力触须发出的紫色光芒相比，照进桨口的月光显得那么黯淡。仿佛有根庞大的树干从过道上装有格栅的舱门中钻出，然后分成许多树枝，伸向每一条船桨。

赫里沃德爵士的匕首砍向最近的那根触须，将它从船桨上斩断，然后连忙俯身避开抬起的包铁桨柄。他弯着腰缓缓靠近，劈向下一根触须，得到了相似的结果。而这一次，两根船桨相互碰撞，木杆断裂，木屑飞溅，混乱在这层甲板上蔓延开去，因为仍在摆动和突然停止的船桨绞缠在了一起。六角长船偏转了航向，舷侧面对狂风，船身几乎立即向左舷倾斜，最靠下的两层船桨如今完全没入水中，海水以无法阻挡的力量倾泻而入。

赫里沃德爵士感觉到了船身的倾斜，也听到了代表毁灭的汩汩水声。他向后一跃，避开一根伸向他而非船桨的触须，将它一劈为二，然后退回到来时的桨口那里。

“菲茨！”他咆哮道，口气就像一位船长，“你拿到了没有？”

触须自两侧和前方向他逼近,还有许多触须正在丢下折断的无用船桨,准备朝他发起攻击。赫里沃德半个身子探出桨口,匕首挥舞不停。他的赤脚碰到了浪尖,而他能感觉到船身随着每一道波浪而颤抖。它在下沉,而且速度飞快。

“菲茨！你拿到了没有?”

“拿到了！上来吧!”

在木板的断裂声和汩汩的水声中,木偶尖细的嗓音清晰地传来。赫里沃德爵士劈向一条企图缠住他喉咙的触须,又将匕首掷向几乎抓住他脚踝的另一根,接着钻出桨口,速度比他差点买下的那只猴子还要快。

幸好他的速度够快。就在他爬出桨口的那一刻,海水便灌了进去,而海浪也冲刷着以二十度左右倾斜的主甲板上——船眼看就要翻了。那只名叫罗茜的白化侏儒莫克莱象正靠着主桅杆,抬起一只脚,而菲茨先生正将一只配有青铜拉环和加固镶边的木盒放到它的脚下。是那只装着雕像的盒子。

一张闪烁着明亮魔法蓝光的网子突然罩住了木偶,将它从盒子边上拖走,而蒂拉将它一把抄起。她任由网里的木偶顺着甲板滚下,然后用右手拿着盒子,飞快地跑向左舷缘。

赫里沃德爵士手脚并用地游上了甲板。蒂拉举起盒子,朝他露出微笑,然后大喊道:“亚桑特拉 - 洛瑞王国或许已经覆灭,可我们亚桑特拉人永不灭亡!”

她转过身,想要跳进海里,与此同时,赫里沃德从背心的暗袋里抽出那把三管式转管手枪[①],抬起枪口,以流畅的动作连续射击。只有两根枪管顺利开火,但至少一发弹丸命中了盗贼右腕上方的位置。鲜血

① 配备数个枪管的一种手枪,发射时通过转动枪管实现连续射击,后被转轮手枪所取代。

和骨骼碎片四下飞溅。蒂拉丢下盒子,身体越过栏杆掉了下去,她愤怒的尖叫声消失在绿色的浪涛之中。

盒子沿着甲板滑向赫里沃德。他弯腰抄起盒子,丢向莫克莱象,而在同一时刻,十几条耀眼的紫色触须自不同位置穿透甲板,朝他扑去。船尾的扶梯上出现了一个近似人形的庞大躯体,散发着可怕的魔力,用非人的嗓音尖叫着某种难以理解的语言,刺痛了赫里沃德的耳膜。小神灵蹒跚着走上甲板,伸出最靠近赫里沃德的那根触须,裹住了骑士赤裸的脚踝,令他的皮肤嘶嘶作响。最后赫里沃德让身体顺着甲板滑下,落入早已没过舷缘的起伏浪花之中。

在滑落的同时,赫里沃德爵士大喊道:“踩碎盒子,罗茜!踩碎盒子!”

侏儒莫克莱象回以一声低吼,然后重重地踩向那只木盒子。木屑飞溅,但盒子并未破裂。一道巨浪打来,把仍在触须间挣扎的赫里沃德送向桅杆的方向。浪头卷起了木盒,想要将它带走,直到罗茜用象鼻子抓住了拉环。那个小神灵——或者说在蒙塔尔体残留的部分——蹒跚着朝象牙雕像走去,它伸出手,却被一条闪电般苍白的长鞭制住。那条魔力之鞭是从菲茨先生的针里释放出来的:菲茨先生已经摆脱了那张蓝色的网,此时正爬在主桅杆后支索上大约十尺高的地方。

“踩——”赫里沃德爵士再次高喊,但一条触须裹住了他的喉咙,让他的叫声戛然而止,也让他无法呼吸。他试图撬开这根绞索,但除了让手指烫伤以外,他什么都抓不到,同时越来越多的触须开始缠住他身体的每一个部位,开始挤压和拉扯。但除了四分五裂和脖颈折断的危险之外,他还随时都可能溺水而死,因为那些恶毒的触须正不断将他拽向水下。

罗茜宽大的屁股正紧靠着主桅杆,不需要赫里沃德催促,她也知道该做什么。她抬起脚,用上全身的力气一踩,盒盖随之粉碎。她的脚再次踩下,将盒子连同里面的雕像一起踩成了碎片,然后不断重复跺脚的动作，直到所有雕像都粉身碎骨为止。

魔力触须失去了力量，开始后退，而赫里沃德连忙爬上倾斜的甲板，咳嗽不止。钻出浮泛白沫的海面之时，他恰好看到触须缩进了蒙塔尔的尸体里。魔力的光芒黯淡下去，化作死尸眼里、口中和肋部伤口里闪烁的光点。紧接着，他听到一声低沉的“砰”，感觉到迎面吹来的一阵风，那些光点随之熄灭。蒙塔尔的残骸倒在甲板上，随着起伏的海水渐渐漂远：这条六角长船在海里停泊了太久，只有甲板的一小部分仍旧位于海面之上。

“弃船！”赫里沃德有气无力地大喊，“船要沉了！”

菲茨先生点了点头。但他没有跳进海里，而是顺着后支索向上爬去，接着顺着一条绳索落到罗茜的背上，随后轻而易举地爬到她的头顶。莫克莱象抬起鼻子，做好了用它呼吸的准备，然后离开桅杆，一头跳进了海里。

赫里沃德朝他们游去。他看到罗茜在海里轻松自如地游着，而她宽阔的背脊虽然比普通莫克莱象要小些，却仍有相当的空间。在菲茨先生的一点点帮助下，他爬上了罗茜的背脊。罗茜背上只有几平方英寸的位置没有沾水，但她毕竟漂浮在海上。风浪将他们送向码头，而她那四条有力的腿也在水下奋力划动。

“好枪法，”菲茨先生说，“多少弥补了你对那个女人的误判，虽然我早该料到的。”

“她也耍了你，”赫里沃德爵士面露苦相，这才感到喉咙像火燎一样疼，“你就像个新手，被困在伊奇珊网里。”

“的确，”木偶思忖道，“幸好她没有防海水的网子。但我从最开始就在怀疑她，因为以夸克洛许的盗贼而言，她拥有的魔法器具太多了——就算她是主母本人也不可能。”

“那你为什么没有——”赫里沃德话音未落，身后便传来响亮的爆炸声。骑士和木偶转过身去，只见防波堤上的堡垒处喷出一团火焰。

“迫击炮打出的炸弹，”赫里沃德爵士看着引信的火花划过天空，“他们准头很差……如果你还有魔法针的话，菲茨……”

“手边没了，”木偶说，“我的缝纫台留在旅店里了。”

“或许他们的准头不错。”赫里沃德爵士说，因为火花的痕迹径直落向了他们身后一百码远的地方，那里是几乎彻底沉入水中的六角长船，只有粗短的桅杆探出白色的浪涛之上。“但如果引信太长，炸弹就会在水下熄火……”

一道橙红色的闪电照亮了天空，紧接着是从海水里传来的一股巨力，又过了片刻，响亮的轰鸣声传了过来。赫里沃德眨眨眼睛，试图清除闪电在视野里留下的痕迹，就在这时，他看到六角长船的桅杆已经不复存在，连一块碎木片都没剩下。

“我还以为他们瞄准的是我们。”他说。

“或许确实是。”菲茨先生说。

“不管怎么说，他们都要花上些时间去填充另一发炸弹，”赫里沃德爵士说着，再次回头张望，“我们在那之前就能上岸。对这么有名的船来说，这种结局可真是令人伤感。我想它应该是亚沙嘉仅剩的几条六角长船之一。这件事恐怕很难向城里那些大人物解释，我猜正在码头准备迎接我们的队伍里也包括他们。”

“如果我们能提供合适的替罪羊，或许就没那么麻烦了。”菲茨先生说。他在罗茜的头上站起身来，抓住赫里沃德的肩膀，指了指前方。

盗贼蒂拉——或者说女祭司，天知道她究竟是什么人——正仰天浮在他们前方的海面上，无力地踩着水。等莫克莱象靠近以后，赫里沃德伸出手，把她拽上了罗茜的背。

“诅咒你们，”她低声道，“愿皮卡尔滕-阔克里尔把你们——”

菲茨先生探出身子，用一根木头手指按在她的额头正中——他的皮手套不知道掉到哪去了。蒂拉闭上了嘴巴，两眼翻白，赫里沃德不得不转过她的脑袋，免得让她的嘴巴和鼻子浸在水里。

“而且我们有贿赂用的钱。”菲茨先生说。他朝自己的胳膊伸出手，取下了臂章，上面的字母正在褪色。“不会有问题的。”

“我也这么想。”赫里沃德爵士说。他取下自己的臂章，用手轻轻地拍打莫克莱象的背脊，又补充道：“你帮了我们大忙，罗茜。”

“没错，她是莫克莱象里的公主，”菲茨先生说，“名副其实的公主：白化症状代表着王室血统。”

“亚沙嘉的六角长船，还有莫克莱象，”赫里沃德思索着说，“我想起了一首诗。让我想想……

亚沙嘉的六角长船
遥远的帕纳斯是其故乡
伴随着鼓点航行于汪洋
搜寻着容易得手的猎物
寻找象牙、黄金与莫克莱象……”

“呸！”菲茨先生抗议道，“这根本是歪诗，是对原作的污蔑和诽谤。如果你非要背诵，赫里沃德，你就应该尊重原作，不是肆意篡改！”

“的确，这是后期的翻译版本，但我认为这个版本更好！”赫里沃德爵士反驳道，“你和你那颗柏木心脏根本不懂什么叫诗情！”

莫克莱象低吼一声，将少许海水喷在他们身上。一道波浪托起了她，东风吹着赫里沃德的背脊，将他们送向岸边，骑士和木偶一路上争吵不休。

小龙　译

沃尔特·乔恩·威廉姆斯

沃尔特·乔恩·威廉姆斯出生于明尼苏达州，现居于新墨西哥州的阿尔伯克基附近。他的多篇短篇作品在《阿西莫夫》《奇幻与科幻》《光速》等刊物上发表，并被收录于《刻面》《弗兰克斯坦与其他外国鬼怪》等短篇作品集中。他创作的小说包括《进步大使》《骑士出招》《智能谍变》《王冠珠宝》《旋风之声》《碎片之屋》《赎罪之日》等作品，还包括一部以《星球大战》为背景的小说《命运之路》，以及他广受赞赏的现代太空歌剧史诗系列《恐怖帝国的衰亡》。他最新的著作有《暗示空间》《这不是游戏》《第四道墙》等等。他在2001年凭借《爸爸的世界》赢得了迟来的星云奖，并在2005年凭借他的《绿豹瘟疫》再次夺得该奖。

在下面这个巧妙的故事里，一位电影明星（肖恩·马金，沃尔特的小说《第四道墙》里那个自大到可笑的旁白）被牵扯进了现实中的某个错综复杂的阴谋，随后发现它比电影里的阴谋更加离奇，也更加危险。

龙舌兰里的钻石

“不,”奥斯利说,“不。是真的。用龙舌兰可以造出钻石。”

“只要卖掉足够多的龙舌兰酒,”尤纳科夫说,“你想买多少钻石就能买多少。”

“我不是这个意思。”奥斯利说。

我们坐在尤纳科夫位于度假酒店的房间里,微风吹进窗户和敞开的房门,将我们周围的大麻烟气带向海洋。在房间的一角,有台 3D 打印机正嗡鸣着进行它的日常工作,而另一角则是个弧形的吧台,配有两只高脚凳和大约十五个半满的酒瓶。我们七八个人围坐在一张矮小结实的咖啡桌边,桌上放着一只透明塑料做的大麻烟筒,那是奥斯利在主要场景开拍的第一天打印出来的。

电影的名字是《绝望礁》。尤纳科夫是道具师,奥斯利是他的助手。房间里的其他人都是剧组人员:两名灯光师,一名服装助理,一名置景师,还有不知道哪位的表兄,名叫奇普。

我是这部电影的主演。事实上,我是个大明星,制作人还在花费大把美元让我更加大牌;但我还没有大牌到不用和剧组人员来往的程度。

我希望剧组的人喜欢我,因为他们能帮我在镜头前更出彩。除此之外,他们有全片场最好的大麻。

我们在墨西哥,但我们抽的并不是墨西哥大麻。在墨西哥买大麻是很危险的,大部分原因是那些毒贩很可能向警察告发你,而警察会把你丢进监狱，没收你的大麻，再卖回给毒贩子。另外当然了，要是哪个好莱坞名人在墨西哥被捕，那可是件丢人的事，媒体肯定会炸开锅的。

不，这可是加州种植的420①，这东西在那儿差不多算是合法，只是装在摄影设备箱里偷运到了墨西哥。我倒是觉得这样很不错，因为加州什么都好，包括药草。

事实上，我不怎么喜欢外国，这儿的人都说外语，还有外国风俗，墨西哥菜的味道也比不上我在洛杉矶吃过的那些。不过话说回来，我可是位国际大明星，所以即使我身在异国他乡，每个人也都对我非常友好。这可比在加州被人当做过气明星要好得多——我深有体会。

我们看着奇普(他是那个谁谁的表兄)拿起烟筒，深吸一口，这一口足够他的斗鸡眼维持好几个钟头了——在长长的停顿过后，奥斯利又说："不，我是说真的。你得把龙舌兰酒加热到八百摄氏度，然后纳米大小的钻石就会沉淀在硅或者金属做的托盘上。类似那些工厂的加工手段。"

"鬼扯。"尤纳科夫说。不过这时候，有人用手机在网上查了查，发现这种说法是真的，至少互联网上说它是真的。但这两者并不总是一回事。

就在那时，一直在角落里工作着的3D打印机发出最后一声机械嗡鸣，然后停了下来。奥斯利慢吞吞地穿过房间，来到打印机面前，取出个看起来像是实验室里那种厚壁烧杯的东西。杯子并不是完全透明的：发黄的杯壁似乎分成了各不相同的数层。

"好吧，"他说，"这就是我最新的研究项目。"

奥斯利是个矮个子，大概五英尺四五英寸高，而且很瘦。他的螺旋

① 大麻的别称，缘起于20世纪70年代的瘾君子之间的讹传，他们认为全世界共有大约420种大麻。

状卷发垂在双耳上方，黑框眼镜放大后的双眸就像两块罗夏墨迹①，还留着一副八字胡。他穿着背心和工作短裤，鼓鼓囊囊的裤袋里装着工具、电缆和电子设备。

自从他用3D打印机造出这根上好的大麻烟筒之后，我们就在期待他接下来的作品。他走到吧台后面，取出一瓶没有标签的酒，拧开瓶盖，倒进一只酒杯里。酒液是近乎紫色的血红色。

“好吧，”他说，“我的几个朋友在中部海岸开了家酒厂，他们送了我这瓶酒让我练习。这是那种最普通的解百纳。这一瓶只酿了两星期，发酵才刚刚结束。它只经过了初榨②，所以我把酒过滤了一遍，去掉了残留的沉淀物——除此以外，这酒几乎没有任何加工。”

他把杯子递了过来，我们每人都尝了尝。轮到我的时候，我嗅了嗅，但气味似乎没什么特别的。我抿了一口，酒液流过舌头时，我能感觉到自己的味蕾在四散奔逃，就像有毒物质泄漏时仓皇逃窜的人群。我把酒咽了下去，因为吐在地板上太冒失了。我把酒杯递给下一个人。

“两样东西能让这东西变成可以入口的葡萄酒，”奥斯利在吧台后面说，“时间，还有陈化用的橡木桶。橡木和葡萄酒是完美的搭配，酿酒师很少会用别的材料。橡木能让氧气渗进酒里，氧化能加速橡木和葡萄酒之间的其他反应。包括水、水解单宁酸、苯酚、萜烯和糖、糖醛。”酒劲让他说术语的时候有点大舌头。

他举起那只烧杯。“我设计了这东西，只用几分钟就能实现和几个月的橡木桶陈化相同的效果。我们来瞧瞧它管不管用吧。”

奥斯利把烧杯放到吧台上，然后往里面倒了些那种酒。他在吧台边看着我们。“反应的过程会有点，呃，激烈。”他找出一只碟子，盖在烧杯上。

---

① 指罗夏测试中的墨迹，罗夏测试是一种让受试者解释墨水点绘的图案，以判断性格的心理测试。

② 葡萄酒酿造过程中的一步。

“好了，我们等上个二十分钟吧。”

我们继续享受这个夜晚。烟筒又在我们手里交换了一圈，我喝了一罐啤酒，嘴巴里才算好受些。

通常来说，如果第二天还有工作，我是不会来这里饮酒作乐的，不过事实上，我在明天的那场戏里没有台词。我出演的所有场景都在水下，所以用不着说话。

《绝望礁》讲述的是这样一个故事：我扮演的角色想要打捞一艘沉没的潜艇，但麻烦在于，墨西哥贩毒团伙正是用那艘潜艇把毒品偷运到合众国的。潜艇沉没的时候，货舱里装着价值两亿美元的可卡因，所以我的角色——一位瘾君子兼职业潜水员——才会对它感兴趣。不幸的是，那个贩毒团伙也想要回他们的毒品，更不用说，海岸警卫队和缉毒局也不可能坐视不理。

我的角色汉克实在不能算是好人。起初他既暴躁又沉溺毒品，但随着剧情的进展，他在安娜——跟潜水艇一起沉没的某个水手的姐姐——的身上看到了爱意与鼓励。在剧情的高潮部分，贩毒团伙的打手上门寻仇，他用可卡因换来一把赫克勒 & 科赫冲锋枪，解决了对手。

故事的结局仍旧悬而未决。就目前而言，这部电影有两个结局，出自两位不同的编剧之手。在最初版本的结局里，汉克浮上水面，卖掉了可卡因，然后和安娜带着大把美元朝着夕阳离去。

在第二个结局里，汉克懂得了一个重要的道理，那就是“毒品是有害的”，于是他把可卡因交给了缉毒局，就这样两手空空地离开。

所有人都喜欢第一个结局，它更符合汉克的性格。至于无人看好的第二个结局，则是出于制片人的懦弱：他们担心遭到指责，因为原先的结局有鼓励吸毒的嫌疑。

按照我上次听到的说法，我们会把两个结局都拍摄一遍，制片人会在剪辑过程中决定最终版本使用哪个结局。由于电影制片人都是臭名昭著的懦夫，我猜我已经知道最终出现在银幕上的会是什么结局了。

除非我提出抗议。我可以拒绝拍摄第二个结局,或者干脆每次都演砸。

但这么一来,我也就成了懦夫,所以这种事恐怕是不会发生的。

"好吧,"奥斯利说。他回到吧台后面,用他被眼镜放大的双眸盯着烧杯。"我想反应已经结束了。"他拿起一只玻璃杯,塞进冰桶里,然后把烧杯里的酒液倒了进去。从他拿烧杯的方式,我能看出里面的东西很烫。

酒的颜色变了。它的红色鲜亮了不少。

奥斯利把一支温度计放进玻璃杯,等待酒的温度降低到室温。然后他把玻璃杯拿出冰桶,从吧台后面走出来,再把杯子递给我。

"拿着,肖恩,"他说,"尝尝看,告诉我你的看法。"

玻璃杯的表面沾满冰水,滑溜溜的。我警惕地看着杯子。"你真要我喝你的化学实验品?"我问。

"对你没害处的,"奥斯利把杯子端到鼻子下面,闻了闻,然后喝了一大口,"试试看吧。"

我怀疑地接过杯子。我还记得,曾经有人想要我的命。那些人我甚至都不认识,理由也千奇百怪。

"你明白的吧?"我说,"如果你给我下毒,整个拍摄都得叫停,你也会失业。"

奥斯利抿住嘴唇,神情傲慢。"这种容器实际上已经是6.1版了,"奥斯利说,"我每次都会亲自品尝。这里面的成分对你没害处。至少这点量没有。"

我把杯子举到鼻子底下,嗅了嗅。我吃了一惊。它跟早先不同,味道的确像是葡萄酒。奥斯利咧嘴笑了。

"明白了?"他说,"你闻到的是香草醛。里面还加了些能散发出橡木气味的内酯。"

道具师尤纳科夫冲我眨了眨眼。"伙计,这是酒,"他说,"我这一星期都在喝奥斯利的作品。味道不赖。”

我小心翼翼地把少许酒液洒在舌头上。尝起来有点像佐餐用的淡葡萄酒。算不上多美味，不过完全可以入口。

“不坏，”我说，“比刚才好多了。”我把杯子递给右边的置景师。

“明白了？”奥斯利说，“酿出这种品质的酒一般要花上好几个月，不过用我的反应烧杯只需要二十分钟。想想看吧，如果每家酒厂只要二十分钟就能酿出列级酒庄[①]的酒，那酿酒工业会变成什么样子？”

置景师抿了口酒，然后挑剔地咂咂嘴。“这可比不上列级酒庄。”她说。

“现在是这样，”奥斯利说，“再过个几年时间，你就分不清我酿的酒和奥比昂酒庄的酒有什么区别了。”

她扬起一边眉毛。“水土的问题你要怎么解决？”她问。

奥斯利大笑起来。“水土没什么神秘的。水土适合并不是因为你们的祖先穿木鞋，又每天向圣瓦莱利祷告。它只是种化学反应。只要给我一份化学分析报告，我应该就能重现同样的效果。”

接下来他们就水土、榨汁和葡萄品种展开了热切的讨论，而我继续喝起啤酒来。那杯酒的味道不坏，但我没有对葡萄酒狂热到关心所有繁琐细节的程度。

烟筒又传递了一圈，接着我决定该上床睡觉了。尤纳科夫的房间位于这间度假酒店的底层，于是我跳过阳台的护栏，落在外面的走道上，然后大步走向我的小屋。

海面闪烁着星光。热带的花朵在微风中无力地摇摆。海滩散发出乳白色的微光。

如果闭上眼睛，我几乎能想象自己回到了天堂——也就是南加利福尼亚。

---

① grand cru，泛指顶级酒庄。

我绕过转角，这时一声尖叫传来，吓了我一跳。发出尖叫的是个端着客房服务托盘的旅馆侍者。托盘上的瓶子和餐碟摇晃起来，我连忙冲上前去帮忙。在那个侍者和我的努力下，我们总算保住了托盘里的东西。

“抱歉，马金先生，”侍者说，“我没想到会遇见您。”

这家度假酒店位于金塔纳罗奥[①]，所以我面前这位侍者是玛雅人，身高约五英尺，鹰钩鼻，宽大的脸上露出紧张的笑。我低头看着他。

“没关系，”我说，“祝你今晚过得愉快。”

突然出现时引得别人惊叫，这对我来说并不是新鲜事——但能成为影星才是出人意料之事。

在我很小的时候，是个长着大脑袋的可爱童星，作为情景喜剧《家谱》中的主演，每个美国人的客厅里都贴着我的海报。成年以后，我的身体不再长高，脑袋却越长越大。这种现象叫做“幼体性熟”——我的脑袋大得反常，可我的五官却维持着婴儿的比例：翘鼻子，宽大的额头，还有一双硕大的眼睛。

现在的我比平时还要吓人：为了演好电影里那个亦正亦邪的角色，我剃了光头，留起了山羊胡。我看起来就像是那种你绝对不想在月黑风高之夜撞见的人。

我的外表解释了我在失去可爱外表之后事业的崩溃，以及我为何会在十多年的时间里四处求职，直到某位出人意表的救星出现——游戏设计师达格玛·肖请我在一部名叫《逃往地球》的网络剧中担任主演。我扮演既是外星人又是天使的劳恩。《逃往地球》大获成功，其续作也一样。我目前在和达格玛洽谈劳恩系列的下一部，不过与此同时，我也在尝试出演正剧，希望能进一步增加我的名声。

我畸形的面孔彻底抹除了我担任浪漫喜剧主角的可能性，并且让

---

① 墨西哥西部的一个州。

我扮演恶棍时更令人信服——在为生计奔波的那些年里，我的角色绝大多数都是打手。所以在《绝望礁》里，我扮演的正是那种恶棍式的人物——只是他找到了自己的救赎，转变成了好人。

即使我能演好这个角色，即使我的演技精彩绝伦，我还是不确定人们会不会掏钱去看我的大脑袋出现在大银幕上。毕竟我仅有的成功是建立在小屏幕上的。

我思索着种种不确定因素，同时朝小屋走去。那是一栋刷着白色灰泥的建筑物，有铺着棕榈叶的玛雅式尖顶，一切都散发出田园风情。我打开门，发现罗妮·洛已经在房间里了。她缩在扶手椅里，喝着我的橘子汁，一边用拇指在手机上输入文字，但看到我进门之后，她把手机放到一旁，站了起来。

“嗨，”她说，“这边的天上有架无人摄像机，所以我觉得自己应该进你的小屋，给他们制造点新闻素材。”

她是个肤色白皙的红发女子，向来与阳光无缘，每每在拍摄之前，她都会用厚厚的妆容掩盖所有的雀斑。她有一口又白又亮的牙齿，上排门牙略微突出，而凹凸有致的身材让她的爱慕者遍及全世界。罗妮的某张热门海报售出了数百万份，很难想象哪个正值青春期的美国少年的房间里会少了罗妮的乳沟。

罗妮是位野心勃勃的年轻演员，她在这部影片里饰演毒枭情妇一角。她同时也是我的女友——或者应该说，是八卦小报公认的我的女友。她是小报销量的保证，也能让我们的名字始终出现在公众的视野里。

尽管这些绯闻大部分出于宣传目的，我们还是会时不时上床。那种体验令人愉悦，却谈不上特别：这恐怕会让每晚盯着罗妮海报入睡的少年们大失所望吧。我们之间不存在任何激情，因为我们的激情早已投入到了演艺事业里。尽管我们彼此利用，我和罗妮仍然是朋友，我想就算小报开始宣传我们跟其他人的绯闻，我和她也会把这份友谊维持下去。

要知道,罗妮当初也是将我从前任绯闻女友艾拉·斯威夫特身边夺走的。艾拉的名气比罗妮大得多,所以她这步棋相当成功。她的受关注度立刻得到了大幅提升。

这两段小报绯闻都是由我的经纪人,贝弗利山“泛宇宙经纪人联合公司”的布鲁斯·克拉维茨虚构出来的。《绝望礁》就是一条近乎完整的有线电视协会生产线:布鲁斯提供大部分演员和创作剧本初稿的编剧(虽然那份剧本和那个编剧我见都没见过),以及另一位将剧本重写并创作了第一个结局的编剧,外加第三位编剧创作的第二个结局——大家都不喜欢,不过这部电影多半会采用的那个结局。

布鲁斯带来的还有艾拉·斯威夫特,是他把我们撮合在一起,让小报有题材可写,也有助于我们两人在没有作品上映的这段时期增加存在感。出于只有她自己才明白的理由,艾拉也想隐瞒她正在和自己的美发师热恋的事实。

我不清楚艾拉不肯出柜的原因,因为对我来说,她和另一位女性亲热的场面要香艳刺激得多;不过我当时的人生中并没有其他女人,所以就配合着演了下去。我们一起出没于首映礼、派对、慈善活动,还去看过一场湖人队的比赛,我每周都有两三个晚上会在她位于马里布的住处度过——睡在客房的卧室里,而她则跟美发师睡在主卧。

接着艾拉去了南非拍摄讲述钻石生意的《金伯利①》,而当时罗妮的演艺生涯刚刚起步,任何形式的宣传对她都有好处,于是她便答应充当伤透艾拉的心的第三者。

布鲁斯就这段三角关系炮制了大量的头条新闻,包括艾拉向她的朋友哭诉,或是在《金伯利》的片场情绪失控,又或是飞回美国,恳求我回到她身边。在几周的时间里,八卦小报争相报道罗妮和我在片场吵

① 南非中部城市,钻石的主要产地之一。

架，以及我们分手的新闻；仅仅几周之后，他们又报道说我们打算宣布订婚。有时候她会发现我在和艾拉通电话，然后大为光火；有时候，我会悄悄飞去非洲见艾拉。

我乐于见到自己出现在头条新闻里，即使这些故事与真相相去千里。

如果你出现在新闻里，就代表人们关注你。我喜欢被人关注。看到自己的名字出现在小报的头版，我的心就会温暖起来。

但成为小报名人也有几个缺点，其中包括配备摄像机的无人机：狗仔队用它们来监视我们的工作和生活空间。这种行为是违法的，至少在合众国是，但你没法逮捕无人机：就算能找到并逮捕无人机的操纵者，你抓住的也不过是个拿着遥控器的人，而且没法证明他用遥控器做出了什么违法的事。

对我来说，这些无人机就是作弊。在我看来，那些小报本该报道我们的公关人员给他们的故事，而不是出动他们自己的空军，自行寻找素材。

不过罗妮知道该怎么应付这些摄像无人机。她会离开自己的房间，来我的小屋，就好像早就跟我约好了一样。这么一来，《流言蜚语》《每周情变》之流的小报就有新闻可写了。比如《罗妮与肖恩夜晚私会》之类的。

“无人机还在天上吗？”我问。

罗妮看着手机，确认夜班保安发来的短讯。“看起来不在了，”她说，“海岸那边已经没有它的影子了。”

我走到她面前，随意就她的杯子喝了口橘子汁。

“想留下就留下吧。”我说。

她露出略带歉意的笑容。“可以的话，我要回自己的房间去了。我今晚需要几个钟头的社交媒体时间。”

有抱负的明星必须保持网络曝光度，至少是表面上的曝光度。“玩得开心点。”我告诉她。在她走向房门的时候，我喝光了她那杯橘子汁。

她一边走，一边用手机输入文字。看起来，我今晚只能独自入睡了。

次日早晨，我穿着潜水衣来到水下，拍摄了无数个脸部特写镜头。面对摄像机，我模仿着惊讶、愤怒、坚定、绝望和遭受胁迫的表情。我从镜头的左边游到右边，再从右游到左。我上下起伏。我蹲伏在珊瑚岬后面，躲避着想象中从我头顶游过的反派。我以看似熟练的动作操作着水下打捞设备。

导演是个名叫哈德利的英国人，他坐在一条改装驳船上的帐篷里，通过水下扩音器给予我指示。他连脚都不打算弄湿：他所做的只是一边看着视频显示器，一边喝着他的私人咖啡师调制的玛奇朵。

“太小了，”他说，“搞大点儿。”

“太大了，”他说，“搞小点儿。”

我恨水下拍摄。全剧组的人都恨。我告诉过制片人，用绿屏就能完成全部的镜头，但他们根本不相信我的话。

到了十二点半的时候，拍摄总算是结束了，但在水下将近四个钟头让我筋疲力尽，潜水面罩还在我的鼻子和眼眶周围留下了红色的压痕。幸好这些镜头都是在有充足自然光的浅水区拍摄，省去了我走一遍减压舱的过程。

汽艇带着我回到了酒店，而在回去的路上，我决定顺道去罗妮·洛的房间拜访。我今早看过日程表，发现拍摄计划做了改动，明天我有一场和罗妮的戏。我打算跟她谈谈这件事——事实上，我在考虑把我的几句台词让给她，因为那些话不像是我的角色会说的，但对她的角色却很合适。

她住在酒店一侧的底层套房里，那儿有能够眺望沙滩的露台，露台上有一张躺椅，上面晾着一件泳装和几条毛巾。那件泳装大得就像潜水衣，足以覆盖她的全身，帮助她阻挡阳光。门上挂着一张硬纸板，上面写着罗妮的名字：L. 洛，以免摄制组的人敲错门。

我注意到玻璃拉门上有裂纹——我以为或许是鸟儿撞到了门上，比如海鸥什么的——于是我敲了敲门框，打开门，走进开着空调的室内。

罗妮倒在地板上。我几乎可以断定她已经死了，因为她的脑袋血肉模糊。她的粉红色背心裙上满是红色的斑点，甚至比她的发色更深。她面前的瓷砖上有一只打碎的咖啡杯和一摊摩卡咖啡。空气里充斥着甜腻的气息。

我疯狂地四下张望，寻找房间里的其他人，尤其是拿着武器的人。但我谁也没有看见。

我的心跳到了嗓子眼儿，脉搏响亮到盖过了风声和海浪，也让我无法思考。我不是没有见过尸体，但我并没有做好面对死亡的准备。

我退出房间，试图回忆自己都碰过什么。退到门廊上的时候，我从口袋里掏出一张纸巾，擦了擦门把手。接着我关上了玻璃拉门，突然间，门框里的整块玻璃脱落下来，在地上摔成一堆闪闪发光的五彩碎片。那声音比我良心的谴责声还要响亮。

我再次疯狂地扫视周围，但似乎没有人在意这阵动静。我匆忙逃回自己的小屋，做了在这种情况下最该做的事。

我给我的经纪人打了个电话。

“这么说罗妮是被人开枪打死的?”布鲁斯问。

“枪？我猜是吧，”我的胃抽搐起来，剧烈的痛楚让我朝着餐桌俯下身去,“我不知道她是怎么被杀的,”我说:“我只知道她死了。”

“可你没杀她。”

“对。”

他在脑海里那张列表的下一个问题旁边打了个钩。

“你有不在场证明吗?”

我努力思考。思考对我来说很困难,因为我的头昏得要命,五脏也翻搅不止,而我的眼前一次又一次地出现罗妮穿着背心裙的尸体瘫倒在地板上的情景。

“我整个早上都在拍摄水下场景。”我说。

“那你就不会有事。”布鲁斯说。他的语气有些沾沾自喜,显然是为自己处理危机时的有条不紊而得意。“你不会有事的。”

“布鲁斯,”我说,“这边的警察跟贝弗利山的那些可不一样。他们不是那种小心翼翼的警察。他们没准会为了省事直接给我定罪。”

“所以除非有我们某位律师的陪同,否则你千万别开口,”布鲁斯说,“我几分钟之内就会派人去你那边,他还会带上一位墨西哥人同事。”

胃部的痉挛消失了。我坐直身子。恐慌开始消退。

“肖恩,”布鲁斯说,“你觉得这事会不会是针对你?你知道的,因为过去发生的事。”

他说的事发生在几年以前:当时有很多人想要搞砸我的复出,方法则是要我的命。

布鲁斯的提问让我的心头再次涌现出恐惧,但随后我考虑了一下这几件事的时间线。

“我看不出这种可能性。”我说。

因为说真的,那些艰难的日子——那些迫使我出门时带着保镖,躲藏在旅馆房间里,随时会有陌生人拿厨刀捅我的日子——早就过去了。

我现在是个大明星了。人人都爱我。除了个别煞风景的家伙之外,没有人想要我的命。

“那就好,肖恩,”布鲁斯说,“你是清白的。我们会确保你不会惹上任何麻烦。”

“好的,好的。”在我的心里,安心感油然而生。布鲁斯·克拉维茨在营造安心感的方面堪称魔法师。这就是他办事的方法,这就是他让人们快乐的方法。

“好了,”布鲁斯说,“你应该把尸体的事告诉别人。”

那种恐惧又回来了。“不能告诉警察!”我说。

“不,”布鲁斯说,“你说得对,绝对不能告诉警察。酒店那边有制片人在吗?”

“我不清楚。”

“我现在就打电话弄清楚。你就老老实实地等着,记住你很震惊就是了。”

“我当然很震惊!”我答道。

“我是说,”布鲁斯坚定地说,“记住你和罗妮是一对。被杀的是你的女友,肖恩,是你的爱人。你必须做好表现出这一切的准备。”

“你说得对。”在慌乱和惊恐中,我几乎忘记了那个事实:我和罗妮展现在公众面前的关系完全是子虚乌有。

“肖恩,你能做到吗?你能演好这个角色吗?”布鲁斯的语气似乎很不放心。

“我当然能演好了,”我安慰他说,“我喜欢罗妮。我发现了尸体。这并不难。”

“很好。现在我要开始打电话了,回头我再打给你。”

布鲁斯的声音再次营造出了那种神奇的安心感。我向他道谢,然后挂上电话,坐在沙发上,等着看接下来会出现什么状况。

接下来出现的是执行制片人汤姆·金。在片场,执行制片要确保一切正常运作,他控制预算,监督制片——这份工作需要摩根大通公司[1]那样的财务敏感度,还有电视剧里的警察那种不屈不挠的韧性。他非常了解这类大制作影片,以及它们可能引发的种种复杂而严重的问题。

他敲响我的门时,我的手机响了,布鲁斯说他正在赶来的路上。我打开门,让汤姆进来。

汤姆·金是个五十来岁、有些谢顶的魁梧男人。他穿着白色的棉衬衣和码头工人牌[2]休闲裤,手里拿着自己的手机。他的鼻子和上唇之间有一小块古怪的三角形胡须,多半是他今早刮胡子的时候遗漏的。

他那双睿智的蓝眼睛透过黑框眼镜警惕地看着我,就好像一旦处理得不够小心,我就会爆炸似的。

"布鲁斯告诉我,这儿出了点麻烦。"他说。

"麻烦就是罗妮死了。"我的语气有点尖锐。因为这可不是什么饮食供应或者拍摄日程之类的小麻烦:在那间客房里,确确实实地躺着一具尸体,可在汤姆眼里,这与其说是一起暴力犯罪,倒不如说是个需要巧妙应对的麻烦。

他的蓝眼睛闪烁了一下。"你能带我去看吗?"他问我。

"你干吗不自己过去看?"因为我不想再看一遍罗妮死掉的样子了。

"我知道的只是布鲁斯的说法。"他说。他依旧警惕地打量着我,就好像怀疑我看到了幻觉。

---

① JP Morgan,美国最大的金融服务机构之一。

② Dockers,美国男装品牌之一。

乱七八糟的猜想在我的脑海里打转。或许他见过不少失去理智、幻想自己看到尸体的演员。或许他对这种事已经见怪不怪了。

“拜托。”他说。

“我可不进去。”我说。

“好。你用不着进去。”

我们回到罗妮住处的露台上。她的毛巾仍旧在微风中飘扬。汤姆走到露台上,手搭凉棚,看向屋内。我站在足足十五英尺开外,看不到任何人死去的样子。

“门玻璃碎了。”汤姆说。

“那是我干的。我关上门的时候,玻璃就碎了。”

他看着那堆碎玻璃片,皱起眉头。“我敢肯定,这儿用的是安全玻璃[①]。”他说。这还真像执行制片人会说的话。

他回头看了我一眼,似乎想说点什么,但细想后又作罢了。我知道他在想什么:*你是在逃离自己的作案现场时打碎了玻璃。*

*去你妈的,*我心想。

他小心翼翼地打开门,走了进去,我突然听到倒吸一口凉气的声音。我走到露台上,空调吹出的凉风扑面而来,等我的眼睛适应这里的光线以后,我看到汤姆朝着罗妮的尸体弯下腰去。他碰了碰她的腿。他站起身来,但仍旧低头看着那具尸体。

“她的身体已经僵了,”他说,“她在这儿有一会儿了。”

他也明白,这就洗脱了我的嫌疑。他抬起头来,看着我。

“肖恩,抱歉。”他说。

“怎么回事?”我问,“你有什么主意了吗?”

他显然不想再看那具尸体了,我也一样。我们面面相觑。接着我

---

① 一种不易碎裂的玻璃,制作方法通常是在两层玻璃之间加入树脂或塑料制作的夹层。

的目光越过他的肩头，看到了他身后那堵墙上的子弹孔。

“瞧啊。”我说着，指了指。

汤姆走到墙边，打量起那个弹孔来。我渐渐镇定下来，开始恢复思考能力，也终于把那几件事联系到了一起。

“那颗子弹穿透了玻璃门，”我说，“然后打中了罗妮，接着穿过墙壁，到了隔壁的房间里。”

他看着那个弹孔，点点头，而与此同时，同样可怕的念头浮现于我们的脑海。他转过身去，瞪大了蓝色的双眼。

“隔壁住着什么人？”他问。

我们飞奔着绕过罗妮的住处。等我跑到隔壁套间的门前时，已经上气不接下气。门上挂着的硬纸板写着“E. 库斯托”。

“埃米琳·库斯托。”我喘着粗气说。她是置景师之一，是个来自蒙特利尔的法裔加拿大人。我翻过护栏，跳上她的露台，玻璃拉门开着，于是我径直走了进去。

“埃米琳！”我大喊道。没人答话。空气里有一股微弱的甜香。

至少这儿的地板上没有尸体。但我很快发现了弹孔，又从弹孔的方向看到了拉门：很明显，那颗穿透墙壁的子弹穿过敞开的门口，飞了出去。

“那边有什么？”我指了指门外。

“游泳池，再过去是网球场，”汤姆说，“如果说有子弹打中了那儿的什么人，我们应该早就知道了。”

“埃米琳！”我又喊了一遍。接着我去卧室看了看，但她不在里面。我回到客厅，发现汤姆若有所思地站在那儿，看着桌上放着的那根奥斯利打印的大麻烟筒，烟筒的旁边是一包大麻，这就能解释空气里的甜香了。汤姆思忖片刻，把两样东西都收进怀里。

“我想还是别让警察发现这些的好。”他说。

“同感。”

他看着我。“如果你的房间里也有类似的东西,最好赶紧让它消失。”

“我是清白的,”我说,“我从不带着会让自己被捕的东西。”

看在老天的分上,那些东西让剧组人员带就行了。

“我该打电话给警察了,”汤姆说,“你还是回你的小屋去吧。警察会去找你的。”

“布鲁斯说他正在让律师赶来。”

“警察恐怕会先赶到,”他皱眉看着我,“你知道有谁想要罗妮死吗?”

“不。完全不清楚。”

“你知道的,你和生前的她是一对儿,”他说,“她就没提到过什么人吗?”

到了这时候,震惊感已经彻底过去,而他的话惹恼了我。“不,她没说过有杀手跟踪她,”我说,“说来奇怪,她从没提起过这种事。”

他对我的愤怒有些吃惊。

“好吧,”他说,“我相信你。但也许你该回自己的房间去了。”

我照做了。但在这之前,我不禁觉得历史又开始重演了。

事实在于,我身边的人总是被杀。我并未对任何人抱有恶意,只是似乎只有他们死去,问题才能真正解决。当我审视自己的过去时,看到的是满地的鲜血。

我亲手杀死的只有一个人。好吧,还有一个。但没有任何人认识那家伙。而且我在杀死他们的时候,心里并没有憎恨。

我不会在清早醒来,想着:“噢,今天我该杀谁呢?”我从没有伤害任何人的想法。从来没有。

我曾经希望自己能摆脱这一切。但如今，罗妮由于未知的理由被未知的凶手杀害，这样的情景突然显得熟悉得可怕。

等到那天晚上警察询问我的时候，重现的旧日回忆让我疲惫、气馁而又消沉，让我根本不用任何表演也像极了罗妮震惊而悲伤的男友。我只知道如果自己走错一步，我恐怕会后悔没有扑向最近的那瓶龙舌兰酒，喝个烂醉。

这次警方询问比我想象中好得多。原来这部影片的拍摄很受关注——PFM，也就是“行政联邦警察[①]”很快取代了本地警方。PFM 的警探是全墨西哥最顶尖的。询问我的是个非常礼貌的男人，身穿整洁的灰色西服，操着一口流利的英语。他的名字叫桑多瓦尔。他对我表示了慰问，然后用一台崭新的录音机开始记录询问的过程——这台录音机拥有转录功能，能在它的九英寸屏幕上显示谈话的文字版本。问题在于，它一直在把英语单词转录成发音近似的西班牙语词，导致录下的内容完全无法理解。他不知道怎么打开英语转录功能——如果有的话——不过他向我保证，语音记录不会有问题。

他看起来有点像《历劫佳人》[②]里的查尔顿·赫斯顿，我想起赫斯顿的角色在影片里试图修好他的无线电窃听装置的情景，不禁冷笑起来。

桑多瓦尔有两名助手，一位是个白发的老人，衣冠楚楚，静静地坐在一旁，一言不发地听着。他或许是桑多瓦尔的长官，不过我想他没有开口，多半是因为他的英语不怎么样。另一个人是个脖颈粗大的金发男人，穿着登山靴和某种褪了色、有很多口袋的丛林夹克。他看起来像是美国人，但他也没说过话，所以我也没法判断。

律师们尚未赶来，不过汤姆·金全程都在旁陪同，为我提供精神支

---

① 即 Policia Federal Ministerial，前身为 AFI，于 2009 年改名。

② *Touch of Evil*，由奥森·威尔斯执导，于 1958 年上映的影片，查尔顿·赫斯顿是该片男主角。

持,以及确认我的说法。

询问顺利进行,直到我提及自己发现尸体以后,联络了汤姆。桑多瓦尔扬起了眉毛。

“你没有打电话给警察?”他问。

“不知道怎么打电话给墨西哥的警察,”我说,“我不清楚紧急联络号码。我觉得别人可能会知道。”

就算桑多瓦尔觉得我的说法难以置信,他也没有表现出来。我结束了讲述,桑多瓦尔又问了几个后续问题,向我再次表示同情,然后就离开了。

作为一个多次接受过警方审问的人,我觉得这次询问已经很不错了。

那天夜里,我难以入睡。到了早上,我被给我带早餐的导演助理惊醒了。这并不是她的分内事,但她想要以此表示慰问,也希望确认我能否继续参加拍摄。

我向她保证说我没事,又问她情况如何。她告诉我警察仍然在酒店里搜查和询问。不用说,罗妮的死走漏了风声,如今有半打狗仔队的无人机在酒店周围转悠,迫使警方增加人手,以阻止那些入侵者进入室内。

事实上,因为她的母语是西班牙语,又偷听到了几个警察大声说话的内容,她对调查进展的了解相当不少。似乎在 PFM 赶到之前,现场已经被本地警方搞得乱七八糟了。

“他们把子弹穿过的那块石膏墙板切了下来,”她絮絮叨叨地说,“包括罗妮房间里的和埃米琳房间里的。他们把墙板放进证物袋,却忘记做标签,所以现在不知道哪一块对应谁的房间了。而且去罗妮的房间拍照的警察太多,导致那儿的所有证据——比如飞溅的血迹之类的——都报废了……”她瞪大眼睛,意识到罗妮的恋人或许不是这些消息的最佳听众。她用双手掩住了口。

“噢天呐，肖恩，对不起，”她说，“我不该跟你说这些的！”

“他们想跟尸体合影？”我质问道，一阵恶心。

我能想象出当时的情景。身穿制服的警察在周围走来走去，在绯闻缠身的知名好莱坞影星的尸体边摆着姿势……

不过转念一想，或许这正是罗妮想要的。

导演助理匆忙离去，但她并不是给我送食物的最后一个人。看起来，给正在哀悼的人带食物是种传统，即使对方并不需要——我毕竟是这部影片的主角，通常而言，我每天能吃到三顿美餐，外加健康小食——可如今，我的冰箱里装满了果盘、汤、盒装巧克力、六盒装的酸奶、蛋糕、袋装干果，外加一块无麸质比萨。

还有很多很多的花，包括我的经纪人送来的那一大束搭配完美的花。

唯一没有来表达慰问的人是米拉·柯蒂斯，就是扮演我剧中女友安娜的那个漂亮的委内瑞拉女子。米拉是那种彻头彻尾的自大狂。她觉得其他剧组成员所住的度假酒店配不上她的身份，所以住到了游艇上，而游艇停泊在从这儿往北的卡门海滩那里。我只在和她演对手戏的时候才能看见她，其余时间里，她干脆忽视我的存在。

事实上，“忽视”还是说轻了。她其实非常厌恶我的外表，光是想到这个宇宙里有我这样长相怪异的人，她就觉得受到了冒犯。我长成这副模样已经有好些年了，所以我一眼就能认出和米拉抱有相同看法的那些人。

但话说回来，大多数人都还是关心我的，尽管花束和食物的数量多得可笑，他们的关切还是让我由衷地感动。他们觉得我会满心悲伤，并且坚信不疑，这点让我真的陷入了悲痛。有时候我话说到一半就会哽咽起来，然后泣不成声。泪水会涌入我的眼眶。我为自己扮演“悲痛欲绝的恋人”时的演技而心生敬畏。

当一位名叫特蕾西的录音师——她是个非常漂亮的金发加州女

子——提议帮我忘记罗妮的时候，我告诉她，我现在伤心欲绝，没法给她回应。于是我们约好在今晚见面。

律师们在上午十点左右出现，我只好把整件事又重复了一遍，这让我的心情更沮丧了。

到了中午前后，我突然觉得房间里幽暗狭窄得可怕，于是决定去拜访导演哈德利。我戴上一副太阳镜，摆出冷漠的表情，走到阳光下，突然间空气里充斥着嗡嗡声：那是无人摄像机拉近镜头拍摄特写的声音。

能够登上八卦小报一向让我愉快，让我觉得受人需要，所以我好不容易才摆出痛失爱人、郁郁寡欢的样子，双手插在裤袋里，拖着脚走远。

我发现哈德利正在泳池边跟桑多瓦尔谈话。另一个墨西哥警察正在跟奇普——那个谁谁的表兄——说话。不远处还有一批人排着队等待接受询问，显然短时间内是问不完的。

不时有人走到我身边，向我表示慰问。身在室外的好处在于，我有办法摆脱他们。我向他们道谢，然后继续向前，就好像我有地方可去似的。

我最后来到了沙滩上，独自踩着闪闪发光的白色沙砾，眺望海面。我猜这幅画面非常适合用来当做《每周美食》——或者类似的那些出版物——的封面。

大海呈现出完美的青绿色，海浪拍打在距离海岸一百码远处的礁石上。周围站着不少警察，像是在保护沙滩还是什么的，不过他们很有礼貌，并没有过来打扰我。

我嗅着海水里碘的气息。

有个声音传来。“嗨，你还好吧？”

我转过身，看到了出席昨晚那次询问的金发警察，就是我觉得是美国人的那个。他仍然穿着蓝色的丛林夹克，戴着雷朋太阳镜，看起来就像格里高利·派克在某部战争片里的造型。他的嗓音就像北卡罗来纳的潮水那样起起落落。

“可你又是谁?”我问。

他扫视天空,寻找可能在拍摄他的口型的无人机。

“塞勒斯特工,”他说,“隶属于缉毒局。”

我吃惊地眨了眨眼。“你觉得罗妮是因为某种毒品犯罪才遇害的吗?”

“不,”他摇摇头,“我只是跟着 PFM 一起来的。我来这儿,为的是另一件事。”

我顿时心生警惕。如果他在追查毒品,片场可有相当不少。而且现在的我肯定没法通过尿检。

“另一件事?”我问,“什么事?”

他拿出一台手机,点亮屏幕。阳光照得显示屏一片空白,于是他说:“我们能去树荫那边吗?”我们找到了几棵棕榈树,站在下面,顺便避开可能在窥探的无人机,然后他开始用拇指翻阅照片,最后找到了想找的那张。他把屏幕举到我面前。

“你认识这个人吗?”

我把眼镜推到额头上,看着那张照片。我觉得很眼熟,于是仔细地又看了一遍。

那是奥斯利,喜欢捣鼓化学实验的道具师助理,尽管在这张照片上,他剃了光头,而且留着山羊胡。是厚厚的太阳镜后面那双依稀可见的眼睛暴露了他,当然还有他那副傲慢的表情。

“他叫什么名字?”我问。

“奥利弗·拉米雷兹,”塞勒斯说,“人们都叫他奥利。”

我一言不发。

“你看起来认识他。”塞勒斯试探着说。

“他看起来像我认识的一位咖啡师,”我说,“他在谢尔曼橡树区的咖啡店工作。”我放下墨镜,努力摆出一副无辜的表情,看着塞勒斯。“我不清楚他的名字是不是奥利。”

我可不打算指认可能供出我是吸毒者的人，尤其是那种毒品在我住的地方多少算是合法的。

就我所知，奥斯利的化学实验并没有伤害过任何人。而且出于某些显而易见的理由，我对我们国家陈腐而苛刻的毒品管制法并没有多少好感。

我决定转换话题。

“你知不知道——”我顿了顿，仿佛在压抑心里的悲痛，“罗妮究竟为什么被杀？”

塞勒斯看向大海。“现在还没有人知道，”他说，“但目前有种说法：这整件事可能是个意外。”

我用不着伪装自己的惊讶，不由自主地张大了嘴巴。

塞勒斯理解我的困惑。“你瞧，那发子弹来自水上，”他说着，朝海面摆了摆手，“开枪的人应该在远处的船上，多半是在礁石的另一边，否则肯定会有人看见他。警方也不明白那个凶手是如何从不断晃动的船上用狙击枪打出这么精准的一击，而且穿透玻璃拉门，射进几乎看不清任何东西的昏暗房间里的。又因为所有人都找不到动机，他们认为这也许只是枪支走火……”

他注意到我的反应，于是沉默下来。

“错了，”我说，“不是那样的。”

“是吗？”他突然来了兴趣，“你是怎么知道的？”

因为发生在我周围的从来不是意外，我几乎脱口而出，发生在我周围的都是谋杀。

但我没把这句话说出口，因为我的手机在这个瞬间响了起来。打来的是我的经纪人，所以我必须接起电话。

“多谢你的花。”我说。

“你那边还好么？”布鲁斯问。

“差不多吧。”

“律师们似乎觉得没什么问题。”

除了罗妮死掉的事实以外，我心想。

“他们能这么想真是太好了。”我说。我并没有说出心声，毕竟有位缉毒局的探员就在不到三米外的地方听着。

布鲁斯顿了顿，转向他的清单里的下一个话题。

“你跟罗妮的父母谈过了吗？”他问，“今早他们从新闻上听说了罗妮的死。我相信如果你能私下联系一次，他们会非常感激的。”

“老天爷啊！”如果换作平时，我可以让我的助理写一张卡片寄过去。但这次我是罗妮的“男友”，因此近似于家人，所以我恐怕得花很长的时间在电话里向一对陌生夫妇假装悲痛。

“我甚至不知道他们的名字。”我说。

“凯文会把这些写在短信里的，”凯文是布鲁斯的助手，“话说回来，你没事吧？”

“我还撑得住。”我说。

我的手机发出收到短信的提示音。

“我现在就打给他们。”我说。这能给我摆脱塞勒斯特工的借口。

我也正是这么做的。我回到自己的小屋，打完了那通既令人厌恶，也带来同样程度的焦虑和沮丧的电话，然后出门去找奥斯利了。

奥斯利的房间甚至不在酒店里，而是位于旅馆和大路之间的某栋附属建筑的底楼。事实上，我觉得这座度假酒店或许就是从那栋破旧的小屋发展起来的。我敲了敲门，但房间里传来的却是个女人的声音。

“我是肖恩，”我说，“奥斯利在吗？”

门开了，我看到了置景师埃米琳·库斯托，就是住处的墙壁被子弹打穿的那个。她是个高大的黑发女人，那张坦率的面孔让我想起了凯伦·阿伦，只不过她的脸上没有雀斑。她光着脚，穿着裸露肩膀的上装。

“嗨，肖恩，进来吧，”她说，“罗妮的事真的很令人遗憾。”

“嗯。我也这么想。”

奥斯利的住处只是个狭小而普通的旅馆房间，有两张床和一张小书桌。窗帘拉着，房间里昏暗而闷热，从淋浴间那边飘来一股霉味。奥斯利坐在书桌前，边摆弄电脑边喝汽水。

我坐在那张没人用过的床上。奥斯利也向我表达了对罗妮的哀悼。在厚厚的镜片的遮蔽下，我几乎看不清他的眼神。

“有个缉毒局的探员跟着墨西哥警察一起来了，”我说，“他们在找一个名叫奥利·拉米雷兹的人。”

我的飞镖似乎正中靶心。奥斯利立刻全身痉挛起来。他把键盘撞到了地上，汽水罐倒在书桌上，他的眼镜也垂落到鼻子上。

“镇定点，老兄，”我告诉他，“我没有出卖你。”不过当然了，我没法保证其他人不会出卖他。

奥斯利捡起键盘，把脸埋进双手里。“我该怎么办？”他大喊道。他显然不是在问房间里的任何人。

埃米琳走上前去，双手按在他的肩头。她揉着他绷紧的肌肉，又俯身在他耳边说起话来。

“别担心，宝贝儿。你不会有事的。”

我看着这两人，突如其来的灵光一闪仿佛一只沉重的沙袋，砸在我的胸口。我想我的心脏恐怕是真的停跳了一会儿。我张口结舌了好几秒钟，努力把我的想法拼凑起来，然后我抬起一只手，指着奥斯利。

“他们是在朝你开枪，”我说，“你当时在埃米琳的房间里，那颗子弹没能命中，结果穿过墙壁，杀死了罗妮。”接着在她的门上打出一个窟窿，消失在海里。

我想起了昨天早晨去找罗妮的时候，她的露台上有块碎玻璃。它落在外面，本该成为指示子弹去向的线索，只是在那之后，拉门的整块玻璃都脱落下来，碎片落得到处都是，而我直到现在才想起这些。

或许如果你仔细察看墙上的弹孔，就能弄清真正的弹道，但在我的记忆里，那只是两个整齐的小孔。没有人会仔细看那面墙，毕竟房间里有具尸体，而且看起来就像是被人从海上狙击命中的。

奥斯利和埃米琳盯着我，就好像我发现了一个会让他们的灵魂坠入地狱的天大秘密。或许的确如此。

"我们当时——你知道的——在一起，"奥斯利说，"我低下头去，呃——总之，那颗子弹就从我的脑袋上方飞了过去。"

"我们躲了一会儿，"埃米琳说，"然后就逃跑了。"

我看着奥斯利。"你究竟在做什么化学实验？"我问，"怎么会同时引来缉毒局和狙击手？"

奥斯利摆摆手。"噢，"他说，"你知道的。"

不知怎么的，我居然忍住没有发作。"不，"我说，"我不知道。"

埃米琳抬头看着我。"你知道的，"她说，"就像那酒。"

我点点头。"他做了个反应堆容器——"

"是反应烧杯。"奥斯利纠正道。

"你打算打印毒品。"我说。

他摇了摇头发蓬乱的脑袋。"我打印的只是易制毒化学品，"他说，"这就像是天然的前体药物——和烧杯完成化学反应之后，它们才会变成毒品。"

"那个容器，"我说，"也是你打印出来的。"

"没错。"

"你要做什么样的毒品？"我问。

他无奈地耸耸肩。"鸦片制剂做起来比较简单，"他说，"我是说，毒品其实都差不多，你只需要决定把多少乙酰基或者你想要的成分加入吗啡……"

“奥施康定[1]?”我问,“二氢吗啡酮[2]? 海洛因?”

“盐酸二乙酰吗啡,”奥斯利说,“但那不是……”他耸耸肩,点点头,承认了我的说法。“好吧,的确是海洛因。”

“你造了多少这种东西?”

我的问题似乎让他吃了一惊。“呃,”他说,“还没有。我的设备不够好。如果打算制作毒品,打印机就必须非常精确,还得把室温、湿度和光照控制在理想范围内。我一直都买不起那么好的打印机。就算我能弄到,也得先做上很多次实验,才能真正造出制药等级的产品。”

“可那个缉毒局探员为什么……”

“我把一部分理论发到了互联网上。”

我点点头。“哦,是啊!”我大吼道,“因为社交媒体强迫你把筹划中的犯罪计划发表在执法部门能搜索到的电子论坛上。你还能怎么做呢?”

他无助地摊开双手。“然后缉毒警察就出现了。他们提到了‘预谋散布毒品’之类的罪名。我觉得是时候远走高飞了,于是我用我的拉米雷兹身份创建了一个新账户,把钱都转了进去。”

“你有个随时能拿来用的后备身份。”

“那是我打印的。然后我在这个剧组里找了份工作,因为我认识一些人。”

到了这时候,我已经感觉不到吃惊了,因此我只是点点头。奥斯利傲慢地笑了笑。“我的名字来自于有史以来最伟大的毒品贩子。”

我面无表情。“真有个名叫奥斯利的著名毒贩?”

“欧斯利。奥古斯塔斯·欧斯利·斯坦利。‘迷幻六十年代’几乎是他一手创造的。在迷幻药还是合法药物的时代,他起码制造了好几

---

① 止痛药的一种。
② 一种镇静剂。

百万片。”

我揉了揉额头。“我真的不关心你的祖父辈赶上了多好的时代，”我说，“我只想知道，我该拿你怎么办。”

即便那对厚厚的镜片之后，奥斯利的眼神也透出明显的惊慌。他和埃米琳对视一眼。

“你不能向警察告发我，”他说，“我是说，我所做的一切纯粹是理论上的。”

“有人，”我说，“朝你开了枪。也许还会有其他无辜者中弹。”我抬起头，看着他，又说：“或许你应该干脆消失。”

奥斯利和埃米琳再次对视一眼。“我们考虑过，”他说，“不过见鬼，眼下有这么多警察围着我们。我猜我们留在这儿比较安全。”

“去跟罗妮说这些话吧。”我说。

一阵漫长的沉默。“你瞧，”他最后开了口，“有这么多警察在这儿，没有人还会开枪。不可能发生这种事的。”

“是吗？”我指了指遮住窗户的帘布，“那你为什么不拉开窗帘？站到阳台上，再喝罐啤酒什么的？”

奥斯利舔了舔嘴唇。他一副绝望的表情。站在后面的埃米琳推了推他的肩膀。

“告诉他范式转变的事。”她说。

“我——”

她又推了推他。“告诉他。”她催促道。

他在镜片后面的双眼眨了眨。“噢，你瞧，每件东西在投入生产之后都会引发一些变化，对吧？放在书报亭和车库里的小小3D打印机，却能制作出你需要的全部工具。”

“包括毒品。”我说。

“没错。也包括大多数需要大型工厂和装配线才能制作的东西，”他又舔了舔嘴唇，“不过你瞧，如果你能做出——或者你的村子里有人能做出——过去需要工厂才能制造的东西，那就没有人需要那种工厂了，对吧？"

"也就是说，"我说，"工厂就会歇业。"

"制药厂就会歇业，"奥斯利说，"因为一旦配方流出，人们就能自己做出药物来了。不只是那些非法药物，而是所有一切——降低胆固醇的他汀类药物，高血压用的β受体阻滞剂，治疗肾病用的三萜系化合物，治疗感染的抗生素……"

"这就是范式转变。"埃米琳说。她真的很希望我能理解。

"这么说制药厂会垮掉，"我说，"我懂了。"

"不只是制药厂，"奥斯利说，"还有整个药品分配的机制，呃，不该说药品分配。是药品约束，"他绝望地轻声笑了起来。"你看，如果每个人都能做出他们想要的药，缉毒局就根本没法工作了。"他咧嘴笑了笑，又说："整个世界都会变样。禁止令会变成一纸空文，因为有太多方法能绕过它了。"

"所以缉毒局才想除掉奥斯利！"埃米琳哭了起来，"他没有违法，只是威胁了他们的工作。"

我努力理解埃米琳的这番话。"你是说，朝你们开枪的是缉毒局的人？"

"不。"奥斯利说，与此同时，埃米琳喊道："没错！"他们怒气冲冲地对视了好一会儿，接着奥斯利转头看向我。

"你瞧，会失业的不光是警察，"他说，"还有罪犯。"

"噢。"我回答。因为就在此时此刻，有许多张复杂的网络正在运作：人们采收可卡因或者罂粟之类的作物，提炼成效力强劲的生物碱，偷运到国境的另一边，然后分割成小包装，兜售给周围的居民……而且不用说，他们的身边会有许多手持枪支的壮汉，那些人的工作就是确保交易顺利进行，以及防止生意被人抢走。

如果奥利斯能完善他的技术，那些利润动辄以百万计的组织，那些第一反应从来都是暴力的组织，他们的每位成员就都得回去擦鞋子，种豆子，或者在便利店干活了。

“你会让贩毒团伙垮台。”我说。

“没有比他们更通情达理的人了，对吧？”他说。

“所以现在他们想要干掉你。”

“我还是觉得是那些该死的条子干的，”埃米琳说，“贩毒集团怎么可能知道你在这儿？”

我没法回答这个问题，当然还有别的那些问题。我站起身。

“你最好给自己打一张新的身份证明，然后想好逃生方案，”我说，“你不能在这儿再待下去了。”

我转身离开，留下他慢慢消化这句话。

那天下午，我正坐在自己的小屋里，这时哈德利导演来了。他没给我带食物。

“老天爷啊，这下我们可麻烦大了。”他说。

他没有向我表示同情，而我几乎有些感激。他走到别人送来的果篮前面，摘下几粒葡萄，塞进自己的嘴巴。

哈德利是个留着大胡子的金发男人，面部经常出现神经性抽搐，这多半是执导那些复杂的大制作影片时留下的毛病：因为他一旦出现丝毫差错，或者是与影片制作有关的任何人出现差错，都可能导致上亿美元瞬间蒸发，就跟把那些钱浇上汽油再点上火同样无法挽回。他总是将全身心都投入电影，那种浑然忘我的态度几乎有些不近人情。

“我们还差罗妮的两个大场景没拍，”他说，“履约保证公司觉得我们可以直接去掉那些场景，而且不会有人在意。”

履约保证公司是这部电影投保的保险公司，在发生危及影片制作的巨大变故时，他们会确保电影顺利完成，否则就会将投资赔偿给赞助人。对于像这样的大制作影片，来自履约保证公司的专家经常出现在片场，大都是在审核各个部门的财务状况。只不过，虽然他们也希望电影拍摄完成，以免赔钱，但他们并不保证电影的质量——按照合同的规定，他们很可能要求影片在省去一段次要情节和两个重要场景的情况下完成拍摄。他们在乎的是影片能否杀青，最好能赶上预定的上映时间，并控制在预算之内。

你应该可以想象，当我得知自己的首部大片会被砍得七零八落，不再完整的时候，心里该有多么高兴啊。

“我必须说服他们别这么做。”哈德利说。他从果篮里拿出一只菠萝，漫不经心地扯着上面的叶子。但他的力气太小了，一片也扯不下来，于是他最后失去了耐心，把菠萝摔回篮子里。

“有人给我做了一锅炖菜，”我说，“就放在冰箱里。你干吗不去拿它出气呢？”

哈德利看着我。“你得帮帮我，伙计。”

“这他妈还用说，”我直接拿出了王牌，“我这就打给布鲁斯·克拉维茨。”

他用手指摸了摸鼻子。“绝妙的主意。”

哈德利不是克拉维茨的客户——当时泛宇宙经纪人公司的每一个能处理这种复杂大制作的导演都在忙别的项目——所以他从没接触过那家业内举足轻重的公司。但我不同。

我立刻打给了布鲁斯，而他马上明白了那个等式：烂电影 = 公司客户的事业走下坡路。

“我这就开始打电话。”他说。

我正在把这个好消息告诉哈德利的时候，执行制片人汤姆·金走了进来。

“我觉得还是告诉你们比较好，”他对哈德利说，“警方对所有和这部影片相关的人进行了背景调查,他们发现了一个问题。”

我肩膀的肌肉绷紧了。我以为自己会听到奥斯利即将被捕的消息,但汤姆接下来的话跟我想象中的大不相同。

“我们雇来运送设备到拍摄场地的货运公司有问题。那家公司其实是贩毒团伙的幌子。”

哈德利和我同时瞪大了眼睛。

“该死,这事还真跟毒品有关?”哈德利问。

“货运公司的所有人是个叫安东尼奥·赫曼·孔特雷拉斯的家伙。他的兄弟胡安·赫曼·孔特雷拉斯是三色贩毒集团的首脑之一,操控着整个湾岸地区[①]的毒品买卖。”

“真是见鬼!”哈德利说。

汤姆蓝色的双眸透出冷酷。“即使以贩毒集团的标准而言,”他说,“三色集团也坏到了骨子里。为了达成目的,他们手上沾了无数人的血。”

哈德利抱住脑袋,看向我。“见鬼,我们该怎么办?如果我们炒他们鱿鱼,他们就会杀掉我们。可就算我们不炒他们鱿鱼,他们早晚也会杀掉我们。”

汤姆转身看着我。“肖恩,”他说,“你知道罗妮为什么会跟贩毒团伙扯上关系吗?”

“我不觉得她和他们有关。”我说的是实话。我又拼命思考了一会儿。“那个贩毒集团有对头吗?”我说,“或许这只是其他集团给三色的警告。”

汤姆立刻听出了我话里的暗示。他转身看着哈德利。“这就是我们解雇他们的理由。我们就说他们的存在会让摄制组更容易遭到袭击。”

---

① 指墨西哥海湾沿岸地区。

“然后他们就会杀掉我们!”哈德利说。他一边疯狂地绕圈踱步,一边咬牙切齿。

汤姆又思索了一会儿。“也许我们只能花钱消灾了。”

“履约保证公司不会同意的!”哈德利说。

“我会去跟他们商量的。”说完,汤姆又转头看着我。他的蓝色双眸透出担忧。“肖恩,”他说,“你还好吧?”

“我猜还好。”如果非得做一次诚实的自我评估,我应该说:“我真的受够了装作悲痛欲绝的样子了。”但我不认为这是我可以给出的回答。

“因为我们为了完成这部影片,都得承担压力,”汤姆说,“我希望你明白:在回去继续拍摄之前,只要你认为有必要,想休养多久都没问题。”听到这句话,哈德利呻吟起来。汤姆的目光转向导演,又转回我这边。“不过我更愿意看到——”

“我已经准备好继续拍摄了。”我说。

我能察觉到那双蓝眼睛里浮现出的释然。“你确定吗?因为——”

“我确定,”我说,“我真的很想离开这儿,回到片场去。这对我来说是最好的。”

这话让他们非常高兴。他们一起离开,讨论着拍摄日程必须做出的调整,留下我独自待在小屋里,置身于果篮和花束的气息之间。

他们关上拉门的两秒钟之后,我的手机响了。我看了看屏幕,来电者是达格玛。

噢见鬼。又有麻烦了。

“我在度假，”达格玛说，“我跟我的丈夫和女儿正在维尔京群岛①。这是我多年来第一个没有被暴乱、谋杀和社会动荡破坏的假期。可你就连消停个两星期都不行吗？”

“我没惹麻烦，”我指出，“这次的事跟我没有关系。”

“从前别人想杀你的时候，”她说，“你也是这么骗我的。”

好吧，我在心里承认，你的确有理由怀疑。

我必须承认，我跟达格玛·肖的关系算不上太好。她发掘了默默无闻的我，让我在《逃往地球》及其续作中担任主角，从而一举成名，我对此非常感激——但在另一方面，她控制欲强，行事狡诈又野心勃勃，而且聪明得过了头。而且她的目标远不是我能比拟的。

我想成为大明星，让几百万人成为我的粉丝。

相比之下，达格玛基本上就是那种超级恶棍天才，想要支配整个世界。

“我会给你派保镖过去，”她告诉我，“你需要人照看。”

我发觉自己很难鼓起勇气拒绝达格玛。事实在于，她对我的了解多到让我不舒服的地步。她知道那些尸体埋在哪里——准确地说是那具尸体，是单数，但这在我看来没好到哪去。

“噢，好吧。”我说。我从前也在保镖的簇拥下生活过——有时候你会很恼火，不过大多数时间里，感觉就像有一群带着枪的仆人。他们对你的话言听计从，而且还有阻挡坏人这样的额外好处。

“还有一件事，”她说，“你务必要让你的摄制组付那些保镖费用。不能让他们来找我的公司。”

我思考片刻。

① 位于加勒比海西印度群岛区域。

“也许我可以安排。”考虑到枪击案和我的过去，雇用保镖对我来说合情合理。

“顺便说一句，”她说，“我对罗妮·洛的事非常抱歉。”

“大多数人一开始就会说这句话。”我指出。

“大多数人，”她说，“不知道她不是你真正的女友。”

我甚至没想过问她为什么会知道。达格玛有她自己的门路，有些简直不可思议。

“好了，别惹麻烦，”她说，“别再打扰我的假期了。”

“我会尽力的。”我说。然后她挂上了电话。

就在这个瞬间，酒店里传来一声低沉而洪亮的枪响。我立刻俯身躲到沙发后面。

保镖，我心想，或许也没什么不好的。

开枪的是那些墨西哥警察。他们在警告小报记者，这座酒店的空域也属于犯罪现场，要他们召回无人机，但那些记者一如既往地忽视了警告。只不过这儿是金塔纳罗奥，不是贝弗利山，PFM 并不反对使用霰弹枪击落无人机的行为。除此之外，他们会把任何手持无线电遥控器的陌生人从汽车里拖出来，痛打一顿，然后再丢进班房。

他们玩飞碟射击的时候，我留在屋子里，听着坠落的细小铅弹落在棕榈叶屋顶和露台上的声音。没过多久，他们就清空了酒店上空，这倒是让录音师特蕾西更容易在入夜后溜进我的小屋了。她觉得自己是在安抚我的悲伤，但事实上，她是在平息我对很多事的担忧——而且就算我跟她解释那些事，她也不会明白的。

到了第二天，新的日程表出来了，我们发现拍摄会在次日开始。我的四位保镖和履约保证公司的代理人特莱瓦尼安夫人到达了墨西哥的坎昆市,他们搭乘的是同一架班机。保镖们都带着枪,但会杀死这部电影的人却是特莱瓦尼安:她会砍掉所有跟罗妮有关的场景,让整个故事支离破碎。她是个身穿深蓝色西装的恶毒人物,那种坚定的步伐让我背脊发凉,心生警惕。

那天下午有一场罗妮的追悼会。我们聚集在其中一位制片人的小屋里,轮流讲述她的优点,但我的脑子里始终想着别的事:特莱瓦尼安正在另一个房间里决定我的未来。在追悼会上,我想不出该说什么才好。其他人都在真情流露,滔滔不绝地说着他们和罗妮有过的快乐回忆,可我却沮丧而沉默——光是想到特莱瓦尼安夫人会毁掉我成为影星的机会,我就悲伤得说不出话来。

我找了个尽可能体面的理由,早早离开了追悼会,在满心的焦虑中开始练习明天的台词。

晚饭后,汤姆来到我的小屋,告诉我会议进行得不太顺利。特莱瓦尼安坚持认为没有找人取代罗妮的必要,只需要砍掉她的所有镜头就行。这时哈德利尖叫起来,他扯着自己的胡子,叫喊说没有那些镜头,整部电影的剧情都会显得不合逻辑。而特莱瓦尼安夫人说,《绝望礁》是一部动作大片,动作大片根本不需要合乎逻辑。"你没看过《变形金刚》吗?"她问。

我重重坐进沙发里,强行压下绝望的呜咽。我的超级明星之梦像那些无人机一样被打得粉碎,而且我知道,自己不会有机会东山再起了。这部电影会迎来票房惨败,而在这之后,再不会有人用几亿美元捧红我这种长相古怪的演员了。

我唯一的选择就是继续为达格玛工作,直到她厌倦我为止。然后我就只能回到海滩边,当回三年前那样的无名小卒。

"一切努力都会白费,"我呻吟道,"罗妮的死也毫无意义了。"

"是啊,"汤姆说,"可我们能怎么办呢?"

"多筹些钱?"我说。

他怀疑地看了我一眼。“现在再筹钱有点太迟了。”他说。

“说真的，”我说，“换个女演员来拍罗妮的所有场景，能花多少钱？我们用不着找什么大明星——只需要找个有能力又靠得住……”

汤姆努力让语气保持友好。“谁能比得上罗妮的性感？谁穿着比基尼能和她一样好看？这角色可是个蛇蝎美人。”

“加利福尼亚到处都是适合穿比基尼的姑娘。”我指出。这是事实。

汤姆打开他的平板电脑，查看着那些数字。“除开罗妮的片酬，”他说，“重新拍摄她的所有场景需要花费一千万美元。”

我瞪大眼睛看着他。罗妮只有几个场景的戏而已。“一千万美元就拍了——”

“大部分开支都花在那场卷烟船[①]追逐戏上了。”他说。

噢，天哪，我都忘了那场戏了，不过主要是因为我的那部分戏还没拍。罗妮已经拍完了她那部分，我那部分会在之后拍完，然后和许多昂贵的镜头剪辑在一起，其中包括特技镜头、爆炸和枪战，让我看起来像是勉强逃过了罗妮和贩毒集团杀手们的追杀，而后者的船会在耗资巨大的特效画面中相撞，化作一团冲天的巨大火球。

“你瞧，”我指出，“如果我们省去还没拍完的游艇追逐戏，就能剩下几百万美元。你可以用这些钱再雇个女演员，找个省钱的法子换掉游艇追逐戏，再重新拍摄罗妮的那些场景。”

汤姆面无表情地看着我。“这些我都提议过。特莱瓦尼安直接否决了。她对这个主意深恶痛绝。”

“可那些都是预算内的钱啊！”

“已经不是了！”

汤姆的脖子上青筋突起。他的语气带着绝望。显然不想再争论下

① 指梅赛德斯公司于2012年推出的豪华游艇。

去了。

在绝望之中,我甚至考虑过自掏腰包。算上我的储蓄和投资项目,当然还有开曼群岛那边的存款,我或许真能筹到足够的钱。

但不行,这太疯狂了。动作片是全世界最烂的投资项目。甚至不如投资制造无线电天线、椅套和发网的新工厂。好莱坞在蒸发投资人的钞票方面很有一套。

而且就算我的钱全都花在了该花的地方,就算全部剧组人员都尽了全力,也只需要一个部门的一次失误,这部电影就会迎来惨败。制片厂可能会把电影剪辑得乱七八糟,或者在最后一刻强行把电影转成3D格式;配乐师可能是个音盲;预告片可能反响不佳;宣传部门或许会出于和制片人的不和故意破坏推广——然后我的钱就打水漂了。

这么一来,我就会失业而且破产。

我靠向沙发,强行忍住啜泣。“我们完蛋了。”

“哈德利都想开枪自杀了。”汤姆说。

“他还是开枪打死特莱瓦尼安比较好。”

“噢,”汤姆说,“我们也可以指望在最后一刻带着大额支票出现的赞助人。”

我伸手去拿我的手机。“我这就打给布鲁斯。”

布鲁斯的电话直接转到了语音信箱。发现他有其他客户和私人生活让我很恼火,不过这也无可厚非。

我放下手机。“我回头再打一次。”

汤姆回头看着门口,我的保镖之一正在那儿踱步。

“这些保镖是从哪来的?”他问。

“你得付他们工钱,”我告诉他,“这是你应尽的义务。就连特莱瓦尼安夫人都不会反对。”

“见鬼!”他喊道。但他的抗议仅此而已。

我又看了一遍台词,接着听到了霰弹枪的响声,多半又是哪架小报无人机飞进了酒店上空。我放弃了。感谢上帝,已经有好些时候没人来安慰我了,我决定是时候溜到自己的吧台边,开一瓶 Reposado① 了。两杯酒下肚之后,我突然想到该怎么筹出能让电影按照原计划拍摄的钱了。

我敲敲奥斯利的门,听到了一声含糊而怀疑的回应。我报上了名字,而他把门打开一条缝,确认我没在说谎。他看到我的两个保镖,以为那是来杀他的人,立刻恐慌起来,但我把靴子塞进门缝,俯下身。

"听着,"我说,"我有让你脱身的办法。"

他让我进了房间。我的保镖守在屋外,站在门的两边。埃米琳不在房间里,没有了她,这地方透出一股绝望的气息,唯一的光源来自手提电脑的屏保,梳妆台上那份无人问津的客房服务餐正在慢慢变质。

我坐进房间里仅有的那张椅子里,而奥斯利坐在我今早坐过的那张床上。

"我发现你的窗帘还是拉上的。"我说。

"走在窗帘前面时要小心,"他说,"你的轮廓可能会映出来。"

我看向窗帘的目光多了些敬意。"我会的。"我说。然后我看向他。

"听着,"我说,"他们发现剧组雇的帮手里有三色贩毒集团的人。"他发起抖来。"他们不会停止追杀你的,"我向他保证说,"所以我们要做的就是让你变得无害。"

我指望看到他的眼睛里闪现出希望的火花,但我看到的只有怀疑。

"你打算怎么做到?"他说。

"我们把你的加工方法卖给贩毒集团。"

---

① 龙舌兰酒的等级之一,指在橡木桶内陈放时间在两个月到一年之间的酒。

他带着看似不耐烦的表情思索了片刻。他抿住嘴唇。他嘴唇的形状仿佛在说,你这白痴。

“我发现了两个问题,”他说,“首先,他们干吗不直接杀了我,好省下这笔钱呢?”

“你需要有个预防措施。你必须把加工方法记录下来,交给你能信任的人,告诉他一旦你出现任何意外,就把方法公布出去。”

他脸上的讥讽更明显了。“比如你?”

“不,”我说,“我可不想卷进这种事。而且我肯定看不懂。”

“你当然看不懂,”他说,“因为你甚至没听懂我先前告诉你的话——没有什么加工方法。我还没打印过任何药物,我有的只是理论。而且我的理论就放在互联网上,去3D打印相关的论坛就能查到。我根本没什么可卖的!”

我思索了片刻。“好吧,”我告诉他,“我们可以说你手里有完整的加工方法。然后让他们给你一笔钱,再答应他们不把方法告诉任何人。”

奥斯利跳下床,挥舞双臂,在房间里踱起了步子。“你要我告诉一群崇尚暴力的罪犯,我手里有个根本不存在的加工方法?你还指望他们用钱封我的口?”

“好吧,”我说,“是这样。”

“这简直疯了!”他说。

我几乎想要附和他的话了:是啊,这算不上我最好的主意。但他又说了下去。

“你根本不了解我!”他大声地说,“如果说我有什么信仰的话,那就是自由!”

我不太明白这些跟自由有什么关系,但奥斯利接下来的话解答了我的疑惑。

“我感兴趣的不是用自己的创意赚钱!”他说,“我感兴趣的不是专利、版权和商标!"他说那几个字的时候充满不屑。"这些都会阻挠技术的自由使用,而技术本身才是最重要的!技术必须是自由的——向所有想要使用的人开放,而且没有那些站在旁边伸手收费的讨厌鬼!"

"就算你会因此送命?"我问他。

奥斯利镜片后面的双眼透出深信不疑的神情。"如果我死掉,"他说,"也不会影响这项技术的实现!总有人会弄清该怎么做的!人们会在自己的家里打印药品!这是必然发生的事,就像人们把电脑连上电话线,创造出互联网那样!"

"是啊,"我说,"而且找出答案的那个人会赚到成吨的钞票。"

他在道德的制高点上俯视着我。"这些信息必须公布在网上,让所有人都能自由取用,"他说,"而我要做公布信息的那个人。"

这时我才想到,我今晚最不需要的就是让满脸讥讽的极客自大狂给我上课。我提醒自己,我的个子很高,长得就像克林贡人①,而且还杀过人,我完全可以立刻站起身,抓住奥斯利,把他摔在地上,告诉他照我说的做,不然我就朝他那颗蠢脑袋狠狠踢上一脚。

但我没有这么做。我不是那样的人。

我只是起身出门,带上我的保镖回到小屋,在那里练习我的台词,直到上床为止。我接到了录音师特蕾西的电话,但我声称自己非常心烦,今晚不能见她。

和同一个女人上床三次是很危险的,因为这离确立关系已经不远了。于是我决定不再见她了。

"我要这次搞大点儿,"哈德利告诉我,"我要你好好表演,肖恩。"

① 电影《星际迷航》(*Star Trek*)中的种族之一。

当哈德利表现出导演的样子时——当他待在他的小屋或者帐篷里，被显示器所环绕，通过耳机或者扬声器跟他的喽啰沟通时——他就会一改平时经常性面部抽搐，近乎歇斯底里的形象。在执导的时候，哈德利如鱼得水。他威严又果断，也会把自己的想法直接告诉你。

但这没法改变他是个傻瓜的事实。

不过现在的我需要指引。相比起跟咖啡师缩在自己的小房间里，端着玛奇朵，自诩为上帝却又有拿破仑情结[①]的家伙，我更喜欢那种亲临片场，知道如何跟演员沟通的导演。但我是个知足的人。

真实的情况是，我已经彻底绝望了。特莱瓦尼安夫人毁了这部电影，这部电影又会毁掉我的事业，而我已经看不出完成这部影片的意义了。

我知道我应该严格遵守三个P[②]字的准则（也就是果断、自信以及专业），尽我所能去演好这个角色，因为我光是能工作就该高兴了。但此时此刻，我不由得思索这些准则有何意义。我这一辈子都是个勤勉而专业的演员——我甚至杀过人——但像特莱瓦尼安夫人和三色集团那样的烦人家伙仍然不肯放过我。

突然间，我开始质疑自己出演正片主角的决定。我从没在电影里演过主角，电影和电视剧的表演方式也截然不同。

电视明星很酷。虽然他们的形象不那么高大，却往往讨人喜欢，甚至让人产生亲切感。说到底，他们可是你每周都会邀请来家里做客的人。如果你不喜欢他们，就根本看都不会去看了。

相比之下，影星却炙手可热。在四十英尺高的大屏幕上，为了吸引观众们的眼球，他们必须让自己熊熊燃烧。

所以能成功从电视屏幕走向大银幕的电视明星才少得可怜。要做

① 指因为某方面的缺陷而自卑的心理。

② 原文为Prompt，Perky和Professional，均为P开头。

到这一点，不光需要不同的表演技巧，还需要不同的性格。你必须把和蔼转变成威严。

同样的道理，有些电影明星太过大牌，不适合电视剧。银幕上的杰克·尼科尔森让人目不转睛，但你不会希望他每周都出现在你的客厅里。电视屏幕根本容不下他鲜明的个性。

我觉得自己的表演还算不错。每个人都说我演得棒极了——不过话说回来，无论我表现如何，他们都会这么说。我也可以认真看一遍样片，自己找出答案，但我从来都没有那种耐心。

可现在，我实在看不出好好表演有何意义。

我不知道自己是怎么熬过这出戏的，总之哈德利宣称自己对我勉强表现出的活力相当满意。我回到自己的小屋冲了个澡，吃了晚餐，然后——感谢上帝——我的保镖告诉我，道具师尤纳科夫正在门外。

他邀请我去他的套间参加派对，希望以此安慰我的悲伤。我急着想要摆脱自己堆满花束的压抑房间，于是欣然同意。

这次派对跟那天晚上差别不大，只是奥斯利藏了起来，而且周围没有大麻的踪影，主要是因为出席者包括两个墨西哥警察。他们是身穿制服、来这里维持秩序和保护我们的州警察，和身着便服、负责调查罗妮一案的 PFM 截然相反。我猜想这两个警察应该已经下班了，因为他们一直在大口喝着法国干邑，就好像从来没喝过这种昂贵的进口白兰地似的。他们俩是玛雅人，身高都在五英尺左右。

我看着挂在他们腰带上的手枪——两把赫克勒 & 科赫冲锋枪靠着墙角，连同一把用来击落无人机的霰弹枪——而我脑海里的计划开始悄然成型。

我决定跟那些警察搭讪。

我给他们倒满了酒。我跟他们两个聊天，又打听他们各自的生活。赫克托的英语要流利些，但奥克塔维奥更善于表达，他通过友好的姿态、说话的语气和天生的模仿才能进行沟通。我问他是否考虑过当个演员。

好莱坞大明星居然对他们感兴趣,这让他们受宠若惊。他们开始讲述扣人心弦的警察故事,虽然或许确有其事,但我怀疑故事的主角并不是他们。

派对结束的时候,我邀请赫克托和奥克塔维奥跟我一起走走,然后带着这两个肩扛自动武器的醉汉走了好长一段路。他们让我拿着霰弹枪。我带着他们去了酒店那栋矮小的附属建筑——就是奥斯利藏身的地方——然后我仔细数着玻璃拉门,直到找到奥斯利的房间为止。

我提议给他们每人一千美元,要他们明天下午的某个时刻朝那扇门开枪——按照拍摄安排,我那时候应该正在片场。我告诉他们抬高枪口,免得伤人。

他们醉到看不出我的要求有什么不妥的地方,而且说到底,一千美元差不多是他们三个月的薪水了。只是赫克托有些疑惑。"为什么?"他问。

"为了宣传。"我说着,眨了眨眼。他似乎相信了。

"好吧,"赫克托说,"不过我们得多要五百块。"

"为什么?"

"付钱给那位警官,好让证物消失。"

在做这番谈话的时候,我也算不上有多清醒,不过到了第二天早上,我想起了自己说过的话,于是准备了些现金。金塔纳罗奥的这个地区充斥着美国人和美元,所以从银行里取个几千美元毫无问题。搞定钱的事之后,我就去找我的化妆师了。

我们在拍摄另一个水下场景。按照安排,我要在片场拍摄六个钟头,但现场发生了大量的技术问题,比平时还要多。显然这部分海域、阳光以及云层都不怎么配合,因此重拍的次数多到让我的工作足足拉到了十二个钟头,大部分还是在海里。等到将近晚上十点的时候,我才卸装并回到自己的小屋。

我的保镖们先我一步进入小屋,确保没有杀手潜伏在内,结果吃惊地发现奥斯利和埃米琳正躲在我的备用卧室里。我也装作大吃一惊的样子,问奥斯利来这儿做什么。

“呃,”他说,“我们能私下谈谈吗?”

我的保镖确认他没有携带任何尖锐物体之后,就出门去巡视花园了。

我找了张椅子坐下。“需要我帮你什么忙吗?”我问。

奥斯利脸色不佳。他没刮胡子,身体摇摇晃晃,时不时用手触碰自己的身体,仿佛要确认它仍然存在似的。

“他们今天又朝他开了一枪!”埃米琳的语气无比愤慨。

我看着奥斯利。“在警察赶来之前,我就逃跑了。”他说。

我努力掩饰自己内心的喜悦。“这可真糟糕,”我告诉他,“但你不能藏在这儿,你明白的。我可不希望会引来杀手的人待在我这儿。”

埃米琳看着奥斯利。“告诉他,”她说,“把你的想法告诉他吧。”

他抽搐了一下。“我一直在考虑我们那天晚上的谈话。”

我摆出克林贡人式的冷漠表情,严肃地看着他。“或许你应该提醒我一下。因为我只记得你教训我何谓自由了。”

他的改观要归功于埃米琳,当然还有赫克托打穿他的阳台拉门的那颗子弹。归根结底,赢家是我。而且我没理由不去打压他嚣张的态度。

和奥利斯以及埃米琳谈完之后,我决定让他留在那个房间过夜,第二天再把他藏到别的地方。之后我出门散了会步,顺便找到了赫克托和奥克塔维奥,让他们和那位不知名的警官能够分享我的喜悦。

好莱坞明星的身份能为你打开很多扇门。所以要和胡安·赫曼·

孔特雷拉斯碰面，并没有你们想象中那么难。我通过货运公司的老板——也就是胡安的兄弟——联系上了他，等我终于得知他想见我的消息之后，我带去了礼物。一瓶小批量生产、十分昂贵的波本威士忌，外加奥斯利的3D打印机、他在派对上给我看过的烧杯，还有一瓶奥斯利的劣质解百纳。

会面本身几乎是最后一秒才安排好的。我的手机收到了短信发来的GPS坐标，于是我带着保镖去了那个地方。那儿原来是家尚未完工的汉堡王，它的下方就是海面，能够看到拍打在礁石上的白色浪花。胡安的兄弟安东尼奥·赫曼等待在那儿。他要我们把手机放进藏在施工场地的一只塑料袋里，因为警察会跟着手机的GPS找来。我们跟着赫曼的雪佛兰塔霍进入丛林，穿过几道铁门——门边有身材魁梧、全副武装的墨西哥人守卫着——然后驶向一栋中等大小、屋顶铺着瓦片的平房，看起来跟加利福尼亚的数百万栋民宅一般无二。

我的保镖对此不怎么愉快，但毕竟老板是我，他们基本上要对我言听计从。他们要我的保镖留在车里。赫曼的保镖帮着我把那些东西抬进屋里，而我终于见到了那位毒品集团的大人物。

我盛装打扮，看起来活像格林威治村的教皇①。灰色的热带风西服，红色的领带，外加锃亮的正装皮鞋。我的山羊胡做了修剪，头发也打理过。我希望自己看起来就像个克林贡黑手党。

请诸位原谅我的啰唆，但我必须再次指出，我的外表既怪异又邪恶。还会吓坏小孩子。到了晚上，还会吓坏偶然遇见我的侍者。

除此之外，在我居无定所、勉强维持生计的那段日子里，我能得到的角色基本都是打手。我相当擅长在需要的时候表现出凶狠。

胡安在现实生活中已经足够危险，没必要装样子吓人。而且他不

① 斯图尔特·罗森博格执导，于1984年的影片，又译《大街小瘪三》，此处应指影片中主角的扮相。

系领带。他四十岁左右，身材匀称，打扮随意，穿着棉衬衣、束带裤和凉鞋。我早就做过研究，知道这位墨西哥头号通缉犯曾经是PFM的高级官员，只不过后来投靠了原力的黑暗面。他的举止只能用“准军事化”来形容，而且他似乎对我的来意抱着含蓄的好奇心。

他皮笑肉不笑地和我握了手。我拿出那瓶波本威士忌，而他请我坐在一张古色古香的椅子里。那张椅子上有中美洲风格的华丽雕刻与描画，看起来更适合放在民间艺术博物馆里。

他和他的兄弟安东尼奥各自落座。“我听说你们的片场发生了暴力事件。”胡安说。

“恐怕是的。”我回答。

“遗憾的是，我帮不了你，”他说，“你们身边到处都是警方的人，而他们和我——”他态度暧昧地摆摆手。“我们的关系不太好。”

他以为我是来向他寻求保护的。而我其实打算拿走他的钱——不过我想，首先得拍拍马屁才行。

“真令人钦佩，”我说，“你的英语简直流利极了。”

他面不改色地收下了我的恭维。“我还在警署的时候，”他说，“跟你们的缉毒局合作过。”

我本想问他认不认识特工塞勒斯，但转念一想又决定作罢。

“我的孩子们和我都很喜欢《逃往地球》，”他说，“我们是一起看完的。”

我想象着那个温馨的家庭场面，心里不由得温暖起来：赫曼和他的孩子专心致志地看着那部剧，而与此同时，他的手下正在执行他那些谋杀和走私的命令，他们或是刀捅，或是枪杀，或是砍掉别人的脑袋。

“谢谢你，”我说，“那的确是一部非常特别的剧集。”

我们聊了些关于影视产业的事，也谈到了正在这儿拍摄的那部电影。他对罗妮的死表示哀悼。他似乎对《绝望礁》无所不知，而且似乎觉得剧情相当有趣。他看起来不打算砍掉我的脑袋，这让我很庆幸。

“我想知道，”我说，“你认不认识奥利·拉米雷兹。”

他一脸茫然。

“他可以算是个发明家，”我说，“他就是那个杀手想要干掉的人。”

他似乎很是吃惊。“罗妮·洛不是目标？”他问。

“罗妮的死是个意外，”我告诉他，虽然我敢肯定他早就知道了，“能不能让我给你展示一下？”

我按照奥斯利当初的步骤进行了演示。我先让胡安尝了那种难喝的劣酒，然后把酒倒进奥斯利的烧杯里，等到反应完毕后，我将成品冷却至室温，然后递给他。他喝了一口，顿时扬起了眉毛。

“这只是奥利的其中一件发明，”我说，“另一些你可以在网上找到。”我看了他一眼。“如果你看过某些网站，你应该会知道，他正在研究利用这种技术打印药物的方法。”

胡安的双眼流露出些许不善。我努力压抑着颤抖。他不再是那个彬彬有礼的东道主，而是犯罪帝国的领袖。他变得无比精明，无比冷酷。房间里的所有温度都消失了。

要不是我好莱坞动作明星的事业正面临危机，我根本不想接近他一千英里以内。

“你的拉米雷兹先生想把这种技术卖给我？”他说。

“不，”我说，“那样做太危险了。”他质询地抬头看我，眼神冰冷。“一旦这种技术的存在为人所知，”我指出，“你就不可能再控制它。如果有人想制作毒品，只需要一台3D打印机和易制毒化学品，外加从互联网上可以找到的步骤说明。合众国的人可以自己制作毒品，而且卖价比你们还要便宜。”

胡安·赫曼看我的眼神，就像是个盯着家蝇打量的小孩——等他看清楚以后，就会扯掉它的翅膀。

“容我问一句，”他说，“这对你有什么好处？”

我先前演示的时候是站着的。这时我回到那张充满民间艺术气息的扶手椅旁，坐了下来，镇定地看着胡安。

“我只是在帮助奥利·拉米雷兹摆脱困境，”我说，“有人想杀他，而这真的没有必要。”

他目不转睛地看着我。因为我做过调查，知道他的组织仅在过去几年里就杀死了大约两万人。他们从不直接杀死对方，而是严刑拷打、砍断手脚、开膛破肚、炸得四分五裂以及活活烧死。

但我也杀过人。我并不为此自豪，但这众所周知，如果胡安·赫曼调查过我，肯定会知道这件事。或许出于这个理由，我有资格得到他的些许尊重。

“现在杀死奥利会是个错误，”我说，“他意识到有人在跟踪自己以后，就立刻把他的研究成果交给其他人保管。他信任的人。一位律师，还有他的一个朋友。所以如果奥利发生任何意外，研究资料就会公之于众。”

我说的是实话。虽然对端坐在泛宇宙公司办公室里的布鲁斯·克拉维茨而言，附带 PDF 文件的邮件只会被他拒收。

胡安的面孔仿若石雕。“你认识拉米雷兹的那个朋友吗？”

“不。我不想知道他们的名字，而且我弄不懂这种技术。我是个演员，不是科学家。”

或许正因如此，我不会因为自己并不知道的信息而遭受拷打。

“那拉米雷兹想要什么？”胡安问。

“他这些发现对应的公允价值。”我拿出一张纸，放在我们之间的桌子上。

根据我对胡安的生意的了解，我做了一番计算。每一年，他都会有两百亿的收入，其中的净利润是六十亿。他的手底下总共有十五万人左右，还不算从他那儿领钱的腐败官员。

“为了确保奥利的发现永远不会公之于众，”我说，“他要求两千五百万美元。两千五百万每年。”

这个数字算不上不合情理。胡安的生意带来的麻烦之一就是,他必须找地方存放他赚来的那些钱。有时候他们会干脆把钱堆在车库或者空房间里。贩毒集团的首脑被捕的时候,警方有时会在他们家的房间里发现上亿的现金,原因就是他们找不到其他存放的地方。

“是否做这次投资由你决定,”我说,“你最了解你自己的生意。”我朝着那张纸点点头。“这是开曼群岛的一个户头,”我说,“如果有钱汇入,也就代表你认为奥利是个不错的投资对象,然后他就会换个跟你和你的生意无关的研究项目。”

胡安看着那张纸,但没去碰它。开曼群岛的账户是我的,目的只是为了避税。《绝望礁》的赞助资金包括一部分法郎和日元,在布鲁斯·克拉维茨的建议下,我把大多数片酬都存在了海外账户里。这笔钱从没进入过合众国,所以除非我把钱取出来,否则就不需要交税。

“我只有一件事要说明,”我补充道,“这种技术……早晚都会出现的。会有人重复奥利的研究,那时候——”我耸耸肩。“你就可以不用付钱了。就当是你花钱买了几年时间吧。”

胡安面无表情。“如果这种打印技术问世,”他说,“我又怎么知道不是拉米雷兹干的?”

我摆摆手。“你有你的方法,”我告诉他,“你会查出来的。除此之外,这些人本来也守不住秘密——要我猜的话,发明那种技术的人肯定会去他所知的每一个网络论坛上吹嘘的。”

胡安看了眼他的兄弟,而他兄弟也看着他。接着他转头看向我。

“我不认识这个拉米雷兹,”他说,“但你说的这些很有意思。我能理解为什么会有人朝他开枪了。”

我起身离开那张中美洲风格的椅子。“我已经占用了你很多时间了。”我说。

接着我跟赫曼兄弟握手道别,带着打印机离开。我很想把它当做礼物留下,但它是道具部门的财产。

我对自己能逃过一劫的事实相当吃惊,我的保镖也一样。等我回到酒店的时候,我已经坚信走这么一趟简直是发疯,而赫曼兄弟多半正坐在他们的平房里,大口喝着波本威士忌,一边嘲笑刚才那位白痴访客。

所以到了第二天,当我查询自己的账户余额,发现开曼群岛的户头多出了两千五百万美元的时候,我才会那么惊讶。那笔钱是现金存入,这就意味着赫曼不仅是在开曼群岛存入的这笔钱,而且还是让人带着现金飞到那家银行去存的。

我去了奥斯利用另一个化名在坎昆市的某家旅馆入住的房间,告诉他那笔钱已经入账了。未来的一两天之内,他会飞去开曼群岛,在那儿开个银行户头,我再把他的那份钱转给他。

"如果你重拾毒品生意,"我告诉他,"我就亲手杀了你。"

我告诫他,还是把精力放在研究葡萄酒上的好。别碰任何非法的东西。

晚饭后,我离开自己的小屋,漫步穿过度假酒店。我避开了海滩和临海区域,因为我拍戏的场所就是那些地方。我本想找个聚会放松一下,但尤纳科夫不在他的房间里。于是我信步来到池塘边的露天酒吧,给自己点了一杯内格拉·莫德罗啤酒①。

等我的双眼适应酒吧里的昏暗光线以后,我看到特工塞勒斯正站在酒吧的一角,试图跟栖木上那只红绿相间的鹦鹉沟通。塞勒斯仍旧穿着他的丛林夹克。我端着我的酒走上前去,看了看那只鹦鹉。

"它招供了没?"我问。

塞勒斯瞥了我一眼,顿时吓了一跳——没错,我的外表的确会让人回头看到时吓一跳——然后他转过身来。

"这鹦鹉不肯开口,"他说,"我猜他是想等律师来吧。"

---

① 墨西哥莫德罗集团出品的一种黑啤酒。

“去你妈的!”鹦鹉尖叫道。它显然跟那些喝醉酒的美国游客学了不少词语。

“这犯人可不好对付,”我指出,“你干吗不休息一下,喝杯酒呢?”

他跟着我坐在吧台前,点了一杯伏特加汤力。

“你找到要找的那个人了吗?”我问他。

“他一直在躲避警方询问。接着有人朝他的房间开了枪,他就逃走了。”

“你在找那个管道具的?”我装出吃惊的语气。他点点头。“你知道是谁朝他开的枪吗?”我问。

“这得保密。”他说。我猜这就表示他毫无头绪。

我决定换个话题。“罗妮的案子有什么进展吗?”我问。

他看起来有点不确定该不该说,但那杯伏特加汤力显然在催促他开口。

“还记得我说过的‘可能是意外’吗?”他反过来问我。

我点点头。

“起先证物方面有点问题,”塞勒斯说,“不过后来弄清楚了,现在看起来,那发子弹是从陆地这边打出来的。或许是有人躲在公路对面的丛林里,朝网球场上的人开枪。结果那发子弹打穿了墙壁,误杀了罗妮。”

要装出震惊的表情并不太难。我猜能只凭自己想通这些,说明我真的很聪明。

“我一直在思考,”我说,“但我想象不出会有人——”我成功地挤出一滴眼泪来。“现在你又说这真的是个意外!”我脱口而出。

他点点头,多半是想安慰我。“从物证来判断,应该是这样,”他说,“我早先就说过这可能是意外,但你不相信。”

“我已经不知道自己是怎么想的了。”我说。我考虑过让自己的嗓音带着颤抖,但想了想又放弃了。我可不想在近距离面对观众的时候表演得过火。

我抿了口甘甜的黑啤酒。塞勒斯沉默不语。“去你妈的！”鹦鹉说。

门口传来一阵脚步声，接着五六个剧组成员走进了酒吧。他们显然刚刚在别处吃过饭，我认出其中有奇普，就是那个谁谁的表兄。不知为什么，胡安说过的一句话浮现于我的脑海。*我不认识这个拉米雷兹。但你说的这些很有意思。我能理解为什么会有人朝他开枪了。*

我突然意识到，或许胡安说的是真话。

我朝着那群人点点头。“你认识那个高个子吗？”我问，“就是金发的那个。”

“他接受询问的时候，我也在场。”塞勒斯说。

“他不是剧组成员。”我说。

“他是来度假的，”塞勒斯说，“他是，呃，我想他是高尔夫球场管理人的亲戚。”

我坐在视野开阔的吧台边，考虑着奇普的事。“你知道他是做什么工作的么？”我问。

塞勒斯拿出他的手机，翻阅起档案来。要不是刚才喝下了不止一杯伏特加汤力，恐怕他是不会这么做的。

“他是波特－巴克尔制药公司的员工，”他说，“销售部的。”

我的脑海里仿佛发生了一场爆炸，只是过程是倒转过来的。所有的烟雾、火焰和残骸飞向一处，那些碎片拼出了完整的形状。

“好吧，”我说，“这可有趣了。”

奇普原来是个高尔夫球手，几乎每天都会去坎昆市的某个高尔夫球场。我看着他肩扛高尔夫球袋外出归来，走进自己的住处，突然意识到有人闯进了他的房间，把他的东西扔得到处都是。他丢下球袋，跑到客厅的长沙发那里,从沙发底下抽出个细长的箱子。看到它还在的时候,他明显松了口气。

“很好,”我说,“出发吧。”

我离开映出奇普滑稽表情的监视器,和我的四个保镖走出小屋,前往奇普的住处。两个保镖先我一步走进房门。

“别动,老兄,”我说,“我们得谈谈。”

奇普猛地转过身来,脸上挂着在我看来只能称之为“有罪”的表情。他看着那两个朝他逼近的保镖。

“你的箱子里装着什么?”我问。然后——因为他看起来似乎想要拼死抵抗——我又补充道:“你反抗也没有意义。关于这一切的录像已经上传到新西兰那边的服务器上了。”

我说的是实话。我的保镖和我早就闯进了奇普的房间,在各处设置了摄像头,然后再把他的东西丢得到处都是,为的就是让他跑去查看长沙发底下的那只箱子——当然了,我们在先前的搜索中早就发现了。

让我高兴的是,我的保镖们的行事作风简直像一群身穿热带风西服的强盗。如果我开口,他们或许真的会把奇普带到海边,活活淹死他。

我的保镖之一从奇普无力的指间夺走了那只箱子。我用克林贡人式的严肃表情看着那只箱子。

“你想怎样?”奇普说。他面无表情。

“我们出去谈吧。”远离这些记录装置。

我的保镖搜了奇普的身,确认没有武器,然后我们缓步走向游泳池,奇普和我坐在铸铁打造的桌边。水面反射着耀眼的阳光。周围飘着氯的气味。我的某位保镖调整了桌上那把红黄相间的阳伞,确保它能遮住我们两人。然后他们走到听不见谈话的位置。

我看着奇普,脸上仍然是那副克林贡人的表情。“在开始谈之前,我们有一件事必须达成共识:你是个白痴。”我说。

“你根本不知道自己在说什么。”他回答。

“好，”我说，“那我们就来确认一下吧。因为依我看，你是来这儿杀奥利·拉米雷兹的，只不过你失了手，误杀了一位电影明星。这让剧组引起了警方的关注，导致你没法完成使命，只能玩高尔夫来打发时间。要知道，你可是在墨西哥，这儿的执法部门甚至不需要打开箱子，找到里面那把沾满指纹的狙击枪，也可以打到你招供，然后把你丢进监狱。你在这儿的监狱多半活不下去，因为那里塞满了贩毒集团的杀手，他们会把你折磨至死，而且只是为了听你的尖叫取乐。”

随后是一阵可怕的沉默。最后奇普鼓起勇气，问了个问题。

“我为什么要杀奥利·拉米雷兹?”

我叹了口气。“因为你代表的是波特－巴克尔制药公司，他们显然认定奥利的发现是触及他们底线的重大威胁。我查过资料——去年他们的收入是四百九十亿，净利润六十三亿。如果人们开始在自家的地下室打印自己的处方药，他们就没办法维持这种利润了。”我轻蔑地笑了起来，“顺便说一句，他们也是白痴。”

奇普怒视着我。我把手伸进口袋，拿出一张纸来。它跟几天前我给胡安·赫曼的那张如出一辙。

“如果你不希望那把狙击枪外加做过妥善编辑的录像落到 PFM 手里，我希望这个户头有五千万美元的入账。明天就要。而且每年在罗妮的去世纪念日再汇入五千万，换取奥利·拉米雷兹不再继续研究的承诺。”

他瞪大眼睛。他的嘴唇动了动，但什么都没说。他已经说不出话来了。

“这对你我来说或许是很多钱，”我说，“但对于六十三亿的利润来说就没那么多了。另外当然还可以避免所有调查和负面影响，以及你们公司股票的大幅下跌。相关人等还可以免去牢狱之灾。”

我靠向椅背，考虑着各种可能性。“当然了，”我说，“你的上司也许会认为,他们最明智的做法就是杀掉你。所以我建议你留在自己的房间里,找些人保护自己,直到那笔钱汇入为止。"我露出微笑。"而且因为我半点也不相信你和你的公司,我会把证物藏起来,一旦我发生任何意外,就会有人把它送到警方手里。"

我站起身。我的保镖朝我这边看了过来。奇普已经很久没说话了。

"或许现在,"我说,"你该去找电话之类的东西了。"

奇普回到自己的房间里,我的保镖之一陪同在旁。至于我呢,我想我应该举起剪辑的魔杖,让自己在池边的场景隐去身形,直接跳到美满结局的部分。

波特-巴克尔制药公司乖乖付了钱。公司管理层的某些低级别人员辞了职,但我对此不感兴趣,因为那时的我正在忙着挽救我的电影。我拿出了一千万美元的现金,接受了监制人的身份和收入分成,而布鲁斯·克拉维茨找来了罗妮的替代者,一位名叫凯伦·威尔克斯的优秀女演员。她穿起比基尼来没有罗妮那么性感,却为毒枭女友的角色注入了疯狂而邪恶的气质,让她的表演令人耳目一新。恶毒的特莱瓦尼安夫人遭受了挫败,她裹上她邪恶的斗篷,回洛杉矶去了。

我没有把波特-巴克尔的钱分给奥斯利。反正他已经收到让他停止毒品研究的那笔钱了。

所以对我来说,结局相当美好。不幸的是,正义没能制裁杀死罗妮的凶手,但即便奇普进了监狱,也没法让罗妮活过来。我当然惋惜罗妮的死——但如果她的死无可避免,至少我因此得到了名声和财富。还有一部不容轻视的好电影。

而且当然了,我没有死。这永远是附带的好处之一。

好戏还在后头。我、哈德利和汤姆·金在哈德利的小屋里,吃着海鲜玉米饼,喝着他的咖啡师做的冰镇焦糖玛奇朵,讨论着拍摄安排。我们试图弄清该在何处、用何种方式拍摄结局。

我吃完一块玉米饼,舔了舔手指。

“顺便说一句,”我对汤姆说,“我不打算拍摄第二个狗屁结局,就是我把毒品交给警察,而不是卖给他们、从此过上幸福生活的那个。这不符合角色的性格。我的角色肯定会把钱留下。”

哈德利警惕地抬头看我。“肖恩,”他说,“制片人希望拍那个狗屁结局。”

“现在我才是制片人。”我告诉他,摆出我的克林贡人表情。

他犹豫了很久,但最后还是屈服了。

他还能有什么选择?是我救了他的电影。是我从悲剧中赚取财富,从不幸中找到幸福,又在龙舌兰里发现了钻石。

《绝望礁》肯定会大获成功。我敢这么说,是因为罗妮的遇害为影片带来的关注度,堪比制片厂花费数千万美元去宣传的效果。所有看过八卦小报的头条新闻,或者常看报纸娱乐版的人,都会想了解这个故事——了解我的故事。

他们会花钱以求接近我。而我会允许他们这么做。我会接受他们的爱,而他们的爱会让我快乐,作为回报,我会给他们我所拥有的一切。我会给他们璀璨夺目的东西。

我会给他们钻石。

小龙　译

菲利斯·爱森斯坦

菲利斯·爱森斯坦的短篇小说一般发表于《奇幻与科幻》《阿西莫夫》《类比》以及《惊奇》等杂志上。她最著名的系列短篇恐怕要属吟游诗人阿拉里克——他生来就有瞬间移动的古怪天赋——的系列冒险故事了，这个设定衍生出了两部小说：《生而流亡》和《红领主之境》。她的其他作品包括“元素之书”系列的两本小说，《术士之子》和《水晶殿堂》，还有《暗影之地》和《荣耀之手》这两篇独立的故事。她的一部分短篇故事，包括她丈夫亚历克斯·爱森斯坦创作的几篇故事，则收录在《夜生活：暗黑奇幻的九个故事》中。她在芝加哥的伊利诺伊大学取得了人类学学士学位，二十年来一直在哥伦比亚大学教授创意写作，除此以外，她还负责了两本 *Spec - Lit* 的编辑工作：这套书是她的学生创作的科幻作品的选集。她目前在一家大型广告代理公司担任编辑，并且和丈夫一起住在她的出生地芝加哥。

睽违多年之后，这篇阿拉里克系列的最新作让那位吟游诗人加入了一支向着荒漠前行的旅行商队。在那里，夜晚会有邪灵放声哀号，海市蜃楼更是家常便饭——但他最后发现，并非所有危险都是幻象。

rogues

虚无商旅

那个漆黑眼眸的男人穿着被阳光晒褪色的长袍，头上缠着脏兮兮的白色裹布，和当晚在酒馆里的大多数男子别无二致，但阿拉里克很快看出了他的与众不同。其他人谈着天，喝着酒，哈哈大笑，让看中的女人坐到自己的膝上，随便找个理由推杯换盏，或是大呼小叫，而酒吧老板则在酒桌之间穿梭忙碌。那些人都漫不经心地挥霍着时间，在此献唱的阿拉里克因他们醉酒后的慷慨而获利颇丰。

但那个漆黑眼眸的男人只是安静地坐在角落里，慢慢地喝着一只高脚杯里的酒，看着热闹的人们。他握住酒杯的手因劳作而粗糙，露出黝黑而强壮的前臂。一位做着体力工作的人，阿拉里克心想，来到西沙漠边缘的这座小镇唯一的酒馆，眼神带着坚决。

在这个夜晚，阿拉里克在喧闹的酒馆里唱起了下流的小曲儿，他伴随着韵律的清亮嗓音盖过了喧嚣，让酒客们笑声不断，更和着乐声开始了一场合唱。他的鲁特琴声音几不可闻，有时他甚至连琴弦都懒得拨动，听众们似乎也并不介意。尽管阿拉里克还很年轻，他的曲目却早就在许多家类似的酒馆经历过考验，他清楚这些歌曲的影响力。但那个漆黑眼眸的男人却一次也没有笑过，更没有加入合唱——阿拉里克知道，他一定是在等待什么。

他缓步穿过房间，一边歌唱，一边向那些将铜币丢进他腰间敞开的鹿皮钱袋的人们点头致谢。最后，他来到了那个黑眸男子的桌前。在被酒杯留下无数刮痕的木头桌面上，放着一枚银币。黑眸男人的目光转向走来的阿拉里克，又看向他的面孔。

“你是个旅人。”男人低沉的嗓音轻易地盖过了房间里的喧嚣——那是属于领袖的嗓音。

阿拉里克仰起头,尽可能地抬高嗓门。“如果吟游诗人也算旅人的话。我们毕生都在寻找新歌的素材。”

“你唱得很好,”黑眸男人说,“你完全可以在富人的宅邸里表演。甚至是国王的宫殿里。”

阿拉里克望着那枚银币。他的衬衣口袋中也有些同样的银币,但数量不多,甚至不足以吸引小偷的兴趣。很久以前,他自己也当过小偷。而且凭借他与生俱来的能力——在眨眼的时间里移动到另一个地方——他随时可以重操旧业。但他宁愿用自己的歌声来换取银币。他朝那枚银币伸出右手,但并没有碰触它,而是用两根手指轻轻地拂过硬币旁边的桌面。“我已经在富人的家中表演过了。国王的宫殿里也一样。但地平线更加吸引我,”他抬起目光,“我想看看地平线的那边有些什么。”

黑眸男子弯起一侧的嘴角。“我也曾像你一样年轻,也曾好奇地平线那边的风景。现在我年长了许多,也曾经到达过那里,但仍旧不时踏上旅途。不过这些你都知道,不是吗? 你认识我。”

阿拉里克收回手来,拨动琴弦。“酒馆老板告诉我说,有个人每年都会带商队穿越大漠。他还说,你的名字是派罗斯。”

男人眯起他的黑色双眼。“那他有没有告诉你,派罗斯正在寻找愿意参与远行的旅人?”

阿拉里克摇了摇头。“他说你在找人照顾你的骆驼。这段旅程十分艰险,等待在前方的或许是死亡。虽然这些我已经猜到了。”他略略耸了耸肩,“可惜的是,我对骆驼一无所知。”

派罗斯将银币朝阿拉里克的方向推了推。“我今晚听了你的歌,也观察过了你。大漠里的夜晚漫长沉闷,即使对那些因旅途疲惫的人来说也是如此。沉默的时间久了,他们甚至会为毫无意义的事而争吵。

歌声能够让时间过得更快些。”他在椅子里挺直背脊，又说：“你可以收下这枚银币，作为我对你这些歌谣的感谢，但我们或许不会再见面了。如果你愿意，也可以把它当做我们的旅行的第一笔酬金。我向你保证，你会慢慢了解骆驼的。”

阿拉里克拿起那枚银币，在指间转了转。“我没猜错的话，你应该跟酒馆老板打听过我。”

黑眸男子点了点头。“你已经在这里住了八天，他很希望你能留下。虽然这地方并不需要吟游诗人来招徕顾客，但他本人相当喜欢你的表演。而且你很会交朋友，诗人阿拉里克。当然了，无论在你那一行还是我这一行，这项技巧都是必要的。不过我的兄弟认为你能够适应这样的旅行，而我向来相信他的判断。”

“你的兄弟？”

派罗斯用手指轻轻敲了敲酒杯。“难道岁月已经把我们的相似之处消磨殆尽了吗？”

阿拉里克转过头看着酒馆老板。他现在看出来了：他们的确是一对兄弟，尽管商旅领队的面孔更加衰老，也更加饱经风霜。

“好了，吟游诗人，”黑眸男子说道，“到了明天，这间屋子里的所有人都会倾其所有，只为在商旅中谋个差事。你愿意接受我的邀请吗？”

阿拉里克将硬币抛到空中。“人们都说，大漠中有一所失落之城。人们还说，那里藏着一笔无主的宝藏。”

派罗斯又露出那种似笑非笑的表情。“看来你听过醉汉们的胡言乱语。”

“他们还说，在大漠的彼端，是一片神奇的土地。”

“噢，这取决于看到那里的人有多少见识。”

阿拉里克将银币塞进口袋。“我见过许多神奇的事物，派罗斯，但我想见识更多，”他伸出手，“我愿意跟你同行。”

黑眸男子没理会他的手。“吟游诗人，还有一件事。”

阿拉里克收回手,放回鲁特琴的琴弦上。"什么事?"

"我有个儿子。他和你年纪相仿,或许比你还年轻些,他跟我走过这段旅程。但你别觉得他能代表我。雇用你的是我,不是他。我说得够清楚了吗?"

阿拉里克低头看看自己的鲁特琴,拨动其中一根琴弦。"其他人都明白这一点吗?"

"他们都明白。"

阿拉里克点点头。"那就听你的,派罗斯先生。"

"派罗斯,"派罗斯强调,"叫我派罗斯就好。明天拂晓时去院子里等我,我们在那时出发。"

当晚余下的时间里,阿拉里克一边唱他的歌,一边思索派罗斯究竟有个多么不堪的儿子。

灰色的晨曦中,酒馆的院子里熙熙攘攘,人们忙着将木桶和成捆的行李绑在骆驼的背上——骆驼的数量多得让阿拉里克眼花。骆驼们跪在地上,不时为越来越沉重的负担发出嘶鸣,仿佛满载的货车上的某一根亟须上油的车轴。阿拉里克认出他们大都是昨晚的酒客,不禁为他们喝了那么多酒之后还能如此精力充沛而吃惊。他经过的时候,好几个人对他露出了笑容。

派罗斯站在院子的最西端,那是离旅途起点最近的地方。他身边站着个斗篷比他更亮更新的年轻人,裹着深绿色的头巾,从那张脸可以看出,他就是派罗斯的儿子。他和他父亲的站姿相仿,肩与背同样挺得笔直。但派罗斯会时不时简短有力地做个手势,说出几个字,抑或叫出某个名字,而年轻人则将双臂交叠在胸前,沉默不语,似乎对周遭的忙碌并不在意。

阿拉里克迎上商队主人的目光。“今早天气不错。”

“的确,”对方答道,“是去西方的好日子。”他上下打量了阿拉里克一番,目光先是停留在阿拉里克亲手编织的草帽上,然后转向深色的束腰外衣和格子呢紧身裤,最后是那双算不上崭新但依然耐用的靴子。“你打算就这么穿越大漠?”

诗人把他少得可怜的所有物装在背包里,将鲁特琴挂在上面。长久以来,他都是这样轻装旅行——或是步行,或是以他那种独特的方式。“我只有这些东西而已。”他说。

派罗斯将注意力转回那些骆驼。“这是我儿子鲁德,”他这么说着,却不看那个年轻人,“他会给你找几件适合沙漠旅行的长袍。”

阿拉里克看着那个年轻人,后者毫无反应,仿佛没听到父亲的话一般。

“鲁德,”他的父亲说完,又用更加尖厉的声音重复道,“鲁德!”

年轻人眨了几下眼睛,皱起眉头。“父亲?”

派罗斯仍旧没有看他。“去你叔叔那儿,让他给这位诗人找几套旅行用的袍子。”

鲁德看了看阿拉里克,仿佛刚刚才注意到他。他的嘴角耷拉下来。“他就不能自己去拿吗?”

“去吧,”派罗斯说,“派上点用场。”

年轻人抿紧了嘴唇,但愠怒的表情随即退去,他的目光也似乎失去了焦点。“只要你允许,”他无精打采地说,“我随时都能派上用场。”

“照我说的做。”

鲁德转身朝酒馆走去,肩与背不再像之前那样挺得笔直。他才刚迈出第一步,就像宿醉的人那样摇晃起来,阿拉里克连忙伸手扶住他。年轻人这才第一次直视阿拉里克的面孔,然后他甩开诗人的手,径直走开了。

“我跟他去。”阿拉里克对派罗斯说。

“随你的便。”商队主人朝附近的一群人做了个有力的手势，不过阿拉里克从他的侧脸注意到，他的目光始终没有离开自己的儿子。

鲁德走到酒馆前方，将门打开一条只够勉强通过的缝隙，进去后又重重关上了门。等到阿拉里克进去的时候，年轻的鲁德已然消失在昏暗的室内，他能看到的只有房间那一边的两只狗儿，它们正为了昨晚剩下的面包皮和奶酪碎块大打出手。阿拉里克叫着鲁德和酒馆老板的名字，但始终无人答话。过了好一会儿，他们才从里屋走出来，鲁德扛着一捆衣物，他的叔叔紧跟在他身后，拖住那些衣服的下摆，免得沾上洒有酒液的地板。年轻人停下脚步，拍开其中一只狗儿，抢过它嘴里的面包皮。这时他肩上的衣物滑落下来，酒馆老板反应敏捷地伸手接住，任由他的侄子像饿坏了的狗儿那样吞吃着那块发臭的面包皮。

整套衣服一共有三件——及踝的长袍、宽松的马裤和一条缠头巾，都是白沙的颜色。阿拉里克脱掉衣服，穿起沙漠旅行的行头，将换下的衣物塞进背包。酒馆老板帮他缠上那条围巾似的长缠头巾，只是留下一条“尾巴”绕过脖子，又顺着背部垂下。酒馆老板说，等到风沙袭来的时候，这么做可以遮住面孔。

阿拉里克背起背包，将鲁特琴紧紧系在包上，对年轻人做了个手势，后者吃完了面包壳，正坐在桌边，有条不紊地踢着狗儿，而那两只狗儿锲而不舍地扑着他的腿。

“它们知道，”酒馆老板朝他的侄子点点头，声音压得很低，“狗儿们一直都知道。而且它们向来宽宏大量。”

阿拉里克望向酒馆老板的面孔，看到了哀伤。“你这话是什么意思?”

“你难道看不出来吗?”

阿拉里克皱起眉头。“我看出了……很多东西。但或许都不是你想表达的。”

“噢，”酒馆老板说，“这么说派罗斯还没告诉你。”

阿拉里克回头看了看鲁德。“他说过别听他儿子的话。”

酒馆老板沉默良久，然后方才开口：“是啊，这是个好建议。”他将一条腿搭在旁边的桌上，用下颌指了指他的侄子，“有那么一次，他还以为我是他刚出生就死掉的兄弟。”

酒馆的门开了，派罗斯站在门口，身后明亮的阳光勾勒出他暗沉的身影。“准备好了吗？”

“好了。”诗人回答。

“鲁德！”酒馆老板喊道。

年轻人没有搭腔。他仍然背对着他们。

“鲁德！”他的父亲喊他。见他仍然没有回答，派罗斯大步走上前，挽住他的手臂，“该出发了。”

鲁德眨了几次眼睛，仿佛刚刚从梦中醒转，然后才晃晃悠悠地站起身。他的父亲没有放开手，就这么拉着他走出门去。派罗斯头也不回地做了个手势，示意阿拉里克跟上。

酒馆老板摇了摇头。“他还指望能抱个孙子呢。”

“他有女人么？”阿拉里克问道。他们并肩朝屋外走去。

“哪个女人会要这样的男人？”酒馆老板反问。

阿拉里克耸耸肩。他一只手拿着那顶草帽——他的背包里放不下。他把帽子递给了酒馆老板。“收下这个，就当做我对你这套衣服的答谢吧。”

酒馆老板接过草帽，摆弄了几下，最后快活地戴在头上。

外面的商队成员已经将货物绑在了各自的骆驼背上，只有一个人除外：他牵着一大一小两只跪下的骆驼。在派罗斯的示意下，他帮着阿拉里克坐到那只小骆驼的狭长鞍座上。这鞍座相当奇特，但坐起来并不难受，上面衬有软垫，鞍座前方有个供骑手抓握的粗铁环，后方配有另一只铁环，以供搭乘者使用。他的双腿后面是两只硕大的驮篮，另一张鞍座上绑着个鼓鼓囊囊的袋子，还有只水袋挂在他的膝盖位置。当骆驼直起身体的时候，阿拉里克觉得很是安心，尽管地面看起来远得出奇。

那人盯着阿拉里克看了一会儿，这才递过缰绳，又骑上他自己的骆驼。"我是哈尼欧，"他说，"派罗斯让我照顾你。如果你有什么困难，尽管叫我。"

"谢谢你，"阿拉里克说，"我希望不会。"

"她的性情很温顺。你只需要坐稳就好，她自己会跟在其他骆驼后面的。"

就在这时，骆驼的队伍开始前进，那头温驯的动物无须催促就跟上了它的同胞们。哈尼欧也跟在他后面。

骆驼的步伐和马儿大相径庭，但不至于令人不适，而且阿拉里克很快就适应了。在哈尼欧的指导下，他学会了驾驭这只动物，也知道只要叫出她的名字——费列罗——她就会转过长长的脖颈，满怀好奇地望着他。有时候她会回过头，用柔软而硕大的嘴唇轻咬他的膝头。而他会像对待马儿那样，轻轻拍拍她的脖子，夸奖她几句。

派罗斯偶尔会走在商队的最前方。但大多数时间里，他都在来回巡视，和骑手们说话，确认捆扎的绳索没有松脱，还不时把某匹骆驼拉到路旁，调整她背上的货物。阿拉里克几乎总能看到他骑在那匹格外高大的骆驼上。鲁德很少出现在他附近：他始终待在非常靠前的位置，深绿色的缠头巾随着他的脑袋上下晃动。

白昼的气温逐渐升高，但阿拉里克明白，对于在这个季节踏上荒漠之旅的人来说，这可不算是什么好事。地平线远在天边——离开酒馆以后，他们所在的这片广袤的平原几乎乏善可陈，只有不时出现的石冢标示着路线。在白昼的大部分时间里，可见的植被就只有粗糙的野草和低矮的灌木丛；时不时会有一头骆驼走去啃咬野草，但骑手会迅速将她赶回队伍里。费列罗对那样的行为不屑一顾，只是稳步向前。等到天黑的时候，骑乘骆驼带来的新鲜感已经淡去，阿拉里克感激地下了骆驼,把她交给哈尼欧去照看。

他完全可以用他独有的方式,更加迅速地跨越这片沙漠,在一次心跳的时间里从这边的地平线到另一边的地平线,前行的路线仅受视野的局限。然而,普通的旅行能让他向同伴打听目的地的情况,免得到达之后人生地不熟。正因如此,那天晚上,在商队卸下货物,用敲进地面的木桩拴好骆驼以后,阿拉里克吃完了派罗斯分发的口粮,随后来到最大的那堆营火边,给大家唱了几首下流小曲儿。接着,他和几名商队成员聊了起来,以年轻人的好奇向他们询问大漠那边的风土人情。他们的回答让他有些吃惊:他们提到的只有一座城镇,几家小酒馆,还有少数几个愿意收钱帮他们满足需要的女人。他们无一例外地承认自己没有去过那座城镇之外的地方,只顾着卸下带去的货物,把雇主换来的货物打包装好,然后拿着酬劳回家去。

“那地方真的这么无趣吗?”阿拉里克问派罗斯。

“这些人都很谨慎,”商队主人答道,“虽然凭他们在我弟弟酒馆里的样子,你可能看不出来。沙漠那边的风俗和这里很不一样,就连语言都很奇怪,而这些人不喜欢陌生的东西。”

“那你呢?”阿拉里克问。

“我比他们稍微胆大些。没有胆量是没法当上成功的商人的。”说这话的时候,他看着的仍然不是吟游诗人,而是自己的儿子——自从营火点燃开始,他就一直看着那边。年轻的鲁德坐在一群人之间,其他人都在兴致勃勃地聊天,不时放声大笑,但鲁德却完全没有参与的意思。他只是盯着营火,就好像在里面看到了什么非常有趣的东西,让他无法移开视线。但阿拉里克能看到的只有点燃的驼粪。

阿拉里克朝鲁德点点头,虽然他觉得派罗斯肯定注意不到这个动作。“我猜你应该希望你儿子在那边学到点什么。”

派罗斯沉默良久,这才喃喃道:“我觉得他学的已经够多了。”他站起身来,再次开口:“该搭帐篷了。哈尼欧会帮你找个位置的。”

在派罗斯的指示下，商队成员们迅速取出并架起好些只矮帐篷，在地面铺上花纹地毯，然后进去歇息——六人一只帐篷，用装货物的麻袋充当枕头。阿拉里克躺在哈尼欧附近，裹上他那张薄薄的毛毯。夜晚的气温下降得很快，但六个人的体温还是让帐篷里显得温暖舒适。

很快便黎明破晓，吃过一些不算太陈的面包和硬邦邦但风味犹存的奶酪之后，他们重新装好货物，骑上骆驼，商队也再度出发。哈尼欧骑着骆驼跟在阿拉里克身后，最后诗人故意放缓速度，与他并行。哈尼欧几乎没有朝他的方向看。他把那条缠头巾的“尾巴”松垮垮地绕在脖子上，他的鼻子是鹰喙那样的形状，面孔饱经风霜。他看起来与派罗斯年纪相仿。

“你和派罗斯共事很久了吗?”阿拉里克问他。

哈尼欧的目光始终没有离开前方那队骆驼。“有些年头了。”

“那你一定非常了解他的生意了。”

哈尼欧没有搭腔。

“我一直很好奇，”阿拉里克说，“我们在大漠那边做的是些什么生意，值得这么一年一度的远行?”

“各式各样的货物，”哈尼欧说着，仿佛料到阿拉里克会追问细节，于是又补充道，“上好的羊毛和皮革、金属制品、蕾丝和风干的药草。我们在中途还会顺路买些盐——世界上最纯的盐。能卖出特别好的价钱。”

“纯盐也可以到那边去卖啊。”阿拉里克扬起头，指了指他们的来路。

“我们回来的路上会再次经过那些矿井的。”

“矿井?”

哈尼欧点点头。

“我都不知道盐是从矿井里采出来的。”

“你还年轻，诗人。还有很多你不知道的事。”

“我就是想在旅途中学习这些，”阿拉里克说，“但是哈尼欧，告诉我，如果矿井就在大漠之中，为什么西边的人不派出自己的商队来开采盐呢？”

哈尼欧弯起嘴角，但表情却并非微笑。他摇了摇头。“他们太害怕这片沙漠了。”

阿拉里克在费列罗的背上挺直了身体。他四下张望，但除了那些迈着沉重步伐的骆驼以外，他能看到的只有远方那条平坦而单调的地平线。就算这片沙漠里栖息着什么动物，它们也早就逃之夭夭，或者藏到地下去了。就算沙漠里有人，他们显然也不打算出现在其他人的视线里。哈尼欧的腰间挂着一把沉甸甸的剑，剑鞘经过仔细擦拭，大多数骑手也都带着武器：短剑、弓、投石索，以及足有两条手臂那么长的长枪。看起来，这支商队已经做好了应付一切的准备。

“他们在害怕什么？”他问。

“在夜晚，有时会有人听到荒漠的悲鸣，”哈尼欧答道，“他们说，那是来自失落之城的邪灵，前来偷取人类的魂魄。等我们到了沙丘那边，你可以自己听听看。”他有些敷衍地指了指前方。

“噢，”阿拉里克说，“失落之城。我听说过关于它的某些传说。你去过那儿吗？”

哈尼欧哼了一声。“如果有人去过的话，那儿也不会被叫做失落之城了。”

“也就是说，那些说法只是旅行者的幻想喽？”

“这个嘛，”哈尼欧说着转过头，严肃地看着阿拉里克，“有人曾在远处看到过那座城市，那里有高塔、穹顶和墙壁，全都是纯白的颜色。但如果有人试图靠近，那座城市就会慢慢后退，最后彻底消失。那是一座幻影之城，很适合邪灵出没。”他停顿了几次心跳的时间，然后又说：“追寻它的人都死了。我可不想死。”

“我也不想。”诗人轻声回答。他忍不住思索：或许用他独特的旅行方式,就可以到达那座城市。他说出口的却是:“那些盐矿还有多远?”

“你这就不耐烦了么,诗人?”哈尼欧说。

阿拉里克摇摇头。“我只是想知道该期待些什么。”

哈尼欧轻声笑了。“我们都一样。过十八天再问我这个问题,我就会给你答案。”他转开视线,又说:“你和费列罗好好相处。或许我没必要这么仔细地照看你们。”

“如你所愿,亲爱的哈尼欧。”

哈尼欧点点头,催促骆驼走到队伍前方的派罗斯那里。阿拉里克看到,鲁德也骑着骆驼跟在派罗斯身边。哈尼欧一直走在前方,直到商队在一片小树林里停下,准备过夜为止。这片小树林的中心有一座池塘,河岸的泥土被许多人的脚踩得格外敦实。骑手们将骆驼牵到池边让它们饮水,自己则将水袋和茶壶装满。树荫里颇为凉爽,营火已经点燃,晚餐也已备好,阿拉里克唱起了关于北方荒野的歌谣,歌唱冰和雪。这些事物之于商队成员,正如沙漠之于冰川间放养鹿群的游牧民。他们无不为存在那样的冰天雪地而惊奇。

那天晚上,在沙漠的帐篷里,他梦到了北方。等他在一片漆黑中惊醒时,几乎想要回到那里,去看望那个唯一关心他死活的人。他只需要眨眼的工夫就能办到。但他明白,那些商队成员不太可能对能像幻影之城那样凭空消失的人有多少好感,于是他翻了个身,再度睡去。下次再说吧,他这么告诉自己,正如之前许多次那样。

到了第二天,地平线出现了些微的起伏,消息也在骑手间传开:他们会在不到两天之内到达沙丘地带。商队的路线开始偏向南方,在将近傍晚时来到了另一片小树林,这次林中有一口井。人们花了大量的时间,一桶接一桶地打水,用来准备晚餐和给骆驼饮用。骆驼们只喝煮开的水;人们则将水袋装满热水。在哈尼欧告诉他井里的生水对肠胃的坏影响以后,阿拉里克就断了尝尝看的念头。这里的树上长着椰枣,好几个人爬上树去摘，而阿拉里克感激地吃完了他的那一份——算是在奶酪和陈面包块之外换换口味。

次日早上，人们取出面粉，用煮过的水和开，捏成圆形平底的面团，再放到用火灼烤着的石头上。阿拉里克不习惯用这种方式烤出的面包，但不得不承认它十分可口，更令他一整天都精力充沛。远处起伏的高大沙丘清晰可见，而商队转上更加偏南的路线，以绕开最高的那些。即便如此，等到夜幕降临时，他们已经将平坦的沙漠甩到身后，脚下的沙土也有了坡度。那天晚上，他们宿营的地方没有树林，也没有池塘或是水井，但每个人的行囊里还有许多早上烤好的面包和充足的凉开水。骆驼们似乎并不在意饲料和饮水的缺乏，几个商队成员告诉他，骆驼的驼峰里已经储备了足够的养分。

"真是非比寻常的造物啊。"他轻声说着，开始考虑如何将这些讯息加入他为旅途谱写的歌谣中。那天夜里，他躺在柔软的床铺上——因为床下的泥土换成了沙土——轻声哼着与"驼峰"押韵的字眼，直到入眠。

深夜，他在呻吟声中醒了过来——那是许多不同的呻吟交织在一起的声音，就像是一群人正奋力推着一块远超出他们力量的巨石，又像是同一群人正在哀悼许多故去的挚爱之人。在他的帐篷里，似乎只有他被这阵声音吵醒，至少他没有看到其他人有任何反应。

阿拉里克掀开毯子，蹑手蹑脚地钻出帐篷。外面刮起了狂风，在月光的照耀下，能看到沙尘在空中打着旋儿。又过了一会儿，他觉得那阵呻吟似乎在随风起落。每一堆营火周围都堆上了土堤，两个人正坐在最大的那堆营火边，负责守夜。其中一个朝阿拉里克挥了挥手。诗人绕过两座帐篷，来到他们身边。

"这儿这么吵，怎么有人能睡着？"他说。

那两人笑了起来，其中一个说："沙漠就是这样的。"接着他将目光投向阿拉里克身后，站了起来。

阿拉里克转过身,看到一个身影正站在附近的那顶帐篷边上。那人的缠头巾不见了,露出一头乱糟糟的深色短发。等他走近以后,阿拉里克才发现那是鲁德。

“你要陪我们一会儿吗?”站起身的那人问。他朝鲁德伸出手,又说:“我们可以分你点茶。”话音没落,他的同伴已经伸手去拿余烬里的茶壶了。

鲁德在几步远处停了下来。“他们在呼唤我们。我们该走了。”

“天一亮我们就走。”

“我们必须立刻动身,”鲁德说,“去装货。”

那人走上前去,伸手搭在鲁德的肩上。“其他人还需要休息。旅行还长着呢。”

鲁德摇了摇头。“不长了。”

“可我们得养足精神才能赶路。”他将另一只手伸向营火,他的同伴便递给他一杯茶,“喝吧,”他说着,把茶杯递给鲁德,“几口热茶可以御寒,然后再回去多睡一会儿。免得你在骆驼背上因为头昏而摔下来。”

“沙子很软,摔下来也没事。”鲁德轻声说。他接过杯子喝了一口,随后又喝了一口。然后他指了指阿拉里克。“你肯定能听出呼唤声里的韵律。跟我来,给他们弹一首曲子吧。”

“明天吧。”站在他身旁的男人轻声道。

鲁德把剩下的茶泼进火堆,将杯子丢进黑暗中。然后那人陪着鲁德朝他的帐篷走去。

阿拉里克看着那个拿茶壶的男人。他又倒了一杯茶,递给阿拉里克,后者感激地伸出手,接过温暖的金属杯子。

“他是在梦游么?”诗人问。

“可以这么说吧。”那人给自己倒了杯茶,然后把茶壶放了回去。

“他从前做过这种事吗?”

那人点点头。“这也是他需要人看护的理由之一。要是这孩子出了什么意外，派罗斯会活剥了我们的皮。”说完，他抿了口茶。

“要是他往没有营火的那一边走呢?”

“他从没这么做过。他就像蛾子，被火吸引着。”

“可是……”

“我说过了，我们会照看他的。”

阿拉里克多待了一会儿，看到送鲁德回去的那个人回到营火边。然后，诗人打着呵欠，钻进他的帐篷里。

没过多久，天就亮了。

等到太阳高挂空中的时候，这一天的行程几乎已经过半，派罗斯像往常一样在队伍间来往穿梭，最后放慢速度，和阿拉里克并驾齐驱。

“看来费列罗和你相处得不错。”他说。

“我们好像很合拍。”阿拉里克俯下身，轻轻抚摸骆驼的脖颈。“派罗斯，”他说，“我昨晚醒来，听到了沙漠的歌声。”

派罗斯瞥了他一眼。“我猜只有吟游诗人才会用这种称呼。”

“你儿子也听到了。”

“噢，”派罗斯说，“这不是第一次了。”

“他觉得是谁在呼唤他?”

派罗斯摇摇头。“那孩子有时会胡思乱想。我劝你别当真。”他在鞍座上略微直起身子，仿佛在探查前方的情况，“今晚再唱些关于北方的歌谣吧，诗人。我们都很喜欢。”说完，他踢了踢他的骆驼，朝队伍的前方赶去。一匹骆驼背上的几件货物落到了地上，整个商队因此停下脚步，等着货物重新捆好。

那天晚些时候，阿拉里克第一次见到了那座幻影之城。

至少它看起来像是座城市，在南方遥远的地平线处，远得难以看清，它的塔楼和城墙的轮廓在沙漠的阳光中摇曳不定，周围有银色的水面环绕。当他瞠目结舌的时候，听到了身后人们的大笑声。但随后一匹骆驼离开队列，朝他们疾驰而来，笑声也戛然而止。那名骑手戴着醒目的绿色缠头巾，用树枝狠抽着胯下的骆驼。他从阿拉里克身旁经过，大喊道："跟我来！"然后转向南方，跑进了沙漠之中。四名骑手离开商队，很快便追上了他，挡住了他的去路。阿拉里克看到鲁德在疯狂地挥舞着手臂，似乎正用树枝抽打那些人。阿拉里克能听到他们模糊的话声，却听不清任何一个字。

派罗斯离开队列，却似乎无意加入包围他儿子的那些人里。阿拉里克驾着骆驼来到他身边，而商队也开始继续前进。

"他刚才让我跟着他。"诗人说。

"幸好你没听他的话，"派罗斯只是瞥了他一眼，伸手指了指商队，"赶紧跟上吧。"

"吟游诗人总是在寻找新歌的题材，"阿拉里克说，"我觉得这儿就有。"

"这可不是什么好题材。"派罗斯咕哝道。

阿拉里克朝南方的地平线指了指。"光是那座城便值得写一首歌了。"但他看到，就在那些骑手掉头返回商队的时候，远方的影像也开始摇曳模糊，最后只剩下一片银色的水面。"就连那些水也不是真的？"他问。

"没错。"派罗斯答道。

"对补给没我们那么充足的人来说，那里肯定很有吸引力。"

派罗斯以难以察觉的幅度摇摇头。"无论你追出多远，也无论你追得多快，那座城市也始终是你无法触及的。我年轻时和父亲一起穿越过这片沙漠，我就是在那时学到这一点的，"他身子前倾，手肘拄在腿上，"我的儿子迟早也会明白。"

骑手们此时已经返回，其中之一握着鲁德坐骑的缰绳。经过他父亲身旁的时候，鲁德皱着眉头说："要不是你，我早就追上他们了。"

派罗斯没有回答。他只是指了指逐渐远去的商队，随后便驱使骆驼赶往队列的后部。费列罗没等阿拉里克的命令便迈开步子，追赶起她的同胞来，诗人不得不抓住鞍座前后的铁环，才勉强维持在座位上。

那晚，吃完晚餐过后，一部分商队成员围拢过来，聆听阿拉里克的歌唱，而鲁德挤到了最前面，几乎坐在诗人的脚边。他没有参与这场吵闹的合唱，但他会伴随着乐声轻轻点头，时不时微笑，尽管阿拉里克不太确定这是不是因为他的歌。随着夜色渐深，听众也陆续离去，但鲁德仍然留在那儿，直到阿拉里克终于放下鲁特琴，他才在两名商队成员的监护下回到了帐篷。之后，阿拉里克在另一堆较小的营火旁坐下，听派罗斯和他那些担任商队前卫的手下讨论前进的路线。他一直等到讨论结束，其他人也回到了各自的帐篷。守夜人坐在稍远处的营火边，而这边只剩下了他和派罗斯。

“有这么个儿子，”阿拉里克说，“你肯定很辛苦吧。”

派罗斯盯着微弱的火苗看了好一会儿，才说：“商队的大部分人都懂得跟他打交道的诀窍。否则他早就走丢了。”

阿拉里克拿起一个用来舀粥的长柄勺，用握柄那头捅了捅火堆。火暂时烧得旺了些，那股温暖帮助抵御着夜晚的寒意。“他从以前就是这样吗？”

派罗斯再次沉默良久，然后说：“不。我原本以为他有一天能继承我的位置。他曾是名优秀的骑手。他从小就学习骑术，技巧之娴熟，是这支商队里大部分人都比不上的。但那已经是过去的事了。”

“过去？”

商队主人叹了口气。“我真有点吃惊，居然没有人告诉你。看来他们都遵守了誓言。”

阿拉里克耐心等待着。

“我也会要求你发誓保密，但我并不相信你会遵守。至少在听过你的歌以后不会。那些人听得出你的歌唱的是他们吗？”

阿拉里克微微一笑。“我可没蠢到把太多事实放进歌里。我很宝贝我这条命。”

派罗斯从不远处的驼粪堆里挑出几块，投入火中。营火很快便熊熊燃烧起来。“我也这么认为。”

阿拉里克将手肘拄在膝盖上。“人们能在任何故事里找到自己的影子，无论那些故事是否跟他们有关。我向你发誓，没有人会从我的歌中认出你，或是你的儿子。而且我只会在很远的地方唱那首歌，那儿甚至没人知道你的名字。”

派罗斯耸耸肩。“我也不明白自己为什么要在乎。但我的确在乎，”他瞥了眼阿拉里克，“而且一部分的我，虚荣而贪心的那部分我，也确实想知道你会如何描述我们的故事。我希望自己的事迹能在你的歌里永远流传下去。到了我这个年纪，我想我只能用这种方式在世界上留下点痕迹了。”他回过头，看了看他儿子的那顶帐篷。“孙子孙女是肯定没指望了。”

阿拉里克伸手去拿放在余烬里的茶壶。里面还剩了些，于是他给自己倒了半杯浓浓的沙漠茶。“我可不保证能永远流传。”

派罗斯接过茶壶，倒满了他自己的杯子。“别谦虚了，诗人。你那些歌的寿命起码比我们两个加起来还要久。”

“那就把你的故事告诉我吧。或者只说你想让我知道的那部分。”

“你……不想听真话？”

“在讲到自己的时候，没有人会完全说真话。我们只会说那些希望别人评判的事，无论是好事还是坏事。所以等听完你的故事以后，我或许会美化一下。”他吹了吹热气腾腾的茶，然后喝了一小口，“我的歌里或许会提到我们去探访那座失落之城的擎天高塔。这座城有没有名字？”

派罗斯喝了一大口茶。“我听说它叫做‘避风港’。”他低声道。

“多么美妙又浪漫的名字啊。”阿拉里克评论道。

“你觉得我们会在那儿看到些什么？”

阿拉里克露出一丝笑容。“当然是我们的心之所向了。那座城市不正是我们一直追寻的目标吗?”

派罗斯用双手转动着茶杯。“或许也因为这样,我们才永远无法触及它。”他又看了眼他儿子的帐篷,“他觉得这是我的错。他简直觉得每件事都是我的错。”

“以我的听闻来说,这样的情况并不罕见。”阿拉里克说。

派罗斯低头看着自己的杯子,仿佛想从中看出某些启示。“要不是我带他去了那些洞穴……或许我们的故事就会大为不同了。”

“洞穴?”

派罗斯缓缓点头。“有人会说这些都是注定的,因为他就是那样一个孩子。顽固,不肯服从。如果他的母亲还在世,一定会看不起我,因为我没有打到他听话为止。她相信不打不成器。”

“这么说你才是他的双亲里心软的那个。”

“确实如此,”他又喝了一小口茶,“她去世的时候,他才十二岁。之后,我一直把他带在身边。除了洞穴之旅。我等到他十六岁才带他去。”他摇了摇头,又说:“我应该再多等几年的。可他想知道。他那时的好奇心很旺盛。”他喝光了那杯茶,将茶杯放到大腿上,双肘拄着膝盖,十指交扣。他把下巴埋进手掌,但很快又挺直背脊,叹了口气。“我警告过他的。但他没听进去。结果你也看到了。”

“那些洞穴……很危险吗?”

“危险得要命,”派罗斯说,“洞里弥漫的烟雾含有剧毒。但那里生长着大漠彼端的居民梦寐以求的某种东西,卖给他们就能换来可观的利润。我的父亲是这么做的,我的祖父也一样——这条生财之道是一位商人透露给我的祖父的。”

“可如果那些洞穴依然弥漫毒雾,”阿拉里克说,“又该如何拿到里面那种东西呢?”

“洞穴附近的居民也会采收那种东西,他们知道应对毒雾的方法。”

“也就是说,那是某种植物了。”

派罗斯耸耸肩。“可能是苔藓,也可能是某种矿物质沉积。没有人清楚。毕竟那东西可是生长在毒雾里啊。”

“也就是说……鲁德中毒了。”

派罗斯摇摇头。“要是那么简单就好了。”他深吸一口气,随后眯起眼睛,似乎正看着远方的某个东西,虽然那儿除了繁星点点的夜空之外一无所有,“邀请你加入商队的时候,我就知道我早晚得告诉你这些,但我没想到会这么难以启齿。不过……”他瞥了眼阿拉里克。“等我们抵达盐矿以后,我们之中的几个人还有两天的路要走。包括我和哈尼欧。还有鲁德,因为他不肯留下。

“我们的目的地是那些洞穴。我们会带着大量的那种粉末返回,这些粉末由我掌管,虽然我会不时给鲁德一点儿。在它的影响下,他或许会怂恿你尝尝看。如果你珍惜生命的话,最好别这么做。”他重重地叹了口气,“他会对它赞不绝口。他会说那种粉末能让你感觉自己当上了国王。或许有人觉得他不会那么做,觉得他会独享所有粉末,但在那东西的影响下,人们倾向于不去考虑将来。为了你的将来考虑,千万不要接受。相信我的话。你会以为自己得到了全世界,但事实上却连自我都会失去。”

“我不会接受的。”阿拉里克说。

派罗斯又叹了口气。“什么样的人才会不想当国王?”

阿拉里克的嘴角露出一丝笑意。“我见过几位真正的国王。他们的生活并不令我羡慕。”

派罗斯看着他。“在大漠的那一边,那种东西能换来庞大的财富。人们称它为‘欲望的粉末’。”

“真是个有趣的名字。”

“那是种经过精细研磨的灰蓝色粉末,与百里香粉有几分相似,但味道要更加浓烈些，口感辛辣。很适合用来做家禽肉的调料。”

“你尝过它吗？”

派罗斯将视线转回营火。“在愚蠢的少年时代，我跟人打过一次赌。之后我再也没有打过赌。鲁德就是活生生的教训。”

阿拉里克缓缓点头。“感谢你的警告。但我很好奇……为什么你不没收他的粉末呢？它的效力肯定会随着时间减退的。”

商队的领袖用力交扣十指，直到手背上青筋毕露。“在大漠的另一边……我见过一个依赖那种粉末的人，因为吸食不到它而死。他的死亡过程漫长而又痛苦。”他闭上双眼，垂下头，“就算我的儿子只是行尸走肉，我也不想失去他。”

阿拉里克望向鲁德的帐篷。帐篷门口有个裹着毯子的人躺在那儿，拿骆驼的鞍当做枕头。阿拉里克知道后门那边还有一个人。“真是个悲伤的故事，”最后，他说，“但如果要写成歌，还需要再构思一下。”不过他真正想说的是，这个故事需要一个结局。

“噢，”派罗斯说，“我们的旅程还长着呢。有很多时间供你构思。”他单手按着沙地，站起身来。

第二天刚过清晨，幻影之城再度显现出来。这一次，阿拉里克就在鲁德身后不远处，他能看到哈尼欧牵着鲁德坐骑的缰绳，另外两人紧跟在旁。就像之前那样，那座城市在地平线处摇曳不定，但其中的诸多塔楼比上次清晰了不少，随后化作一片模糊的景致。天色渐晚的时候，整座城市都仿佛飘浮在空中，它的下方则是空旷的苍穹。*就像云朵*，阿拉里克心想，但湛蓝的天空万里无云，让他无从对比。

接下来的十几天乏善可陈。每天早上，他们都会烤好新鲜的面包，分配给众人，然后将货物装上骆驼，开始向西前进。他们每一天都在朝西方行进，有时走在大漠中的道路上，有时候要翻越沙丘，或是走过深及脚踝的沙地，而那座幽灵之城则不时地出现在遥远的南方。每天晚上，他们都在井边栖息，将井水烧开，有时井边还会有几丛野草，虽然它们多半逃不过骆驼们这一劫。等到帐篷搭好,营火也生好以后,他们会吃完早上剩下的面包,再配上晒干的水果、干巴巴的奶酪,有些还会有几块肉干,只不过后者硬得跟皮革一样,得在热水里泡过才能吃。阿拉里克会拿起鲁特琴,开始弹奏,直到营火边只剩下守夜的人为止。每天夜里,鲁德几乎都会坐在阿拉里克的脚边,聆听着、微笑着,轻轻地点着头,却一言不发。

接着,在一个看似平凡的日子里,有个黑点出现在地平线上,随着商队的接近而逐渐变大。最后阿拉里克发现,那是一大片树林,林中波光粼粼的池水也并非幻觉。在池水一侧的林木之间,有一座十来栋小屋组成的村庄,男人、女人和小孩在那里照看菜园,村子里甚至还有一小群山羊。阿拉里克几乎不敢相信自己的眼睛。在这片辽阔的大漠之中,只有几口孤零零的水井可以证明,时而会有人经过此地。但这儿居然有人定居,他们的住处也像模像样。那些小屋之间有一片开阔的空地,做工细致的桌椅摆放在华美的地毯上——就算和王宫相比,这些家具和地毯也毫不逊色。

包括费列罗在内的骆驼们都被拴在池水的一侧,商人们把骆驼的缰绳穿在金属钉顶部的圆环里,然后将钉子用力锤进树干,免得骆驼跑进菜园里。商队的人们搭起帐篷,在附近生起营火,阿拉里克觉得多半是出于同样的理由。派罗斯把他的坐骑交给哈尼欧,朝着地毯的中央大步走去。到了那里以后,有个身穿白色长袍,戴着金颈链和王冠的男人走出其中一栋小屋,迎上前来。其他村民——他们的打扮就没那么奢华了——放下菜园的工作,聚集在那个白袍男人身旁。他显然是他们的王子。

阿拉里克看到派罗斯和那位王子热情地行礼和问候,又交谈了几句,然后派罗斯挥手示意他过去。阿拉里克走上前,朝那个穿白袍的男人深鞠一躬。

“这位是我们的吟游诗人,”派罗斯介绍说,“他今晚会为我们表演。”

王子微微一笑。“如果他能让我满意，我会赏赐他的。”他瞥了眼派罗斯，“可你们离开后的那些夜晚怎么办？他会留下来吗？一直留在这里？”

“这就要看他的意愿了。”派罗斯说。

“如果他的技艺真有你说的那么出众，那么我希望他留下来。”

他们再次鞠躬行礼，接着阿拉里克跟着派罗斯回到了地毯的边缘处。商队主人转过身，朝着等在骆驼之间的那些人抬起手。看到他的手势，他们便开始卸下其中二十头骆驼背上的货物。

阿拉里克尾随派罗斯来到最大的那堆营火前，火堆边的人为他们俩倒了茶。派罗斯喝着自己那杯，一边看着人们从骆驼背上卸下一袋袋货物，抬到地毯那边，然后堆在一起。王子依然站在那里，手里拿着粉笔和石板，显然在记录货物的数目。

阿拉里克终于忍不住打破了沉默：“你该不会是在建议我离开商队，独自留在这儿吧？”

派罗斯没有看他。“正如我说的那样，这全看你的意愿。这里生活舒适，只有刮沙尘暴的时候除外。但不管刮多少次沙尘暴，这里的人都能很快重建家园。这儿的食物很不错。我们留在这儿的时候，可以吃到新鲜的山羊肉，还可以带上风干好的继续赶路。我们运来的这些袋子里装满了小麦，可以制作新鲜的面包：分量足够一年有余。对吟游诗人来说，能给这样一位王子唱歌简直是梦寐以求的事。”

“我可不这么认为。”阿拉里克说。

派罗斯微微一笑。“他会赏你金子的。我敢肯定。”

阿拉里克摇了摇头。“我有过金子。太容易招贼。我更喜欢旅行。还是说你已经厌烦我了，亲爱的派罗斯，所以才想像卸下小麦那样丢下我？”

派罗斯转头看着他。“他也许会用那种粉末来留住你。作为出产粉末的那座山洞的主人，他拥有相当充足的私人储备。”

“是吗？那或许我还是别吃他的食物为好。他是靠那种粉末发财的吗？”

“算是他财富的来源之一吧，”派罗斯说，“他们制作的家具在大漠两边都能卖出高价。另外还有盐，”他朝北方指了指。“盐矿离这儿还有段距离，虽然这儿没人会把它具体的方位告诉你。他们把盐装在去年装小麦的麻布袋里，存放在距离这里半天路程的某处。我们会派一队人明天去取，不过我有别的地方要去。如果你不介意干重活的话，也可以跟他们同去。”

“而你，”阿拉里克问，“会去……别的地方。”

派罗斯转头看向王子，后者看着放在自己脚边的最后一袋小麦，正连连点头。派罗斯也点起头来，阿拉里克不知道他是在对王子点头，还是说只是对货物的顺利交接感到满意。“或许你想跟我一起走，”商队主人说，“那样的话，我们四五天后就会回来。”

“带着那种粉末。”这并非疑问句。

派罗斯将双臂交叠在胸前。“在大漠里，人和人更容易相互了解。”

阿拉里克笑了。“无论在哪儿，旅伴都是这样的。”他想起了极北的冻土，那里可以说是另一种沙漠，还有他在那里结识的人。

“你很有勇气，诗人。”派罗斯说。

阿拉里克摇了摇头。“你过奖了，亲爱的派罗斯。我只是好奇心旺盛，而好奇心和勇敢有时很相似。”

派罗斯看向骆驼和营火。“正如我之前所说，我的儿子将会和我同行。他需要有人照看。他喜欢你的歌。或许你的歌能阻止他去追寻那座城市。”

“为什么不把他留下呢？你的手下似乎很擅长照看他。”

“我手里有他需要的粉末，至少足够我们到达目的地，”派罗斯说，

"在我的手下之中,我信得过的只有一个,而他会跟我们同行。"他严肃地看向阿拉里克。"我想我明白你是什么样的人了,吟游诗人。这段旅程不会有什么特别的回报,但我相信你并不在意。"

"能写出一首好歌,对我来说就足够了。"

派罗斯再次点点头。"哈尼欧和我知道该怎么去那儿。沙漠里的地貌可算不上好认,尤其是对新手来说。如果走错了路,你就会彻底迷失方向。"

"我旅行的时候一向小心,很少会迷失方向。"阿拉里克说。他不想用"从不"这个词,尽管事实如此。他头脑中的地图——记录了他到过或是见过的每一个地方——和他的奇特能力相得益彰。"而且我很擅长跟上别人。"

"很好,"派罗斯说,"明天一早,取盐的队伍向北去,而我们往南走。"

"去幻影之城的方向。"

"是的。这也是我儿子愿意同行的原因之一。"

那天晚上,这座村庄热情地款待了他们,商队的众人吃上了新鲜的肉类和蔬菜,阿拉里克的音乐也得到了赞美。王子并没有赏赐他金子,但阿拉里克并不奢望一晚的表演能有多少回报。第二天早上,大部分商队成员与骆驼踏上了取盐之旅,有一位村民充当他们的向导——不过派罗斯告诉阿拉里克,他觉得他的手下肯定能自己找到平时的存放地点。派罗斯、哈尼欧和鲁德骑上自己的坐骑朝南方进发,而阿拉里克和费列罗,还有四头背着充足食物和水的骆驼跟在后面。

到了晚上,他们在和四周同样荒凉的地方扎了营。这儿没有水源,但好在他们带着足够的水,他们泡了茶,吃了早上做的面包,权当午餐。然后,诗人唱起了他新创作的那首关于悲鸣沙丘的歌谣,副歌部分让他的两位旅伴跟着节拍点起了头,但其中并不包括鲁德:他就这么坐在营火旁,望着南方的黑暗,仿佛能够从中看出些什么似的。

第二天，他们再次赶路、扎营、吃喝，阿拉里克在晚上又唱了歌。到了第三天，前方的地面出现了明显的隆起——不是沙丘，而是一排朝着西南方延伸的小山。又前进了半天之后，他们来到了七栋相邻的小屋前方，这些屋子做工精巧，但要比先前那个村落的房屋矮小些。这里有水，但派罗斯提醒他们说，这种水即使煮开也不能喝。靠近之后，阿拉里克发现那水带着令人不安的淡黄色，就连骆驼也对它不屑一顾。

六个男人走出小屋，前来迎接他们。那些人面容憔悴，颧骨高耸，眼眶凹陷发黑，从衣袖中伸出的手瘦骨嶙峋，他们的长袍松垮垮地搭在身体上，似乎在暗示他们从前并没有那么消瘦。他们的首领——个子最高的那位——朝派罗斯深深鞠了一躬，领着他走进一栋小屋，而其他人开始卸下骆驼身上的货物：他们先前把每两只袋子系上一条粗绳索，再把绳索搭在骆驼背上。阿拉里克接过那些羊皮袋，扛到肩上——里面装满了先前那座池塘的水。

那些人将水袋抬到了其中六栋小屋，再把剩下的补给抬去了最靠近公用火坑的那栋小屋里。分配工作结束后不久，派罗斯和高个子男人也结束了谈话，走出屋子。

“采收工作还没结束，”派罗斯告诉他的同伴们，“所以我们明天要在这里待上一整天，直到他们完工。”

哈尼欧点点头。他从村子那边带来了一只活着的小山羊，装在网兜里，一路上横放在自己腿上。此时他用刀子飞快地一划，割断了它的喉咙，然后麻利地剥了皮，取出内脏。他把整只羊架在火上烘烤，那些面容憔悴的人则把内脏丢进一口大锅里烹煮——显然对他们来说，丢掉这些太可惜了。

他们做饭的时候，两个男人从补给小屋中拿出几只空袋子，爬上这座小小村庄前方的小山，身影消失在山坡后。过了一会儿，他们扛着袋子回来了，里面装着某种沉重而又不成形的东西。另外两个人沿着相同的路离开，手里同样拿着空袋子，回来时袋子也同样装得满满的。他们两人一组,轮流进行着这种工作,在此期间,哈尼欧把装满的袋子装到骆驼背上,派罗斯则负责将小屋里装满的袋子搬出来。

就在这时,一直盘腿坐在火坑旁看着烤肉的鲁德站起身来,也爬上山坡,而哈尼欧放下装货的工作,跟了过去。等哈尼欧走出二十来步以后,阿拉里克也跟了上去。他爬到山顶,看到那座幻影之城出现在南方的地平线上,而鲁德正朝那边走去,哈尼欧跟在他身旁。哈尼欧正在说话,阿拉里克听不清内容,但他的语气温和,像是在劝说。最后哈尼欧拉住鲁德的手臂,看起来像是在催促他回去。派罗斯来到阿拉里克身旁,但并没有跟过去的意思。看到鲁德终于转身返回,派罗斯微微颔首,随后便回到营火旁。

那天晚上,阿拉里克唱了一首讲述漫长而危险的寻宝之旅的歌谣。这是他在远方学会的一首老歌,不过眼下显得十分贴切。他割下自己的那份羊肉,发现它十分美味。看到派罗斯那个不起眼的手势以后,他没碰那些气味像是百里香的内脏,派罗斯和哈尼欧也一样。至于鲁德吃没吃,阿拉里克并没有看到。餐后,派罗斯搭起了一顶帐篷,他们几个挤在一起分享体温,以此抵挡沙漠夜晚的凉意。阿拉里克在夜里醒来了一次,发现有人走出了帐篷——不是鲁德,鲁德就睡在他身旁——多半是去解手。他翻了个身,又睡着了。

第二天早上,他们在火坑加热的石头上烤了些面包,就着冷掉的山羊肉吃了早餐。之后,哈尼欧问阿拉里克想不想看他们采收那种粉末,算是满足他的一部分好奇心。

"可以么?"阿拉里克问。

"当然可以,不过其实没什么可看的。"派罗斯说。

听到这话,还在吃早餐的鲁德抬起头来。"我也想看。"

"你以前看过了,"他父亲说,"这次和以前没什么分别。"

"我想看!"鲁德大声地说。他站起身来,丢下吃了一半的肉,转身朝山坡上走去。

派罗斯看向哈尼欧。“跟他一起去,别让他吸太多。”

“我也许会需要人帮忙。”哈尼欧说。

鲁德转过头,看向他父亲。“父亲,你就不想跟来吗?你放心让我离开你的视线吗?”

派罗斯瞥了眼阿拉里克,什么都没说。

“我去吧。”诗人说。他走到鲁德身边,说:“你能不能给我解释一下,‘采收’具体是怎么做的?”

“父亲比我更了解,”鲁德的语气和表情都显得闷闷不乐,“但他害怕那东西。我说得对吗,父亲?”

派罗斯眯起眼睛看着他。“你也应该害怕,”他说,“看看这些采收工人的下场。”他看向阿拉里克,说,“即使没有吸进毒气,他们也没法寿终正寝了。这是多年来接触那种粉末的代价。”

“或许我其实没那么想看。”阿拉里克说着,朝坡下退了一步。

“离洞口远点儿,”派罗斯说,“你就不会有事。洞里散发出的气味足以提醒太过靠近的人。”

“居然有人会害怕气味。”鲁德说。

“那是什么样的气味?”阿拉里克问。

“你不会误以为那是香水或者百里香的。”派罗斯说。

阿拉里克又犹豫了一会儿。但毕竟哈尼欧也会一起去,而且他看起来相当健康。最后,好奇心压倒了顾虑,阿拉里克对鲁德和哈尼欧点点头,然后他们三个爬到了小山上。他们沿着这排小山的山坡向西走了一两百步。在他们的右手边,幻影之城正在南方地平线上摇曳,鲁德会不时转头瞥上一眼,但看起来并不打算去追赶它。阿拉里克觉得,这恐怕是因为哈尼欧正紧紧抓着鲁德的胳膊。有一片水域——或是类似水的东西——在幻影之城外铺展开来,看起来相当真实,但其边缘又不断晃动,就像在拥挤的酒馆里,女招待端着的酒杯里的酒液。

“跟我说说采收的事吧。”阿拉里克说。

鲁德没有回答，最后，哈尼欧开口道："他们会屏住呼吸。除了这点没什么特别的。反正也没有人愿意在那种恶臭里呼吸。"

"他们采收的时候得屏住呼吸？"阿拉里克说。

"没有别的办法，"哈尼欧答道，"经过长时间的练习，他们已经非常擅长闭气了。不够擅长的人做不了这份工作，会死的。"

"这听起来可不是什么好工作，"吟游诗人说，"不是猝死就是早亡。什么样的人会选择这种工作呢？"

"不是他们选择的，"哈尼欧说，"王子下令，他们必须服从。当然了，那种粉末他们想用多少都可以，算是一种补偿吧。"

在看到洞口之前，阿拉里克就闻到了那股气味，而且正如派罗斯所说的那样，那是种强烈的腐臭，像是经过长时间曝晒的动物内脏。他停下了脚步，而哈尼欧和鲁德继续前进，开始沿着南侧的山坡下山。他看到他们转了个弯，消失在一片突出于山壁的岩架之下。过了好一会儿，他朝那个方向又迈出两步，随后又停了下来，顾虑和好奇在他心中交战。不安的感觉逐渐增长，而且无论他告诉过自己多少次，如果哈尼欧觉得不要紧，他也没什么好怕的——但他始终犹豫不决。

接着，有个瘦骨嶙峋的人飞快地爬上山坡，朝他这边走来，他听到哈尼欧大喊着什么，但一个字也听不清。他让到一旁，那人与他擦身而过，朝他们来时的方向走去。

哈尼欧从那片岩架后面探出身子，又喊了一遍，还急切地朝阿拉里克挥手，示意他过去。吟游诗人俯视着朝南的山坡。*究竟发生了什么事，他心想，连哈尼欧和那个人都处理不了？他们为什么会觉得他能帮上忙？*

飞奔的脚步声让他转过身去。派罗斯和剩下的五个人正在这排小山的山脊上飞奔。

"那个蠢孩子做了些什么？"派罗斯大喊道。但他径直从阿拉里克身边跑过，没有等待他的回答。

后面那两人抓住阿拉里克的双臂，拖着他前进，而他脚下打滑，差点和他们一同滚下斜坡。

在岩架下的狭小空间后面，山的坡度几近垂直，仿佛是一道只比成年人略高的墙壁，而在那道“墙壁”上面，有一扇硕大的木门。鲁德几乎就躺在那扇门边，哈尼欧跪在他身旁，就像抱婴儿那样把他抱在怀里。

“发生了什么事?”派罗斯说着，弯腰去察看他的儿子。

一切都发生在几次心跳的时间里：某个采收工人突然推开了木门，暴露出门里漆黑的洞穴，那股腐败的气息奔涌而出，比先前还要强烈十倍。就在阿拉里克屏住呼吸的时候，三个采收工人抓住派罗斯，把他高高举起，丢进门里，而其他人将吟游诗人打倒在地，然后把他也丢了进去。阿拉里克倒在派罗斯身上，一时间喘不过气来。接着那扇木门重重地关上，阳光也随之消失。

在伸手不见五指的黑暗里，阿拉里克抱住了商队主人的身体，仅仅一次心跳的时间过后，他们便一同来到了北方，凉爽而清新的北风将臭气一扫而空。

阿拉里克放开派罗斯，跪起身来，开始咳嗽和大口喘息。空气冰冷，和炎热的沙漠对比鲜明，而他发起抖来，虽然在一年里的这个时候，北方的天气还算温和。他几乎不敢看派罗斯。刚才时间紧迫，所以他不假思索地使用了那种能力。他带过来的究竟是完整的派罗斯，还是说只是一具支离破碎的尸体?

微弱的呻吟声让他转过头去。派罗斯用手肘撑起身体，咳嗽起来。他的身体完好无损，而且不仅如此，他和阿拉里克都躺在一大块平坦的岩石上。阿拉里克这才意识到，他的力量带过来的不仅仅是派罗斯，还有一大块洞穴的岩石地面。而在那块岩石上，躺着一具褪了色的人类骸骨，它的肋骨破碎开裂，四肢的骨头散落四处。阿拉里克猜想，他和派罗斯掉下来的时候，多半是摔在了那具骸骨上。在那些骨头之间，有某种像是细小的水晶，又像是霉菌的东西，呈现出蓝灰色。阿拉里克的一边袖子上也沾着那种蓝灰色的东西。他爬起身来，用另一边的袖子将其擦去，小心地不让它接触自己的皮肤，也避免将其吸入。他能猜到那东西是什么。

派罗斯坐起身来，瞪大眼睛，警惕地打量周围。北方的耐寒野草从他身下的石板蔓延开去，起伏的大地上散布着灌木和矮树，远方更能看到白雪覆盖的山顶。他朝阿拉里克皱起眉："这儿就是死后世界么？"

阿拉里克摇摇头。"不，我们没死。这儿只是北方而已。"

商队主人跪坐起来，爬到石板边缘，双手按在冰凉的泥土上，十指陷入其中。然后他努力站起身。"我们是怎么来到这儿的？"他轻声说着，又看向阿拉里克，"是你带我来的。"

阿拉里克一言不发。

派罗斯的身体转了一整圈。"这儿可真远。"他喃喃地说着，用长袍裹紧自己的身体。接着，他朝阿拉里克深鞠一躬。"大人，您想要什么样的报答？"

阿拉里克猛地吸了口气。这并不是他预想中的反应。如果派罗斯畏惧他巫术般的力量，他还可以理解，毕竟他早就习惯了。可尊敬？"我什么也不要，亲爱的派罗斯，除了你的友谊。"

"我欠你一条命，"派罗斯说，"这笔债可不容易还清。"

阿拉里克摇了摇头。"我救的是我自己。带你一起走并不费力。"

"你完全可以留下我自生自灭。"

"我不是那种人。"阿拉里克说。

派罗斯眯起眼睛。"你真的是人吗？还是说，你其实是个魔法精灵？"

"我是人。"

"可……"

"这是我与生俱来的能力。我一直尽量不在别人面前使用。因为会吓坏他们。”他严肃地看着派罗斯，“可你并不害怕。”

“我这辈子中见识过很多东西，”派罗斯说，“而我发现恐惧一点用都没有。你能带我回去吗？不过别回那个洞里。”

“我可以带你回到那些人的营地里，也可以带你回到池塘边的那座村子，或者是你兄弟的酒馆。”

“甚至是那座洞穴高处的山上？”

“也可以。”

“我必须弄清这件事的幕后主使。而且我不能丢下我的儿子和哈尼欧，如果他们还活着的话。”

“采收工人的数量比我们多。”阿拉里克说。

“是的，”派罗斯说，“但这次我们有出其不意的优势。”他摇摇头，“这肯定不是他们自己的主意。他们的王子不可能指使他们杀我——除非有人已经准备好接管这桩生意，而且开出的价码比我要低。但问题是……究竟是谁？”

“你怀疑是……”

派罗斯的双唇抿成一条线。“那个人跟着我们来到了出产粉末的洞穴，确保这件事能够办成。也是为了杀掉你，免得留下证人。”

“有两个嫌疑人。”阿拉里克轻声道。

“没错，”派罗斯说，“带我回去，诗人。我需要知道真相。”

“我们回到离洞穴稍远的地方，”阿拉里克说，“免得被人看见。”

派罗斯点点头。

“很好，”商队主人说，“到我怀里来吧。”

他们抱在一起，又一次心跳的时间过后，便回到了沙漠里，落在位于洞穴附近的山脊北侧。派罗斯爬到坡顶，从始至终俯着身子。他朝山的那边看了看，然后挥手示意阿拉里克跟上。

标志着洞穴位置的岩架只有十来步远，三个瘦骨嶙峋的男人站在附近。

“你有武器吗?”派罗斯轻声问。

阿拉里克摇摇头。他的确有把刀子,只是装在他的背包里,而他的行李都在那些人的营地里。

“拿上这个。”派罗斯从袖中掏出一把长刀,把刀柄递了过去。

“我不杀人。”吟游诗人喃喃道。

“只要能吓住他们就够了。拿着刀子的幽灵。你觉得他们有面对你的胆量吗?”

阿拉里克接过长刀。派罗斯又从袖中抽出两柄刀来。阿拉里克很想知道他究竟带了多少把武器。

“跟着我,”商队主人说着,跳起身来,越过山坡,朝着另一边跑了下去,一边大喊着:“有杀手!有杀手!”

阿拉里克攥紧刀子,跟在他身后。

那三人抬起头,开始尖叫——刺耳高亢的尖叫,像是狗儿受伤时的哀鸣。他们抱紧彼此,仿佛几个吓坏了的孩子,这时另外三人从岩架那边跑了出来,也开始尖叫。

派罗斯趁机跑到他们面前。“趴下!”他大喊,“像野狗一样趴下,脸贴在地上!把灰尘和砂子撒在头上,向我乞求饶命!”他挥舞着手里的刀,阿拉里克站在他身后几步远处,也挥起手里的刀来,同时在心里祈祷自己的样子足够吓人。

那些采收工人蹲在地上,用颤抖的手指抓着地面,把手里的东西撒在头上,而且从始至终尖叫不止。

“安静!”商队主人大吼道。

尖叫声转为夹杂着咳嗽声的呜咽。

“谁下的命令?”派罗斯质问道。他朝离得最近的那颗脑袋踢了一脚,然后又是一脚。见他没有回答,他便举起刀子,朝那人的肩头砍去,割开了他的衣服和皮肤,鲜血浸湿了长袍。“回答我!”派罗斯喊道。

那人抓住自己的肩膀,呻吟起来。

“你的人，”另一个人说，“是你的人。”

“哈尼欧，”第三个人说，“他说如果我们照他的话做，就可以回到村子里。回到我们的家里！”

“他还说，他们会欢迎我们回去，”第三个人又补充道，“会有别人来采收粉末！”

派罗斯大步走过那些人身旁，而他们完全没有阻止他的打算：他们只是瞪大眼睛看着他。阿拉里克则从远处绕过，同时暗自思索：他们究竟要过多久才能发现他和派罗斯并不是鬼魂？

哈尼欧在岩架下等待着，背靠着挡住洞穴的那扇门。他的手里也有两把锐利的长刀。“这么说有别的路可以出去，”他说，“而且所谓毒气是骗人的。”

派罗斯摇摇头。“你杀了我们。”

“我可不这么认为，”哈尼欧说着，将一块石头踢向派罗斯。它撞上了商队主人长袍下的软靴。“你还是血肉之躯。”

派罗斯皱起眉头。“我儿子在哪儿？”

“他走了，”哈尼欧答道。他用刀尖朝南方一指：“去了他一直想去的地方。”

派罗斯的目光没有离开那个人。“他知道你的计划吗？”

“他当然知道。你以为他喜欢你为他打造的囚笼吗？”

阿拉里克看到派罗斯攥紧了他的刀，以至于指节都发白了。“可我早晚会把生意交给你的，”他说，“而不是给他。”

“早晚，也就是说二十年后，”哈尼欧说，“直到那时为止，我都必须忍受他的疯狂行为。我受够了。我早就受够了。”

派罗斯朝侧面走了几步，直到肩膀靠着石壁为止。“那我们就做个了断吧。”

“二对一。”哈尼欧说。

“七对二，”派罗斯说，“那些家伙是你的人。”

哈尼欧摇摇头。“他们以为你们是幽灵。他们都逃走了。”

派罗斯没有回头，但阿拉里克忍不住回头看了一眼。那些人的确已经不见了。“看起来只剩下我们了。”他说。

派罗斯点点头。“如果他们回来，就提醒我。不要插手，这是哈尼欧和我之间的恩怨。”他朝着哈尼欧迈出一步，“还有多少人是你那边的？”

“所有人，”哈尼欧说，“只要我能独自回去。”他将一把刀举到胸前，另一把贴着身侧。

派罗斯一跃而起，拨开哈尼欧的双刀，两人同时重重地撞上那扇木门，随后一同滚倒在地，缠斗起来。哈尼欧看起来占了上风。阿拉里克发现自己屏住了呼吸。他做好了逃跑的准备，却又犹豫起来。

接着派罗斯推开哈尼欧，蹒跚着站了起来。他左手里的那把刀沾满了血，而哈尼欧的腹部也有颜色相同的污渍晕染开来。派罗斯用哈尼欧的斗篷擦去血迹，将两把刀收回袖中。阿拉里克默不作声地将刀还给了派罗斯，而他也收回袖中。“就让那些村民埋葬他吧，”派罗斯说，“或许他们会让他就这么暴尸荒野。现在，该去找我的儿子了。”他朝着坡上爬去。

阿拉里克跟了上去。“你打算怎么处置他？”他问。

派罗斯来到山顶，转身朝南方眺望，他身旁的阿拉里克也看了过去。幻影之城仍然在那儿，而在城市和他们之间，在苍白的沙漠之上，依稀可以看见一个裹着黑色头巾的微小身影。

“我真想知道，他们给了他多少新采收的粉末，”派罗斯说，“新采收的那些效力更强。他或许看到了大理石高塔和鲜花盛开的花园，而那些在我们看来只是天上的云彩。他甚至可能看到了水上的船，”他深深地吸了口气。“这些都是我当时看到的。那种景象吓坏了我，再也没有碰过那种粉末。”

“我们可以带他回来。”阿拉里克说。

“是啊，”派罗斯说，“但哈尼欧就算不说我也猜得到：那孩子清楚他们的计划。否则他们早就把他跟我们一道丢进岩洞里了。哈尼欧是个谨慎的人。他是个优秀的属下，每件事都会做到万无一失。既然他为了消灭证据而打算杀你，也就肯定不会放过鲁德——如果鲁德不是同谋的话。”

“这可不好说，”阿拉里克说，“哈尼欧撒这个谎，也许只是想让你在决斗时分心。他也许相信那种粉末足以迷惑男孩的心智。”他眯起眼睛，估算着距离。凭借他的特殊能力，这段旅程将会非常轻松，而且如果他能迅速抓住男孩，就能趁着他反应过来之前把他带回来。“派罗斯，”他说，“他是你的儿子。”

派罗斯的轻笑声中带着悔恨。“他是那种粉末的儿子，而我不想再为他打造囚牢了。”他又深吸一口气，转身背对着南方、那座城市和他的儿子。“就让他满足自己的心愿吧。”他开始爬下北侧的山坡，朝那些采收工人的营地走去。

阿拉里克快步跟在他身后。“派罗斯……”

商队主人没有停下脚步。“对你的歌谣来说，这可是个不错的结尾，对吧，诗人？”

“对歌谣来说，的确如此，”阿拉里克说，“但对一个人的生命来说却不是。你希望他只因为被粉末扰乱了心智，就死在那儿吗？”

“如果你去追他，”派罗斯说，“你就得对他负责了。这是你想要的吗？”

阿拉里克用力吞了口口水。“派罗斯……我不能让他死。”

派罗斯摇了摇头。“我并不想把你当做傻瓜，诗人，但你真的就像个傻瓜。”

一眨眼的工夫，阿拉里克就来到了鲁德身后几步远的地方。“鲁德！”他大喊道。

男孩只是转头看了一眼。他似乎对阿拉里克的出现毫不惊讶。

“回去吧，”诗人说，“那儿什么都没有。没有什么城市。”

“你只是受了我父亲的影响，”鲁德说，“他明知道那儿有一座城，但他害怕它，所以拒绝承认它的存在。”

“那只是幻象而已，”阿拉里克说，“是沙漠玩的把戏。我几乎每天都能看到它，但它最终都会消失不见。”

“它不会在我面前消失的。”他加快了脚步，仿佛要在那座城市消失前赶到那儿似的。

阿拉里克停下脚步，让自己和鲁德之间拉开距离。那座城市就在前方，虽然模糊不清，但它就在那儿。派罗斯说那只是幻象，阿拉里克认同了他的说法，但如果它并不只是幻象呢？如果那儿真的有一座城市——或者类似城市的地方——存在呢？如果正确的人其实是鲁德呢？他估算着距离，用他自己独特的方式向前一跃：这一跃的距离相当于一个人在沙漠里步行半天的路程。他回头看去，鲁德已经踪影全无，但那座城仍在遥远的前方。他第二次跃出。然后是第三次，第四次。到了第十一次的时候，城市消失了，但环绕城市的水面仍旧在远方反射着水光。他又跳跃了几次之后，连水面都消失了。

幻象。全都是幻象。在确定了这一点以后，他不禁为自己先前的怀疑感到羞愧——即便那怀疑只持续了很短的时间。他回到了离开时的位置，此时距离鲁德约莫几十步远。他迈开步子，追上了男孩。

“你还在？”鲁德说。

“我会跟你一起走，”阿拉里克说，“等那座城市消失，我们就回去。”

“回去哪儿？”鲁德说，“现在商队是哈尼欧的了，他不希望我出现在那儿，”他瞥了眼阿拉里克。“是啊，我知道我父亲已经死了，你也一样。你只是个幻象，可你就在我面前。为什么我能相信你存在，却不能相信那座城市存在呢？”

阿拉里克不打算回答他的问题。他开口道：“我是来接你回活人的世界去的。回到你叔叔的酒馆去，如果你愿意的话。”

鲁德在长袍的内袋里摸索了一会儿，掏出一只像是装硬币用的皮口袋。但他却把手指伸了进去，等拿出来的时候，上面沾着一小撮灰色的粉末。他伸出舌头舔了个干净。“我现在就在活人的世界，”他说，“那座城市会接纳我的。”

“鲁德……”

男孩把袋子递给阿拉里克。“死人能品尝粉末的滋味吗？”

阿拉里克摇了摇头。

“真可惜，”鲁德说，“城市里有很多粉末。”他系上袋口，塞回袍子里。

“商队那儿也有很多，”阿拉里克说，“跟我回去吧。”说着，他抓住了鲁德的手臂。

鲁德突然停下脚步，盯着那只攥住自己胳膊的手。“你不是什么幻象。”他轻声说。他猛地抽出自己的手臂，推开了诗人。然后他后退几步，从袖子里抽出一把刀来，刺向阿拉里克。

阿拉里克闪向一旁，压抑着传送离开的冲动。

“这么说你还能再死一次。”鲁德说着，冲了过去。

片刻之后，阿拉里克发现自己身在北方。他的脚下是那块平坦的岩石和破碎的人骨。他深吸一口气，跳跃到男孩身后十几步远的地方。“鲁德！”他喊道，“那座城市不欢迎你。它派我来送你离开！”

男孩猛地转过身来。“骗子！”他挥舞着刀子大喊，“它从来都是欢迎我的！”接着他转向南方，继续跋涉起来。

“鲁德！”

这一次男孩没有答话。

“鲁德。”阿拉里克的语气柔和了些。他看着男孩的身影渐渐远去，而幻影之城在他的前方召唤着他，可望而不可即。等到他的身影化作宽阔地平线上的一个小点以后，阿拉里克回到了采收工人的营地。

那儿只有派罗斯一个人，他正在检查捆扎货物的绳索。阿拉里克走过来的时候，他抬起头。“他不肯回来？”

阿拉里克点点头。

“意料之中。”他拍了拍身边那头骆驼的脖子。“现在就出发吧，我们已经离开太久了。”

阿拉里克看了看周围。“那些采收工人呢？”

“都逃跑了，”派罗斯说，“或许回到他们的王子那里去了。他们也许会把我们的事添油加醋地讲述一番——如果他们有那个胆量的话。我猜王子会觉得这都是粉末的作用。也或许他们正在沙漠里等着我们。没关系。反正我们已经不需要他们了。我们这一趟可以带回足够的粉末。而且我敢打赌，到了明年的这个时候，他们早就不记得这些事了。”

“那我们呢？”

“我们回镇子去，继续旅行。带些羊肉走，当做明天的口粮。”

阿拉里克从羊骨上撕下几块肉片，装进原本放面包的袋子里。他将袋子塞进费列罗身侧的网兜里。做完这些的时候，派罗斯已经骑上了自己的骆驼。

“你觉得还有多少人知道哈尼欧的计划？”阿拉里克让费列罗跪在地上，而他爬上鞍座。

“这不重要，”派罗斯说，“他们只会听从活着回去的那个人。”他唇角上扬，但脸上不带丝毫笑意。“你以为我是头一回碰到想杀我的人吗？”

阿拉里克皱起眉头。

“这一行很有赚头，”派罗斯说，“那些人拿到的报酬也很丰厚。但有时候，有些人就是觉得还不够丰厚。在今天之前，哈尼欧一直支持着我。我还以为……好吧，我以为什么并不重要。费列罗在等你呢。”

阿拉里克坐上鞍座，那只骆驼用笨拙和优雅兼而有之的古怪动作站起身来。阿拉里克已经渐渐习惯了她的动作。“你真的不打算管你儿子了吗?”他说,“或许我们两个一起就能劝他回来了。”

“我没有儿子。”派罗斯说。他扯了扯缰绳,骆驼开始缓步朝北方走去。用绳索拴成一列的其余骆驼也陆续迈开步子。他回头望向阿拉里克,招手示意他跟上自己。“不过假以时日,我也许能弥补这个缺憾。”

阿拉里克骑着骆驼,走在这支小小商队的末尾。*派罗斯该不会是在暗示要娶个年轻的新妻子吧*,他不由得想道。

到了第二天,当他们向着北方前进的时候,吟游诗人每次回望,都能看到地平线上的那座幻影之城,它在召唤着他。但他仍然留在派罗斯身边,尽量不去多想那个回应了它的呼唤,却永远无法到达那里的男孩。那首歌谣已经在他脑海里成形,那会是一个打动人心的故事,适合在远离沙漠的地方,在冬日夜晚的火堆边歌唱。他只希望当他唱起这首歌的时候,可以不用再去思索:他究竟该做些什么,才能改变它的结局。

小龙　译

丽莎·图托

丽莎·图托于1972年加入了克拉利翁研讨会,并在选集《克拉利翁Ⅱ》中发表了她的第一部作品。1974年,她赢得了约翰·W.坎贝尔最佳新作家奖。随后,她成为了那个年代最受尊敬的作家之一,1981年,她的《骨笛》一作被评为星云奖最佳短篇小说,然而她拒绝接受这一奖项,至今仍因此而饱受争议。1993年,她的长篇小说《失落的未来》获得了阿瑟·C.克拉克奖提名。她的其他著作还包括与乔治·R.R.马丁合著的《风港》,以及独立写作的《无拘之灵》《加百列》《枕头秘友》《神秘事件》和《银枝禁果》,除此之外还有数本童书,还有非虚构类作品《女主角》以及《女权百科全书》,并担任了《灵魂之皮:女性写作的新恐怖小说》一书的责任编辑。她的诸多短篇小说分别收入《噩梦之巢》《石质太空飞船》《身体记忆:欲望与变形的故事》《幽灵以及他的情人们》和《我的病理学》等选集中。她生于得克萨斯州,于1980年搬迁至英国,现与家人一起生活在苏格兰。

下文讲述了一位正派的、年轻的、十九世纪的淑女,不可思议地充当一位行为古怪的、像是福尔摩斯一样的人物的类似"华生医生"一类的角色,两人必须深入挖掘关于一个既失踪了又没有失踪、既死亡了又没有死亡的女人的神秘事件的故事。

关于亡妻的奇特案件

那张名片就放在大厅里柜子上一个银光闪闪的托盘的正中央。我一进来就看到了它,但得知有委托人前来的激动心情却又带着些微不安,因为我必须要独自接待这位委托人。叶斯珀森先生在哪里?

我们开始厌倦了日复一日地在室内等候着有事情发生,而在那天早上,他离开了,我们并没有约定再见面的时间。我知道我不应该产生这种恼火的情绪——这不是他的错。另一方面,他的离去也给了我一个机会,我可以成为一个和他同等的——甚至地位较高的合伙人。

名片上的名字是"艾尔辛妲·特雷沃斯小姐"。不知道这位女士坐了多久的冷板凳,另外,也许看到出现的是一位女侦探会让她感到不那么愉快。但我最想要知道的还是,这位女士有没有带来一个真正具有挑战性的谜题,这才是我们长久以来渴望的。我在墙上挂着的一面镶金镜框的镜子上照了照,整理了一下仪容,先把从发箍里滑落出来的一绺头发塞到后面去,再整理一下腰带。遗憾的是,我的衣服都已经很旧了,虽然不够时髦,至少足够商务。我又打量了一番,感到自己的外表显得整洁、冷静并且严肃;我只能希望自己能够满足特雷沃斯小姐的期望。

我将名片移到三点钟的位置，表示这个委托人由我来接待。随后我走进了这个同时充当会客室和办公室的房间，令我震惊的是，那里只有一个小女孩在等候着。

她化装成一个成年女子，身穿价值高昂、带有很多蕾丝花边，但却很不合身的粉色丝绸晚装，头戴一顶可笑的宽檐女帽。但她脸上却有着严肃而又痛苦的表情，这也使我确信她来此不是一个玩笑。所以我装作相信了她的伪装，以她期望的对待成年人的方式去对待她。我向这位特雷沃斯小姐做了自我介绍，并因让她等候许久而对她道歉。随后我便问起了她的来意。

“我想让您找到我的姐姐。”

“她的年纪？”

“十七岁零九个月。”

“姓名？”

“艾尔辛妲·特雷沃斯。”

我扬起眉毛。“那不是您的名字吗？”

她的脸腾地一下红了起来。我听到轻微的沙沙声，循声望去，原来她双手紧抓着一个牛皮纸袋，平放在她的大腿上。“不是。我很抱歉。我应当提前说明的……我……我没想到您会问我这个，而我不——我是说，我刚好有一张辛妲的名片，我以为没有关系的——”

“确实没关系，亲爱的小姐。”我柔声说道，“我只是想要了解事实。如果您的姐姐名叫艾尔辛妲，那么您是？”

“我叫费莉希蒂·特雷沃斯。实际上，艾尔辛妲是——曾是——我同父异母的姐姐，但她对我而言更像是母亲。我简直不敢相信她就这样离去了。我从没想到她会离开我。即使现在，事情已经过去一个月了，我还是无法相信。整整一个月！”她的双手扭在一起，牙齿咬住下唇，不再说话了。

我在椅子上稍微挪动了一下身体。“她在一个月之前失踪了？”

“不是失踪。呃，不完全是。但事情确实是在一个月前发生的。那天早上，她……她没有醒来。没有人知道是为什么。完全出乎所有人的意料。她没有生病。她从来都没有生过病。而且她总是显得那么愉快。也许我该说是兴高采烈。她有一个秘密，她知道一件即将会发生的事情，像是某种冒险，但她不肯告诉我到底是怎样的。她说她会向我解释——‘等到事情过去之后’，她是这样说的——但已经太晚了，因为就在那天早上，就在那天早上……”她绝望地摇了摇头，“她没有醒过来。”

我稍稍停顿了一下，然后提示道：“您的姐姐那天晚上去世了？”

她愤怒地盯着我。“她没有死！”

“请原谅。您说她没有醒来……那么后来发生了什么？”

“当然，我们请来了医生，但医生也摸不到她的脉搏。他说肯定是先天性心脏病，就和她母亲的死因一样，尽管我们没有发现她的异常。但医生说她死了，所以我想那一定是真的。就连我都相信了。”

有些人相当善于陈述，而有些人就得一点点地往外挤才行。“您是什么时候发现她没有死的？”

“上个星期，我看到她了。”

“上个……星期？但是她一个月前不是就已经去世了吗？”

她点点头。我发现自己正在按压太阳穴——当我妹妹试着说服我母亲相信一些荒诞的计划时，我母亲就是这么做的。

“那么，在医生说她已经死了之后，而你又再次看到她之前，发生了什么？”

她耸耸肩。“还不就是你能想到的那些。好多人每天哭个不停。我们都非常悲伤。朋友和亲戚们第二天就全到了我们家，带来了许多食物，可是根本没人能吃得下东西。我整夜坐在会客室里陪着她，我在想，她一定能醒过来，她不可能是真的死了。她看起来也不像是死了，就和平时睡着了一样。但不管我怎么抚摸她的双手、呼唤她的名字，她都一直躺在那里,一动不动。到了早上,他们就把她搬走并且埋葬了。”

“她被埋葬了?你确定吗?”

“我并没有亲眼见到,如果你的问题是这个意思的话。他们不允许我参加葬礼。但我父亲去了,他是不会说谎的。我见到了她的坟墓,虽然我的继母不允许我去;辛妲出了这样的事之后,她想要阻止我到公墓那里去。”

“辛妲出了什么事?”

她看起来有些恼火。“我刚才不是说了吗。”

“我的意思是,这与你是否去公墓有什么联系呢?”

“没什么联系。我们继母的思考方式就是这样的。如果这能算是思考的话。在辛妲去世之前的几个月,她每天都要去公墓那里看她母亲的坟墓,所以,也许她就是因此而死的?这太疯狂了。而且如果她坚持不让我去那里,我就不会看到艾尔辛妲了。”

我的心直往下沉。也许有一天,我会发现她的这个故事引人入胜,但不是今天。

“上个星期,你在你的姐姐被埋葬的那个公墓看到了她?”

她用力地点着头。

“我猜她脸上戴着一个面纱?”

“是的!”

“然而,尽管你没有看到她的面容,你仍然能够完全确定她的身份?”

她继续点头。

“她是站在她的坟墓上吗?”

“不是。她站在她母亲的坟墓旁边——那是她经常去的地方。我带了一些花,并且把它们放在她母亲的坟墓上,因为我觉得辛妲会高兴,比我把花放到她的坟墓上还要高兴。”

“你没有想到你看到的可能是鬼魂吗?”

“我当然想到了。所以我才没敢和她说话，也没敢靠近她，因为鬼魂不会让你碰到它们。但是我看到了那个男人，所以我才知道那真的是她。她一定还活着。”

“什么男人？”

“不就是那个把她带走的男人嘛！我不认识他，但我可以给你看看他的长相。”她迅速打开牛皮纸袋，从里面拿出了一个方形的黑皮本子，她将本子翻开并递给了我。

我看到了一张铅笔绘成的肖像，这是一个男人，留着浓密的胡须，长着一双细长的眯缝眼和一个蒜头鼻。这不是一幅旨在美化对象的肖像画，但其中确实存在着生命的火花，这也让我觉得真的存在这样一个人。

“你是依照自己的记忆画出这幅画的吗？”

“老天啊，不，不是我画的！这是艾尔辛妲画的。这是她的本子，她每天都随身携带着。她以前经常给我们看她的画作，可是最近却没有了，而且这个本子上的东西她从来都没给我们看过。我一直都没见过这个本子，直到——直到她离开我们之后。”

“但是，你能确定你看到的就是这个男人吗？”

“就是他。我当时看得特别清楚，就跟我现在看到你一样，距离差不多。这个男人走向艾尔辛妲，对她说道：‘摩尔夫人！’然后又说了些话，但我一点都听不懂——我觉得那根本不是英语——然后他便挽住了她的胳膊，而她也没有反抗。”

她深吸了一口气。“人是不能触碰到鬼魂的。所以，除非那个男人也是一个鬼魂，否则她就一定还活着。我朝着他们追了过去，但就在我快要赶上他们的时候，那个男人转过身来看着我。”她的双手紧紧抱在胸前，几乎瘫倒在椅子上，“他气冲冲地看了我一眼，那眼神别提多恐怖了，我简直没法形容！他开口说话了——他的声音显得柔和、文雅，但那只会使我的感觉更糟——他说：‘走开，小女孩。别来烦我，除非你准备好去死了。’”

她浑身战栗。“所以我逃开了！我真的被他吓坏了。”

“他就是想吓唬你。那么你看到的那个女人对此有何反应？”

“她没有任何反应，就像是在梦游。我想她根本就不知道我在那里。”

“你有没有清楚地看到她？”

“我知道那就是艾尔辛妲。”她固执地说，“那绝对、绝对、绝对就是她！难道就没有哪个人是你特别熟识的，哪怕隔着一段距离、或者在黑暗中、甚至没有互相说话的情况下都能认出来的吗？那就是她，我就是知道。我的姐姐还活着，被那个男人抓住了。”

她的蓝眼睛里含着泪水。“哦，我为什么要逃跑呢！我真是个没用的胆小鬼！我应该跟上他们，看看那个男人要把她带到哪里去，但我却被他给吓住了。”

“那个时候你跑掉是没有错的。”我坚定地说道，“你还只是一个小女孩，而且孤身一人，要对抗一个成年男人，特别是他还说了这种威胁的话，那实在是太危险了。”

“你一定要帮我找到她。求你了，答应我吧，雷恩小姐！”

我感到十分犹豫。她的故事无疑荒谬绝伦，就算她自己坚信不疑，也不能改变这个事实。这一定是她个人的幻想。然而——

“你有没有告诉过其他人？比如说你父亲？”

她点点头，看起来可怜兮兮的。“他认为我被悲伤烧坏了脑子，而且，现在他也认为他妻子说得对，去公墓确实会造成不好的影响，所以他不允许我再去那里了。”她的双肩无力地垂着，“你相信我说的，对不对？我发誓这一切都是真的。你一定要接下这个委托。‘叶斯珀森和雷恩’可能是整个伦敦唯一有能力解决这个委托的事务所了。”

有那么一小会儿，我的思绪飘移开来，开始思索这个女孩是在哪里听说我们这家毫无名气的事务所的。但我没有问，因为这并不重要。

她还是个孩子，她非常悲痛，她不肯接受她的亲人已逝的事实。根本没有什么委托。我正打算这样告诉她，但她又开始说话了。

“还有另一个线索。在本子里。”她朝着还留在我手上的艾尔辛妲的绘画本点了点头，“你往后面翻一下，我姐姐写了几页我看不懂的文字。可能是拉丁文，也可能是其他什么文字。我确定那些是很重要的。”

我找到了她说的东西。这不是拉丁文。尽管我无法从那文字和符号的丛林中理解出任何的含义，但我知道叶斯珀森先生会很高兴地接受挑战；编码和解码对他而言就像是肉食和酒水。另外我也意识到，尽管我不相信我们能找到活着的艾尔辛妲·特雷沃斯，但我已经决定了我们一定要以某种方式帮助她的妹妹。

“我坦白和你说吧，”我说，“我不认为你的姐姐还活着，我也不想鼓励你追寻这种虚假的希望。但是，她的死亡确实有一些令人费解之处，而且这也许与你在公墓见到的那个男人有些关系。我的合伙人叶斯珀森先生应该可以破解你姐姐留下的这些加密的文字，而这张肖像也将有助于我们得知那个男人的身份。在那之后，我们可以再讨论是否需要进行进一步的调查。”

尽管我所说的一切都是在打击她的希望，但她还是满怀期望地向我道了谢。

我又询问了一些相关问题——公墓的位置、做出死亡证明的医师的身份、艾尔辛妲是否有追求者，以及如果我们需要更多信息或者需要报告进展时如何联系到我们年轻的委托人。

“艾尔辛妲绘画本的第一页上有我们家的地址，”她说，“也有电话号码。但是如果我继母发现有些她不认识的人给我写信或者打电话，会起疑心的。——我会再来你们这里。”

“如果你明天下午来的话，你将会见到叶斯珀森先生。”我告诉她。

午后接近黄昏的时候，一名送信人送来了叶斯珀森先生手写的便笺。这是带有我们事务所抬头的便笺纸，是从他所在的俱乐部送来的，告诉叶斯珀森太太和我，他受邀参加晚宴，我们不必等他吃饭了。

在每座私人居所，计划晚餐的菜品和烹饪一般都由女性负责，但在我看来，如果没有男人在家，也就不会有女人费心做什么“像样的饭菜”了。在只有女人的情况下，我们就只会随便找个地方“填饱肚子”，或是站在厨房的桌前、或是裹着毯子在壁炉旁边；至于食物也无非是从食品柜里随便拿出的某样东西，或是享受蒸蛋配面包黄油的“保养茶”，或是一边读书，一边喝茶吃蛋糕，或者吃些苹果、奶酪之类的东西。

我们无须交流就可以达成一致意见：所有的浓汤、牛肉、马铃薯之类的东西都应当留到下一天，而面包和奶酪就足以让我们满意了。

“我们可以吃些苹果馅饼——明天要再做一个也很容易。”叶斯珀森太太说，“我们是在这里吃呢，还是……？”

“如果你不介意的话，”我说，“我想拿一个盘子到我的房间里去。”

“就如你所愿，雷恩小姐。”

我们之间的气氛立即就冷了下来，我不由得对此感到遗憾。“叫我伊迪丝吧。”她曾不止一次地这样说过，但由于我并没有做出相应的回应，她就还得称呼我为“雷恩小姐”。而与此同时，为了避免更进一步的冒犯，我已经不知道该怎样称呼她了。

叶斯珀森太太是一位十分优秀的女性，她能力出众、待人和蔼，并且很聪明。她的智慧或许不像她的儿子那样光芒耀眼，但她绝不是个笨人，而我也应当对她表示出的友好感到感激。尽管她并不了解我，但还是收留了我，并且给我提供私人房间，也从没有要求过或是得到过任何回报。当然，她这样做是为了让她儿子高兴。许多母亲肯定会有这样的经验，为了自己的儿子被迫与一个和自己生活习惯不同的年轻女性共同居住,但我们的情况却又相当不同。

叶斯珀和我聚在一起是由于我们互相之间的欣赏和尊敬,当然也是因为对个人事业的共同观点。但我们合伙开办的侦探事务所目前还没有获得什么利润,因此更像是一个靡费颇多的业余爱好。这一间朝阳的卧室本可以租出去获得租金收益,但现在是免费供我居住,而且我的饮食,甚至包括洗衣费用都是从叶斯珀森太太本人微薄的年金中支出的。

依靠他人从来都不会让我感到开心。我渴望向叶斯珀森先生证明他对我的投资是明智的,然而我却不知道我究竟要过多久才能摆脱这种连生活费都入不敷出的状态。叶斯珀并没有意识到这个问题——对于他来说这根本不是问题。说到底,伊迪丝·叶斯珀森太太是他的母亲,他根本不知道如果没有她在幕后默默支持的话,他应该如何生活。他是个年轻的男人,对自己的才能充满自信——他确信假以时日,他对自己的投资将带来上千倍的回报。

时间正是我现在最需要的。我再次告诫自己:我们合伙开办的侦探事务所现在还只开了六个星期。随后我便开始享用晚餐,并且开始阅读一位勇敢无畏的女性冒险家在拉普兰的冒险故事。

第二天早上,当我来到楼下时,我看到叶斯珀森先生就在我的面前,他坐在办公桌后面,正在紧张地工作着。

“你起得很早啊。”我说道,随后我才看到他的衣领已经垮下来,袖口也沾上了污渍,下巴上还有淡金色的胡楂,“或者是我起晚了?你什么时候进来的?”

他茫然地看了我一眼。“哦,我想大概有几个小时了吧。”

“是什么让你如此全神贯注呢?”

“你以为呢？你不是把这东西留给我来解读的嘛。”我发现他一直都在研究艾尔辛妲绘画本上的密码文字。

“你成功了？”

“这并不太难，但因为我开始工作的时候脑子不是很清楚，走了几条弯路。但当我解开这个密码的时候——这真是一个令人迷惑的故事啊！我简直等不及要听到这桩委托的其余部分了——我猜这其中会牵涉到一些神秘事件，关于这位年轻女士突然的死亡，以及随后遗体消失的事情对吗？”

我吃了一惊，随后缓缓地摇了摇头。“是的，是突然死亡，但遗体已经被埋葬了。过了几周之后，她的妹妹在墓地看到了她，最初她妹妹以为那是一个鬼魂。”我尽可能高效地向他重述了整个故事，并将那张肖像画翻出来给他看了。

他聚精会神地盯着这张肖像看了好一会儿。“我猜这位就是S先生吧。”他站起身来，并将他的笔记递给了我，“你也许想要看看特雷沃斯小姐的笔记，而与此同时，我得去整理一下我的仪表。这件事真的很——古怪。你准备好出门了吗？”

我不确定地点了点头。“是的，但我们要去哪里？”

“当然是去墓地了。”

（以下是叶斯珀·叶斯珀森先生解码的成果）

我唯一想要做的就是与我最爱的母亲再度相会——感受到她的存在，知道她离我很近。当我还是孩子时，每天晚上都要和她说话。后来我学会了背诵向全知全能的上帝祈祷的祷词，然而我却更加渴望着与我亲爱的妈妈一起分享我的希望、我的恐惧和我的种种经历。我一直以为,她会通过托梦的方式来回答我的问题,或是在日常生活中留下隐秘的信息,一些东西可能在其他人看来平平无奇,但只有我能够注意到,并且理解其中隐含的意思。

随着年龄的增长,我失去了对上帝的信仰,然而我却始终坚信,不管我妈妈现在在哪里,她一定还在注视着我。但是,在永远不能确定的情况下,保有坚定的信念是非常困难的。永远不能确定指的是,直到一切都太晚了,我本人也已经死去的时候,我才能够知道这个问题的答案。而在那之前,我与她的对话都只能是单方面的,而且我的恐慌会越来越强:也许我一直以来都只是在自言自语,并没有任何人在听,没有人听到我的问题和困惑。因为在人的生命结束之后,并没有能脱离躯体而单独存在的灵魂。

我不想要相信这个。也许我太聪明、我的思想过于超前,以至于无法寻求个人的慰藉!如果我能相信宗教,让自己沉浸到那温暖的安慰之中该有多好……

然而,我内心中的一部分确实还相信着宗教。我认为自己死去之后,就可以与我的妈妈再见面了。但如果我死去的时候,皮肤皱缩、牙齿掉光,也失去了清醒的头脑,就好像我们偶尔会在教堂的后排座位看到的那个干瘪的老太太,一边自顾自地念叨着什么,还会不时发出大笑声打断仪式……那样的话,我也许都不会认得我的母亲了,她也不会认得我——太可怕了!

我不想要那样。我想要选择我自己的死亡。

我知道我准备做的事情并非毫无风险。我承认自己已经被吓坏了,但既然S先生已经向我展示了他所能做到的事情,我必须亲眼去看一下。

古代埃及人拥有通往死后世界的向导,而居住在喜马拉雅之巅的活佛们也一样——许多文明都认为让生者了解他们死后的生活是很有价值的,但我们这个所谓“开化”的文明却更倾向于认为死亡是只有在生命的终点才能了解的东西。S先生告诉我说，死亡并不是一个有去无回的国度；他本人就曾经经历过死后的世界并且归来，并且不止一次。而且他最终同意将他的知识与我分享。

他是一个奇特的人。我感谢他分享的关于死后生活的知识，他同意帮助我更让我感动，但他让我感到有些不安。有时，当他看着我的时候，我感觉他想要某种东西，而且他希望我知道他想要从我这里得到什么。但就在那时，我刚刚想到他可能是想要和我做爱的时候——他却只是指出了我的年少无知，并建议我略微等候几年再开始这段伟大的冒险旅程。

所以，或许我理解错了他的那些表情。但如果他是想要阻止我的话，那已经太晚了。他已经将我应该要做的事情告诉了我，也向我示范了具体的方法，而我准备今晚就那样做。

如果他知道我将这些文字写了下来——尽管是以如此隐蔽的方式——他一定会气得发疯的，因为我向他承诺过，关于他的存在以及我们将要执行的计划，我一个字都不会对别人提起。而且我确实没有告诉过任何人，尽管我非常想要告诉费莉希蒂。但她还只是个孩子。她可能会去告诉父亲的。

我写下这些是为了说明，我今晚就会死去，但我的死亡不会是——原本也不是——永久的。我并不是一个会做出自杀这种事情的人。我希望我的第二次死亡，也就是真实的那一次，将会在我存活许多、许多年之后到来。第一次死亡就像一次探险，一种让你得知真相的方式。

如果事情的发展并不如我所想，我感到深深的遗憾，但那是我必须承担的风险。费莉希蒂，如果你解开了这段密文，请允许我告诉你我心中满怀着对你的挚爱之情，而且，如果我可以的话，我会在另一个世界继续注视着你，就像我时常能感受到的，我自己的母亲注视着我一样。我希望你能够理解并且原谅我或许过早地前往一个更好的地方。我们一定会再见的。

这个墓地还相当的新——艾尔辛妲的母亲或许正是最初被埋葬在这里的人之一。当我们到达公园树林墓地那毫不起眼的大门前时，我们立刻就发现，这座墓地并不像伦敦的某些更大也更现代化的公墓那样被设计为一个可以让访客在沉思中安静地度过一个小时的旅行目的地，它只是单纯地为了将死者的遗体埋葬在地下而建造的。

我小的时候曾经在本地的教堂院子里玩耍过，我也还记得我们全家到海盖特公墓游览的事，我的伯父、姑妈和祖父都埋葬在那里。我原本以为艾尔辛妲经常去探望的她母亲的坟墓应该是和那些公墓类似的地方，到处林立着表情严肃的天使石像，妇女们身穿复古的褶皱裙，周围则种植着垂柳以及爬满常青藤、让人一望即生出哀思的树木。我原本以为我会看到大墓穴、家族陵墓、雕像、用古怪的字母做装饰的墓碑，以及一切让人寄托哀思、对于特定年龄和性情的女孩极具吸引力的事物。

但这个现代化的公墓尽管名字叫做“公园树林墓地”，却并没有很多树木，也不符合我心目中对公园的定义。我们没有看到哪怕一座雕像或是纪念碑，所有的墓碑都是统一形式、毫无特色。全部坟墓都严格按照网格线形式排布，因此给人带来一种严苛而又功利的印象，让我想起了学校宿舍或是兵营。我们这代人或许会对那些为引起人们心中的哀思，而特意让墓地的装潢充斥着夸张感伤氛围这样的行径表示轻蔑，我们也大可以提出死者根本不介意自己的遗骨被埋在什么样的地方这一见解。但只要一看到公园树林墓地这样的公墓，却会使人不由自主地升起一种尽管组织有序、却又残忍地剥夺了个人自由的未来的感觉，对生者不会有任何的慰藉。在我看来，除非是为了参加葬礼，否则根本不会有人乐意来这种地方，而艾尔辛妲对此地的痴迷就更令人无法索解了。

“我现在知道为什么特拉沃斯小姐的绘图本上没有关于杨柳低垂、被常青藤覆盖的墓碑或是雕像的速写了。”在我们穿行于笔直而又沉闷的小路之间时,叶斯珀森先生说道。

“但这无法解释她为什么要费事把绘图本带到这里来。”

“可以确定的是那位故作神秘的 S 先生不会允许她当面画下他的相貌。”

我赞成这个观点。她一定是凭借着记忆画出他的肖像的。

“我们来看看这里会不会有看门人,看门人可能会认得他的脸。”他说道,于是我们转身准备返回入口处,那里有一座虽小却很整洁的门房。

这个时候,雨水从一直阴暗的天空中那铅灰色的雨云里爆发出来。我们到达入口处的时候并不像我们之前打算的那样装扮成严肃而又哀愁的拜祭者,反而是上气不接下气、头发蓬乱、浑身湿透。

就在叶斯珀森先生的手指刚刚敲到门上时,一个穿着毛呢大衣、动作敏捷的秃头小个子男人把门打开了。他非常热情地请我们进屋里坐,并且不停地为我们被雨淋到而向我们道歉,就好像是因为他的错才会下雨一样。

“女士,请坐到火炉边来,很快就会暖和过来的,身上也不会再潮湿了。”他说着将我引到一把离火炉最近的印花布扶手椅上坐下。这个房间很小,而且里面的椅子显然太多了些。

看门人给我们倒了热茶——他说这是他刚刚煮好的,而且他不会接受我们的拒绝——随后他继续表达着关于天气的歉意,并且向我们保证我们想在这儿待多久都可以。

叶斯珀森设法在我们好客主人滔滔不绝的言语中插了一句话:“我想您一定就是这座墓地的看门人——也许我们该称您为守卫?”

“什么呀,好心的先生,我既是看门人也是守卫,同时我还是打更人、首席园丁、挖墓人、兼职送葬人以及导游,如果需要导游的话。”他骄傲地说,“我是埃里克·贝雷,愿为您效劳。如果您想要知道关于公园树林墓地的任何事情——无论是过去的、现在的还是未来的——都可以尽管来问我。或者,您也许想要带一本我们的简介回去,在闲暇时慢慢阅读?”

“谢谢——您真是太好了——”叶斯珀森喃喃说着,伸出手来想要拿本小册子,但却被墙上的某样东西吸引了注意力。

我顺着他的目光看过去,看到了一排铃铛,每个铃铛的下方都有字母和数字,使我联想到了在一些大型住宅中见过的拉铃召唤佣人的系统,不过我实在想不出这东西在一座墓地里有什么用处。

“如果您想要购买一块墓地的话,我很乐意回答您的问题,但我不负责处理这方面的生意,所以我得把您介绍给——”

“不,不。”叶斯珀森说,“我们来此是受一位年轻女士的委托,当她来这里拜访一座坟墓时——这个说来话长了,我就简单说吧,她丢失了一样物品,而且她确信她曾遇到过的一个男人可能会对她有所帮助。”

贝雷先生看起来并不是非常相信这个随口编出来的说辞,我真希望我们早先能够多花一点时间来为我们将要提出的问题编造借口。“一样物品?什么物品啊?如果有人在这里遗失了物品,我肯定会是第一个发现的,你们可以相信我。我经常巡视整块墓地——”

“我们想与这位先生谈谈,”叶斯珀森干脆放弃了整个编造的故事,而是打开了绘画本,“您认识他吗?”

我们立刻就得知贝雷先生果然认识他。“什么呀,我当然认识他了!不过我觉得斯莫尔先生不会对这张肖像感到满意的——这上面他的样子显得很是阴险,而我可以保证我从没有见过他脸上挂着这样一副表情!”随后他皱起了眉头,用怀疑的目光看着我们,“喂!你们的朋友不会是想说,是斯莫尔先生拿走了她的‘物品’吧?”

“当然不是。”叶斯珀森迅速回答道,“我希望您不要误解我的意思——我无意诋毁这位先生的名誉——但如果我们能够找到他……我们的委托人将会十分感激,而我们作为她的代表……"

出乎我们意料的是,看门人突然咯咯笑了起来。他怀疑的表情消失了,看起来是真的被逗乐了。"那位年轻女士想要再见到斯莫尔先生,我就知道!是的,我不应该感到惊讶!她是不是把手绢掉在他的面前,想要引诱他?哦啦!这种事情我以前见过好多次了……"他摇了摇头,然后又摆出严肃的表情,"我看您最好告诉您那位年轻的朋友,斯莫尔先生已经结了婚,而且生活得很幸福。"

叶斯珀森皱起了眉,摇了摇头。"从这张肖像上来看,他并不像是一个对女性很有吸引力的人。斯莫尔先生经常来这块墓地吗?"

"什么呀,我得说他真的经常来!他是我的老板!他是这块墓地的创始人之一,也是主要股东,更不用说他还是一位久负盛名、备受尊敬的殡仪业者,也是本地社区的重要一员。"他在座位上挪动了一下身体,从桌子上的一叠名片中拿出了一张,并且——因为叶斯珀森正用两只手拿着绘画本——把名片递给了我。

斯莫尔与斯尼格

1879 年始创的优质殡仪业者

西德纳姆,高街 121 号

我记起费莉希蒂说过,她在墓地见到过的那个男人将她的姐姐称呼为"摩尔夫人"——当我明白过来的时候,不禁浑身打了个冷战。

斯莫尔夫人。

我几乎还没明白自己在做什么就已经站了起来。"我们得离开这儿,"我说,"马上。"

我的搭档没有对我的急切提出疑问。他与我想到了同样的问题,但他还是设法保持着礼貌的态度,对贝雷先生道了谢,而与此同时我早已冲出到门外的大雨中,艾尔辛妲可能遭遇到的命运在我的内心灼烧着。

但我又能做什么呢?我完全不知道该到哪里去找她。我的步伐时快时慢,脑子里一团混乱,衣服也逐渐被打湿了,直到叶斯珀森叫到了一辆出租马车,用他那双柔和而又坚定的手将我拉到了车厢里。"*Courage, ma brave.*"他在我耳边低语道,不知为什么,我就像闻到了嗅盐一样一下子清醒过来了。

"咱们不能让斯莫尔知道咱们在调查他。"我说,"我会假装成……有一位年老的远亲即将过世,去找他咨询一下殡葬服务。也许——我不知道——也许我能得知他的住址。而与此同时,我认为你需要继续观察,当他离开时就跟上去。看看他到了吃晚餐的时间或者是晚上是否会回家——或者去其他什么地方。这主意怎么样?"

"听起来还比较合理。"

前往高街上的那家殡仪馆只花费了五分多钟。我们本可以轻松步行到那里并且省下车费,然而现在的雨是越下越大,我想假如身上只有一点潮湿,总比浑身湿答答的不舒服要好得多。将车费付给车夫之后,我的搭档就迅速走到一旁等待我下车。

当我推开门时,心跳还是有点快,令我感到不太舒适。我走进去的同时,门铃便响了起来,立即,一个可以形容为高亢而又甜美的声音对我表示了欢迎。

"欢迎光临。请进来吧,亲爱的,我能为你做点什么?"

一个女人走过来迎接我,她伸出双臂,就像是准备好了要接受我身上的沉重负担。她的年纪大概在三十岁出头,穿着端庄的紫色丝绸套裙,棕色的头发打理得很整洁,面貌虽然不甚美丽,但却有着一双动人的黑色双眸。

"我想和斯莫尔先生谈谈,如果您不介意的话。"

她收回双手(因为我既没有扑入她的怀抱,也没有和她握手),脸上露出遗憾的表情并且摇了摇头。"我很抱歉,他今天不能接受任何的私人咨询——明天也不行。我们的斯莫尔先生工作非常繁忙！也许我也可以帮助您？我是希雅钦斯·斯尼格小姐,我的父亲是埃德加·斯尼格先生,遗憾的是他现在也不能接待您,但您对此用不着有一丁点儿的担心。对于我们生意的所有方面我都非常了解,可以回答任何的问题,并且有资格给予您相应的建议。您请坐好吗?"她朝着一张铺着暗红色长毛绒的小扶手椅打了个手势。

"不用了,谢谢。您真是太客气了,但我还是想要和斯莫尔先生谈。"

她脸上那种完美而又专业的悲伤表情开始变化了,露出了一些更为真实的情感。"也许您还没有明白。我不是一位接待员,而是这家公司的全职合伙人,我从事这一行已经有十多年了。"

"亲爱的斯尼格小姐!"现在我有点恼火了——不过是对我自己,"您误会了。我绝没有不尊重您的意思。如果我想要安排一场葬礼,或者咨询相关的事宜,我一定会非常乐意接受您的帮助的。"

她双眉微皱。"您来这儿不是为了讨论葬礼安排的事情吗?"

我咬住了自己的下唇。"不完全是。我是说……整件事情既复杂,又相当急迫。我真的一定要跟斯莫尔先生谈谈才行。关于这件事,他是唯一一个能帮助我的人。我不介意多等一会儿。只要他肯见我,给我几分钟的时间我就可以解释清楚了。"

她摸了摸下巴。"如果您在几分钟之内可以跟斯莫尔先生解释清楚,那么您花上同样的时间也可以跟我解释清楚。我不是个反应迟钝的人,而且如果真的是与我的专业有关系的话,我应该可以帮上忙的。"

临时编故事从来都不是我的强项。我不得不保持着沉默,然而我却能感受到她的情绪越来越差,并且是完全针对我的。她一定是认为,作为一个女性,我不肯与同样是女性的她讨论问题,而一定要找一位男性去谈葬礼安排事宜是对自身性别的不尊重。我真希望我刚才没有直截了当地和她说我来此不是为了安排葬礼的，但我现在却想不出解决的办法了。

“我想找斯莫尔先生谈的是私人的事情。”我说。

她的目光闪烁了一下。“是吗？那您更应该在工作时间以外去找他——为什么不到他家里去拜访呢？或者给他写信也可以啊？”

“我不知道他的家庭住址。”

“您当然不会指望我会告诉您吧。”

“您如果乐意的话就太好了。”

她从鼻子里哼了一声——我这么说她肯定不会高兴，尽管如此，这确实准确地形容了她的动作。“我不会做任何可能会增强您的虚假期望的事情。您不是第一个幻想着自己与斯莫尔先生有着‘私人事情’的女性。”

“我不知道您在说什么。”我说着，竭力摆出最为冷酷的眼神望着她。

“哦，我相信您知道的……小姐？”

因为我没有回答，她嗤笑了一声。“您还是‘小姐’吧，我想？”

“您可真够能猜的。”我仍然以冷淡的语气回答道，“如果我让您误会了，我表示道歉。那绝非我的本意。我来此是为了与斯莫尔先生单独谈谈关于他妻子的事情。”

我看得出来这话让她吃了一惊。“他妻子？”

“是的。”这很明显是个关键线索，但我却想不出其他什么东西了，“您与斯莫尔先生很熟悉吗？”

“当然了。”她挺直了身子，“我告诉过您，我和他在这家公司里已经共事了超过十年的时间，我们的家人之间也都是朋友。我认识他家的两位女士。”

天知道我脸上露出的惊讶表情使她想到了些什么，但她连忙解释道：“当然，我是指阿尔伯特先生的母亲和他的妻子。”

“我猜他是最近才结婚的对吗?”

她皱起眉头。“您为什么会这么想?斯莫尔先生结婚已经有十几年了。如果您说您认识他妻子……”

看得出来我一点都没有赢得她的信任。“我没说过我认识他妻子。我说的是,我想要与斯莫尔先生谈的事情与他妻子有关——然而,我也有可能是错的,因为我此前并不知道他家里还有另外一位斯莫尔夫人;我接受的一桩想要找到‘斯莫尔夫人’的委托也可能是要找他母亲。其实我这次来是代表特雷沃斯家的。您可能还记得最近的一次葬礼——”

“哦,那位可怜的年轻姑娘!我当然记得。我怎么会忘记呢?她是那么年轻,那么漂亮,但她却如此突然、如此令人费解地死去了!太可怕了,太令人悲哀了!”她的眼睛湿润了,整个人的态度又恢复成我刚见到她时那种柔和、充满同情心的感觉,“但她的家人又怎么会和斯莫尔夫人有什么关系呢?”

“我想是他们在这里,或者在葬礼上见到了她。”

“哦,不,那是不可能的。两位斯莫尔夫人都与我们的生意没什么关系。”

“也许是偶然间见到的……”

“不会。这其中一定有什么误会。也许,尽管我已经相当清楚地进行了自我介绍,但仍有人把我错认为了斯莫尔夫人?如果您可以将有关的情况告诉我,那么我就能……”

“没有什么误会。如果她不在葬礼的现场,那么特雷沃斯夫人可能是在其他什么地方见到了她——”

“绝对不可能。”

我们怒气冲冲地对视着。我说:“您如此确定倒是令我印象深刻。”

“斯莫尔先生从不在他的家里接待访客或者生意上的客人。他母亲和他妻子的身体都很差，最近几年基本上都不再出门了。而且她们也从不接待客人。所以，特雷沃斯夫人不可能见过她们两位之中的任何一位，除非她是一位医生或者牧师。”

我想这个时候我应该后退一步。“请原谅。也许她所说的人就是您。您真诚的服务深深地打动了她……”我看到她的表情有所缓和，于是又再进一步，“但为了完成我接受的委托，我一定要和斯莫尔先生谈一谈。我是否可以在今天的晚些时候再来拜访？或者也许他今天都不会来?”

我能看得出她所接受的训练和商业冲动——也许还有想到了斯莫尔先生会怎么说——正与她想要将我赶走的欲望战斗着。“他一般会在回家吃晚——午餐前到这里来一下。大概在十二点半到一点钟之间。”

我虚情假意地对她表示了感谢，并告诉她我会再来拜访。“您能否请他稍微等我一会儿？至少等到一点整?”

我想到还有另外一种方法可能能够得知斯莫尔先生的住址。当我出了门见到叶斯珀森先生后，我提议我们可以到最近的邮局去查询本地的地址簿。斯莫尔是个非常罕见的姓氏，我们应当不会被误导。确实如此，除了作为公司登记在册的“斯莫尔和斯尼格丧葬服务”之外，本地地址簿里只有一位姓斯莫尔的人：阿尔伯特 · E. 斯莫尔。叶斯珀森略微看了看地图，马上就认出他的住址恰好位于殡仪公司和墓地中间的地方。

我看了看墙上挂着的钟。“在他可能回家之前，我们还有两个小时。”我说，“还好雨已经停了。”

我们迈着轻快的脚步出发了。我对这个区域并不熟悉，但我知道叶斯珀森的方向感和他的记忆力都是值得信任的：即使只是略微瞥了一眼地图，他也能够在自己的脑子里把剩下的部分补全。

尽管我知道在亲眼见到她被囚禁的地方之前去思考如何拯救她的

计划是毫无意义的，但我仍然不禁开始推测她现在所处的形势。他是不是把她关在了一个阁楼里？还是会容许她获得短暂而有限的自由活动空间？他的母亲和妻子是否知道她的存在？他是否将她当作一个仆人使用？或者是担任那两位行动不便者的看护人？又或者，就像他所提过的那样，他将她视为他的妻子？妻子、奴隶和囚犯——不幸的是，这些词语之间并不是完全互斥的关系。

"她甚至有可能是自愿被囚禁的。"叶斯珀森说。

他的话让我浑身战栗，我不得不表示反对。"你看过她画的他的肖像了——在你看来那像是给爱人画的吗？"

"我倒不这么认为，但这与贝雷先生——还有斯尼格小姐的评价相符合。一定会有某种类型的女性会发现他是不可抗拒的。"

"艾尔辛妲不会这样的！你也读过她留下的记录——她想到他可能是想要和她做爱都觉得厌恶。"

"那么你觉得她写下那些是为了要说服谁？她自己吗？但是无论如何，我们不能先吵起来。我只是希望你记住这一点：那位女士可能不会感谢我们，甚至还有可能拒绝我们的搭救。"

我明白他的意思。对于人们以爱之名做下的那些事情，我并非一无所知。心灵有自己的逻辑，以及诸如此类的话。就算特雷沃斯小姐的心灵尚未臣服于绑架者，她仍有可能像从前的许多人一样，选择留下来继续承受绑架者的折磨，而不是回到自己家中，并发现自己遭到了人们的厌恶——在世人看来，女性则像是柔软的水果，受过如此遭遇的女性就像是腐烂而被丢弃的水果。"但我们还是一定要给她一个机会。"

"当然。"

我挽住了他的手臂，一起走着，与此同时我一直在喃喃说着自己关于这场绑架的想法。很显然，特雷沃斯小姐是按照自己的意愿喝下某种药水，但他又是如何能够确定自己能从她的葬礼上把她偷出来呢？他是否有同谋呢？也许是那位签下了死亡证明的医生？或者是某些受到信任的雇员，可以帮助他用一个空的棺材替换装着特雷沃斯小姐的棺材，以保证她不会被活埋……

“她当然就是被活埋的。”叶斯珀森说。

我哆嗦了一下，手指紧紧抓住他的胳膊。他低头看着我的脸，显得很是吃惊。“你一定注意到了贝雷的房间里那个拉铃系统吧？”

“我以为……那些可能是提醒他有人入侵的警报系统。也许是防止有人来盗窃尸体的吧？”

“就算有人来盗尸，那么死人又怎么能拉铃召唤保护者呢？我承认，我一开始也没有想明白，直到后来我读到了贝雷先生给我的简介。”他将他认为特别有启发的一段话读了出来：

“‘安全棺材，由斯莫尔先生专门设计（专利申请中），只要付出一笔相当优惠的附加费用即可使用。内建警报系统，一旦发生被埋葬者并未真正死亡的不幸事件，则当被埋葬者恢复清醒时，可立即呼叫在岗警卫（日夜均有人值班）。为这一特殊情况考虑，此种棺材设计为可使其中的人舒适安全地居住，有充分的空气流通可供人呼吸直至棺材被重新挖掘出来，而挖掘活动将会尽快进行，从而尽可能减少不适，同时消除所有的担忧。’”

“我的老天啊！”我低语着，感到自己的双膝一阵酸软无力。我极力强迫自己不要大口地喘息。

他抓住了我的胳膊。“我们可以期望她在整个过程中一直处于无意识状态，并没有产生恐慌的情绪。斯莫尔本来就知道她没有死，所以他也没有理由等着她拉铃再去把她挖出来……当然，除非他只是想要测试一下他的警报系统……原谅我。”他似乎悔悟过来了，“啊，我们到了。”

我们现在正站在一条安静的街道上，这条街道很长，呈弧形弯曲着，所有的房屋都离路边很远，前院都是各家自己的花园。

“是哪一幢房子？”

“我想就是那边那一幢了。你能看到那个门柱上的号码吗？底下都是金链花的那一个？”

尽管我不知道金链花是什么，但我确实看到了那个下面长满了灌木的门柱，当我们走近的时候，原本被树叶所遮挡着的 14 这个数字便显露出来。

叶斯珀森先生推开院门，催促着我走进去，并且示意我应当走在前面，于是我率先走上了通向房屋前门的狭窄小道。我的脑海里几乎是一片空白。走到屋门前，我侧身让了一下，我的搭档敲了敲门。等了一小会儿，又再次敲门。时间一秒一秒地过去，我能感受到焦急与失落的感受在我的身体里到处乱窜着。我们听不到屋子里有任何的声音，连最轻微的移动、脚步声，或是内部的屋门轻轻关上的声音都没有。然而尽管整个房屋是如此地沉静，我们却本能地认定，这不是一间空房子。

理所当然，门是锁着的。

叶斯珀森伸手摸向自己夹克衫的里袋，随后停了下来，开始观察门附近的区域。我顺着他的日光，先是看向门楣，然后又观察了平平无奇的脚垫，再然后是门右侧的一个红色陶土花盆里的一株令人厌恶的植物，可能是某种柑橘类的树木。叶斯珀森走了过去，弯腰搬起了那个陶土花盆，摸了摸花盆下面，脸上露出满意的笑容。他的手里多出了一把钥匙。

这把钥匙很大，样式古朴，是那种在门的正反两面都可以用的设计，若是从门外面用，门就只能从外面打开，反过来也是一样。叶斯珀森将钥匙插进锁孔里并转动起来，我听到了锁芯跳动的声音，很快，门便打开了。没过多久，我们两人便站在黑暗的门厅里，这里天花板很高，墙壁上贴着暗绿色的墙纸，前面有一道楼梯，两边的墙上开着几道门，虽然光线比较暗，但可以看得出这些门无一例外都是关着的。

“斯莫尔夫人！”我的搭档叫道，几乎把我吓得跳了起来。他的声音是那么响亮，让我甚至觉得这似乎比不请自来的行为更冒昧。“斯莫尔夫人？请不要过于紧张。我们对您没有恶意。我希望您不会介意我们自行插手的事情。”

当他停下来的时候，我屏住了呼吸，这时，我听见了什么声音。我和他对视了一下，意识到他同样也听到了。那声音非常微弱，听不出来到底是什么，但能够分辨出它来自于右边那扇门后面。

当我们打开那扇门之后，我们看到房间里有好多个女人：她们全都坐在椅子上，没有丝毫的声音和动作，就像和人一样大的玩具娃娃。

“请原谅。”叶斯珀森说道，但他的话语就像落入深渊的石头一样没有引起任何反应，因此他停了下来。

房间中总共有六个女子，她们围坐在房间里，就像宗教修会或者是缝纫妇女会中的成员，却突然间被一个类似睡美人童话里的那种魔法给定住了身一样。当然她们也可能是睡着了，但她们的眼睛都睁得很大，而且我猜测应该是没有在看什么。我能看得出她们都活着，不是蜡像，也不是尸体，因为她们正在缓慢而微弱地呼吸着，眼睛也会不时地眨动。

我们一言不发地在这安静的房间中走了几步，动作非常轻柔，就好像更为剧烈的动作会打破这种非自然的沉静一样。通过对那些妇女的进一步观察，我发现她们各不相同，而不是第一印象中那种一模一样的玩具娃娃。她们身上穿着式样简单但却制作精良的同款丝绸睡袍，然而颜色上却有些微的区别，而她们的发色也是一样，基本上都是和老鼠毛皮一样的颜色，或是棕色，或是米色，或是灰色。她们的脸初看起来很是相似，然而那主要是由于她们的脸上都完全没有表情，就像是戴着同样一副面具。也是出于同样的原因，我无法判断她们之中的任何一个究竟是美丽还是平庸。

不过这其中有两个女人与其他几个有着明显的区别：一个是因为她明显比其他的女人都要更老，她的头发已经白了，还有微微的驼背；而另外一个则非常年轻，并有一头耀眼的金发。

这一定就是艾尔辛妲了，我想道，于是我忍不住大声叫出了她的名字。

她的反应虽然缓慢，但却不可能错认。她的头朝我的方向转了过来。

我感到我身边的叶斯珀森先生的身体变得僵硬了。我大口喘息起来。"艾尔辛妲？你能听到吗？"

她的眼睛里没有任何的神采，似乎在注视着自己的内心。她并没有任何进一步的动作。

"我怀疑我们并不掌握唤醒她们的咒语，不过另一方面，我们也许只需要引起她们的注意就行了。"叶斯珀森说。接下来，他以平常谈话的语气继续说道，"亲爱的女士们，如果你们乐意向我们解释你们这种极富技巧性、然而却令人困惑的'活人画'，我们将不胜感激。"

"当然，这绝不是圣经中有记载的事物，也不是广为人们所知的历史上曾有过的东西。"我说，"也许这是——女性圣经学习小组？或者，哦，不——我想到了。这是一个现代的、卫理公会教派式的、英格兰的后宫，她们正在等待她们的主人回来。"一开始这不过是个笑话，但随后我便注意到房间中有一张未被占据的椅子：那是一张很大的皮革扶手椅，看起来比较破旧，但感觉坐上去会很舒适。人们一定会立即想到，这张椅子是留给这个小而温顺的部落那唯一的族长的。

"我倒是希望这幅'活人画'能够更有活力一点。"叶斯珀森说道，"来啊，来啊，女士们！你们要履行你们的职责。向客人们展示出你们好客的一面吧。"

"他对她们做了什么？"我喃喃说着，拉起了艾尔辛妲的一只手。她的手很凉，摸起来就像是死鱼一样软弱无力，并且不管我怎么揉搓、怎么用力挤压，她都毫无反应。我摸不到她的脉搏，因此在尝试了几秒钟之后，我又把那只手放回到她的大腿上面。"什么样的药剂能够使人进入这样的状态？"

我的搭档摇了摇头。“在我看来，这些人更像是被催眠了，很可能还用了一些药剂强化效果。”

“药剂的效果应该会逐渐消退的。我们应该怎样解除她们的催眠状态呢？”

“恐怕只有斯莫尔才能做到这一点了。”

就在他说出那个名字的时候，我感到整个房间里似乎传来一阵轻微的战栗。这使我想到了一个主意，于是我大声说道：“斯莫尔夫人！”

在那一瞬间，并没有发生什么。在我看来，我的话说出口之后，到她们作出反应之前存在着迟滞，就好像声音传播的速度变慢了，被迫通过某种远比空气更密集的媒介，而听者又必须将我的语音分成一个个音节，然后再结合在一起，最后将它们从一种语言翻译成另一种语言。过了两到三秒钟，我甚至已经不再抱有希望的时候，有五个女人将她们的头转向我这一边，就像苍白而盲目的向日葵——她们五个都做出了像是被叫到名字的反应，她们全都是“斯莫尔夫人”——全都是，除了艾尔辛妲。

气氛变得非常古怪。在那些女人毫无生气的凝视之下，我想到那个男人所拥有的这种魔力，不由得感到一阵恐慌。

“斯莫尔夫人，如果您能听到的话，请站起来。”

什么都没有发生，虽然我们等待了整整一分钟的时间。

我与我的朋友用眼神交流了一下：也许一个男人的声音会起到更好的效果？“斯莫尔夫人，”他有意用低沉的声音说道，“斯莫尔夫人，如果您能听到的话，请点点头。”

她们全都一动不动。

“也许有一个关键词可以让她们脱离催眠状态。也有可能他训练她们只对他的声音作出反应。”

我觉得这个说法非常有可能是真的。可以确定的是，如果他真有能力收集这样的后宫，那么除非他疯了，他就绝对不会让其他人有控制这些女人的机会。

然而另一方面,艾尔辛妲并没有对"斯莫尔夫人"这个词做出任何反应。因此我又试了一次:

"艾尔辛妲。请站起来。"

我屏住了呼吸。她真的站起来了。

叶斯珀森和我对视了一眼,我知道我们想到了同样一件事,那就是现在没有任何人或者事物可以阻止我们带着艾尔辛妲离开。一旦离开了斯莫尔的控制,不会再遭到药剂的毒害,她或许就能恢复正常;如果事情未能如此发展,至少也会有专业的医生或者催眠方面的专家。

但我们没办法让其他人跟着我们走,而且我们知道斯莫尔可能很快就要回来了,我们怎能把她们丢在这里?这是一个两难的困境。

"带她到高尔街去。"叶斯珀森以命令的语气说道。

"你不能一个人留在这里。"

"我不仅能那么做,而且我正要那么做。"他冷淡地说道,头朝我们沉默的听众轻轻歪着。

"我不会允许你那么做的。"

他瞪着我,又像是感到受了冒犯,又像是感到好笑。"那么你准备如何阻止我呢,雷恩小姐?你会拽着我的耳朵把我拉走吗?"

"求你了,"我盯着他的眼睛,希望他能真正明白我的意思,"那实在太危险了——"

"你觉得一个中年的殡仪业者会给我带来威胁?对我有点信心吧。对女人而言他可能很危险,但是——"

我意识到自己冒犯了他的尊严,于是试着解释道:"他本身并没有什么可怕的,而且你当然也不会惧怕几个弱不禁风的女性,但你要想到他有可能会使用一个咒语,将这些女人变成迈那德斯[①]。不知道恐惧

① 希腊神话中酒神狄俄尼索斯的女祭司,在祭典举行时会变成狂暴状态。

的人什么事都做得出来，而且如果他已经将自己当作了这些女人的神——”

我看到了他脸上那种既不耐烦又有些困惑的表情，就明白他并没有理解我脑海里出现的那幅画面：这些穿着端庄的沉默女士们变成了号叫着、浑身是血的怪物，用她们的双手将一个人的肉体撕裂并大口吞咽他的血肉。

“亲爱的雷恩小姐，”他柔声说道，“相信我。我们不能抛弃——”

“如果你准备留下来的话，我会直接走到警察局去报警。”

一把椅子发出的嘎吱声和丝绸裙子互相摩擦发出的沙沙声使我转过头来，刚好看到其中一座沉默的雕像已经恢复了生命。那是一位穿着棕色套裙的女性，她正弯下腰，对着她旁边穿着灰色套裙的同伴说着什么，因为她的声音太低，我没有能听清楚。

“斯莫尔夫人？”那个女人站直了身体。她不再是一具毫无生气的雕像，而是变成了一个看起来很不友好的人，她的黑色眼睛里充满怒气，长着一个强壮的下颌，双颧突出。两绺棕色的卷发在她的耳边蜷曲着——这是一种充满少女气息的打扮，但尽管如此，我还是能够看出她早已芳华不再了。

“你们是什么人？”她问道，“你们侵入这里意欲何为？你们怎么敢这么做？”尽管她会愤怒是理所当然，但她却将声音压得很低，双眼则不停地来回注视着叶斯珀森先生和我。

“请您原谅，”叶斯珀森先生毫无诚意地说道：“然而，在敲门数次而没有得到回应的情况下，我感到我们已经没有别的选择——”

她耳边的小发卷颤动起来。“你们破门而入了？”

“绝非如此。”他将那把钥匙掏了出来，她震惊地瞪大了眼睛。

“但是——怎么会——哪里——”

“你觉得会是从哪里拿到的呢？当然是在斯莫尔先生听说我们很关注特雷沃斯小姐的时候——”

“特雷沃斯小姐是谁?”

叶斯珀森先生朝那位年轻的女士示意了一下。艾尔辛妲没有做出什么反应,好像并没有听到他们正在谈论她。她的双眼仍旧朝我这边看着。

斯莫尔夫人发出轻微的嘘声表示不满,随后冷酷地说道,“这位年轻的女士与你们没有任何关系。”

“但她与我们有关系。她的家人想让她回家。”

“这里就是她的家。我们就是她的家人。”

他怀疑地扬起眉毛。“如果这话是这位女士本人说的,我倒更有可能会相信。”

“她不能与你说话。”

“我看出来了。但是谁在阻止她呢?”

“这不符合斯莫尔先生的意愿。”

“我想斯莫尔先生肯定也不愿意被捕,并且遭到非法囚禁以及其他一些罪行的指控吧。”

“你敢威胁……”她的声音非常低沉,几乎像是在低语。她的嘴唇几乎要绷成一条细线了。

“正是。”叶斯珀森的声音听起来很是愉快,“同时他还有可能面临重婚罪的指控,尽管我怀疑他的大多数婚姻在这间屋子之外的任何地方都不会获得认可。俗话说,一个英国人的房子就是他的城堡,但即使是在他自己的家里进行的,某些行为也必然要受到惩罚。话说回来,你为什么要维护他呢?你不得不与其他女人分享同一个丈夫;而这些女人又是他从她们的家庭中偷窃出来,强迫她们屈从——”

她苍白的脸庞涌起一阵红晕。“你怎么敢这样说!斯莫尔先生是一个好人,一个完美的绅士。他绝不会对女人使用暴力——他从没有强迫我们之中的任何一个人做出不符合我们意愿的事。”

“你是说她们都是自愿这样的?”他朝着那些不言不动的女人打了

个手势。

“你不了解我们。这是为了她们好。可以让她们更加愉快地度过每一天。”

“让她们服用致幻剂,然后做白日梦?是的,我敢说鸦片馆里的常客也会得出如此的结论。但为什么,作为你口中的那位‘完美绅士’的妻子,你们的生命会需要这样流逝呢?”

在他说话的同时,我感到越来越紧张了。我们在这里有多长时间了?如果斯莫尔听说有些人在打听他妻子的事,从而产生了怀疑,甚至可能现在正在往回赶,那我们应该怎么办?

我看着那个神情焦虑的小个子女人——我自己的身材并不高大,但她比我还要小巧——说道:“你所说的关于那个男人和你本人的生活或许是你们自己的选择,但我们来此是为了找到特雷沃斯小姐,并且带她回家。”

“这里没有什么小姐——”

“艾尔辛妲,”我突然说道,并且把她拉到了我的旁边。让她自己行动要花费的时间太长了,因此我再次转向那个怒气冲冲的女人:

“你能把她叫醒吗?”

“我为什么要那么做?”

“如果她想要留下来,就让她亲口告诉我们,我们会马上离开。”

她瞪着我。“你们愿意不带走她?”

“当然。我们不会违背她的意愿。”不过我自己也不确定这话是不是真的。

叶斯珀森先生说道:“我可以向你保证,如果这位年轻的女士亲口告诉我们她乐意留在这里,我们就会让她留下来。否则的话,我们就要将她带到她想去的地方。”

“并且让她传播关于我们丈夫的谎言吗?不。她会给我们带来太多的麻烦。”她转过身,开始在嘴里念叨着什么,一个一个地让那些被催眠了的人清醒过来。到了最后一个人的时候，我的耳朵终于对她的声音感到习惯了，并且设法分辨出来，她正在一遍遍地重复着一个简单的拉丁语词组，再加上每个女人的教名。我听到她命令道："*Carpe Diem*，维奥莱特。"

那么，这就是斯莫尔版本的"芝麻开门"口令了，用它就可以打破囚禁这些女人的牢笼。她们缓慢而充满疑惑的反应，以及睡眼惺忪的样子使我觉得短时间内应该不会有什么特别的危险，但我并没有排除那第一个女人再说几个词，就把这些女人变成一支充满怒火的军队这种可能。就像狱卒们会在犯人之中培养一个"牢头"一样，斯莫尔看来也是给他的第一个妻子赋予了凌驾于其他人之上的权力。只有通过她的配合，他才能够收集到这些"死了"的女人作为后宫；如果她向外人告发，他现在肯定早就进了监狱，而这些女人大多也都还会安全地和她们真正的家人一起共享天伦之乐。很显然，他们两个是同犯，我想着，一股针对她的怒火在我的胸中熊熊燃烧起来。也许这样对她并不公平，也许他用了许多年的时间去攻破她的精神，强迫她成为他的奴隶，但在我看来，她并不像是一个受到奴役的人。她站在那里，脸上露出一丝狡猾的微笑，因为她知道她对我们的胜算现在已经大大地增加了。

"*Carpe Diem*，艾尔辛妲。"叶斯珀森先生说。

那个女孩的眼睛一下子睁开了。她看起来就像一个惊呆了的布娃娃，随后，她的脸上不断浮现出迷惑、憎恨和恐惧的不同感情。

"我们是来帮助你的，"我迅速说道，"告诉我，你是否愿意离开这里？"

"我的老天，"她叫了起来，"我愿意！"

"艾尔辛妲！"那位掌控大权的斯莫尔夫人吼道："*Dormite*！"

尽管我的姐妹们和我都没有得到学习拉丁语的许可——因为有传言说这种已经死亡的语言会对相对弱小的女性大脑造成损害，但在我们成长期间，总能从父亲那里听到一星半点的拉丁语，而这个特殊的命令是他经常在漫长而又令人疲倦的一天结束时对我们之中的某一个使用的。

她顿时被定住了，就好像是在玩“一二三，木头人”的游戏，但是艾尔辛妲的脸上却完全没有任何表情，这就不会让人觉得好玩了。

“维奥莱特，”我高声说道，一个穿着米色裙装，脸色苍白的女人露出惊讶的表情，于是我说道：“*Dormite*。”果然起作用了。不幸的是，我不知道其他人分别叫什么名字。

“我猜你们一定觉得自己很聪明。”斯莫尔夫人说。

“倒也没有。你把她叫醒，我们就把艾尔辛妲叫醒，这样来来回回只是浪费时间。我相信如果斯莫尔先生发现我们在这里，对你可没什么好处……”

“我想那对你们更没有好处。”她说着，露出充满恶意的微笑。

我浑身一抖，似乎明白了些什么。她也许真的想要把我们拖在这里，直到他回来。

与此同时，叶斯珀森再次唤醒了艾尔辛妲，以冷静的姿态告知斯莫尔夫人，我们准备把她带走。“另外，你们之中有哪位乐意跟我们一起走吗？”他露出迷人的微笑，看向斯莫尔夫人旁边的两个女人。她们就像是听到了什么下流的话一样往后退了一步，拼命摇着头。其中一个稍微丰满一点、穿着灰色裙子的女人甚至闭上了眼睛。

“我们这样很幸福。”斯莫尔夫人说着，用一只手臂搂住了那个正在发抖的穿灰裙子的女人。

“不是你们之中的所有人。”我说着，朝艾尔辛妲伸出手，后者用力握住了它。

“不知感恩的贱人！”斯莫尔夫人怒斥道，在那一瞬间，她的怒火就像被光照射到的刀锋一样发出刺眼的光芒，随后她耸了耸肩，似乎放松下来了，那光芒也就消散于黑暗中。“很好。如果你想要离开的话，那么你现在就可以走了，艾尔辛妲，但你永远都不可以再回来。不会有人原谅你。而且，如果你背叛了我们，哪怕只是起一个念头——”

我能感受到身边的她在摇头的同时浑身战栗着。

那女人继续说道：“但是如果你尝试了，斯莫尔先生会进行复仇的。任何人都无法逃出他的掌控，你知道的，不管你走了多远，不管在他的这一次生命中发生了什么事，他凌驾于你之上的力量都永远不会消除。”

“我不会向外透露一个字的，玛莎。我向他承诺过我不会，而且我会信守我的承诺，哪怕他并没有信守他的承诺。我曾经和他说过许多次：我不爱他。我不想要和他结婚。”

“他没有做错什么。阿尔伯特是个好人。他从来都没有强迫过你——他有吗？你承认这一点吗？是的，我看得出来你承认了；你一定要对事实保持基本的尊敬。我知道，你也知道，你只是一个误会的产物，是他一个小小的弱点，但这不是世界末日，是吗？是的。你很快就会学会怎样才能使自己快乐了。而且一切都还可以回到正轨，你知道，你只需要……”

尽管我并没有意识到，但这段单调乏味、翻来覆去的话语正在产生某种效果。幸运的是，叶斯珀森感觉到了这种危险，并且迅速拾起了艾尔辛妲提供的那把钥匙。

“玛莎，*dormite*！”他叫道，而他的声音就像一块石头溅起的水声一样，一下子就让我清醒了过来。

玛莎·斯莫尔向后退缩了一下；但在一闪而过的怒意之后，她的眼神依然是带着戒意和防备的，就和之前一样。那句咒语对她没有产生效果。“你们竟敢如此？”她挺起胸膛，目光如同匕首一般向我们刺来，“你们竟敢闯入我的房子，扰乱我平静和谐的生活，拒绝将你们的名字告诉我，然后又利用我的名字想达到你们的目的？你们甚至尝试向一个女人下达一条只能来自于她丈夫的命令。

“滚出去，”她以低沉而危险的声音说道，“马上。”

我已经快走到门旁边了，这才意识到叶斯珀森仍然留在原地，连一步都没有挪动。

“在我离开之前，还有一件事要做。”他说，“我想要再强调一次，如果还有人想要离开这里的话，她可以受到我的保护。”

“我们的保护。”我插了一句，以免她们认为自己的命运只不过是从一个主人换到另一个主人名下。

“我们不需要。”斯莫尔夫人回答道。

“我非常尊重您，夫人，但尽管如此，我仍然希望听到每一位女士亲口说出来，即使您认为自己有足够的权利替她们发声。”

她略微停顿了一下，似乎内心正在挣扎着，但随后她便放弃了，一个个地叫醒了她的姐妹们。事实正如她所说的一样，这是完全没有必要的：其中一个最老的叫玛丽的女人似乎脑子已经不太清楚了，除了她之外，其他的所有女人都声明自己热爱斯莫尔先生，并且表示她们将会留在这里。无论外面的世界可能会如何看待她们，但她们都觉得自己是他的妻子。正当维奥莱特充满激情地说着不论发生什么事，她都永远不会离开她热爱着的阿尔伯特的时候，那个年老的女人站了起来，漫步离开了房间。

玛莎·斯莫尔恼火地发出嘘声。“她现在肯定不会停下来的，而我得花掉所有的时间去追她，斯莫尔先生要是不能按时吃饭，他会发火的——”

“别着急，亲爱的，”维奥莱特的声音听起来很是焦虑，“我会去照顾玛丽妈妈——你可以准备做饭了。”

所以我们离开了。我们还能做什么呢？能够救出艾尔辛妲对于我们来说已经是超出意料之外的好结果了。毕竟没有人请求我们再去做更多的事情。

艾尔辛妲从小居住的那所房子、亦即她的家人现在仍在的地方离此地不过两英里远,就在墓地的另一边,但她不愿意到那里去。我们问她为什么,她并不回答,反而显得更加紧张了,所以我们建议她和我们一起回高尔街去。至少从现在的时间来看,也许这样做可以让她减少遇到斯莫尔先生的机会,不见得不是个明智的选择。

我们走向火车站,很快就登上了列车,并且满意地发现整个车厢里只有我们三人。由于不用担心谈话会被其他人听到,我便提出此时应该前往苏格兰场报案。

她的眼睛睁大了。"为什么?"

"因为斯莫尔先生在本地的声望很好,所以我们觉得可能应该避开当地的警方。另一方面,考虑到他罪行的严重性——"

她的眼睛里充满了泪水,似乎马上就要流下来了。"罪行?"她低声说道,"哦,不,不,不是的!"

尽管我觉得她一定是被斯莫尔夫人提到的所谓"复仇"给吓坏了,但我仍然没有什么耐心。"他绑架了你,"我指出,"这是非常严重的罪行。"

"但那是我自愿的!"

"你自愿成为他的囚犯吗?我不这么认为。如果你在那里很开心,我们可以把你送回去。"看到她开始颤抖,我不由得对我说出的如此残忍的话感到后悔。

"不。请不要那么做。我不想那样。而且我很感激你们——哦!你们不会知道我有多么感激你们!那是真的——他辜负了我的信任。他让我在这个世界上死去自有目的;我被我自己的计划蒙蔽了双眼,没有发现他的真实意图。我本来以为在我被埋葬之后的一两天就可以回家了的,可是——"她停了下来,因为我不禁发出了一声惊呼,"什么?"

“你的意思是说……你一开始就知道你会被活埋？而且还是你自愿的？”

“当然。斯莫尔先生向我解说了他的安全棺材的原理，而我——呃——我那时已经下定决心要体验死亡，因此除非我被宣告死亡并且埋葬，还有什么事情可以让我感到满意呢？其他的解决方案在我看来都和睡上一觉没什么区别。我想要以死亡的方式离开这个世界，我想要感受坟墓里的宁静——那是唯一的方法。”她用的都是很简单的词句，但在我听来，她的一番话就像是献给某个古老的、已被人们忘却的神祇的颂诗。她在绘图本上所写下的笔记我读来已感到相当古怪，但现在我的困惑却比之前更深了，我和她的思考方式之间似乎存在着既宽又深的鸿沟。我们可能是属于两个不同种群的人类，接受着完全不同的信仰系统。我甚至觉得她身上有些不似人类的气息。

因此，我哑口无言；但叶斯珀森的脸上却露出好奇的神色，他开口问道，“你难道不害怕吗？”

“哦，我当然害怕！我简直被吓坏了！”她发出神经质的笑声，这时的她看起来完全就是一个典型的现代漂亮女孩，“我从来没有这么害怕过，在我的整个……但那正是其中的一部分，您不明白吗？谁会不畏惧死亡呢？”

他点点头。“你想要面见死神，就像童话里的那个孩子——我猜测，对于斯莫尔先生而言，这本应是他宣传他的生意，并且证明他所收取的高昂费用物有所值的绝妙机会吧？”

她的表情非常惊讶，就好像他刚才做出的是什么了不得的推理一样，就好像亲眼见到了夏洛克·福尔摩斯只是看了一个人的帽子一眼就推理出了他的整个人生一样。“是的！就是那么回事！您真是太聪明了！当然，如果人们知道了这件事，他们会说这一切都是他犯下了大错，但其实不是那样，您明白了！他并没有犯什么罪——至少没有针对我犯罪。我恳求他——严格来说，是我说服他这样做的！而且我也根本没有遇到任何危险,因为他知道他的方法是有效的——”

“在此之前他已经至少三次使用了这个方法了。”我插了进来,“用那些可怜的女人当作试验品。你肯定不会告诉我说她们都是和你一样想要尝试死亡的滋味的吧?或者她们是来帮助他证明他的发明是有效的?”

她面露愁容。“不,当然不是那样。她们的原因么……她们是因为爱情。就这么简单。她们疯狂地爱上了阿尔伯特·斯莫尔,所以她们愿意按照他的任何要求去行事,她们会同意他提出的任何疯狂计划,只要能让她们和他一起生活就行。”

“而在那之后,当她们发现自己不是他唯一的妻子时,她们还会这样想吗?”

“您也听到她们自己说的话了。她们真是一群既古怪又可怜的人!爱情有一种特别的力量,您不这么认为吗,雷恩小姐?”她看着我,脸上露出不安的表情,这意料之外的举动打破了我先前对她的印象。

“爱情确实会让某些人做出一些愚蠢的事。”我说。

“阿尔伯特·斯莫尔就是这样一个人。”她叹了口气,“他爱上了我——我从来都没有请求他这么做!随后他便无法再抗拒自己的欲望了;我猜他从前的经历也对他有一定的影响,因为他和女人相处的经验告诉他,我一定会以和他一样的感情来回复他,用不着多久我就会爱上他的……”她看着我,目光中露出恳求的神色,“他一直都对我很好。我不能因为他爱我而责备他,雷恩小姐,我真的做不到。他所做的事情当然是错误的,但我也不是毫无过失。我曾经全力配合他,既然现在我已经重获自由,那么我更希望的是这一切到此结束。我不会对他做出指控的。”

她的语气听起来笃定——不像是被某种精密的催眠影响了个人意志的人所能说出的话——但我并非这方面的专家。另外,关于犯罪指控的事情也不用急于一时。我们还有其他一些重要的事情需要讨论。

火车载着我们前进,离斯莫尔所在的地方越来越远了,因此我们可以去询问特雷沃斯小姐准备在何时、以怎样的方式返回她自己的家,而她思索这些问题时也不会再产生不适的感受了。她告诉我们,虽然她不知道为什么,但是只要她朝着她家的那个方向走,她就会感到自己的心脏剧烈地跳动,并且呼吸也会变得困难,非常不舒服:她似乎是在惧怕某种她不可名状的事物。

叶斯珀森说:"我怀疑在斯莫尔控制你的期间,他在你的意识中植入了一个暗示,从而阻止你逃走并回到自己家的行动。你不会知道是因为什么,只是单纯地避免自己回到原来的住址。"

她看起来很是吃了一惊。"太恐怖了!那是不是说我永远都不能再回自己家了?如果我的家人搬家了呢?我能到他们那里去吗?"

叶斯珀森微笑起来。"催眠中的暗示是可以被消除的——特别是当你已经意识到它存在的情况下。我可以教你一个简单的技巧,或者,如果你允许的话,我还可以轻易地消除他在你的意识里留下的痕迹。我也曾学过催眠的技术……"

他的才能难道就没有一个止境么?

尽管我认为如果是我的话,恐怕不会如此急切地允许另外一个陌生男人侵入我的意识,但叶斯珀·叶斯珀森身上却有一种讨人喜欢的气质——并且他显然是值得信任的——因此当特雷沃斯小姐表达她对这一提议的感激之情时,我并不感到惊讶。

"但我回到家里的时候,"她有些犹豫地说道,"我该对他们怎么说呢?他们都以为我死了。我该怎么和他们解释?该给他们编一个怎样的故事呢?"

"你一定要告诉他们事实真相。"我立即说道,"无论有多么的不可思议,但真相有一种不能被否认的力量,远比你尝试编造的故事更有力得多。"

"但那样的话……我就必须要提到……他的名字。"

我怀疑她的抗拒情绪可能完全就是催眠命令之后的另外一种附带效果。但另一方面,确实有很多东西会阻止一个有教养的年轻女孩承认自己被一个多次重婚者绑架过。很显然,她知道一旦这段经历传开将会给她的社交方面带来什么样的影响。她也许会宣称——这甚至有可能是真的——他对她非常细心并且礼貌,她就像是在他家做客的一位客人,但她仍然会遭到怀疑,因为"被糟蹋过的"女孩在婚姻市场上毫无价值。社会给了女性沉重的负担。有些女性并没有意识到自己身上的负担,有些人则完全将之抛弃,另外一些人则运用特别的方法来对付这些强加给她们的东西。我并不特别了解艾尔辛妲,因此我无从判断在她看来这次将导致她长期受到怀疑的"体验死亡"是否值得。

"你肯定不得不提到斯莫尔先生。我想不出其他方式……毕竟是他发明的设备使得你可以从你本用不到的坟墓中逃脱出来。"

"但没有人会相信你在坟墓中度过了好几周,"叶斯珀森补充道,"你的脸色看起来不错。"

她的脸微微红了起来,双眼透过浓密的睫毛仰望着他并且露出微笑,尽管我并不觉得他的态度像是在与她调情。

他继续说道:"你一定得是在葬礼之后不久就被救出来了,但由于某种原因,你的家人没有得到通知。也许斯莫尔先生的妻子——在这里我得提醒你不要用复数形式;其他的那些女士们肯定并没有办理过结婚手续——在此期间照料你,使你恢复了健康。他们没有通知你的家人,因为他们害怕你随时都可能死去,他们不愿意引起错误的期望。"

"是的,是的!"她急切地说,"这个说法能行得通!我想他们甚至有可能相信。这与真正的事实已经很接近了——我们可以说就在最近几天我才恢复了正常,可以承担出门的风险……我们可以说在我的看护人睡着了的时候,我醒了过来,不知道自己身在何处,因此被吓了一跳……"她皱起了眉头,眼神开始变得空洞了;我看到她的嘴唇嚅动着,似乎正在默念那些精心编织的谎言。

我们一回到203号甲就闻到了一股食物的香气。由于不知道我们什么时候回来,叶斯珀森太太便将牛肉利用起来,使用一个大锅将牛肉、洋葱、胡萝卜、防风草根、芜菁和马铃薯一起炖煮,做成一道可以反复加热的菜,同时也可以让相当多的人一起吃饱。

我们围坐在锅边饱餐了一顿"蔬菜炖肉"(这是叶斯珀森太太的说法,我童年在自己家里的时候,这道菜一般简单地称为"炖菜"),配上略微蒸过的卷心菜和一条新鲜的硬壳面包。正餐之后还有奶酪和加奶油的苹果馅饼作为甜点。

这是叶斯珀森和我今天吃的第一顿饭,而我们的客人的食欲一点也不比我们差,所以我们几乎是一言不发地在大吃,最多说一句"把盐递给我"以及"请给我更多的面包",直到我们填饱了肚子,满足地往后坐到椅子里恢复气力。这时,叶斯珀森太太将水壶放在火炉上烧起了水。

就在这时,前门传来了敲门声。叶斯珀起身应门,随后没过多久,费莉希蒂就像一阵风一样冲了进来。

"是真的吗?你们找到她了?哦,辛妲!我的辛妲!"

艾尔辛妲连忙起身,差点撞倒了椅子,一瞬间,她们两人就拥抱在一起,流出了欢乐的泪水。

"但怎会这样呢?你是怎么知道的?"一小会儿之后,艾尔辛妲和她的妹妹分开了,她的目光从她妹妹身上转向我们,看起来非常迷惑。

我告诉她说,费莉希蒂是我们的委托人。"你一定很好奇我们为什么会来找你吧?"由于我的脑子里千头万绪,并没有注意到她没有问是谁委托了我们这一值得感到奇怪的事。

但她却让我吃了一惊。"不。我感觉一定是我妈妈让你们来的。"

"你是说你的继母吗?"

她摇了摇头，露出不确定的微笑。"我说的是我亲爱的、已经离我而去的母亲。她已经离开了这个世界，但却不是完全地离开。我现在知道了这一点，因为当我……死去……的时候，我再一次找到了她。"她叹了口气，"我知道你们一定觉得很奇怪，我并没有因为斯莫尔先生对我所做的事情产生愤怒甚至是想要报复他的情绪，但我真的做不到。你们或许会认为我害怕他，或者是被他强迫的，但我是真的很感激他。是的，我非常感谢他所做的一切，因为他给了我一件非常好的礼物。也许，如果我在他那里待的时间更长些，并且被迫成为了他的又一个妻子，我的感觉就会有所不同，但现在看来，他给我的好处足以抵消坏处。每一次他让我进入那种状态时，我就能够逃到另一个地方——而我的母亲就在那里。我很乐意永远和她待在一起，但她告诉我我必须回来，我还太年轻，还有我的人生。她说我必须逃跑。"她皱起眉头，看起来充满疑虑，"我知道我已经尝试过了。我有一种感觉，曾经有一次，我真的离开了那座房子，但随后斯莫尔先生就找到了我，并且把我带了回去……"她耸耸肩，放弃了追寻那不完整的记忆。"我不知道究竟发生了什么，但她说不要担心，她会让人来帮助我。"她朝我们露出微笑，"然后你们就来了。"

"你妈妈找的人就是我。"费莉希蒂说，"她来到了我的梦中。那是一个真实的梦——我从一开始就知道。"她露出胜利的笑容，随后补充道："我在墓地看到你之后，就做了那个梦。"

费莉希蒂讲述了她在墓地见到艾尔辛妲的事，这证明艾尔辛妲确实设法离开了那座房子。但当她讲到斯莫尔对她说的那句话的时候，艾尔辛妲大声反对，说那绝对不可能；她不相信他会说那样的话，更不要说还是对一个孩子说的！

"亲爱的，你确定那不是你在做梦吗？"

费莉希蒂生气地瞪起了眼睛。"当然不是！我非常确定我那时候是醒着的。但是爸爸不相信我的话，虽然他也不知道我见到的那个人就是斯莫尔先生，而我也不知道该怎么办，该怎样重新找到你，并把你从那个坏蛋的魔掌中拯救出来。”

她不顾她姐姐的反对，继续说道：“我真希望夏洛克·福尔摩斯先生不是一个虚构的人物，因为如果他真的存在，我可以给他写信。我想他一定看得出来我说的是真的！那天晚上我就做了那个梦，梦到他的确是真实的，所以我决定去他家里拜访，我独自一人乘上火车到了伦敦，然后就去找贝克街。我站在一个十字路口，看着一张地图，但是我几乎完全看不懂地图上的字，这时一位很和善的女士说她可以帮助我。她的样子就和艾尔辛妲床上面的墙上挂着的那张照片里的人一模一样，所以我马上就知道了她是谁。我差点脱口而出：‘你不是死了吗？’但又觉得那样太粗鲁了，所以我感谢了她，并告诉她说我要找那位住在贝克街221号B的大侦探。她说我要找的地址其实是高尔街203号A，然后她就陪着我走了过来，一直走到这里——我做过的梦从来都没有这么细节翔实的！——她给我看了这扇门。就是你们门口的这扇门，”她说着，朝我们点了点头，“但是我在梦中看到的门和真实的有点不一样。你们的门上只有一个门牌号码，但是在梦里，门上还有一个黄铜牌子，上面写着叶斯珀森和雷恩两个名字。等我醒过来的时候，我还清楚地记得这两个名字以及地址，于是我知道这就是我该去的地方——尽管从西德纳姆到这里的旅途是又长又贵。”

“我确实有在想你是怎么找到我们的。”我说。

“我妈妈还活着的时候，你们认识她吗？”艾尔辛妲十分迷惑地问道，“在她成为尤金·特雷沃斯的妻子之前，她的名字叫做玛丽亚·莱辛汉姆。”

根据年龄推算，特雷沃斯夫人去世的时候，叶斯珀森还只是一个小孩。他柔声回答道：“很遗憾，我没有这样的幸运。”

莱辛汉姆这个名字和特雷沃斯一样，在我的记忆中完全无迹可寻，但在开口之前，我想起在过去的几年之中，我曾经在黑暗的房间里、在许多宣称自己可以与死去的人沟通、并且充当他们灵魂导师的男人和女人们身边度过许多分分秒秒。这其中的许多人——或许该说是大部分人——都是骗子，但我也不能简单地否定所有灵媒，尽管我自己有时也曾怀疑过，所谓的灵媒更准确的解释或许应该是读心术或者心灵感应。玛丽亚是一个相当普通的名字；尽管我从来没有当面见过艾尔辛妲的母亲，但我却不能如此轻易地确定自己没有在某次降神会上遇到过她的灵魂……

在那一瞬间，我回忆起了早年我研究灵魂的相关学科时所感受到的快乐，也因此，我不禁开始思考，为什么我会容许自己的注意力被较小的问题所吸引，而不再关注死后世界这一终极问题。同时我也意识到，艾尔辛妲·特雷沃斯和我本人并不像我想象的那样有着巨大的区别。或许，如果是几年之前的我遇到了斯莫尔先生，我也会觉得他的古怪提议非常难以拒绝？

叶斯珀森太太端着茶盘回来了。她给她的儿子准备了一个很小的银质咖啡壶，里面装着非常浓烈的咖啡（用于使他缺乏睡眠的头脑重新恢复活力），而给其他人准备的则是清淡、芳香的中国茶，以及精致优美的青花瓷茶具。

费莉希蒂毫不客气地大口喝下了茶，并且急切地要求立刻回到家里去。艾尔辛妲向她解释了她不能回去的原因，并说叶斯珀森先生已经答应了会帮助她。“也许，如果我留在这里过夜不会给您带来太多不便的话……”

费莉希蒂打断了她姐姐的话。“叶斯珀森先生为什么不现在就那么做呢？”

“我当然能，如果你乐意的话。”他说着，喝掉了最后一点咖啡。

很快，艾尔辛妲就被安置在一张最舒服的椅子上，叶斯珀森则坐在她身边的一只高脚凳上俯视着她。

“你需要让我们离开吗？”我问。

“不用,不用。只要艾尔辛妲小姐高兴就行了。”

“我很高兴,”她说,“我可不想这么快就和费莉希蒂分开!”

“你想和她一起回家去吗?”

“哦,是的!”

在我看来,似乎阻止她回家去的那个禁制已经消除了,但叶斯珀森继续道:“我想请你详细描述一下一个极为特别的、对你来说意味着家的地方。”

“我自己的卧室。”她立刻说道,“那个房间是我们的房子里最高也最小的一个,但我自己选了它作为我的房间。”

“请尽可能详尽地描述一下它的细节。”

“哦,那很简单。我的小书桌和椅子就在老虎窗下面。我的床紧靠着窗子后面的墙。床头上有亮闪闪的黄铜把手,床上铺着我和两个最好的朋友一起制作的拼布床单。床上方的墙上是我最喜欢的我母亲的一张画像。我每天、每夜都会看着它。我还经常和它说话呢。”

“把你的注意力集中起来。尽可能发现那其中的所有细节——你不需要把它们说出来;只需要自己观察就可以了。”

她闭上了眼睛。

“你看着你的房间,想象一下你回到家里会是多么幸福、多么惬意,你回到了你自己的房间,看着你妈妈的脸。你能看到她脸上洋溢着对你的爱。她是最爱你的人,她会永远保护你。这世上没有另外一个地方能让你如此舒适,能让你感到温暖、受保护、被爱、安全。你就在你的房间里,既安全又快乐,既温暖又舒适。”

他连续说了几分钟这样的话,他的声音既令人信服,又具有某种助人安眠的效力,以至于在某一个时刻,我感到自己打了个盹,并且梦到我自己就身处于那个房间之中,尽管我根本没有见过这个房间,却觉得那就是我真正的家;我抬头看着我自己母亲的画像,舒适而惬意,尽管这与现实中我与她的关系相去甚远。

当他将她——或者该说"我们"——唤回到我们现实中所处的环境时，我就知道他一定是成功了。他没有进行任何古怪愚蠢的仪式，但他自身的魔力发挥了作用。最令我感到不可思议的是，它对我也发挥了作用；当我的搭档告诉艾尔辛妲，她现在应该感受到精神抖擞、心情愉快的时候，我也产生了同样的感受。

尽管费莉希蒂和艾尔辛妲都说我们不需要送她们返回遥远的西德纳姆，但叶斯珀森却坚持要这样做。万一斯莫尔正带着帮手潜伏在她们家附近，准备将他逃走的囚犯重新抓回去该怎么办呢？也许特雷沃斯小姐应该再考虑一下。在我们离开伦敦之前，可能还应该去一趟苏格兰场……

但她坚持声称她不会向斯莫尔先生提起任何指控，并恳求我们尊重她的决定。

我们步行前往霍尔本火车站，在那里买了前往西德纳姆的车票。事实上，我们这次来得正合适，因为费莉希蒂来的时候已经给自己买好了返程票，但是她身上的钱却不够给艾尔辛妲买一张单程票。当叶斯珀森从自己的口袋里掏出钱来买了一张头等座的单程票和两张往返票时，我对于我们能否在这桩古怪的案子里赚到钱产生了深刻的怀疑。

我们将两姐妹送到她们家门前——她们更想要与家人在一起——这时我觉得我们就像是被一股柔和的力量从她们的故事里推开了；无论艾尔辛妲将会怎样向她的家人解释，她都不会提到叶斯珀森和雷恩的名字。但如果那就是她们的决定，我们有什么权利表示不满呢？有些时候，做了一件好事本身就是对做好事的奖赏。

没有人在怀着恶意等候她们。街道上非常安静，只有鸟儿在树梢上唱歌。我的搭档和我目送她们安全地进了家门，并没有进行任何的讨论，就直接一起前往斯莫尔的房子。

我们到达那里时天色已晚,街道上的路灯尚未点亮,但街道上的大多数房子里都亮起了温暖的灯光,灯光从窗子里透出来,可以想见其中的舒适场景——但斯莫尔的房子却是黑灯瞎火。然而,有一个人来得比我们更早,他已经推开了金链花丛边上的大门,正在犹犹豫豫地往房子的前门那里走去。

那个身影看起来很有点眼熟。很快我就认出那是墓园的看门人,埃里克·贝雷。

我们继续朝着那座房子走去,同时放慢了速度以便观察他的行动。他敲了几次门,敲门声在安静的夜间显得非常清晰。我们听到他在叫着斯莫尔先生,并且说明自己的身份,但是没有任何回应。这时我们已经来到了院门外,因此我们可以看到他扭了一下门把手,随后又弯下腰,透过钥匙孔往里面看。

当他再次直起腰的时候,他的神态发生了很大的变化。我想他可能是透过钥匙孔看到了一些非常令人担忧的东西。他揉搓着自己的脸颊,整个人惴惴不安地在原地打着转。这时,叶斯珀森先生推开了门,我们走进了院子。

那人一开始吃了一惊,随后不确定地打了声招呼。

"晚上好,"叶斯珀森用手碰了一下帽檐,"我们又见面了,贝雷先生!"

他认出了我们,因此显得放松了些。"哎,真是太巧了!你们是来拜访斯莫尔先生的吗?"

"正是。您给我的那本小册子我已经读过了,非常有趣。我想要再进一步了解一下著名的安全棺材,最好能与它的发明者谈一谈。"

我想就算我的朋友和贝雷先生说他收到了圣彼得的邀请准备到天堂去做客,贝雷先生都不会比现在更吃惊了。"您莫非是说,斯莫尔先生邀请您到这里,到他的家里来?"

"您那么吃惊是怎么了,这事情有那么不寻常吗?"

“我从没听过这样的事！他从不在家里谈生意，而且自从他夫人生了病之后，他从来没有邀请过任何人到他家里来——有四五年，不，现在大概有六年了吧？我到这里来也不太合适，但我实在不知道该怎么做了。他本应该在三点钟到墓园去，但那时他没有来，我也没多想。他很乐意到墓园周围去转转，但我想他一定是出了什么事了。他们告诉我说他已经错过了两次会客，而且没有送来便笺，没有任何的解释或者说明——呃，他不是这样的人。他每天一点钟回家用餐，我是想，如果他夫人的病情恶化了……”他猛然发现自己已经离题太远，用尖利的目光看着叶斯珀森先生，“你说你和他约好了？你说他邀请你到这里来，到他自己的居所来谈生意？”

“不，我并没有那么说。我只是刚好顺路，就决定过来拜访。但在我看来，他应该是不在家。”

他一定是逃走了，我想道。将他剩下的“妻子”们一起带走，到欧洲大陆上的某处去躲风头。或者也许他现在正在南安普顿，计划坐船前往美国，他可能以为那里会有奉行一夫多妻制度的摩门教徒正张开双臂欢迎他。

埃里克·贝雷表情愁苦地摇了摇头。“门是从里面反锁上的。”

“也许是他妻子知道他不在家，不想让别人进去吧。”

“斯莫尔夫人行动不便。斯莫尔先生曾经和我多次说起过。她没法下楼来给他开门——也没法自己锁门。”

“这房子肯定还有别的入口。”我说，“应该有一个后门通往花园。”

房子的后花园有着高墙和锁着的铁门防止他人进入，但这些对于一个长着一双长腿、既强壮又敏捷的年轻男人来说不算是太大的障碍。我们在门外等着叶斯珀森回来，我想他应该会告诉我们说，这房子是空的，我们的猎物已经逃走了。贝雷先生和我对视了一眼，然后又尴尬地同时转过目光，因为我们之间实在没有什么话好说。过了一分钟左右——尽管在我的感觉里好像是很长的一段时间——我们隔着墙听到他走回来的脚步声。

在暗淡的光线里,他的脸看起来仿佛像是幽灵。

“我想,贝雷先生,您最好到警察局去一下。”他说。

正如他告诉我们的那样,在房屋的侧面有几扇落地双层玻璃门,作为餐厅的窗子使用。他从那儿往里一看,就看到了他称之为“死亡场景画”的一幕。尽管黑暗掩盖了大部分的细节,但仅从那些遗体的位置——有的倒在餐桌上,有的躺在椅子里,还有的以奇怪的姿势扭曲着躺在地上——就可以得知他们都以某种非常突然而可怕的方式死去了。

“遗体?”墓园的守护者恐惧地尖声说道,“但那是谁的遗体呢?”

“一个男人,五个女人。”他简短地回答道,“尽管我已经能够确定他们肯定已经救不活了——从这里到最近的警察局怎么走?”

我们和贝雷先生一起去了警察局,但由于我们与斯莫尔先生并不相识,因此并未被警察扣押。后来警方公布了案件调查的结果,尽管我们并不认同他们的结论,但若要将我们的结论告知他们,则显得既无必要也不明智。

阿尔伯特·斯莫尔是当地的一位名人,有许多富有影响力的朋友。官方的结论是因食用的汤菜中含有砒霜而导致的“意外死亡”。完全没有人想过他们可能是被谋杀的——哪怕是底层社会的闲谈中也没提及过此种可能。这完全只是一次意外。众所周知的是,斯莫尔先生的母亲已经老年痴呆了。也许她只是想帮忙,却把自以为是盐的东西加入了她儿媳烹调的汤菜之中。“谁会在厨房里放着砒霜呢?”这个问题不是人们喜欢的那一种。

人们更喜欢打探的问题则是另外三名身份不明的女性死者究竟是

什么人。她们和斯莫尔家人一起吃饭,身穿的衣服也是上流社会的式样,年龄与斯莫尔夫人相近,因此人们推测她们可能是斯莫尔夫人的朋友,而非仆人或者其他下等人。房子里的其他一些证据显示她们很可能在这里居住了至少几周,甚至可能是几个月。

当地报纸也与警方进行了合作,登载了一则广告,并声明任何人如果有年纪相仿的女性亲属失踪,都可以前来认领遗体。当地报纸表示,由于这些无名死者的尸检照片可能引起公众不适,不宜印在报纸上公开发行,但如有需要,可到警察局查阅。我不知道会有多少人前去警察局,但即使真的有人说过"唉,要不是我知道我邻居的女儿早在三年前就死了,还真会以为这照片就是她呢!"这样的话,相关的新闻报道也并未登载出来,因此警方和公众始终未能得知另外三名女性的身份。

从叶斯珀森告诉我说屋子里的人全都死了的时候开始,我就感到非常安心,因为我们救出了艾尔辛姐,而对另外五个女人,我感到悲哀。我认为杀死她们的凶手一定就是斯莫尔先生。令人遗憾的是,时至今日,仍然有些男人就像某些野蛮国度的王一样,在他自己死亡时要让他的妻子们、情妇们和仆人们一起为他殉葬。使我感到吃惊的是,像斯莫尔那样一个会做出如此可怕的事情的人,竟然不敢面对他自己的罪行,而选择自杀并且杀死他的所有受害者来逃避正义的惩罚。

然而,当我得知阿尔伯特·斯莫尔真正的妻子名字叫做维奥莱特时,我不得不改变了自己的想法。

那么,玛莎是什么人?

在公园林地公墓寻找了一段时间之后,我相信我们找到了她的"坟墓"。两年之前,她被确认死亡的时候,她的名字叫做玛莎·博伊德·埃利奥特,她曾是钱宁·埃利奥特的妻子,她的丈夫在墓碑上刻下了"亲爱的、过早地离开了我们的妻子"以及"永在我心"四个字,就在她的姓名和生卒年月日之下。这应该并不会产生什么区别。同样可怕的罪行被施加在同样的人身上。一切都没有变化,但在得知了此事之后,我不得不重新思考,一个人是否可能同时成为受害者以及凶恶的罪犯。

尽管我并不能确定,这个问题是因为玛莎·博伊德·埃利奥特,还是因为阿尔伯特·E. 斯莫尔而产生的。

这些词组在我的脑海里不断盘旋着。我的耳中重复地响起艾尔辛姐那柔弱、甜美的声音说着"我不能责怪他"以及"他无法控制自己",但同时,我也记起了一位警官的喃喃自语:"毒药是女人的武器。"

梁宇晗　译

尼尔·盖曼

作为当今科幻、奇幻和恐怖小说最热门的作家之一,尼尔·盖曼已经获得了两次雨果奖、两次星云奖、一次世界奇幻奖、六次轨迹奖、四次布莱姆·斯托克奖、三次格芬奖、两次神话奇幻奖和一次纽伯瑞儿童文学奖。盖曼第一次进入大众视线范围内,是因为他创作了系列漫画《睡魔》。时至今日,它仍广受欢迎。盖曼一直是漫画领域里一颗耀眼的明星,他的漫画作品包括:《突破》《死亡生命谈》《绿灯侠:绿火传奇》《最后的诱惑》《又到世界的尽头》《镜子面具》,以及很多与戴夫·麦可基恩合作的作品,其中包括:《黑兰花》《暴力案件》《庞奇先生的悲喜剧》《墙壁里的狼》和《那天我用爸爸换了两条金鱼》。

近些年,他在科幻与奇幻领域也同样获得了成功。他的畅销长篇小说《美国众神》获得了 2002 年的雨果奖、星云奖和布莱姆·斯托克奖,他的《鬼妈妈》获得了 2003 年的雨果奖和星云奖,他的短篇小说《绿字的研究》获得了 2004 年的雨果奖。他的长篇小说《坟场之书》在 2009 年同时包揽了雨果奖、纽伯瑞儿童文学奖和卡内基儿童文学奖。他与查尔斯·维斯合作的短篇小说《仲夏夜之梦》还获得了世界奇幻奖。他的作品集《天使的信访》获得了国际恐怖小说评论家协会奖。盖曼创作的其他长篇小说还包括:《好兆头》(与特里·普拉切特合作)、《乌有乡》《星尘》和《蜘蛛男孩》。除了《天使的信访》这本作品集,他的短篇小说还收录在《烟与镜》《梦之旅冒险记》和《易碎品》中。根据他的同名小说改编的电影《星尘》和动画电影《鬼妈妈》分别于 2007 年和 2009 年在全球上映。他最近又与亚当·雷克斯合作了一本名为《熊猫楚楚》的绘本。时隔多年后,他又添成人长篇小说新作——

《道路尽头的海洋》。他还创作了《幸好,牛奶还在!》,这是一部面向全年龄段的时间旅行欢乐闹剧。此外,他还编辑了一部名为《非自然生物》的选集。

这次,他将带我们深入“下伦敦”的超现实世界,进行一次冒险,你会明白,有时候,“人靠衣装”这句话,真的很有道理。他著名的长篇小说《乌有乡》正是以“下伦敦”为背景创作的。

rogues

侯爵寻衣记

它华丽,超凡,独一无二。正是因为它,卡拉巴斯侯爵被囚禁在地底深处的一间圆形屋里,整个人被捆绑在屋中央的杆子上,而屋子里的积水正在逐渐升高。它有三十个口袋,七个明袋,十九个暗袋,还有四个基本上不可能被发现——有时候,就连侯爵自己也会找不到它们在哪儿。

言归正传,我们还是继续来看看绑着侯爵的杆子、圆形屋和越升越高的水面。维多利亚曾给过他一面放大镜,不过,说“给”可能有失偏颇。那面放大镜简直精美绝伦:装饰华丽,表面镀金,缀着一根链子,上面还装点着小天使和滴水嘴兽。它的神奇之处在于,它能使你透过它看到的任何东西变透明。在侯爵从维多利亚那里偷走这面镜子之前,她最初是怎么得到它的?侯爵也不知道。他之所以会偷它,是为了补偿自己,因为他觉得自己没有得到应得的所有报酬——毕竟,象人只有一个,得到他的日记并非易事,即使日记到手,也不一定能躲过他的追捕,逃出象堡。于是,侯爵就顺手把维多利亚的放大镜丢进了那四个基本找不到的口袋中的一个,然后真的再也没能找到它。

除了口袋非同寻常,这件大衣还有着华丽的衣袖和威风的衣领,背后还分了一道叉。它的材质是某种皮革,颜色让人联想到雨夜湿滑的街道。最重要的是,样式还很时髦。

有人会告诉你,人靠衣装。大多数情况下,他们是错的。不过,有时候,这句话还是有道理的。当那个将会成为侯爵的男孩第一次穿上那件大衣、望着穿衣镜里的自己时，他站得更加笔直了，整个人都精神起来。因为，看到自己的样子，他知道，穿着这样一件大衣的人不再是个毛头小子，不再是个鬼鬼祟祟的小偷，也不再是个狡诈的投机商贩。那时，这件大衣对男孩来说还太大了，男孩穿着它，望着镜子里的自己，微笑起来，他想起了原来看过的书里的一幅插图，画的是磨坊主养的一只猫，它用两条后腿直立着站了起来。一只穿着华丽大衣和大皮靴的快活猫，男孩决定这样称呼自己。

他知道，一件像这样的大衣只有卡拉巴斯侯爵才配穿。他根本不知道"卡拉巴斯侯爵"这几个字该怎么发音，当时不知道，后来也不知道。有时候他会这样说，有时候又会那样说。

水面已经升到他的膝盖上了，他心想：如果大衣还在，绝不会发生这种事。

这是个集市日，之前的一周是卡拉巴斯侯爵有生以来度过的最糟糕的一周了，而且情况似乎也并没有任何好转的趋势。尽管如此，他已经死而复生，喉咙上的伤口也在飞快地愈合。他发现，自己的嗓音甚至变得有些沙哑，不过他觉得这样很有魅力。这些当然都是好现象。

不过，鉴于他死了，或者，至少最近死过一次，也会遇到些坏事，其中最糟糕的就是，大衣不见了。

下水道里的家伙们帮不上什么忙。

"你们卖掉了我的尸体。"侯爵说，"这种事总会发生。你们还卖掉了我的财产。我需要它们，我可以付钱。"

阴沟民的首领邓尼金耸了耸肩，说道："已经把它们卖掉了，就像我们把你卖掉一样。一旦卖出去，就要不回来了。生意人不能反悔。"

卡拉巴斯侯爵坚持道："我指的是我的大衣。我真的很想把它要回来。”

邓尼金再次耸了耸肩。

“你把它卖给谁了?”侯爵继续追问。

这位阴沟民一言不发,就像根本没听到有人在问他问题似的。

“我可以帮你搞到香水,”侯爵掩饰住内心的怒气,尽力装出一副爽快的样子,“绝对是上好的香水。你知道你需要的。”

邓尼金阴着脸,瞪着侯爵。然后,他伸出手指在喉咙上比画了下。在侯爵看来,这个手势实在低级。不过,它还是达到了应有的效果。他不再追问了,因为这样问不出任何答案。

侯爵朝饮食区走去。那天夜里,泰特美术馆里举办了流动集市。饮食区被安排在陈列拉斐尔前派画家作品的展厅里,不过大部分食物已经被吃掉了。摊位所剩无几:只有一个满脸悲伤的小个子男人在卖一种肠。展厅的角落里挂着伯恩·琼斯的作品,画的是几位身穿半透明长袍的女士正从楼梯上走下来。这幅画下有几个蘑菇人,还有一些桌椅和一张烧烤架。侯爵曾经吃过小个子男人的一根肠,他非常肯定同样的错误自己绝不会再犯第二次,所以他径直走到了蘑菇人的摊位前。

有三个蘑菇人在看摊,两个男孩和一个女孩。他们穿着旧粗呢外套和军用夹克,身上散发出潮湿的气息。蓬乱的头发下面露出一双双窥探的眼睛,似乎很畏光。

“你们卖什么?”侯爵问道。

“蘑菇,烤蘑菇,还有生蘑菇。”

“我想要些烤蘑菇。”他说。其中那个女孩从一块树桩大小的马勃菌上切下一块,她的面色看起来就像是隔夜的稀饭。“帮我烤到全熟。”他告诉女孩。

“勇敢点,生吃吧。”女孩怂恿道,“我们都是生吃的。”

“我和你们蘑菇人打过交道,”侯爵说,“在这个问题上,我们认为可以求同存异。”

女孩把那片白色的马勃菌放在了移动烧烤架上。

其中一个男孩个子很高，缩着肩膀，身上的粗呢外套闻起来一股地窖味儿。他来到侯爵身边，给他倒了一杯蘑菇茶。他身体向前倾时，侯爵能看到他脸上长出的一片片丘疹似的白色小蘑菇。

蘑菇人问道：“你就是卡拉巴斯侯爵？那个调停者？”

侯爵并不认为自己是个调停者，却还是回答：“是的。”

“我听说你在找你的大衣。阴沟民卖掉它的时候，我在场。就在上一场集市刚开场的时候，在贝尔法斯特。我看到是谁买走它了。”

侯爵颈后的汗毛一下子竖了起来。“你想让我用什么作交换？”

蘑菇男孩伸出他长满地衣的舌头，舔了舔嘴唇。“我喜欢一个女孩，可我根本没机会。”

“也是个蘑菇人？”

“我要是那么幸运就好了。如果我们相爱，又都是蘑菇人，我就没什么好担心的了。但事与愿违。她是渡鸦宫廷里的人。不过有时候她会来这儿吃东西。我们讲过话，就像现在你和我讲话这样。”

侯爵并没有报以同情的微笑，他脸上没有任何表情。他微微抬了抬眉毛。“可她却没有对你的热情做出回应。真奇怪。你想让我做什么呢？”

男孩把一只灰色的手伸进他粗呢长外套的口袋里，从一个干净的三明治塑料包装袋里掏出一个信封。

“我给她写了封信。你也可以说，它更像是一首诗。不过我可算不上诗人，只是为了告诉她我对她的感觉。可我不知道，如果我把诗给她，她会不会看。后来，我看到了你，我想，如果你把诗转交给她，再帮我美言几句，多说些好听的……”他的声音弱了下来。

“你觉得她会看你的诗，然后就会更愿意听你示爱[1]。”

男孩低下头，望着自己的粗呢外套，一脸的疑惑。“我没有套装，”他说道，“只有我身上这件。”

侯爵本想发出一声叹息，却还是忍住了。蘑菇女孩在他面前摆出一个破塑料盘，里面盛着一片冒着热气的烤蘑菇。

他试探性地戳了戳蘑菇，确定它已经完全烤熟，不再有活孢子。你再小心也不为过，侯爵可不想和蘑菇发生共生关系。

味道还不错。他嚼了嚼，咽了下去，不过这玩意刺得喉咙有点痛。

“所以，你只是想让我确保她会读你的情书？”

“你是说我的信？我的诗？”

“是的。”

“嗯，是的。我想让你在现场，确保她不会看都不看就扔掉它，我还想让你告诉我她的答复。”侯爵端详起这个男孩。没错，他的脖子和脸上都冒出了很多小蘑菇，他的头发又长又脏，散发出的气味让人联想到废弃的房屋。不过，他蓬乱的刘海下藏着一双热切的淡蓝色眼睛，他的个子也挺高，长得不难看。侯爵想象了下他弄掉身上的蘑菇、洗干净后的样子，然后答应了他的请求。“我会把这封信放在三明治包装袋里。”男孩说：“这样它就不会在路上湿掉。”

“好主意。现在，告诉我：谁买了我的大衣？”

“还没到时候呢，猴急先生。你还没问过我心爱的姑娘是谁。她叫德鲁希拉。你会认识她的，因为她是渡鸦宫廷里最美的姑娘。”

“情人眼里出西施。再多给点提示，我该上路了。”

“我已经告诉你了。她叫德鲁希拉。那里只有她叫这个名字。她的手背上有一块大大的红色胎记，看起来就像一颗星。”

“你们似乎不怎么登对呀。一个蘑菇人，爱上了一位宫廷小姐。你

---

① 既可以表示示爱，也可以表示套装。

凭什么觉得她会放弃现有的生活,和你一起在潮湿的地窖里长蘑菇?"

蘑菇男孩耸耸肩,回应道:"她会爱上我的,只要她看了我的诗。"他摆弄着自己右侧脸颊上一株小伞菇的柄,伞菇掉在桌子上,他将其捡起,继续用手指摆弄着。"一言为定?"

"一言为定。"

"那个买走你的大衣的家伙,"蘑菇男孩继续道,"拿着一根手杖。"

"很多人都拿手杖。"卡拉巴斯侯爵回应道。

"他的手杖一端是弯曲的。"蘑菇男孩又补充道,"他看起来,有点像青蛙,是个小个子,有点胖,头发是沙砾的颜色。他需要一件大衣,然后一眼就看中了你那件。"说到这里,他把伞菇丢进了嘴里。

"这才说到点子上了。我一定会向德鲁希拉转达你的爱慕和祝福。"卡拉巴斯侯爵说道,语气里带着愉悦,不过就连他自己也几乎没察觉到。

卡拉巴斯侯爵伸手从桌子另一侧的男孩手中接过装着信封的三明治包装袋,把它塞进衬衫内侧缝的一个口袋里。

随后,他转身离开,心里还一直想着那个拿着弯柄手杖的男人。

丢了大衣的卡拉巴斯侯爵只能暂时披着一条毯子。他就像穿雨披似的,把自己裹在毯子里。这并没让他好过些。他多希望大衣还在。人不可貌相,他的脑海里响起一个声音,他还是个孩子时,有人这样对他说过:他怀疑那是他哥哥的声音,他曾经努力想忘掉这句话。

弯柄手杖,那个从阴沟民手中买走他大衣的人,曾经拿着一根弯柄手杖。

他陷入了思考。

卡拉巴斯侯爵很惜命,一旦需要冒险,他会计算风险大小,并且再三考虑。

这次,他更是加倍小心。

卡拉巴斯侯爵不相信任何人。轻信对生意无益,还可能埋下祸根。他既不相信朋友,也不相信情人,当然更不会相信他的雇主。他只相信自己——卡拉巴斯侯爵。仪表堂堂的他身穿一件威风的大衣,无论是在言谈、思维还是谋略方面,都优于常人。

只有两类人会用弯柄手杖:主教和牧人。

主教的手杖纯粹是装饰,没有任何实际功能,只是单纯代表某种象征意义。而且,主教们不会缺大衣。毕竟,他们有长袍,高档的白色主教袍。

侯爵并不惧怕主教。他知道阴沟民也不怕。可牧人,树丛的那些家伙们则完全是另外一回事了。即使他的大衣没丢,身体保持在最佳状态,手下还有几个随从任他差遣,侯爵也绝对不想跟牧人们打交道。

他漫不经心地想着,要不要去拜访拜访主教们,然后愉快地在那儿待上几天,顺便证明一下,他的大衣并不在那儿。

他叹了口气,突然决定还是去"向导之家",找个能被说服的契约向导,带他去一趟牧人树丛。

他的向导个头极矮,一头金发理成了平头。起初,侯爵以为她只有十几岁。在路上和她一起待上半天后,他改变了想法,觉得她应该有二十几岁了。在找到她之前,他试图说服另外六七个向导,都没成功。她名叫尼布斯,看起来一副自信满满的样子,这正是侯爵现在需要的。他们走出"向导之家"时,他告诉她,他们要去两个地方。

"那么,你想先去哪儿呢?"她问,"牧人树丛,还是渡鸦宫廷?"

"去渡鸦宫廷只是一次礼节性拜访:我是去送信的。对方是一个叫德鲁希拉的人。”

“求爱信?”

“我想是的。你问这个干吗?”

“我听说德鲁希拉小姐是那里最有魅力最动人的姑娘,她有个坏习惯,会把所有令她不悦的家伙变成猛禽。你一定非常爱她,才会鼓起勇气给她写信。”

“我恐怕从未见过这位小姐,”侯爵纠正道,“这封信不是我写的。我们先去哪个地方都无所谓。”

“你知道的,”尼布斯若有所思地说,“我们也许应该先去渡鸦宫廷,以防你在牧人那边遭遇任何不幸。这样就能保证德鲁希拉小姐拿到她的信。记住,我不是说你一定会出事。只是一切小心为妙,你懂的。”

卡拉巴斯侯爵低头看了看自己身上裹的毯子,心里有些不确定。如果他还穿着大衣,他根本不会这样:他会确切地知道自己该做什么。他望着向导女孩,尽全力挤出一个笑容,说道:“那么,就先去渡鸦宫廷吧。”

尼布斯点点头,继续上路,侯爵紧随其后。

下伦敦的道路和地面上的不太一样:它们的分布除了取决于地图,也同样依赖于下伦敦居民们的信仰、观念和传统。

卡拉巴斯侯爵和尼布斯穿过了一条极高的拱形隧道,和它的高度相比,他们显得渺小极了。整条隧道是从一块古老的白色巨石上开采出来的。他们的脚步声在隧道内回响。

“你是卡拉巴斯侯爵,对吧?”尼布斯开口道,“你很有名。你知道去那儿该怎么走,究竟为什么还要找个向导?”

“三个臭皮匠,顶个诸葛亮。”他回答道,“而且两双眼睛总比一双看得更广。”

“你原来有一件挺时髦的大衣,是吧?”她问。

“是的,没错。”

“那件大衣呢?”

他先是没作声,然后开口道:“我改变主意了。我们先去牧人树丛。”

“没问题。”向导说,“带你去哪儿都很简单。记住。我会在牧人树丛的商栈外等你。”

“你很聪明嘛,姑娘。”

“我叫尼布斯,”向导回应道,“不是什么姑娘。你知道我为什么会做向导吗?那是个有趣的故事。”

“不是很感兴趣。”卡拉巴斯侯爵回应道。他并不太想讲话,也顺便回敬了向导一句:“我们为何不试着安安静静地继续前进?”

尼布斯点点头。二人踩着墙壁一侧上的金属横档往下爬,一直走到隧道的尽头,她都没再开口。终于,他们来到莫特湖湖畔,那是一片巨大的地下“死亡之湖”。直到这时,向导才再次开口,她站在湖畔点燃一支蜡烛,准备召唤船夫靠岸。

尼布斯说:“想当一名合格的向导,必须有契约担保。这样,人们才能保证,你不会把他们带错路。”

侯爵只是轻轻哼了一声。他在思考,到了商栈该跟牧人们说些什么,设想一些可能性,然后尝试着寻找对策。他根本不知道牧人们想要什么,这才是问题的关键。

“一旦带错路,你的向导生涯就毁了。”尼布斯欢快地说道,“所以我们得签好契约。”

“我知道。”侯爵应付道。再没有比她更烦人的向导了,他心想。三个臭皮匠能顶诸葛亮的前提是,其中一个能做到闭上嘴,别总唠叨些另外那个早就知道的事情。

"我签了契约,"她强调道,"就在邦德街[1]。"她摆弄着手腕上细细的链子。

"我没看到船夫。"侯爵说。

"他很快就会来了。你注意那个方向,他一出现,你就高声招呼他过来。我会留意这个方向。不管怎样,我们都会看到他的。"

他们凝视着死亡之湖幽深的湖水。尼布斯继续道:"在我做向导之前,还很小的时候,我的族人们就开始训练我干这个。他们说,这是我赢得荣誉的唯一方式。"

侯爵转身看着她。她将蜡烛举在身前,与眼同高。侯爵心想:等等,情况不太对。他这才意识到,一开始他就该认真听她讲的那些话。一切都不太对劲。他质问:"你的族人是谁,尼布斯?你来自哪里?"

"某个不再欢迎你的地方,"她答道,"它的名字叫象堡,我生于斯,长于斯,并将一生效忠于斯。"

接着,有什么坚硬的东西如铁锤般击中了他的后脑勺,他的脑海中犹如夜空划过一道闪电,径直跌倒在地。

再次醒来时,侯爵发现自己的胳膊动不了了。他这才意识到,它们被绑在他背后,他正侧身躺在地上。

此前他曾一度失去意识。如果对他下狠手的家伙还没发现他已经醒了,他决定,还是暂时别让他们发现为妙。他微微睁开眼睛,只留出一道缝,窥视着周围。

突然响起了一个低沉、刺耳的声音:"喂,别傻了,卡拉巴斯侯爵。我才不信你还没醒。我的耳朵很灵的,能听见你的心跳声。快睁眼,老滑头,像个男子汉一样。"

侯爵认出了这个声音,可他多希望自己听错了。他睁开眼,看见一双人腿,光着脚,盘坐着。腿和脚的肤色让他联想到柚木。他认识它

① bond 一词有契约的含义。

们。他从没认错过。

侯爵的脑袋里有些乱:他的粗心和愚蠢害了他。看在庙堂与拱顶的分上,尼布斯早就告诉过他。不过,他即便因为自己的愚蠢而愤怒不已,却也能够保持理智,努力挤出一个微笑,说:“何必这样,这的确是我极大的荣幸。您根本不用设计以这样的方式与我相见。即便阁下您只是稍作暗示,您有一点点想要见我的意愿,也不必——”

“用你那双小细腿赶快逃命吧,越快越好。”长着柚木色腿的家伙打断了侯爵的话。他抬起原本垂在脚踝上的象鼻,给侯爵翻了个身,让他仰面躺在地上。蓝绿色象鼻长且灵活。

侯爵边在混凝土地面上慢慢摩擦身后手腕上的绳索,边说:“不,恰恰相反。能有幸与您相见,我的喜悦之情简直溢于言表。能否请您给我松绑,以便我能向您致敬,作为人类……作为人类向象人致敬?”

“考虑到我安排这样一场见面有多么不易,恐怕不能让你如愿了。”长着灰绿色象头的家伙拒绝了侯爵的要求。他的象牙非常锋利,尖端还沾着红褐色的血污。“你知道,当我发现你的所作所为后,我发誓,我一定会折磨得你惨叫连连、跪地求饶。我发誓,即便你求饶,我也不会手下留情。”

“相反,您可以放我一马。”侯爵说。

“我不会放过你。我对你的热情招待,你是怎么回报我的,我不会忘记。”象人愤怒道。

维多利亚曾委托侯爵搞到象人的日记,那时,他和这个世界都还很年轻。象人在统治象堡时,傲慢、自大,有时甚至行事歹毒,毫无怜悯之心,也根本没有幽默感。因此,侯爵一直以为,他是位愚蠢的统治者。他甚至深信不疑,这位堡主一定不会把他和日记的失窃这件事联系在一起。不过,那的确是很久以前的事了,那时的侯爵还年少无知。

“您花费数年时间来训练这样一位引我上钩的向导,但前提是我会如您所愿地雇用她,这个计划成功的可能性简直微乎其微。”侯爵质问,

“您是不是有点反应过度了?”

“不,因为你不了解我。”象人回答道,“如果你了解我,就不会对我的手段感到吃惊。为了找到你,我还做了很多其他事。”

侯爵努力想要坐起身来。象人伸出一只赤脚,将他再次踢倒在地。“快求我饶了你。”他命令道。

这对侯爵来说,易如反掌。“求您!”侯爵立刻大喊,“求求您!我乞求您怜悯我,因为怜悯是世间最珍贵的礼物。万能的象人,作为象堡的首领,您理应向一个连为您擦鞋都不配的无名之辈施以怜悯……”

“你知道吗?”象人问道,“任何话从你嘴里说出来,听起来都那么讽刺?”

“我并无他意。对不起,我说的每个字都是真诚的。”

“惨叫给我听。”象人继续命令道。

卡拉巴斯侯爵扯着嗓子、放声惨叫。对喉咙刚被割过的人来说,尖叫并非易事,可他还是叫得那么卖力。

“连你的惨叫声都带着嘲讽的意味。”象人仍不满意。

墙上有一根凸出的黑色铁管。管子的一侧装着一个转轮,转动它就能打开或是关上铁管,放出或是阻挡管子里的东西。象人伸出强有力的双臂转动转轮,少许黑泥从里面流出,接着从里面喷出了一股污水。

“下水道里的水满了。”象人见状说,“现在,我得干点正事了。卡拉巴斯侯爵,你最好找个地方藏好。自从我们第一次打交道以来,这么多年你一直深藏不露。别想着要花样,除非你这辈子都不准备在下伦敦混了。这里到处都是我的人:和你一起进餐的,陪你共入梦乡的,与你一同欢笑的,甚至在大本钟的钟楼上与你赤身裸体耳鬓厮磨的,都可能是我的人。但只要你小心谨慎、别冒犯到我,我就不会采取更进一步的行动。直到上周,街上有传闻说你有出格的举动。我才放出话,我将把进出城堡的自由赐给第一个让我看到……”

“……看到我惨叫连连、跪地求饶的人。”卡拉巴斯侯爵接着他的话说了下去，“这就是你放的话。”

“你打断了我的话。”象人不动声色道，“我想说的是，我将把进出城堡的自由赐给第一个让我看到你尸体的人。”

说完，他继续转动转轮，原本喷出的污水汇聚成流不停涌出。

卡拉巴斯侯爵说：“我应该警告你。任何杀了我的人，都会遭受诅咒。”

象人不以为意：“我会接受这个诅咒，不过那八成是你瞎编的。接下来要发生的事，我想你会喜欢的。这个房间会被污水吞没，你会淹死在这里。然后我会放掉房间里的水，走进来，看着你的尸体放声大笑。”说到这里，他发出一声象吼，卡拉巴斯侯爵觉得，这应该是一头大象的笑声。

象人退出了侯爵的视线范围。

侯爵听到砰的一声门响。他躺在水泊中，扭动翻滚着，挣扎着站了起来。他低下头，发现自己的脚踝上戴着一副脚铐，脚铐上的锁链缠在房间中央的杆子上。

他多希望此刻正穿着他的大衣：大衣里藏着利刃和撬锁工具，还有那些看似无害的“纽扣”。他在金属杆上摩擦着绑住手腕的绳索，希望能把它弄断，可直到手腕和手掌上的皮肤都蹭破了，吸了水的绳索反而越缚越紧。房间里的水位继续上升，已有齐腰高。

卡拉巴斯侯爵环顾四周。他唯一能做的，就是努力挣脱绑在手腕上的绳索，显然，他首先得把绳索从金属杆上弄下来，然后才能设法解开脚踝上的镣铐，关上放水的转轮开关，离开房间，还要小心躲开一心复仇的象人和他安插在各处的手下们，最终才能逃过一劫。

他猛拽金属杆，可它却纹丝不动。他更用力了些，依旧是徒劳。

他靠着杆子跌坐在地，想到了死亡，终将降临的、真实的死亡，他还想起了他的大衣。

突然,耳边响起一个微弱的声音:"小声点!"

有东西扯了扯他的手腕,绳索松开了。双手重获自由后,他才意识到绳索绑得有多紧。他转过身。

他问:"什么?"

他发现那张脸和他的很像,上面挂着摄人心魄的笑容,那双眼睛里写满了坦诚和跃跃欲试的冒险精神。

"脚踝。"那人示意道,接着露出一个更加迷人的笑容。

侯爵却不为所动。他抬起腿,那人弯下腰,用一根电线似的东西打开了他的脚铐。

"我听说你遇上了点麻烦。"那人又说。他的肤色和侯爵的一样黑,身高比侯爵的略高不到一英寸,可却总是摆出一副俯视所有人的趾高气扬状。

"不,没什么麻烦。我很好。"侯爵反驳。

"你不好。我刚刚救了你。"

卡拉巴斯侯爵岔开了话题:"那头象哪儿去了?"

"在那扇门的另一侧,那边有一堆人在给他干活儿。房间里一旦灌满水,门就会自动上锁。他得确保自己不会跟你一起被困在这里。我恰好就是利用了这一点。"

"利用?"

"当然。我已经跟踪他们好几个小时了。自从我听说你跟他安插的一个线人走掉了,我就想,'糟糕,他会需要我的帮助'。"

"你听说?"

"听我说,"那个长得跟侯爵有点像唯独比他高一点的家伙说道,也许,有人会觉得他的发型不错,这里的"他"显然指的不是侯爵,"你知道,我不会让我弟弟出任何意外的,对吗?"

房间里的水已经升到了他们的腰际。"我很好,"卡拉巴斯嘴硬道,"一切都在我的掌控之中。"

那人走到房间的另一头，跪下来，在水中摸索着，然后从他的背包里取出一个类似短铁撬的东西，把一端伸到水底。“准备好，”他对侯爵说，“我觉得，我们要想逃出去，这法子是最快的。”

侯爵还在活动他又麻又痛的手指，想让它们恢复过来。“什么法子？”他故意装出不感兴趣的语气。

那人说：“我们从这儿出去。”他从水底撬开了一大块方形的金属盖。“这是下水道。”卡拉巴斯还没来得及反抗，他哥哥就拉起他，把他丢进了地板上的下水道口里。

卡拉巴斯心想：*这感觉就像是在游乐场里坐那些最刺激的玩意儿。*他能想象得到，地面上的人们为了有这种体验，可能会花上大价钱，不过前提是他们能确保自己不会因此丢掉性命。

他在管道里跌跌撞撞，顺着水流一直朝更深、更低的地方下落。他不确定自己会不会因此丢掉性命，当然也丝毫不享受这个过程。

掉进下水道里的侯爵受到了强烈的撞击，浑身是伤。终于，他脸朝下跌落在一块巨大的金属格栅上，这玩意似乎根本承受不了他的重量。他连忙爬到格栅旁边的岩石地面上，浑身发着抖。

他听到一阵若有若无的声响，接着哥哥也从管道里落了下来，双脚着地，稳稳站住，动作看起来像是练习过一样。他笑道：“很有趣吧？”

“没觉得。”卡拉巴斯侯爵不以为然。他忍不住问道：“刚刚掉下来的时候，你还在欢呼？”

“当然！你不是也在叫吗？”哥哥反问。

侯爵摇摇晃晃地站起身来，只说了一句：“最近你又给自己起了什么名号？”

“还是之前那个，没变。”

“‘游隼’不是你的真名。”卡拉巴斯说。

“它挺好。它能告诉世人哪里是我的领土以及我有何意图。你还管自己叫‘侯爵’吧？”游隼反问。

“没错,我说是就是。”侯爵答道。他看起来就像只落汤鸡,说话的语气也不够令人信服,反而显得他有些青涩。

“你说什么就是什么吧。总之,我得走了。你也不需要我了。别再惹麻烦。说真的,你也不用感谢我。”当然,哥哥说这些话都是认真的。这才是最刺激他的地方。

侯爵有些恨自己。他本不想道谢,可现在,他必须得说:“谢谢你,游隼。”

“哦!”游隼补充道,“还有你的大衣。街上传言说,它流落到了牧人树丛。我知道的仅限于此,所以,我真心劝你,这是为你好,虽然我知道你不听劝。大衣?算了吧,别想了。再弄件新的吧,说真的。”

“知道了。”侯爵应声。

“好吧。”游隼咧嘴笑笑,像落水狗似的把身上的水甩得到处都是,接着便遁入暗处消失了。

侯爵站在原地,身上的水还在滴滴答答地往下渗。

此刻,象人还没发现房间里的水变少了,本应躺在那里的尸体也不见了。趁他还没派人追上来,侯爵得抓紧这宝贵的时间。

他检查了下衬衫的口袋:三明治包装袋还在,信封似乎也还好好地躺在里面,没进水。

突然,他想起了从在集市上那会儿就开始困扰他的一个问题。为什么那个蘑菇男孩会向他求助?为什么会认准由卡拉巴斯来送这封给德鲁希拉小姐的信?这究竟是一封怎样的信?竟然能让渡鸦宫廷里呼风唤雨的她放弃优渥的生活,爱上一个蘑菇人。

他心中生出一丝怀疑。虽然这想法让人不太舒服,可跟当前更加迫切需要解决的问题相比,这根本不算什么。

他可以暂时保持低调,找个地方躲一段时间。事情会过去的。但他还得考虑找大衣的事儿。哥哥刚刚救了他。他居然会救他!正常情况下,这种事情是绝不可能会发生的。他的确能再去弄一件新大衣,当然没问题，可那就不是他的大衣了。

他的大衣，在一个牧人手上。

卡拉巴斯侯爵总有对策，他总能想出B计划。连B计划也行不通时，他又总会想出一个真正可行的终极计划。不过，在A计划和B计划都泡汤之前，就连他自己都不知道自己能想出怎样的终极计划来。

可现在，他自己也不愿承认，他实在无计可施了，连一个最普通、最无聊、最显而易见的计划都想不出来，甚至在事态发展到更棘手的状况前应付一下的办法都没有。侯爵心里只有一个念头。他看不起那些被食物、爱以及生命安危所驱使的"下等人"，可他却和他们一样，被欲望所奴役。

他没了主意，只是想找回自己的大衣。

侯爵开始往前走。他的口袋里装着一个信封，里面是一封求爱信；他身上裹着一条湿毯子，心里恨透了刚刚救下他的哥哥。

当你从一个无名小卒开始努力成就自己时，你需要一个类似于榜样或是反例的人，作为你看齐或是避免的标准——他将是你竭尽全力想要成为或不要成为的那个人。

儿时起，侯爵就知道自己不想成为谁。他绝对不想成为游隼那样的人，绝对不想。相反，他想成为一个优雅、神秘、充满智慧的人，最重要的是，他必须独一无二。

和游隼一样，独一无二。

其实，侯爵曾遇到一个逃亡者，那人原是个牧人。在侯爵的帮助下，他渡过了泰伯恩河，重获自由的他选择在罗马军团的营地里当一名卖艺人，过完短暂但愉快的一生。军团就驻守在河边，等待着永远不会到来的命令。作为报答，那人告诉侯爵，牧人们不会逼迫你做任何事情，他们会摸清你本性里的冲动和欲望，使之变得越发强烈，你会自然而然地被他们所操控，按照他们的意愿行事。

当时，侯爵记住了那人的话，可后来还是忘掉了，因为他害怕孤独。

此时此刻，侯爵才意识到，自己有多么害怕孤独，多么乐于有同路人相伴。

“很高兴见到你。”一个同路人向他打招呼。

“很高兴见到你。”另一个同路人向他打招呼。

“我也很高兴。”卡拉巴斯侯爵回应道。他要去哪儿？他们要去哪儿？不过，能与他们一路同行的感觉真不错。人多些更有安全感。

“很高兴与你同行。”一个瘦瘦的白人女人发出一声愉悦的感叹。事实也的确如此。

“我也很高兴。”侯爵回应道。

“没错，真的很高兴。”另一侧的同路人也表示赞同。这人看起来有点眼熟。他长着一双蒲扇似的大耳朵和一个灰绿色大蛇似的粗鼻子。侯爵开始觉得，自己是不是之前见过这个人，他努力回忆到底是在哪儿见过这个人。突然，有人用一根弯柄手杖轻轻拍了拍他的肩膀。

“没人想落在大家后面，对吧？”那人的话挺有道理。侯爵心想，当然，没人想。他加快了点速度，继续跟上了大家的步伐。

“很好。心不在焉就会跟不上节奏。”握着手杖的人说完后，继续前进。

“心不在焉就会跟不上节奏。”侯爵自言自语道。他在想，自己怎么会忽略这么显而易见的基本常识。可他脑海里某个偏僻的角落，还在思考这句话到底是什么意思。

他们到达了目的地，有人同行的感觉真的不错。

那个地方的生活节奏有些陌生，不过，侯爵和他的灰绿色长鼻子朋友很快就得到了一份工作，一份真正的工作，工作内容是这样的：他们负责处理牧人奴隶中无法继续前行或是失去利用价值的病弱个体。首先，要榨干他们身上最后一点利用价值，比如：毛发、油脂和其他一切；然后把他们拖到深坑边，扔进坑里。这份工作漫长而劳累，还是个脏活儿，可他们俩通力合作，努力跟上了节奏。

他们就这样一同工作了好几天，心里还有几分骄傲。可几天后，侯爵注意到了异常。有人似乎想引起他的注意。

“我一直跟着你。”一个陌生人对他耳语道，“我知道你不喜欢我这么做，可怎么说呢，我不得不这么干。”

侯爵不知道这个陌生人在说什么。

“我有一个逃跑计划，只要我能快点叫醒你。”陌生人继续道，“快醒醒。”

侯爵没在睡觉。而且，他仍旧不明白这个陌生人在说什么。为什么这人认为他在睡觉？侯爵本想说点什么，可他必须得工作。他边继续处理手头上下一个奴隶，边思索着。终于，他决定开口，向陌生人解释一下他惹到了自己。侯爵大声道：“有份工作真不错。”

他的大耳朵、长鼻子朋友点点头表示赞同。

他们继续干活儿。片刻后，长鼻子朋友把处理完的病弱奴隶拖到深坑边，扔了进去。那个坑真的非常深。

侯爵试着不去理会那个陌生人，此刻，那人正站在他身后。他刚忍不住要发怒，就感到有什么东西猛地堵住了他的嘴，两只手也从背后被绑了起来。侯爵不知道该如何是好。这完全打乱了他的工作节奏，他原本想要大声抗议、呼唤朋友，可他张不开嘴，只能徒劳地哼哼。

“是我，”侯爵身后传来一声急促的低语，“游隼，你哥哥。你被牧人抓住了。我必须把你救出去。”接着，他们听到嗷嗷的叫声。

声音是从空中传来的，有点像犬吠。它越来越近：起初是高昂的喊叫，后来突然变成疯狂的咆哮，他们周围出现了更多呼应它的叫声。

一个声音高喊道：“你的工作伙伴呢？”

一个低沉的从象鼻里发出的声音喃喃道：“他去那边了。和另一个人。"

"另一个人?"

侯爵希望他们能过来找他,让他明白这一切是怎么回事。这里显然存在某些误会。他不想停下手头的工作,可现在,他的节奏被打乱了,成了无端受害者。他想要继续工作。

"路德之门!"游隼喃喃道。接着,他们便被一堆人团团围住,准确地说,那些家伙不是人,而是半人半犬的生物:他们的脸很窄,长着一身皮毛,兴奋地彼此交流着。

他们解开了侯爵手上的绳子,却没有撕开贴在他嘴上的胶带。他对此并不介意,因为他无话可说。

侯爵松了口气,一切终于要结束了,他期待着很快就能继续工作。可令他有点疑惑的是,绑架他的家伙正和他的长鼻子朋友一起,沿着堤道从深坑旁离开,最终走进了众多蜂巢似的小房间中的一间,每个房间里都塞满了因长期劳作而疲惫不堪的奴隶。

爬上一段狭窄的台阶,犬人中的一位敲了敲面前的一扇门。门的另一侧响起一个声音:"请进!"侯爵感到一阵激动,心底的欲望竟有些被挑逗起来了。那声音,发出那声音的人简直是侯爵有生以来最想要取悦的人。(他整个人似乎回到了从前,什么?一周前?还是两周前?)

"这里有一只迷途的羔羊,"犬人应声道,"还有一个企图弄走他的家伙,以及他的工作伙伴。"

房间很宽敞,墙上挂着油画:大多数是风景画,都有些年头了,覆盖着灰尘和烟渍。"为何?"房间后侧背着他们坐在书桌旁的人问道,"为何要用这种无聊事来烦我?"

"因为,"一个声音响了起来,侯爵认出了那是差点要绑架他的那个人的声音,"您曾下令,如果我一旦在牧人树丛的势力范围内被捕,我将会被带到您这里,任您处置。"

那人推开椅子,站了起来。他从暗处出来,朝他们走了过来。墙上挂着一根木质手杖，路过时，他把它取了下来。然后，他分别盯着他们几个人，打量了许久。

“游隼？”他终于再次开口，这嗓音吓到了侯爵。“我听说你已经隐退，当了和尚之类的。我做梦都没想过你还敢回来。”

（侯爵的脑袋一下子被某种巨大的东西塞满了，脑里、心里全都被塞满了，那东西非常大，大到他几乎可以触碰到的感觉。）

牧人伸出一只手，撕开侯爵嘴上的胶带。侯爵知道，受到牧人的垂青，他本应受宠若惊。

“我明白了……谁会想到呢？”牧人的嗓音低沉而洪亮，“他已经到这儿了，已经归顺于我。这位就是卡拉巴斯侯爵吧。游隼，你知道的，一直以来，我都渴望扯掉你的舌头，捏断你的手指，并让你眼睁睁地目睹这整个过程。可一想到能让你在临死前看到你的亲弟弟，沦为牧人奴隶的亲弟弟，亲自送你上路，我就欣喜若狂。”

（侯爵的脑袋里仍旧被某种巨大的东西塞得满满的。）

牧人的身材偏胖，衣着华丽，长着一头沙灰色的头发，一脸倦容。他穿着一件大衣，那颜色让人联想到雨夜里湿滑的街道。

侯爵这才意识到，塞满他脑海的东西其实是愤怒。那股愤怒犹如一场林中大火，在他体内熊熊燃烧，势不可挡。

那件大衣，高雅，华美，离他咫尺之遥，似乎他一伸手就能触碰到。

毫无疑问，那就是他的大衣。

卡拉巴斯侯爵没有让人发现自己已经清醒过来。此刻，他不能犯错。他迅速开动脑筋，思考对策。可他所想的，跟这个房间里发生的一切并无关系。与牧人和他的犬人随从们相比，他唯一的优势是：他是清醒的，能够掌控自己的思维，而他们已经失去了对他的控制。

他有了一个设想，思考了下可行性，决定将其付诸实践。

“不好意思，”他和颜悦色道，“恐怕我还有事要做。我们能快点吗？否则会耽误一件非常重要的事。”

牧人斜倚在他的手杖上，似乎没在意侯爵的话，只是说："你醒了，卡拉巴斯。"

"似乎是这样的。"侯爵说，"你好，游隼。你看起来挺高兴的，真好。还有象人。见到你们真高兴。大伙儿都在呢。"他转身望着牧人。"很高兴认识您，和你们这几个严肃的家伙待在一起挺开心的，不过，我真的必须得走了。是很重要的任务，我有一封外交信函要送。你们懂的。"

游隼说："弟弟，我不确定你是否了解此刻这里事态的严重程度……"

侯爵当然知道事态的严重程度，他回应道："我确定这些善良的人们——"他指了指牧人和那三个长着一身皮毛的犬人随从，他们就像牧羊犬一样盯着周围的人们。"会同意我先走，而你留下。他们需要的是你，不是我。而且我有一封很重要的信要送。"

游隼说："我可以帮你处理那封信。"

"现在，你需要的是闭嘴。"牧人打断了兄弟俩的对话。他拿起从侯爵嘴上撕下来的胶带，贴在了游隼嘴上。

和侯爵相比，牧人又矮又肥，那件华丽的大衣穿在他身上看起来有点滑稽。"你有很重要的东西要送？"牧人擦了擦手指上的灰，向侯爵问道，"那到底是什么东西？"

"恐怕我不能告诉您。"侯爵回答，"毕竟，您不是这封外交信函的收信人。"

"为什么不能？上面写了什么？是送给谁的？"

侯爵耸耸肩。他的大衣离他那么近，一伸手就能抚摸到它。"除非您拿死亡来威胁我，否则，我绝不会把它交给您。"他断然拒绝。

"好吧，把信交出来，否则你就得死。而且，你擅自脱离牧人的控制，已是死罪。至于这个可笑的小子，"牧人用手杖指了指游隼，虽然他一点也不可笑，"他竟然试图从我手下偷走一个奴隶，也是死罪难逃，不过我本来就没打算放过他。”

牧人望了望象人。“还有，我知道我早就该问了，不过，看在古老女巫的分上，他叫什么名字？”

“我是牧人奴隶中的忠实一员。”象人用他那低沉的嗓音谦卑地回答道。侯爵心想，自己在清醒之前，是不是讲起话来也跟他一样，语气呆板，如同失去了灵魂一般。“虽然我曾经的伙伴已经沦为叛徒，但我仍旧效忠于牧人树丛。”

“牧人树丛对你的辛勤劳动表示感激。”牧人说着，伸出一只手，试探性地摸了摸象鼻的顶端，“我从未见过长成你这样的人。不过，很快我就再也不会见到任何长成你这样的人了。很可能，连你也快要死了。”

象人的耳朵抽搐了一下。“可我是效忠于您的……”

牧人抬头看了看象人硕大的脸。“虽然很抱歉，但还是为了安全起见。”说完，他又问侯爵：“好了，那封重要的信在哪儿？”

卡拉巴斯侯爵说：“它在我的衬衫里。我必须重申，它是我送过的最重要的一封信。我不能让您看到它。这是为了您的安全起见。”

牧人用力拉住侯爵衬衫的前襟。扣子直接飞了出去，弹到墙上，又掉到了地板上。三明治包装袋里的信仍在衬衫内侧的口袋里。

“这真是太不幸了。我相信，您一定会在我们死之前将信的内容大声读出来。不过，不管您是否会读出来，我能向您保证，游隼和我一定会屏住呼吸的。对吧，游隼？”

牧人打开三明治包装袋，看到了一个信封。他撕开信封，抽出一张褪色的信纸，信封里的灰尘也被带了出来。昏暗的房间里，可以看到灰尘悬浮在半空中。

“我亲爱的、美丽的德鲁希拉，”牧人大声读道，“虽然我知道你此时对我的感觉并不如我对你这般……这是什么鬼玩意儿？”

侯爵没说话，甚至也没笑。他真的如刚才所说，屏住了呼吸。他希望游隼也能按他说的做。他在心里数数儿,因为此刻他只能通过数数儿来分散自己的注意力,才能做到屏住呼吸。他坚持不了多久的。

35……36……37……

他在想,那些蘑菇孢子能在空中停留多久。

43……44……46……46……

牧人已经停了下来。

侯爵向后退了一步,担心那几个犬人随从会掏出匕首抵住他的肋骨,或是用利齿咬破他的喉咙,可什么也没发生。他继续朝后退,离犬人和象人越来越远。

他发现游隼也在向后退。

他的肺里一阵刺痛,两鬓的太阳穴剧烈跳动着,那声响简直大到盖过他耳中微弱的耳鸣声。

终于,侯爵的背靠在一面墙边的书柜上,已经退到不能再退,他这才做了个深呼吸。他还听到了游隼的呼吸声。

侯爵听见了一阵撕扯声。游隼张大了嘴,把刚扯下的胶带扔在地上。他不解地向弟弟问道:"他读的,那是什么?"

"如果我没失策的话,那可是助我们逃离这里、逃离牧人树丛的好东西。"卡拉巴斯回答道,"当然我是极少失误的。你能帮我解开手上的绳子吗?"

他感觉到游隼在他被绑住的手上鼓捣了几下,绳子就解开了。

房间里突然响起一阵嗓音低沉的抱怨。"一旦我弄清楚是谁,我就会要了他的命。"原来是象人醒了。

"哇哦,亲爱的!"侯爵激动得搓了搓双手,"你是说,对你动了手脚的人吧。"牧人和他的犬人随从们正尴尬地朝门口试探性地挪着步子。"不过,我敢向你保证,你并不想要任何人的命,你更想安全地回到你的象堡。"

象人愤怒地挥动着鼻子。"我一定会杀了你。"

侯爵咧嘴笑道:“你想逼我对你嗤之以鼻,还是想让我戳穿你根本是在信口开河？在此之前,我从未有过一点当面戳穿别人的想法,可今天,我还真的有点跃跃欲试——”

“看在庙堂与拱顶的分上,你到底中了什么邪?”象人问道。

“你问错了。不过我会替你问出正确的问题,应该是,我们三个到底幸运地躲过了什么,而抓捕我们的人又倒了什么霉——游隼和我之所以会逃过一劫,是因为我们刚刚都屏住了呼吸;至于你为什么会成为幸运儿,我也不清楚,多半是因为你是象人,皮肤很厚,不过,可能性更大的原因应该是,你是通过象鼻呼吸的,鼻孔的位置离地面很近。问题的答案是,孢子。牧人和他的犬人随从们吸入了孢子,而我们则没吸入。”

“蘑菇孢子?”游隼问道,“你是说,蘑菇人的那种蘑菇孢子?”

“没错,正是蘑菇人的蘑菇孢子。”侯爵给出了肯定的答案。

“真见鬼!”象人惊叹道。

卡拉巴斯告诉象人:“所以,如果你想杀我和游隼,你不但不会成功,还会和我们一起完蛋。可如果你闭上嘴,我们都装成一副还没醒过来的样子,我们就还有机会。孢子现在已经深入他们的大脑了。他们随时都有可能会收到蘑菇族的召唤。”

牧人不受控制地迈起了步子,手里仍旧握着那根手杖。他们三人跟在他身后。一个是长着大象头的怪物,一个是身材高挑、相貌英俊的年轻人,走在最后面的家伙,则身穿一件华丽的大衣。这件大衣简直是为他量身定做的,布料的颜色让人联想到雨夜里湿滑的街道。

这四个人后面,还跟着几个犬人随从,他们如行尸走肉一般,完全失去了对自己的控制,为了赶往召唤他们的目的地,似乎随时准备赴汤蹈火。

在牧人树丛,看到一位牧人带着凶悍无比的犬人(他们其实也是人类,说得更确切点,曾经也是人类)随从和一群“奴隶”们来回走动,并不是什么稀罕事。因而,当他们看到牧人带着三个犬人和三个显然是“奴隶”的家伙离开牧人树丛时,根本没人会在意。原本属于这个牧人的其他奴隶们认为这三个“奴隶”只是在做他们该做的事。即使那些奴隶意识到这个牧人的控制力减弱了一些,也会耐心等待其他牧人来接手,保护他们不受抓捕者和整个世界的伤害。毕竟,脱离群体可是一件非常可怕的事情。

没人注意到,他们跨越了牧人树丛的边境,仍在继续前行。

他们一行七人来到吉尔伯恩河畔,他们三个停了下来,可牧人和三个犬人却径直朝水里走去。

侯爵知道,此时此刻,这四个家伙的脑袋里没有别的想法,一心只想着去追随蘑菇人,去再次品尝新鲜的孢子,让它们在自己体内繁殖,用一生来供养它们,尽职尽责。作为交换,蘑菇会彻底抚平他们心中的仇恨:这会让他们的精神生活更加快乐并充满趣味。

“应该让我把他们解决掉。”象人望着蹚进河里的牧人和犬人们,说道。

“没必要。”侯爵说,“甚至用不着我们去报仇。这些曾经囚禁过我们的家伙很快就不在了。”

象人用力摆了摆耳朵,又使劲儿挠了几下。“说到报仇,到底是哪个该死的家伙派你偷走了我的日记?”他问道。

“维多利亚。”卡拉巴斯说了实话。

“我还真没想到会是她。她可藏得够深的。”片刻后,象人说。

“我可不想谈这个。”侯爵坦言道,“而且,她根本没有按约定全额付给我报酬。结果我只能自己弄了点小玩意来弥补我的损失。”

他把手伸进大衣内侧,手指先是摸索到明袋,然后是暗袋,接着,出乎他意料的是,他居然摸到了最隐蔽的口袋。他把手伸进袋中,掏出一块带链子的放大镜。“这玩意是维多利亚的。”他解释道,“我相信,有了它,你的视线就可以穿过任何实心的物体。也许它可以作为我对你的一点补偿?”

象人从自己的口袋里掏出一个东西,用那块放大镜照着它看。侯爵看不到他手里的东西是什么。只听象人发出了一声愉悦而满意的轻哼,接着赞叹道:“呀,不错,很好。”他把放大镜和那东西一同收进口袋里,继续道:“我想,你救了我的命,这已经足以让我不追究偷日记的事了。虽然,要不是我跟着你钻进了下水道,我也根本不会被抓,可再追究下去也没什么意义了。你已经自由了。”

侯爵表示:“我很期待有朝一日能去象堡拜访您。”

“老弟,别以为你会一直交好运。”象人急躁地甩了甩长鼻子。

“不会的。”侯爵应声道,其实他特别想告诉象人,他活到现在,靠的都是运气。他环顾四周,才发现游隼已经悄悄溜走了,真够气人的,这可不是他头一次不告而别。

侯爵讨厌不告而别。

他朝象人微微颔首行礼,在那件华丽大衣的映衬下,行礼的动作优雅极了。除了卡拉巴斯侯爵,再没人连行个礼都这般高贵优雅。

接下来的流动集市是在“德里和汤姆斯”百货商场的屋顶花园举办的。虽然从1973年起,“德里和汤姆斯”就不存在了,可“下伦敦”遵循自己的一套别扭的时空观。那时的屋顶花园和今天的相比,只是初具规模、很不成熟。“上伦敦”的居民们年轻有活力,整日忙于激烈的争论,不论男女都穿着叠层高跟鞋、涡纹花呢上衣和喇叭裤。他们全然忽略了生活在地下的那些人。

卡拉巴斯侯爵以主人的姿态穿过屋顶花园,快步走到了饮食区,途中看到了一位身材娇小的女士正推着小车售卖满满一整车卷边奶酪三明治，某个摊位上在卖咖喱，还有一位小个子男士一手端着一大玻璃碗白盲鱼，一手握着一柄烧烤叉。终于，他来到了售卖蘑菇的摊位前。

“来片蘑菇，烤到全熟，谢谢。”侯爵说道。

摊位上的蘑菇人比他矮也比他胖，一头沙色的头发有秃的趋势，脸上的神情有些痛苦。

“很快就好。”那人又问，“还要点别的吗?”

“不，不要了。”接着，侯爵又好奇地问了一句，“你记得我吗?”

“恐怕我不记得了。”蘑菇人回答道，“不过，我得说，这件大衣真好看。”

“谢谢。”卡拉巴斯侯爵回应道。他扭头望了望四周。“之前在这儿卖蘑菇的那个年轻人呢?”

“啊，先生，这事儿有意思极了。”那人感叹道。他的身上还没沾染上潮湿的气息，不过，他的一侧脸颊上已经长出了一小簇蘑菇。“有人带话给渡鸦宫廷的德鲁希拉小姐，告诉她我们的文斯对她有意思，也许您根本不会相信，可我敢保证，给她的那封信里装满了蘑菇孢子，他是想把她也变成蘑菇人，这样就能娶到她了。”

侯爵故作疑惑地抬了抬眉毛，其实他对此一点也不吃惊。毕竟，是他亲自去给德鲁希拉送的信，还亲自把信交到了她手中。“那她对这封信有何反应?”

“我不敢相信，她真的中计了，先生。这简直令人难以置信。她和她的几个姐妹在等待文斯，我们在来集市的路上碰到了她们。她告诉文斯，他们之间有些问题需要讨论，一副很亲密的样子。文斯似乎很高兴，就和她一起离开，去讨论他们的问题了。我等了他一晚上，他都没再回到集市上来继续工作，不过，我也不指望他回来了。”蘑菇人的语气里带着几分留恋，“这件大衣真不错。我隐约记得，我曾经也有一件，想必那该是上辈子的事儿了。”

“我相信你曾经也有一件。”侯爵听到蘑菇人的回答，十分满意，他边切着烤好的蘑菇片,边说,“可这件大衣肯定是我的,不会有错。”

离开集市的路上,他在下楼梯时遇到了一群人,其中有一位优美动人的姑娘,他停下脚步,朝她点头致意。她长着一头橙色的长发,侧脸的轮廓宛如拉斐尔前派画家作品中的美人。她的一只手的手背上生有一颗五角星形的胎记,另一只手正抚摸着一只大猫头鹰的脑袋,那只羽毛凌乱的鸟儿正瞪着一双淡蓝色的眼睛,凝视着外面的世界。它的瞳色蓝得很正,这在猫头鹰里很少见。

侯爵朝她点了点头,可对方却尴尬地扫了他一眼,就望向别处了,她似乎还未意识到自己欠了侯爵一个人情。

侯爵再次和颜悦色地朝她点了点头,便下楼梯离开了。

德鲁希拉连忙追了上去,看上去似乎有什么话要说。

卡拉巴斯侯爵比她先下完楼梯。他停下脚步,回想起这些天来打过交道的那些人,发生过的那些事和面对人生中诸多第一次时遇到的种种困难。随后,穿着华丽大衣的卡拉巴斯侯爵,甚至连一句告别也没说,就神秘地钻进黑暗里,消失了。不告而别这事儿,想想还真挺气人的。

梁涵　译

康妮·威利斯

康妮·威利斯与她的丈夫一起居住在科罗拉多州格里利市。作为作家,她最初是于20世纪70年代末在现已停刊的《伽利略》杂志上发表了几篇短篇小说,吸引了一定的注意;随后在20世纪80年代,她逐渐成为了一名相当流行并且备受好评的作家。1982年,她获得了两项星云奖,一项授予她的中篇小说《烈火长空》,另一项则授予她的短篇小说《克里瑞来信》。数月之后,《烈火长空》又夺得了雨果奖最佳长中篇小说奖。1989年,她的短篇小说《温勒斯巴格的最后一个》获得了星云奖和雨果奖,1990年,短中篇小说《在里雅多》获得星云奖。1993年,她的代表作长篇小说《末日之书》获得了星云和雨果双奖,同时她的短篇小说《即使是女王》也获得了双奖。1994年,她以短中篇《尼罗河上的死亡》再夺雨果奖,短篇小说《灵魂选择她的社会》获得1997年雨果奖,长篇小说《别忘了还有狗》获得1999年雨果奖,长中篇《大理石拱门上的风》获得2000年雨果奖,长中篇《秘密任务》获得2006年雨果奖,长中篇《均已就座》获得2008年雨果奖。最后,她的长篇小说《灯火管制/警报解除》获得了2011年的星云与雨果双奖。2009年,她被选入科幻名人堂;2011年,她荣获美国科幻奇幻作家协会大师奖。这些奖项使得她成为了科幻小说史上最享有盛名的作家,也是唯一一位有两部作品在同一年囊括星云奖和雨果奖的作家。她的其他作品还包括与辛西娅·菲利斯合写的长篇小说《水女巫》《小规模空袭》和《应许之地》,以及《林肯之梦》《别忘了还有狗》《领头羊》《未知领域》《重拍》和《通道》。她还选编了《雨果奖新锐作家:第八卷》《星云奖第33辑》等作品集,并与希拉·威廉姆斯合编了《女性的解放:女性作者笔下的未来》。她的短篇小说收在《烈火长空》《不可能实现的梦》和《奇迹以及其他故事》三部选集里。她最近的著作是两卷本的长篇小说《灯火管制/警报解除》。即将出版的作品是长篇巨制的自选集《康妮·威利斯最佳小说集选》。

在接下来这篇节奏明快、幽默十足而又热烈兴奋的短篇故事中,她将带领我们去电影院度过一个愉快的夜晚,然而实际发生的情况却比简单地买一张票更复杂和诡异得多。

正在上映

“一部引人入胜的轻喜剧!”——《娱乐日报》

圣诞节假期之前的那个周六,萨拉来到我的宿舍里,问我是不是愿意和她还有柯特一起去电影综合中心看电影。

“在上映的都有些什么片子?”我问。

“我不知道,”她耸耸肩回答道,“很多,”这也就意味着她的真实目的根本就不是看电影。不过我对此并不感到惊讶。

“不了,谢谢。”我说,随后就继续埋头写起我的经济学论文。

“哦,拜托了,琳赛,会很有趣的。”她扑倒在我的床上:“《非凡特工队》正在上映,还有《圣诞十二天》,另外《暮光之城》也重新发片了。中心有上百部电影可以看。其中一定有你想看的。《圣诞节惊魂》怎么样?你难道不想看吗?”

想看,我想道。至少八个月前我看到预告片的时候是想看的。但与那时相比,很多事情已经改变了。

“我不能去,”我说,“我得学习。”

“我们每个人都得学习,”萨拉说,“但这可是圣诞节啊。中心会有很多的装饰，所有人都会去那里的。”

“说得太对了，这也就说明轻轨将会拥挤不堪，安检的时间也会长到无法想象。”

“是不是因为杰克？”

“杰克？”我说，同时想着要不要干脆反问一句，“哪个杰克？”

还是算了吧。这是萨拉，又不是别人。于是我说道：“我去不去中心和杰克·韦弗有什么关系？”

“呃……我不知道，”她结结巴巴地说，“就是，在他离开之后，感觉你有点……消沉，而且你们两个原来一起看了很多电影。”

这种说法还算是客气。杰克是我见过的唯一一个和我一样喜欢电影的男孩子，而且他也是喜欢所有种类的电影，不光是那些动漫英雄故事和恐怖片。他喜欢所有的电影，从宝莱坞片到《情定巴黎》那样的浪漫喜剧片，再到《街角的商店》和《铁血船长》那样的黑白片。我们曾经数十次一起去中心看这些电影，还曾经一起看过上百部其他的影片，就在我们在一起的那个学期。更正，是一个学期减去一周。

萨拉还在说话。“而且你再也没去过中心了，自从——”

“自从你说服我和你们一起去看《季风之门》以后。”我说，“而那一次我们到了之后你就只想吃东西、和男生聊天，导致我根本就没看到那部电影。”

“这次不会了。柯特和我保证这次一定会去看电影的。去吧，这对你也有好处。那里会有成百上千的帅哥。还记得希格陶乐队的那个说过喜欢你的小伙子吗？叫诺亚的那个？他也可能在哦。去吧。拜托你和我们一起去吧。这是我们的最后一次机会了。下个周末要期末考试，我们又不能去，再往后就放假了。”

而且在我家乡更不会有人想看《圣诞节惊魂》。如果我提议去看电影，我姐姐就会坚持要带着她的孩子们一起去看《神偷奶爸》，最后我们就会在街机室痛打小怪兽游戏、购买《疯狂原始人》长颈鹿玩具和

《冰河世纪》纪念品中度过整个下午。等到我再回学校时,《圣诞节惊魂》也肯定下线了。另外,杰克应该也不会像他所许诺的那样戏剧般地出现并且和我一起去看。如果我想要在大屏幕上观赏这部电影,就必须抓住现在这个机会。

"好吧,"我说,"但我不会和你们一起去找男人。我去是因为我真的想看《圣诞节惊魂》。明白了吗?"

"是,当然,"她说着,拿出手机并开始按键,"我会给柯特发个短信,然后——"

"我是说真的。"我说,"你得给我一个承诺,你们不会像上次那样被其他的事情吸引走了,因为我们是真的要去看电影。"

"我承诺,"她说,"不去找男人,也不吃东西,直到电影结束。"

"还有,也不能购物。"我说。我上次没看成《季风之门》就是因为萨拉在《时尚女魔头》纪念品店试穿波莉·佩波的鞋子。"答应我。"

萨拉叹了口气。"好吧。我答应你。我保证。"

"甜蜜的浪漫喜剧,并有大量武打镜头!"——popcorn. com

萨拉的承诺跟以前杰克对我的那些承诺一样不靠谱。从我们到达电影综合中心的那一刻起,甚至还没通过进门之前的安检,她就开始发短信,而这时柯特又说道:"我后面那些西北大学的男孩子们刚刚在问,我们是否愿意去看看《伯尔尼王朝》的演职人员。他们正在环球大厅搞远程视频呢。"

萨拉满怀希望地看着我。“我们可以不看十点整的那场，换成十二点十分的。”

“要不两点二十的也行。”柯特说。

“不。”我说。

“抱歉啦，”萨拉对那些男生说道，“我们答应过琳赛了，我们要先陪她去看《圣诞节惊魂》。”那些男孩随后就开始勾搭他们身后的女孩们了。

“我真不明白我们为啥就不能去看晚一点的场次。”在通过危险品检查站的时候，柯特噘着嘴说道。

“因为等到远程视频结束之后，他们就会想要去玩《天降杀机》的电子游戏，或者去哈罗德和库马尔的白城堡吃饭，从而我们就会错过两点二十的那一场以及四点三十的那一场。”我说。之后，我们刚一通过全身以及视网膜扫描并进入到中心，我就马上直接走向自动售票机，无视各类预告片、全息图、广告、分发免费领取点心的优惠券的小精灵、视频游戏以及关于今天在何时何地可以得到何人的亲笔签名的预告信息的弹幕式冲击。

“我以为你会在网上先买票呢。”萨拉说。

“我试过了，”我说，“但是他们在搞限定预售，所以你只能来这里再买票。”我用手指划过正在上映的影片列表——《开膛手 2》《非凡特工队》《僵尸山上的房子》《女王的丈夫》《换挡》《你以为你忘记他了的时候》……

说实话，要是真有一百部电影在上映，他们应该按照字母顺序排列好。《致命冲击》《圣诞节十二天》《德州电锯杀人狂——音乐剧》《星恋》《回到回到未来》《魔法坏女巫》……

在这里了。《圣诞节惊魂》。我点击购票按钮，选择三张，然后刷了卡。

“不可用。”屏幕上显示，“此电影票需在售票处购买。”也就是说我们得去排队,这是电影综合中心可能发生的最糟糕的事情之一。

想想看吧,有这么多人在排队买票,他们应该按照迪士尼乐园的方式使用排队隔离带,减小队伍的长度,但他们只在等待入场观看电影的入口处使用这种方法。买票的人排起的长长队伍一眼望不到头,我们为了找到队伍的末尾,先是走过了足有足球场那么大的大厅,然后是《饥饿游戏》弹力球游戏场、《料理绝配》餐厅、威塔工作室的最后之家[①]、虚拟现实展厅以及长达半英里的各种纪念品商店和精品店。

仅仅是找到队伍的尽头就花费了二十分钟,而在这期间我们有两次差点把柯特给丢了,其中一次是在《红粉佳人》纪念品商店——“哦天哪！这儿有《五十层灰》里面那种高跟鞋!”——另一次则是因为她看到了《希望浮现》里出现过的奶昔和蛋卷冰激凌甜品店在售卖蔓越莓麦芽糖。

萨拉和我两次都把她拽了回来,继续在每分钟都在延长的队伍里排着。“我们永远都没办法进场看那部电影的。”柯特嘟嘟囔囔地说着。

“不,我们一定能看到。”我表面上自信十足,但其实并不是十分确定。队伍里的人实在是太多了,但是其中绝大多数都是小孩,他们很明显是要去看《卖鹅的小女孩》,或者木偶剧《生活多美好》,又或者是《爱冒险的朵拉在德卢斯》。也有些是成年人,我问了问他们想看什么电影,回答是《都铎艳史》或者《回到金盏花大酒店》;而另外一些我没有去问的人则都穿着《钢铁侠 8》的 T 恤衫。“我们一定能进去的。”

“是那样就好了。”柯特说,“说到底,你干吗非得去看这个《圣诞节惊魂》呢？我从来没听说过这部片子。是浪漫喜剧吗?”

“不是,”我说,“它更像是间谍冒险故事和爱情故事的结合。比如

① 威塔工作室是指环王系列电影的后期制作中心,最后之家则是指环王电影中的一个场景。

《谜中谜》[1]。或者《国防大机密》[2]。”

“我都没看过这些电影的预告片，”她说着抬头望向上方悬挂着的正在放映场次指示牌，“它们还在放映吗？”

“不。”我早该知道不要去提那些老电影。在这个充斥着各种重制版的时代，没有人会看出版时间早于上周的片子。除了杰克。他甚至还喜欢看默片。

“你懂的，就是那种片子，女主角偶然间被卷入了一场犯罪活动，”我说，“或者某种阴谋，而男主角是一个间谍，就像《东西战争》[3]里那样，或是一个记者，或者是在罪犯中间卧底的侦探，像是《偷龙转凤》[4]里那样，或者，他是一个浪子——”

“一个浪子？”柯特茫然地说。

“一个反抗者，”我说，“一个无赖，一个盗贼，就像《寻找宝石》[5]里的迈克尔·道格拉斯，或是埃罗尔·弗林——”

“这几部电影的预告片我也没看过。”她说，“难道《掷箭》[6]这部片子还在上映吗？”

“不，”我说，“一个浪子就是一个骄傲自大、不在乎规矩和法律的人——”

“哦，你是说一个讨人厌的废物。”柯特说。

“不！浪子更有趣、性感以及有魅力。”我一边说，一边绝望地试着去想出一些足够晚近、连柯特都看过的电影，“就像钢铁侠，或者杰克·斯派罗。”

---

① 1963 年电影。

② 约翰·布臣 1915 年出版的小说，1935 年拍成电影，由希区柯克执导。

③ 1986 年电影。

④ 1966 年电影。

⑤ 1984 年电影。

⑥ 原文与埃罗尔·弗林同音。

“或者杰克·韦弗。”萨拉说。

“不，”我说，“不像杰克·韦弗。首先——”

“杰克·韦弗是谁？”柯特问。

“就是琳赛以前爱过的男生啊。”萨拉说。

“我才没——”

“等等，”柯特说，“就是去年那个往系主任办公室里放了一大群鸭子的人吗？”

“不是鸭子，是鹅。”我说。

“哇哦！”柯特似乎已被这一“壮举”所折服，“你和他谈过？”

“有那么一段儿，”我说，“直到我发现他是个——”

“浪子？”萨拉插话道。

“不，”我说，“一个讨人厌的废物。自作自受，在就差一周就能毕业的时候被开除了。”

“实际上，他没有被开除。”萨拉对柯特解释道，“在他们做出开除决定前，他先退学了。”

“要不是这样的话，说不定校方还会报警呢。”我说。

“那真是太糟了。”柯特说，“听起来他简直就是道德败坏！我真想见见他。”

“你会有机会的。”萨拉以一种奇怪的语气说道，“看！”她指着大厅的另一边。

而在那里，有一个男人靠在一根柱子上，双手插在裤兜里，抬头看着放映计划表。那人正是杰克·韦弗。

“令人极度兴奋的喜剧片！让你的心跳加速！”——《今日美国》

“那是他,对不对?”萨拉问。

“是的。”我阴沉地回答道。

“我真想知道他在那儿干吗呢?”

“说得好像你不知道似的。”我说。现在真相大白了,我之前还不明白她干吗一定要叫我一起来。她和杰克共同设计了——

“哦天啊!”柯特尖叫起来,“那就是你们刚才说的那个男生?那个——你们叫他什么来着?”

“白痴。”我说。

“浪子。”萨拉说。

“对,那个浪子。你们没告诉我原来他这么帅!我是说,我简直要被他融化了!”

“嘘。”我说,但已经太晚了。杰克已经朝这边看了过来并且看到了我们。

“萨拉,”我说,“如果这些都是你设计的,我以后再也不会和你说话了!”

“不是我干的,我发誓。”她说。她的誓言在我看来早就一文不值了,但是有两件事情使我更倾向于相信她。一方面,虽然整个情形有点像那部叫做《美丽邂逅》的电影,所以特别可疑,但是萨拉脸上的神情却是全然的惊讶,而这种惊讶的原因也在仅仅几秒钟之后就明了起来,因为来自希格陶乐队的三个人——包括诺亚——正在朝这边走来,并且他们的样子显得太过于随意了。

“哇哦!”诺亚说,“我还真不知道你们三个今天也在这儿。”

除非萨拉在我们等着过安检的时候给你发了十五条短信,我想道。但至少,如果他们在这儿,那么杰克也就不会过来和我说话。

我是说,如果他想那么做的话。这也就是我认为萨拉与此事无关的第二个原因：杰克脸上的表情。他看到我的时候也很吃惊，但除此之外还表露出一种沮丧的情绪。所以我的想法完全没错：他不是个浪子，而是个讨厌的坏家伙。而且他很有可能是和另外的女孩一起来的。

“看到你在这儿我特别惊讶，琳赛。”诺亚，这个即使连暮光系列都不会请他出演的失败演员，开口说道，“你到电影综合中心来干什么？”

“我们三人，”我说，并特意强调了“三”这个字，“准备去看一场电影。”

“哦，”他说着，朝萨拉皱了下眉头，后者则给了他一个鼓励的眼神，“我们正准备到莫斯埃斯利[①]酒吧吃点东西，你们愿意和我们一起去吗？”

“哦，我爱那家酒吧。”柯特脉脉含情地说道。

“我会给你买一杯黑武士鸡尾酒。”诺亚对我说道。

“琳赛更喜欢皮姆杯。”萨拉说，“是吧？”

我朝大厅方向瞥了一眼，心里既希望又不希望杰克听到这句话。

他不在那里。他也不在队尾，也不在自动售票机旁边。很好，他去见他的新女朋友了。我希望她讨厌电影。

诺亚说：“老天在上，皮姆杯是什么东西？”

“是一部电影里的一种饮料。”我说。也是我最喜欢的饮料，但我没把这话说出来。或者至少曾经是。在我们一起看完《鬼镇》[②]之后，杰克曾经给我做过一杯，而且蒂亚·雷欧妮[③]也说这是她最喜欢的饮料。

“我们先去吃午饭再去看电影不行吗，琳赛？”柯特敬慕地看着诺亚，“我刚弄到了蒂芙尼早餐吧的优惠券。”

“不行。”我说。

---

① 《星球大战》系列中的一个地名。

② 2008 年电影。

③ 美国女演员，在《鬼镇》中饰演女主角。

萨拉再次向诺亚投去鼓励的眼神，后者说道："也许我们可以跟你们一起去。你们要看哪一部电影？"

"《圣诞节惊魂》。"柯特说。

"从没听说过。"诺亚说。

"是一部间谍冒险片。"柯特说，"一部间谍冒险爱情片。"

诺亚扮了个鬼脸。"你是说真的？我讨厌浪漫喜剧。我们一起去看《致命冲撞》怎么样？"

"不。"我说。

"也许我们可以在看完电影后到莫斯埃斯利酒吧去找你们。"萨拉提议道。

"好吧，大概，"诺亚嘟囔着说道，同时看着他的同伴们，"我们已经很饿了。听着，我会给你发短信。"他说，随后他们三个就离开了。

"我真不敢相信你居然会这么做。"萨拉说，"我只是试着帮你忘掉那个——"

"那个叫诺亚的实在是帅爆了。"柯特望着他的背影叹了口气，"这最好是一部好电影。"

"对，它是。"杰克在我身边说道，"嗨。"

"你在这儿干什么？"我质问道。

"看电影啊，"他说，"还能干什么？"他向我靠了过来。"叛徒，"他对我耳语道，"你答应过要和我一起看《圣诞节惊魂》的。"

"你又不在。"我冷酷地说。

"呃，关于那个，"他说，"抱歉。发生了一些事情。我——"

"那真的是一部好电影吗？"柯特一边说着，一边向他贴了过去。"琳赛不告诉我们那是怎样的一个故事。她只是说里面有一个浪子。"

"浪子，"杰克对着我扬起一边的眉毛，"我喜欢这个词。"

"那你喜欢不喜欢'败犬'？"我说，"或者'讨厌的笨蛋'？"

他没理我。"实际上，"他对柯特说，"那是一个卧底特工，正在调查一桩事件，”他说。“而这一情况是保密的，所以他不能告诉女主角为什么他必须要离开——”

“不错的尝试，”我说，然后我对柯特说，“真实的情况是，这个讨厌的家伙只是对女主角说了一大堆谎话，做了一些非同寻常的蠢事，然后没有留下只言片语就离开了——”

“你干吗不和我们一起来呢，杰克？”柯特打断了我的话，用渴望的眼神望着杰克，“顺便说一句，我叫柯特。我是琳赛的朋友，但她从没和我说过你是这么的——”

萨拉挤到他俩中间。“实际上，柯特和我正要去玩皮卡帕无人机捉迷藏游戏，杰克，”她说，“我们——”

“什么皮卡帕？”柯特不高兴地问道。

萨拉没理她。“我们本来是要陪琳赛去看电影的，但既然你在这儿，那么你可以陪她去。”

“我很乐意，”杰克皱着眉头，“但不幸的是，我不能陪她。”

“他忙着呢，得把一群会孵蛋的鹅放到《圣诞节十二天》的放映厅里去。”我说，“也许这次是鹧鸪？”

“是会游水的白天鹅，”他咧嘴笑道，“我口袋里装着八只呢。”

“真的吗？”柯特说。就好像任何一个人真能带着什么东西通过安检似的，更不用说一群天鹅了。

“那可真够坏的！”她呵呵笑着说道，“你在系主任办公室里做的事实在太棒了！你一定得和我们一起去看《圣诞节惊魂》！”

“我不会和杰克一起去任何地方。”我说。

“那我和他一起去。”柯特随随便便地用手挽住杰克的胳膊，“我们两个人一起去。”

“嗯，呃，我想那一定很有趣，”杰克巧妙地从她手里挣脱出来，就好像她是一条铁丝网，“但问题是，我们看不成那部电影。我们进不去。票卖完了。”

“票没有卖完，”我说着，指向悬挂着的电子显示屏，“你看。”

“也许现在还没有，但我敢保证它会在你排到队伍的前头之前卖完。”

“你不是认真的吧，”萨拉说，“那我们岂不是白排了？”

“而且我们还拒绝了诺亚的邀请。”柯特补充道。

“不会卖完的。”我自信地说。

“错。”杰克说着，指向显示屏，那上面《圣诞节惊魂》后面显示出了“票已售完”的字样。

“引人入胜的神秘事件……”——flickers. com

“哦，不。”萨拉说，“我们现在怎么办？”

“我们可以去看《星恋》，”柯特对杰克说，“听说那部片子很不错。或者《少女日记》。”

“我们不看这些，”我说，“十二点十分那一场《圣诞节惊魂》卖完了，不代表其他场次的票也卖完了。我们还可以去买两点二十那一场的。”

“然后再在这里等两个小时？”柯特哀叹道。

“我们可以先去吃午饭然后再来买票呀，”萨拉说，“我们可以去巧克——”

“不，”我说，“我不会允许这一次观影经历又变成另一次的《季风之门》。只要没买到票，我们哪儿都不去。”

“这样吧，琳赛你留在这里排队，我们先去吃些东西，再给你带点回来。”柯特提议道。

“不行。”我说，“你们答应过要陪着我的。”

“是啊，你也答应过要和我一起看的，琳赛。”杰克说。

“是你先放了我的鸽子。”

“我没有。”他说，“我不是在这儿吗？再说了，在《法国之吻》里，凯文·克莱因放了梅格·瑞恩的鸽子。在《寻找宝石》里，迈克尔·道格拉斯放了凯瑟琳·特纳的鸽子。印第安纳·琼斯还把被绑了起来的玛丽恩丢在坏人的帐篷里。承认吧，这就是浪子的做事风格。”

“是的，没错，但他们不会因为自己的愚蠢抛弃整个前途。”

“你是说那些鹅？那不是胡闹。”

“哦，真的吗？那你说那是什么？”

“看来你们两个有很多事情需要讨论。”萨拉说，“我们不当电灯泡。稍后再来找你们吧。给我发短信。”我还没来得及抱怨，她和柯特就消失在人群之中了。

我转向杰克。“我还是不会和你一起去看的。”

“没错，”他眺望着售票处的方向，“两点二十的那场你也一样进不去。”

“我猜你是想告诉我，那一场的票也会卖光，对吗？”

“不是，这一招他们一般不会用第二次。”他说，“这一次他们将会使用一些更精巧的方法。圣诞节特别放映版的《街角的商店》的免费票，或是新版绿巨人扮演者的亲身出现。或者，因为你喜欢浪子，出现的人可能是韩·苏洛[①]。”他咧嘴一笑。“或者是我。”

“我不喜欢浪子。”我说，“再也不喜欢了。还有，你那句话是什么意思，‘这一招他们不会用第二次’？”

---

①《星球大战之帝国反击战》(1980 年电影)里的角色。

他摇着头，似乎对我的回答很不满意。“那不是你的台词。你应该说，‘我刚巧喜欢好男人’，然后我说，‘我就是个好男人’①。”他向我靠了过来，“然后你就说——”

“这不是《星球大战之帝国反击战》，”我怒声斥道，同时向后退开一步。“你也不是韩·苏洛。”

“的确。”他说，“我更像是《偷龙转凤》里的彼得·奥托雷。或是《佐罗的面具》里的道格拉斯·费尔班克斯。”

“或者是《世界上最大的骗子》里的布拉德利·库珀②。”我说。“你为什么要说我连两点二十的那一场也看不了？你对影院做了什么坏事吗？”

“没有，什么都没有。我发誓。”他举起右手。

“好吧，但是你觉得你的誓言能完全让人信得过吗？”

“说实话，当然信得过。只是……别管了。我向你保证，十二点十分那一场的票卖完了肯定与我无关。”

“那为什么你能确定它肯定会卖完呢？”

“一言难尽。而且我在这儿也不能说。”他环视了一下四周，“我们找个安静点的地方，我会向你解释这一切，可以吗？”

“包括你过去的八个月身在何处？以及你为什么要把那群鹅放到系主任的办公室里？”

“不，”他说，“抱歉，我现在还不能那么做——”

“那要到什么时候才能？要等着你在这里做完什么坏事吗？”我压低声音，“杰克，我不是开玩笑，你会遇到大麻烦的。中心的安保措施非常严格——”

“我知道。”他轻快地说，“这么说来，你还是爱我的。‘那么我们去

---

①《星球大战之帝国反击战》中雷亚公主与韩·苏洛对话的台词，在雷亚公主说下一句话的时候被韩·苏洛把嘴堵住了。

② 目前，布拉德利·库珀还没有出演过同名的电影，疑为作者杜撰。

吃一顿舒适的午餐再讨论这事怎么样,'就像在《偷龙转凤》里彼得对奥黛丽说的。皮克斯大道上有个小餐馆,叫做古斯特①餐厅——"

"我不会和你一起去任何地方。"我说。"我要去看两点二十的那一场《圣诞节惊魂》。自己去。"

"好吧,那是你自己的想法。"他说。

"看看两人之间迸发的火花!"——《网上影评人》

我还没来得及问"那是你自己的想法"这句话是什么意思,杰克就走掉了,而我也不能去追他,否则就会丢掉在队伍中占的位置,因此我只能继续排着队,同时心里满怀忧虑:也许两点二十那一场的票也会卖完。尽管我前面只剩下二十几个人,而且他们显然都是去看其他的电影的,电子显示屏上也仍然显示着"有票",但我心里的担忧却一点都没有减少。

因为买票的队伍并非只有一列,在我身边还有另外三个售票窗口前排起的队伍,而我所在的这一队所对应的售票员似乎比《阿呆和阿瓜》里面的角色还要蠢得多。此人无论是找零、刷卡还是递出电影票的速度都缓慢得惊人。还好我没打算买一点十分那一场的票。我根本就赶不上。

等我终于接近售票窗口的时候,一点十分那场电影估计都放了快

① 《料理鼠王》中厨神的名字。

一半了。而这时我的前面也只剩下了四个人,但现在在窗口前面的那个家伙却无法决定到底是去看《僵尸舞会》还是去看《阿凡达4》。他和他的女朋友在那里争论了将近十分钟,随后他的卡又刷不出来,只能用他女朋友的,而她则不得不将自己的整个包翻了个底儿朝上,把所有的东西都掏出来,这才找到她的卡,终于拿到票之后又站在那儿把所有的东西都塞回包里。

这正是杰克说过的那种情况,我想道。如果他们是有意识地不让我去看那场电影,那会怎样呢?

别想得这么荒诞,我告诉自己。这是阴谋论的思维方式。但在我越来越接近售票窗口的同时,我还是焦急地抬头望着电子显示屏,生怕在最后一分钟上面会显示出"票已售完"。

这样的事没有发生。当我对售票员说"两点二十的《圣诞节惊魂》,一张成人票"的时候,他点了点头,接过我的卡并且刷了出来,没出任何意外,然后把票给了我,并对我说祝我观影愉快。

"我会的。"我坚决地说道,然后开始向放映厅的入口走去。

我刚走到一半,杰克又突然不知从哪儿冒了出来并且来到我的身边,紧跟着我的脚步。"怎么样?"他说。

"票没有卖完,我毫不费力就拿到了票。看到没?"我说着对他亮出了我的票。

他一点都不吃惊。"是的,在《寻找宝石》里,他们也找到了那颗宝石,"他说,"在《东西战争》里,胡比·戈登堡也和跳跃杰克闪电来了次逃离行动,看看最后发生了什么。"

"你说这些究竟想表达什么?"

"我是说,你现在还没进入放映厅,而如果你在两点二十之前没有能够进去,他们就不会再让你进了。"

的确如此——这是电影综合中心的规定之一,任何人都不能在电影开始放映之后再进场。但现在还只是一点三十分而已。我将这一事实告诉杰克。

“是的。但是放映厅综合体前面的队伍可能会非常长。又或者是排队购买爆米花的队伍。”

“我不准备买爆米花。而且放映厅综合体前面根本就没有在排队。”我说着，指向放映厅综合体入口处那个形单影只的带位员。

“现在是这样，”他说，“你不是还没走到吗。在你走到带位员身边之前，可能就会有一大群中年妇女从那家新开的《五十层灰》店里涌出来。而且，即使你进了放映厅，胶片也有可能会断裂——”

“电影综合中心不使用胶片。他们播放的全都是数码版的影像。”

“没错，但是数码影像也完全有可能会出问题。有关的数据可能会被电脑病毒所删除，也可能服务器崩溃了。或者可能会有什么东西触发了 TSA 的警报，使整个电影综合中心进入一级防范禁闭状态。”

“类似在某个放映厅里放出一群鹅这样的事吗？”我说，“你到底在谋划些什么，杰克？”

“我告诉过你了，我没有谋划什么。我只是在说你可能没办法进入放映厅。事实上，我基本上可以确定你进不去。如果真的是这样的话，我会在古斯特餐厅等你。”

“不会发生那样的事的。”我说着，开始穿过大厅的另外一半，向放映厅综合体的入口以及那个带位员走过去。

大厅里越来越拥挤了，兴奋的叽叽喳喳的小孩、低头发短信的青少年、争论接下来该到哪里去的一家子等等。我不得不推开他们、绕过他们，心里希望着带位员的面前不会突然排起长队，从而证明杰克的话是对的，但当我走到带位员前面时，他仍然独自一人站在那里，靠在接待台上，露出一副无聊的表情。

我把我的票递给他。

他看了看，又把票还给了我。“你还不能进去。电影还没结束。抱歉。”他说着，伸手接过我身后两个八岁男孩递过来的票。

他将票根撕下，把剩下的部分递给那两个男孩。“七十六号放映厅。上三楼然后向右转。”

男孩子们走了进去。我说：“我不能进去在放映厅门口等着散场吗？”

他摇摇头。“这不符合安保规定。除非那个放映厅清场了，否则我不能让任何人进去。”

“那么清场是什么时候？”

“我看看，”他说着，看了一下时间表。“一点五十五分。”还有十分钟。“如果你不想等的话——”

“不，我要等。”我走到墙边，把路让了出来。

“抱歉，你不能站在那里。”一个经理走了过来，“观看《神秘博士电影版》的观众需要在这边排队。”他开始忙碌地在那里设置隔离带。

我走向另一侧的墙壁，但是一群小女孩和她们的父母已经在那里排起了队，准备去观看《卖鹅的小女孩》，而门口附近的唯一一张板凳则已被一个疲惫的母亲所占据，她正绝望地试图说服她的两个女儿归还她们的虚拟现实眼镜。那边爆发出尖叫声，小女孩们又踢又打。

我必须在大厅外面等待十分钟。但愿杰克已经去古斯特餐厅了，我想道，但实际上他并没有。他就站在入口外面，双手插在口袋里，脸上挂着一副“我早和你说过”的笑容。“发生什么事了？”他问。

“没什么事，”我说着，从他身边走过去，“十二点十分那一场还没散场呢。”

“这么说来你终于决定要和我谈谈了。太棒了。”他说着，抓住我的胳膊，和我并排穿过大厅往皮克斯大道的方向走去。“我们可以去古斯特餐厅，然后你可以和我说一说那个带位员是以什么样的借口阻止你进去，又是以什么样的借口不让你待在入口处。”

“我不想和你说任何事情。”我说着，用力把我的胳膊抽了出来，“我干吗要和你说？你也没和我说过你准备在只差一周就能毕业的时候让自己被开除啊。”

“是的,关于那件事,”他皱起了眉头,“实际上,我本来就不打算毕业——”

“当然了。”我厌恶地说,“我干吗要感到惊讶呢?那就是你闯入系主任办公室的原因吗?因为你准备退学,所以得去更改一下自己的成绩吗?”

“不,”他说,“事实上,我不——”

“啥?”

“我不能告诉你。”他说,“这是秘密。”

“秘密!”我说,“够了。我绝不会再听你的胡言乱语。我准备站在入口那里,直到他们让我进去为止。”我指着入口的方向。“等我进去之后,你要是还打算跟着我,我就去告诉保安。”

我从一群穿着斗篷、脚上粘着毛、显然是要去看《弗罗多归来》的霍比特人中间挤了过去,然后是一群准备去看《欲望都市》怀旧特别版的阿姨们,以及准备看《神秘博士》的大队人马,现在他们那条队伍已经排到大厅外面十码了。等我到达我之前想要在那里等待的位置的时候,已经没有必要等待了。时间已经是两点整了。

我走到带位员身边,把我的票递给他。

他摇摇头。“你还不能进去。”

“但你说过十二点十分的那一场是一点五十五分散场。”

“是的,但是你还不能进去,因为放映厅还没有打扫好。”

“那要几点才能进?”

他耸耸肩。“我不知道。有个家伙吐了一地。估计起码得二十分钟才能清理干净。”他把票还给我,“你为什么不去买点东西吃呢?或者做一次圣诞购物?《西雅图夜未眠》纪念品商店在搞《盗梦空间》眼罩促销活动呢。”

杰克肯定就在门外,一脸坏笑地等着我,我想道。“不了,谢谢。”

我说，然后我又挤过等着看《神秘博士》和《卖鹅的小女孩》的观众队伍，朝那张椅子的方向走去，心里希望着那位母亲和她的孩子们已经离开了。

她们倒是已经离开了，但那张椅子现在又属于一对正在激情拥吻的情侣，这两人几乎是躺在椅子上了，霸占了整张长椅。我从他们身边走过，然后靠墙站住了，但这两人的表演很快就达到了限制级的程度，然后又直奔成人级而去。我只好又做了一番心理建设，准备好接受杰克新一轮的阴谋论观点打击，这才再次走出了大厅。

“为假日观影人准备的一份大礼！”——Silverscreen. com

杰克不在大厅里。但除了他——还有萨拉以及柯特——似乎所有的人都来到这个大厅里了。简直就是人山人海——人们有的在寄存大衣，有的在买票，有的在买饮料和点心，有的则站在原地，仰着脖子看电子显示屏上播放的预告片和场次表。我发现自己被从放映厅综合体进进出出的人流反复地冲击，其中还夹杂着跑来跑去，从假扮的圣诞人物手中抢夺糖果的小孩们。那些假扮的圣诞人物在大厅里漫步行走，一边丢出拐杖糖，一边分发广告传单。花栗鼠艾尔文[1]给了我一张可以在理发师陶德[2]简餐吧领取免费肉馅饼的礼品券，另外，一个热情得吓

① 动画电影《鼠来宝》里的角色。

② 2007 年同名电影的主角，和寡妇洛维特夫人合开了一家黑店。

人的圣诞绿精灵[1]给了我一张优惠券，据说可以在迪士尼纪念品店半价购买《十二个跳舞的公主》[2]T 恤衫。

我把优惠券随手递给一个新哥特风的女孩，掏出手机低头阅读刚刚收到的一条短信，这条短信说我获得了《鬼镇》特别重制版的免费入场观看资格。这时我差点被一个超大号的变形金刚给撞倒，这个变形金刚特别高大，脑袋都快碰到大厅的顶篷了，同时还挥舞着巨大的金属手臂。我一边躲避，一边被人群推离了它将要经过的地方，这个变形金刚一路走到大厅的另一头，然后在那边解除了合体状态。

人群又开始涌向变形金刚那一边，一边用手机拍摄照片，一边互相推挤以获得更好的位置。他们的后背组成了一道牢不可破的墙壁。我根本没办法穿过这道墙，至少在那个变形金刚离开之前不行。

不过，这也没什么关系——放映厅要打扫完还需要十五分钟。我转过身，试图找到一个可以安静地等待并且不会被撞倒的地方。当然不能去古斯特餐厅——我可不想再去听杰克说“我告诉过你了”。也不能去理发师陶德简餐吧，那里太远了。

我需要这样一个地方：它离放映厅综合体的入口不能太远，这样只要人群稍微分散，或者我看到清洁工向着带位员高举双手示意，我就可以马上过去等候入场；同时它又不能有太多的人在排队。但是要找到这样的一个地方几乎是不可能完成的任务。“僵尸果汁”店里比大厅还要拥挤。星门星巴克正在搞槲寄生抹茶的促销活动，队伍都快排到僵尸果汁的店面里去了。另外，那个变形金刚正在分发变形金刚茶饮的优惠券，因为往常一般都不会有太多人的“茶与同情”[3]饮品店现在也已经人满为患了。

而且，我肯定不能去莫斯埃斯利酒吧，虽然这个时候的我很想要喝

---

① 2000 年动画电影《圣诞怪杰》中的主角，绿色皮肤，长相丑陋。

② 格林童话中的一篇。

③ 1956 年电影。

一杯。但很显然，那条短信就是杰克发的，这也就意味着他会在那间酒吧里等着把我灌醉并且对我大谈特谈他的阴谋论观点。我绝对不能去那里。

这也就意味着我只能选择前往“极地快车”[①]，它就在大厅旁边，而且只有两个人在排队，但即便如此，等待的时间也长得不可思议。收银台前的那个男人想要一杯姜饼丁香拿铁，而咖啡师却不知道该怎样制作，所以那个男人不得不一步一步地指导她。他后面的那个十几岁小姑娘的卡又刷不出来。

我回头看了一眼大厅。变形金刚现在已经离开了，但又有一个从《蒸汽朋克军团》里跑出来的齐柏林飞艇正在自助售票机的上空飘浮着，向聚集着的人们抛撒礼品卡。如果我不赶紧离开的话，大厅里很快就将会比刚才变形金刚在的时候更拥挤了。

我决定到店门外的外卖点打包一杯可可，于是转身走向门外，但就在我刚走到门口的时候，那个要了姜饼丁香拿铁的男人和我撞在了一起，整杯饮料、连同上面打得不怎么样的奶泡全都泼在我的胸前。

顾客们立即拿着手帕和纸巾围拢过来，而咖啡师则坚持要给我找一块湿布。“没关系，”我说，“我有点忙。我得去看一场电影，马上就要开始了。”

“不会耽搁你很长时间的，”她说着朝柜台后面跑去，“你不能这样出去，你全身都湿透了。”

“我没关系的。”我说着朝门外走去。

那个男人抓住了我的胳膊。“我一定得给你买一杯饮料，表示我的歉意。”他说，“你喜欢哪种？”

“不用了，真的。”我说，“我得马上走——”这时那名咖啡师跑到我的身边，开始用湿布擦拭我的衣服。

---

① 2004 年动画电影。

“没必要的,真的。”我把她推开了。

“你不会投诉我们店吧?”她说话的时候眼里含着泪水。

会的,如果因为你耽误了我看电影的话,我想。“不,当然不会。”我说,“我没什么事。不用麻烦了。”

“哦,好吧,”她说,“如果你能再等一小会儿的话,我会给你一张优惠券,你下次来的时候可以拿到免费赠饮。”

“我不想要——”

“至少让我出你的洗衣费吧,”那个男人说着掏出了手机,“如果你能将你的电子邮件地址告诉我的话——”

“我又想了一下,”我说,“我还是要一杯饮料好了。一杯胡椒薄荷奶茶。”就在那个男人开始走向柜台的时候,我一个箭步冲出了“极地快车”,钻进了大厅拥挤的人群当中。

大厅里比刚才变形金刚在的时候还要拥挤。我挤入人群,并试图从其中穿过去,值得庆幸的是我并没有拿到我打包的可可。我不得不用双手推开走在一起的夫妇并从他们中间钻过,还有那些穿着《蓝精灵光明节》T恤、兴奋异常的孩子们,以及仰着脖子观看《僵尸山上的房子》预告片的青少年们。

这简直就像是在糖浆里游泳一样困难,当我终于能够看到那名带位员的时候,我觉得好像已经过了几个小时那么久了。现在他的面前已经排起了一条队伍,但排队的人显然不是去看《神秘博士》和《卖鹅的小女孩》的,因为那两部电影的观众都还在他们各自的蜿蜒曲折、像是迷宫一般的队伍里等待着。我得在那两部电影的观众出场之前到带位员面前去,否则我就看不到我的圣诞节——

一个人抓住了我的胳膊。千万别是那个要了姜饼拿铁的人——我一边这样想着,一边被拽到了人群的中央。

那并不是他。拽住我的是个圣诞老人,他一手拿着一只话筒,另一只手牵着好几头驯鹿。“你想要什么圣诞礼物啊,小女孩?”他将话筒递到我的面前。

“我要到那边去。”我说着朝那个方向指了指。

“嗬嗬嗬，”他说，“你想不想要三点二十五分《圣诞老人英雄传》的两张票啊？”

“不了，谢谢。”我说，“我要去看《圣诞节惊魂》。”

“什么！”他说，“你不想看圣诞老人自己拍的电影吗？”

他转向他的驯鹿。“你听到了吗，普兰瑟[①]？”他的声音大得整个大厅都能听见。“我们这里有一个问题。我想我得看看我的坏孩子和乖孩子名单，布利岑。”他慢慢地把名单找了出来，再戴上一副夹鼻眼镜，慢悠悠地用手指划过名单上的一行行名字，而我则充满渴望地望着放映厅综合体的入口，带位员面前的队伍每分每秒都在延长。

“她在这儿，”圣诞老人终于说道，“是的，当然，她是个坏孩子。那我们一般会给坏孩子什么样的圣诞节礼物呢，魏克森？”

“煤块！”人们大吼道。

圣诞老人在他肩膀上扛着的袋子里掏摸了一番，最后掏出了一块甘草糖。“我该把这个给她吗？还是我们再给她一次机会？现在毕竟是圣诞节嘛。”

“煤块！”人群不为所动。圣诞老人又试着说服他们——两次——想让他们同意把电影票送给我。早知如此，我一开始就应该拿了两张票走人。

“送你一张两点三十分开场的《圣诞节十二天》的票吧，感谢你的参与。”圣诞老人说道，“圣诞快乐，嗬嗬嗬。”在这之后，我终于重获自由了。

我冲向放映厅综合体的入口，带位员面前的队伍现在神奇地消失了，我把我的票递给他。“抱歉。”他说着，又把票还给了我。

---

① 连同后文的布利岑和魏克森都是驯鹿的名字。

“他们还在打扫吗？”我不可置信地问道。

“没有，但是你迟到了。已经两点二十二分了。两点二十分的电影已经开场了。”

“但是开始的十五分钟里他们会放预告片——”

“抱歉。这是电影院的规定。电影开场之后谁也不能进去。我想你还可以再去买一张四点三十分的票。”

我买不到票了，而且我知道这一切都是谁搞的鬼，我想道。

“你想让我去看看四点三十分那一场还有没有票吗？”他问。

“不用了，没关系。别放在心上。”我说着走了出去，穿过大厅，进入电影综合中心的丛林里，去寻找杰克。

“一部伟大的电影！别错过它！”——《超时》杂志

我曾以为古斯特餐厅是在舞蹈俱乐部和《卡萨布兰卡》里的瑞克美式咖啡店附近，但实际上并非如此。我查看了两次地图，又向一个装扮成雪人弗洛斯蒂的工作人员问了路，最后才在“矮人国”的内部找到了它。它被夹在一个《怪物公司》球池和模拟《神偷奶爸》里面月球降落场景的游戏设施中间，两者都充斥着蹒跚学步的小孩，孩子们还不停地发出代表着快活和/或恐惧的尖叫声。

餐馆本身的装饰和布局与《料理鼠王》中的同名餐馆非常相似，桌布和墙纸上都画着老鼠的图案。杰克正坐在靠后的一张桌子旁边。“嗨，”他的声音穿过了喧闹的球池，“你没能进去，是吗？”

“是的。”我阴沉地说。

“坐吧。想喝点什么吗？古斯特餐厅是全年龄段的，不卖酒，所以我不能给你点皮姆杯，但是我准备给你点一杯老鼠抹茶。”

“不用了，谢谢。”我无视了他请我坐下的建议，“我想要知道你究竟有什么目的，以及为什么你会知道我不能——”

“嘿，你怎么了？”他打断了我，指着我还没干透的上衣，“别告诉我你跟《诺丁山》里面拿着一杯橙汁的休·格兰特撞在一起了。”

“不是，”我咬牙切齿地说道，“是一杯姜饼拿铁——”

“然后他们就以你的着装不符合规定为由拒绝你入场？”

“不，他们不让我进去是因为电影已经开始了。因为一个拿着姜饼拿铁的男人，还有一个拽着我不让我离开的圣诞老人，所以我没能及时从‘极地快车’赶到放映厅入口，这些你恐怕都已经知道了吧。你就是设计了这一切的那个人。这都是你那些幼稚的胡闹行为的一部分，不是吗？”

“我告诉过你了，那不是胡闹。”

“那么你认为是什么？”

“这个嘛……你还记得我们一起看过的《瞒天过海 8》吧？在赌场里发生了入室抢劫，大批警察赶来，警笛乱响，还调动了直升机，什么之类的。但那只是声东击西之计，真正的犯罪行为却是在银行里发生的。”

“你是说那些鹅也是声东击西？”

“是的。就像那个圣诞老人。他是怎么阻拦你的？”

“你当然完全知道他是怎么阻拦我的。是你雇用了他，好让我没法入场，这样我就不得不和你一起去看了。但这没有用。我不会和你一起去看《圣诞节惊魂》的。”

“好吧，”他说，“因为你是看不到那部电影的。至少今天看不了。”

“为什么？你做了什么？”

“我什么都没做。我与这些事情没有丝毫的关系。”

“真的吗?”我讽刺地说,“那和谁有关系呢?”

“如果你肯坐下的话,我会告诉你的。我还会告诉你为什么十二点十分的那一场票卖光了,为什么《蒸汽朋克军团》会刚巧在那个时候派出齐柏林飞艇,以及为什么你不能在网上购买《圣诞节惊魂》的票。”

“你是怎么知道的?”

“基本靠猜。自助售票机也不卖那部电影的票,对不对?”

“是的。”我说着坐了下来,“为什么?”

“首先,我想要收集一些资料。你到‘极地快车’去做什么?当我从你身边离开的时候,你正在把你的票交给带位员。”

“他不让我进去。说是有人在放映厅里面吐了。”

“啊,是的,老一套的呕吐。每次都会起作用。但为什么你不在门口等着呢?”

我把关于《神秘博士》和《卖鹅的小女孩》观众排队,以及占据了长凳的人的情况都告诉了他。

“你在那里等的时候还发生了什么事情?有没有人给你发短信说你得到了什么免费票之类的?”

“是有这么回事。”我将收到《鬼镇》特别重制版免费票的短信一事也告诉了他,“这事情你不能说和你没关系吧。除了你,还有谁会知道《鬼镇》是我最喜欢的电影之一呢?”

“是啊,谁会知道呢?”他说,“另外,我们在排队的时候,你说过,‘我绝不会让这次的观影经历变成另外一次的《季风之门》’。由此我猜测你也没能看到那部电影。那是为什么呢?是不是发生了和这次一样的事?”

“不是。”我说。我告诉他,当时因为萨拉试穿鞋子耽误了时间,结果我们没有看成六点整的那一场。“后来她又看到一条微博说,中心将会播放《单身女青年》的特别预告片——”

“让我猜猜,那正是一部她真的特别想看的电影?”

“是的。”我说,“所以我们决定去看十点整的那一场,但我们又仔细看了一下它的播放时间——”

“等到它完场的时候,往汉诺威方向的末班轻轨也已经开出了,”他一边点头一边说道,“你真的不想喝点东西吗?鼠根草啤酒如何?要么来杯害虫香草可乐?”

“不要。话说回来,我们为什么要待在这儿呢?”我看了看四周,“肯定有些我们不用吼叫也能交谈的地方吧。”

“这里,还有爱的隧道,是仅有的两个不会受到监视的地方。我们可以去另一个。”

我以前和杰克一起去过爱的隧道。“不。”我说。

“我听说里面加了些新的增加浪漫气氛的设施——安妮·海瑟薇身心憔悴而死,凯拉·奈特莉被火车撞倒,爱德华和贝拉在他们的婚礼上遭遇火灾被烧成薯片——”

“我们不去爱的隧道。”我说,“你是什么意思,这两个地方是仅有的没有受到监视的地方?”

“我的意思是,你不需要引诱孩子们去看《冰河世纪22》。”他说,“小孩的注意力本来就是很难集中的。另一方面,从那个关于呕吐的说辞以及那杯姜饼拿铁来看,你这个人也实在是够一根筋的了。”

“你是在说,不让我去看《圣诞节惊魂》的人就是电影中心?”

“没错。”

“但那是为什么呢?”

“好吧,你一定知道这一切是如何开始的,在放映《蝙蝠侠》《美卓路克斯》和《霍比特人3》时电影院发生了大屠杀,这使得观影人数大为减少,因此影院方面就需要想一些办法让观众们回来,比如让电影院变成一个堡垒,让人们可以将他们的小孩带来或是让十几岁的青少年自行前往而不用担心安全问题。但为达到这一目的,他们就必须引入各种各样的安保设施——金属探测器啦，全身扫描系统啦，爆炸物嗅探器啦，等等。而这也就意味着人们需要排上一小时又四十五分钟的队，才能看到一场仅仅两个小时的电影，这只会让观影人数进一步下滑。你在家里上一下网，就可以在你的九十英寸屏幕上看到电影了，谁还会愿意站在队伍里呢？他们一定得拿出一些新的法子，一些非常引人注目的东西——”

“那就是电影综合中心。”我说。

“没错。让原本简单的看一场电影变成长达一天的娱乐体验——”

“就像迪士尼乐园。”

他点点头。“或者宜家。他们放映大量的影片，以往的电影院最多只能同时放映二十部，现在则是上百部。再给电影加上各种各样的新奇东西：4D、IMAX、互动游戏、好莱坞风格的首场公演、名人现身，再加上主题餐厅、主题商店、游乐设施、夜店和使用 Wii 手柄操控的投币游戏机。其实没有哪种是真正新奇的。”

“但我以为你说过——”

“电影院从来都不是靠电影来赚钱的。那对于他们来说只是个副业，一种吸引观众到来的手段，等到观众来了之后，他们就能以超乎想象的昂贵价格出售爆米花和果胶软糖了。而电影综合中心只是进一步延伸了这个理念，因而电影在其中的地位也就越来越不重要。你知道吗？来到某个电影综合中心的人群之中有百分之五十三的人根本就没有看任何一部电影。”

“我认可这一点。”我想到了柯特和萨拉。

“这并不是偶然的。在一部电影放映的两个小时时间里，你完全可以花掉比仅仅一张电影票加上饮料和爆米花还要多得多的钱。而且，如果他们能够想办法让你去看时间更靠后的场次，那你就会在这里吃午餐、晚餐——在那之后再玩一下闪光捉迷藏。你待在电影综合中心的时间越长——”

“我花掉的钱就会越多。”

他点点头。“所以，电影综合中心会做任何事情，只要能让你更长久地留下来。”

“你是说电影综合中心设计了这一切——电影票、呕吐、短信以及票卖光的提示——就是为了让我买更多的纪念品？你觉得我会信吗？”

“不是那样的。你还记得我们看过的那部老电影吗？一个男人对一起简单的火车事故进行调查，结果发现那根本就不是意外。”

“《我爱麻烦》[1]。”我立刻回答道，“主演是尼克·诺尔蒂和茱莉亚·罗伯茨。女主角是个记者——”

“而男主角是个浪子。”杰克说着笑了起来，“我记得茱莉亚非常喜欢他。”

“你想说明什么？”

“我想说的是，那起火车事故只是冰山一角。《圣诞节惊魂》也是一样。我认为有一个非常巨大的阴谋——”

“为了阻止我看一场电影吗？”

“不仅仅是你。是任何想看《圣诞节惊魂》的人。而且也不仅仅是这一部电影，还包括《牧师庭的皮姆斯雷家》《你以为你忘记他了的时候》，以及《换挡》，很可能还有其他两部。”

“为什么？”

“因为他们不能让公众发现他们正在做的这一切。还记得我刚才说的，电影综合中心吸引观众前来的手段吗？大量的新奇玩意、商品销售，还有大量的电影？”

“是的。”

“嗯，那就是问题所在。从前的电影院只有十五个银幕。而新的电

---

① 1994年电影。

影综合中心则有一百个。”

“但是有些电影会在不止一个放映厅里放映啊。”

“对，还有什么3D版、4D版、Wii版，再加上成吨的系列片续集、新版、重新发片版——”

“还有特别重制版——”

“还有再次发行版、电影节特制版、又臭又长的哈利·波特系列以及偷跑的预告片等等，但即使你将外语片、宝莱坞片、烂透了的英国浪漫喜剧片重制版以及以上三者的低劣重制版全都加上去，仍然有很多放映厅根本无片可放。特别是现在大多数人都只对《弗罗多回归》感兴趣。你还记得吗？我们去看《俗丽之夜》的时候，放映厅里只有我们两个人。”

“是的——”

“这就像是巴斯罗缤①。他们打出广告声称有三十一种口味可选，但是会有人去点葡萄干口味或者柠檬奶油冻口味吗？那些口味说不定都只是香草口味加上一点儿天知道是什么的食用色素。而电影综合中心中超过半数的电影也可能是同样的东西。”

“那么你是说《圣诞节惊魂》根本不存在？”

“我认为这是非常有可能的。”

“但那太荒谬了。你和我都看到过它的预告片。我们排队的时候还看到头顶上的屏幕放着它的预告片呢。”

“预告片也就三分钟长，一天就能拍完。”

“但如果它不存在的话，他们为什么要打出广告呢？”

“因为如果没有广告的话，有些人——比如说我——就会产生怀疑。”

“但是他们不可能就这样逍遥法外——”

---

① 冰激凌连锁店品牌。

“他们当然可以。大多数人都只想看最新大片,而且只需要一个小把戏——比如说票已售完的标志——你就可以说服剩下的少部分人之中的百分之九十五去看另外一场电影。或是去‘芭贝特的大餐’吃午饭。”

“那还有最后的百分之五呢?”

“你刚才不是看见了嘛。”

“但是电影票会卖完也是正常的,特别是在圣诞假期的时候——”

“是的,人们在放映厅里呕吐也是正常的,偶然间将饮料泼到你身上也是正常的,被特别友善的家伙们耽误了时间也是正常的,因为会错过回家的末班车而不能看晚上十点二十分的电影也是正常的。我刚才提到的那几部电影每一部的最晚场次散场时间都在末班轻轨列车发车之后,尽管如此,我之前连续五天都准备进去看晚场的《换挡》,但是都没能进得去。现在几点了?”

“四点整。”

“走吧,”他说着抓住我的手把我拉了起来,“我们得去看看能不能有机会进场去看《圣诞节惊魂》。”

“极度刺激,充满悬疑,并且不可思议地浪漫!”——《前排》

“但是我以为你说过那部电影是不存在的。”我被他拉出古斯特餐厅的时候说道。

“确实如此。走吧。”他带着我穿过“霍格沃兹”和“爱丽丝漫游仙境”,沿着一条过道继续向前,穿过一批出售《玩具总动员》《伟大的魔法师奥兹》和《狮子王之子》纪念品的商店。

“这不是去放映厅综合体的路。”我提出反对意见。

“我们得先买点东西。”他带着我走进一家迪士尼公主精品服装店。

“买东西？为什么?”

“因为咱们不想让管理人员注意到咱们,而来到电影综合中心却不花钱无疑是最能够吸引他们注意力的方法。”他一边和我说话,一边在一排《长发公主》T恤衫之中翻找着。

“另一方面,”他说着走向另一排全是《白雪公主》连帽衫的货架,“今天是个大日子。你得穿上一些特别的衣服。一些那个带位员没有看到过的衣服。”他翻过整排货架,然后又走向另外一排装满了《十二个跳舞的公主》主题芭蕾舞裙的货架,翻了几下之后又把它们全都挂了回去。

“你在找什么?”我问。

“我说过了。特别的衣服。”他说着,又开始在另一排货架上翻找。“另外也不能让你闻起来像是圣诞老人妻子的厨房的味道。啊,这里有了。”他说着,从货架上取下了一件黄色的《朵拉和迭戈到喜马拉雅去》T恤衫,迭戈正拿着他标志性的照相机对着朵拉和猴子,他们三人正站在珠穆朗玛峰的最顶端。“正是我们需要的。”

“我才不会穿——”我开口说道,但他已经将这件衣服和一顶亮粉色的《卖鹅的小女孩》主题棒球帽塞到了我的手里。

“去那边把钱付了,”他说,“然后进更衣室,把你的上衣脱掉,穿上这件衣服。我会在隔壁店里等你。”他将我推向收银台的方向。“不要问任何问题。”

我按照他说的做了,把我的套头衫脱了下来——他说得没错,整件衣服都发出姜饼的臭味——然后将那件T恤衫套在打底衫上面。

这件T恤衫实在是太紧了，我怀疑这也是杰克计划的一部分。而且它穿在我身上的样子比它在货架上时还要丑。“你至少可以找一件好看点的衣服给我穿，”我对他说道，而这时他正在迪士尼精品店旁边的一家店里试戴《乖仔也疯狂》主题太阳镜。

“不，我不能那么做。”他说，“你是怎么处理你的上衣的？”

“我把它装在袋子里了。”我说。

“很好。走吧，”他说着从我手里拿过那个袋子，带着我走出商店，又回到古斯特餐厅旁边，找到一个垃圾桶。他把那个袋子扔了进去。

“那件上衣是我最喜欢的。”我抗议道。

“嘘，别吵，你还想不想去看那部电影了？”他说着，带着我穿过一个由气球艺术家、激光文身技术员、投币式骑乘游乐设施和糖果店组成的迷宫，再次走向大厅的方向。

就在马上要到大厅的时候，他突然停了下来。“好，现在你得去自助售票机那里买一张《龙战》的票。”

“《龙战》？但是我以为我们是要去看——”

“没错。你买一张《龙战》的票，然后——”

“一张票？不是两张？”

“绝对不能买两张。我们得分头行动。”

“要是机器说我必须到窗口去买票怎么办？”

“不会的。”他说，“你进去之后——”

“那要是他们说我现在还不能进呢？”

“他们也不会那么做的。”他说，“你进去之后，到里面的零食小摊去买一包大号的爆米花和一个大杯七喜饮料，带两个吸管，然后到17号放映厅去。”

“17号放映厅？但是《龙战》是在24号放映厅。”

“我们不去看《龙战》。也不去看《再见，疯狂的我》，也就是17号放映厅正在放映的电影。实际上，你不要进入任何一个放映厅里面去。

你只要站在17号放映厅的门口就行。稍微等我两分钟，我会到那里去找你。”

“你保证我们能看到《圣诞节惊魂》吗？”

“我保证会带你去看《圣诞节惊魂》。大包爆米花，”他命令道，“大杯七喜。千万别买可乐。”他把《卖鹅的小女孩》棒球帽扣在我的脑袋上。“17号放映厅。”他又重复了一遍，然后就走入到密集的人群之中。

“根据真实故事改编……但你是不会相信的！”——《在影院》

他说得一点都没错。没有人挡着我的路，也没有人把大杯冰镇饮料泼在我身上，也没有人拽着我非要送我一张《逮捕令》的免费票，那名带位员甚至都没看我一眼就把我的票撕成两半。“24号放映厅，”他说着朝右边打了个手势，“走廊尽头。”随后他就把注意力转向三个一起来的十三岁少年，而我则走进了铺着长毛绒地毯的走廊。

我没看到杰克，但他有可能藏在某个放映厅的深邃入口里，也有可能在走廊向右转弯之后的某处。

他不在那里。我在17号放映厅的门口等了好一会儿，远远超过了他说的两分钟，然后我慢慢地走向24号放映厅，也就是《龙战》正在放映的地方，但他也不在那里。

他在试图潜入的时候被抓住了，然后被扔到门外去了。我一边这样想着，一边走回17号放映厅门口，躲在向内凹进去的门廊里。

我又等了一会儿。

杰克还是没有出现，甚至也没有其他人出现，除了一个从30号放映厅里冲出来的小孩，直奔洗手间并且重重地关上了门。我又等了一会儿。我本想把手机拿出来看看时间，但在用左胳膊夹住大杯七喜、右手提着大包爆米花的情况下，我根本就没办法去掏出手机。

走廊远端传来沉重的关门声音，我渴望地抬头看去，但那只是刚才冲向厕所的那个孩子，他又急速跑回了30号放映厅，很显然不想多浪费一秒钟的电影。我真想知道到底是哪一部电影会如此诱人。我朝那个方向走了几步，从而可以看到放映厅门口的大遮檐。

是《致命冲撞》。而就在它的旁边，第28号放映厅的大遮檐上写着：《圣诞节惊魂》。

"超大牌演员阵容！"——《去好莱坞》

那个卑鄙小人！杰克说那是一部不存在的电影，然而它就在这里。我所遇到的一切问题，那些挡住我的人都根本不是有意阻止我看这部电影的综合中心的雇员。他们都只是和我一样来看电影的人，而我的遭遇也都不过是巧合罢了。根本就没有什么阴谋。

你要到什么时候才能明白他说的话一个字都不能信？我想道。要是他现在在我面前的话，我肯定会把我手上的大杯七喜——还有爆米花——全都倒到他脑袋上然后冲出去。

但目前看来他似乎被抓住并且赶出电影综合中心了。如果他真的试过要进来的话。而我则完全名副其实地被丢在这里，手里拿着大包爆米花。而当我仔细思索起来的时候,我想到在《我爱麻烦》里,尼克·诺尔蒂也对茱莉亚·罗伯茨做过同样的事情——把她丢下来面对什么来着?——对了,野外追鹅。而且是真的鹅。

等我找到他的时候一定要杀了他,我这样想着,开始怒气冲冲地走向出口。但我又停了下来,回头望着28号放映厅。我来电影综合中心是为了看《圣诞节惊魂》,而它现在就在这里,并且四点三十分的那一场马上就要开始了。而且,如果我单独去看这场电影,那正是对杰克的最好报复。

我回到走廊转弯处,在角落里探出头去以便确定没有任何人——特别是电影综合中心的员工——会走过来并且看到我准备进入一个与我的票面不符的放映厅。随后我便快步走到28号放映厅门口,将门拉开了。考虑到我手上拿着大包爆米花和大杯七喜,这可不是什么容易的事情,但我还是想方设法把门拉到足够的宽度并且用屁股顶着门,然后溜了进去。

里面黑得伸手不见五指。门在我身后自动关上了,我站在黑暗中等着自己的眼睛适应昏暗的环境。但是它们并没有。银幕上本来应该是有些光亮的,就算预告片还没开始播放,那么至少天花板上会有亮着的灯。还有,最起码这里应该有些紧急出口的指示灯吧?

不管怎么说,这里什么都没有,我什么都看不见。我站在黑暗中侧耳倾听。预告片显然已经开始播放了。我能听到金属的撞击声,还有预示着不祥的音乐。这肯定是一部全部镜头都在夜间拍摄的预告片,像是《黑暗骑士崛起》或者《异形》重制版,所以我才什么都看不见。再过上一分钟,等到另一部预告片开始的时候,就会有足够的光线使我能够找到路了。但尽管我听到的声音已经变成了欢笑声和模糊的低语声,走廊里依然是一片漆黑。

我准备靠自己双脚的感觉一点点往前挪,但我的两只手里都拿着东西,没法空出一只手来扶墙,也没法拿出手机当作电筒来照亮。这全是杰克的错，我一边这样想着，一边蹲下来，把大杯七喜放在地上，从口袋里拿出手机。我把手机翻开，用屏幕的亮光照亮前面。怪不得走廊里这么黑，原来在前方几英尺的地方就有一个向左的急转弯。如果我摸着黑继续往前走的话，肯定会把脸撞到墙上。

那样的话我肯定会把某些人告上法庭，我想道。同时，我试着想出一个可以既能用手机照亮，也能用手拿起七喜的办法。但无法可想——那杯子确实太大了。但如果我能够走过那个急转弯，就能借着屏幕上的亮光看到东西了。我把手机塞回口袋里，摸索着拿起饮料，开始继续沿着走廊向前走，同时数着自己究竟走了几步。

“四步……五步……”我喃喃自语道，“六步……七——”

这时突然有一只手从后面揽住了我的腰。我尖叫起来，但另一只手立刻捂住了我的嘴，随后杰克的声音在耳边响了起来。“嘘。在这边。”他低语着，然后拉着我——这不可能——穿过了墙壁。

“必定获奖的影片！你会庆幸自己曾到现场观看！”——演出在线

令我惊讶的是自己竟然没有把手里的饮料和爆米花丢掉。“你到底在干什么？”我试着从他手中挣脱。

“嘘！”他低声说道，“这些墙壁是不隔音的。你有没有把爆米花撒掉？”

“我当然把爆米花撒掉了，”我说，“你差点没把我吓死！”

“嘘。听着，你可以对我大喊大叫，”他低声说道，“但得等到下一个追逐场景。另外,不要把你的手机拿出来。我不想让手机的光线使我们暴露。待在这里别动。”他命令道,随后我听到一扇门被打开以及关闭的轻柔声音,再然后就没有其他声音了,除了透过左手边的墙壁传来的一阵阵闹哄哄的声音。

那个声音听起来和我之前听到的声音比较相似,我原以为那是《圣诞节惊魂》的预告片的声音,但很显然它实际上是从隔壁的放映厅里传来的,也就是说,那是《致命冲撞》。

我仍然什么都看不见,因此也更无法判断自己周遭的环境,但这里肯定就是通向《圣诞节惊魂》的放映厅的走廊,因为我可以听到有一个声音透过另一边的墙壁在大声说着:“这个情人节就来看吧!”

很好,这意味着预告片仍在播放,我没有错过电影的开头部分。我还有足够的时间来告诉杰克我对他那样抓着我有何看法,并且进入放映厅看到电影的开头。只要我能在这伸手不见五指的黑暗中找到那个放映厅就可以。

杰克回来了。我听到他关上了门。“还好你撒掉的不多,”他在《致命冲撞》影片中的撞击和爆炸声中说道,“我把它们都吃了。你怎么花了这么长时间?我很担心带位员是不是看到了你,那样的话我就得再出去把你救出来才行。”

“你还好意思问?”我恼火地说道,“我就站在17号放映厅的门口等,你不是这么告诉我的吗?你对我说了谎——”

“有没有人看到你走进28号放映厅的大门?”

“别转移话题。你——”

“到底有没有?”他抓住了我的胳膊,他的手撞到了我拿着的爆米花。

“没有。”我心不在焉地回答道。在震耳欲聋的爆炸声的间隙里,我听到正在播放《圣诞节惊魂》的那一边传来了报幕员模模糊糊的声音:“现在本片正式开始。”

“听着，”我说，“我很乐意站在这黑暗之中和你大战一场，但我一定得去看《圣诞节惊魂》。所以，如果你能赏光放开我的胳膊的话，电影马上就要开始了。”

“不，它不会开始的。”他说着，捏了一下我的手臂。“等在这里。”他放开了我的手，从我身边离开，而且我可以听到他在做一些事情，但我猜不出他究竟是在做什么。随后，我面前的墙壁被一支手电筒发出的光线照亮了。

在这暗淡的光线之下，我可以看到我们正身处于一条狭窄的走廊之中，和外面的那条走廊一样，地上铺着地毯，墙上也挂着挂毯，没有条形指示灯。但不同的是，这条走廊既长又直，尽头是一堵墙，而不是放映厅的入口。我看不出杰克刚才走进来的那扇门是在哪里，但那肯定是走廊尽头的那堵墙上，因为杰克脱下了他的外套，把外套垫在那堵墙的墙角处。

“这是为了防止光线透漏出去。”他在喧闹中解释道。

“这是什么地方？”我说，“我们在哪里？”

“嘘，”他竖起食指靠近嘴唇，低声说道，“现在是吻戏场景。”他说的应该没错，因为枪声和爆炸声突然停歇下来，换成了小提琴音乐。

他从我手中接过了爆米花和大杯七喜，踮着脚走到走廊中段的地方，蹲下来把它们放在地上，然后再次站起来，仍然打着“噤声”的手势，同时侧耳倾听着。致命的冲撞者们似乎又回来了，因为小提琴乐声突然被打断，取而代之的是高亢的小号、急促的鼓点，以及暴烈的引擎声和轮胎抱死的声音。

“追逐场景。”杰克又回到我旁边，“该干活了。”

“你说过你准备告诉我这里是什么地方。放映厅在哪里？”

“我会把一切都告诉你的，我发誓。在我们干完这件事之后。脱掉你的衬衫。”

“什么？”

“你的衬衫。把它脱掉。”

“你从来都没有变过,不是吗?”

“你说错台词了,”他说,“你应该说,‘你确定我们在研究同样类型的犯罪计划吗?’然后我说——”

“这不是《偷龙转凤》。”我说。

“你说得对,”他说,“这更像是《东西战争》。或者《我爱麻烦》。把衬衫脱掉。快一点。我们没多少时间。”

“我不准备脱掉任何的——”

“冷静一点。是为了相机。我们要拍这一段走廊以及外面那一条走廊的照片。”他说道。我站在那里,双臂抱胸。“你衣服上的那个男孩手里不是拿着个照相机么?那可不是一张单纯的图片。里面嵌着一个数码芯片照相机。”

这就是他在迪士尼公主纪念品店里翻找的原因了。他一直在找一件带有照相机的衬衫。“为什么你不能用手机上的照相功能呢?”

“他们在安检处扫描手机的时候,就会将里面有关你的信息上传到警方和FBI的数据库里。”

“而因为那些鹅的事,FBI的数据库里已经有你的案底了。”我说,“那就是你想要让我和你一起来的原因,我可以替你把照相机带进来。”

“当然。那就是浪子的做事风格。他们利用女孩子将项链带进海关,或是给他们传递消息,或是把他们从东德带出来……”

“这不是电影!”

“这话你说得没错。这也就是我为什么一定要拍下照片的原因。所以到底怎么办?你是要把你的衬衫给我,还是你想让我从你的胸前把那个照相机拆下来?”

“很好。”我说着,把T恤衫脱了下来,递给他,然后只穿着打底衫站在一边生着闷气。而他则把T恤衫翻过来,将里面的数码芯片相机抽出来，然后又将T恤衫还给了我。我将衣服穿上，同时他对着走廊拍起了照片，随后又打手势叫我让开，以便他拍摄我身后的那堵墙。

他对着那堵他之前拉着我穿过的“墙”迅速拍了几张，又将相机转向另一头拍了几张，然后回到我身边，侧耳倾听。“我马上回来。”他说着，关掉了手电筒，我们立刻再次沉浸在黑暗中。之后他就走了出去。

这段时间长得简直就像是永恒。我将耳朵贴在门上，但我所能听到的只有播放着《致命冲撞》那一边传来的爆炸声和尖叫声，以及另一边传来的令人厌恶的欢快音乐。我仔细地聆听着，有些担心那喧闹随时可能退去，但是并没有。不过我能够听见，在《致命冲撞》那一边除了平常的车辆相撞的声音之外，还有些模糊的话语声。

拜托别是那个带位员或者综合中心的保安正在质问杰克在干什么，我猜想。但很显然并不是那样，因为门再一次打开了，我不得不迅速退开，同时杰克走了进来并把门关上了。

“你能找到我的外套吗？”他低声说道，我慌乱地摸索了一番但却徒劳无功，于是我脱下自己的T恤衫，把它递给他，而他则用它堵住了门下面的空隙。

“谢谢。”他低声说着，几秒钟之后，他再一次打开了手电筒。

“你拍到照片了？”

他朝我扬了扬手里的数据芯片。“是的。”

“很好。你对我说了谎。”

“不，我没有。再说，吉米·斯图尔特对玛格丽特·苏利文说了谎，彼得·奥托雷对奥黛丽·赫本说了谎，加里·格兰特对奥黛丽·赫本说了谎。浪子们就是这么干的。”

“这不是借口。你答应过要带我去看《圣诞节惊魂》。”

“我确实带你来看了呀，”他说，“这就是了。”他挥舞手臂指向这条黑暗的走廊。“欢迎来到28号放映厅。”

“这根本就不是放映厅。”我说。

“你说对了。”他说，“过来。”他抓住我的手，牵着我走到他放在地上的爆米花和大杯七喜旁边。“坐下来，我会向你解释这一切。别客气，坐吧。”

我背靠着饰以挂毯的墙壁坐在地面上，双手抱胸摆出一个很不友善的姿势，而杰克则在我对面坐了下来。“外面的那条走廊分为左右两条，分别通向两边的不同放映厅。”他说，“如果那个时候我没有出手把你拉进来，你就会转过弯，沿着那条弯曲的走廊进入到正在放映《致命冲撞》的 30 号放映厅。”

“而如果你转向另一边，你最终将到达 26 号放映厅，”他用大拇指捅了捅他身后的那堵墙，“在那里正在放映的是《给小鸭子让路》，但只有你在那里坐下来，看完长达 15 分钟的预告片，你才会发现这个事实。那时你就会以为自己无意中走错了放映厅，你会回去找那个带位员，他会对你说他很抱歉，但你已经错过了《圣诞节惊魂》的开场时间，所以他不能再让你进去，但是七点整的那一场或许还有余票。真是个绝妙的伎俩，难道不是吗？”

“但为什么——”

“他们必须设置一道最终的防线，以防有些钻牛角尖的影迷突破了之前的所有限制。其实这种事情以前根本没有发生过，但偶尔会有人做出你刚才做过的事情——因为错过了开场时间不能进来了，干脆买一张别的电影的票，然后试着潜入到他们本来想看的影片的放映厅里去。”

“如果是这样的话，他们干吗还要放那个大遮檐呢？”

“他们试过不放，而这也正是最初引起我们怀疑的原因。所以他们后来想出了另外的计划。这个计划的成果现在就在你的眼前了。”

“你说‘我们’？”我问道。

“哎呀，我差点忘了。”他说着，迅速站起身来并且找到了自己的外套。他将外套披在身上，走了回来，并且开始在外套的口袋里四处翻找。

“你现在在干什么?”我问。

“我得试着在《致命冲撞》的下一个安静的桥段到来之前把这件事做完。”他对着红色的可口可乐纸杯皱起了眉头,“你买的是七喜？不是可乐吧?”

“是七喜。”我把杯子递给他,“你不会打算用它制作臭气弹吧?”我看到他拿出一个扁酒瓶,往纸杯里倒了些棕色的液体。

“不是。”他说着,又在他的外套口袋里翻了一下,找出了一只《终结者 12》纪念玻璃杯,以及满满一小袋柠檬片。

他把七喜、棕色液体和冰块的混合物从纸杯中倒出一半到终结者玻璃杯里,然后放入一片柠檬片,以及从胸前口袋里掏出来的一束薄荷叶。最后,他从外套的内口袋里找出了一柄开着花的大黄,将它的茎秆伸入玻璃杯中搅了搅,最后将玻璃杯递给我。“这是您点的皮姆杯,女士。”他说。

“就像我们看完《鬼镇》的那天晚上你给我做的一样。”我微笑着说道。

“呃,不是完全一样。今天我用的是朗姆酒,汤姆·科鲁兹的鸡尾酒吧里就只有这一种酒。而我做《鬼镇》里面的那种皮姆杯时,我只是在试着把你哄上床。”

“那你现在想要做什么？把我灌醉好让我同意帮助你做些其他的违法事情吗?”

“不。”他说着,在我身边坐了下来,“至少不是现在。”这可算不上是一个真正令人安心的答案。

“我拿到了照片,”他继续道,“这也正是我来此的目的。另外,感谢你和你那件丑爆了的朵拉 T 恤衫,”他举起纸杯向我致意。“我在把照片带出去的时候被抓的概率减小了许多。但是在我安全地把它们带出去之前,深入调查的风险实在太大了。”他悠闲地啜了一口饮料。

“那我们为何不赶紧离开呢?”我问。

“我们不能那么做。至少要等到《致命冲撞》结束之后,那时我们可以混在出场的观众中出去。所以,放松一点。喝点皮姆杯,吃点爆米花。我们还需要消磨掉——”他停了下来,侧耳倾听着墙那边传来的喧闹声,“一小时四十六分钟的时间。这些时间足够——”

“告诉我到底发生了什么事情,就像你承诺过的那样。或者,你打算告诉我说那也是保密的?”

“事实上,的确是保密的。”他说,“另外,你已经看到他们在做什么了——为根本不存在的电影打掩护。”

“但那是为什么呢?大多数人根本就不在乎电影。”

“哦,可不是那么回事。人们认为自己可以在超过一百部的电影中做出选择,那正是他们无论住处离这里有多远都要坐着轻轨列车赶来、站在安检队伍里等上半个世纪的真正原因。你觉得他们不辞辛苦就是为了买一包爆米花和贵得离谱的复仇者马克杯吗?要是巴斯罗缤只有三种口味的冰激凌,哪怕是最畅销的那三种,它能坚持多久不倒闭?看看你的朋友们。她们可以花掉一整天的时间去购物、吃东西,以及——”

“勾搭男生。”

“对,以及勾搭男生。但是明天如果有人问起,她们会说她们去看电影了,而且她们是真的相信自己是去看电影了。电影综合中心卖的不是爆米花,而是一个幻象、一种概念——巨大的银幕上播放着充满魔力的影像,女朋友在黑暗中坐在你的身边,那种浪漫、冒险、神秘的气息——”

“但我还是不明白。好吧,他们得维持这个幻象,但那并不是说他们没有放映任何的电影。你说过,不存在的电影仅仅只有四五部,而且他们已经开始在多个放映厅同时放映同一部电影了。为什么他们不在多出来的放映厅直接安排放映《X战警》还有《弗罗多回归》,而非要弄出些不存在的电影呢?”

“因为他们已经安排了6个放映厅同时播出《X战警》,而星查克最近又宣布了具有250个放映厅的超级电影综合中心连锁店的建造计划。另外,我认为他们试图欺骗的对象并不仅仅是去看电影的普通观众。”

“那是什么意思?”

“我的意思是说,如果你站在电影公司的角度来看这个问题的话,它其实可以给你带来很大的好处。如果你的电影没有能够按期完成制作,不会有任何人因为错过上映日期而被罚款或是解雇。你尽可以按照原定的日期让电影上映,然后,等到电影制作完成,再把DVD放出来并且转成流媒体格式,不会有人知道的。顺便说一句,我认为《季风之门》就是这种情况,《圣诞节惊魂》也很可能是如此。你绝不可能在2月份上映一部圣诞节主题的片子,圣诞节主题的影片必须在12月上映,否则你就会输掉你的衬衫。不好意思,这只是个比喻。”

“也就是说,过几个月我们可以在网上看到这部电影。”我说。

“是的。而且若是果然如此的话,我会陪你一起看,我承诺。”

“你认为其他的几部电影也是这样吗?”

“不是。《开膛手档案》从来都没有出现过,还有《天蝎座阿尔法之旅》和《虎口余生》。你只需要制作一个长三分钟的预告片,给电影综合中心一些贿赂以确保没有人能够看到这部影片,就可以轻松地将几百万美元预算中的绝大部分收入囊中,何必用这钱去拍一部影片呢?股东们没必要知道这钱是怎么来的。”

“这不就是欺诈吗?”

“这本来就是欺诈。”他说,“还有虚假宣传。法律不允许对不存在的产品进行宣传。”

“难怪他们不在网上出售这些电影的票。”我说,“但如果他们都是罪犯,你所做的事情岂不是很危险吗?”

“只要他们不知道我正在做这样的事，那就没关系。这也就是，”他的声音突然压得很低，近似于耳语，“我们必须安静地坐在这里吃爆米花的原因。”他再次靠近了我。“好好看电影吧。”

“这部电影说的是什么？”我低语道。

“男主角正在调查一起阴谋，但正当他等待接头人的时候，却遇见了他从前的女友。这可不是他想要的。他试着躲起来——”

这也就说明了为什么他看到我的时候脸上的表情那么难看，我想道。这让我感到心里轻松了不少。

“男主角知道他应该在她戳穿自己的伪装之前赶快离开这里，但她早就已经认为他是一个——”

“浪子？”

“我想说的是‘白痴’。”

“是浪子。”我坚定地说道，“另外，男主角也需要女主角的帮助才能躲过卫兵的搜查，将一些东西带进守卫森严的地方，就像《法国之吻》里的凯文·克莱因。”

“正是如此。”他说，“除此之外，他还有一些事情要告诉她，所以他雇用她来帮助他，而在他们调查的过程中，他说服了她，她原谅了他，就像奥利维娅·德哈维兰原谅了埃罗尔·弗林，茱莉亚·罗伯茨原谅了尼克·诺尔蒂，乌比·戈登堡原谅了——”

“杰克。因为浪子的女朋友就应该这么做。”

“正是。”他说，“这也就是你为什么应该——”

“嘘。”我说。

“怎么了？”他低声说道。

“接吻场景到了。”我说着，关掉了手电筒。

“在这部电影中你能获得最大的欢乐!”——moviefone. com

“《致命冲撞》这部电影有多长?”相当长的时间之后,我开口询问他。“这段音乐在我听来像是到最后一幕了。”

他用一只胳膊撑起身体,说道:“是的。”然后又继续用鼻子蹭着我的脖子。

“但是,我们不需要在它散场之前离开这里吗?”

“是的,但你忘了一件事,这是一部好莱坞大片。还记得我们去看过的《生死时速》重制版吧,我们每一次以为它结束了的时候,实际上它都没有结束。还有《国王归来》也是一样,好像是有七个结局。《致命冲撞》起码还有三个高潮在后面呢。”

“哦,很好。”我低声说着,再次靠上他的肩膀,但没过多久,他便坐直了身子,伸手拿起他的外套,掏出一部手机打开。

“我记得你说过你没有带手机。”我说着坐起身来。

“我带了手机,我只是不想把照片留在手机上,否则我就会被抓住了。”他说着看了看屏幕,“计划改变了。我得离开这里去完成一些别的事情。”他开始系上衬衫的纽扣。“在这里等着,下一次再传来爆炸声时,你就穿过这扇门到走廊里去,和《致命冲撞》的观众们一起离开。还有,别在这里留下任何东西。”

我点点头。

“等你到了大厅之后,到某家饮品店里去——别去极地快车——要一杯饮料,给你的朋友们发短信,等上几分钟时间再尝试离开。你不会有事的。"

他拉着我站了起来。"听着,我不能给你发短信或者打电话——我的手机可能会被监听——因此我可能要过上一阵子才能和你联系。到目前为止,我只是证明了在放映厅之间有一条被堵死的走廊,以及一些可疑的行为。我还需要确实地证明这些电影并不存在,这一部分的工作只有在好莱坞才能完成。"他犹豫了一下,"我不得不这样离开你,这让我感觉很糟。"

"但是彼得·奥托雷把奥黛丽·赫本丢在一个衣柜里,凯文·克莱因把梅格·瑞恩留在巴黎,还带走了她的护照。"我一边说着,一边跟着他走到走廊的另一端。"而现在,我想你应该是在等着我说:'没关系的。你走吧。'然后我们吻别,你离开了,而我就像奥利维娅那样站在门口深情地注视着你,我的头发在带着海洋气味的风中飘荡。"

"正是如此。不过这一次,我们的风中带来的是令人作呕的爆米花的油味儿。"他说,"而且我们不能让门这样敞开着。外面的光线太强了。但我确实可以和你吻别。"

他真的这样做了。"看到没?"他说,"你真的很喜欢浪子。"

"我刚巧喜欢好男人。"我说,"你准备怎么避开保安离开电影综合中心呢?"

"我不会有事的。"他说,"听着,如果你遇到了麻烦——"

"我不会的。你走吧。"

他再一次亲吻了我,然后推开那堵"墙"走了出去,但没过几秒钟,他又回来了。"顺便说一句,"他说,"关于那些鹅和毕业证的事。你还记得《偷龙转凤》里,彼得·奥托雷是怎么对奥黛丽·赫本说的吗?他说他并不是一个窃贼,而是一个安保专家,'还拥有艺术史和化学的高等学位,以及一个由伦敦大学颁发的犯罪学特优等级文凭'。"

"我记得。"我说,"我想你是准备告诉我,你也有来自伦敦大学的高等学位?"

“不是。是耶鲁大学。专业是消费者欺诈法。”他留下这样一句话就离开了,只剩下我一个人借着没什么帮助的手机屏幕光线,慌张地收拾着可能会泄露秘密的垃圾,然后来到外面的走廊,悄无声息地关上门,再进入通向旁边那个放映厅的走廊,等待着看完电影的观众们退场。

“这次的观影经历将让你想要看到更多! 给 32 个赞!”——rogerebert. net

他所说的关于《致命冲撞》的事情一点都没有错。这部电影又延续了二十分钟,这给了我充足的时间去确定门已经彻底关上并且严丝合缝,再次检查爆米花的碎屑,然后靠在走廊的墙边,聆听着由撞击声、枪声和爆炸声组成的交响曲,直到灯光亮了起来,人们开始起身走向外面,而我就得设法无声无息地混入他们之中。

这比我想象的容易些。他们都忙着打开手机,大声抱怨电影的剧情,根本没空注意到我。

《致命冲撞》看起来就跟我在墙的另一边听到的一样糟糕。“我简直不敢相信会有这么垃圾的剧情。”一个十二岁的男孩说道,他的朋友在旁边点头附和。“我讨厌这个结局。”

我也是,我留恋地想道。

我悄悄地跟在他们后面沿着走廊走出去,同时注意聆听着他们对于电影的谈论,以防万一有人问起来我好能够回答。

比如说门口的那个检票员，我现在还得从他的眼皮底下通过。我不知道他是否记得我应该去看的是《龙战》而不是《致命冲撞》。也许我应该回到17号放映厅去，和《龙战》的散场观众一起离开。

但如果《龙战》早就已经散场那就麻烦了，我就得单独一人通过检票员的面前，毫无疑问，这会使他注意到我。而且要是有哪个电影综合中心的员工看到我进入另一个放映厅，认为我准备偷看第二部电影，那该怎么办？我最好还是和这群人一起出去。

我在放映厅的出口前停了下来，在一个垃圾桶前面逗留了一会儿，直到一群高中生走过来，这时我连忙将爆米花袋子和纸杯丢进垃圾桶，紧跟在这群高中生的后面。我的选择相当明智，因为就在门外，有几个清洁工站在那里，手拿着簸箕和垃圾袋，等待着放映厅里的观众全部退场，而且尽管这些人靠着墙站着的样子显得很懒散，但我却觉得他们怀着某种不自然的警惕情绪。

我紧贴着那些高中生走过清洁工的身边，模仿他们的样子拿出手机装作在发短信，很快地，我们这群人又与刚刚散场的《加勒比海盗9》的观众们混在了一起。

通过人们的谈论，我意识到《加勒比海盗9》的评价也并不比《致命冲撞》更好。我想到，至少我的这段时间过得比这些观众愉快得多，尽管我并没有看到任何一场电影。

这个想法被从楼上的放映厅里走出来的一大群人给冲散了。在如此拥挤的人群中，我所能做的就只有跟随着大家的脚步从检票员的身边涌过，进入到稍显得不那么拥挤的大厅中。令我欣慰的是，大厅里并没有充斥着大群保安和尖锐的警笛声。杰克一定已经安全离开了。

但是他也有可能还在综合中心内部的某处。为以防万一，我必须尽我所能避免引起保安们的怀疑。

这也就意味着我需要脱离开这个高中学生的小团体，继续去排队购买下一场《圣诞节惊魂》的影票。如果我仍然尝试着要看到它，显然就说明我不知道它是不存在的。

那些高中生们还在争论该到哪里去吃饭。“你们继续商量吧，我先去吃个螺旋煎饼。”我对其中离我最近的一名高中生说道，后者根本就一直专注于手机屏幕上。我走到一边去看布告板上下一场影片的播出时间，理论上应该是六点四十分。

事实却非如此。下一场的时间是七点三十分，再下一场则是十点整。我盯着布告板看了好一会儿，试着理解这到底意味着什么。随后，我迈开脚步，准备找到售票窗口前排起的队伍尽头。

这条队伍比我们刚到的时候还要长十倍，从售票窗口前一直延伸到了死星餐厅，几乎一动不动。幸运的是，我并不是真的想要买到票。在回家的最后一班轻轨出发之前，我根本没有可能排到这条队伍的前一半。

我不知道自己需要在这里站上多久。杰克说过他自己的手机不安全，但他也许可以借用别人的手机给我发一条短信。所以我打开手机，看了看自己的收件箱。

他没有给我发短信，但是萨拉发来了四条，每一条都写着：“你在哪？”只除了最后一条，她写道：“你没回短信，可能你是在看《圣诞节惊魂》吧。怎么样？”

我得给她回短信，但我首先得在队伍里排上一阵子，起码不能看起来像是刚排到队伍里就离开。我不想让她胡思乱想我这段时间都在哪里——她肯定会马上和杰克联系起来。所以我关掉手机，站在慢慢地向前挪动的队伍里，想着萨拉发来的短信。“怎么样？”她是这样问的。

非常好，我想道，同时记起了那些抱怨《致命冲撞》不好看的男孩子，以及我觉得自己比他们愉快得多的那个想法。

但是，我又是如何知道，我所度过的不是一个普通的在电影院的周末呢？也许，我只是参与了杰克构思的一部间谍浪漫冒险剧——他知道我特别想要相信他的不告而别是有理由的，而且他也曾经多次听过我抱怨和萨拉还有柯特一起去看电影，结果却没能如愿。

那条走廊存在的理由可能是多种多样的。比如那其实是一条专为电影放映员准备的便道，也可能是一条消防疏散通道，但被杰克发现并且占用作为他的私人“爱的隧道”。他可能贿赂了带位员，让带位员不允许我进场；他也可以在《给小鸭子让路》的观众全部入场后，把 28 号放映厅门口遮篷上的字样改成《圣诞节惊魂》。至于其他的一些事情——呕吐、泼洒出来的姜饼拿铁，还有那个啰唆的圣诞老人——这些可能都是巧合，而杰克只是简单地将它们说成是阴谋。

别胡思乱想了，我告诫自己。你真的觉得他只是为了骗你上床就会做出这么多的事情吗？

他当然会。他为了捉弄系主任而付出的代价比这还要多呢。而且，整件事情的发展和《偷龙转凤》还有《我爱麻烦》的剧情特别相似，充斥着间谍、粗俗的闹剧、一对闹矛盾的情侣被关在一个狭小的空间之中以及一个对女主角说谎的男主角这样的桥段。

另一方面，比起去相信这个充满节日气氛的电影综合中心后面掩藏着整个好莱坞都卷入其中的巨大阴谋，相信这一切都是一场骗局反而更容易些。

根本就没有什么阴谋，我想道。你又被骗了，就是这么回事。《圣诞节惊魂》现在就在 56 号，或者 79 号，或者 100 号放映厅里播放着。而杰克现在肯定又去捉弄其他人了——或是引诱另外一个容易受骗的姑娘——而我则愚蠢地站在队伍里，试着保护他不被根本不存在的危险所侵害。

我往队尾看了一眼，发现我身后只有十几个人。我现在仍然不能给萨拉发短信，但原因却完全不同了——我不想让她知道我竟然这么愚蠢。

因此我继续站在队伍里思考着：杰克贿赂某个员工在公告板上打出“票已售完”的字样是很容易的事，就和他贿赂某个农场主把那些鹅借给他一样容易。还有雇用某人在大厅里拦住我也是一样。另外,现在想起来,当我发现《圣诞节惊魂》的票已经卖完了的时候,我本应当直接去看《星恋》才对。

三个汉诺威的新生从栏杆上面倾身过来与排在我前面的女孩们交谈。“你们准备去看什么?”其中一人问道。

“我们还没有决定。”一名女孩回答道,“我们正在考虑去看《电锯惊魂7》,或者是《星恋》。”

“别去!”那三个男生叫了起来,居中的一名补充道,“我们刚才看了。简直比无聊还无聊!”

“绝对值得到现场观看!”——comingsoon. com

我又等了十分钟——同时队伍往前挪动了大约一英尺——然后给萨拉打了电话。

“你到哪去了?”她问,“我给你发了好几条短信了。”

“你发了吗?”我说,“我没收到。可能是电话坏了。”

“那你现在在哪?”

“你觉得呢? 在排队。”

“还在排队?”她说,“你是说你没有看到《圣诞节的小把戏》?”

“是‘惊魂’。”我纠正道,“没,还没有。下午的三场都在我排到售票窗口之前就卖完了,所以我现在准备买七点整的那一场的票。”

“你具体在什么位置?”她问。

我告诉了她。

“我马上就到。”她说。不过我对此有点怀疑。她至少要花上二十分钟才能让自己和柯特摆脱男生们的纠缠，然后在来这里的路上，又会被佐伊·丹斯切尔在《精灵之子》里穿过的晚装或是另外一些男孩所阻碍。我希望等到她们真正找到我的时候，我看起来就像是从12点10分开始就在队伍里排着的样子。

但她几乎是立刻就出现了，而且是独自一人。“你排了一下午的队才排到这儿？”她说，“杰克怎么了？”

“我不知道。”我说，“柯特在哪儿？”

萨拉的眼珠子转了转。“她给诺亚发了短信，他俩一起去辣身舞俱乐部了。他有没有告诉你他这几个月都到哪去了？”

“谁？诺亚吗？”

“这笑话真好笑。”萨拉说，“不。是杰克。”

“没有。可能在监狱里吧。”

“真是太糟了。”萨拉沮丧地摇着头，“我还以为你俩能复合呢。我是说，我知道他有点像是个……”

浪子，我想道。

“……混球，”萨拉说，“但是他真的很帅啊！”

那倒是，我想道。“你现在准备干什么？”我准备改变话题。

“我不知道。”她叹着气说道，“这趟来得太不值了。连个长得顺眼点的男生都没遇到，也没找到适合买来送给家人的圣诞礼物。我想我应该去那边的漂亮女人店里去看看有没有我老妈可能喜欢的东西，但我觉得还是和你一起去看《圣诞节惊魂》更好些。你刚才说下一场是什么时候？”

“七点。”

她拿出手机看了看时间。“这都六点半了。”她说着，抬起头来看了看前面的长队。“咱们肯定看不了七点那一场了。”

“那再下一场呢?”我问,但在她还没来得及查看的时候,柯特一脸怒气地出现了。

“诺亚怎么了?”萨拉问。

“他在急救站呢。”她说。

“急救站?”

“他鼻子流血了。他说他要带我去跳舞,其实他只是想在湿身大战游戏里占我的便宜,这个色坯。”她说,“那现在到底怎么了?”

“琳赛还在等着去看《圣诞节惊魂》呢。”萨拉说。

“你是说,你到现在还没能看到那部电影?”柯特问。“老天啊,你在队伍里排了多久了?”

“一个世纪。”萨拉说着,低头看着手机,“而且她肯定看不成七点的那一场了。这个网页上显示票已售完。”她向下翻动页面。“而下一场的放映时间是在十点钟。”她继续向下翻,“而在它散场之前,最后一班开往汉诺威的轻轨列车就会出发,所以也不能看那一场。”

“老天。”柯特说,“你就站在队伍里等了这么久,结果最后还没能看到那部电影。它真的值得你花费整整一天时间吗?”

哦,当然,我想道。因为,不管那究竟是不是谎话,是不是欺骗,这个下午都是我好长时间以来在电影院度过的最愉快的一个下午。比去看《星恋》或者《致命冲撞》要好得多。而且,比起在“黑寡妇”靴子店和“一线希望”紧身衣店转了整整一个下午的萨拉,以及和讨厌的家伙待在一起的柯特,我的经历无疑要好得多。我的这个下午和她们不一样,简直非常愉快。它拥有一切的要素——冒险、悬疑、浪漫、爆炸、危险、充满灵性的对话以及接吻场景。这是在电影院你能拥有的最完美的周六下午。

只除了最后的结局。

但也许一切还没有结束——杰克向我承诺了,如果《圣诞节惊魂》在网上播出,他会陪我一起看。而且,在《东西战争》接近结尾的地方,杰克把乌比·戈登堡留在一家餐馆里坐着等他;迈克尔·道格拉斯把凯瑟琳·特纳丢在一道护墙上;韩·苏洛把蕾亚公主留在被反抗军占据的月球。而且他们全都再一次出现了,就像他们承诺的那样。

当然,杰克还告诉我说他从耶鲁大学拿到了学位,而且正在调查一个牵连甚广的巨大阴谋,另外往系主任办公室里放鹅也不是瞎胡闹。但他和我说的不可能全部是谎言。他说过他喜欢电影,而这肯定是真的。一个不喜欢电影的人绝无可能创造出如此完美的剧情。

而且,就算这一切都是他设计的,就算他真的像我担心的那样是个完完全全的浪子,就算我从此之后都再也见不到他,这也仍然是我在电影院度过的最完美的一个下午。

“说话呀?”柯特说,“值得吗? 我是说,你根本就没有做任何事。”

“我还没吃过东西呢。”我说着,从队伍里走了出来,“我们去吃点寿司什么的吧。尼莫餐厅什么时候关门?”

“我看看。”柯特说着掏出手机,“我想它会开到——哦,上帝啊!”

“怎么了?”萨拉问,“那个色坯诺亚又发什么色情的玩意儿来了吗?”

“不是。”柯特说着,开始在手机的通讯录里翻找,“你们不会相信的。”她点击了通讯录中的一个号码,将手机放在耳边。“喂,”她对电话说道,“我收到你的短信了。发生什么事了? ……你在开玩笑吧! ……哦,老天! ……你确定? 哪个频道?”

哦,不。我想道,尽管我已经确定整件事情都是他编造出来的。他们逮捕了杰克。他们抓住了他,找到了他身上的数码相机芯片。

“哦,天哪,到底怎么了?”萨拉说。

“别挂电话,”柯特对电话另一边的人说道,然后把手机按在胸口上,“我们不应该出门的。”她对我们说道。“我们错过了一场好戏啊!”

杰克回到校园里准备给我留下一条消息,然后被警察抓住了,我想道。

“什么好戏?”萨拉问,“快告诉我们。”

“玛戈说有很多扛着摄像机的电视台记者,还有很多闪着警灯的车子包围了行政楼,几分钟之前,贝克尔博士告诉她说系主任被捕了。”

“系主任?”我说。

“为什么?”萨拉问。

“我不知道。”柯特说。她飞快地输入着短信,大约一分钟之后,她再次开口说道。“玛戈说是与贪污联邦助学贷款有关,系主任以不存在的学生的名字申请了助学贷款。听说电视上已经播出来了。”萨拉开始打开手机上的网络电视搜索新闻报道。

“系主任说这是个天大的误会。”柯特说,“但是似乎 FBI 的消费者欺诈分部从数月之前就已经在调查他了,他们掌握了各种各样的证据。”

我敢打赌正是如此,我想道。我记起了杰克曾说过他不得不离开,有些事情发生了;他还说过那些鹅是个绝妙的主意。在那种又脏又乱的条件下,没有人会想到去检查一下系主任的办公室里还丢了其他什么东西。

“真的吗?”柯特说。她用手捂住手机的话筒,“玛戈说整个校园里全是超帅的 FBI 探员。”

“找到了。”萨拉说着,把她的手机屏幕转向我,我看到了大批的警察和 FBI 探员,记者们争抢着好位置,试图拍到系主任的正面照片,后者正被警察押送着走向警车。我没有看到杰克的身影。

“他们还在吗?”柯特问道,随后她闷闷不乐地“哦”了一声,并转向我们,“她说我们现在回去也来不及了。全都结束了。我简直不敢相信我们错过了这样的事情。”

“特别是错过了火辣的 FBI 探员。”萨拉取笑道。

“对啊。”柯特说着叹了口气,“反而是被一个色坯占了便宜。”

“我也没买到给我妈的礼物。”萨拉说道,然后转向我,“而且我也没能陪你看到你想看的电影,尽管我已经向你许诺过了。”

“没关系的。”

“我们可以去看十点钟的那一场,”萨拉说,“然后提前退场就行了。那样的话至少你能看到前面一半呢。”

“那不就看不到结尾了吗?”我说。我想到了《寻找宝石》,迈克尔·道格拉斯在最出乎凯瑟琳·特纳意料的时候出现;在《法国之吻》里,梅格·瑞恩已经上了飞机,在《东西战争》里,男主角在最后一幕的最后一个镜头里出现,但他在女主角的心中仍然像最初那样美好。

“不用了,没关系。”我说着,努力抑制嘴边的微笑,“等到网上放出来的时候我再看。”

梁宇晗　译

帕特里克·罗斯福斯

《纽约时报》畅销书作家帕特里克·罗斯福斯因其长篇处女作《风之名》的出版而名声大噪、广受褒奖。该系列的第二本小说《智者之惧》在世界各地获得了同样的成功与赞誉。帕特里克的作品还包括《公主与威乎先生历险记》,这是一本黑色幽默风格的儿童读物。此外,他还是"创世者"组织的发起人,这是一个以极客为核心成员的慈善组织,从2008年成立起至今,它已为"国际小母牛"组织[1]筹到了超过两百万美元的善款。

这次,他将带领我们来到那家标志性的道石旅店,去体验巴斯特的典型的一天。这一天里,巴斯特吃了不少苦头,也给了别人不少苦头吃。看似"跑腿小弟"的巴斯特,其实暗藏着其他身份。这个神秘的男孩是"弑君者传奇"中最受欢迎的角色之一。

---

① 一家位于美国阿肯色州小石城的非营利性慈善机构,致力于救助全球贫困与饥饿,向全球范围内的贫困家庭提供家畜、农作物以及可持续农业教育等。

闪电树

上午:窄径

巴斯特差点就溜出路石酒馆的后门了。

其实,他已经成功了,两只脚都跨过了门槛,就连身后的门也轻轻合上了,可突然,他听到了主人的喊声。

巴斯特停了下来,手还抓着门闩。他望着门皱了皱眉,门缝只剩下不到一个手掌的宽度就能完全合上了,而且他一点儿声音也没发出。他知道自己做得到,因为他对这家旅店里的一切都了如指掌,哪块地板松了,哪扇窗户卡住了……他都一清二楚。

有时候,后门上的合页也会咯吱作响,这得看它们的心情,不过这个问题好解决。巴斯特握紧门闩,把门向上抬,这样合页就不用承重太多,再慢慢关上门,就不会听到"咯吱"一声啦。关门时发出的声音,比一声叹息还要轻。

大功告成的巴斯特站在原地,咧嘴笑了起来。男孩喜形于色,狡黠的眼神里还带着一股野蛮劲儿,看起来就像个刚偷到月亮又一口吞进了肚里的淘气包。

"巴斯特!"主人又喊了一遍,这次嗓门更高了。那喊声听起来并不怎么粗暴,他的主人从来不会做出大喊大叫这种有失身份的举动。可如果他想让对方听到自己的声音,一扇橡木门这样单薄的阻隔也根本挡不住他的男中音。主人的喊声犹如一声号角,巴斯特感到有一只无形的手攥住了他的小心脏。

他叹了口气,轻轻打开门,退了回去。男孩的皮肤黝黑,个头很高,模样可爱。他走起路来就像是在跳舞。“什么事,雷希?”他应声道。

片刻后,主人走进了厨房,他穿着一条干净的白色围裙,长着一头红发。除此之外,他的模样简直再普通不过了,面色苍白,神情平静,这是所有百无聊赖的旅店老板们的共同特征。除了早晨的光景,他的脸上一整天都挂着疲态。

他递给巴斯特一本皮面书。“你忘了这个吧。”他的语气里听不出一丝挖苦。

巴斯特接过书,故作惊讶状。“哦!谢谢你,雷希!”

旅店老板耸耸肩,挤出一个笑容。“不用谢,巴斯特。你出去办事的时候,能顺便给我弄些鸡蛋回来吗?”

巴斯特点点头,把书夹在胳膊下。“还有其他的吗?”他尽责地问了一句。

“也许再弄点胡萝卜。我在考虑今晚是不是做炖菜。伐木季到了,我们得为大批客人的到来做好准备。”说到这里,他的嘴角有些微微上扬。

旅店老板刚准备转身离开,又停了下来。“对了,威廉姆斯家的男孩昨晚来找你了,不过没有留下任何口信。”他朝巴斯特抬了抬一侧的眉毛,这个动作比他那句话更耐人寻味。

“我根本不知道他想干什么。”巴斯特说。

旅店老板不置可否地哼了一声,转身朝公共休息室走去。

他还没走出三步远,巴斯特已经溜出了门,在清晨的阳光下撒欢地奔跑起来。

巴斯特到达约定地点时,已经有两个孩子在那里等他了。山脚下躺着一块即将开裂的巨大玄武岩石,孩子们在上面玩得不亦乐乎,先从倾斜的一边爬上去,再从上面跳进深深的草丛里。

巴斯特知道他们在看他,于是爬上了小山坡。山顶上长着一棵树,孩子们叫它闪电树,不过,如今它已经快成了一根光秃秃的树干,只有差不多一人高,所有的树皮早就掉光了,在太阳的照射下,表面褪了色,犹如白骨。即使过了这么多年,这棵树的最顶端还保留着烧焦后参差不齐的黑色。

巴斯特用指尖碰了碰树干,绕着它顺时针缓缓转了一圈,这是太阳运行的方向,代表顺应。接着,他转过身,换了只手,又绕着它逆时针缓缓转了三圈,这是逆世的方向,代表破坏。巴斯特绕着这棵树来来回回地转,就像是在往线筒上绕线和拆线。

终于,他背靠着树干坐下,在旁边的一块石头上摊开那本皮面书,书封上印着"瑟穹酊阕"几个烫金的字,在阳光下熠熠生辉。玄武岩石另一侧的山坡下有一条小溪,巴斯特开始往溪水里扔石子玩。

过了一会儿,一个胖乎乎的金发男孩从山坡下爬了上来。他是面包师最小的儿子,名叫布劳恩。他的身上散发着一股面包的鲜甜气味,里面还夹杂了一些……其他气味,闻起来不太对劲。

男孩慢慢靠近过来,像在进行什么仪式似的。他爬到小山坡的最高处,静静地站了一会儿,只听到另外两个在山坡上玩耍的孩子发出的声音。

终于,巴斯特扭过头,望了望男孩。他看上去只有八九岁的年纪,衣着考究,身形比其他镇上的孩子都要胖些,手里握着一块揉成一团的白布。

男孩紧张地咽了咽口水。"我需要一个谎言。"

巴斯特点点头。"哪种谎言?"

男孩小心翼翼地张开手,原来那块白布是一条临时绷带,它被轻轻绑在男孩的手上,绷带上血迹斑斑。巴斯特再次点点头,怪不得刚刚会闻到血腥味。

“当时我正在玩妈妈的刀。”布劳恩说。

巴斯特看了看他的伤口，刀口划到了拇指旁边的一块肉，伤口很浅，问题不大。“很疼吗？”

“妈妈要是知道我玩了她的刀，一定会责备我的，和那相比，这不算什么。”

巴斯特同情地点点头。“你把刀口擦干净又放回原位了？”

布劳恩也点点头。

巴斯特若有所思地用手指点了点嘴唇。“你以为自己看到了一只大黑老鼠。它把你吓坏了。你抓起一把刀朝它扔去，却伤了自己。昨天，有个孩子给你讲了个故事，他说老鼠会趁着士兵们睡觉时啃掉他们的耳朵和脚趾，害得你做了噩梦。”

布劳恩打了个哆嗦。“谁给我讲的这个故事？”

巴斯特耸耸肩。“选个你不喜欢的家伙呗。”

听到这话，男孩坏笑了起来。

巴斯特开始掰着手指一项一项地给男孩列举注意事项：“扔刀前，先弄些血在上面。”他又指了指男孩手上的白布。“把那玩意儿扔掉。上面的血迹已经干了，显然不是刚流出来的。还有，你装哭的技术怎么样？”

男孩摇了摇头，似乎有些难为情。

“在你的眼睛里撒些盐。跑去找大人们告状前，得先把自己弄得一把鼻涕一把眼泪才行。记得要放声大哭。他们问你你的手怎么了，你就告诉妈妈，如果她的刀坏了，都是你的错，你很抱歉。”

布劳恩听着他的话，先是慢慢点了点头，接着点头的速度越来越快。“好主意！”他紧张地朝四周望了望，“我要怎么报答你呢？”

“有秘密吗？”巴斯特问道。

面包师的儿子想了想。“老兰特睡了寡妇克里尔……”他满怀希望地回答道。

巴斯特挥了挥手。“几年前的事了，大家都知道。”巴斯特揉了揉鼻子，接着说，“今天晚点给我带两个甜面包来，行吗？”

布劳恩点点头。

“我们开了个好头。”巴斯特说，“你兜里装的是什么？”

男孩在兜里掏了一通，摊开两只手，手里有两块铁垫片、一块扁平的绿石头、一副鸟骨架、一团线和一小截粉笔。

巴斯特要走了那团线，又用两根手指捏起绿色的石头，小心翼翼地避开了那两块铁垫片，然后朝男孩扬了扬眉毛。

男孩犹豫了一下，点头答应了。

巴斯特把石头放进口袋里。

“如果我还是挨骂了，该怎么办？”布劳恩问道。

巴斯特耸耸肩。“那是你的问题。你需要一个谎言，我给你了一个不错的。如果你想让我帮你解决麻烦，那完全是另外一件事了。”

面包师的儿子看起来有些失望，可他还是点点头，朝山坡下走去。

下一个上来的男孩年纪稍大些，身上穿着破破烂烂的土布衫。他是阿拉德家的一个儿子，名叫卡莱。他的一片嘴唇裂开了，一侧的鼻孔里结满了血痂。作为一个10岁的男孩，他已经表现得出离愤怒了，脸上的神情犹如一场暴风雨。

“我哥哥躲在老磨坊后面亲格蕾塔，被我撞见了！”他一爬到山坡顶上，还没等到巴斯特开口，就喊道，“他知道我喜欢她的！”

巴斯特无奈地摊开手，耸了耸肩。

“我要报仇。”男孩吐了口唾沫，愤愤道。

“明着来还是暗着来？”巴斯特问他。

男孩用舌头舔了舔裂开的嘴唇。“暗着来。”他压低嗓门回答。

“到什么程度？”巴斯特继续问。

男孩想了想，伸出两只手，比画出大概两英尺的距离。“这种程度。”

"呃……"巴斯特又问了一句,"打个比方吧,从老鼠那么小到公牛那么大,大概有多大?"

男孩揉了揉鼻子,回答道:"大概有一只猫那么大吧,也许是一条狗,不过可没有疯马丁家的狗那么大,和本顿斯家的狗差不多。"

巴斯特点点头,又仰起脑袋,若有所思道:"好吧,在他的鞋里撒尿。"

男孩面露疑色。"这听起来可不像是有一条狗那么大。"

巴斯特摇摇头。"你尿在一个杯子里,然后把杯子藏起来,放个一两天。然后找一个晚上,把他的鞋放在火边,再把尿倒进去。别倒得太多,能把鞋弄湿就够了。第二天早上,鞋就被火烘干了,而且应该不会有太大味儿……"

"这有什么意思?"男孩生气地打断了巴斯特,"这连一只跳蚤的大小都不够!"

巴斯特抬起手,让他别着急,然后平静地说:"不论他是脚出了汗,还是踩到水坑,或是走在雪地里,都会一身尿臊味儿。他猜不到到底是哪里的气味,但大家都会知道那是从你哥哥身上散发出来的。"巴斯特朝男孩咧嘴笑道,"我猜你心爱的格蕾塔不会愿意亲一个满身尿味的男孩子。"

小男孩情不自禁地露出一脸的钦佩之色,犹如山间升起的朝阳。"这是我听过的最棒的坏点子了!"他的语气里饱含着敬畏。

巴斯特努力装出一副谦虚和失落的样子。"你有东西要给我吗?"

"我找到了一个野蜂巢。"男孩回答道。

"先来点这玩意也不错,"巴斯特起了兴趣,"它在哪儿?"

"穿过奥里森家,再穿过里特克里克。"男孩蹲下来,在土地上画出一张地图,"看到了吗?"

巴斯特点点头。"还有其他的吗?"

"呃……我知道疯子马丁把他的宝贝藏在……"

巴斯特扬了扬眉毛。“真的吗?”

男孩掏出另一张地图,向巴斯特指出一条路线,然后站起身,掸了掸膝盖上的灰尘。“这下公平了?”

巴斯特用脚碾了碾地上的土,弄花了男孩画的地图。“公平交易。”

男孩又掸了掸他的膝盖。“我还有一条口信要带给你。莱克想见你。”

巴斯特坚定地摇了摇头。“他知道规矩的。告诉他我不同意。”

“我已经告诉他了。”男孩耸了耸肩,动作滑稽而夸张,“不过,我如果看到他,会再告诉他一次……”

卡莱离开后,没有其他小孩再来求助。于是,巴斯特把皮面书夹在胳膊下,漫无目的地闲逛起来。他摘了些野生覆盆子吃,还从马夫的井里喝了些水。

最后,巴斯特来到附近的一处悬崖顶上,好好伸了个懒腰。悬崖边长着一棵枝繁叶茂的山楂树。他把那本名叫《瑟穹酊阕》的皮面书藏在树枝与树干相连的一个隐秘处。

他抬头仰望天空,干净明朗,既无云,也无风。天气并不炎热,却也不失温暖,许久都没下过雨了。今天不是集市日。不过伐木季到了,还有几个小时就是正午了……

巴斯特微微皱起眉头,似乎在进行某种复杂的计算,随后,他又自顾自地点了点头。

他转身从悬崖上下来,路过老兰特的家,又绕过阿拉德家农场周围种植的荆棘。来到里特克里克时,他砍下一把芦苇,懒洋洋地拿出一把明晃晃的小刀,将芦苇削尖,再从口袋里掏出一根线,将它们捆在一起,漂亮的牧笛就大功告成了。

他仰起头,仔细聆听自己吹奏的刺耳笛声,再用小刀对牧笛进行进一步调整,然后继续吹奏。这回,牧笛的调子准了些,但笛声依旧非常刺耳。

巴斯特又用小刀削了一次、两次、三次,接着放下刀,把牧笛凑到脸边,用鼻子闻了闻,一股湿润的草香扑鼻而来。他伸出舌头,舔了舔刚削好的芦苇尖,舌头立刻冒出血来,有些触目惊心。

他吸了一口气,开始吹奏牧笛。这次,笛声如月光般清亮,如鱼跃般生动,如果实般甜美。巴斯特的脸上露出微笑,他扭头朝本顿斯家后侧的山坡走去,没走多久,他就听到远处传来羊群低沉、迟钝的叫声。

没过一会儿,巴斯特就爬到了山坡顶上,他看见二十多只呆头呆脑的肥羊正在充满绿意的山谷里嚼着青草。这里光线阴暗,鲜有人迹。最近很少下雨,只有这里的牧草还算丰美。山谷周围的坡度较陡,因而羊群也不易失散,用不着人一直盯着。

一个年轻女孩坐在山谷间一棵茂盛的榆树下。她脱下了鞋,摘掉了头上的软帽,一头浓密的长发披散下来,犹如成熟的麦穗。

巴斯特开始吹奏牧笛,是支饱含危险意味的调子,它甜蜜又愉悦,缓慢的节奏里还带着几分狡黠。

牧羊女朝着笛声传来的方向扬起头,起初似乎是这样的。她扬起头,一脸的兴奋……可事实并非如此。她根本没在看巴斯特,只是站起来伸了个大大的懒腰,伸得踮起了脚,张开双手高高举过头顶。

显然,她还没有意识到有人在为她吹奏小夜曲。她拾起身旁的一张毯子,将它铺在树下,然后坐在上面。这有点奇怪,之前她也是坐在那儿的,只是没铺毯子。也许她只是觉得有点冷。

巴斯特边从山坡上继续朝山谷中的女孩走去,边继续吹奏牧笛。他不紧不慢,笛声甜美又欢快,却突然弱了下来。

牧羊女根本没听到笛声,也没注意到巴斯特。事实上,她正望着其他方向，望着小山谷的最深处，似乎在关注羊群的动向。她扭过头，露出优雅的颈部曲线、贝壳似的完美耳廓以及束身衣包裹的丰腴胸部。

巴斯特的注意力都集中在牧羊女身上，不慎踩到了一块松动的石头，笨拙地跌下了山坡。他的牧笛发出一声刺耳的巨响，他猛地张开一只手臂，想要保持平衡，嘴边的牧笛顺势又滑出了几个音符。

牧羊女笑了起来，可她还是眼神直勾勾地盯着山谷的另一端。也许是羊群闹出了什么笑话。是的，肯定没错。有时候，绵羊的确是种挺滑稽的动物。

即便如此，也没有人能盯着一群羊看那么久。牧羊女叹了口气，放松下来，倚靠在倾斜的树干上，却不小心将自己的裙摆稍稍拉过了膝盖，露出了一双圆润的浅褐色小腿，上面覆盖着一层细细的蜜色绒毛。

巴斯特继续往山下走，步伐轻盈优雅，犹如一只跳舞的猫。

羊群很安全，牧羊女显然对此很满意，她又叹了口气，闭上眼，把头靠在树干上，扬起脸，阳光洒在脸上。她似乎睡着了，可呼吸还有些急促。她不停地翻身，想要找到一个舒适的睡姿，一只手滑落下来，不巧这个动作将她的裙边掀得更高了些，甚至露出了一大片白皙的大腿。

边吹牧笛边咧嘴笑可不是什么容易事儿，可不知怎的，巴斯特却做到了。

巴斯特畅快地出了一身汗，还顶着一头微蓬的乱发，回到了闪电树旁。与此同时，太阳也在空中越升越高。这回，没有孩子在玄武岩石旁边等候，这正合他意。

到达山顶后，他又绕着那棵树迅速转了起来，正转一圈，反转一圈，以确保他的魔法不会失效。随后，他靠着树干坐下，不到一分钟，他的眼睛就闭上了，嘴里还发出了轻轻的鼾声。

美美地睡了一个钟头后，他被一阵不易被人察觉的脚步声弄醒了。他伸了个大大的懒腰，瞥见了一个满脸雀斑、衣着陈旧的瘦小子。

“科斯特里尔！”巴斯特高兴地打起招呼，“去 Tinuë 的路情况怎么样？”

“我觉得今天路上的天气不错。”男孩爬上山顶，回答道，“我还在路边发现了一个不错的秘密。我想你也许会有兴趣。”

“啊哈，”巴斯特来了兴致，“过来坐下。你弄到的是哪种秘密？”

科斯特里尔盘着腿坐在草地旁。“我知道恩贝尔李在哪儿洗澡。”

巴斯特扬了扬眉毛，似乎并不太感兴趣。“是吗？”

科斯特里尔咧嘴笑道：“虚伪的家伙，别装作你不在意。”

“我当然在意。”巴斯特反驳道，“毕竟，她是城里第六漂亮的姑娘。”

“第六？”男孩愤愤不平地说，“她明明是第二漂亮的，你知道的。”

“也许能排到第四吧。”巴斯特退了一步，“排在阿尼娅后面。”

“阿尼娅的腿简直是皮包骨，跟鸡腿似的。”科斯特里尔故作平静地评价道。

巴斯特朝他微微一笑。“各有所好罢了。不过，没错，我是有兴趣。你想换什么？让我解答一个问题，帮你一个忙，还是告诉你一个秘密？”

“我想找你帮个忙，还需要打听点消息。”男孩狡黠地笑道，瘦削的脸上一双黑眼睛里露出敏锐的目光，“我希望你能好好回答我三个问题。这笔交易绝对值得，因为恩贝尔李是城里第三漂亮的姑娘。”

巴斯特张开嘴，似乎想要争辩，却又耸了耸肩，笑道：“我不会帮你什么忙，不过，你先提出三个相关的问题，我可以回答。”他又补充道，“任何关于我的主人的问题，我都无可奉告。他信任我，凭良心讲，我不能背叛他。”

科斯特里尔点头同意。“必须给我三个完整的答案，不能模棱两可，也不能胡说八道。”

巴斯特点点头。“只要三个问题是相关的,而且足够明确。别跟我说‘告诉我你知道的一切’之类的鬼话。”

“没问题。”科斯特里尔爽快道。

“好的,你还不能向其他任何人透露恩贝尔李洗澡的地方。”巴斯特补充了一句。听到这话,科斯特里尔脸色一沉。巴斯特笑道:“你个小滑头,你想把这个秘密卖掉二十次,我没猜错吧?”

男孩随意地耸耸肩,不置可否,也没露出尴尬相。“它很有价值。”

巴斯特轻声笑道:“我会认真完整地回答你三个相关的问题,前提是你只能告诉我一个人。”

男孩不太高兴。“现在只有你知道。我头一个来找的就是你。”

“而且,你也不能告诉任何恩贝尔李认识的人。”这句话显然冒犯到了科斯特里尔,巴斯特没等他表示同意就继续说,“还有,你本人也不能去偷看。”

黑眼睛男孩接下来的话,让巴斯特比之前听到他会用“模棱两可”这种高级词儿还要吃惊。

“好吧,”科斯特里尔嘟囔着,“但你要是回答不出我的问题,我可以再多问一个。”

巴斯特思考了片刻,点点头。

“如果我想问的东西你不了解,我可以改问别的。”

巴斯特又点点头。“合理要求。”

“你还得再借我一本书,”男孩瞪着他那双黑眼睛,“再加上一枚铜便士。你还要跟我讲讲她的胸部长什么样。”

巴斯特仰头大笑起来。“没问题!”

他们握手成交,男孩的手如鸟的翅膀一般纤细瘦弱。

巴斯特靠在闪电树上,打了个哈欠,又挠了挠后脖颈。“那么,你想问点关于什么的问题?”

科斯特里尔来了兴致,激动地笑着问道:“我想了解下幻境造物。”

听了这话,巴斯特就像是猛地吞下了一个大铁块,顿时口干舌燥,语塞起来。他继续打完那个大大的哈欠,装作若无其事的样子,这可真够为难他的。

不过,伪装是巴斯特的强项。他打完哈欠,又伸了个懒腰,甚至还懒懒地挠了挠腋下。

“怎么样?”男孩不耐烦地问,“你足够了解他们吗?”

“挺了解的。”巴斯特这才看起来收敛了些,“要比大多数人更了解吧,我想。”

科斯特里尔弯腰凑上前来,瘦削的脸上露出急切的神情。“我猜也是。你不是我们这里的人。你知道一些事情,真正见过一些大世面。”

“或多或少吧。”巴斯特不否认。他抬头望着太阳。“有什么问题快点问。我中午还要去个地方。”

男孩认真地点点头,低头望着自己面前的草地,想了一会儿。“他们长得像什么?”

巴斯特眨眨眼,作惊讶状,然后无可奈何地笑笑,举起两只手,说:“仁慈的泰鲁啊,你知道你这个问题有多疯狂吗?他们什么也不像,他们只像他们自己。”

科斯特里尔一脸愤怒。“你少来这一套!”他边说边用手指指着巴斯特,“我说过,别想糊弄我!”

“我没有,真没有!”巴斯特抬起双手辩解,“这问题根本没法儿回答。要是我问你,人类像什么,你会怎么回答?有那么多人种,他们长得都不一样。”

“这么说来,这个问题比较复杂,那你就给我一个复杂的答案好了。”

巴斯特继续反驳:“复杂还不够形容它,它的答案都足够写一本书了。”

男孩耸了耸肩,觉得巴斯特简直不可理喻。

巴斯特一脸不高兴。“我可以说,你的问题既不明确也不具体。”

科斯特里尔扬起眉毛。“所以我们是在吵架吗?我以为我们是要交换信息呢!应该开诚布公,有啥说啥。如果你问我恩贝尔李在哪儿洗澡,我告诉你‘在一条小溪里’,你也会觉得我没诚意的,对吧?”

巴斯特叹了口气。“你说得有道理。可如果我把我听过的所有传闻和流言都告诉你,那得花上好几天。而且,其中大部分都没什么用处,甚至有一些很可能是假的,因为我也是从别人讲的故事里听来的。”

科斯特里尔皱起眉头,可他还没来得及抗议,巴斯特就抬起手表示自己还有话要讲:“要不我这么办吧。虽然你的问题不够明确、具体,我还是会给你一个答案,大概讲讲他们的情况以及……”巴斯特犹豫了一下,“……一个关于他们的真正的秘密。行了吧?”

“两个秘密。”科斯特里尔讨价还价道,黑眼睛里闪着兴奋的光芒。

“好吧。”巴斯特深吸一口气,“你说的‘幻境造物’,是指‘幻境’里的一切活物,包括范围很广,他们都是……生物,就跟各种动物一样,我们这儿有狗,有松鼠,还有熊。至于他们那儿,有劳姆,有丹纳尔灵,还有……”

“还有巨人?”

巴斯特点点头。“对,还有巨人。它们是真实存在的。”

“那龙呢?”

巴斯特摇摇头。“据我所知,没有龙,现在已经没了……”

科斯特里尔看起来有些失望。“那仙子呢?比如修补仙子之类的?”男孩眯起眼睛,“注意,这不算另一个问题,只是针对你正在给出的答案的一种猜测。”

巴斯特无奈地笑道:“我的天。正在给出?你妈怀你的时候是不是被执法官吓坏了?你从哪儿学的这种话?”

“在教堂做礼拜的时候,我没打盹儿。”科斯特里尔耸耸肩,“有时候,利奥丁神父会让我读他的书。他们看起来像什么?”

“跟普通人一样。”巴斯特说。

“就像你和我?”男孩追问。

巴斯特忍住笑意。“就像你和我。如果它们在街上跟你擦肩而过,根本不会引起你的注意。不过也有例外。其中有一些是……有一些不太一样,要更强大些。”

“就像不死的瓦尔萨?”

“有些是,”巴斯特认可了他的猜想,“不过,还有些是在其他方面更强大,就像有人当市长,有人当债主,但他们都很强大。”巴斯特脸色一变,继续道,“他们中很多家伙……不好相处,对人不友善,喜欢捉弄和伤害人类。”

科斯特里尔听到这话,兴奋起来。“听起来就像是恶魔。”

巴斯特犹豫了片刻,接着不情愿地点点头。“有些是跟恶魔挺像的。”他承认道,“其实,非常相像,没啥区别。”

“那还有一些像天使吗?”男孩问道。

“这想法不错。”巴斯特说,“希望如此。”

“他们是从哪儿来的?”

巴斯特歪起脑袋,问道:“这是你的第二个问题了吧?我猜这一定是,因为它跟‘幻境造物’长什么样无关……”

科斯特里尔做了个鬼脸,似乎有点尴尬,不过,巴斯特看不出他是因为不小心问偏了问题而难为情,还是因为被发现想趁机多问个问题而感到羞愧。“对不起。”道完歉,他继续问,“幻境造物是不是永远不能说谎?”

巴斯特回答道:“有些是不能,有些是不喜欢,有些愿意说谎,但从不会违背承诺或是言而无信。”他耸耸肩,继续说,“还有些简直是说谎高手,每个机会都不放过。”

科斯特里尔开始问起别的,可巴斯特清了清嗓子,说:“你得承认,这个问题,我回答得相当不错。我甚至主动给你提供了一些其他问题的答案，让你有一个清晰的认识，对，就是这样。”

科斯特里尔微微点了点头，有些闷闷不乐。

“接下来我要告诉你第一个秘密，”巴斯特伸出一根手指，“大多数幻境造物不会来到我们这个世界。他们不喜欢这么干。这会对他们产生很大的摩擦，就像是粗麻布衬衫。不过，他们如果来了，会更加偏爱某些地方。他们喜欢野外、隐秘处和陌生环境。幻境的类型也有很多，划分为不同的宫廷和家族，各自按照自己的意志去统治……”

巴斯特继续往下说，那语气像是在跟男孩讲述一个小小的阴谋：“但所有的幻境造物都会被同一类地方所吸引，那就是与形成世界的自然元素相关联的地方，那些覆盖着火与石、紧挨着水与风的地方。当这四样东西聚集在一起……”

巴斯特停下来，看男孩想不想说点什么。可科斯特里尔的脸上已经不再有之前的狡黠，他似乎又变回了天真的孩子，微张着嘴，睁大了眼睛，一脸的好奇。

“第二个秘密，”巴斯特又开口道，“幻境造物和我们很相像，但又不完全一样。多数会有些与我们不同的特点，比如：眼睛、耳朵、发色或肤色。他们有的更高，有的更矮，有的更强壮，有的更美丽。”

“比如费鲁丽安。”

“是的，没错。”巴斯特有些急躁，“比如费鲁丽安。可任何有能力来到我们这个世界的幻境造物都足以隐藏好自己的特征。”他向后靠了靠，自顾自地点点头。“他们都会这种魔法。”

巴斯特像投掷鱼饵的渔夫般抛出了最后一句话。

科斯特里尔闭上一直张着的嘴，用力咽了口口水。他根本没挣扎，甚至完全没意识到自己已经上钩了。“什么魔法？”

巴斯特夸张地翻了个白眼。“噢，又来了，要回答你这个问题，又要写一本书的功夫。”

“好吧，也许你正应该写一本书。”科斯特里尔直截了当地说，“这样，你就能把它借给我，岂不是一举两得。”

男孩的话似乎打断了巴斯特的思路。“写书？”

“人要是什么都懂，就会去写书呀，不是吗？”科斯特里尔挖苦道，“写出来了就能拿去炫耀。”

巴斯特若有所思地停顿了片刻，然后晃了晃脑袋，像是在理清自己的思路。

“好了，我知道的重点来了。他们不认为这是魔法，从来不用这个词儿。它们认为这是一种‘术’，称其为‘拟术’。”

巴斯特抬头望着太阳，噘起嘴来。“但他们如果说实话（注意，他们很少说实话），就会告诉你，他们所做的一切都可以分为两大类：魅惑和赋予。魅惑即拟术，赋予即变术。”

巴斯特生怕男孩会打断他，连忙继续道：“魅惑更简单，能使某样东西看起来像是别的东西，让白衬衫看起来是蓝色的，或者让破衬衫看起来是完整的。幻境造物们大多数至少都会一点拟术，足以让自己隐藏在人类之中不被识破。如果他们长着一头银发，魅惑能让他们的头发看起来如午夜般漆黑。”

科斯特里尔的脸上再次充满了好奇，却丝毫没有之前的呆笨，而是学会了思考。他变得更聪明了，求知欲也更强了。这种好奇心会驱使男孩问出关于“如何”而非“为何”的问题。

巴斯特看得出男孩的那双黑眼睛起了变化。那双眼睛里透出一股聪明劲儿，简直非同小可。很快，他心中模糊的疑问就会渐渐清晰起来，变成“它们是如何使用魅惑的？”之类的问题，甚至更进一步，问出“身为一个小男孩，如何才能识破他们？”这样的问题。

接下来该怎么办？拒绝回答这样的问题吗？这可不会有什么好结果。违背公平交易时许下的承诺，再编一些彻头彻尾的谎言，这并非巴斯特所愿。此时此地，这么做的后果会更严重。说实话要简单得多，然后要处理好这个男孩才行……

可事实上,巴斯特挺喜欢这个男孩的。他既不笨,也不懒,心眼儿好,又有原则。他有斗志,够坚定,渴求知识,可爱有趣。在城里随便挑三个人,都不抵他一人活泼有生气。他就像是块碎玻璃,足够耀眼,却也锋利到会割伤自己。显然,巴斯特也是这样的人。

巴斯特用手抹抹脸。这种情况原来从未发生过。在此之前,他从未起过任何违心的念头。他讨厌这种矛盾的感觉。在此之前,一切都那么简单:想要就去拥有,看到就去得到,奔跑便可追逐,饥渴便可满足。如果他在努力达成心愿时遇到了挫折……又有什么关系呢?这都是他需要经历的而已。他的心愿本身不会改变,仍旧纯粹如初。

现在,情况起了变化。他的愿望变得复杂起来,它们时常产生冲突。他感到总在与自己较劲。一切不再那么简单,他变得顾虑重重……

"巴斯特?"科斯特里尔歪着脑袋唤他的名字,男孩脸上写满了担忧,"你没事吧?"他问道。"怎么了?"

巴斯特露出一个坦诚的笑容。他不过是个好奇的男孩。当然了,就该这么做。这才是平衡这些彼此矛盾的愿望的唯一办法。"我只是在想,我也不敢说我对它的理解有多透彻。"

"尽力就好啦。"科斯特里尔善解人意地说,"不管你告诉我什么,都是我原本不知道的。"

不,他不能害死这个男孩。他根本做不到。

"赋予不是简单改变事物的样子。"巴斯特做出一个难以表达的手势,"而是把它变成另一样东西。"

"就像把铅块变成金子?"科斯特里尔问道,"幻境里的金子就是这样变出来的吗?"

巴斯特听到这个问题,认真地微笑起来。"猜得不错,不过,那只是魅惑。很简单,却不持久。所以,人们从妖精那儿拿到的金子到了第二天早上都会变回成袋成袋的石头或橡子。"

“如果他们真的想把碎石变成金子,会成功吗?”科斯特里尔继续往下问。

“那就不是简单的魅惑拟术了。”巴斯特回答道,他听了这个问题,仍旧一边微笑,一边点头,“要复杂得多。赋予更像是……本质上的改变。它会让某种东西具备全新的特点。”

科斯特里尔一脸疑惑。

巴斯特深吸一口气,又从鼻子里呼了出来。“我们换种方式来讲吧。你兜里有什么?”

科斯特里尔在兜里翻了一通,伸出两只手。他手里有一颗黄铜纽扣、一片碎纸、一截铅笔头、一把小折叠刀……和一块中心有洞的石头。这些小玩意也都在巴斯特意料之中。

巴斯特朝那几样玩意缓缓伸出手,最终停在那把刀上。它既不锋利,也不精致,只是一块手指大小的光滑木质刀柄,上有一个凹槽,里面嵌着一片短短的折叠刀片。

巴斯特伸出两根手指,轻轻捏起那把刀,把它放在两人之间的草地上。“这是什么?”

科斯特里尔把其他几样玩意又塞回兜里。“这是我的刀。”

“这也算刀?”巴斯特问道。

男孩怀疑地眯起眼睛。“那它还能是什么?”

巴斯特掏出自己的刀。这把刀要更大点,刀柄也不是木质的,而是从鹿角上切下来的一块,经过打磨,漂亮极了。巴斯特打开刀刃,阳光照射在上面,闪闪发光。

他把刀放在男孩面前。“愿意拿你的跟我的换吗?”

科斯特里尔羡慕地打量着这把鹿角刀。可即便如此,他还是毫不犹豫地摇摇头。

“为什么不干?”

“因为它是我的。”男孩一脸阴郁地回答道。

“我的更好些。”巴斯特实话实说。

科斯特里尔伸手拿起他的小折叠刀，握在手里，似乎是在宣示，这是他的私人物品。他脸上的愠怒之色犹如一场风暴。“这是爸爸给我的。他将这把刀交给我后，领了国王的军饷，成为了一名士兵，保护我们不受叛乱者的伤害。”他瞪着巴斯特，似乎在警告他，他说的这些话不容置疑。

巴斯特迎上他的目光，认真地点点头说，“所以，它不仅仅是一把刀。对你来说，它是特别的。”

科斯特里尔点点头，眼睛飞快地眨了几下，手里仍攥着他的折叠刀。

“对你来说，它是最棒的刀。”

男孩又点点头。

“它比其他刀都重要。这可不是拟术能达到的效果。这种重要性已经成了构成这把刀的一部分。”

科斯特里尔的眼里闪过一道光，他懂了巴斯特的话。

巴斯特赞许地点点头。“这就是赋予。假设，如果有人选择了一把刀，让它不仅仅是一把刀，让它成了最棒的刀，不仅仅是对他个人而言，对其他任何人都如此。”巴斯特拿起自己的刀，合上刀刃，“如果他们的能力很强，也可以是刀之外的其他东西。他们可以把火变得不仅仅是火，让它的吞噬能力更强、温度更高。能力更强的家伙可以做到更多。他们还可以把影子……”他的声音渐渐弱了下来，故意只说半头话。

科斯特里尔倒吸一口气，迫切地想再多问一个问题。“比如费鲁丽安！”他接话道，“科沃斯的影子斗篷，是不是她干的？”

巴斯特认真地点点头，对这个问题很满意，可想起这个问题是交易的一部分，又不太高兴了。“我觉得可能性很大。影子的作用是什么？隐藏和保护。科沃斯的影子斗篷也起到了同样的作用，但更强大。”

科斯特里尔点头表示赞同。巴斯特急于转移到下一话题，打岔道：

“你想想费鲁丽安本身……”

男孩露齿而笑，这个话题正合他意。

“女人是一种美丽的生物。”巴斯特放慢语速，“她能成为欲望的焦点。费鲁丽安便是如此，她就是‘最棒的那把刀’，是最迷人的存在，能够聚集最强烈的欲望。对每个人来说……”话说到一半，巴斯特的声音又渐渐弱了下来。

科斯特里尔的目光聚焦在远处，明显完全陷入了沉思之中。巴斯特给他留出些时间，过了一会儿，男孩又冒出一个问题：“有没有一种可能，这只是一种魅惑拟术？”他问道。

“啊哈，”巴斯特微笑起来，“可美丽和看似美丽之间，有什么不同呢？”

“这个……”科斯特里尔停顿了一会儿，继续道：“一个是真的，一个是假的。”他的语气很坚定，但并没表现在脸上。“其中一个肯定是假的。你能辨别出来的，对吧？”

巴斯特觉得这个问题问得很接近了，但还不够确切，于是又问了一个：“一件是看起来是白色的衬衫，一件是真正的白衬衫，两者有什么不同呢？”

“女人和衬衫不一样。”科斯特里尔非常不屑，“你要是摸过就知道了。如果她看起来像恩贝儿李一样温柔美好，一头长发摸起来却像是马尾巴上的毛，你就会知道她是假的了。”

“魅惑可不仅仅是视觉上的欺骗。”巴斯特反驳，“它能够欺骗你的所有感官。妖精变出的金子也是沉甸甸的，他们要是把一头猪变成个美女，你亲吻它时，也会闻到玫瑰般的香甜。”

看得出，科斯特里尔听到这话有些不能接受。从恩贝尔李到被施了拟术的猪，这显然让他受到了不小的惊吓。巴斯特稍等片刻，让他恢复过来。

“对猪施拟术难道不会更困难吗？”终于，他开口问道。

“你很聪明。”巴斯特赞许道，“你说得没错。对一个漂亮姑娘施拟术，让她变得更漂亮，根本不是什么难事。这就像是在蛋糕上加一层糖霜，是锦上添花。”

科斯特里尔若有所思地摸了摸自己的脸颊。“魅惑和赋予能同时使用吗？”

这下，巴斯特真的要对男孩另眼相看了。“我听过这个问题。”

科斯特里尔自顾自地点了点头，说道：“费鲁丽安肯定就是这么干的，这就像是在蛋糕上加一层糖霜，起到了锦上添花的作用。”

巴斯特对男孩的猜测表示赞同：“我想是的。我遇到的那个……”他突然停下来，不再往下说。

“你遇到过他们中的一个？”

巴斯特的笑容就像个陷阱。“是的。”

科斯特里尔这才发觉自己中计了。“你是个混蛋！”

“我是。”巴斯特欣然承认。

“你设计引我问出了那个问题。”

“没错，这是一个和话题相关的问题，我给出了完整的答案，一点儿也没含糊。”

科斯特里尔站起来，气冲冲地离开了。可没过一会儿，他又回来了。“ 把铜便士还给我！”他要求道。

巴斯特从兜里掏出铜便士。“恩贝尔李在哪儿洗澡？”

科斯特里尔怒目相视，回答道：“穿过老石桥，沿着山坡向上爬大概半英里。那里有一座小山谷，里面长着一棵榆树。”

“什么时候？”

“她在博根农场吃完午饭，洗完衣服晾晒好，就会去了。”

巴斯特把玩着男孩的铜便士，仍旧保持着疯狂的笑容。

“真希望你的老二断掉！”男孩气得直跺脚，下山前恶狠狠地咒骂道。

巴斯特不禁大笑起来。考虑到男孩的感受，他努力想压低笑声，但还是没忍住。

科斯特里尔下到山脚下，才大喊道："你还欠我一本书！"

巴斯特突然闭上大笑的嘴，似乎想起了什么。他发现《瑟穹酊阕》不在原来的地方了，顿时慌张起来。

后来，他才想起自己把那本书留在了悬崖上的那棵树上，才松了口气。晴朗的天空没有一丝下雨的迹象。书放在那里应该足够安全。而且，快到正午了，也许已经是午后了。他可不想回去迟了，于是转身朝山下跑去。

下山的路上，巴斯特基本上一路都在跑，到达小山谷时，他已经汗流浃背。衬衫湿乎乎地贴在身上，难受极了。他来到倾斜的溪岸边，脱下衬衫，用它擦了擦脸上的汗。

岸边有一块平滑的长石板，朝小溪上方伸出，溪水受到石头的阻挡，在一侧形成了一弯平静的水域。水面上是一片柳树荫，使得这里足够隐蔽和阴凉。茂密的灌木沿着溪岸边生长，溪流平缓，水质清澈。

光着上半身的巴斯特走到长石板上。他的脸庞和双手都很瘦削，但裸露的肩膀却宽得惊人，即便是你印象中农场工人的肩也没有这么宽，更不会想到这是一个活动范围仅局限在空荡荡的小酒馆里的懒鬼。

巴斯特从柳树荫里钻了出来，跪在石板上，把衬衫放到水里浸湿，再举过头顶拧出水来，冰凉的溪水激得他打了个寒战。他迅速擦了擦胸膛和两臂，甩了甩脸上的水珠。

他把衬衫放在一边，用手抓住石板靠近水面的边缘，深吸一口气，把头埋进水里。这个动作使得他后背和两肩的肌肉紧绷。片刻后，他抬起头，略微有点喘，甩掉头发上的水。

巴斯特站起身,用双手把头发撸向脑后。水从他的胸膛上流了下来,将黑色的胸毛梳成一缕一缕的,接着又流过他平坦的腹部。

他轻轻抖了抖全身,朝伸出的石板上自然形成的一处凹凸不平的石龛里走去。他在里面摸索了一阵,掏出一块黄油皂。

他再次跪在水边,把衬衫浸入水中数次,然后用黄油皂擦洗衬衫。这花了他好一会儿,因为他没有洗衣板,显然也不想直接在粗糙的石头上搓洗他的衬衫。他先涂抹肥皂,又用水漂洗干净,来回重复了几次,最后用手将其拧干,手臂和肩膀上的肌肉都紧绷起来。他干活儿很仔细,等到衣服洗完,已经溅了一身的肥皂泡。

巴斯特把衬衫展开,摊在一块阳光直射的石头上晾干。接着,他开始脱裤子,却又停下来,将头歪向一侧,开始用手捧起少许水往耳边洒。

也许是因为耳边的水声太大,巴斯特没听到岸边的灌木丛里传出的兴奋的呢喃声。那声音听起来很像是鸟雀们在枝叶间叽叽喳喳地叫。可能是一群,也可能是好几群。

巴斯特如果没看到灌木丛在动,也没注意到垂下的柳条间多了些异样的色彩吗?有时是浅粉色,有时又像是女孩羞红的脸颊,有时粗略看去像是黄色,有时候又像是矢车菊的蓝色。虽然,这些很像是衣服的颜色,可鸟羽也可能呈现出如此丰富的色彩。而且,城里的年轻女孩们都知道,在酒馆干活儿的那个黑人男孩是个重度近视眼。

鸟雀们依旧在灌木丛里叽叽喳喳地叫着,巴斯特再次拉扯裤绳,准备脱裤子。绳结有点麻烦,他解了好一会儿都没能解开,有些沮丧,于是弯下腰像猫似的伸了个大大的懒腰,双手举过头顶,整个身体就像一张拉满的弓。

终于,他解开了裤子上的绳结,脱下了裤子,里面什么也没穿。他把裤子扔到一旁,柳树从里传出一个响亮的声音,似乎是一只大鸟的叫声,也许是一只鹭,或者是一只鸦。如果同时树枝猛烈摇晃起来,也许是鸟儿在上面蹦得太远,差点摔下来。我们有理由相信,总有些鸟要比同类们更蠢些。而且,自始至终,巴斯特都没朝那边看过。

巴斯特跳进水中,像个男孩似的在水里扑腾起来,冰凉的溪水激得他大口喘气。几分钟后,他来到平静水域的较浅处,那里的水面刚刚达到他精瘦的腰上。

要是有谁在一旁细心观察,他也许会发现,水面下年轻人的双腿似乎有些……奇怪。但有了树荫的遮蔽,再加上人人都知道光线在水中会发生折射,让水里的东西变形一点儿也不出奇。而且,鸟雀们算不得是多么细心的观察者,尤其是当它们的注意力都集中在别处的时候。

大约一个钟头后,巴斯特再次爬上了悬崖,他笃定自己把主人的书留在了那里,他浑身湿漉漉的,还散发着黄油忍冬皂的香甜气味。过去的半个钟头里,他已经爬过了三座悬崖。

爬到崖顶时,巴斯特看到了熟悉的山楂树,这才放松下来。他走上前,确认是之前那棵树没错,就在他记忆中的那个角落里。可书却不见了。他迅速绕树转了一圈,发现地上也没有。

突然刮起一阵风,巴斯特看到了一个白色的东西。他猛地感到一阵寒意,生怕那是脱落的书页。很少有什么能让主人像看到书被糟蹋那样生气。

不对。巴斯特伸手去抓,却感觉那并不是纸。那是一片光滑的桦树皮。他扯下那块树皮,看到其内侧胡乱刻着几个字。

我需要禾你谈炎,这垠重要。

莱克

午后：鸟与蜂

巴斯特不知道该去哪儿找这个莱克，只能先回到他的闪电树旁。他刚在老地方坐下，就看到一个女孩出现在空地上。

她并没有在玄武岩石旁停下，而是直接朝山上爬。她比其他几个来找巴斯特的孩子都要年幼，大概只有六七岁，身穿亮蓝色连衣裙，一头精致的发卷里缠绕着深紫色的丝带。

在此之前，她从没来找过闪电树，但巴斯特不是第一次见到她了。即便没见过，他也能从她华丽的衣着和身上散发出的玫瑰香水味猜到，她就是市长最小的女儿薇特。

她慢慢爬上小山坡，臂弯里夹着什么毛茸茸的东西。爬到山顶后，她看起来有点局促不安，但还是耐心地等待着。

巴斯特静静地看了她一会儿，才开口问道："你知道规矩吗？"

卷发里编着紫色丝带的女孩站在那里，明显有些害怕，却噘着下嘴唇，做出一副挑衅的样子。她点了点头。

"说说我都有哪些规矩？"

小女孩舔了舔嘴唇，开始一板一眼地背诵起来。"身高不能比那块石头高。"她边说边指着山脚下一块掉落的玄武岩石。"认准这棵烧得焦黑的树，只能一个人来。"她伸出一根手指，放在唇边，做出一个"嘘"的动作。

"不能告诉——"

"等等，"巴斯特打断道，"接下来两条，你边摸着树边说。"

女孩听到这话，脸色有些发白，可还是上前一步，把手放在被太阳晒得发白的树干上，这棵树很早以前就死了。

女孩再次清了清嗓子，停顿片刻，她的嘴唇先是无声地一开一合，默念起誓词的开头，直到她再次酝酿好情绪。"这里说过的话，不能向任何一个大人透露，否则将会被闪电击中而亡。"

最后一个字刚说出口，薇特便气喘吁吁地猛地收回手，就像是被什么东西烫了或是咬了手指。她瞪大了眼睛，低头望着自己的指尖，却发现它们依旧粉嫩，完好无损。巴斯特用手捂着嘴笑了起来。

“很好。”巴斯特说，“规矩你都知道。我为你保密，你也要为我保密。我可以回答你的几个问题，或者帮你解决一个麻烦。”他又坐了下来，背靠着树，平视着女孩。“你想要什么？”

她拿出之前夹在臂弯里的一只毛茸茸的白色小东西，它发出咪咪的叫声。“这是一只魔法猫吗？”她问道。

巴斯特接过她手里的猫，端详起来。小家伙浑身雪白，一副睡意蒙眬的样子，小眼睛一蓝一绿。“没错，还真是。”他做出吃惊状，“至少带了一点魔法猫的血统。”说完，他将小猫还给薇特。

女孩严肃地点点头。“我想给她取个名字，叫糖霜面包公主。”

巴斯特面无表情地望着她。“好吧。”

女孩却皱起了小眉毛。“我不知道她是男孩还是女孩！”

“哦。”巴斯特应了一声，再次伸手接过小猫，抚摸了几下，又还给薇特，“是个女孩。”

市长的女儿朝他眯起了眼睛。“你没骗我吧？”

巴斯特向女孩眨眨眼，大笑着问道：“第一次你相信了我，第二次怎么就不信了呢？”

“我能看得出，她的确是只魔法猫。”薇特气呼呼地翻了翻小眼睛，回答说，“我只是想确认一下。但她没穿裙子，也没有戴丝带和蝴蝶结，你怎么能看出她是女孩呢？”

巴斯特张开又闭上了嘴。这不是什么农夫家的孩子。她的父母为她请了家庭教师，她还有整整一个衣柜的衣服，她不会和猪啊羊啊的整天待在一起，她甚至从没亲眼见过母羊生小羊的场面，她有个姐姐，可是没有任何兄弟……

巴斯特犹豫了下，决定还是不要撒谎，这种情况还是不要撒谎为妙，可他还没承诺回答她任何问题，根本没与她做出任何约定。这样一来，一切就容易多了，市长先生也用不着怒火中烧地冲进路石酒馆，质问起为什么他女儿突然就知道了“鸡鸡”是什么。

巴斯特故作轻松道：“我挠了挠小猫的肚子，如果她眨眼睛了，她就是女孩。”

这个答案让薇特很满意，她认真点点头：“怎样才能让爸爸同意我养她呢？”

“你已经好好问过他了？”

女孩点点头。“爸爸讨厌猫。”

“求他了吗？哭了吗？”

她又点点头。

“尖叫了吗？大发脾气了吗？”

她翻了翻眼睛，气恼地叹了口气。“都试过了，要不我也不会来找你。”

巴斯特思考了片刻。“好吧。首先，你得弄一些几天内不会变质的食物，饼干、香肠和苹果之类的。把它们藏在你的卧室里，不能让任何人发现，就连你的老师和女仆也不行。你能做到吗？”

小女孩点点头。

“然后再去求你爸爸一次，这次态度要温和，要有礼貌。如果他还是不同意，别生气，只要告诉他你很爱这只猫咪，如果你不能养她，你恐怕会很难过，会死掉。”

“他还是不会同意的。”小女孩说。

巴斯特耸耸肩。“可能吧。接下来你要做的是，今晚，你要故意挑食，不好好吃饭，甜点也不要吃。”女孩想说什么，被巴斯特举起手来打断了,“如果有人问你,你就说你不饿。别提猫咪的事。夜里回到卧室里独自一人时,你再吃点之前藏起来的东西。”

小女孩一副若有所思的样子。

巴斯特继续道:“明天早上别起床,告诉他们你太累了,早饭和午饭都别吃,你可以喝点水,但也只能小口小口地喝,继续躺在床上,他们要是问起来——”

女孩激动地抢话道:“我就说我想养小猫!”

巴斯特摇摇头,一脸正色道:“不,那会坏事的。只能说你累了。如果他们离开了,你一个人在房间里,你就可以吃东西了,但是要小心。如果他们发现了,你就再也不能养小猫了。”

女孩聚精会神地听着他的话,小小的眉毛专注地皱了起来。

“晚饭时,他们就会担心你了。他们会给你吃更多的东西,都是你最喜欢吃的,可你要继续说你不饿,你只是累了。你依旧躺在床上,别说太多话,一整天都要这么做。”

“我能起床尿尿吗?”

巴斯特点点头。“但记住,要做出很累的样子,不要偷着玩耍。第二天,他们就会吓坏了,会请来一位医生,还会喂你喝汤,任何法子都会用上。某一时刻,你爸爸会出现,他会问你怎么了。”

巴斯特咧开嘴,对女孩笑道:“等到那时,你就要开始哭,不是号啕大哭,也不要又哭又闹,只掉眼泪就可以了。你只用躺在床上掉眼泪,然后告诉他你特别想念你的小猫,想得活不下去了。”

小女孩思考了许久,心不在焉地用一只手抚摸着小猫。终于,她点点头。“好吧。”说罢,她转身准备离开。

“等等!”巴斯特连忙说,“我给了你想要的答案,现在,你该怎么报答我。”

小女孩转过身，脸上写满了吃惊和尴尬。“我没带钱。”她躲开巴斯特的目光，说道。

“不是钱的问题。”巴斯特说，“我回答了你两个问题，还告诉你了留下小猫的办法。你要为我做三件事，礼物、帮助或者秘密都行。”

她想了想。“爸爸把他的保险柜钥匙藏在座钟里。”

巴斯特满意地点点头。“这算一个。”

小女孩抬头望望天空，小手还在爱抚着怀里的猫咪。“我看到妈妈亲吻了女仆。”

巴斯特扬扬眉毛。“这也算一个……”

女孩伸出小手指掏了掏耳朵。“就这两个吧，我想。”

“那你还要帮我一个忙呀，”巴斯特说，“我需要你给我弄二十四枝长茎雏菊，再加上一根蓝丝带和两捧指甲花。”

薇特一脸疑惑。“什么是指甲花？”

“就是一种花。”巴斯特自己也有些糊涂了，“好像你们叫它凤仙花？这附近的野地里到处都是。”他边说边伸出双手指了指周围一大片地方。

“你是说天竺葵？”女孩问道。

巴斯特摇摇头。“不，我说的那种花，花瓣很松散，大概有这么大。”他用大拇指和中指比出一个圈，“颜色有黄色、橙色和红色……”

女孩面无表情地盯着他。

“克里尔寡妇的窗槛花箱里就有，”巴斯特补充道，“你一摸它们的种荚，它们就会炸开……”

薇特眼神一亮。“哦！你是说‘别碰我’。”她的语气立马变得高人一等起来，“我可以给你弄来一些，很容易的。”说完，她转身朝山下跑去。

她没跑出几步路，巴斯特就连忙叫住她。“等等！”见她转过身，巴斯特问:“如果有人问你,你摘的花是给谁的,你要怎么说?”

她再次翻了翻眼睛,回答道:“我会告诉他们,这不关他们的事,因为我爸爸是市长。”

薇特离开后,巴斯特听到一声嘹亮的口哨声,他朝玄武岩石那边的山下望去,却没有发现任何等待的孩子。

接着,又是一声口哨。巴斯特站起身,用力伸了一个长长的懒腰。他一眼就能认出近两百英尺外空地边缘的树荫下是否有人,这种本领能让城里大多数姑娘们惊讶不已。

巴斯特慢悠悠地走下山,穿过长满青草的野地,钻进树荫里。那里站着一个年纪较大的男孩,脏兮兮的脸上长着个蒜头鼻。他看起来有十二岁,身上的衬衫和裤子都太小了,袖口和裤脚处露出了一大截脏兮兮的手腕和脚踝。他没穿鞋,身上还微微散发出酸臭味。

“莱克。”巴斯特的语气并不像跟城里其他孩子讲话时那么友好,也不像是在开玩笑,“去 Tinuë 的路上怎么样?”

“真是长路漫漫啊,”男孩避开巴斯特的目光,悻悻道,“我们根本没地方住。”

“我看到你拿了我的书。”巴斯特开门见山。

男孩伸手把书还给了他,飞快地嘀咕了一句:“我没想偷它,我只是需要跟你谈谈。”

巴斯特接过书,没做声。

男孩继续说:“我没破坏你的规矩,可我需要帮助,是有偿的。”

“你撒谎了,莱克。”巴斯特冷冷地戳穿了他。

“之前我没付你报酬吗?”男孩生气地质问道,他这才第一次抬起头直视巴斯特,“我找过你十多次,不是都如约付给你报酬了吗?难道我的生活还不够糟糕,还要给我泼脏水?”

“这都不重要,因为现在你已经超出年龄限制了。”巴斯特平静地回答。

“我没有!”男孩气得直跺脚,努力深吸了一口气,看得出是想控制住自己的情绪。“塔姆的年纪比我大,他还可以到树下来找你。我只是个子比他高而已!”

“规矩就是规矩。”巴斯特不以为意。

“狗屁规矩!”男孩双手紧握成拳,怒吼道,“你这个该死的小混蛋,你比塔姆更该挨鞭子!”

接下来两人都没说话,只听见男孩气急败坏的呼吸声。莱克低头盯着地面,拳头在身体两侧紧紧握住,浑身发着抖。

巴斯特微微眯起眼。

男孩的声音粗暴又强硬:“就这一次,就帮我这一次吧。这次很重要。我会给你报酬,三倍的报酬。”

巴斯特深吸一口气,发出一声叹息。“莱克,我——”

“求你了,巴斯特!”男孩仍旧浑身颤抖,可巴斯特发现,他的声音不再那么强硬了,“求你了,行吗?”莱克的眼睛仍盯着地面,他犹豫地向前迈出一步。“就这一次……行吗?”他伸出一只手,无助地悬在半空中,似乎不知该如何是好。终于,他拉起巴斯特身上的无袖衫衣角,轻轻扯了一下,又松开来,把手缩了回去。

“我真的是自己解决不了了。”莱克抬起头,满眼的泪水。他的脸因愤怒和恐惧而变得扭曲,他还太年轻,忍不住哭鼻子,但也不小了,虽然忍不住哭鼻子,还是会厌恶这样的自己。

“我想让你帮我干掉我爸。”他的声音断断续续,“我实在想不出任何办法了。我可以趁他睡着的时候干掉他,可我妈会发现的。他喝很多酒,还打她。她一直哭,然后他会打得更凶。”

莱克再次低下头,一口气嘀咕了一大串话:“他要是在外面喝醉了,我可以在外面干掉他,可他块头太大了,我根本挪不动。他们会发现尸体的,然后执法官就会来抓我。如果我妈知道了,我不知道该怎么面对她。我根本不敢想,她要是知道我是个杀死自己亲生父亲的凶手,她会变成什么样。”

他抬起头,满脸的愤怒,泪水从血红的眼睛里往外溢。“可我还是会干掉他,你只要告诉我怎么做就行了。”

接下来,两人都陷入了沉默。

终于,巴斯特开口道:“好吧。”

二人来到小溪边,他们可以在那儿喝点水,莱克也可以用溪水洗洗脸,稍作休整。等男孩洗干净脸,巴斯特才发现,他脸上并不单纯是弄脏的。之所以之前看不出来,是因为夏日的骄阳已经把男孩的皮肤晒成了深褐色。即便是在洗完脸后,也很难辨认出那些痕迹其实有一部分是擦伤后留下的浅淡疤痕。

不过,无论传闻是怎么说的,巴斯特的眼神的确很好。他一下子就发现了男孩的脸上和下巴上都有疤痕,一只细瘦的手腕上还有一圈的阴影。男孩弯腰喝溪水时,巴斯特还瞟见了他的后背……

两人在溪边坐下,巴斯特问道:“那么,你到底想要干什么?你真想杀他吗?或者你只是想让他消失?”

“如果他只是消失了,我会担心他可能奄奄一息地再回来,担心到夜里再也睡不着。”莱克静了静,又继续说,“他曾经消失过两回。”说到这里,他挤出一丝微弱的笑意。“那段时光真美好,只有我和妈妈在一起。每天醒来,看到他不在,我都像是在过生日。我从来不知道,原来我妈还会唱歌……”

男孩再次陷入片刻的沉默。“我以为他会醉醺醺地倒在哪里,最终摔断了脖子。可他用一年里收获的毛皮换了钱买酒喝。他躲在封闭的棚屋里,过了半个月醉得不省人事的日子,事实上,那地方离我们还不到一英里远。”

男孩摇摇头,这次更坚定了。“不,如果他离开,也只是暂时的。”

巴斯特说:“我可以帮你出主意,这是我需要做的事,可你需要告诉我你真正想要的是什么。”

莱克在溪边坐了许久,紧绷的下巴终于放松了下来。“让他消失吧。”他终于做出了选择。这个简单的回答似乎卡在他的喉咙里吐不出来。“只要他别再回来就行,如果你真能做到的话。”

“我能做到。”巴斯特回应道。

莱克盯着他的手,过了好一会儿,才开口:“那就让他消失吧。我很想干掉他,可这是不对的。我不想变成那种人。一个人不该杀掉他的亲生父亲。”

“我可以代你动手。”巴斯特轻松道。

莱克坐在那儿静了一会儿,然后摇摇头。“那还是一回事,对吧?不管动手的是谁,其实都是我杀的。如果是我杀的,我亲自动手而非动嘴指使他人,岂不更坦诚?”

巴斯特点点头。“好吧,那就让他永远消失。”

“最好快点。”莱克补充道。

巴斯特叹了口气,抬头望着太阳。他今天早已有了安排。他的意愿不会因为某个酒鬼农夫而改变。恩贝尔李很快就会去洗澡了,主人还要求他去弄些胡萝卜……

而且,他也不欠这个男孩的。恰恰相反,是男孩对他撒了谎,坏了规矩。虽然巴斯特已经严厉地重申过,城里的其他任何孩子都不能再这样违背他定下的规矩……可想起那件事还是会有些难堪。尽管如此,如今想帮男孩一把的念头还真是让他挺矛盾的。

莱克打断了他的思绪。“这事得尽快办。他越发变本加厉了。我跑得掉,可我妈跑不掉。小比普也跑不掉。而且……”

“好了,好了……”巴斯特挥挥手,示意他别说了,“我会尽快去办。”

莱克咽了口唾沫。“我需要支付怎样的报酬给你?”他焦虑地问道。

“这是笔大交易。”巴斯特郑重道,“我指的可不是丝带和纽扣这些小玩意。想想你要让我做什么,想想这件事有多大。”他迎上男孩的怒光,不躲不闪。“你要三倍报答我,还有一些得立马帮我弄到。”他坚定地盯着男孩,“你好好想想。”

此刻,莱克的脸上有点发白,可他还是冲着巴斯特点头答应了。“你想从我这儿拿走什么都可以,但我妈的不行。我爸买酒喝掉了不少,给我妈留下的不多了。”

“我们会想办法的,但绝不会拿她的东西来换,我保证。”

莱克深吸一口气,坚定地点点头。“好的。我们从哪儿开始?”

巴斯特指了指小溪。“在溪里找一块中心有洞的鹅卵石。”

莱克望着巴斯特的眼神怪怪的。“你是想找一块幻境石?”

“幻境石?”巴斯特无情地嘲笑道,莱克尴尬得脸红起来,“你的年纪够大了,少说这些鬼话。”巴斯特看了男孩一眼,问道:“你还想让我帮你吗?”

“想。”莱克小声回答。

“那就按我的要求去找一块鹅卵石。”巴斯特指了指身后的小溪,“必须是由你亲自找到的,其他任何人都不行。而且必须是溪岸上干燥的鹅卵石。”

莱克点点头。

“那好吧。”巴斯特拍了两下手,“你可以走了。”

莱克离开后，巴斯特回到了闪电树下。看到没有小孩在那儿等他，他便开始懒洋洋地打发时间。他在附近的小溪边用石子打水漂，还翻看起《瑟穹酊阕》里的插图，什么钙化、滴定和升华之类的。

后来，布劳恩出现了，他的一只手上还缠着绷带，他如约为巴斯特带来了两个甜面包，用一张白色的手帕包裹着。巴斯特吃掉一个，把另一个放在一边。

薇特也带来了一大捧花和一根漂亮的蓝丝带。巴斯特把雏菊编成了花冠，再把丝带从花茎间穿过。

随后，巴斯特抬头望了望太阳，估摸着快到时间了。他脱下衬衫，做成一个包袱，把薇特带来的“别碰我”装了进去，红色和黄色的花朵塞满了一整包。他又把手帕和花冠也放进包袱里，从地上抄起一根棍子，挑在包袱上，更便于携带。

他穿过老石桥，爬上一片山坡，又绕过一处悬崖，才找到科斯特里尔描述的那个地方。那里非常隐蔽，一条小溪蜿蜒流进一汪小水潭，恰好是个适合沐浴的私密之处。

巴斯特坐在一片灌木丛后，等了将近半个钟头，忍不住打了个盹。突然，树枝折断的动静和隐约传来的慵懒歌声吵醒了他。他透过灌木丛偷偷往外望，看到一个年轻女子正从陡坡上小心翼翼地朝水边走。

巴斯特背起包袱，悄悄朝溪流上游一路小跑。两分钟后，他跪在水边的草地上，身旁摆着一堆花。

他拿起一朵黄花，对着它轻轻吹了口气，花瓣的颜色瞬间褪去，变成了柔和的蓝色。他将其丢进水中，花朵顺着溪流缓缓朝下游漂去。

巴斯特接着捧起了一把花，红的黄的都有，再朝它们吹了口气，等它们也都变成了充满生气的淡蓝色，再将它们撒落在水面。这样的过程他又重复了两次，地上的花才撒完。

接着，他拿起手帕和雏菊花冠，快步跑回下游，来到长着榆树的小山谷里，那真是个舒服的好地方。他的动作足够快，一切搞定后，恩贝尔李才走到水潭边。

他蹑手蹑脚地爬到枝繁叶茂的榆树上，即便是一只手拿着手帕和花冠，他的动作也相当敏捷，犹如一只松鼠，没发出一点声响。

巴斯特在一根高度较低的树枝上卧下，藏在叶子后面，呼吸急促却并不粗重。恩贝尔李正脱下长筒丝袜，仔细将它们放在旁边的树篱上。一头光泽的红发闪着金色的光芒，迷人的发卷慵懒地披散下来。她的脸庞圆润甜美，白皙中不失粉嫩。

看到她朝四周望了望，先是左边，再是右边，巴斯特不禁咧嘴笑了起来。接着，她开始解开束身衣上的丝带，衣裙的颜色是淡淡的矢车菊蓝，点缀着黄色的飞边，她将它脱下，搭在旁边的树篱上，裙摆闪闪发光，铺展开来，犹如某种大鸟的翅膀，那翅膀结合了雀科和松鸦二者翅羽的优点，好看极了。

此时，恩贝尔李只穿着白色衬裙，她再次环顾四周，依旧是先左后右。四顾无人，她灵活地抖动了一下，衬裙便滑落下来，那动作简直一气呵成。她将衬裙抛在一边，站在原地，赤裸的胴体散发出月亮般的光芒，凝脂似的肌肤上点缀着淡淡的雀斑。她的臀部圆润可人，双乳尖晕开两团极浅的粉色。

她欢快地跳入水中，触碰到冰凉的溪水，忍不住发出一串低低的叫声。侧耳聆听，那叫声绝不像是鸦啼，倒是更似鹭鸣。

恩贝尔李捧起溪水浇在身上，稍稍浸湿身体，冷得发起抖来。她用香皂涂抹遍全身，再将头浸入水中，湿漉漉的头发红得更浓郁了，色泽犹如成熟的樱桃。

这时，第一朵蓝色“别碰我”顺流漂至她身畔。她好奇地望着它，目送它漂走，然后开始用香皂打出泡沫清洗长发。

更多花朵接踵而至。它们顺流而下，在她周围围成了圈，漂进那汪平静的水潭里便被困住了。她一脸惊讶地望着它们,伸出双手将它们从水中捧起,凑到脸旁,用力吸了吸鼻子,想闻闻它们的气味。

恩贝尔李宛然一笑,俯身钻进水中,又在水面上漂浮着的花朵中央钻了出来,溪水流过她的肌肤,从她裸露的双乳上滚落,花朵却留在她的肌肤上,似乎依依不舍。

就在这时,巴斯特从树上摔了下来。

先是响起一阵急促的刮擦声,那是巴斯特拼命想用手指抓住树皮,接着传来他的喊叫,随后的声音就像是一麻袋板油重重地砸到了地上。他仰面躺在草地上,发出一声痛苦的低吼。

水花四溅的声音传入他的耳朵,紧接着,恩贝尔李便出现在他上方。她用白色衬裙挡在身前,巴斯特躺在茂密的草丛里,直勾勾地望着她。

他还算幸运,恰好摔在一片草丛里,厚厚的野草被他压在身下,起到了缓冲的作用。要是再朝一侧偏上几英寸,他就会撞上岩石,伤到自己;或是朝另一侧偏上五英寸,他就会滚进泥浆里。

恩贝尔李在他身旁跪下,白皙的皮肤映衬一头深红色的长发,脖颈上贴着一簇花朵,和她的双眸一样,浅浅的蓝,却充满无限生机。

"啊!"巴斯特边盯着她看,边欢喜地说,"你比我想象的还要美得多。"他感到有些轻微目眩。

他抬起一只手,想要抚摸她的脸庞,却发现自己手里正握着花冠和打着结的手帕。"哦,对!"他想起了自己的计划,说道,"我还给你带了些雏菊,和一块甜面包。"

"谢谢你。"女孩双手接过雏菊花冠,却无暇顾及挡在自己身前的衬裙,只能任它飘落在草地上。

巴斯特眨了眨眼,竟一时语塞。

恩贝尔李歪着脑袋端详起花冠,上面嵌着一根蓝丝带,那抹蓝色犹如矢车菊般夺目,却丝毫不敌她那对蓝色的眸子。她双手托起花冠,得意地将它戴在头上,而后并未立刻放下双臂,而是缓缓吸了口气。

巴斯特的目光也从她头顶的花冠上向下移动。

她并不介意,反倒对他微微一笑。

巴斯特做了个深呼吸,欲言又止,吸了吸鼻子。那是忍冬的气味。

“你偷了我的香皂?”他难以置信地问。

恩贝尔李笑了起来,在他唇上印下一个吻。

过了好一会儿,巴斯特才起身踏上了返回闪电树的漫长路程,他要在城北的山里绕一大圈才能回去。那条路上有很多岩石,没有足够平坦的地面可供植物生长,地势太过险要因而也不适于放牧。

即使有个男孩指路,巴斯特也花了好久才找到马丁的蒸酒室。那是一座低矮的盒状山谷,蒸酒室就在山谷里的一处浅穴中,周围布满荆棘和乱石,还有倒地的枯树遮掩,他是绝无可能误打误撞找到那里的。

这间蒸酒室里有的可不是破旧的瓶瓶罐罐和一团糟的盘管拼凑成的简陋装置。这里的蒸馏装置简直是一件艺术品。你能看到各种桶和盆、大量螺旋状的铜管、足足有两个脏衣篓那么大的铜釜、用来加热铜釜的焖烧炉,还有天花板上贯通的木槽。巴斯特直到顺着木槽走到了蒸酒室外,才意识到那是马丁用来收集雨水并将其引入冷却桶用的。

观察完整套装置,巴斯特突然萌生一种冲动,他想去翻翻《瑟穹酊阕》,了解这间蒸酒室里所有部件的名称和用途。他这才想起自己把书忘在闪电树上的事。

于是,巴斯特转念一想,开始在蒸酒室里翻找起来,他找到一个箱子,里面装满了各式各样的容器,大概有二十多个,比如陶罐和罐头瓶之类的。其中有十来个是装满了液体的,但上面都没贴标签。

巴斯特拿起一个长颈瓶,里面显然装了酒。他拔出瓶塞,先是小心翼翼地闻了闻，再谨慎地抿了一小口，脸上立刻露出如初升朝阳般的惊喜之色。他大概猜到会有松脂的香味，可还有……另一种……他也不完全确定。巴斯特又喝了一口，似乎有苹果的味道，还有……大麦？

巴斯特喝下第三口，咧嘴笑了起来。不管这玩意叫什么，它可真好喝。顺滑且浓烈，还带着一丝甘甜。马丁也许是个疯子，可他是真懂酿酒这回事。

巴斯特在那儿待了一个多小时，才回到闪电树下。莱克还没回来，可《瑟穹酊阕》却完好无损地躺在那里。记忆中，他还是头一次因为看到这本书而感到高兴。他拿起书，翻到讲蒸馏的章节，一读就是半小时，读到很多地方，他还自顾自地点起头。原来那些绕来绕去的玩意叫冷凝盘管，他觉得它看起来就是蒸馏的关键一环。

终于，他合上书，叹了口气。天空中飘来了几片乌云，要是再把书留在这儿，可不会有什么好结果。好运气总会用光的！一想到大风会把它吹到草地上，撕烂书页，他就忍不住打了个寒战。如果再突然下场雨……

于是，巴斯特漫步走回路石酒馆，偷偷从后门溜了进去。他步步留心，来到橱柜前，打开柜门，把书放了进去，又想偷偷从后门溜出去，可刚走到一半，就听到身后传来脚步声。

“啊，巴斯特呀，”酒馆老板叫住他，“胡萝卜拿回来了吗？”

巴斯特半途被抓了个现行，尴尬地僵在原地。他直起身体，半下意识地在衣服上搓着手。“我……我还没抽出空来去弄胡萝卜，雷希。”

老板深深叹了一口气。“我是不会雇用一个……”话没说完，他又停了下来，吸了吸鼻子，眯眼盯着黑头发的年轻人，质问道，“你喝醉了，巴斯特？”

巴斯特感觉自己被冒犯了。“雷希!”

老板翻了翻眼睛。“那好,你是不是喝酒了?”

“我是去探路的。”巴斯特强调道,“你知道疯马丁有一间蒸酒室吗?”

“不知道。”从老板的语气判断,他显然不觉得这有什么可大惊小怪的,“而且,马丁没疯。他只是不幸有些严重的强迫症而已,还因为曾经当过兵,性子比较烈。”

“好吧,没错……”巴斯特缓缓道,“我知道,因为他曾经放狗咬我,我吓得爬到树上,他还想把树砍倒。这些还不算什么,除此之外,他也称得上是个疯子,雷希,十足的疯子。”

“巴斯特。”老板露出责备的目光。

“我没说他是个坏人,雷希。我甚至也没说我不喜欢他。可你要相信我,我知道疯子是什么样的。他那颗脑袋的构造和正常人的不一样。”

老板赞同地点点头,似乎还有点不耐烦。“这倒是。”

巴斯特张开嘴,眼神却变得略微困惑起来。“我们刚刚说到哪里了?”

“你之前说你是去探路的。”老板望着窗外回应道,“可事实上,你只出去了一个半小时。”

“啊,对!”巴斯特兴奋道,“我知道,这大半年来,马丁一直都在这儿赊账,我还知道,你很难要回这笔账,因为他根本没钱。”

“他不是用钱还账的。”老板轻声纠正道。

“没区别,雷希。”巴斯特叹息道,“这改变不了一个事实:我们根本不需要他再往这儿一口袋一口袋地送大麦了。储藏室里的大麦已经堆成山了。不过,既然现在他经营了一间蒸酒室……”

酒馆老板已经摇起了头。“不,巴斯特。”他说,“我不会用劣质酒毒害这里的顾客的。你根本不知道到最后那里面会掺进些什么东西……”

巴斯特打断了他的话,抱怨道:“雷希,可我的确知道你说的那些是什么:乙酸乙酯、甲醇和该滤除的杂质。这些东西那里面都没有。”

酒馆老板眨眨眼,显然吃了一惊。“你……你还真去读了那本《瑟穹酊阕》?”

“是的,雷希。”巴斯特微笑着说,“为了学到更多的知识,也为了不毒害顾客们,我亲口尝了尝,雷希,我敢打保票,马丁蒸馏出的绝不是劣质酒,而是上好的美酒。能赶上 Rhis 的一半那么好,这话我可不是轻易说着玩的。”

酒馆老板若有所思地敲了敲自己的上嘴唇。“你是在哪儿弄到他的酒喝的?”

“这是我交易得来的信息。”巴斯特避重就轻地糊弄完主人的问题,便继续道,“我在想,这样一来,不但给了马丁一个还账的机会,还能在我们的酒窖里添些新存货。不过有一点很麻烦,去那儿的路实在太难走了……”

老板无奈地举起双手。“你说服了我,巴斯特。”

巴斯特高兴地笑了起来。

“老实说,即使只是为了庆祝你终于认真看了回书,我也会同意的。不过,这对马丁来说,也是件好事。这样他就有理由经常来了。这对他有好处。”

巴斯特脸上的笑意立刻减少了几分。

即便是酒馆老板注意到了,他也不予置评。“我会派个男孩去找马丁,让他来一趟,顺便带两瓶酒。”

“拿个五六瓶呗。”巴斯特说,“晚上越来越冷了。冬天快到了。”

老板微微一笑。“马丁肯定会受宠若惊的。”

巴斯特的脸唰的一下白了。“千万别,雷希。”他退后一步,摆了摆两只手,“千万别告诉他是我要喝。他不喜欢我。”

酒馆老板伸手捂着嘴笑了。

“这并不有趣，雷希。”巴斯特生气地说，“他朝我扔石头。”

“好几个月前的事了。”老板点明了事实，“马丁最近这几次来酒馆时，对你都很热情。”

“因为酒馆里没有石头让他扔。”巴斯特反驳道。

“讲点道理，巴斯特。”老板继续道，“他已经从部队上转业回来快一年了，甚至变得更懂礼数了。记得他两个月前还向你道过歉？你还听说过马丁向城里其他任何人道过歉吗？一次也没有吧？”

“没有。”巴斯特闷闷不乐地承认了。

老板点点头。“对他来说，这已经是态度上很大的转变了。他已经改过自新了。”

“我知道。”巴斯特边嘟囔，边朝后门挪步，“可如果我今晚回来看到他在这儿，我晚饭就在厨房吃。”

巴斯特还没回到闪电树下，甚至还没走到空地上，莱克就追上了他。

“我弄到了！”男孩得意洋洋地伸起一只手，他的整个下半身都湿透了，一直在滴水。

“什么？这么快？”巴斯特问道。

男孩点点头，挥舞着两指之间夹着的石头。它的表面光滑，形状扁平呈圆形，稍稍比铜便士大一点。“还有什么要求？”

巴斯特摸着自己的下巴，像是在努力回忆。“现在，我们需要一根针。可它必须是从一个没有男人居住的房子里借来的。”

莱克思考一会儿，突然眼睛一亮。“我可以从赛莉阿姨那儿借到！”

巴斯特强忍住骂人的冲动。他忘了赛莉恰好满足这个条件。“这倒可行……”他不情不愿地说，“可那座房子里最好是住着很多女人，越多越好。”

莱克昂着脑袋，又想了想。“那就去找寡妇克里尔，她还有个女儿。”

“她还有个儿子呢。”巴斯特提醒他，“男人和男孩都不行。”

“但要找一座很多女孩住的……”话只说到一半，莱克就停了下来。这回，他想了许久，终于开口：“老奶妈一点都不喜欢我，可我猜她还是愿意给我一根别针的。”

“是缝衣针。”巴斯特再次强调，“必须是借来的，不能偷也不能买。必须是她借给你的。”

巴斯特早就猜到男孩可能会抱怨他的要求太苛刻，比如：老奶妈住在城市的另一头，虽然那儿也算是在城里，可是要朝西走很久很久才能到。他去一趟要花上半小时，即便去了，老奶妈也可能不在家。

可莱克没工夫叹气，他只是严肃地点点头，就转过身，一路飞奔着离开了。

巴斯特继续朝闪电树走去，可刚走到空地上，他就看到有一群孩子在玄武岩石上玩耍，毫无疑问，他们是在等他。一共是四个孩子。巴斯特站在空地边缘的树荫下，望着他们，有些犹豫，他抬头看了看太阳，又溜回树林里。他还有别的事要忙。

威廉姆斯家的农场完全不像样，已经几十年没人打理了。田地闲置的时间太久，已经辨认不出是田地了，上面零星地长着荆棘和小树。高高的畜棚也由于年久失修而塌得只剩下半个屋顶。

巴斯特穿过荒芜的田地，转了个弯，看到莱克家的房子。和畜棚不同的是,它虽然很小,但很整洁。房顶的木瓦需要修整下,但除此之外,能看出房子的主人对它还是很好的。黄色的窗帘被风吹到了厨房的窗外,窗槛花箱里种满了 fox fiddle 和金盏花。

房子一侧的围栏里养着三只山羊,另一侧则是一大片精心照料的菜园。菜园四周围着密密麻麻的篱笆,不过,巴斯特还是能透过篱笆看到里面长势喜人的蔬菜。胡萝卜,他还需要些胡萝卜。

他伸着脖子,看到房子后面摆着几个方形的大箱子。他朝那边走了几步,仔细观察后才意识到,它们是蜂箱。

就在这时,犬吠声如雷贯耳,两只耷拉着耳朵的大黑狗从房子里冲了出来,大叫着扑向巴斯特。巴斯特待它们近身时,单膝跪地,伸手抓着它们的耳朵和颈后的毛发,和它们玩闹起来。

几分钟后,巴斯特继续朝房子走去,两只狗在他身前身后转个不停,后来它们似乎听到了某种动物的动静,都钻进了树林里的草丛中。他礼貌地敲了敲前门,虽然狗叫声早就暴露了他的来访。

门打开了一道几英寸宽的缝,里面黑乎乎的,巴斯特什么也看不到。后来,门开得更大了些,巴斯特看到了莱克的母亲。她个子很高,一头棕色的卷发在背后扎成松散的发辫。

她打开整扇门,臂弯里正躺着个半裸的小婴儿。一张小脸正埋在她的胸前,小嘴正用力地吸着乳汁,发出呼噜呼噜的响声。

巴斯特低头匆匆扫过一眼,温暖地笑了起来。

妇人充满爱意地望着自己的孩子,再对巴斯特疲惫地笑了笑。“你好,巴斯特!你找我有什么事?”

“呃,这个嘛。”他抬起头,有些尴尬地回应道,“夫人,我在想,是这样的,威廉姆斯夫人——”

“叫我娜蒂就好,巴斯特。”她宽容地说。城里很多人都觉得巴斯特是个头脑比较简单的家伙,事实上,他对此根本不在意。

“娜蒂。”巴斯特改了口,尽力挤出一个讨人喜欢的微笑。

过了一会儿，妇人靠在门框上，一个小女孩从她褪色的蓝裙子后偷偷朝外望，只露出一双漆黑的大眼睛，小眼神认真极了。

巴斯特对她笑了笑，女孩立刻躲回到她母亲身后。

娜蒂期待地望着巴斯特，终于，她主动开口道："你是在想……"

"哦，对了，"巴斯特说，"我是在想你丈夫是否恰好在附近。"

"恐怕要让你失望了。"她回答说，"杰森姆出去检查他设的陷阱了。"

"哦。"巴斯特失望道，"他会很快回来吗？我愿意等……"

妇人摇摇头。"对不起，他还要加固栅栏，晚上还得在棚屋里处理猎物，先剥皮，再晾干。"她边说，边朝北边的山上点点头。

"哦。"巴斯特再次失望了。

小婴儿安逸地躺在妈妈的臂弯里，深吸一口气，又满足地呼了出来，再没发出任何声响，看样子是要睡了。娜蒂低头看看孩子，又抬起头，伸出一根手指放在嘴边，示意巴斯特别做声。

巴斯特点点头，从门口退了出去，看着娜蒂回到屋里，用那只空闲的手熟练地将睡着的婴儿从她的乳头上分开，再小心翼翼地把孩子放进地板上的木质小摇篮里，黑眼睛的女孩再次从她母亲身后探出头来，看着摇篮里的婴儿。

"要是她闹了，你就来叫我。"娜蒂轻声嘱咐女孩。女孩认真地点点头，坐到旁边的一把椅子上，伸出一只脚，轻轻摇着摇篮。

娜蒂转身离开了，她走出房门后，关上身后的门，边神色坦然地整理好喂奶时解开的束胸衣，边快走几步，追上前面的巴斯特。阳光下，巴斯特注意到她高高的颧骨和饱满的嘴唇。可即便如此，她的倦态已经掩盖了她的美丽，那双黑眼睛里写满了忧愁。

这位高个子妇人双臂交叠在胸前，疲惫地问道："出了什么事？"

巴斯特一脸疑惑地回答："没事，我只是想问，你丈夫是不是在忙。"

娜蒂放下双臂,看起来有几分惊讶。“哦。”

巴斯特有点羞于开口。“酒馆里需要我干的活儿不多,我想,你丈夫说不定需要个帮手。”

娜蒂环顾四周,目光扫过那间旧畜棚,嘴角垮了下来。“这些天来,他大部分时间都在设陷阱和打猎,一直很忙,可我想,他应该不大需要帮手。”她又回过头看着巴斯特。“至少他没说过他有这想法。”

“那你呢?”巴斯特露出自己最讨人喜欢的笑容,问道,“你这里,有什么需要帮忙的吗?”

娜蒂和蔼地笑笑,虽然只是微微一笑,却一扫这十年半如一日的愁容,整个人一下子容光焕发起来。她抱歉地回答道:“我这儿没什么可做的,只有三只山羊,我儿子管得过来。”

巴斯特:“那木柴呢?我不怕弄得满头大汗的。而且你家男人一走就是好多天,你一个人过活也挺艰难的……”他一脸期待地朝她笑了笑。

“恐怕我没那么多钱,雇不起帮手呢。”娜蒂为难道。

“我只想要些胡萝卜。”巴斯特说。

娜蒂先是盯着他看了一会儿,接着忍不住大笑起来。“胡萝卜?”她擦了把脸,问道,“你要多少?”

“也许……六根?”巴斯特自己也不太确定。

她又大笑起来,轻轻摇了摇头。“好吧。你可以帮我劈些柴。”她指着房子后侧劈柴的地方说,“等你劈到值六根胡萝卜的量,我再来找你。”

巴斯特满怀热情地准备开工,很快,后院里就响起了清脆有力的劈柴声。阳光还很烈,没过几分钟,巴斯特就出了一身汗,细密的汗珠在太阳的照射下闪闪发光。他毫不介意地脱下衬衫,随手挂在身旁菜园的篱笆上。

他劈柴的样子有些与众不同,却也并不是什么夸张的区别。事实上，他劈柴的步骤和所有人一样：将木头竖在面前，挥动斧子，劈开木头。这活儿没有太多即兴发挥的空间。

可他的动作还是有些与众不同。他会专心致志地摆放好木头，然后站在原地停顿片刻，整个人完全静止下来，最后挥动斧子。从双脚的站位，到手臂肌肉的变化……整套动作非常流畅，简直一气呵成。

没有丝毫夸张，也不带任何炫耀的意味，可即便如此，每当他举起斧子，挥出一个完美的弧度，你听到木头被劈开时清脆的响声，看到两半柴火猛然间一起一落的跳动，就能感受到一丝优雅。不知怎的，劈柴这种粗活儿在他手中竟能……如此……风度翩翩。

他一口气劈了半小时，这时，娜蒂从房子里走了出来，手里拿着一杯水和一把还带着绿秧子的大胡萝卜。“这些差不多就值六根胡萝卜的价了。”她微笑地对巴斯特说道。

巴斯特接过水杯，喝掉半杯水，然后弯下腰，将剩下半杯浇在自己头上，晃了晃湿漉漉的脑袋，又直起身来，黑色的卷发贴在他的脸上。“你确定不用我帮你干点其他的？”他朝她轻松地笑道，那双深邃的蓝眼睛带着笑意，比蓝天更蓝。

娜蒂摇摇头。她的发辫已经散开，一低头，松散的卷发就会盖住她的半张脸。她拒绝了巴斯特的好意。“我想不到其他的了。”

“处理蜂蜜我也很在行。”巴斯特抡起斧子扛在肩上，补充道。

听到这话，她有些疑惑，接着才看到巴斯特正朝着荒芜的田地那边点头示意，他说的是那些散落在田地里的木蜂箱。“哦，”她的语气像是记起了一个快要遗忘的梦，“我曾经做过蜡烛，也采过蜂蜜。可三年前的那个糟糕的冬天，我们失去了好几个蜂箱。那之后是个多雨的春天，又有三个蜂箱里的幼虫染上了白垩病[1]，当时，我们甚至根本不知道发生了什么。”她耸耸肩，继续说。“今年夏初，我们把一个蜂箱卖给

① 由于蜂球囊菌寄生引起蜜蜂幼虫死亡的一种真菌性传染病。

了海斯托斯，才有钱交税的……”

她再次摇摇头，似乎是刚从一场白日梦中清醒过来。她又耸了耸肩，转身望着巴斯特。“你了解蜜蜂吗？”

“还算了解吧。”巴斯特轻声回答，“它们不难处理。只要有耐心，够温柔，就够了。”他随意抡起斧子，把斧尖插在了身边的一个树桩上。“它们其实和其他动物一样，真的，只是想确保自己的安全而已。”

娜蒂望着远方的田地，听了巴斯特的话，只是下意识地点点头。“只剩下两个蜂箱了。”她说道，“里面的蜂蜡只够做几根蜡烛，蜂蜜也很少，根本用不着费心，真的。”

“哦，别这样。”巴斯特柔声道，“有时候，我们任何人拥有的都只是一点点甜蜜而已，但它总是值得的，即使要费些工夫。”

娜蒂转身望着他，与他的目光相遇，并不做声，视线却也没避开。她的双眸仿佛一扇门，一扇打开的门。

巴斯特温柔且耐心地微笑起来，他的嗓音犹如蜂蜜般温暖、甜美。他伸出一只手，说道：“跟我来，我有东西给你看。”

巴斯特回到闪电树下时，太阳已经开始落入西边的树林里。他的步伐已经略微缓慢吃力了些，还顶着一头的灰，可精神似乎还很好。

山顶上有两个孩子，他们坐在玄武岩石上，双脚悬空，就像坐在一张硕大的石凳上。巴斯特还没来得及坐下，两个孩子便一同围了上来。

其中一个叫威尔克，是个表情严肃的十岁男孩，长着一头蓬松的金发。站在他旁边的是他的妹妹佩姆，只有五岁，嘴却有他哥哥的三倍那么大。

男孩爬上山顶时，朝巴斯特点点头，然后低下头，说：“你的手受伤了。”

巴斯特低头看了看自己的手,惊讶地发现上面有几道深红色的血迹正沿着侧面往下滴。他掏出手帕,胡乱擦了擦。

“发生什么了?”小佩姆问道。

“一头熊攻击了我。”他若无其事地撒了个谎。

男孩点点头,并未表现出是否信以为真的神色。“我需要一个谜语,用来难住泰莎,得是个高明的谜语。”

“你闻起来跟爷爷一个味儿。”佩姆走上前,站在哥哥身边,尖声尖气道。

威尔克没理会她。巴斯特也没理会她。

“好的。”巴斯特说,“我需要你帮我个忙,用来交换一个谜语。”

“爷爷吃了药,闻起来就是你身上这种味儿。”佩姆补充道。

“那可必须是个足够高明的,”威尔克强调道,“得是道难题。”

“给我一样东西,它必须此前从未有人见过,以后也再不会有人见到。”

“唔……”威尔克陷入了思考中。

“爷爷说,他一吃药就会好很多。”佩姆的嗓门更大了,她觉得自己被忽视了,很不开心,“可妈妈说那不是药。她说他是喝多了。爷爷说,他感觉好多了,所以那东西他妈的肯定是药。”她看看巴斯特,又看看威尔克,似乎在向他们示威,看他们敢不敢责骂她。

可他们依旧没理她。她看起来有些垂头丧气的。

“这个不错。”威尔克终于承认道,“答案是什么?”

巴斯特缓缓露出笑容。“你拿什么来跟我做交易呢?”

威尔克歪着脑袋想了想。“我已经说了,会帮你一个忙。”

“你帮我个忙,我才会给你一个谜语。可你现在就问我要答案……”巴斯特从容地说。

威尔克先是有点疑惑,接着马上明白过来了,小脸气得涨红。他深吸一口气,准备大声理论,后来似乎改了主意,转身冲下了山,气得直跺脚。

他的妹妹看他离开了，便转身批评巴斯特："你的衬衫撕破了，你的裤子也弄脏了。你妈妈会揍你的。"

"不，她不会的。"巴斯特自鸣得意道，"因为我已经长大成人了，我想怎么对待我的裤子都可以。就算点火把它烧了，我也不会有事。"

小女孩满脸嫉妒地瞪着巴斯特。

威尔克又气冲冲地折返回来。"好吧，成交！"他闷声道。

"你得先帮我个忙。"巴斯特说完，交给男孩一个塞着瓶塞的小瓶子。"我需要你用这个瓶子接满从半空中流下的水。"

"什么？"威尔克问道。

"必须是自然而然从半空中流下的水。"巴斯特强调道，"你不能从水桶或者小溪里舀水。必须是在水正从空中流下时，把它装进这个瓶子里。"

"水泵里的水就是从半空中流下的……"威尔克知道这方法不对，因而底气不足。

"必须是自然流下的水。"巴斯特再次强调"自然"二字，"如果有人站在椅子上，把桶里的水往下倒，是没用的。"

"你要它做什么？"佩姆尖声尖气地问道。

"你想拿什么来换我那个谜语的答案？"巴斯特反问。

小女孩的脸唰的一下白了，伸出一只小手捂住自己的嘴。

"可接下来的几天也许都不会下雨。"威尔克为难道。

佩姆长叹一口气，语气傲慢地说："根本不用下雨。你只要去小悬崖旁边的瀑布就行了，然后在那儿接满一瓶水。"

威尔克眨眨眼。

巴斯特朝她笑了笑。"你真是个聪明的姑娘。"

她翻了个白眼。"大家都这么说……"

巴斯特从兜里掏出一样东西，伸手给他们看。那是一片绿色的玉米外皮,里面包裹着一块黏糊糊的蜂巢。小女孩看到它,眼睛一亮。

“我还需要二十一颗上好的橡子,上面不能有洞,所有橡子帽必须完好无损。如果你从瀑布那儿帮我弄到它们,我就把这个给你。”

女孩热切地点点头。兄妹二人急匆匆地朝山下跑去。

巴斯特回到溪边柳树林旁的水潭里,又洗了个澡。通常,他不会在这个时候洗澡,因而这次没有鸟儿在这里等着他来,于是,他只是简简单单地洗了个澡,其他什么也没干。

很快,他便把身上的汗水和蜂蜜洗干净了,还把衣服也大概搓了搓,洗掉了上面的草渍和酒味。冰凉的水微微刺痛了他关节上的伤口,但这些伤并不严重,很快就会自己愈合。

他光着身体,湿答答地从水潭里走了出来,找到一块黑色岩石,太阳晒了一整天,上面热乎乎的。他把衣服摊在岩石上,边等它们烤干,边甩干头发上的水,又用双手擦了擦胳膊上和胸前的水珠。

洗完澡,他回到闪电树下,捡起一根长长的青草,放在嘴里嚼了起来,没过多久,他就在午后金色的阳光中进入了梦乡。

傍晚:收获

几个小时过去了,夕阳下的影子映在巴斯特身上,拉得老长,他打了个寒战,醒了过来。

他坐起身,揉了揉脸,睡眼惺忪地望了望四周。太阳已经落到了西边树林上方的边缘。威尔克和佩姆还没回来,但这也在意料之中。他掰下一块原本答应要给佩姆的蜂巢,放进嘴里,悠闲地舔了舔手指,边懒洋洋地咀嚼着蜂蜡,边望着天空中缓缓盘旋的一对鹰。

终于，他听到树林里传出一声口哨声。他站起来伸了个懒腰，弯腰的样子活像是一张弓。随后，他飞快跑下了山。不过，在昏暗的光线下，谁也看不清他奔跑时的动作。

那动作既像一个十岁男孩在蹦跳，又像一只山羊在腾跃，可他不再是男孩，也不可能是山羊。一个男人以那么快的速度下山，看起来只可能是在奔跑。

可在渐暗的天色下，巴斯特的动作看起来有些古怪，却也说不上哪里不对。他看起来就像是在……干什么呢？嬉戏？跳舞？

这都是小问题，重点是，他很快就来到了空地边缘，莱克正站在树荫下，那里的光线也越来越暗了。

“我弄到针了。”男孩举起一只手，洋洋得意道，不过周围太黑了，看不清他手里的针。

“你是借来的？”巴斯特问，“不是换的也不是买的吧？”

莱克点点头。

“好吧，”巴斯特说，“跟我来。”

他们二人走到玄武岩石旁，莱克一声不响地跟着巴斯特从裂开的岩石一侧爬了上去。那里的阳光仍然很强烈，倾斜的玄武岩石后侧很宽，他们俩站在上面，空间足够大。莱克焦虑地环顾四周，似乎是担心有人会看到他。

“把我要你找的那块石头拿出来看看。”巴斯特要求道。

莱克从兜里掏出石头，递给巴斯特。

巴斯特猛地抽回手，好像男孩递给他的是一块烧红的木炭。

“别犯傻了，”他呵斥道，“它不是给我的。这魔法只会对一个人有效。你是想让我来用它吗？”

男孩收回手，看了看石头。“你说的‘一个人’是什么意思？”

“这是一种魔法，”巴斯特解释道，“一次只会对一个人起效。”看到男孩脸上单纯的疑惑表情，巴斯特叹了口气。“你知道有些女孩会用勾引人的魔法,希望引起男孩的注意,对吗?”

莱克点点头,脸上有点泛红。

“这个恰好相反,”巴斯特说,“这是一种驱逐魔法。你用针刺破手指,滴一滴血在这块石头上,血迹被封印住,魔法就生效了。它会帮你赶走一些东西。”

莱克低头看着石头,问道:“什么东西?”

“任何想伤害你的东西,”巴斯特一副确信无疑的样子,“你把它放在衣兜里就行,或者找一根绳子——”

“它会赶走我爸爸吗?”莱克打断了他的话。

巴斯特皱起眉头。“我说的就是这个意思。你是他的血脉。所以这块石头对他的驱逐力比其他任何东西都要强烈。你也许应该用根绳子穿着它挂在脖子上,这样——”

“那一头熊呢?”莱克盯着石头若有所思地问道,“它可以帮我赶走一头熊吗?”

巴斯特伸出手来回比画着。“野兽则是另一回事,”他解释道,“它们有的只是单纯的欲望。它们并不想伤害你,只是需要食物,或是保证自己的安全。一头熊会——”

“我可以把它给妈妈吗?”莱克再次打断他,抬头望着巴斯特,他的黑眼睛里写满了认真。

“……想要保护自己的领……什么?”巴斯特被打断后突然停了下来。

“我该把它给妈妈。”莱克说,“要是我戴着它出去了,爸爸回来了怎么办?”

“他不会回来的,”巴斯特确信无疑地安抚他,“就连铁匠铺附近也藏不住……”

莱克看起来心意已决,脸中央的那颗蒜头鼻更突显出他的倔强。他摇摇头。“应该把它给妈妈,她还要照顾泰丝和小比普,她的安全很重要。”

“这块石头在你身上也完全可以——”

“必须是专门用来保护她的!”莱克大喊道,拿着那块石头的手紧紧攥成了拳头,“你说它只对一个人有效,那么这个人只能是她!”

巴斯特拉下脸,怒视着男孩,厉声道:“我不喜欢你的语气。是你让我帮你赶走你父亲的,我也正在帮你……”

“可如果这样还不够呢?”莱克急得涨红了脸。

“足够了,”巴斯特心不在焉地用一只手的指关节摩擦着另一只手的大拇指,敷衍道,“他会走得远远的,我向你保证——”

“不!”莱克的脸气得通红,“万一不够远呢?万一我长大后,变得和他一样了呢?我也会……”话还没说完,他就哽住了,眼泪开始往下掉。“我不是个好人,这我都知道。我比任何人都了解这一点。就像你说的,我是他的血脉。我也可能会伤害到妈妈,必须要保护好她。如果我长大后变成了坏人,她就会需要魔法来……她就会需要它把我赶得远远的——”

莱克咬紧牙根,再也说不下去了。

巴斯特伸手握住男孩的肩膀,他的身体僵硬得像一块木板,可巴斯特还是一把将他抱住,用双臂环住他的肩膀,他的动作很轻,因为他看过男孩背后的伤。他们在那里站了很久,莱克浑身紧绷着,犹如拉满的弓弦;整个人不停地发抖,仿佛逆风张开的船帆。

“莱克,”巴斯特柔声安慰他,“你是个好孩子,你知道吗?”

男孩弯下腰,一边啜泣,一边靠在巴斯特身上往下滑,几近崩溃。他把脸埋在巴斯特的腹部,嘴里念叨这什么,断断续续,听不清楚。巴斯特哼起轻柔的调子,既像在平复一匹受惊的马,又像在安抚一巢焦躁的蜜蜂。

激动的情绪如狂风暴雨般,来得快去得也快,莱克很快就爬起身往后退,用衣袖大概擦了擦脸。天空刚刚被夕阳染上了些许红色。

“好了，”巴斯特说，“是时候了。我们去找你妈妈吧。你要把石头给她。如果能作为礼物送出，它的魔法能得到最大程度的发挥。”

莱克点点头，却没抬头看他。“如果她不愿意戴呢？”他小声问道。

巴斯特眨眨眼，有些疑惑。“她会戴的，这是你给她的呀。”

“可她要是不戴呢？”男孩又问道。

巴斯特张开嘴，犹豫了一下，又闭上了。他抬起头，望见了暮色中最先出现的几颗星，又低头看了看男孩，叹了口气。处理这种感情问题，可不是他擅长的事。

看似复杂的，其实很简单。使用拟术就像是他的第二天性，只用让人们看到他们希望看到的即可。愚弄人类简直跟唱歌一样简单。欺骗和撒谎就像呼吸一样自然。

可现在呢？他要说服人类去相信他们根本无法理解的事实吗？这种事情该如何开口？

最难以理解的是，人类这种生物会因欲望而苦恼不已、担惊受怕。毒蛇再毒，也绝不会毒死自己，可人类却想方设法、变着花样来折磨自己。他们先用恐惧蒙住自己的双眼，再因目不可见而哭泣。这会让他们怒不可遏，甚至足以摧毁他们的内心。

因此，巴斯特选择了那个更简单的办法。“这是魔法本身的一部分，”他撒谎道，“你把石头给她时，必须告诉她你之所以这么做是因为爱她。”

男孩看起来很不自在，就像在努力吞下一块石头。

“它是这个魔法中不可缺少的环节，”巴斯特坚定地说，“而且，如果你想让魔法的效果更强，你需要每天向她表达你的爱，早上一次，晚上一次。”

男孩点点头，露出一副下定决心的表情。“好的，我能做到。”

“这就对了。”巴斯特赞许道，“在这儿坐下，用针刺破你的手指。”

莱克按照他的要求做了。他刺破了自己短粗的手指，血从皮肤中冒了出来,聚成一滴,落在石头上。

“很好,”巴斯特在男孩对面坐下,“现在,把针给我。”

莱克把针递给他。“可你刚刚说只需要——”

“不用你告诉我我说过什么。”巴斯特抱怨道,“把石头放平,洞朝上。”

莱克照做了。

“记住要拿稳。”巴斯特说完,便用针刺破了自己的手指,一滴血慢慢涌了出来,“别动。”

莱克的另一只手也伸了出来,用双手托住石头边缘。

巴斯特翻转手指,那滴血在空中停留了片刻,便垂直落下,穿过了石头中央的洞,滴在下方的玄武岩石上。

整个过程没有发出一点声响,没有空气的扰动,没有远处的雷声。如果非要说有什么特殊的现象,似乎只有血滴在空中停滞了半秒钟的绝对寂静。不过,那也很可能只是因为恰好一阵风吹过而已。

“这样就可以了吗?”片刻后,莱克问道,显然,他还期待着会有更多的事情发生。

“对。”巴斯特伸出红红的舌头,舔了舔手指上的血迹。接着,他动了动嘴,吐出嚼了半天的蜂蜡,用手指擦了擦,递给男孩。“用这个摩擦石头,再把它带到你能找到的最高的那座山上,站在那里等太阳落山。今晚,你就可以把石头给你妈妈了。”

莱克立刻放眼朝地平线处眺望,想找到那座最高的山。随后,他从岩石上跳了下来,飞快地跑开了。

返回路石酒馆的半途中,他才突然意识到,自己根本不记得他弄的胡萝卜哪儿去了。

巴斯特从后门回到酒馆时,能闻到面包、啤酒和炖菜的气味。环顾厨房,他发现了案板上的面包屑和打开的壶盖。种种迹象标明,晚餐已经开始了。

他蹑手蹑脚地走到公共休息室门口,透过门缝朝里窥视。弯腰驼背坐在吧台前的都是这里的常客,其中就有老科夫和格雷厄姆,他们碗里的食物已经见了底。铁匠铺的学徒拿起一片面包,放进碗里蘸了一圈,然后把整片面包一下子塞进了嘴里。杰克将最后一片面包上涂满了黄油,谢普则有礼貌地用他那空空的马克杯敲了敲吧台,其意图不言而喻。

巴斯特慌慌张张地走进公共休息室,手里端着一碗刚盛好的炖菜,是要上给铁匠铺学徒的。与此同时,酒馆老板又为谢普添了些啤酒。收拾好桌上的空碗后,巴斯特又回到了厨房里,再次出现时,他又端来了半条热气腾腾的切面面包。

"你们猜我今天打听到了什么消息?"老科夫一脸得意地笑着说,他知道自己是这里头一个知道这消息的。

"什么消息?"男孩嘴里的炖菜还没完全咽下,就忍不住问道。

科夫伸手拿起硬硬的面包皮。他自诩为这里最年长的人,因而有权利这么做。事实上,他的年纪并不是最大的,而且其他人也对面包皮没什么兴趣。巴斯特觉得,老科夫之所以会吃面包皮,是为了炫耀自己的牙口还不错。

科夫笑着对男孩说:"你猜。"说完,他往面包皮上涂了一层厚厚的黄油,咬了一大口。

"我猜是关于杰森姆·威廉姆斯的消息。"杰克漫不经心地猜测起来。

老科夫瞪着他,嘴里塞满了面包和黄油。

“我听到的说法是,”看到老科夫正拼命想嚼烂吞下嘴里的食物,杰克慢吞吞地微笑着说,“杰森姆出去修整他设的陷阱,遇上了一头美洲狮。他在逃命时迷了路,不慎从悬崖边掉了下去,被不知什么尖东西戳死了。”

老科夫终于咽完了嘴里的食物,说:“雅各布[①] · 沃克,你简直满嘴瞎话。事实根本不是这样的。他是从悬崖上掉了下去,可没遇上什么美洲狮。美洲狮从来不会主动攻击成年男人。”

“如果他身上有血腥味,那就另当别论了。”杰克坚持道,“而杰森姆正是如此,考虑到他当时正在捕杀猎物。”

其他人小声议论起来,对他的说法表示赞同,而这显然激怒了老科夫。“根本不是美洲狮,”他也不肯让步,“是他喝多了没看路。我听到的说法是,这个酒鬼是失足跌下悬崖的。这才说得通嘛,因为悬崖离他设的陷阱还有很远一段路,除非你觉得那头美洲狮追着他跑了差不多一英里的距离……”

老科夫靠在椅子上,为他的合理推断而沾沾自喜。人人都知道杰森姆爱喝酒。而且,虽然悬崖离威廉姆斯设陷阱的地方其实并没有一英里的距离,可他也不可能在被美洲狮追捕的情况下跑完那段路。

杰克恶狠狠地瞪着老科夫,可还没等他开口,格雷厄姆就插话道:“我也听说是他喝了酒。几个孩子在瀑布边玩耍时发现了他。他们以为他死了,于是去找治安官。可他只是撞到了脑袋,而且醉得不省人事了。破酒瓶上的玻璃就挺尖的,他是被那玩意儿戳死的也未可知。”

老科夫伸出双手,在空中挥舞起来。“这下可好!”他气哼哼地来回望了望格雷厄姆和杰克,“在我说完之前,你们还要对我说的哪些话

---

① 雅各布(Jacob)是杰克(Jack)的正式称呼。

指手画脚呀?”

格雷厄姆一脸惊讶地说:“我以为你已经——”

“我还没说完,”科夫打断了他的话,权当他是个蠢货,“我这叫娓娓道来,懂吗?我敢说,你们这帮家伙根本不知道该怎么讲故事,要教会你们,估计都能写成一本书了。”

所有人都不做声了。

“我也听到了些消息。”铁匠铺学徒怯怯地说。他坐在吧台旁,微微弓着背,似乎比别人高出一头的身高和一个顶俩的肩宽反倒使他在人群里有些难堪。“如果没人听过,我可以讲讲。”

谢普开口了:“讲吧,孩子。不用问大家了。那两个家伙对着干已经好些年了,他们的话你别放心上。”

“好吧,当时我在修鞋,”学徒继续说,“然后,疯马丁进来了。”想到当时的画面,男孩心有余悸地晃了晃脑袋,灌下一大口啤酒,才继续道。“我只见他在城里出现过几回,忘了他有多大块头。虽然我用不着仰视他,可我觉得他的确比我要高些。至于那天,由于正在气头上,他的身材看起来更加魁梧了,嘴里还骂骂咧咧的。我发誓我说的都是真的。他那副样子就像是有人把两头暴怒的公牛捆在一起,还要把它们套进同一件衬衫!”说到这里,男孩大笑起来,他通常不怎么喝啤酒,这次喝得有点多,笑声不免放肆了些。

过了一会儿,谢普用胳膊肘推了推男孩,轻声问道:“你听到的消息到底是什么?”

“哦,对!”铁匠铺的学徒恍过神来,继续讲了起来:“他是来问我师父费里斯讨些铜的,他想补一个大壶。”学徒张开那双长长的胳膊,伸了个懒腰,一只手差点打到了谢普的脸。

“显然,有人发现了马丁的蒸酒室,”学徒身体向前倾,微微晃了几下,故作神秘道,“偷了他的酒,还把他的蒸酒室弄得一团糟。”

男孩靠在椅背上,骄傲地将双臂合抱在胸前,对他刚刚讲完的故事非常满意。

可大家并没有像以往听到爆料时那样议论纷纷。男孩又喝了一口啤酒,才慢慢感到有些疑惑。

格雷厄姆的脸色突然变得很难看,他说:“泰鲁在上,不管怎么说,马丁杀了他。”

“什么?”学徒不解地问,“谁?”

“杰森姆,你个蠢货。”杰克忍不住骂了起来。他本想伸手去拍男孩的后脑勺,可后来只是拍了拍他的肩膀。“那家伙大中午喝了个烂醉,还抱走了几个酒瓶子,却失足跌下了悬崖,是这样吧?”

“我认为是一头美洲狮。”老科夫仍不依不饶。

“和被马丁抓住相比,他宁愿碰上十头美洲狮。”杰克冷笑道。

“什么?”铁匠铺的学徒大笑起来,“疯马丁?他是脑子不太清楚,这是真的,可他不是坏人。前些日子,他拉着我胡言乱语了快两个钟头,”他再次大笑起来。“告诉我怎样才是健康、卫生的,小麦是怎样摧毁一个人的,金钱如何如何肮脏,土地是如何束缚你的,都是些胡话。”

学徒压低嗓门,微微耸着肩,瞪大眼睛,装出疯马丁的神情,说道:“你知道吗?”他故意粗着嗓子,瞪着眼望向四周,“没错,你知道的。你听到我在说什么了?”

学徒又没绷住,在椅子上笑得前仰后合。他显然是喝得有点多了。“人们觉得他们得防范着那些大块头的家伙,可事实并非如此。我长这么大,还从没打过人呢。”

所有人都盯着他,神情非常严肃。

“马丁杀死了恩萨尔家的一条狗,只因为那狗对他吠了几声,”谢普说,“就在集市上,他朝那狗扔出一把铁铲,就像抛长矛一样戳死了它,后来还踢了它一脚。”

“他还差点干掉了之前那位神父,”格雷厄姆补充道,“就是里奥丹神父之前那位。没人知道为什么。那家伙去了一趟马丁的家。当天晚上，马丁把他装在一辆手推车里，一路推回城里，再把他丢在教堂前。”他望了望铁匠铺的学徒，说：“不过，这事发生在很久之前，你不知道也正常。”

“他还揍过一个修补匠。”杰克也附和起来。

“揍过一个修补匠？”酒馆老板突然难以置信地喊道。

“雷希，”巴斯特小声对老板说，“马丁真是个不折不扣的疯子。”

杰克点点头。“征税官都不敢去他家。”

科夫似乎又想指着杰克的鼻子开骂，但还是决定好言好语跟他理论，他说：“好吧，没错。这些都是事实。可究其原因，是因为马丁去当了兵，一去就是八年。”

“回来后就变成了一条口吐白沫的疯狗。”谢普接着他的话往下说。

老科夫已经站起身，正朝门口走去。“多说无益。我们本应给杰森姆提个醒，要是他先出城避一避，等马丁消消火……”

“那得要等到……那疯子挂掉吧？”杰克刻薄道，“还记得那次吗？他举起一匹马，从那家老酒馆的窗户里扔了进去，只是因为服务生不肯再卖给他啤酒了。”

“修补匠？”酒馆老板还在重复刚刚听到的话，似乎仍处于极度震惊的状态。

门口的楼梯上响起一阵脚步声，酒馆里突然静了下来。所有人都盯着酒馆正门，噤若寒蝉，只有巴斯特还在侧着身子缓缓朝厨房门口走去。

看到走进门来的是瘦高的卡特，所有人都长舒了一口气。卡特关好身后的门，并未注意到房间里的异样。“猜猜今晚谁要请这里所有人喝一瓶威士忌？”他兴致高昂地问道，看到大家一脸严肃的神情，他才疑惑地停下来，站在原地。

老科夫边继续朝门口走，边示意他的朋友跟他一起离开。“跟我来，卡特，路上我再跟你解释。我们必须尽快找到杰森姆。”

“你要找他，路可远着呢。”卡特回应道，“今天下午我才载他去了巴登。”

听了这话，大家似乎都放松了下来。“所以你才来得这么晚。”格雷厄姆重重地呼出一口气，坐回椅子上，用指关节使劲敲了敲吧台。巴斯特又给他倒了一杯啤酒。

卡特皱着眉头发起了牢骚：“不过现在也不算太晚，我倒是很乐意看你在这个点儿去一趟巴登再回来，往返差不多有四十多英里吧……”

老科夫伸出一只手，搂着卡特的肩，带着他转身回到吧台。“啊哈，没那回事儿！是我们大惊小怪了。你把杰森姆那蠢货弄出城，多半救了他的命。”老科夫瞥了卡特一眼，继续说，“不过，我也劝过你，这些天最好别一个人驾车去城外……”

酒馆老板给卡特端上一只碗，巴斯特则出去照料他的马。他一边吃着碗里的炖菜，一边听朋友们有一搭没一搭地闲聊今天的八卦。

“这下就说得通了，”卡特恍然大悟，“杰森姆来找我时醉得不成样子，似乎还被人狠狠揍了一顿。他雇我带他去钢铁大厅，在那儿领了军饷。”卡特喝了口啤酒，继续往下说，“他又给了我一些钱，让我直接载他去巴登，根本没想要中途回家收拾下衣服之类的行李。”

“没那个必要，”谢普插了一句，“加入了国王的军队，他自然吃穿不愁。”

格雷厄姆长叹一声。“就差那么一点点，你们能想象如果执法官真的来找马丁了，会发生什么吗？”

一想到要是一名皇家执法官在城里被揍了，该惹出多大的麻烦，所有人都沉默了。

铁匠铺学徒看了看周围的人们，有些担心地问道：“那杰森姆的家人呢？马丁回去找他们的事吗？”

围在吧台边的人们不约而同地摇了摇头。“马丁是疯了，”老科夫说，“可他不是那种人，不会欺负女人和小孩。”

“我听说他之所以会揍那个修补匠，是因为他想占小詹妮的便宜。”格雷厄姆说。

“这倒是实话，”老科夫的语气软了下来，“我看到了。”

房间里的每个人都转过头，吃惊地望着老科夫。他们认识他这么久了，他讲的那些故事他们也都听过。这么多年来，即便是那些最无趣的故事，他们也至少听他讲过三四遍。他们从没想过……怎么说呢……这老家伙竟然也会保守秘密。

“他一直在对小詹妮动手动脚的，”科夫低头盯着啤酒杯说，“别忘了，她当时年纪那么小，什么也不懂。”他停下来，叹了口气。“可我也不年轻了，而且……而且……我知道，要是我拦着修补匠，他肯定不会放过我。一切都写在他脸上，清清楚楚的。”老家伙又叹了口气。“对我来说，这不是什么光彩的事。”

这时，科夫抬起头，嘴角扬起一丝坏笑，继续往下说：“然后，马丁就出现在了街角。那是在老库珀家的房子后侧，还记得那儿吧？马丁看了看修补匠，又看了看詹妮，小姑娘没哭也没叫，但显然很不开心。修补匠正握着她的手腕……”

科夫摇了摇头。“马丁揍他时，就像是把铁锤，猛地砸在他身上。他整个人一下子飞到了街中央，大概有十英尺那么远吧。马丁看了看詹妮，小姑娘这才哭了起来，主要是因为受到了惊吓。马丁抬起穿着靴子的脚，猛踢了他一脚，就一脚，还没用全力。我能看出他是权衡了轻重的，只是想给那家伙一点教训而已。”

“那家伙也不算是什么正经的修补匠，”杰克说，“我记得他。”

“我还听过那个神父的一些事。”格雷厄姆补充道。

另外几个人也不声不响地点了点头。

“要是杰森姆回来了怎么办？”铁匠铺学徒问，“我听说有些人喝醉了就去领军饷，后来酒醒了，怕死就当了逃兵。”

所有人似乎都陷入了思考之中。这不是什么难以想象的事。就在上个月,城里还来了一队国王的守卫,他们张贴了一张告示,悬赏捉拿逃兵。

“泰鲁在上,不管怎么说,到时候肯定会有好戏看咯?”谢普拿着他的马克杯,边喝着里面所剩无几的啤酒,边恶意揣测起来。

“杰森姆不会回来的。”巴斯特不屑地说。他言语间的笃定吸引了众人好奇的目光。

巴斯特撕下一片面包,放进嘴里,才意识到自己成了房间里的焦点。他尴尬地吞下面包,伸出双手做了个打圆场的手势。“什么?”他边问,边大笑起来,“要是知道马丁在这儿等着,换作是你,你会回来吗?”

大家摇着头,嘘声一片。

“你是得蠢到一定境界,才会去马丁的蒸酒室里捣乱吧?”老科夫讽刺他。

“想让马丁稍稍冷静下来,估计要等上十年八年了。”谢普说。

“十年八年也不够吧。”杰克也附和道。

后来,客人们离开后,巴斯特和酒馆老板坐在厨房里,开始吃掉剩下的炖菜和另外半条面包。

“你今天学到了什么,巴斯特?”老板问道。

巴斯特兴奋地咧嘴笑了起来。“雷希,今天,我找到了恩贝尔李洗澡的地方!”

酒馆老板若有所思地歪着脑袋问:“恩贝尔李?你是说阿拉德的女儿?”

“是恩贝尔李·阿什顿!”巴斯特激动地挥舞着胳膊,气恼地喊道:

“雷希，她是方圆二十英里内第三漂亮的姑娘！”

“哦，”酒馆老板的脸上终于闪过一丝真正的微笑，今天这还是头一回，“那你得把她指给我瞧瞧。”

巴斯特笑了，热切地说：“明天我就带你去。我不清楚她是不是每天都洗澡，但去一趟碰碰运气总是值得的。她那奶油色肌肤，还有白到发亮的丰满身体。”说到这里，他的笑容里多了几分邪恶，“雷希，她是名挤奶女工。”他又强调了一遍最后那个词。“一名挤奶女工。”

酒馆老板摇了摇头，可脸上还是忍不住露出笑意。终于，他忍不住笑出声来，抬起一只手。“你可以在她穿着衣服的时候指给我看，”他故意调侃道，“那样就够了。”

巴斯特不满地叹了口气。“雷希，要多出去走走看看，对你有很多好处。”

老板耸耸肩，边百无聊赖地搅着锅里的炖菜，边敷衍他：“也许吧。”

这顿晚餐，他们默默地吃了好久。巴斯特一直想说些什么。

“我真的帮你弄到胡萝卜了，雷希。”开口时，他已经吃完了碗里的炖菜，拿起勺子又从罐子里舀了一些到碗里。

“嗯，晚来总比没有强。”老板的声音听起来懒洋洋的，没什么精神，“我们明天可以用一些。”

巴斯特在凳子上换了个姿势，略显尴尬。“可我后来把它们弄丢了。”他还是不好意思地承认了。

听了这话，老板的脸上再次露出一个疲惫的微笑。“别为这个烦心了，巴斯特。”他眯起眼睛，盯着巴斯特拿着勺子的那只手，“你的手怎么了？”

巴斯特低头看了看自己右手的指关节，上面已经没有血迹了，可皮肤蹭掉了好几处。

“我从树上摔下来了。”巴斯特回答道。他没撒谎，但也没正面回答这个问题。还是不要公然撒谎比较好。虽然主人此时疲惫又懒散，可他不是个轻易能糊弄过去的人。

“你应该更小心点，巴斯特。”他边说，边继续搅和着碗里的食物，“而且，既然酒馆里需要你做的事并不多，你最好多花些时间在学习上。”

“今天我收获很多呢，雷希。”巴斯特辩解道。

酒馆老板坐直身体，注意力集中了些，问道：“真的？那跟我讲讲。”

巴斯特想了想，说：“今天，娜蒂·威廉姆斯找到了一个野蜂巢，她还成功抓住了蜂后……”

梁涵　译

乔治·R. R. 马丁

乔治·R. R. 马丁是雨果奖、星云奖和世界奇幻奖得主，曾居于《纽约时报》畅销书排行榜第一的作家，著有里程碑意义的奇幻小说“冰与火之歌”系列，被誉为“美国托尔金”。

乔治·R. R. 马丁生于美国新泽西州的贝约恩市，1971 年卖出第一篇小说，并迅速成为 20 世纪 70 年代最受欢迎的科幻作家之一。凭借《晨临雾逝》《杀人之前请三思》《第二种孤独》《风港的暴风雨》（与丽莎·图托合著，后扩展为长篇《风港》）、《超载》等精品小说，他当上了本·波瓦主编的《类比》杂志上的明星，他也为《惊奇故事》《奇妙》《银河》及其他杂志献文。1974 年他在《类比》杂志上发表的精彩中篇《莱安娜之歌》，为他赢得了第一座雨果奖。

到 20 世纪 70 年代末，马丁的科幻作家生涯达到了顶峰，他写出著名的《沙王》——这是马丁流传最广的科幻故事，1980 年赢得雨果星云双奖（1985 年，马丁的《子女的肖像》又获星云奖），他还写了《十字架与龙》，并于同年赢得雨果奖，这让马丁成为历史上头一位同一年因小说赢得两项雨果奖的作家。此外，马丁的科幻作品包括《孽海花》《石头城》《星际女郎》等等。这些小说被收集在小说集《沙王》里，那是同时代最强的选集之一。这时的马丁，基本已离开了《类比》这个杂志阵地，只是 20 世纪 80 年代在斯坦利·施密特主管的《类比》上发表了星际旅行家哈瓦德·图夫的系列故事（后被结集为《图夫航行记》）和几个中篇（如《夜行者》）；与之相对，从 20 世纪 70 年代末到 80 年代初，马丁最优秀的作品都出现在《奥尼》杂志上。在 20 世纪 70、80 年代，马丁还出版了具有纪念意义的科幻小说《光逝》，这是他唯一一本独立完成的科幻长篇,他的中短篇被结集为《莱安娜之歌》《沙王》《星与影之歌》《死人唱的歌》《夜行者》和《子女的肖像》。20 世纪 80 年代初,他还是开始离开科幻领域,投身恐怖小说,写出了长篇恐怖小说《热夜之梦》,并以《梨形男》赢得布拉姆·斯托克奖,以《狼皮交易》赢得世界奇幻奖。但在 20 世纪 80 年代末,随着恐怖小说市场的滑坡和野心勃勃的小说《末日狂歌》的失败,马丁暂时离开了小说行业,转行成为了成功的电视编剧。在十多年时间里,他在《新阴阳魔界》《侠胆雄狮》这样的电视剧中担任编剧或制片人。

多年以后,马丁在 1996 年胜利地回归小说出版行当,他写出了具有里程碑意义的奇幻小说《权力的游戏》,这开始了"冰与火之歌"的历程。从《权力的游戏》中抽取的单独的中篇《龙之血脉》,在 1997 年为马丁赢得了雨果奖。“冰与火之歌”系列的其他作品《列王的纷争》《冰雨的风暴》《群鸦的盛宴》和《魔龙的狂舞》,奠定了该系列在现代奇幻文学中不可动摇的地位。马丁最新的作品包括一本中篇合集《星际女郎与密合体》,和与加德纳·多佐伊斯及丹尼尔·亚伯拉罕合著的小说《猎人行》。作为编辑,他的“百变王牌”系列长盛不衰,近期有《直线》《自杀的王》等新作。

这次的作品,马丁将带领我们前往英雄辈出的维斯特洛,前往“冰与火之歌”系列的主舞台,为我们讲述风格浮华但从未得以称王的浪荡王子戴蒙·坦格利安的故事——他的野心将让全世界陷入战火之中。

浪荡王子，或曰一位王弟的故事

——对戴蒙·坦格利安王子早年的生活、冒险、劣迹与婚姻的考察，原作者旧镇学城葛尔丹博士

乔治·R. R. 马丁抄录

他是一位国王的孙子、另一位国王的弟弟和一位女王的丈夫，他的两个儿子和三个孙子将坐上铁王座，但他——戴蒙·坦格利安——只戴过石阶列岛的王冠，那是他用铁、血和龙焰打造的小王国，且维系不长。

数世纪来，坦格利安家族诞生过英雄也诞生过怪物，戴蒙王子可谓两者兼之。当是时，全维斯特洛没人像他那样受到赞美和爱戴，也没人

受过如此多的辱骂和责难，他身上光与暗的成分各占一半。有人认定他是盖世英雄，有人斥之为恶贯满盈。事实上，要想理解史上最血腥的动乱“血龙狂舞”，就必须考察这位浪荡王子在事件之前及之中所发挥的关键作用。

祸根早在“人瑞王”杰赫里斯一世统治末年便已埋下。关于杰赫里斯，在此无需赘述，我们只需了解他在爱妻“善良王后”亚莉珊和儿子龙石岛亲王贝尔隆——贝尔隆同时也是国王之手和王位继承人——过世后，便成了一具空壳。

失去贝尔隆王子的“人瑞王”不得不自臣属中提拔辅政人选，于是任命旧镇海塔尔伯爵的弟弟奥托·海塔尔爵士为新任国王之手。奥托爵士带着妻儿入宫，在接下来两年里忠实辅佐杰赫里斯国王。国王的身体和智慧逐渐衰竭，愈发不离床榻，奥托爵士十五岁的女儿阿莉森成为国王的忘年交，为国王送餐、读书，甚至帮国王沐浴更衣。“人瑞王”常误将她认作自己的女儿，用女儿们的名字呼唤她——最后的时日里，他甚至一口咬定她便是从狭海对岸归来的塞妮拉公主。

征服一百零三年，杰赫里斯·坦格利安一世国王平静地在床上与世长辞，阿莉森小姐当时正为他朗读巴斯修士的《非自然史》。陛下享年六十九岁，自十四岁登上铁王座以来，统治维斯特洛长达五十五年。其遗体在龙穴火化，跟“善良王后”亚莉珊的骨灰混合后，埋在红堡地下。全维斯特洛为之痛悼，即便是铁王座的律法所不能及的多恩，男男女女也为他撕破衣衫。

遵照国王的遗愿和征服一百零一年大议会的决定，“人瑞王”之孙韦赛里斯继承王位，是为韦赛里斯·坦格利安一世。韦赛里斯国王即位时年方二十六，他于十年前迎娶表亲艾林家族的爱玛，爱玛是“人瑞王”与“善良王后”亚莉珊的外孙女，其母为丹妮菈公主（卒于征服八十二年）。爱玛为王妃时曾多次流产，还有一个儿子死于襁褓，她只生出一个健康的女儿雷妮拉（生于征服九十七年），未来的国王和王后都十分宠爱这个女儿。

韦赛里斯·坦格利安一世天性温和,受到贵族和平民的一致爱戴。他登基时被百姓唤作“少壮王”,其统治时期和平而富足。陛下的慷慨令人印象深刻,红堡上下歌舞升平,韦赛里斯国王和爱玛王后举办许多宴会和比武会,赐予脱颖而出的臣属黄金、职位和荣誉。

雷妮拉公主成长在这片欢笑中,歌手们很快把这个集万千宠爱于一身的女孩传颂为“王国之光”。尽管父王登基时她才六岁,但雷妮拉早熟,如龙族血脉中最优秀的孩子那般明媚、大胆和美丽。她七岁就成为驭龙者,由一条被她以一位古瓦雷利亚女神命名为叙拉克斯的小龙载上天空,八岁时,公主遵贵族女子的惯例成为侍酒……侍奉的却是自己的父王。无论在餐桌边、比武场中还是宫廷内,韦赛里斯国王几乎时刻带着她。

与此同时,繁重政务大都落在御前会议和首相肩头。奥托·海塔尔爵士在“人瑞王”驾崩后留任国王之手,继续侍奉国王的孙子。大众认可他的能力,但有不少人认为他过于自负、独断和傲慢。据说奥托爵士在长期辅政中变得愈发专横,惹恼了许多王公贵胄,大家都非常厌恶他对铁王座的把控。

奥托爵士最大的竞争对手便是浪荡王子戴蒙·坦格利安,野心勃勃而又冲动鲁莽的王弟。

戴蒙王子的人格魅力和火爆的脾气相当。他十六岁成为骑士,杰赫里斯一世因其超凡武艺亲赐瓦雷利亚钢剑“暗黑姐妹”。戴蒙早在“人瑞王”治下便于征服九十七年与符石城的小姐成婚,但婚姻不成功。戴蒙王子认为艾林谷无聊(“谷地人跟绵羊干。”他写道,“也难怪,绵羊也比这里的女人漂亮。”),很快也厌倦了新婚妻子。他因罗伊斯家族祖传的刻有符咒的青铜盔甲而称其为“我的青铜婊子”。哥哥登上铁王座后,王子请求离婚,韦赛里斯虽拒绝了他的申请,却将对方召来辅政。戴蒙由是入宫,加入御前会议,在征服一百零三年至一百零四年间出任财政大臣，又在征服一百零四年当了半年的法务大臣。

然而酷爱舞刀弄枪的王子并不喜欢处理日常政务，被韦赛里斯国王任命为都城守备队队长后倒是如鱼得水。他发现卫兵们武器简陋、服色杂乱，便要每人装备匕首、短剑和短棍，穿黑锁甲（军官还有胸甲），并骄傲地披上金色长披风。从此以后，都城守备队就被称为"金袍子"。

戴蒙王子热衷改革金袍军，常与他们一起在君临的街巷巡逻。毫无疑问，他改善了首都治安，但采取的方式往往不近人情：剁掉扒手的手，阉割强奸犯，劓去盗贼的鼻子——并以此为乐——甚至在出任队长的短短一年里，便于街头混战中亲手格杀三人。不久，王子的大名在君临的下层人民中已是无人不晓，他经常出没于酒肆（没人管他要钱）和赌坑（赢的总比本金多），在各家妓院享尽艳福，据说特别喜欢给处女开苞。一位里斯舞女迅速成为他的最爱，她叫梅莎丽亚，而她的对手和敌人称她为"害人精"小梅。

韦赛里斯国王当时没有顺产的儿子，戴蒙遂自认是铁王座合法继承人，垂涎龙石岛亲王的头衔，但他的王兄拒绝赐封……征服一百零五年底，戴蒙王子被朋友们捧为"首都亲王"，老百姓又送他"跳蚤窝之主"的绰号。国王虽无意传位弟弟，却一直偏袒他，原谅了他诸多冒犯。

雷妮拉公主同样迷恋着叔叔，因戴蒙对她总是十分体贴，每次驭龙飞越狭海，都会给她捎带异国他乡的礼物。韦赛里斯国王自贝勒里恩死后再未驭龙，对参加长枪比武、狩猎和比剑也兴趣缺缺，而戴蒙王子样样精通，他和兄长完全不同：结实强健，声名赫赫，行事果敢，风格华丽，还带有一点危险气息。

戴蒙王子与国王之手奥托·海塔尔爵士交恶的根源史家们至今争论不休，但几乎所有人都认为后者因私人原因厌恶王弟（国王的弄臣"蘑菇"断言，原因是戴蒙王子开了奥托爵士年轻的女儿、未来的阿莉森王后的苞，但没有其他任何材料佐证这桩荒唐的秽闻）。正是奥托爵士说服韦赛里斯相继解除了戴蒙王子财政大臣和法务大臣的职务——爵士很快就为这点后悔，因掌握为数二千人的都城守备队后，戴蒙得到了更多实权。

"绝不能让戴蒙王子登上铁王座，"首相给哥哥旧镇伯爵的信中写道，"他会成为'残酷的'梅葛第二，甚至更残暴。"奥托爵士（当时）希望让雷妮拉公主继位。"'王国之光'总好过'跳蚤窝之主'。"与他观点相似的不在少数，但这些人面临一个不可逾越的障碍，即征服一百零一年大议会的先例：男人永远比女人优先。若无嫡生子，亲王的权利优于公主，正如征服九十二年贝尔隆超越雷妮丝成为王位继承人。

就韦赛里斯国王而言，所有编年史都说他性喜和平，讨厌争执。他明知弟弟的缺点，却珍爱着幼时的回忆，仍把戴蒙当成那个活泼开朗而充满冒险精神的小男孩。国王常说，公主是他一生最大的快乐，但兄弟毕竟是兄弟。他一次次地调解戴蒙王子和奥托爵士的冲突，但两人在虚伪的宫廷笑颜下依然沸腾着无尽的敌意。若有人追问继承问题，韦赛里斯只推说王后肯定会生下儿子。征服一百零五年，他对宫廷和御前会议宣布，爱玛王后又有了身孕。

在那个命运攸关的年头，克里斯顿·科尔爵士被提拔为御林铁卫，顶替刚过世的传奇骑士莱安·雷德温爵士。克里斯顿爵士乃黑港唐德利恩伯爵属下某位事务官之子，时年二十三岁，长得一表人才。他在庆祝韦赛里斯登基于女泉镇举办的比武会上首度引起宫中注目——他赢下团体混战，在最后关头用流星锤击飞戴蒙王子手中的"暗黑姐妹"，国王哈哈大笑，王子则愤怒不已；随后他把胜利的桂冠献给七岁的雷妮拉公主，恳求在长枪比武中佩戴她的信物，得到允许后，他果然大显身手，不但再次打败戴蒙王子，还将骁勇善战的卡盖尔双胞胎——御林铁卫的亚历克和伊利克爵士——挑下马，只是最终不敌莱蒙·梅利斯特伯爵。

克里斯顿·科尔爵士眸似碧玉，发如鸦羽，仪表堂堂，很快深得宫中仕女青睐——尤其是雷妮拉·坦格利安。她如此倾心他,乃至称他“我的白骑士”,并乞求父亲让他做她的私人护卫。和其他许多事情一样,国王在此事上也恩允了公主,从此科尔爵士比武时便总是佩戴公主的信物,平时也总是追随公主参加宴会和娱乐活动。

克里斯顿爵士披上白袍后不久,韦赛里斯国王邀请赫伦堡伯爵莱昂诺·斯壮参政,出任法务大臣。莱昂诺伯爵高大强壮,秃顶,以善战闻名,不知情者往往把他当作一介武夫,将他的沉默和缓慢语速视为驽钝的表现,事实恰恰相反。莱昂诺伯爵幼年曾在学城就学,赢得颈链的六个环节后才发觉学士的生活不适合自己。他博学多闻,对七国律法的了解更是无人能出其右。身为赫伦堡伯爵,他三度结婚又三度丧偶,入宫时带来两个童贞女儿和两个儿子:女儿们成为雷妮拉公主的侍女,外号“碎骨人”的大儿子哈尔温·斯壮爵士在金袍军中作了个小队长,幼子“弯腿”拉里斯则加入了国王的审问官团队。

征服一百零五年,当矛盾第一次爆发时,君临就是这般状况。当年年末,爱玛王后在梅葛楼中产下韦赛里斯·坦格利安期盼已久的儿子,但却因此身故,孩子(照国王的父亲的名字命名为贝尔隆)也只比母亲多活一天。国王和宫廷哀痛不已……也许除了戴蒙王子,有人发现他在丝绸街某家妓院里买醉,还跟亲信们开玩笑说这孩子是“一日王储”。消息传到国王耳中(传说走漏风声的是戴蒙膝上的妓女,但证据显示,向国王告密的正是王子的酒友、一位渴望晋升的金袍军小队长),国王勃然大怒,终于不能忍受弟弟的忘恩负义和私心自用。

哀悼完毕后,韦赛里斯一世国王迅速解决了长期搁置的继承问题,他不顾杰赫里斯国王征服九十二年的裁定及征服一百零一年大议会的先例,正式赐封女儿雷妮拉为法定继承人和龙石岛公主。在君临举办的盛大典礼上,雷妮拉坐在铁王座底部她父王的脚边,接受数百位领主的致敬,他们以荣誉宣誓,维护她的权利。

戴蒙王子不在其列,对国王的谕令忿忿不平的他辞去都城守备队队长的职务，径直离开君临，骑着坐骑科拉克休——这条精瘦的红色猛兽被百姓称为“嗜血巨虫”——带着情妇梅莎丽亚前往龙石岛，并在那里住了半年，期间他让情妇怀了孕。

得知梅莎丽亚怀孕后，戴蒙王子忙不迭地送上一颗龙蛋，但这次他太过分了。韦赛里斯国王严令弟弟立刻收还龙蛋，并回到法定妻子身边，否则视为叛徒。王子心不甘情不愿地从命，将（没有蛋的）梅莎丽亚遣归里斯，自己飞回谷地符石城去寻那可恶的“青铜婊子”。然而梅莎丽亚在狭海上遭遇风暴流产，消息传来，戴蒙王子表面不动声色，内心却对王兄彻底改观。此后他谈到韦赛里斯国王每每充满轻蔑，并开始日夜盘算争夺继承权。

雷妮拉公主已被昭告为王位继承人，国内却仍有很多人希望韦赛里斯能生下男性后裔，因“少壮王”此时尚不满三十。鲁内特尔大学士首先站出来建议国王再婚，甚至力荐了一个合适对象，即刚满十二岁的兰娜尔·瓦列利安小姐。兰娜尔小姐性烈如火，刚刚成人，她从母亲雷妮丝那里继承了坦格利安家族的美貌，又从父亲“海蛇”那里得到一往无前的冒险精神。科利斯伯爵投身远航，其女兰娜尔则喜欢飞翔，她驾驭了雄壮的瓦格哈尔——征服九十四年“黑死神”死去后，它便是坦格利安家族最大最老的龙。鲁内特尔指出，与瓦列利安小姐联姻足以弥合铁王座与潮头岛的裂痕，而兰娜尔无疑也有母仪天下、泽被苍生的潜质。

必须承认，韦赛里斯·坦格利安一世的意志并不坚强，他天性和蔼，待人过于宽厚，总是依赖身边顾问，频频采纳建言；但在婚姻问题上，陛下自有想法，任何人都无法左右。他愿意再婚，但……不是跟十二岁孩子，也不单单为了国家。他相中另一位女子，宣布有意迎娶海塔尔家族的阿莉森小姐，亦即国王之手伶俐可爱的十八岁女儿，这位小姐曾在杰赫里斯国王的病榻前为国王读书。

旧镇的海塔尔家族古老高贵，血统无可挑剔，因此无人质疑国王的选择。即便如此，仍有流言说首相大人早有预谋，故而早早携女儿进宫。少数人怀疑阿莉森小姐的贞洁，揣测她可能把初夜给了戴蒙王子，后与韦赛里斯国王私通——甚至在爱玛王后过世之前。在谷地，据说戴蒙王子鞭打了把消息带给他的仆人，差点将其活活打死。“海蛇”也不高兴，瓦列利安家族再度遭到忽视，他的女儿兰娜尔像他的儿子兰尼诺在征服一百零一年大议会、他的妻子雷妮丝在征服九十二年那样，被王室回绝（兰娜尔小姐本人倒无所谓。“小姐对飞翔的兴趣远多于对男孩的兴趣”，她身边的学士评论）。

征服一百零六年，韦赛里斯国王和阿莉森·海塔尔举行婚礼，瓦列利安家引人注目地没有到场祝贺。雷妮拉公主在婚宴上为继母倒酒，阿莉森王后亲吻她，称她“我的女儿”。公主还跟其他女人一起剥去国王的衣衫，将其送进洞房，当晚的红堡被爱与欢笑主宰……但在黑水湾中，“海蛇”科利斯伯爵与王弟戴蒙王子召开作战会议，王子已无法再忍受艾林谷、符石城和他的合法妻子。“‘暗黑姐妹’岂能宰羊？”据说他对“潮汛之主”宣称，“她嗜血如命。”浪荡王子考虑的并非起兵叛乱，他打算另寻一条权力之路。

石阶列岛是多恩和厄斯索斯大陆的争议之地间的多石岛链，长期窝藏着许多匪徒、流亡者、捞船人和海盗。岛屿本身无甚价值，但地理位置紧要，控制了出入狭海的海上通路，岛民的财路便是过往商船。尽管如此，从总体上看，若干世纪来海盗的威胁尚不严重。

然而十年前，自由贸易城邦里斯、密尔和泰洛西抛开源远流长的敌意，携手击败瓦兰提斯人，事后三座胜利的城邦结成“永久联盟”，形成一个超级势力：三城同盟会，在维斯特洛通常被称为“三女儿的王国”，或更粗俗地唤作“三婊子”（该“王国”没有国王，乃是由三十三位总督组成的议会统治）。瓦兰提斯自争执之地罢兵，“三女儿”的目光便转向西方，他们的军队在密尔海军上将亲王克拉哈斯·达哈尔率领下横扫石阶列岛。此人曾将数百海盗埋在潮湿的沙滩上，任其涨潮时淹死，因而得了个“螃蟹喂食者”克拉哈斯的绰号。

三城同盟会吞并石阶列岛起初得到维斯特洛领主们的默许，因此举以秩序取代了原来的混乱状态，即便“三女儿”向过往船只征税，那也是可接受的代价。

然而“螃蟹喂食者”克拉哈斯及其同伙的贪婪很快改变了人们的想法，通行税一升再升，让乐于付费的商人不得不像从前躲避海盗那样躲避三城同盟会的划桨战舰。达哈尔与里斯、泰洛西的海军上将们似乎在彼此竞争，看谁能榨取更多。里斯人尤为可恶，他们不只收钱，还从过往船只上夺走女人、女孩和标致男童，送进他们的情欲园和青楼（被掠为奴的包括十五岁的乔安娜·史文小姐，她那出了名的吝啬鬼叔叔是当时的石盔城伯爵。伯爵拒绝支付赎金，史文小姐遂被卖入青楼，后凭自我奋斗成为著名交际花“黑天鹅”，亦是里斯的实际统治者。读者诸君须知，她的故事固然精彩，但与本文主旨无关，因此不便展开）。

维斯特洛的大小领主中，没人比“潮汛之主”科利斯·瓦列利安受害更深，正是借助海上商贸，他才能聚敛起七大王国首屈一指的权势与财富。“海蛇”决心终结三城同盟会对石阶列岛的控制，他找到的天然盟友便是戴蒙·坦格利安，后者渴望从战争中获得黄金与荣耀。两人不去参加国王的婚礼，却在潮头岛的高潮城制订作战计划：瓦列利安伯爵指挥舰队，戴蒙指挥陆军，他们的部队大大少于“三女儿”……但王子将骑着科拉克休上战场，让敌人领教“嗜血巨虫”的龙焰。

战争始于征服一百零六年，戴蒙王子轻而易举招募了一支由无地冒险者及贵族家中排行靠后的儿子组成的军团，并在冲突的最初两年连战连捷。征服一百零八年，他终于和“螃蟹喂食者”克拉哈斯短兵相见，并在一对一决斗中杀死对手，用“暗黑姐妹”割下人头。

能摆脱惹是生非的弟弟，韦赛里斯国王无疑相当满意，于是不断送来黄金资助。征服一百零九年，戴蒙·坦格利安及其麾下佣兵和刽子手组成的军团除两座岛屿外占领了整个石阶列岛，“海蛇”的舰队则牢牢把控其间水道。在这短暂的胜利时刻,戴蒙王子自立为石阶列岛与狭海之王,科利斯伯爵为他加冕……但他们的“王国”并不稳固,翌年,“三女儿的王国”卷土重来,其统帅是狡诈的泰洛西船长雷查里诺·雷恩登,此人堪称是史书中有案可查的最古怪、最浮华的强盗之一。多恩领也加入三城同盟会一方,于是战争继续。

韦赛里斯国王和维斯特洛宫廷对此保持镇定。“就让戴蒙去玩他的战争游戏吧,”据说国王评论,“只要不再制造麻烦。”韦赛里斯天性和平,那些年头,君临举办了数不尽的宴会、舞会和比武会,歌手与默剧演员赞颂每一位坦格利安王子的降生。阿莉森王后很快证明自己不但美丽,而且多产。征服一百零七年,她为国王生下一个健康的儿子,按“征服者”的名字命名为伊耿;两年后,她又为国王生下女儿海伦娜;征服一百一十年,她生下次子伊蒙德,据说这孩子出生时个头只有兄长的一半,却有兄长的两倍狂暴。

但国王临朝听政时,雷妮拉公主依然坐在铁王座下,陛下甚至带她去参加御前会议。许多领主和骑士渴求她的信物,但公主眼中却只有她年轻英勇的私人护卫克里斯顿·科尔爵士。“克里斯顿爵士保护公主不受敌人伤害,但谁能保护公主不受克里斯顿爵士伤害呢?”阿莉森王后曾在宫中质问。

王后和继女的和睦被证明为时不长,因她们两人都想成为王国的第一女士……而尽管王后已为国王产下两个男性后嗣,韦赛里斯依然没有改变继承顺位,龙石岛公主仍是王位继承人,国内又有半数领主曾宣誓维护她的权利。那些关于“一百零一年大议会的先例怎么办?”的疑问统统石沉大海,在韦赛里斯国王眼中,继承问题早已澄清,他不想再听任何辩解。

但人们依然议论纷纷,非议不单来自阿莉森王后,呼声最高的是乃父御前首相奥托·海塔尔爵士。由于奥托爵士的步子迈得太大,韦赛里斯国王于征服一百零九年剥夺其职位项链,交给沉默寡言的赫伦堡伯爵莱昂诺·斯壮。“我的新首相不会忤逆犯上，”国王评价。

奥托爵士被遣回旧镇后，宫中“后党”依然存在，诸多强势领主结交阿莉森王后，表示支持她儿子们的权利；与之相对则是“公主党”。韦赛里斯国王同时爱着妻子和女儿，厌恶冲突与竞争，他花去大把时间居中调解，用礼物、黄金和荣誉满足双方。只要他身体健康，大权在握，维持着平衡，宴会和比武会便可照常举办，王国的和平也得以延续……但某些眼尖的人发现两党的龙只要有机会接近，便会互相撕咬，乃至喷吐龙焰。

征服一百一十一年，为庆祝国王与阿莉森王后结婚五周年，君临举办盛大的比武会。在开幕宴会上，王后一袭绿裙服，而公主引人注目地用坦格利安家族的红与黑来打扮自己。人们注意到了这点，此后“后党”和“公主党”便分别被称为“绿党”和“黑党”。“黑党”在那场比武会上大出风头，尤其是佩戴雷妮拉公主信物的克里斯顿·科尔爵士打败了王后所有的代理骑士，包括她的两位堂亲和幼弟加尔温·海塔尔爵士。

会上出彩的还有另一位贵人，其服饰非绿非黑，而是穿金戴银——戴蒙王子终于回归，他头戴王冠，自称狭海之王，未经宣告便骑龙飞到君临，在比武场上绕了三圈……最终落地时，他跪在哥哥面前，除下冠冕献上，以示爱与忠顺。韦赛里斯把王冠送还，吻了弟弟的双颊，欢迎弟弟回家。为着贝尔隆·坦格利安的血脉重归于好，贵族和平民发出震天动地的欢呼——欢呼声最响亮的莫过于雷妮拉公主，心爱的叔叔归来令她欣喜若狂，她恳求对方别急着离开。

戴蒙王子在君临一待就是半年，甚至重新列席御前会议，但年岁的增长和流亡生涯都未能改变他的脾性，他很快又跟金袍军中的老部下厮混，频频造访丝绸街的妓院——他是那里最有价值的主顾。他对待阿莉森王后彬彬有礼，但彼此毫无温情可言，谣传王子对王后诸子格外冷淡，尤其对两个侄儿伊耿和伊蒙德，因他们的出世让戴蒙在继承顺位上更靠后了。

戴蒙对雷妮拉公主的态度完全不同，他花费很多时间陪伴她，讲述自己历险和战斗的故事。他送她珍珠、丝绸和书本，甚至有一顶据说属于雷岛女皇的三重玉冠。他为她读诗，陪她用餐，带她鹰狩，领她坐船，并通过在朝中嘲笑“绿党”、那些逢迎阿莉森王后及其诸王子的“马屁精”来取悦她。他赞扬她的美，宣布她是七大王国最美貌的少女，叔侄俩几乎天天一同飞翔，叙拉克斯和科拉克休比赛谁先飞到龙石岛，再飞回君临。

请注意，以下事件的记载并不一致。鲁内特尔只提及半年后，国王兄弟再度反目，随后戴蒙王子离开君临，回石阶列岛继续自己的战争，个中原因则语焉不详；其他人坚称是阿莉森王后劝说韦赛里斯赶走戴蒙。但尤斯塔斯修士和“蘑菇”的说法完全不同……事实上，他们彼此的版本也大相径庭。较为正派的尤斯塔斯记载说戴蒙王子引诱侄女，夺走了公主殿下的贞操，却被捉奸在床，带到国王面前。雷妮拉反复声明自己和叔叔是真爱，恳求父亲准许两人结婚，韦赛里斯国王断然拒绝，他提醒女儿，戴蒙王子是有妇之夫。国王气愤地下令把女儿禁闭起来，要弟弟离开，并严令两人不可泄露此事。

“蘑菇”的版本更堕落可耻。那位侏儒作证，公主想要的其实是克里斯顿·科尔爵士，并非戴蒙王子，但克里斯顿爵士是一位真正的骑士，高尚纯洁，一心恪守骑士誓言。虽然他日夜守护公主，却从未吻过她，更不用说承认爱她了。“他看着你，看见的是从前的小丫头，并非如今成熟的女人，”戴蒙告诉侄女，“但我可以指导你如何改变他的看法。”

“蘑菇”声称，王子的“指导”从亲吻开始，然后是如何触碰并刺激异性——这种指导很多时候需要“蘑菇”及其自称拥有的巨大男根来协助。戴蒙教会公主充满诱惑地脱衣，还吸吮公主的乳头好让它们更为敏感。他和公主骑龙飞往黑水湾内无人留心的孤寂礁石，在那里脱个精光，自由欢悦，并令公主练习用嘴取悦男人的技巧。王子更让公主打扮成侍酒小弟，在夜里将她偷偷带走，带往丝绸街的妓院，观察世俗男女云雨欢爱的场面，并从君临的名妓身边学习女性的“床技”。

“蘑菇”没有言明这样的指导持续了多久，但有一点和尤斯塔斯修士截然不同，他坚称公主并未失贞，因其盼望把初夜留给心上人。最终，当她用上学到的所有技巧，前去约会她的“白骑士”时，却只让克里斯顿爵士感到恶心和惧怕。事情的前因后果很快传扬出去——多亏了“蘑菇”本人——韦赛里斯国王起初一个字都不信，直到戴蒙王子亲口承认。“把那孩子许配给我吧，”据说他告诉哥哥，“谁还会要她呢?”韦赛里斯不但拒绝，还把戴蒙永远放逐，再踏上七大王国便是死刑（国王之手斯壮伯爵争辩说应立即以叛国罪处死王子，但尤斯塔斯修士提醒陛下，弑亲者会遭到最严酷的诅咒）。

至于事件的余波，各方记载完全相同。戴蒙·坦格利安返回石阶列岛，继续争夺那些风暴肆虐、鸟不生蛋的岩石；鲁内特尔大学士和御林铁卫队长哈罗德·维斯特林爵士于征服一百一十二年相继去世，克里斯顿·科尔爵士被指名为新任铁卫队长，顶替哈罗德爵士，旧镇学城的博士们则将梅罗斯学士送来红堡接掌大学士的颈链和职位。除此之外，君临在接下来两年的大部分时间里保持着从前的平静祥和……直至雷妮拉公主于征服一百一十三年年满十六岁，正式接收龙石岛并奉谕成婚。

早在雷妮拉的贞操受到质疑前，韦赛里斯国王及御前会议便在操心为她择偶之事。许多大诸侯和光鲜的骑士如飞蛾扑火般被她吸引，争相追求她的信物。雷妮拉于征服一百一十二年造访河间地时，布雷肯和布莱伍德两位伯爵的儿子因她发生决斗，佛雷家的幼子甚至胆大包天地公开求婚（从此被称作“傻瓜佛雷”）；在西境，杰森·兰尼斯特爵士和他的双胞胎弟弟泰兰·兰尼斯特爵士在凯岩城的宴会上为她争执；奔流城徒利公爵的儿子们、高庭的提利尔公爵、古橡城的奥克赫特伯爵和角陵的塔利伯爵都向她求爱，她的仰慕者还包括外号"碎骨人"、被认为是当时七大王国最强壮骑士的赫伦堡继承人哈尔温·斯壮爵士。韦赛里斯甚至谈论将雷妮拉嫁给多恩领亲王，以促成七大王国一统。

阿莉森王后有自己心仪的人选：她的长子、雷妮拉同父异母的弟弟伊耿王子，但伊耿尚未成年，几乎比公主小十岁，且两个孩子向来不和。"正因如此，才应让他俩结婚，"王后争辩。韦赛里斯不予考虑。"我儿子出自阿莉森，"他告诉斯壮伯爵，"她想要的是王位。"

国王和御前会议最终达成一致，最佳人选是雷妮拉的表哥兰尼诺·瓦列利安。尽管征服一百零一年大议会否决了这个瓦列利安孩子的王位继承要求，但他毕竟是深得国人敬重的伊蒙·坦格利安王子的外孙和"人瑞王"的曾外孙，父母双亲的系谱均流着龙血。如此结合可以巩固和加强龙族血脉，并为铁王座赢回"海蛇"的善意及其麾下强大舰队。唯有一个棘手问题：十九岁的兰尼诺·瓦列利安从未对任何女人产生兴趣，他身边围绕着许多同龄的英俊侍从，据说他更喜欢他们的陪伴。对此，梅罗斯国师直截了当地打消了人们的忧虑。"这有什么关系？"据说国师发表过这番精辟见解，"我不喜欢鱼，但端上桌的鱼也照吃不误。"事情就这样决定下来。

国王和御前会议事先没征求公主的意见，而雷妮拉证明了有其父必有其女，她只想与自己的意中人结婚。公主对兰尼诺·瓦列利安早有耳闻，根本不想当他的新娘。"我同父异母的弟弟们大概比我更合他胃口，"她告诉国王(公主口中向来会强调是'同父异母的弟弟'，绝非'弟弟')。国王跟她说理，恳求她，呵斥她，称她为不孝女，都无法使她让步……直到最后摆出继承权这个杀手锏。韦赛里斯指出，由国王确立的安排，可以并只可以由国王取消，若她不乖乖从命，他便考虑让她同父异母的弟弟伊耿取代她。这份声明让公主屈服了，尤斯塔斯修士说公主扑倒在国王膝边，恳求原谅，"蘑菇"则说她朝国王脸上吐口水。

但两人皆承认雷妮拉被迫答应了婚事。

我们读到的记载此后再度产生分歧。尤斯塔斯修士说公主屈服当晚，克里斯顿·科尔爵士偷溜进她的卧室，承认了自己对她的爱意。他吐露说已在海湾中备下船只，恳求雷妮拉与他一起逃到狭海对岸的潘托斯、泰洛西或古瓦兰提斯去结婚，那是她父亲的谕令所不能及的地方，也没人会在意他背弃御林铁卫的誓言。凭长剑和流星锤上的造诣，他肯定能在某位商业巨子身边谋职。可雷妮拉拒绝了他，她提醒对方，她乃龙之血脉，终身与区区一个雇佣兵相伴绝非她的人生，况且他连御林铁卫的誓言也能抛弃，她又怎能相信他发下的婚誓呢？

“蘑菇”的故事完全不同。根据他的版本，是雷妮拉公主去找克里斯顿爵士，而非相反。她趁他单独待在白剑塔时溜进去，关上门，脱掉斗篷，露出一丝不挂的娇躯。“我把初夜留给你，”她告诉骑士，“占有我吧，作为我爱情的证据。我的贞操对我的未婚夫来说一文不值，或许他得知我并非处女后还会改变主意。”

然而艳绝当世的公主的求恳没能得到回应，因克里斯顿爵士重视荣誉，谨守誓言。公主遭拒后怒火中烧，披着斗篷、头也不回地奔进夜色……却撞见刚从都城的食堂狂欢归来的哈尔温·斯壮爵士。“碎骨人”早已垂涎公主的美，且全无克里斯顿爵士的顾忌，于是他夺走了雷妮拉的初夜……“蘑菇”说破晓时发现他俩上床的正是他。

无论真相为何，克里斯顿·科尔爵士对雷妮拉·坦格利安的爱从此化为厌恶，这个自入宫以来一直出任公主的私人护卫和代理骑士的人，结果变作她的死对头。

不久后，雷妮拉在侍女们（其中两位是首相的女儿、哈尔温爵士的姐妹）、弄臣“蘑菇”和新晋代理骑士“碎骨人”的陪同下航往潮头岛。征服一百一十四年，龙石岛公主雷妮拉·坦格利安与兰尼诺·瓦列利安爵士（他刚在婚礼前半个月受封，只因世人认为公主的配偶必须是位骑士）成婚，新娘十七岁，新郎二十岁，在众人眼中这是郎才女貌的一对。婚宴和比武持续七日——阿莉森王后的亲戚,御林铁卫的五位誓言兄弟,"碎骨人"以及最得新郎宠爱、人称"热吻骑士"的乔佛里·隆莫斯爵士纷纷参赛。雷妮拉把吊袜带赠予哈尔温爵士时,她的新婚丈夫哈哈大笑,并将自己的吊袜带送给了乔佛里爵士。

克里斯顿·科尔爵士此次为阿莉森王后出战,王后欣然赠予信物。佩戴崭新信物的年轻的御林铁卫队长怀着满腔忿怒,打败了所有对手。他击碎"碎骨人"的一根锁骨和一边手肘(以至"蘑菇"改称其为"骨折人"),而承受他全部怒火的无过于"热吻骑士"。科尔擅使流星锤,兰尼诺爵士的代理骑士被他雨点般一通猛砸,头盔碎裂,人事不省地倒在泥地里。鲜血浸透场地,乔佛里爵士再未醒来,六天后一命呜呼,"蘑菇"说这六天兰尼诺爵士每时每刻都陪在同伴床边,最终流下悲伤悔恨的眼泪。

眼见欢乐的庆典被悲剧和丑闻笼罩,韦赛里斯国王大为震怒,阿莉森王后却很满意,她旋即邀请克里斯顿·科尔爵士出任她的私人护卫。现在每个人都发现了王后和公主间无言的对峙,乃至在自由贸易城邦使节们寄回潘托斯、布拉佛斯和古瓦兰提斯的信件中屡见不鲜。

兰尼诺爵士婚后即刻返回潮头岛,许多人怀疑他和妻子是否圆房。公主留在宫中,被朋友和仰慕者们簇拥着——但克里斯顿·科尔爵士不在其内,他已完全倒向王后的"绿党",其位置由强壮可怕的"碎骨人"(按"蘑菇"的说法是"骨折人")代替。哈尔温爵士就此成为"黑党"首脑,总是跟随雷妮拉参加宴会、舞会和狩猎。公主的丈夫对此没有异议,他宁肯舒舒服服留在高潮城,并很快在随从骑士中找到新宠——科尔·奎瑞爵士。

兰尼诺爵士只在不得不出席的重要场合回来陪伴妻子,大部分时间夫妇两地分居,尤斯塔斯修士说他们最多只同床了十几回。"蘑菇"对此基本同意,但补充说科尔·奎瑞爵士通常跟他们一起上床,因公主看见男人欢娱的场面觉得兴奋,于是两位爵士有时会邀请公主,三人同乐。需要注意的是，"蘑菇"的说法是自相矛盾的，因他在其他地方又声称公主厌恶见到丈夫的同性欢娱场面，转而去哈尔温·斯壮爵士怀中寻找慰藉。

不管真相若何，公主很快有了身孕。征服一百一十四年的最后时日，雷妮拉产下一个健康的大男婴，棕发棕眼，狮子鼻（兰尼诺爵士从瓦雷利亚先祖那里继承了鹰钩鼻、银白头发和紫色眼瞳）。兰尼诺希望把孩子命名为乔佛里，却被他父亲科利斯伯爵驳回，孩子最终取了一个传统的瓦雷利亚名字：杰卡里斯（朋友和家人亲切呼为"小杰"）。

宫中尚在庆祝公主的孩子出世，她的继母阿莉森王后也生产了，为韦赛里斯添了第三子戴伦……戴伦的发色与瞳色跟小杰完全不同，证明了自己的真龙血脉。遵照国王的指示，杰卡里斯·瓦列利安和戴伦·坦格利安断奶前将由同一个奶妈喂养，据说国王让他们做乳奶兄弟的目的主要是为了让他们将来相亲相爱。

若国王这么打算，那还真是天不遂人愿。

一年后，即征服一百一十五年，一桩不幸改变了王国的命运：符石城的"青铜婊子"雷娅·罗伊斯伯爵夫人鹰狩时坠马，头砸在石头上，她卧床九天后起身……但很快又不行了，不出一小时便呜呼哀哉。一只乌鸦立刻飞往风息堡告哀，拜拉席恩公爵又立刻派信使乘船前往血石岛，戴蒙王子仍在那里跟三城同盟会及其多恩盟友打仗，保卫自己的小王国。戴蒙得报后马上飞赴谷地"安葬我老婆"，实际却想染指对方的领地、城堡和税赋。他没能得逞，符石城传给了雷娅伯爵夫人的侄子。戴蒙为此向鹰巢城投诉，结果不仅遭到回绝，简妮公爵夫人还警告说他在谷地不受欢迎。

戴蒙王子飞返石阶列岛途中停在潮头岛，礼节性地拜访从前的合作伙伴"海蛇"与雷妮丝公主——高潮城是七大王国内少数几处王子自信不会将他拒之门外的地方。他在那里盯上了科利斯伯爵的女儿兰娜尔，她年方二十二，苗条高挑，优雅迷人，瀑布般的银金卷发直落腰际,并且还是处女(连"蘑菇"也惊叹她的像貌,在笔下形容她"几乎和她哥哥一样俊")。兰娜尔十二岁那年就与布拉佛斯海王的儿子订了婚……但海王在他们成婚前过世,留下的儿子品行愚劣,饱食终日,把父亲的权势和财富挥霍一空后来到潮头岛。科利斯伯爵找不到完美的借口来摆脱这份耻辱,但也不愿履行婚约,于是再三推迟。

歌手要我们相信,戴蒙王子爱上了兰娜尔,但老于世故的旁观者相信王子不过把她当作东山再起的凭仗。戴蒙曾被视为他哥哥的继承人,如今却远远落在继承顺位末尾,遭到"绿党"和"黑党"双方的轻视……然而瓦列利安家的势力足与两党争锋,于是厌倦了石阶列岛又摆脱了"青铜婊子"的戴蒙·坦格利安请求科利斯伯爵把女儿嫁给他。

流亡的布拉佛斯未婚夫是个障碍,不过戴蒙料理他没花太多工夫:他当面狠狠嘲笑那青年,迫使对方不得不用剑来捍卫自己的名誉。手持"暗黑姐妹"的王子不费吹灰之力就解决了对手,半月后如愿娶得兰娜尔·瓦列利安小姐,同时放弃了贫瘠的石阶列岛王国(后有五人继位为"狭海之王",直到这个野蛮的佣兵"王国"最终覆灭,其短暂而血腥的历史划下句点)。

戴蒙王子心知王兄不会乐意这桩婚事,谨慎起见,新婚夫妇婚后即远离维斯特洛,骑龙飞往狭海对岸。有人说他们去了瓦雷利亚,挑战冒烟废土上的诅咒,搜寻古自由堡垒的龙王留下的秘密。实情远没有这么浪漫。戴蒙王子和兰娜尔夫人首先飞赴潘托斯,得到城市亲王的款待,因潘托斯人忌惮三城同盟会日益增长的实力,将戴蒙视为有力盟友。随后他们去了古瓦兰提斯,得到类似的热烈欢迎,接下来便沿洛恩河上溯,飞往科霍尔和诺佛斯,但在远离维斯特洛和强大的三城同盟会的地方,当地权贵的招待就逊色多了。不过无论在哪里,都有大批群众出来观睹瓦格哈尔与科拉克休。

兰娜尔夫人有了身孕后,两位驭龙者重返潘托斯。他们不再飞行,而是作为一位潘托斯总督的客人在城外的大宅住下来,直到孩子出世。

与此同时，在维斯特洛，雷妮拉公主也于征服一百一十五年末产下第二子，命名为路斯里斯（昵称“小路”）。据尤斯塔斯修士记载，生产时兰尼诺爵士和哈尔温爵士都陪在雷妮拉床边，而跟哥哥小杰相似，小路也生着棕眼和满头棕发，与坦格利安王族的银金发色全无关联。但小路是个活泼的大婴儿，韦赛里斯国王见了很是喜欢——王后当然不以为然。“你要继续努力啊，”阿莉森王后告诉兰尼诺爵士，“迟早会生出个像模像样的孩子。”“绿党”与“黑党”的罅隙越来越深，终于发展到王后和公主水火不相容的地步，于是阿莉森王后坐镇君临红堡，公主则大多时间待在龙石岛，身边带着代理骑士哈尔温·斯壮爵士，据说其夫兰尼诺爵士会“频繁”造访。

征服一百一十六年，兰娜尔夫人在自由贸易城邦潘托斯生下一对孪生女，亦是戴蒙·坦格利安的头两个嫡生孩子。王子把她们命名为贝妮拉（尊荣王子的父亲贝尔隆）和雷妮亚（尊荣兰娜尔的母亲雷妮丝）。两个孩子满半岁后，母亲带她们航回潮头岛，而戴蒙在空中领着两条龙飞翔。他从高潮城送乌鸦去君临，告知国王其侄女出生的事宜，并请求带孩子们入宫接受祝福。首相和御前会议极力反对，韦赛里斯国王却恩允了，因他仍爱着记忆中幼年的弟弟。“戴蒙现在做了父亲，”他告诉梅罗斯大学士，“他会成熟的。”这是贝尔隆·坦格利安的血脉二度和解。

征服一百一十七年，雷妮拉公主在龙石岛产下第三子，这回兰尼诺爵士终于获得命名机会，如愿以偿地将孩子按死去的密友乔佛里·隆莫斯爵士命名为乔佛里·瓦列利安。乔佛里跟两个哥哥一样又大又健康，气色红润，但同样棕发棕眼，生了一副宫中人士眼里的平庸相貌。于是谣言再度传开，“绿党”坚信雷妮拉诸子并非出自其夫兰尼诺，而是她的代理骑士哈尔温·斯壮的种。

不管怎么说，韦赛里斯国王坚定不移地希望女儿继承铁王座，而后是外孙们。遵照国王谕令，三个瓦列利安男孩的摇篮里各放了一颗龙蛋。怀疑论者窃窃私语说蛋不会孵化，但三条幼龙依次孵出，疑惑不攻自破。三条幼龙分别命名为沃马克斯、阿拉克斯和泰雷克休。尤斯塔斯修士告诉我们，国王在铁王座上理事时曾将小杰抱在膝上，据说说过这样的话："将来这就是你的座位，孩子。"

生产对公主的身体带来了负面影响，怀孕增加的体重消减缓慢，到第三个孩子出世时，她变得腰粗体胖，虽然不过二十岁，少女时代的美却已退去。"蘑菇"说这加深了雷妮拉对继母阿莉森王后的怨恨，因后者年纪几乎是她两倍，但依然苗条优雅。

俗话说，父罪子偿，以此类推，母亲的罪亦是如此。阿莉森王后与雷妮拉公主之间深重的敌意传给了下一代，于是王后的三个儿子——伊耿王子、伊蒙德王子和戴伦王子——与三个瓦列利安表亲之间也成为死敌，仇恨根源是前者认定后者偷走了自己与生俱来的权利：铁王座继承权。纵然六个孩子通常一同参加宴会、舞会和节庆活动，有时还在校场上由同一位教头教授武艺，或由同一位学士指导学习，但这些半强制的撮合手段不但没能让他们亲密无间，结果却适得其反。

雷妮拉公主一方面跟阿莉森王后势同水火，另一方面跟大姑子兰娜尔夫人的关系却越来越好。潮头岛和龙石岛相隔不远，戴蒙和兰娜尔经常拜访公主，公主也频繁回访。他们三人一道骑龙翱翔，这期间公主的母龙叙拉克斯数度产蛋。征服一百一十八年，得到韦赛里斯国王的祝福后，雷妮拉宣布她的两个大儿子与戴蒙王子和兰娜尔夫人的孪生女订婚，当时杰卡里斯四岁，路斯里斯三岁，两个女孩两岁。征服一百一十九年，兰娜尔再度怀孕，雷妮拉在她临产时飞到潮头岛照看。

在那被诅咒的征服一百二十年——"红色春天"之年——开年的第三日，公主殿下守在大姑子的床边，兰娜尔·瓦列利安生产了一天一夜，苍白虚弱的她终于产下戴蒙梦寐以求的儿子——但那孩子扭曲畸形，不出一小时就死了，作母亲的也没多活多久。艰难的生产耗尽了兰娜尔夫人的气力，孩子的不幸更让她悲恸不已，于是产褥热发作时毫无抵抗力。

尽管潮头岛的年轻学士全力施救，兰娜尔的状况却持续恶化，戴蒙王子飞去龙石岛接来雷妮拉公主的学士——年长、经验更丰富、并以医术闻名的格拉底斯学士。可叹学士到得太晚，兰娜尔夫人高烧三日后与世长辞，时年仅有二十七岁。据说她弥留之际回光返照，走出病房，想要最后骑上瓦格哈尔再飞一次，却在攀登塔楼阶梯时突然倒下，香消玉殒。戴蒙王子将她抱回房，雷妮拉公主与王子一起在兰娜尔夫人的遗体边守灵，并安慰悲伤的王子。

兰娜尔夫人逝世是征服一百二十年的第一场悲剧，但远非最后一场。长久以来感染七大王国的紧张气氛和相互猜忌终于在本年引发恶果，带给许多人难以言喻的悲伤和撕心裂肺的痛苦……最痛不欲生的莫过于"海蛇"科利斯·瓦列利安伯爵和他高贵的夫人"无冕女王"雷妮丝公主。

"潮汛之主"和他的夫人还在哀悼爱女，陌客便带走了他们的儿子。雷妮拉公主的丈夫——及她三个儿子的法定父亲——兰尼诺·瓦列利安爵士在香料镇的市集上遇害，被朋友和同伴科尔·奎瑞爵士捅死。瓦列利安伯爵赶来收敛儿子时，商人们作证说两人动手前曾大声争吵，科尔爵士事后逃之夭夭，沿途伤了许多试图阻止他的人。有人说海上有艘船等着他。科尔爵士从此销声匿迹。

谋杀的真相至今成谜。梅罗斯国师简单记录为争吵导致兰尼诺爵士被某位随从骑士杀死；尤斯塔斯修士提供了凶手的姓名，并宣称谋杀动机出于嫉妒：兰尼诺·瓦列利安已然厌倦科尔爵士的陪伴，另结新欢，一位年仅十六的英俊侍从；"蘑菇"一如既往发表黑暗的阴谋论，认定是戴蒙王子买通科尔·奎瑞来帮他除掉雷妮拉公主的丈夫，之后安排船只助其逃亡，却在海上杀人灭口，割了科尔爵士的喉咙。科尔是个出生寒门的随从骑士，众人皆知他欲壑难填却钱包干瘪，故而嗜赌如命，这似乎能佐证弄臣的说法，但无论当时还是以后，人们都没找到丝毫证据。“海蛇”为能提供相关线索或替他杀掉科尔·奎瑞爵士的人悬赏一万金龙，但一无所获。

这仅仅是那个可怖年头的第二场悲剧。第三场悲剧发生在高潮城，在兰尼诺爵士的葬礼之后——国王带着宫廷前往潮头岛出席火葬仪式，很多人是骑龙来的（龙的数量太多，以至尤斯塔斯修士笔下形容潮头岛俨然是新瓦雷利亚）。

众所周知，小孩子下手不知轻重。伊耿·坦格利安王子时年十三岁，海伦娜公主十二岁，伊蒙德王子十岁，戴伦王子六岁。伊耿和海伦娜都是驭龙者。海伦娜的坐骑母龙梦火曾为梅葛的“黑新娘”之一的雷妮亚骑乘，她哥哥伊耿骑着年轻的阳炎，传说那是有史以来最华美的巨龙。连戴伦王子也有龙，那条漂亮的蓝色母龙被命名为特赛里恩，虽然他还没能驾驭它。只有不大不小的伊蒙德王子没龙，国王陛下意图补救这点，提议葬礼结束后王室或可暂居龙石岛。龙山上应有许多龙蛋和小龙，伊蒙德可自由挑选，“若那孩子够胆的话”。

十岁的伊蒙德·坦格利安并不缺胆气，国王的话刺激了他，他已经等不及去龙石岛了。毕竟，谁想要弱小的幼龙或是愚蠢的龙蛋呢？此刻，高潮城中就有一条适合他身份的巨龙：瓦格哈尔，当时全世界最老最大最可怕的野兽。

即便对坦格利安家族的子孙而言，接触陌生的龙也有风险，尤其是一条刚刚失去骑手、又素来坏脾气的老龙。伊蒙德深知父母绝不会允许自己行动，于是瞒天过海，在拂晓时分趁他们睡着偷溜下床，悄悄前往喂养和安置瓦格哈尔及其他魔龙的辽广外院。王子希望能神不知鬼不觉骑上瓦格哈尔，可当他鬼鬼祟祟走到半途，却听见一个男孩的声音：“你别碰它！”

说话的是他最小的异母外甥、三岁的乔佛里·瓦列利安。小乔习惯早起，此时也偷溜出卧室来看自己的幼龙泰雷克休。伊蒙德王子担心外甥惊动旁人，当即扇了对方一耳光，叫嚷要其安静，然后将其向后推入一摊龙粪里。小乔骂骂咧咧的当口，伊蒙德抓紧时间奔向瓦格哈尔，爬到它背上——后来，他辩解说自己太害怕被发现，以至忘却了被烧死或吃掉的危险。

无论归结为胆气、疯狂、幸运、神意抑或魔龙的率性——毕竟，谁清楚龙的想法呢？——我们只知瓦格哈尔仰头咆哮，挺起身子，猛烈挣扎……挣脱锁链飞上云天。年纪轻轻的伊蒙德·坦格利安王子就这样成了驭龙者，他绕着高潮城的塔楼盘旋两圈才下来。

当他落地时，雷妮拉诸子正等着他。

伊蒙德刚上天，乔佛里就跑去找哥哥们当救兵，小杰和小路都来了。三个瓦列利安年龄较小——小杰六岁、小路五岁、小乔三岁——但毕竟人多势众，还带着训练用的木剑。他们愤怒地一拥而上，伊蒙德也不甘示弱，用拳头打断了小路的鼻子，又从小乔手中扭下木剑，敲打小杰的后脑，疼得小杰双膝跪地。眼看三个小孩满脸是血、浑身是伤、连滚带爬地躲开，年长的王子嘲笑他们，叫他们“斯壮”。小杰已能理解这种侮辱，于是又扑向伊蒙德，结果被再度痛殴……然而前来救援哥哥的小路抽出小刀，照伊蒙德的脸砍去，竟刺进王子的右眼。待马童们将双方拉开，只见伊蒙德王子倒在地上翻滚挣扎，痛苦号叫，瓦格哈尔亦怒吼连连。

事后，韦赛里斯国王试图调解，他要求每位参与者向对方正式道歉，但他们各自的母亲对此并不满意。阿莉森王后要挖出路斯里斯的一只眼睛，补偿伊蒙德；雷妮拉对此完全无视，反而坚持“严审”伊蒙德，查出他称她的孩子为“斯壮”的由来。因为这等于指控她的孩子是私生子，没有继承权……乃至她本人也犯下欺君叛国的大罪。在国王的责问下，伊蒙德王子吐露是哥哥伊耿告诉他的，伊耿王子则轻描淡写地答道：“这事儿路人皆知，瞧瞧他们的模样不就清楚了吗？”

韦赛里斯国王决心终止一切质疑，宣布再也不想听到相关话题。根据他的谕令，没有人需要挖出眼睛来补偿……但任何人——“无论男女老少，无论平民、贵族乃至王室成员”——再敢嘲笑他的孙子是“斯壮”，就要用火热的钳子拔出舌头。国王更命王后与公主互相亲吻，交换爱与亲情的誓言，但女人间虚伪的笑容和空洞的辞藻骗得了国王，唬不了旁人。至于年少的伊蒙德王子，他后来夸口说在那天以一只眼睛的代价换得一条龙，十分值当。

为免争吵继续，也为了一劳永逸地终结“无耻的谣言和卑鄙的诽谤”，韦赛里斯国王又下达一道谕令，命阿莉森王后及其孩子们随他回君临，雷妮拉公主及其孩子们留在龙石岛，不得轻易外出。从今往后，由御林铁卫伊利克·卡盖尔爵士担任公主的私人护卫，“碎骨人”被遣回赫伦堡。

尤斯塔斯修士写道，这些谕令可谓两边不讨好；“蘑菇”的说法稍有不同，他认为至少有一人相当满意——龙石岛和潮头岛相隔不远，如此一来，戴蒙·坦格利安就有大把机会在国王不知情的情形下安慰侄女雷妮拉公主。

尽管韦赛里斯一世的统治还要延续九年，但“血龙狂舞”的祸患已在征服一百二十年破土而出。

下一场悲剧降临在斯壮家。国王之手暨赫伦堡伯爵莱昂诺·斯壮陪同其长子继承人哈尔温·斯壮爵士返回那座半是废墟的湖畔雄城，抵达后不久，父子俩就寝的塔楼便发生火灾，结果他们两人、外加三名随从和十多位仆人统统被烧死。起火原因没有查明。有人简单地认为属于意外事故；其他人窃窃私语说“黑心”赫伦的城堡遭到诅咒，拥有它的人不会有好下场；另一些人怀疑是故意纵火——“蘑菇”暗示是“海蛇”所为，意在报复给儿子戴绿帽的人。尤斯塔斯修士的推测似乎更可信，他说是戴蒙王子有意除去雷妮拉公主的近宠，为自己上位铺平道路。更有观点认为幕后黑手是“弯腿”拉里斯·斯壮，除去父兄后方便继承赫伦堡。

最令人不安的观点来自梅罗斯国师，他推断策划者或为国王本人。

如若韦赛里斯内心深处相信了关于雷妮拉诸子身世的谣言，便有动机除掉玷污女儿的人，以防真相泄露。假使如此，莱昂诺·斯壮的死可谓殊为不幸，国王并未料到首相会陪儿子回家。

斯壮伯爵长年担任国王之手，韦赛里斯十分倚重其力量和建言。国王当时年届四十三，发福的身体失去了年轻时的活力，饱受痛风、关节痛、背痛和胸闷的困扰，尤其胸闷来去无常，常使他面红耳赤、呼吸困难。治理天下的浩繁责任需要国王指派一位强有力的首相来分担，他短暂考虑过雷妮拉公主，有谁比他指定将来要坐上铁王座的女儿更合适呢？但那意味着让公主带着孩子们返回君临，后党和公主党的冲突势不可免；他也考虑过弟弟戴蒙王子，直到想起弟弟从前在御前会议制造的不愉快；梅罗斯国师建议引入新鲜血液，并为此作了许多推荐，然而国王最终仍从家族出发，召回了王后的父亲奥托·海塔尔爵士。如前所述，奥托爵士出任过"人瑞王"和韦赛里斯的国王之手。

奥托爵士刚到红堡复职，便传来雷妮拉公主再婚的消息，她改嫁给叔叔戴蒙·坦格利安。公主时年二十三岁，戴蒙王子三十九岁。

上至国王宫廷，下至庶民百姓，对此无不义愤填膺。戴蒙和雷妮拉丧偶均不满半年，国王怒气冲冲地声明，闪电般的再婚是对他们前夫前妻的侮辱。婚礼乃是在龙石岛上突然秘密举行的，尤斯塔斯修士说雷妮拉心知父亲绝不会同意她的选择，故而匆匆制造既成事实；"蘑菇"提出不同的理由：雷妮拉又怀孕了，她不愿产下私生子。

被诅咒的征服一百二十年的末尾和开年时相同，伴随着女人的生产，但雷妮拉公主的结局好过兰娜尔夫人。新年以前，她生下一个瘦小但健康的男孩，肤色苍白，有暗紫色眼瞳和银白头发，她命名为伊耿。戴蒙王子终于有了嫡生子……且小王子和他那三位异父哥哥不同，显然流着真龙血脉。

阿莉森王后在君临得知孩子被命名为伊耿后勃然大怒，视为对出自己身的伊耿的故意轻慢……诚实地说，我们几乎可以肯定这是公主的目的(往后,我们将把阿莉森王后的儿子称为大伊耿,雷妮拉公主的儿子称为小伊耿,以为区分)。

征服一百二十二年本该是坦格利安家族的喜庆岁月。雷妮拉公主再度上了产床,为叔叔戴蒙产下次子,并以父王之名命名为韦赛里斯。韦赛里斯比哥哥小伊耿及一干瓦列利安兄弟都要瘦弱,却更为早熟……不祥的是,放进他摇篮的龙蛋没有孵化。"绿党"视为恶兆,到处传扬。

当年晚些时候,君临又迎来一场婚礼,韦赛里斯国王遵坦格利安家族的古老传统,让儿子大伊耿和女儿海伦娜成婚。尤斯塔斯修士告诉我们,年方十五的新郎生活懒散,性格颇为阴郁,但食欲旺盛,常在餐桌上暴饮暴食,痛饮麦酒和烈性葡萄酒,对任何伸手可及的女仆动手动脚。新娘身为新郎的妹妹,年仅十三,略显体胖,虽不及大多数坦格利安族人那么美貌出众,但性情和蔼开朗,讨人喜欢,大家都认为她能做个好母亲。

她果然很快就做了母亲,也果然十分称职。不到一年后,十四岁的海伦娜公主产下一对双胞胎,她把男孩命名为杰赫里斯,女孩命名为杰赫妮拉。"绿党"在宫中兴奋地宣布,现在伊耿王子有了自己的继承人。两个孩子的摇篮里各放进一颗龙蛋,两颗蛋均很快孵化。但这对双胞胎的成长亦非一帆风顺,杰赫妮拉太过娇小,发育缓慢,她不哭不笑,简直不像个婴儿;哥哥杰赫里斯虽然较胖也较有活力,却与坦格利安族人的完美血统相悖——他左手有六指,两脚也各有六趾。

成家立业丝毫不能遏止大伊耿王子的肉欲,他在嫡生双胞胎出世的当年又添了两个私生儿女——跟一个在丝绸街上被他买下初夜的女孩生下私生子,又跟母亲的女仆生下私生女。征服一百二十七年,海伦娜公主产下大伊耿的第二个嫡生子,那孩子被命名为梅拉尔,也得到一颗龙蛋。

阿莉森王后的其他孩子也纷纷长大。伊蒙德王子尽管失去一只眼睛,却在克里斯顿·科尔爵士教导下练成一手炉火纯青的凶狠剑术,他依然心性狂暴,脾气急躁而不知宽容;最小的戴伦王子在王后诸子中最有人望,他谦恭有礼,聪明伶俐,生得一表人才,征服一百二十六年满十二岁后,便被送往旧镇担任海塔尔伯爵的侍酒兼侍从。

同年,黑水湾中的"海蛇"突发高烧,卧床不起。学士们聚在病床边,继承问题浮现眼前——若科利斯伯爵有个三长两短,谁继位为"潮汛之主"和潮头岛的主人呢?伯爵的两个嫡生子女已于六年前亡故,其领地与头衔按律应传给孙子杰卡里斯……但考虑到小杰将来要继承母亲登上铁王座,雷妮拉敦促前公公立她的次子路斯里斯为继承人。然而科利斯伯爵还有六个侄子,其中最年长的魏蒙德·瓦列利安爵士抗议说爵位理应传给他……依据是雷妮拉的三个儿子皆为哈尔温·斯壮的私生子。公主对这等指控毫不手软,立刻让戴蒙王子去抓魏蒙德爵士,砍下人头,尸体拿去喂她的龙。

但这不足以平息争议。魏蒙德爵士的几个弟弟带着爵士的妻儿逃到君临,向国王夫妇请愿,呼吁他们主持正义。此时的韦赛里斯国王已极度发胖,脸颊通红,几乎没力气登上铁王座。他面无表情地听完,然后下令拔掉他们的舌头,一干人等概莫能外。"我警告过你们,"犯人被拖走时国王宣称,"我说了不想再听到这类诽谤。"

国王走下铁王座时绊了一下,伸手去扶,结果左手被一柄突出的锯状利刃割伤,伤口深可见骨。梅罗斯国师以煮沸葡萄酒清洗,用疗伤药膏浸泡的亚麻布包扎,却无济于事,国王很快发起高烧,许多人开始为陛下的性命担忧。雷妮拉公主带着自己的医师格拉底斯学士从龙石岛赶来方才扭转局势,为保国王性命,学士当机立断切除了他的两根手指。

饱受折磨的韦赛里斯国王很快重新出现在人们面前,继续执掌权柄。为庆祝国王康复,征服一百二十七年元旦举行了宴会,公主和王后同时接到命令,必须带所有孩子出席。为表亲善,两个女人互换服色,反复承诺友爱和谐，国王对此非常满意。戴蒙王子向奥托·海塔尔爵士敬酒，感谢御前首相为国为民尽职尽责，奥托爵士当即还礼，高度赞扬了王子的勇气。阿莉森和雷妮拉的孩子们彼此亲吻，同桌用餐——至少宫廷编年史如此记载。

但夜深后，待韦赛里斯国王离席（国王的身体并未完全复原，容易疲惫），气氛骤然大变。“蘑菇”告诉我们，独眼伊蒙德起身为他的瓦列利安表亲们祝酒，嘲弄地说起自己有多羡慕对方的棕发棕眼……及强壮体魄。“我从未见过像我亲爱的外甥那般强壮的少年，”他以此作结，“让我们为‘如斯强壮’的好孩子干杯吧！”。弄臣还提到，随后杰卡里斯邀请大伊耿的妻子海伦娜跳舞，大伊耿视为侮辱，两位王子恶言相向后差点动手，幸被御林铁卫阻止。韦赛里斯国王对此是否知情不得而知，但我们知道雷妮拉公主次日黎明就带着孩子们返回了龙石岛。

失去两根手指的韦赛里斯一世国王再也没能坐上铁王座，他甚至不愿踏入王座厅，宁可在书房里开庭裁断——后来是在卧室——身边围着学士、修士和唯一能逗笑他的忠实弄臣“蘑菇”（当然，这是“蘑菇”自己说的）。梅罗斯国师去世后，继任的欧维尔国师用药水药酒代替前者的水蛭疗法，令国王稍显振作，但起效时间不长，痛风、胸闷和气喘依然深深困扰着韦赛里斯。随着他的健康状况持续恶化，国家大事越来越多地交到首相与御前会议手中。

当七国子民用篝火、宴席和狂欢来庆祝伊耿征服后第一百二十九年元旦时，韦赛里斯·坦格利安一世国王已极为虚弱，胸闷严重到令他爬不上阶梯的程度，他只能坐在椅子里由仆人们抬着穿行红堡。当年二月，陛下彻底陷入厌食，只能在病榻上发布谕令……当他还有力气时。

与此同时，雷妮拉公主在龙石岛上怀孕待产，她的丈夫浪荡王子戴蒙一直陪伴在床边。

征服一百二十九年三月三日，海伦娜公主带着她的三个孩子来国王的卧室请安。杰赫里斯和杰赫妮拉这对双胞胎已有六岁，他们的弟弟梅拉尔二岁。国王从指头上除下一枚珍珠戒指给婴儿玩耍，然后给双胞胎讲述他们的高祖父、也叫杰赫里斯的“人瑞王”骑着巨龙，飞往北方绝境长城抵抗野人、巨人和狼灵组成的大军的故事。国王疲惫之后，便打发走孩子们，安达尔人、洛伊拿人和先民的国王，七国之君暨全境守护者，坦格利安家族的韦赛里斯一世就这样阖上双眼，陷入沉眠。

他再未醒来。陛下驾崩时时年五十二岁，统治大半个维斯特洛二十六年之久。

在紧接着发生的大流血中，戴蒙·坦格利安王子的勇气、罪孽和最终的壮烈一战素来被人们传唱，我们的叙述到此为止。

风暴即将来袭，血龙狂舞，然后死去。

（下承《公主与王后》，收录于中短篇小说集《危险的女人》）

屈畅　译